LA CUENTA ATRÁS PARA EL VERANO

La Vecina Rubia

LA CUENTA ATRÁS PARA EL VERANO

NOVELA

LA VIDA SON RECUERDOS Y LOS MÍOS
TIENEN NOMBRES DE PERSONA

 Planeta

Obra editada en colaboración con Editorial Planeta – España

© 2021, La Vecina Rubia

© Fotografía de portada: Kelly Sillaste / Trevillion Images

© 2021, Editorial Planeta, S. A. – Barcelona, España

Derechos reservados

© 2022, Editorial Planeta Mexicana, S.A. de C.V.
Bajo el sello editorial PLANETA M.R.
Avenida Presidente Masarik núm. 111,
Piso 2, Polanco V Sección, Miguel Hidalgo
C.P. 11560, Ciudad de México
www.planetadelibros.com.mx

Diseño de portada: Planeta Arte & Diseño
Pág. 24: cita de Charles Bukowski, extraída de su libro *Mujeres* (Anagrama, 1978); pág. 93: versos de Jorge Guillén, del poema *Los amigos* (1937); pág. 132: versos de la canción «Los amigos de mis amigas son mis amigos», de Objetivo Birmania, del álbum *Los amigos de mis amigas son mis amigos* (Epic, 1989); pág. 142: versos de la canción «P'aquí, p'allá», de La Fuga, del álbum *A golpes de rock n' roll* (Whisper Producciones/Chusti Recors, 2000); pág. 203: versos de León Felipe, del poema *Qué lástima*; pág. 206: texto extraído del artículo «Cambiar el colchón», de Lorena G. Maldonado (El Español, 2018); pág. 209: versos de la canción «Si te vas», de Extremoduro, del álbum *Material defectuoso* (Warner Music, 2011); pág. 255: versos de la canción «Re-sumiendo», de Julio de la Rosa, del álbum *La herida universal* (Ernie Records, 2010); pág. 326: versos de la canción «Con las ganas», de Zahara, del álbum *La fabulosa historia de...* (Universal Music Spain S. L., 2009).

Primera edición impresa en España: octubre de 2021
ISBN: 978-84-480-2883-1

Primera edición impresa en México: abril de 2022
ISBN: 978-607-07-8674-7

Impreso en los talleres de Litográfica Ingramex, S.A. de C.V.
Centeno núm. 162-1, colonia Granjas Esmeralda, Ciudad de México
Impreso en México –*Printed in Mexico*

A mi padre, la persona que
me acompaña en cada arcoíris

NACHO

CAPÍTULO 1
Me enamoré hasta las trancas

Las llaves, el amor y las noches más divertidas se encuentran cuando no las buscas.

Y sin tener la más mínima idea de lo que era el amor, me enamoré hasta las trancas.

Yo tenía dieciséis veranos, que no primaveras. La gente tiene la costumbre de contar las primaveras, pero yo siempre he sido más de disfrutar del calor sofocante y de la playa. Cuando era muy pequeña, mi padre solía preguntarme: «¿Cuántas primaveras tiene mi niña?» y nunca he respondido tan segura de mí misma como lo hacía cuando me lanzaba esa pregunta. Levantaba la mano, sacaba mis pequeños dedos y contestaba con la confianza que te da la niñez: «Cinco veranos y medio, papá».

Una costumbre que poco a poco he ido trasladando a mi vida en una cuenta atrás y que se repite como un mantra. El tiempo pasa más rápido cuando se acerca el verano.

Siempre me gustó utilizar la expresión «enamorarse hasta las trancas». Cuando era pequeña, teníamos una casita en la sierra donde pasábamos todos los veranos y alguna que otra primavera. Era una de esas casas antiguas, muy fresca, de techos realmente altos y con una buhardilla revestida en madera. Para alguien que mide lo mismo desde que tenía dieciséis años, la altura a la que estaban esos techos ha cambiado poco con el paso del tiempo. Es una de las cosas que nos pasan a las que crecemos todo del tirón y luego paramos en seco, que todo se mantiene siempre a la misma altura. En mi caso a metro sesenta.

En el piso superior de la casa había unos palos gruesos que colgaban de las vigas del techo. Mi padre me explicó que se llamaban «trancas» y era considerado uno de los sitios más elevados de la casa. Por eso estar enamorada hasta las trancas es estarlo hasta el límite, hasta lo más alto. Lo que viene siendo lo más parecido a amar sobre unos tacones de catorce centímetros.

Mis dieciséis veranos coincidieron con el que era mi tercer año en el instituto. Volvía con la ilusión de que por fin habría taquillas en los pasillos. Aunque en el fondo sabía que era un deseo mío más que una realidad plausible, cada septiembre no perdía la esperanza de que aparecieran por sorpresa. Siempre me llamaron la atención esas películas americanas llenas de tópicos, que traían de serie al capitán buenorro del equipo de baloncesto con las animadoras a juego, y esas taquillas metálicas oxidadas donde todos se detenían a besarse antes de entrar en clase. En mi instituto preferíamos pasar a la acción directamente y, lejos de animar yo al capitán buenorro del equipo de baloncesto, prefería que él me animara a mí cuando jugaba con el equipo de vóley. Durante esos años, cada fin de semana competimos contra otros institutos de la zona y no tengo pruebas, pero tampoco dudas, de que fue una de las épocas donde más deporte he practicado en mi vida.

No os voy a engañar, por mi altura nunca fui una gran bloqueadora; de hecho, nuestro entrenador siempre me dijo que tenía la extraña habilidad de saltar para abajo, como si un duende pequeñito me agarrara de los pies justo cuando iba a levantar el vuelo y apenas consiguiera despegar unos milímetros del suelo.

—Y cuando le toque a la rubia bloquear, ¿qué hacemos? —preguntaba siempre una compañera cuando me tocaba estar delante de la red por las rotaciones.

—Rezar —decía el entrenador.

En mi defensa diré que recepcionaba de maravilla e imagino que por eso era titular. Supongo que es una bonita metáfora de lo que hay que hacer en la vida: recepcionar de la mejor manera posible y mantener el balón en el aire para que siga en juego. Eso siempre se me ha dado bastante bien.

El primer día de aquel curso llegaba con las pilas cargadas del verano, llena de energía, deseando revisar las listas para ver con quién me había tocado en clase. Respiré aliviada al ver que había coincidido con la que era mi mejor amiga de aquellos años, Lauri, que curiosamente compartía nombre con la que hoy es mi mejor amiga: Laura.

A lo largo de mi vida me han acompañado otras muchas Lauras con distintos nombres, pero es realmente curioso, casi mágico, cómo se ha repetido ese nombre con el paso del tiempo. Las he llamado de diferentes formas: Lauri, Lau, Laura, Laux, simplemente «tía», pero todas y cada una de ellas respondían al grito alegre y acompasado de un «amiiiigaaaaaaa» cuando hacía tiempo que no nos veíamos. Muchas de ellas siguen formando parte de mi vida y espero que lo hagan para siempre. Por eso cuando digo «mi amiga Laura» siempre significará «mejor amiga».

Lauri se apellidaba como yo, por lo que en nuestro caso poco tenían que alinearse los astros para que siempre nos tocara estar juntas en la misma clase, aunque ir a consultar las listas ese primer día era una especie de ritual que nos ponía igual de nerviosas que cuando íbamos de excursión.

Como era nuestro tercer año, y ya teníamos una reputación, nos colábamos delante de los novatos con ese aire de suficiencia que te da tener dieciséis y diecisiete años en vez de quince.

Lauri era capricornio y siempre empezaba el instituto con un año más porque los cumplía en enero, mientras que yo, por el contrario, los cumplía en octubre, por lo que siempre he sido de las pequeñas de la clase, y no solo por mi estatura. Puede parecer que no, pero esto es un dato importante, porque solo las libra, las escorpio y una parte de las capricornio somos las que empezamos en el instituto siendo un año más pequeñas que el resto, y eso a veces condiciona. En cualquier caso, yo miraba la lista sintiéndome mayor, pese a tener la misma edad que muchas de las chicas de cursos inferiores al mío. A esas edades, sentirse mayor es casi o más importante que serlo.

—¿A ti te parece normal lo que se creen ahora los pipiolos estos de primero? —dijo Lauri indignada—. Vamos, yo no recuerdo estar así de tonta.

—Ja, ja, ja. Hablas como si fueras una vieja y hace dos años éramos nosotras las pequeñas —respondí.

—¿Tú crees...? No sé, esta juventud cada vez está peor.

Lauri y yo estábamos muertas de risa mientras un chico alto, con un casco en el codo, miraba su lista, justo a la derecha de la mía. Si me hubiesen preguntado si creía en el amor a primera vista, hubiese dicho rotundamente que no. Yo solo tenía dieciséis años, pero supongo que empecé a experimentarlo de golpe en ese instante, en una edad donde todo va tan deprisa que incluso enamorarse hay que hacerlo rápido, porque si no, se le van las vitaminas.

Además de ser alto, tenía el pelo largo y los ojos muy muy claros, y miraba la lista, curiosamente, al contrario de cómo lo hacían los demás: empezaba de abajo arriba buscando su apellido y yo, obviamente, le miraba a los ojos para ver a qué altura se detenían y así intentar conocer su nombre sin llegar a preguntárselo. Y entonces los astros se alinearon, y su cabeza se detuvo a la misma altura a la que yo había dejado de crecer con dieciséis años. Ni un centímetro más arriba ni uno más abajo. Fue la primera vez, pero no la última, en la que me sentí orgullosa de medir metro sesenta.

Lauri me hablaba mientras yo contestaba «Sí, sí, tía» de manera automática, sin escucharla, como quien va a una entrevista de trabajo en inglés sin entender nada y responde aleatoriamente «Yes, yes, OK». En aquel momento, mi mejor amiga podría haber estado proponiéndome matrimonio, que hubiera aceptado sin darme cuenta. Tampoco hubiera pasado nada, Lauri se ha convertido en una mujer tan encantadora que cualquier persona compartiría su vida con ella. Sin embargo, no era Lauri el foco de mi interés en ese instante y, cuando el chico se retiró, sutilmente me acerqué para descubrir cuál era su nombre. Nacho Vázquez Pérez, claro. Cuando tu primer apellido empieza por uve te compensa mirar las listas desde abajo y yo, midiendo metro sesenta, estaba justo a la altura de su apellido.

Tras comprobar que no estábamos en la misma clase, me giré para verle de nuevo. Nacho caminaba solo, mirando al suelo y su melodía sonaba triste. Siempre me ha gustado pensar que todos tenemos una melodía que nos define y que los demás pueden escucharla desde fuera cuando nos movemos. Él no se esforzaba por saludar a nadie; no era la pose del típico «malote». Se notaba que tenía prisa. Esa urgencia que transmitía fue algo que me llamó la atención de él desde el principio: no estaba en los sitios más de cinco minutos. Era algo que resultaba muy curioso, hasta que descubrí el verdadero motivo que se escondía detrás de ese piano melancólico que era Nacho.

—Bueno, ¿qué? ¿Me la metes tú o se lo pido a tu nuevo novio?

De repente desperté de mi ensoñación con aquella frase que me soltó mi amiga Lauri.

—¿Qué dices, tía? ¿¿Que te meta el qué??
—¡La carpeta en la mochila, jolín, que llevo media hora pidiéndotelo! —dijo Lauri de espaldas, señalando su mochila y la carpeta que tenía pinta de llevar un rato en la mano.
—¡Estás fatal!
—Tú sí que estás fatal, que has estado cinco minutos haciendo como que me escuchabas mientras mirabas a ese.
—¿Has visto lo alto que es? —le dije sorprendida.
—Sí, tendrías que subirte a una escalera —respondió.
—Pero ¿qué dices? Si no le conozco de nada.

—De momento ya has mirado su nombre en las listas, así que algo de él sí que conoces... y me da que ya se te ha metido entre ceja y ceja —dijo Lauri sonriendo, sabiendo que aunque lo negara, ella tenía razón.

Aquella mañana me recorrió el cuerpo una sensación maravillosa que no había sentido antes, como cuando descubres una canción nueva y experimentas una emoción única al escucharla por primera vez. Esa primera sensación es la original, la verdadera, y cuando vuelves a escucharla, aunque te seguirá gustando, nunca será de la misma forma ni con la misma intensidad. Serán otras sensaciones diferentes, igualmente válidas, pero nunca tan inocentes como la primera.

Debería existir una especie de borrado selectivo de emociones con el que pudieras decidir qué sentimientos quieres experimentar de nuevo para siempre. Volver a recrearte en la primera vez que viste el mar o un atardecer, la primera vez que probaste una croqueta o releer un libro como si no supieras nada de él.

A veces siento envidia de la gente que va a disfrutar por primera vez de las cosas que a mí me emocionaron en su momento. Envidia de todos aquellos que conocerán a Nacho por primera vez de la misma manera en que yo lo hice aquel día a los dieciséis años.

Después de nuestro primer encuentro que él desconocía, por supuesto, las clases empezaron y yo me propuse, como bien adelantó Lauri, llamar su atención. La vida en los pasillos del instituto no es fácil si no eres la más popular y encima eres un poco más inocente de lo normal. No hace falta que siga recordando mi estatura y que mi aspecto era bastante aniñado.

Tras algún que otro intento fallido de cruzarme con él durante los descansos e intentar llamar su atención dejándome caer en su campo de visión al salir de clase, no olvidaré el momento en el que Nacho supo de mi existencia. Yo llevaba una camiseta blanca y una chica que era bastante hiriente me tocó la espalda por detrás y dijo delante todo el mundo: «¿Veis como no lleva sujetador?».

Yo me giré y contesté rápidamente: «No llevo porque no tengo nada que sujetar, como le pasa a tu cabeza con tu cerebro». Lauri soltó una sonora carcajada y le siguieron todos los demás, incluido ÉL. Siempre he sido rápida de aliento, de respuesta fácil, que en algunos casos me ha servido para salir de más de una situación incómoda de manera victoriosa y en otras... no tanto.

No sé si el comienzo ideal para una relación adolescente es que él sepa que no tienes muchas tetas, pero imagino que se equilibra con ese poquito de ingenio que siempre he tenido para contestar a cualquiera. Por supuesto, esto lo cuento ahora con una sonrisa, pero esa tarde, después de lloriquear un poco, fui a comprarme un sujetador que por lo menos sujetase mi autoestima.

En aquellas primeras semanas de adaptación todos buscamos nuestro espacio dentro del instituto. Estaba el grupo de los que fuman fuera, aunque haya menos dos grados y se congelen de frío, los que tienen derecho reservado para jugar al mus en la cafetería, los que juegan al baloncesto y sudan a mitad de la mañana y las que se sientan a observar a todos los demás mientras hacen sus cosas. Ese era nuestro grupo.

A media mañana nos acercábamos a la cafetería a comprar algo. Lo más sano que comí en esa época fue una bolsa de Jumpers, un zumo de pera y un bocadillo de tortilla. Nos lo llevábamos a la zona del aparcamiento de los profesores y allí Lauri y yo aprovechábamos para ponernos al día del cotilleo generalizado. Era un sitio privilegiado para ver a todos los grupos, incluido el de Nacho, que, como de costumbre, no estaba con ellos. Eran las diez de la mañana y solía llegar a clase sobre las once, con lo que habitualmente perdía las tres primeras horas.

Era curioso porque nunca tuve la sensación de que ningún profesor se lo reprochase; es más, había una cierta aceptación y comprensión con esta situación que tiempo después llegué a descubrir.

—¿Te has dado cuenta de que no viene nunca a primera hora? —le dije a Lauri.

—¿Quién?

—¿Cómo que quién? —le reproché mientras hacía un gesto de evidencia.

—Ah, Nacho... ¿Todavía sigues con eso?

—¿Cómo que todavía! Pero si llevamos un mes de clase, ni que llevara tres años obsesionada con él.

—Ja, ja, ja. Un poco raro sí que es. Si quieres le pregunto a Andrés. No me cae muy bien, pero por ti soy capaz de hablar con la jefa de estudios, si hace falta.

Lauri ya conocía a Andrés, uno de los cuatro amigos que formaba parte del grupo de Nacho. No se llevaban especialmente bien, pero al menos era un punto de unión al que poder agarrarse. Era un chico bastante nervioso en contraposición con Nacho, por eso imagino que se complementaban como amigos. Empezaba a crecerle la barba y tenía un bigotillo que le quedaba realmente gracioso. Hicimos muchas bromas sobre ese bigote aquel curso y seguramente a estas alturas de la vida estará ya más poblado que Madrid. Siempre llevaba una pelota de baloncesto y se hacía el chulito con ella delante de todo el grupo, por lo que pude observar que, además de cierta destreza, tenía unas manos bastante pequeñas en comparación con la pelota. Si hay algo que ha marcado mi vida siempre, ha sido mi obsesión por las manos grandes, por eso me fijé en las de Andrés, como lo hago con las de todo el mundo.

Yo fantaseaba con la idea de que Lauri acabase siendo su novia y yo la de Nacho. Los cuatro iríamos a merendar algo juntos, porque el concepto «cena romántica» no lo habíamos trabajado todavía a esa edad. Nos imaginaba en el parque de atracciones, haciendo cola para montar en la montaña rusa y no precisamente en la emocional que ha sido mi vida, sino en la de verdad.

Con dieciséis años, cuando te dicen «montaña rusa» piensas en el parque de atracciones. A partir de los treinta, el significado de «montaña rusa» pasa a ser el de tu estado de ánimo, te levantas por las mañanas cuesta arriba, sientes cada emoción nueva como un *looping* inesperado, y acabas el día frenando en seco y con el pelo por toda la cara: la montaña rusa emocional.

En mis sueños, Andrés y Nacho nos regalaban algodón rosa mientras caminábamos sonrientes por uno de esos parques de atracciones junto a la playa en Santa Mónica. Ahora soy consciente de la parte irreal que hay en las películas americanas de instituto. Culpo a *Grease* de mis altas expectativas en cuanto a los amores de instituto y a Hollywood de mi necesidad nunca satisfecha de tener esas taquillas en los pasillos, ir al baile de primavera con el *quarterback* buenorro y ser la directora del periódico de los cotilleos estudiantiles donde escribiría todos los artículos con una perfecta ortografía.

Recuerdo el día exacto en que mi fijación con las taquillas llegó a su exponente más alto. Tendría unos veintiún años y estaba tonteando con un chico que me gustaba, tumbados en el césped. Hacíamos lo típico que hacen las parejas que se gustan en las pelis: mirábamos las nubes y adivinábamos qué forma tenían.

—Mira, esa tiene forma de corazón —me dijo.
—Mira, esa tiene forma de pene —le repliqué.
—Pero rubia, no seas bruta —me dijo escandalizado.

La verdad es que se escandalizaba con poco.

—Si te tocase la lotería, ¿qué es lo primero que harías...? —le pregunté de repente cambiando de tema.
—Comprarte un instituto lleno de taquillas.

No os voy a engañar, en un primer momento sonreí por la ilusión que me hizo escucharle decir eso y me gustó que lo primero que se le viniera a la cabeza no fuera pensar en sí mismo. Finalmente, él solo fue el hombre de mi vida del mes de septiembre de aquel año y, en el fondo, era un poquito imbécil porque le costaba asumir que además de la palabra «pene» dijera alguna que otra burrada graciosa delante de sus amigos. Pero tengo que agradecerle que me ofreciera vivir ese instante para darme cuenta de que las cosas nunca son para siempre y que las taquillas, en ese momento, quedaron sepultadas en el recuerdo junto con los pantalones de campana. Esto es algo muy importante que he ido aprendiendo en mi vida, porque lejos de no olvidar el pasado para evitar cometer los mismos errores, no debe haber nada que te encadene más de la cuenta y que te impida avanzar.

Durante aquellas primeras semanas en el instituto mi mente solo pensaba en cómo avanzar con Nacho y para ello Lauri iba a tener un papel determinante porque, muy a su pesar, era la única que tenía un nexo con él a través de Andrés y la academia a la que los dos iban por las tardes.

Cerca del instituto había una de refuerzo de algunas asignaturas y muchos alumnos iban allí después de clase. Ir a la academia no era sinónimo de ser peor estudiante ni una especie de «castigo». Era simplemente como un segundo instituto al que ir por las tardes. Ahora me doy cuenta de que muchos padres simplemente necesitaban conciliar su vida laboral con los horarios de sus hijos y por eso nos mandaban a esas y otras actividades; también en parte para buscar nuestros talentos «ocultos». En el colegio, antes del instituto, y fruto de esa conciliación, estuve apuntada a judo y a guitarra en años distintos, y aunque solo llegué a ser cinturón rosa y a tocar el «El romance anónimo» con un solo dedo, recordaré siempre esas clases extraescolares con cariño y agradecimiento, ya que desde el principio me dejaron claro que ni la música ni el deporte de contacto iban a ser lo mío.

Como yo no iba a la academia (no porque no necesitase un apoyo extra en alguna asignatura, ya que era malísima en Matemáticas, sino porque mi padre era químico y de matemáticas sabía un rato), cada tarde, cuando Lauri salía de allí, hablaba con ella para saber si había sacado algo de información.

—¿Has averiguado algo?
—Sí, que Andrés es más tonto de lo que parece —respondía Lauri.
—¿Y de Nacho?
—Pues le he preguntado por él de manera indirecta, pero es que no termina de pillarlo, y tampoco quiero que parezca que estoy interesada en él.
—¿Y qué le has dicho?
—Pues que últimamente no veía mucho a su amigo.
—¿Y qué te ha dicho, tía?
—Pues que me pusiera las gafas.

No pude evitar reírme en ese momento. Nunca he visto unas batallas dialécticas tan reñidas (y eso que yo tenía la lengua larga) como las que mantenían ellos dos. Tengo que aclarar que nunca fueron la típica pareja de película que se llevan mal, pero que en el fondo se quieren y acaban saliendo juntos. No. Se llevaban mal de verdad y punto, pero nos dejaron momentos públicos inolvidables a todos. Recuerdo un día que Lauri encendió la mecha de lo que fue una guerra sin fin. Ambos coincidieron saliendo por la puerta de la clase y Lauri aprovechó para decirle:

—Oye, Andrés, ¿quieres salir conmigo? —lo dijo tan alto que toda la clase se dio la vuelta para mirarle, quedando totalmente descolocado.
—¿Yo, contigo...? ¡Ni loco! —dijo él con una respuesta a la altura de las circunstancias.

A lo que Lauri, que debía de llevar semanas preparando la contestación para ese momento, dijo:

—Pues sal tú primero.

Y le cedió el espacio suficiente para que pasara por la puerta delante de ella, ante la cara de no entender absolutamente nada de todos los allí presentes, incluidos Nacho y yo, que nos reímos ante el desconcierto de Andrés, quien se despidió con un sonoro «Que te den» mientras cruzaba la puerta por delante de Lauri.

No quiero ni imaginarme cómo serían las tardes en la academia después de aquello. Tuve la buena-mala suerte de no estar allí para vivirlo en primera persona junto a mi amiga, y es que mi padre ejerció de profesor particular la mayor parte de las veces y ese fue un tiempo impagable del que me alegro de no haber prescindido.

En aquella época, mi padre trabajaba para una empresa japonesa con sede en Madrid y Barcelona, y su trabajo consistía básicamente en viajar, por lo que realmente cada hora que pasábamos juntos en casa era un regalo que no podía desperdiciar. Por las tardes, si tenía alguna duda de cualquier asignatura, podía repasarla con él porque sabía de todo.

Además, en casa no teníamos una, sino tres enciclopedias distintas que nos ayudaban a resolver cualquier duda que mis hermanos y yo pudiéramos tener. Las enciclopedias eran el internet de aquella época: cuando te mandaban hacer un trabajo no existía Google, así que tenías que ir a localizar el tomo de la enciclopedia, colocado en orden alfabético, y encontrar el tema en cuestión para hacer el trabajo.

Cómo han cambiado las cosas. Con la capacidad que desarrollé en esa época para resumirlo todo y ahora no soy capaz de enviar un audio de

WhatsApp de menos de dos minutos cuando me ha pasado algo interesante.

Mientras Lauri batallaba cada martes y jueves por la tarde con Andrés, mi academia de estudio fue mi habitación. Era bastante grande comparada con otras de la casa y tenía una mesa gigante en la que podía estudiar tranquilamente en silencio. Siempre he pensado que hay dos tipos de personas: las que son capaces de estudiar en la biblioteca y las que solo somos capaces de estudiar en silencio y soledad. Sé que me perdí muchos capítulos de mi vida estudiantil al no ir a socializar a la biblioteca, pero yo era más de socializar en los bares los fines de semana. Para mí eran una distracción continua de personas entrando y saliendo, y yo no tenía capacidad de concentrarme en ellas, por eso solo iba a coger libros y a devolverlos, pero nunca fui capaz de pasar allí tardes enteras de estudio. Quizá siempre he soñado con tener una biblioteca en el ala oeste de mi mansión porque no he pasado mucho tiempo en ellas estudiando, sino solo yendo a por libros. Quizá también por eso ahora aprecio la gran belleza de los libros ordenados.

Supongo que en el orden me parezco a mi madre, que guardaba las fotos de cada uno de sus hijos en distintos álbumes, colocando pegatinas con la fecha y el lugar donde se hicieron, organizados por colores. Yo ahora, siguiendo sus pasos, coloco los bolis por colores, las fotos en el móvil por carpetas y los amigos de mi vida por años. Es curioso cómo desarrollamos nuestra personalidad según lo que vemos en casa y lo mucho que tardas en darte cuenta de todo lo que te pareces a tus padres, siendo además ellos el espejo en el que miras a los demás.

Las tardes que Lauri y Andrés coincidían en la academia yo estaba deseando que ella volviera a casa para que me llamase y me contase si había avances en la búsqueda de información porque, hasta ese momento, solo sabíamos que llegaba tarde al instituto todas las mañanas, que tenía moto, y que se relacionaba poco con la gente en general.

—¿Estás sentada? —dijo Lauri a través del teléfono.
—No...
—Pues siéntate, que vienen curvas.
—¿Por?
—Por si te caes de culo con lo que te tengo que decir.
—Lauri, por favor, ¡dime qué pasa!
—Pues no te lo vas a creer, rubia. Me ha dicho Andrés que le ha dicho Nacho que quién es la chica del sujetador.

Entré en *shock*. Me encantaba cómo nos entendíamos con frases del tipo: «Me ha dicho Javi que, a Marcos, el amigo de Toni, le gusta María, y los han visto fuera del insti...». Ya quisiera el periodismo de investigación actual relacionar a más personas de una manera tan directa y clara en menos palabras.

—¿Eso te ha dicho? —pregunté conteniendo la emoción.
—Tal cual. He apuntado las palabras en una libreta para que luego no hubiese dudas.

«"La chica del sujetador". Bueno, bien pensado, podría ser peor, podría haber sido "la chica sin tetas"», pensé.

Independientemente de la forma, el contenido de aquella frase de mi amiga Lauri fue un chute de energía porque, en plena adolescencia, quién no se ha ilusionado por una persona, y quién no se ha acostado escuchando una canción que le recuerda lo que siente por ella. Pues en ese punto de mi vida estaba yo, en un bucle continuo de canciones y dramas con un chico al que ni siquiera conocía.

Este pequeño acercamiento marcó lo que sería el primer paso en mi relación con Nacho ya que después de esa pregunta, hecha a través de Andrés y Lauri, llegó mi respuesta y así progresivamente.

Recuerdo aquellos años de instituto con la certeza de que aprendí más sobre la amistad que en todos los campamentos de verano a los que había ido hasta aquel momento. Con el tiempo te das cuenta de que a las personas que quieres las recuerdas no solo con una sonrisa, sino con nombres y apellidos, y sabiéndote de memoria su teléfono. Porque con el tiempo tienes otro tipo de amistades, igual de fuertes, pero su teléfono solo está grabado en tu móvil y no en tu memoria.

En aquella época era capaz de marcar el número de la casa de Lauri sin mirar. Todas las noches hablábamos durante al menos media hora y mi padre incluso llegó a negociar conmigo treinta minutos más de conversación a cambio de mejores notas, de deberes hechos o de tareas cumplidas, porque sabía que la recompensa merecía muchísimo la pena. Mi padre era un negociador nato, tanto conmigo como con los gatos: todos sabíamos que, si hacíamos lo correcto, obtendríamos una recompensa; en forma de galletita en el caso de los gatos, que por aquel entonces teníamos dos en casa, y en mi caso en forma de ropa, minutos extra de conversación o zapatos nuevos. Con mi madre, por el contrario, siempre tuvo sus debilidades y ni siquiera hacían falta «negociaciones» entre ellos porque era puro amor lo que respiraban mutuamente.

Y así pasábamos la tarde, entre conversaciones que me llevaban a la cena, y de ahí a leer en la cama antes de dormirme con los nervios de ir al instituto al día siguiente, y con la ilusión de descubrir si mi horóscopo de la *Super Pop* iba a tener razón con Nacho o no.

NACHO

CAPÍTULO 2
La gran hostia

A favor de los zapatos de tacón diré que también me tropiezo descalza.

Nacho no sabía ni mi nombre. Para él era la «chica del sujetador» que no llevaba sujetador, pero no me importaba. Yo me sabía el suyo, sus dos apellidos, su horóscopo, la talla de su pantalón y la matrícula de su moto del derecho y del revés.

Yo, que no soy capaz de reconocer mi teléfono si me lo dicen de dos en dos cuando yo me lo sé de tres en tres, ya había imaginado cómo quedarían nuestros apellidos juntos y si tendríamos perro o gato. Supongo que con dieciséis años tenía más fantasía que Disney. Y ahora también.

Lo de juntar mis apellidos con los de cada chico que me ha gustado en mi vida es algo recurrente, y muchas veces, cuando las relaciones se rompen, me quedo más tranquila sabiendo que, en el fondo, nuestros apellidos tampoco pegaban mucho juntos.

Nacho tenía fama de ser mal estudiante. De hecho, estaba repitiendo curso, pero mantenía muy buena relación con todos los profesores del instituto. Incluso con la jefa de estudios, que era un hueso duro de roer y a todos nos infundía un tremendo respeto. Se notaba que con él hablaba de forma diferente, como si le tuviera un cariño especial, casi maternal, por algún motivo en concreto que desconocíamos. Os voy a confesar que durante un tiempo pensé que tenían un *affaire*, cuando la realidad fue siempre bastante distinta.

Más tarde conocí el motivo y por suerte comprendí que nunca hay que juzgar a nadie sin saber qué hay detrás de cada circunstancia.

Como Nacho había repetido varios cursos, era un poco mayor que yo. Físicamente estaba muy moreno y sus ojos eran de ese azul que está tan de moda en verano para las uñas. Sus manos eran enormes y suaves, cosa que le hizo entrar en mi lista de posibles romances desde el primer momento. La primera vez que me monté en su moto, él agarró las mías con fuerza. En ese momento, cuando la mitad de una de sus manos cubrió por completo las mías, me di cuenta de que iba a ser el hombre de mi vida de los próximos cursos.

Durante aquel curso, todos los lunes, miércoles y viernes quedaba con Lauri al inicio de la cuesta que subía desde nuestro barrio hasta el instituto para ir a entrenar con el equipo de vóley. Volvíamos a casa después de las clases, comíamos, y a las cinco de la tarde ya estábamos de vuelta. Me encantaba ese ratito del día porque así teníamos tiempo para hablar de nuestras cosas y repasar los exámenes del día siguiente, si tocaba alguno. En concreto ese año casi siempre había examen de Nacho, y afortunadamente mi amiga Lauri se sabía todas las respuestas a mis preguntas, con lo cual siempre sacaba sobresaliente en amistad.

—¿Crees que sabrá que existo, aparte de que no llevaba sujetador? —le pregunté a Lauri aquella tarde.

—Hombre, tía, nos hemos cruzado con él unas mil veces en el pasillo este trimestre y con la cantidad de perfume que te echas, mínimo sabe a lo que hueles.

Mi primera reacción fue olerme la axila levantando un brazo. Olía perfectamente, menos mal.

—Eres imbécil, tía —le dije a Lauri.

Íbamos subiendo la cuesta entre risas cuando Nacho pasó a nuestro lado en su moto. Me resultó extraño porque nunca le había visto a esa hora camino del instituto. Escuchamos un buen acelerón, y aunque era un ruido un poco estridente, a mí su moto me sonaba a música celestial. Aprendí a distinguir el sonido de la moto de Nacho de entre todas las demás sin tener que girarme para saber si era él, igual que sabía perfectamente si era mi padre el que llegaba a casa solo por el sonido de cómo movía las llaves antes de abrir la puerta.

Como era habitual en él estaba solo y eso, en cierto modo, me daba un poco de pena. Quitando a su pequeño grupo de amigos, nunca vi a Nacho relacionarse demasiado con la gente. Por el contrario, Lauri y yo siempre estábamos rodeadas de amigas y ese año, para más inri, las dos formábamos parte del equipo de vóley, con lo cual nuestro grupo creció de manera exponencial. Ser parte del equipo fue una de las mejores experiencias que pude vivir durante ese año. Estaba deseando que llegara cada sábado por la mañana para jugar contra otros institutos de Madrid y reunirme con el grupo tan bonito que habíamos creado. Además, entrenábamos tres días, con lo cual prácticamente pasaba con ellas toda la semana.

Creo que es importante pasar tu adolescencia con gente que te quiere. Es cierto que a esa edad tienes un lado rebelde que va contra todos y contra todo, y las decepciones y los pequeños dramas que puedas tener con tus amigas al final siempre quedan resueltos de la manera más sencilla. Todas hemos atravesado crisis importantes en nuestra adolescencia, y no importa lo grande que pueda ser el drama, la traición o lo sola que puedas sentirte, que siempre acabará pasando. Al final todo es cuestión de tiempo. Mi padre solía decir que, cuando uno no está cómodo en el sillón, hay que cambiar de postura o cambiar de sillón. Lauri cambió de amigas cuando se mudó desde Barcelona a Madrid justo antes de conocernos. Supongo que no le fue fácil, porque cambiar nunca es fácil, pero en ese momento no estaba feliz allí y venir a Madrid supuso para ella un nuevo sillón donde sentarse con una postura mucho más cómoda para volver a sonreír.

Éramos un tándem perfecto y lo demostrábamos en muchos ámbitos de la vida, pero sobre todo en el vóley, donde yo, con mi altura, no era la mejor rematadora, pero sí la que mejor recepcionaba y sacaba, porque tenía bastante fuerza aun siendo tan pequeña. Lauri, más ágil y alta, era la más hábil rematando y bloqueando. Es un ejemplo claro de que en la vida hay gente que recepciona y otra que bloquea, y ambas opciones son válidas y necesarias.

De esa forma nos complementamos en el vóley y encontramos nuestro hueco junto a otras compañeras del equipo donde cada una tenía sus virtudes y defectos. Porque la amistad es asumir lo bueno y lo malo de cada una de ellas y que no te importe.

Recuerdo que nuestro entrenador siempre nos decía que el vóley era un deporte colectivo: una cadena llena de eslabones en la que, si una fallaba, fallábamos todas, pero si una marcaba, también era un éxito conjunto. Es un tópico muy manido, pero no por ello menos cierto. Unidas somos más fuertes, no había otra manera.

Individualmente ninguna hubiésemos ganado nada, pero cuando nos juntábamos obteníamos las mejores victorias y lo mejor de todo era celebrarlas. Nos poníamos en círculo con las manos estiradas y gritábamos orgullosas el nombre de nuestro instituto separado por sílabas, poniendo tanto énfasis en la última que nos dejábamos la voz.

Con el tiempo te das cuenta de que es un ritual parecido al que repetimos ahora con nuestras amigas cuando ponen nuestra canción favorita en una discoteca y la cantamos a pleno pulmón. Al final hay que sentir que nos pasamos la vida celebrando cosas, ya sea una victoria o una derrota, porque en el fondo se trata de buscar los motivos para brindar.

Bukowski, un escritor que de brindar sabía un rato, dijo: «Cuando pasa algo bueno, hay que beber para celebrar. Cuando pasa algo malo, hay que beber para olvidar. Y cuando no pasa nada, hay que beber para que pase algo».

Bukowski era uno de los autores favoritos de mi profesor de Filosofía y eso os permitirá haceros una idea del personaje que era y la huella tan buena que dejó en mí. Sus clases eran entretenidísimas y puedo afirmar rotundamente que gracias a él, junto a mi padre, desarrollé mi gran afición por la lectura.

En aquel momento, mi pasión por mis amigas y por el vóley era semejante a la que sentía por Nacho, y cuando ambas se unían era una explosión de felicidad, si la cosa salía bien, claro.

Aquella tarde de miércoles me tocaba llevar a mí la pelota del equipo. Cada semana la llevábamos una de nosotras como si de un ejercicio de responsabilidad se tratase. Si te olvidabas la pelota en casa, no se podía entrenar y en cierto modo estropeabas la tarde al resto de tus compañeras. Obviamente, había más balones en el instituto, pero ese ejercicio de compañerismo era maravilloso, y todas lo teníamos muy interiorizado.

Con Nacho en la puerta del instituto aquella tarde y mientras esperábamos a que nos abrieran el campo de vóley para empezar el entrenamiento, no se me ocurrió otra idea que intentar llamar su atención jugando con la pelota. Empecé a lanzarla hacia arriba y a recepcionarla perfectamente, haciéndome un poco la chulita sin darme cuenta de que los cordones de mis zapatillas estaban desabrochados, así que, sin poder echarle la culpa a la ley de Murphy porque las probabilidades estaban de su lado, pisé uno de ellos sin querer y tropecé. En defensa de todos los tacones que utilizo ahora, diré que llevo tropezándome con cualquier tipo de zapato desde niña. Incluso descalza. Varios esguinces en mi historial médico avalan esta afirmación.

Al engancharme con los cordones de mis propias zapatillas, además de tropezarme y caerme, perdí el control del balón que, en un mal y desafortunado rebote, fue directo del suelo a mi nariz mientras yo me caía, dándome un golpe considerable que me dejó sangrando escandalosamente.

—Ayyyyyyyyyy, ¡estás sangrando como una cerda! —dijo Lauri gritando mientras no paraba de hacer aspavientos con las manos, como cuando te ataca una avispa y no sabes qué hacer.

Recogí mi dignidad y la pelota del suelo, ambas teñidas de color rojo, y levanté la mirada al cielo para intentar que la nariz dejara de sangrar. Aunque no tenía el mejor campo de visión en ese momento, pude intuir cómo la jefa de estudios, al fondo, corría hacia mí con una falda de cuadros marrones. ¿Que por qué recuerdo ahora esa falda? Pues porque era preciosa, y las cosas bonitas se recuerdan con todo lujo de detalles, aunque aquello pareciera una pesadilla. En ese instante, con la nariz taponada por unos cuantos clínex, y entre los nervios de Lauri y la falda marrón de la jefa de estudios, una voz suave y profunda dijo:

—¿La llevo al centro de salud, señorita?

Era la primera vez que escuchaba la voz de Nacho dirigiéndose a mí, aunque fuera de manera indirecta.

—Pues habría que llevarla porque está sangrando mucho, a ver si va a haber que darle puntos.

Yo ya me había dado mis propios puntos: la caída había sido un 10/10.

—No hace falta... —dije yo, pero me toqué la cara y mis temblorosas manos se llenaron de sangre.
—No tardamos nada. Está aquí al lado —indicó Nacho.

Y, con la cara mirando al cielo para intentar detener la hemorragia, Nacho y yo fuimos en silencio hasta donde él tenía la moto aparcada. Reconozco que mil veces había imaginado ese momento y en ninguno de mis sueños yo iba en chándal, despeinada, y sangrando, y lo peor de todo, sin poder mirarlo a la cara. La de nubes y pájaros que conté mentalmente ese día...
Él se puso su casco y sacó otro más pequeño del interior del asiento de la moto. Caray, qué precavido era: que llevase otro casco por si acaso tenía que llevar a alguien me dejó fascinada. Sin duda, íbamos a llevarnos bien, con lo previsora que soy y la de porsiacasos que siempre llevo, quise hacer nuestra esa coincidencia de cara al futuro. Me subí a la moto y me agarré con las manos a su cintura con una mezcla de vergüenza y miedo. Él me las colocó en el depósito, de manera que estábamos totalmente pegados el uno al otro.

—Te tienes que colocar así, es más cómodo y seguro, enana —me dijo.

«Enana». Efectivamente, no sabía mi nombre, pero sabía mi altura.

«Bueno, no está tan mal lo de enana», me dije.

De esa forma comprobé, esa vez al tacto, que efectivamente tenía las manos enormes. Arrancó muy suave, como su voz, y recorrimos apenas unos ochocientos metros hasta el centro de salud, que en mi cabeza fueron kilómetros de felicidad.

La noche anterior había leído mi horóscopo y el suyo, y en ningún caso decía que fuésemos a montar juntos en su moto. Decía: «Dudar tanto a diario te puede pasar factura, indecisa libra. Hay que tener las cosas claras si quieres alcanzar tus objetivos». La verdad es que, con esas frases tan poco concretas, cualquier persona en cualquier situación podría haberse visto representada, pero claro, esa historia me estaba pasando a mí, una libra indecisa de dieciséis años a la que su padre había prohibido montar en moto. Así que decidí hacer caso al horóscopo de ese miércoles más que a mi padre, cosa que pocas veces he hecho en mi vida, y busqué alcanzar mi objetivo con Nacho. Más factura no podía pasarme después de cómo tenía la nariz.

Cuando llegamos minutos después, convertidos en un océano de tiempo, entramos por la puerta de Urgencias y rápidamente me llevaron a la sala de curas mientras él se quedaba en el mostrador.

Yo estaba sentada en una camilla de la que me colgaban las piernas, lloriqueando un poco y con la nariz posiblemente rota, hasta que me percaté de que, si dejaba de gimotear, podía escuchar perfectamente la conversación de Nacho con la chica que estaba en admisión.

—¿Nombre de la chica? —dijo la mujer.

La tensión de ese momento podría haberse cortado con un folio de noventa gramos. Mi corazón bombeó tan fuerte la sangre que por unos segundos se detuvo la hemorragia de mi nariz. Entonces Nacho dijo mi nombre. Con todas las letras. Entero, sin abreviaturas, tal y como lo pronunciaba mi padre cuando le desobedecía. Pero en su voz sonó tan dulce que no sentí que hubiera hecho nada punible.

Muchas veces mi padre me llamaba «señorita» cuando quería remarcarme algo, ya fuera para bien o para mal. Decía: «Eso ha estado muy, pero que muy bien, señorita», de la misma forma que otras veces sonaba más a: «Como te vuelva a ver haciendo eso, vamos a tener que hablar de manera muy seria, señorita». Ahora me sorprendo a mí misma llamando «señorita» y «señorito» a mis gatos, tal y como él lo hacía, incluso lo acompaño de un adjetivo cariñoso: «señorita presumida», cuando mi gatita está frente al espejo observando sus bigotes y lamiéndose a conciencia la pata, o «señorito gordinflón» cuando mi gato (que estoy segura de que, si fuese una persona, tendría los abdominales marcados), se come entero su cuenco de atún. Mi padre me solía llamar «señorita bonita» y ahora pienso en lo hermoso que es tener un nombre especial para dirigirte a alguien. No lo hacía siempre, solo en las ocasiones especiales, por eso creo que era tan valioso para mí que mi padre me llamase por mi nombre completo cuando había hecho algo que le había decepcionado más de la cuenta y ese «señorita» ya no tenía cabida entre sus palabras. Esa era la manera que tenía de mandarme un mensaje directo y claro: «Eso, hija mía, no está bien». Sentir esa decepción en el tono de tu padre te hace darte cuenta de que has hecho algo realmente mal, aunque tu edad no te permita reconocerlo. No pasa nada, forma parte del aprendizaje, pero es importante saber que hay que reflexionar un segundo antes de volver a hacerlo porque en el fondo lo que quería escuchar de su boca era su «señorita bonita».

Sentada en aquella camilla pensé que quizá había elegido el mejor sitio para que me diese un infarto de amor y la enfermera, que así también lo percibió, me dijo con una sonrisa cómplice: «No te preocupes, que al menos lo de la nariz lo arreglamos». Yo respiré profundamente intentando recuperar el ritmo normal de las pulsaciones.

—¿Apellido?

Momento clave. Giré mi cabeza hacia el mostrador. La enfermera que me limpiaba la herida quedó descolocada ante mi brusco movimiento de cabeza. Era la situación más importante de mi vida, la nariz podía esperar. Total, solo me dolía al respirar.

Nacho dijo mis dos apellidos y respiré tan profundo que volví a sangrar a borbotones. ¡¡¡Era increíble, también se los sabía!!! Estaba tan emocionada, con algo tan insignificante a ojos de cualquier otra persona, que no veía el momento de acabar con la cura para salir corriendo a contárselo a Lauri. Iba a flipar en todos los colores del arcoíris. Siempre he pensado que los pequeños detalles marcan la diferencia en la búsqueda de la felicidad. Esperar el gran gesto, la gran sorpresa, el viaje perfecto, el gran amor o la gran traición solo retrasan la felicidad. Hay que vivir cada detalle, no importa el tamaño, con la ilusión que se merece.

Es como cuando vas buscando una falda como loca y solo miras faldas. Al final te acabas perdiendo el monedero precioso que está de oferta en los lineales. Se trata de no dejar para mañana la ilusión que puedas tener hoy. Aunque solo sea porque alguien conoce tus apellidos.

—¿Me dices el número de teléfono de tu casa para avisar a tus padres? —me dijo la enfermera sacándome de la ensoñación.

En ese momento me di cuenta de que les iba a tener que contar la aventura con todo lujo de detalles y si se enteraban de que había ido en moto hasta allí, me iban a regañar muchísimo. Yo llevaba desde los catorce años pidiéndoles que me comprasen una para ir al instituto como la que tenía mi compañera de clase Arancha, que era una superpequeñita azul con la que me llegaban los pies al suelo (cosa que no ocurría con las Vespinos). Su negación siempre fue tajante y más a esa edad. Mi padre en concreto había tenido un accidente de joven y las cicatrices de sus piernas y brazos se lo recordaban cada vez que llovía, cuando, con la humedad, los huesos le dolían de nuevo. Por eso tenía totalmente prohibido tener moto y montarme en ellas. Recuerdo las batallas que siempre tenía por ese motivo con mi padre en aquella época.

—Las motos son muy peligrosas, cariño. ¿Tú has visto la cicatriz que tengo en el brazo? Pues fue por un coche que me dio un golpe y me tiró al suelo.

—¡Pero si lo que quiero es una moto pequeña! —le decía intentando convencerle.

—Igual de pequeña que tú... —decía de manera contundente.

Yo no podía evitar desilusionarme, porque tener una moto a esa edad era la mayor de las libertades posibles.

—Cuando cumplas los dieciocho, yo te prometo que te apunto para que te saques el carné de conducir y te compras un 4x4 para que vayas más segura. Pero cuando cumplas los dieciocho.

Con mi padre todo eran plazos: «Cuando cumplas los dieciocho», «cuando lleguen las notas», «cuando termines los deberes», «después de verano»...

He de reconocer que era una manera de marcarme una meta para conseguir un objetivo, pero que a mí, personalmente, no siempre me gustó. Afortunadamente mi padre supo identificar siempre el momento justo en el que «su señorita» no necesitaba más metas que las que ella misma quería ponerse. Y sí, él siempre cumplía, y efectivamente, a los dieciocho años y un día ya estaba apuntada a la autoescuela, tal y como prometió. Lo del 4x4 todavía no ha pasado.

Independientemente de que no consiguiera *a priori* mi propósito soñado de tener una moto, ese detalle nunca enturbiaría uno de los mejores años de mi vida hasta entonces. Porque he tenido muchos «mejores años de mi vida», pero no te das cuenta de que lo son hasta que han pasado. En eso radica la euforia, una de mis palabras favoritas: en estar pasándolo tan tan bien, que a veces no somos conscientes de esos instantes de felicidad hasta que, años más tarde, tumbada en el sofá de tu pisito, lees un libro que te traslada a tu adolescencia y esbozas una sonrisa.

La enfermera terminó la cura y yo hablé con mi madre por teléfono. Le dije que estaba bien y que volvería a casa andando. Mentí.

Nacho me esperaba en la sala, sentado mirando la tele. Por aquel entonces no teníamos móviles con internet, con lo cual la televisión nos seguía entreteniendo. Cuando me vio aparecer, se levantó y bajamos las escaleras hacia la salida.

—¿Estás bien? —me preguntó Nacho.
—He tenido días mejores —le contesté.
—¿No te ha gustado el paseo en moto?
—Sí, la cosa es cómo me voy a poner el casco ahora —dije, señalando mi nariz hinchada y llena de vendajes.
—Ah, pensaba que irías andando.

Esa respuesta de Nacho me descolocó por completo y creo que pudo notarlo claramente en la parte de la cara que no tenía vendada. Acostumbrada normalmente a que fuera yo la encargada de ponerle la puntilla a todo, esa frase me pilló desprevenida. Nacho sonrió y rápidamente entendí que me estaba vacilando. Fue el primer vacile entre ambos y duraría mucho tiempo. Es una de las cosas que recuerdo con más cariño entre nosotros. En ocasiones parecíamos dos cotorras hablando de cualquier tema, buscando el chiste más fácil para divertirnos. Esto es algo que siempre he compartido con aquellas personas que han marcado mi vida, para bien o para mal. Siempre me he rodeado de algunas personas con esa facilidad para la sana batalla dialéctica.

Nacho se acercó despacio y con mucho cuidado acabó poniéndome el casco después de nuestro primer vacile. Sus manos eran muy delicadas para tenerlas tan grandes. Lo hizo con calma, como si lo hubiera repetido otras tantas veces. Así que volví a subirme a la moto y esa vez puse directamente las manos sobre el depósito, como él mismo me había enseñado. Volvimos al instituto disfrutando el viaje por segunda vez, como si la primera hubiese sido una experiencia diferente; saboreándola, mucho más tranquila y relajada, mirando los árboles que estaban completamente anaranjados, recibiendo ya al otoño, sintiendo cómo el viento, que empezaba a ser frío, ponía mi piel de gallina junto con la adrenalina de cada acelerón después de arrancar con cada semáforo en verde. Euforia. Vida.

Si cierro los ojos fuerte, todavía puedo incluso oler la gasolina de su moto y las lluvias que se avecinaban. Porque cada estación huele diferente:

la primavera huele a flores y fruta, el verano huele a crema protectora de coco, el invierno huele a leña quemada y el otoño huele a petricor, que es el olor que deja la lluvia al caer sobre los suelos secos.

Todavía me sorprendo recordándolo con una sonrisa tonta en la cara, hasta que me preguntan si quiero diésel o gasolina y tengo que ir a mirar la pegatina que tengo en el depósito para no equivocarme y evitar disgustos. Para mí, el olor que me recordará a Nacho siempre será el de la gasolina.

Cuando llegamos, al entrenamiento aún le faltaba un buen rato para terminar. Nos quedamos parados en la puerta del instituto subidos en la moto, en silencio, con el casco aún puesto, como preguntándonos si merecía la pena esperar allí y pasar lo que quedaba del entrenamiento juntos. Por momentos me olvidaba de que iba en chándal, tenía la nariz como un boxeador y le había prometido a mi madre que volvería directamente a casa, mientras que él estaba impoluto, con unos vaqueros que parecían hechos a medida y una chaqueta vaquera muy fina con el cuello de borreguito que, aunque no era la típica de cuero desgastada, le hacía tener más clase que todo el instituto entero.

—¿Vamos a Justino? —me dijo levantándose la visera del casco y dejando entrever sus ojos azules.

De repente mi casco se iluminó, ya que mi cara estaba dentro de él. Me pilló por sorpresa por tercera vez y sonreí abiertamente por la ilusión que me hacía que quisiera seguir compartiendo la tarde conmigo. Porque el secreto de lo bueno de esta vida está en compartirlo todo. Algo que en el futuro sería de guapas.

Justino era el nombre del señor que tenía una tiendecita de chucherías en la calle perpendicular al instituto. Probablemente su tienda tendría un nombre, pero estoy segura de que, si se lo preguntases a cualquier persona que haya vivido en ese barrio o estudiado en ese instituto, no sabría decírtelo. Todos lo llamábamos «Justino» y además de todo tipo de chucherías, vendía latas frías y bocadillos de tortilla, los cuales nunca fueron tan buenos como los de la cafetería del instituto, pero llegado el caso te hacían un apaño.

Justino tenía otras virtudes y es que era el mejor para bolsas de patatas. Tenía un surtido espectacular.

Viendo que aún quedaban unos veinte minutos de entrenamiento y que tenía que recoger la pelota para llevármela a casa, aun sabiendo de sobra que no iba a poder jugar en un tiempo, vi el cielo abierto en forma de excusa para retrasarme en llegar a casa, y de esa forma pasar un poquito más de tiempo con Nacho. Así que me volví a echar hacia delante sobre su espalda y le dije que sí.

Recuerdo cómo la presión que el casco ejercía sobre mi cabeza me permitía escuchar perfectamente los latidos de mi corazón, acompasados con la melodía que siempre acompañaba a Nacho y que yo identificaba como triste, pero que esa tarde sonaba un poquito más alegre.

Cuando llegamos le miré a la cara e intuí que estaba sonriendo. Seguía con el casco puesto, pero le escuchaba las carcajadas por dentro y veía sus ojos achinados.

—¿De qué te ríes?

Yo no comprendía nada.

—Menuda hostia te has dado, enana. Para haberla grabado.

Yo también comencé a reírme, aunque pronto tuve que parar porque con la risa, los mofletes estiraban el vendaje de la nariz y me dolía más. Reírme un poco fue liberador tras tanto tiempo de tensión.

—Me he caído con bastante estilo, creo yo.
—Sí, sí, no había visto cosa igual hasta hoy.

Y se rio todavía más, así que aproveché el momento tan distendido para arriesgar:

—¿Cómo sabías mi nombre? —le pregunté directamente.

Durante un segundo dejó de reír y respiró hondo.

—Andrés me lo ha dicho un par de veces. Dice que tu amiga Lauri le pone la cabeza como un bombo en la academia.
—Ja, ja, ja. ¿Tú crees que le gusta Lauri?

Nacho se sorprendió por la pregunta. Yo seguía emperrada en buscar esa cita a cuatro que nunca llegó, pero en aquel instante me emocioné más que ella, seguro.

—Yo diría que no. Son como el agua y el aceite. Ni mis padres discuten tanto.

Dicho esto, nos empezamos a reír con la excusa perfecta que Andrés y Lauri nos habían proporcionado, y que sirvió para entablar una conversación de lo más divertida, con Justino y un par de Coca-Colas como testigos. El tiempo justo hasta que el tono de voz más «agradable» de mi amiga Lauri rompió el clímax.

—¡Pero, tíííííííííííííííaaaaaaa!

Ese «Pero, tía», con esa entonación, lo decía todo en dos palabras. Por un lado, la preocupación por el golpe con un «Estás hecha unos zorros, amiga», y por otro lado la sorpresa de vernos a los dos juntos con un «¡Ay, que se han liado!». Para mí la verdadera amistad es reconocer perfectamente lo que significa cada «tía» de tu amiga según la entonación.

—¿Estás bien? —preguntó. Curiosamente, la misma pregunta que me había hecho Nacho.
—Sí, menudo golpe me he dado —respondí tímidamente.
—Te he traído la pelota. ¿No quieres darle otro beso? A la pelota, no a Nacho —dijo Lauri guiñándome un ojo.

Qué cerda. Cómo sabía rematar las palabras, como en el vóley. Lo bueno es que yo siempre he sido muy buena recepcionando.

—Quítalo de mi vista. Está claro que él no es el balón de mi vida.

Ambas comenzamos a reír, yo más discretamente por el vendaje, cuando Nacho miró su reloj y rompió el clímax del momento de manera sutil.

—Me tengo que ir.

En realidad, tampoco fue tan sutil.

—Vale —respondí aún con la sonrisa en la cara.

Con lo que habíamos vivido esa tarde, a mí ya me bastaba. Además, no era algo que fuera a sorprenderme, dado que ya sabíamos que no aguantaba más de cinco minutos en un sitio y siempre tenía prisa. Así que cogió los dos cascos, el mío ligeramente manchado de sangre, e hizo un gesto para despedirse.

—Muchas gracias —acerté a decir rápidamente antes de que se fuera.

Se giró, me sonrió y asintió con la cabeza. No dijo nada más. No era necesario, ya había hablado lo suficiente esa tarde para saber que me gustaba más de lo que ya me gustaba antes.

Lauri y yo nos quedamos solas y emprendimos el camino de vuelta a casa. Ese camino que se repite a lo largo de tu vida con tus amigas, bien a la salida del instituto, bien cuando vuelves cada sábado después de una noche inefable. Esas vueltas a casa donde surge el verdadero amor entre nosotras.

Subí para que mi madre me viera y se quedara tranquila (quien dice quedarse tranquila, dice gritar espantada al verme el vendaje de la nariz), pero tras comprobar que estaba de una pieza, me dejó volver a bajar con Lauri a un pequeño parque que había frente a mi edificio para comentar la jugada con todo lujo de detalles. Solíamos sentarnos en una mesa que tenía dibujado un tablero de ajedrez que nadie utilizaba y que estaba lleno de pintadas con nombres y frases.

Era nuestro parque de las confidencias. Toda mi adolescencia con Lauri, Nacho y con mi padre estuvo llena de parques preciosos, dejando en mi memoria rincones especiales para siempre.

Cuando nos sentamos una frente a la otra, nos miramos un segundo en silencio para saborear la emoción antes de ponernos a gritar:

—¡¡¡Tíííiiiíííííiííaaaaaaaaaaaaaaa!!!

No podía decir otra cosa.

—Cuéntamelo TODO.

Lauri hizo el mismo gesto como de comer palomitas que muchos años más tarde haría Laura en una situación... parecida.

En los diez minutos que quedaban antes de volver a casa le conté que me había llamado «enana», que sabía mi nombre y apellidos, que había sido superamable en el centro de salud, que habíamos ido en moto, que Andrés decía que ella le ponía la cabeza como un bombo en la academia y que estaba enamorada, porque, como ya os dije, a estas edades o pasas por todas las fases rápido o a las cosas se les van las vitaminas.

—Madre mía, tía, esto es MUY FUERTE.

Más fuerte que el olor de Stradivarius me hubiese gustado decirle en ese momento, pero claro, no existía aún; ese olor, quiero decir.

Y así pasó el tiempo entre risas, ilusiones y con la nariz palpitándome por el golpe, recordándome que tendría que contarle a mi padre todo lo que había pasado ese día. Odiaba decepcionarle, por eso a veces optaba por no decirle las cosas y evitarle el disgusto, aunque de esa no iba a escaparme.

Cuando volví a casa, mi padre ya había llegado. Estaban en el salón esperándome él y mis hermanos. La cara de mi padre fue un poema cuando me vio entrar con el vendaje en la nariz. Mis hermanos se rieron de mí y mis gatos me ignoraron. Vamos, lo de cada día.

Si ya le había contado a mi madre la historia de manera reducida, ahora tenía que hacerlo con todo lujo de detalles. Obviamente, borré de las explicaciones que había ido al centro de salud con Nacho y en moto. Por algún extraño motivo que desconozco, nadie me preguntó quién me había acompañado o cómo había llegado hasta allí. Supongo que dieron por sentado que Lauri me acompañó, coartada que al día siguiente se hizo oficial por ambas partes, la de Lauri y la mía, así que simplemente lo pasé por alto, y me fui a mi habitación muy aliviada ante tal descarga de culpa.

El día acabó con la nariz morada y el corazón en marcha, y ya solo me quedaba por hacer un test en la *Super Pop* para puntuar mi amistad con Lauri y leer mi horóscopo para convencerme de que todo había salido tal cual lo había predicho. Indiscutiblemente, la *Super Pop* siempre tenía razón, y después de indicar que conocía el color favorito de mi mejor amiga, el nombre de sus padres y de jurar sobre el póster de Leonardo DiCaprio que nunca le contaría sus secretos a nadie, me salió que nuestra amistad era un 10/10. Como mi hostia con la pelota.

NACHO

CAPÍTULO 3
Caminando juntos

¿Y si cambiamos la expresión «muero de amor» por «vivo de amor»?

En la puerta de mi habitación tenía colgado un cartel que había dibujado en una cartulina tamaño mural donde ponía: «No pasar sin llamar». Estaba decorado con flores, coloreado en rosa y con algunos gatitos y conejos, que siempre se parecían sospechosamente para restarle ese punto tan borde a la frase. Cuando creces con hermanos y todos sois adolescentes, ese aviso era realmente necesario.

Siempre he intentado ser muy diplomática, no sé si como para presidir el consejo de la Unión Europea y ponerlos a todos de acuerdo, pero sí como para mediar en casa entre mi padre y mis hermanos, y de esa forma marcar mis límites.

Mi habitación era mi refugio, el sitio donde encontraba la paz. Las paredes estaban pintadas del mismo color rosa del cartel que presidía la puerta, y en las estanterías me recibían decenas de peluches y libros que mi padre me había traído de cada uno de sus viajes. Había ocasiones en las que llegaba a casa y encontraba algún peluche en el suelo o sobre la cama. No sé si por la inocencia de la edad o por la fantasía de mi «rubiez», pero cuando eso pasaba, yo creía que había discutido con sus compañeros peluches y se había tirado de la estantería. Vamos, lo que viene siendo un «me bajo de la vida» en toda regla. Cuando eso pasaba lo colocaba en otro sitio para que estuviese más feliz, por lo que la decoración de mi cuarto iba cambiando según el estado de ánimo y las disputas de mis peluches.

Tomé la costumbre de leer en la cama desde pequeña gracias a ellos. Tenía una osa panda gigante y muy mullidita llamada Armu.

Le había puesto ese nombre porque se parecía a una amiga mía llamada Almudena por la cara de buena que tenía y algún maquillaje que se hizo no muy afortunado. También había un dinosaurio muy muy grande llamado Dino, del que seguramente saqué mi fijación por el «finofaurio» años después.

Sobre los dos te podías apoyar tanto para leer tranquilamente como para hablar por teléfono, así que, cuando llegaba a casa cada tarde, me tumbaba sobre Dino y Armu, y esperaba pacientemente a que llegase la ansiada hora de la llamada con Lauri.

Las semanas siguientes al vergonzoso episodio con la pelota en la puerta del instituto fueron muy emocionantes.

No porque mi nariz pasase por todos los colores; desde el morado intenso hasta un verde difícil de combinar con la ropa, sino porque empecé a conocer a Nacho muy poquito a poco. Cada vez hablábamos más con ellos y comenzamos a saludarnos de manera habitual cuando nos encontrábamos por los pasillos o incluso cuando salíamos de clase.

El amor a esa edad es un chute de energía maravilloso. Completamente incontrolable. Me despertaba cada día pensando cuándo y cómo volvería a encontrarme con él, y me podía pasar horas hablando de ello. Me sentía viva de amor.

—Perdona, tía, sé que te estoy aburriendo con el tema —me excusaba frente a Lauri, que aguantaba el tirón de mis conversaciones sin pestañear.

—Qué va, tía, para nada. Si me encanta escuchar cómo me cuentas la misma anécdota con Nacho otras veinte veces. Además, como cada vez te inventas algo nuevo, pues oye, es como uno de esos libros que tiene finales distintos.

Qué perra era, pero qué razón tenía.

—Yo creo que deberías dejar de fantasear y dar el segundo paso —me dijo con ese tono de niña redicha que tenía a veces.

—¿Cómo que «el segundo paso»? —le pregunté.

—Claro, que te llevase al centro de salud fue un primer paso y lo dio él. Está claro que debes dar el segundo. Es la única manera de andar.

Y esa frase volvió a marcarme de nuevo, porque a pesar de los diecisiete años que reflejaba el DNI de Lauri, su madurez y el aplomo de sus palabras me hicieron entender que, si él había dado un paso con una pierna, yo debía dar el siguiente con la otra para que empezáramos a caminar juntos.

Tardé en hacerlo, obviamente; no es fácil de un día para otro dar el siguiente paso, pero poco a poco, y después de ese primer contacto, empecé a pensar en la manera de llevarlo a cabo, y es que aunque solo fuera por las miradas en los pasillos o las sonrisas al salir de clase entre ambos, sentía que se estaba construyendo algo.

—Tenéis que intentar que no se os caiga la baba en público.
—¿Tú crees? —respondía a Lauri ante su ironía habitual.
—Estáis mojando todo el instituto.
—¡Ohhh! ¿Y no será por la mala baba que sueltas con Andrés?
—Qué cabrona eres... Después de todo lo que he tenido que hacer por ti... ¡Es que no le soporto!

A Lauri le tocó acompañarme, por no decir aguantarme, en el proceso durante ese año, pero nunca le importó. Al final, ella era feliz con mi felicidad y la compartíamos como el bocadillo en el recreo, sin condiciones. La empatía es la base de todo, y no todo el mundo la trabaja, pero mi amiga Lauri tenía ya un máster en ella sin haber terminado el instituto siquiera.

Mientras yo seguía pensando en cómo dar el segundo paso para crear un camino con Nacho, la casualidad hizo que él involuntariamente me descubriera una parte suya mucho más generosa de la que me había imaginado en mi cabeza.

Nacho no tenía muchos amigos, y siempre fue un chico solitario y tímido; aunque no conmigo. Se le respetaba porque era un par de años mayor, y porque en cierto modo pasaba de todo el mundo. Recuerdo aquel lunes como si fuera hoy mismo. Mientras hablaba con Lauri sobre cómo acercarme a él de manera definitiva, en el pasillo donde se encontraban nuestras clases muchos fuimos testigos de la enorme persona que era.

Un grupo de tres chavales golpeaban y se reían de un chico nuevo que había entrado ese año. Era menudo y tenía el rostro aniñado. Un caso horrible de *bullying* que no debería existir jamás. Lo presenciábamos horrorizados, sin la madurez suficiente para intervenir y con el miedo que nunca se debe tener ante estos hechos. En aquel momento, Nacho salía del baño y se encontró con los tres. No medió palabra alguna. Agarró de la camisa al chulo de turno, el que llevaba la voz cantante, para separarlo del chico y, con fuerza, lo sentó en uno de los bancos que había en el pasillo.

—Quédate ahí —le dijo.
—Nacho, esto no va contigo —dijo el otro mientras intentaba levantarse.

37

Nacho se giró de nuevo y le miró una segunda vez aún más desafiante.

—Claro que no. Esto va con todos —dijo mirando a los que estábamos allí presentes.

Acto seguido se dio la vuelta de nuevo, cogió a los otros dos de la camisa y los sentó, como si de un padre se tratase a punto de regañar a sus hijos, ante la mirada de todo el mundo. Se dirigió de nuevo al chulo del grupo.

—¿Se puede saber qué haces tratando así a una persona? ¿Eres un animal? —le dijo con voz profunda.

Se hizo un silencio.

—¿Te crees diferente a él? —le preguntó, señalando al pobre chico que recogía sus cosas del suelo.

Nadie se atrevió a decir absolutamente nada.

—Ya estáis pidiéndole disculpas ahora mismo. Que yo lo vea.

Fueron solo tres frases, las justas. Respiró profundo y se giró hacia el chico, que estaba aún contra la pared asustado, para darle confort mientras que aceptaba rápida y nerviosamente las disculpas de los tres idiotas. Nacho se agachó ligeramente y le devolvió la mochila que tenía en el suelo.

—Si no te están tratando bien, dilo. A tus padres, a los profesores, a quien sea, pero tienes que decirlo. Lo peor que te puede pasar es que vayas a otro sitio donde la gente se respete. Se cambia y ya está. Pero cuéntalo.

Después de aquellas palabras, que a pesar de haberlas dicho muy bajito resonaron en las paredes de aquel pasillo, volvió a girarse hacia el banco donde seguían sentados los tres:

—Y ahora vamos a la jefa de estudios, que se lo vais a contar en primera persona.

Tras esa última frase, los levantó del banco y se los llevó al despacho de la jefa de estudios. Andrés apareció al momento bastante nervioso, pero Lauri lo frenó. Nacho llevaba a los tres por el pasillo directo a denunciarlos.

Sin alterarse, sin levantar la mano, sin insultarles. Con esa melodía triste que le envolvía cuando caminaba.

Aquella mañana me hizo sentir algo muy diferente a lo que una adolescente puede experimentar cuando le gusta una persona. No era ese nerviosismo tonto e inocente que tiene que ver con la edad, era algo mucho más profundo. En cinco minutos, Nacho había conseguido que entendiera que tenemos que respetarnos, que es ridículo vivir enfadado y sobre todo que, si no estás bien en un sitio, debes contarlo y cambiar, o al menos dejar que te ayuden a cambiar. Todos tenemos derecho a empezar de nuevo en un sitio donde ser felices y no puedan robarte ese derecho.

Después de aquello me quedó un maravilloso poso en el corazón que me animó a lanzarme con ese segundo paso. Así que me decidí a enviarle una nota, un mensaje a la antigua usanza, sin que nadie lo supiera. Ni siquiera Lauri en un principio.

Durante las dos horas siguientes, en clase de Literatura y Matemáticas, debí de escribir como unas setenta notas intentando encontrar las palabras exactas. Hice acopio de toda mi capacidad para resumir, incluso antes de que existiera Twitter, y opté por la opción más directa. Doblé la nota en cuatro partes, dibujé un conejo que más bien parecía un gato para quitarle hierro al asunto y guardé las otras sesenta y nueve pruebas del delito para proceder a su destrucción en casa. Era un material altamente sensible.

Esperé a última hora y, cuando sonó el timbre, salí corriendo para dejarla en su moto antes de que él o cualquier otra persona pudiera verme. Recogí mi mochila, y con un «Me meo, tía» a Lauri encontré la excusa perfecta para arrancar a batir mi récord en los metros que separaban nuestra clase del aparcamiento de las motos.

Fui directamente al sitio donde él solía aparcarla cada mañana. Una zona un poco más retirada de lo normal, dada la hora a la que llegaba; un punto ciego que me ofrecía unos minutos de ventaja antes de que salieran todos los demás.

Giré la última columna con una precisión milimétrica y la agilidad que requieren estas situaciones tan especiales y que no recuerdo haber vuelto a tener en años posteriores para encontrarme de frente con la realidad. La moto de Nacho estaba tirada en el suelo y tenía las ruedas pinchadas. Él ya estaba allí.

No hacía falta ser muy lista para darse cuenta de que alguien le mandaba algún tipo de mensaje y no era muy bueno del todo. Él estaba tranquilo, más preocupado por la hora que por la moto, porque no dejaba de mirar el reloj. Al levantar la cabeza, respiró profundo y me vio allí parada, con una cara de circunstancias, que vete tú a saber la circunstancia en concreto que tenía mi cara.

—¿No habrás sido tú, ¿no, enana? —me dijo.

—Si hubiese intentado tirar la moto, creo que la que estaría en el suelo sería yo —respondí intentando relajar el momento.

Nacho esbozó una sonrisa y miró la rueda delantera intentando ver si tenía solución. Resopló con fuerza y volvió a mirar su reloj.

—¿Tienes prisa? —le dije.

—La verdad es que sí. Tengo que estar en casa pronto —contestó algo apurado y parco en palabras, como siempre.

En ese momento recordé que mi padre siempre me daba un billete para emergencias por si tenía algún tipo de percance. Nunca nadie supo que lo llevaba. Mi padre me enseñó que era solo por si había una urgencia y confiaba en mí para saber cuándo debía utilizarlo. Ese billete estuvo en mi mochila guardado a buen recaudo durante años. No os voy a mentir, si me pillara ahora con uno de cincuenta euros en la cartera y unas buenas rebajas de por medio, no habría corrido la misma suerte.

—¿Quieres pillar un taxi? —le dije, sacando a relucir el famoso billete de las emergencias.

Nacho me miró desconcertado.

—Es mío, no se lo he robado a nadie. Bueno, mío de mi padre, para emergencias —insistí.

Nacho miró de nuevo su reloj, mientras la gente empezaba a aparecer como hormigas por las puertas del instituto.

—Es como si te pagara la gasolina de cuando me llevaste al centro de salud por lo de la nariz. ¿Te acuerdas? —insistí cambiando de estrategia.

—Claro que me acuerdo, pero la gasolina no vale eso —respondió.

Durante unos segundos, dudó. El tiempo que tardó en aparecer Andrés bastante más enfadado, a quien Nacho le hizo un gesto para que se calmara.

—¿Me traes luego a por la moto? —le dijo a Andrés, que asintió con la cabeza mientras se acercaba a mí para coger el billete.

—Mañana te lo devuelvo, ¿vale? —me dijo muy serio, como si no le gustase tener que coger un dinero que yo le ofrecía encantada.

—Vale.

Y salió corriendo en busca de algún taxi que le llevara a casa. Andrés movió la moto y la llevó a una zona cercana, buscando una farola donde apoyarla y engancharla. Aproveché ese pequeño *impasse* de tiempo con él para preguntarle por Nacho:

—¿Dónde tiene que irse? —pregunté con la inocencia que me caracteriza cuando quiero.

Andrés me miró con los ojos y la boca del que sabe algo, pero sin querer decirlo, conteniéndose. Es un gesto muy humano que he vuelto a ver en otras muchas ocasiones, en concreto en mi amiga Laura de ahora.

Siempre que Laura, la de ahora, dice alguna mentirijilla ridícula, la boca empieza a empequeñecérsele, intentando que no se le note que no es cierto y que se va a descojonar. Miles de veces la he pillado en ese momento, donde lo mejor que se puede hacer es insistir con la misma pregunta y percutir para ver cómo se le deforma la cara y acaba por poner una ridícula boca de pez.

—¿Laux, esos zapatos son nuevos?
—No, no... qué va. Son los del otro día.
—¿Cómo que no? Esos zapatos son distintos a los de ayer.
—Qué va, esos eran de... otra marca —dijo reculando.
—Anda que no, Laux. ¡Te has comprado tres pares esta semana!

Y en ese instante su boca se empieza a encoger de una manera extrañamente rígida, haciéndose cada vez más minúscula conforme la mentira crece, hasta que sus labios no pueden soportar más la risa y confiesa: «Sí, tía, pero dos estaban rebajados...», con el alivio moral que eso conlleva para ella, no ya solo porque se libera de la mentira y se ríe de ella misma, sino porque, cuando compra algo de oferta, es la mujer más feliz del mundo.

Me encanta cuando hace eso y la felicidad que transmite desde la total inocencia de una mentira absurda. Reconocí ese mismo gesto en Andrés al momento.

—¿Qué adónde va? Eso mejor que te lo cuente él —respondió Andrés de manera seca a la pregunta que le había hecho sobre Nacho.

Y ahí quedó la conversación; que no el tema, porque una, a pesar de ser una adolescente en aquella época, tenía sus recursos, y en ese billete que Nacho llevaba en la mano, iba incluida la nota, mi nota, que durante toda la mañana había escrito para él intentando dar ese segundo paso y que algún idiota casi estropea cuando le tiraron la moto mientras estábamos en clase. ¿Que qué ponía en la nota? Bueno, como diría Andrés: «Eso mejor que os lo cuente él».

Lauri llegó al momento. En el instituto se corrió la voz rápidamente de que habían tirado la moto de Nacho y el ambiente estaba enrarecido. De camino a casa intenté ocultar a Lauri que había iniciado ese segundo paso a través de la nota, pero a las amigas es imposible ocultarle los secretos.

—¿De verdad le has escrito eso?

—Claro. Me dijiste que tenía que dar el segundo paso y lo he dado.

—Yo diría que más que un segundo paso acabas de hacer una carrera de diez kilómetros —me dijo riéndose, lo cual, provocó mis dudas.

—Igual me he pasado, ¿no?

—¡No! Seguro que mañana te dice algo. Has estado muy ágil metiéndosela dentro del billete.

Y sonreí. Con la risa de una adolescente ilusionada con lo que está viviendo. Porque las mejores risas son las de la adolescencia, sin lugar a dudas. Son abiertas y escandalosas, repletas de vida, porque, cuando creces, el alma se te corta, la risa se convierte en sonrisa y pierde matices.

Esa noche estuve despierta un buen rato. Me puse los cascos y escuché la misma canción en bucle tumbada sobre la cama. Siempre han existido canciones especiales que van unidas a momentos concretos y las repito constantemente para no perder esa sensación tan hermosa que me provocan. Es uno de los pocos caminos que conozco para atrapar emociones casi tan originales como la primera. La exprimes una y otra vez hasta que ya no puedes escucharla más porque la has dejado seca. Entonces, de repente, aparece una nueva canción con un nuevo sentimiento, y el proceso se repite. En ese momento me hacía feliz escuchar la canción «Everything's Gonna Be Alright» porque me recordaba las facciones de la cara de Nacho y no podía evitar sentirme bien. Así que, con ese estribillo pegadizo lleno de buen rollo, me quedé dormida.

A la mañana siguiente, con los cascos en la cara, baba en la almohada y ya me hubiese gustado decir que con una teta fuera, pero lamentablemente no las tenía tan grandes, me desperté con mucha más energía de la que habitualmente tenía. Soy de esas personas a las que les cuesta ponerse en pie y desayunar nada más salir de la cama. Esto es algo que me ha acompañado después. Siempre que he viajado con mis amigas a algún hotelito de alguna isla perdida soy la típica que llega al *buffet* del desayuno justo un minuto antes de que cierren. A menudo me despierto la última, con media teta fuera, ahora ya sí, y para cuando empiezo a asomar la cabeza de entre las sábanas preguntando qué hora es, ellas ya se han duchado, desayunado, dado una vuelta por la playa y han visto un sitio increíble donde comer a mediodía.

Lauri me esperaba esa mañana con una sonrisa, reflejo de la mía. Me encanta si alguien ríe cuando yo lo hago, como si fuese un acto reflejo. Yo las llamo las «amigas espejo», porque reflejan las emociones de tal forma que se alinean contigo siempre. Si sufres, lo perciben, y acto seguido te animan; si desbordas alegría, aprovechan para sumarse alegrándose por ti, y si te viene la regla, se sincronizan contigo para que las dos la tengáis a la vez.

Cuando llegamos al instituto, la moto de Nacho no estaba, y las primeras horas se hicieron interminables hasta el descanso. A las once en punto Lauri y yo, sentadas en las gradas que daban al aparcamiento, bocadillo en mano y sin probar bocado, estábamos impacientes, esperando. Nacho apareció. Verlo entrar en el instituto andando, sin su moto, resultaba extraño. Lauri se levantó y dijo:

—¡Vamos!
—¿Adónde? —le pregunté sorprendida, temiéndome la encerrona.
—A ponernos donde nos vea. Hay que establecer contacto visual.
—No, no. A mí eso me da mucha vergüenza.
—Tú tranquila, fíate de mí. Nos acercamos haciendo como que vamos a la cafetería y entramos en su campo visual. Seguro que, cuando nos vea, le recuerdas el tema de la nota y te dice algo.

No me convenció del todo la estrategia, no os voy a engañar, pero la vi tan convencida que cualquiera le decía que no. Además, si algo hay que reconocerle a Lauri es que, en ese momento y sin quererlo, fue mi descubridora del concepto «putivuelta» que tanto juego nos ha dado años después. Conocía perfectamente cómo y por dónde moverse para que, de una manera indirecta, como quien no quiere la cosa, en círculos si hacía falta, como las palomas, cubriéramos un radio de acción delante de Nacho de una forma natural y digna. Sobre todo muy dignas.

Paseábamos muy juntas, haciendo como que hablábamos de algo importante que, en realidad, no era de nada. Simplemente un murmullo irreconocible y risas, muchas risas. Parecíamos dos extras de una película inventándonos una conversación mientras la acción del protagonista ocurría en primer plano. Nacho parecía dar explicaciones a sus amigos sobre los problemas de su moto, porque movía los brazos como si tuviera un manillar imaginario sostenido en sus enormes manos. Cuando estábamos a escasos diez metros, ocurrió algo impensable. Nacho cortó la conversación y me llamó. Por mi nombre, claro está, el apodo de «enana» lo utilizaba únicamente cuando estábamos solos, como mi padre hizo siempre cuando me llamaba «señorita».

En ese momento te da un pequeño vuelco el corazón, no porque sea Nacho, que también, sino porque se revoluciona algo dentro de ti, como cuando encuentras un vestido único en las rebajas y es de tu talla, y claro, a tu amiga espejo también se le revoluciona algo. Así que Lauri, que era muy lista, y viendo que Nacho se acercaba, inició una maravillosa estrategia de distracción para dejarnos solos. Se giró, miró hacia el grupo de Nacho y le dijo a Andrés:

—Oye, Andrés, ¿tú estás tonto o qué? —Así, sin venir a cuento.

Y caminó hacia él, mientras Andrés resoplaba por la que intuía le había caído encima.

Nacho, por su parte, llegó a mi altura y sonrió, muy amable. Echó la mano al bolsillo y sacó un billete.

—Muchas gracias por dejarme el dinero —me dijo mientras me miraba fijamente.

—No hacía falta que me lo devolvieras tan rápido —le dije excusándome.

—Es que no me gusta deberle nada a nadie —afirmó de manera solemne.

Con el paso del tiempo entendí por qué lo decía y más con dinero de por medio. Con sutileza intenté continuar la conversación con la idea de llegar al tema clave en cuestión: la nota.

—¿Llegaste a tiempo? —pregunté.

—Sí, menos mal. No había mucho tráfico y llegué justo.

Después de esa frase se hizo un pequeño silencio que intenté resolver rápidamente, pero no me salió nada ingenioso que decirle. Me miró, sonrió seguro de sí mismo y se dio la vuelta, sin decir nada más, cosa que me indignó bastante, la verdad, así que empecé a notar como una especie de escozor que comenzó a subirme por el pecho hasta llegar a la boca:

—Oye, y de la nota que te escribí, ¿qué pasa? ¿No me vas a decir nada o qué? —pregunté con aplomo, sorprendida de mí misma.

Nacho se volvió hacia mí aguantándose la risa para no descojonarse, cosa que me molestó aún más.

—Ya te he devuelto el billete, mira a ver que no sea falso —me dijo como hablando en clave.

No entendí nada, la verdad. Me parecía un vacile innecesario después de abrirle mi corazón. De hecho, en ese momento, comencé incluso a dudar de que hubiese leído la nota.

Ante mi cara de cabreo que iba en aumento, Nacho se giró y dijo:

—Luego te veo.

No pude contenerme.

—Bueno, eso será si yo quiero —respondí al momento.

Y así de ancha me quedé, con mi cara de decepción mezclada con el cabreo y un billete en la mano. En esa época había muchos billetes falsos, la verdad, pero vamos, que soltarme semejante tontería, no le veía ningún sentido. Aun así levanté el billete para mirarlo al trasluz, como si supiese lo que estaba haciendo. Al abrirlo, una nota cayó al suelo a la vez que mi dignidad. Nacho me había respondido con otra nota de la misma manera que yo lo hice.

Mi cara se iluminó por momentos. La verdad es que no sabía lo que decía su nota, podría haber sido un «Aléjate de mí, maldita psicópata», pero el detalle en sí y ese «Luego te veo» ya me emocionaba sobremanera y auguraba un buen comienzo. Mientras, Lauri volvía con la sonrisa cómplice de quien está deseosa de recibir noticias y yo aproveché para leerla rápidamente.

—¿Qué te ha dicho? —dijo impaciente.

No respondí. Directamente, le enseñé su nota. La cara de Lauri se iluminó de la misma manera que lo hizo la mía segundos antes y asintió con la cabeza mientras sonreía. El timbre sonó y mi estómago también, ya que no me había dado tiempo a comer nada. No importaba. Pasé las siguientes cuatro horas esperando a que terminaran las clases.

¿Que qué ponía en su nota? Cuando sonó el timbre, recogí mis cosas, nerviosa, pero más despacio de lo habitual. Sin prisa. Esperaba que toda la clase saliera. En la puerta de entrada del instituto estaba Nacho esperándome. Lauri se adelantó unos metros y nos encontramos cara a cara. Me había imaginado cómo arrancar la conversación de mil maneras diferentes, pero lo hizo él con mucha naturalidad, lo cual agradecí.

—Anda que menuda vergüenza pasé —me dijo.

La frase me pilló desprevenida por completo.

—¿Puedo, entonces? —preguntó Nacho para desconcertarme aún más si cabe—. Acompañarte a casa... —dijo sonriendo.

Cuando todavía no terminaba de entender esa primera pregunta, la segunda hizo que todo empezara a tener sentido en mi cabeza.

Obviamente, le dije que sí. Al principio caminamos en silencio, avergonzados por la edad, pero al poco tiempo decidí que no era el momento de andarse con historias.

—¿Qué te pareció mi nota? —pregunté decidida.

Nacho me miró y contuvo la risa de nuevo.

—Pues lo mismo que al taxista —respondió.

Y entonces Nacho explotó a carcajada limpia y yo empecé a intuir por dónde iba su respuesta. Estaba tan nervioso porque llegaba tarde que no se dio cuenta de que mi nota estaba en el interior del billete. Cuando tuvo que pagar, se lo dio directamente al taxista y claro, fue este quien la vio y la leyó el primero.

—¡No te creo! Y ¿qué te dijo? —le pregunté alucinada.

—Me dijo que había una nota que creía que no era para él y claro, yo no tenía ni idea de lo que me estaba hablando —respondió riendo—. ¿Te imaginas a un taxista que recibe un billete con una nota que dice: «Estoy dando el segundo paso. ¿Quieres que caminemos juntos?». Pues él tampoco se lo imaginaba, sobre todo porque me dijo que cómo íbamos a caminar juntos, si él trabajaba en el taxi todo el día y que iba en coche a todos lados. Tampoco sabía si lo que había dibujado en la nota era un conejo o un gato.

Al escuchar a Nacho contar la secuencia con todo detalle, no pude aguantarme la risa y yo también exploté. Caminamos otros veinte minutos más para recorrer apenas cien metros con un dolor de estómago que no nos dejaba avanzar. Fue maravilloso empezar una relación así, porque estábamos empezando una relación, ¿no?

Nos detuvimos justo dos portales antes de llegar a mi casa para evitar que mis padres o mis hermanos nos vieran. Nacho dejó de reír y yo, que ya venía con confianza, me lancé directamente a cerrar el tema:

—Entonces...
—Entonces ¿qué? —respondió rápidamente.

Yo no me amilané ante su pregunta y contrataqué con fuerza:

—Entonces... ¿estamos saliendo o no? —le pregunté.

Me encantaba esa frase. Me encantaba porque cuando eras una adolescente no tenías otra manera de dejar claro que tenías novio o novia ante el mundo; era una frase que se convertía en una especie de contrato vinculante lleno de inocencia que marcaba un punto de partida para lo que viniese después. En esa época, los términos «follamigo», «amigo con derecho a roce» o el «nos vemos de vez en cuando» no tenían cabida y he de reconocer que a mí eso de «estar saliendo» me parecía maravilloso.

Nacho me miró sorprendido y dijo:

—Por mí sí, pero lo que tú digas.

Pues dicho quedaba. Y sin necesidad de expresar una palabra más, Nacho se fue a recoger su moto al taller mientras yo subía a casa a comer, sin hambre, esperando mi hora telefónica con Lauri, porque mi corazón acababa de sufrir un golpe de Estado y había que dar parte de ello.

NACHO

CAPÍTULO 4
El secreto

¿Y si el secreto de la felicidad está escrito en la etiqueta kilométrica de unas bragas?

A menta y fresa, así recuerdo nuestro primer beso. Era el sabor de los dos chicles que elegimos para ese momento, porque, cuando intuías que la cosa avanzaba en esa dirección, siempre había que estar preparados. La tecnología avanza más rápido de lo que los chicles han podido hacerlo, pero su uso sigue siendo imprescindible.

Tomamos por costumbre que Nacho me dejara a unos portales de mi casa para que mi padre no viese que me traía en moto.

Estaba entusiasmada, llena de energía. En el instituto, al principio, no se hizo oficial que estuviésemos saliendo juntos; allí Lauri, Andrés y alguno más de nuestro entorno lo sabía, pero poco más. Como no éramos los más populares intentamos pasar desapercibidos buscando la tranquilidad que te da el anonimato. De hecho, en lo que restaba de curso cruzamos algunas palabras y nos saludamos con sonrisas cómplices, como cuando encuentras un código de descuento y solo lo compartes con tu amiga; un secreto del que disfrutábamos algunas tardes y fines de semana.

Fue una etapa de libertad con el viento entrando por la ranura del casco en mi cara, recorriendo todos los parques de Madrid en los que pasar la tarde. Nacho me esperaba los lunes y los miércoles a la salida del entrenamiento de vóley en un banco frente a Justino. Lauri siempre nos acompañaba. Nunca la dejé de lado a pesar de que de vez en cuando quisiese pasar tiempo a solas con Nacho, y solo en algunos momentos muy puntuales, se separó de mí.

Es curioso cómo este error básico y recurrente que consiste en olvidarte de tus amigas cuando tienes una relación, no lo cometes tan fácilmente siendo una adolescente, porque sientes la amistad con muchísima más fuerza. Sin embargo, siendo un poco más mayor, te dejas llevar por relaciones más absorbentes que una bayeta y pierdes la perspectiva de lo que realmente importa en la vida y lo que tus amigas pueden llegar a aportar en ella. Al final, los errores están para cometerlos una vez y aprender de ellos, y yo puedo decir que he aprendido de muchos, varias veces.

Nacho ese año me enseñó a coger su moto, lo cual me tenía entusiasmada. Me la dejaba sin reparos en una pequeña calle cortada al tráfico en una urbanización en construcción que había al lado de mi casa. Después de un par de horas nos íbamos al parque del Oeste y junto a una fuente con un chorro gigante, comíamos pipas mientras nos contábamos las anécdotas más tontas que recordábamos. Siempre en una continua batalla dialéctica, tan hermosa.

—Se te va a poner la lengua como un zapato como sigas comiendo pipas —me decía.

—¿Es que quieres darme un beso?

—Hombre, antes de que llegue el verano, eso espero —respondía él con la contrarréplica ágil.

Ya nos habíamos besado antes, pero siempre me hacía esa broma para que lo hiciera de nuevo. Era una especie de juego, sin pretensiones, solo para relajar la tensión de darte los primeros besos con alguien que me levantaba hasta el metro ochenta mi autoestima, y es que Nacho era un chico excepcional.

Nuestro primer beso fue gracias a la cobertura que me hizo Lauri un miércoles por la tarde después del entrenamiento. Nacho y yo nos escapamos, el día del espectador, a un pequeño cine del centro a ver una reposición que ponían de *Titanic*. No era una película que a Nacho le hiciera especial gracia en su papel de chico de dieciocho años que por aquella época adoraba *South Park*, cosa que con el tiempo yo también adoré, pero todos hacemos nuestros sacrificios si la recompensa merece la pena.

Realmente, todo era muy natural con Nacho, no hacía falta esforzarse por mantener una conversación, pero ya llevábamos varias semanas saliendo juntos y se respiraba en el ambiente la necesidad de dar otro paso más en nuestro camino. Esa tarde en el cine cumplimos todos los pasos del manual, empezando por sentarnos en los asientos de la última fila, continuando por acercarnos poquito a poco conforme avanzaba la película, y acabando por juntar nuestras manos en uno de los apoyabrazos en el momento en el que el Titanic se iba a pique. También nos mandaron callar como seis o siete veces porque no parábamos de hablar. Cuando llegó el momento, ninguno de los dos abría la boca y yo, que soy muy de romper la tensión sexual no resuelta, vi que le sudaban las manos y me animé:

—¿Te sudan las manos por Leonardo o por mí? —le dije por sorpresa.

—¿Cómo? —respondió soltando mi mano con rapidez, avergonzado—. ¿Quién es ese?

—Leonardo DiCaprio, el actor —le dije sonriendo y poniendo los ojos en blanco mientras señalaba la pantalla.

El barco hacía aguas por todos lados, como las manos de Nacho, que en un acto desesperado, como lo hacía Leonardo en ese momento, buscaba una salida para no ahogarse.

—¡Ah, vale! ¿Así se llama? Es que solo me había fijado en ella, enana —replicó ágil, mientras tocaba con sus manos mi barbilla.

Obviamente, me hice la ofendida durante un segundo y medio, cuando, en realidad, poco me importaba el comentario sobre Kate Winslet, más aún cuando poco después la muy perra no dejó a Leo un mísero centímetro de espacio en la tabla.

Era la situación perfecta. Todo comenzó con vacile y acabó con la ternura de sus manos enormes cogiendo las mías justo cuando el barco se partía en dos y mi corazón se unía al suyo para retumbar con tanta fuerza que nos mandaron callar de nuevo. Esa vez ya no estábamos hablando.

Se acercó o me acerqué, da igual. De manera sutil, noté el sabor a menta en sus labios y poco después la fresa en los míos antes de que finalmente nos besáramos. Leonardo se estaba congelando, pero yo estaba más viva que nunca.

Fue un beso sencillo, con lengua, por supuesto, y aunque no fue muy largo, fue uno de los besos más honestos que recuerdo. Me dejé llevar, porque inconscientemente me soltaba de la cuerda que me ataba a mí misma y Nacho hacía lo mismo.

No siempre he tenido una gran memoria para según que detalles, para eso, sin duda, es mucho mejor mi amiga Laura, que se acuerda hasta de la ropa que lleva la gente de un día para otro y les critica si la repiten. Sin embargo, cada experiencia vivida con Nacho se me quedó grabada a fuego y es imposible desvincularme de ellas. Además, ese tipo de experiencias, acompañadas de canciones, olores y objetos, acaban por acompañarte para siempre.

Ese curso, que acabó con la felicidad por bandera, con buenas notas y besos con lengua, dio paso al verano con tardes de piscina, de vacaciones en el pueblo de Lauri y de verbenas veraniegas.

También era la época de encontrar excusas para quedar con Nacho, ya que en verano pasaba varios meses con mi familia en la casa que teníamos en la sierra y resultaba más complicado vernos. No estaba excesivamente lejos de Madrid, por lo que Nacho podía venir en su moto, aunque la verdad es que tardaba un ratito. La casa se encontraba en una urbanización donde todos nos conocíamos; salíamos con la bici todos juntos, íbamos a la piscina municipal y celebrábamos día sí, día también, el cumpleaños de alguien. Yo creo que alguno se lo inventaba porque, de ser verdad, prácticamente todos nuestros padres se habían puesto de acuerdo para tener a sus hijos al mismo tiempo.

Nacho venía a buscarme los miércoles y viernes en la moto. Yo iba paseando hasta una parada de autobús que había en la entrada trasera de la urbanización, que era más discreta que la principal. El resto de los días de la semana él trabajaba, pero la verdad es que aún no sabía exactamente en qué.

Siempre íbamos a la piscina del pueblo de al lado para evitar encontrarnos con gente conocida. Los primeros días de ese verano estábamos prácticamente solos en un lugar precioso. Todas las vallas de las casas de alrededor y la de la propia piscina estaban cubiertas por buganvillas rosas.

Normalmente aprovechábamos desde primera hora de la mañana, ya que Nacho tenía que estar de vuelta sobre las seis de la tarde. Hacía desde Madrid muchos kilómetros entre la ida y la vuelta y teníamos que contar con ese tiempo de desplazamiento. Además, eso ya suponía un gasto de gasolina importante para él, así que yo, por mi parte, cogía de casa alguna bolsa de patatas, bebidas y mi madre me preparaba unos bocadillos para pasar el día. De esa forma yo intentaba aliviar el gasto que le suponía subir desde Madrid con la moto para que no tuviéramos que soltar ni un euro en nada más. Convencí a mi madre de que todos los bocadillos eran para mí y para alguna otra amiga a la que le encantaban sus tortillas francesas.

Ese verano su padre le compró a Nacho un «pequeño» móvil del tamaño de unas sandalias Monster para tenerlo localizado. Ese fue el mejor regalo que pudieron hacerle, ya que así teníamos una manera de estar conectados.

Por supuesto, le pedí uno a mi padre en cuanto lo vi, pero tardé un poco más en conseguirlo, y siempre bajo la promesa que le hice a mi madre de que «Solo era para que ella me llamase». Luego, evidentemente, mi madre tenía que andar recargándome la tarjeta prepago porque nunca tenía saldo.

A partir de ese momento establecí la rutina de llamarle al móvil para saber cuándo salía de casa. A veces esperaba hasta una hora en la parada del autobús, porque calcular el tiempo exacto que tardaba en llegar era difícil y tampoco quería arriesgarme a que él me llamara a casa y que mi padre pudiera intuir algo sobre Nacho y su moto. La verdad es que no me importaba porque, normalmente, aprovechaba el tiempo que tardaba leyendo al sol. Ese verano devoré muchos libros entre espera y espera, y los minutos se pasaban volando de esa forma.

Creo que mi afición, incluso obsesión por la lectura, tiene dos momentos muy concretos en mi vida. Por un lado, mi padre tenía un montón de libros en casa que, aunque no los leí todos ni de lejos, siempre me invitó a que les echara un vistazo desde bien pequeña, y por otro lado, esperar a Nacho en aquella parada del autobús durante horas, hizo que mi afición por la lectura se asentara definitivamente.

Recuerdo especialmente los libros que mi padre tenía en casa, porque casi todos tenían pinta de ser bastante antiguos. Muchos eran libros técnicos de química, física o matemáticas, tenían la letra muy muy pequeña y estaban llenos de símbolos que a mí me parecían un idioma indescriptible. Pero eran bonitos, tenían unos colores verdes, granates y azules, detalles dorados en los títulos y sobre todo olían a libro antiguo, un olor maravilloso que siempre me recordará a mi padre. Ver a mi padre sentado en su sillón leyendo fue siempre una imagen inspiradora para mí, porque le veía disfrutar. A veces se reía solo y yo, de pequeña, le preguntaba:

—¿De que te ríes, papá, si estás leyendo un libro?

Me sorprendía porque siempre veía a la gente reírse a carcajadas con películas o con la televisión, pero con los libros hasta entonces yo solo había sonreído, nunca había llorado de risa como lo hacía mi padre. Intuía que un libro de matemáticas seguro que no estaba leyendo.

—Es que es muy gracioso lo que leo —me dijo de manera vehemente.
—¿Y qué es? —le pregunté intrigada.
—Mira, ven a verlo —me animó.

Mi sorpresa fue mayúscula cuando vi que era un cómic lo que tenía entre sus manos. Siempre le había visto leer libros antiguos de los temas que más le interesaban: física, electricidad y alguna novela de ficción como *Caballo de Troya*. Recuerdo el título porque siempre me contaba la historia que había detrás del caballo, aunque el libro iba de otra cosa, pero verlo riéndose a pleno pulmón con un cómic me llamó aún más la atención.

—*Las doce pruebas de Astérix* —me dijo mientras reía.

No os voy a engañar, a mí Astérix y Obélix no es que me atrajeran mucho en ese momento, pero mi padre me ofreció que le echara un vistazo a uno de los libros. Visto el primer capítulo, los devoré por completo y aprendí dos cosas: que contra la burocracia no se puede ganar, da igual el año en que leas esto, y que era capaz de reírme con otros dibujos animados que no fueran *Los Simpson*.

A partir de entonces mi padre me trajo del Rastro todos los domingos un *Superhumor* donde venían las historias de Mortadelo y Filemón, Zipi y Zape, Rompetechos... Toda la vida, la de antes y la de ahora, está contenida en esos tebeos.

Ese verano, con sus largas esperas en la parada de autobús y el sonido de las chicharras como banda sonora, terminaron por asentar mi pasión por la lectura que ya mi padre había inculcado en mí.

Ahora, con un ritmo de vida más acelerado, creo que si alguien me hiciera esperarle durante una hora, me molestaría y ni por asomo se me ocurriría pensar que puedo aprovechar ese tiempo para leer.

Caes en la vorágine de la inmediatez y vives la experiencia de la vida subida en tus tacones por ti misma para dejar de lado la que te cuentan otros en sus libros. Tantas novelas leídas te llevan a querer ser la protagonista, y en esos momentos el tiempo no te da para vivir tus aventuras y además leer las de los demás.

La lectura no es una amante celosa: no le importa que la abandones un tiempo para que puedas seguir escribiendo tu propia vida, pero siempre he intentado sacar tiempo para ella de la misma manera que lo hacía mi padre, sentada en soledad en mi sillón, relajada y lista para emocionarme, reírme, enamorarme o decepcionarme con la tinta de otros.

Aquel día, a pesar de que hablamos justo cuando salía de casa, Nacho tardó más de lo habitual. No importaba, porque teníamos todo el día por delante, pero cuando apareció se le notaba nervioso, cuando era una persona muy tranquila. Incluso sin haberse quitado el casco se respiraba en sus ojos que estaba un poco descolocado.

—¿Qué ha pasado? —le pregunté intrigada.
—Nada, la moto, que no arrancaba —respondió.

Esa excusa sonó falsa de aquí a Roma, pero no quise incidir. Tengo una capacidad innata para saber si alguien miente cuando me mira a los ojos, como cuando mi amiga Laura se tira un pedo y dice que no ha sido, aunque ese olor tan asquerosamente característico y reconocible la delate.

Así que me puse el casco y nos fuimos a la piscina. Nacho estaba distante, preocupado, y tenía el móvil más a mano de lo normal. Dejé que se fuera relajando entre baño y baño e intenté iniciar una conversación distendida, pero sin saber yo misma que estaba intentando iniciar una conversación distendida, porque con diecisiete años no eres consciente de que haces esas cosas, pero las haces. Es lo que ahora quizá reconozca y entienda como «empatía». Siempre me ha encantado esa palabra, porque demuestra la capacidad para ponerse en la piel de los demás y entender las situaciones. Hacerlas tuyas.

Así que, en ese momento, cuando abrimos los bocadillos de tortilla que mi madre me —nos— había preparado, puse en marcha una involuntaria conversación distendida para mostrar mi empatía:

—Está bueno el bocadillo, ¿verdad?
—Sí, la verdad es que está muy bueno —respondió.
—Tiene un poquito de tomate en la base, pero está crujiente —insistí.

Nacho me sonrió mientras masticaba, con sus ojos achinándose como los de un niño feliz comiendo algo tan sencillo como rico.

Desde el día en que un taxista leyó mi nota oculta en un billete siempre he tenido la duda con Nacho de dónde iba con tanta urgencia o por qué llegaba tarde a clase. Nunca hablábamos de su vida, pero, por el contrario, yo se lo contaba todo sobre la mía, y entonces entendí que en aquella piscina, con unos bocadillos de tortilla francesa de por medio, era el momento perfecto para lanzar mis preguntas.

Porque desde que Andrés dijera aquel «Que te lo cuente él» no pude dejar de pensar en ese misterio que rodeaba a Nacho.

—La moto no ha sido, ¿verdad? —dije de repente, fiel a mi estilo de romper el hielo en pleno verano a treinta y dos grados.

Nacho, sorprendido, dejó de masticar. No podía ocultar las cosas. Era completamente transparente y estoy segura de que nunca me lo contó simplemente porque nunca se lo había preguntado, así que, llegado el momento, hizo lo que hacen las personas como él: dejarse ayudar.

—Ha sido por mi padre —respondió muy serio.
—¿Has discutido con él? —le dije preocupada.

Nacho volvió a sonreír levemente y negó con la cabeza. No hizo falta que le preguntara más; respiró profundamente y arrancó la moto de los sentimientos para contármelo todo. Era una historia tristemente fascinante donde la realidad superaba a la ficción.

La familia de Nacho llevaba varios años pasándolo mal económicamente. Su padre había invertido en un negocio hacía tiempo y no le salió nada bien. Nada.

—Mi padre es un buen hombre, enana —dijo Nacho afligido—. Le dijeron que tenía que perseguir sus sueños y mi madre le apoyó. Todos le apoyamos. Todos menos los que te dicen que hay que perseguir tus sueños, porque, cuando no se cumplen, son los primeros que desaparecen y te dejan a solas con ellos.

Ambos nos miramos mientras nos tocábamos las manos.

—Así que ahora nos toca responder a toda la familia —continuó con el aplomo de un niño, convertido en hombre a la fuerza por unos momentos.

Tenía razón. Años más tarde, mi amiga Lucía, que sospechosamente se parecía a Nacho en algunos aspectos, me dijo unas palabras que, sin quererlo, lo trajeron de vuelta cuando ya no estaba en mi vida: «No estamos preparados para el fracaso, rubia. Nos enseñan el éxito de los demás y nos dicen "Ve a por ello, arriésgate", pero no nos preparan por si fallamos. Nos dicen que hay buscar nuestro propio destino, pero hay que saber leer la vida».

«Hay que saber leer la vida», dijo Lucía, de la misma forma que Nacho me dijo que su padre era un buen hombre que quizá no supo hacerlo.

Nacho me contó que habían perdido mucho dinero, mucho, y no solo eso, sino que también debían lo que le habían prestado.

Tristemente se encontró en plena adolescencia levantándose cada mañana a las cinco de la madrugada para trabajar empaquetando fruta en verano y repartiéndola en invierno y así ayudar a la familia con la deuda. Su hermano pequeño tenía nueve años y él asumió esa responsabilidad. Por eso Nacho iba con prisa a todos lados, por eso Nacho llegaba a las once de la mañana a clase después de llevar levantado muchas horas y todos los profesores le trataban con el cariño de unos padres que saben de la situación por la que estaba pasando su familia. Por eso tenía un móvil a nuestra edad, para estar localizado por si tenía que volver para echar una mano. Por eso algunas tardes salía rápidamente nada más terminar las clases, porque hacía turno doble, y por eso aquella tarde cogió mi billete para montarse en un taxi y no llegar tarde al trabajo. Por eso Nacho tenía esa melodía triste que le acompañaba a todas partes, porque estaba cansado.

—Yo hago lo que puedo, enana, pero… —resopló mientras dejaba la frase abierta y sus ojos tan azules se humedecían ligeramente.

Respiré hondo. Yo solo tenía diecisiete años y una vida fácil como para asimilar todo aquello, pero sentí una conexión en ese momento que me ataría a él para siempre. Ya no pude volver a ver a Nacho de la misma manera. Mi admiración pasaba a otro nivel diferente al «del chico que me gusta» porque al leer sus ojos me di cuenta de que la vida había sido injusta con él, pero no culpaba a nadie. Todos culpamos de nuestras desgracias a los demás, sin mirar si es responsabilidad nuestra. Pero Nacho no. Él solo quería avanzar y solucionar el problema cuanto antes. Con el tiempo te das cuenta de lo importantes que son las personas que, cuando les cuentas un problema, buscan la solución y no el culpable.

—Lo siento —le dije.
—No pasa nada, nadie tiene la culpa —respondió.

Se hizo un pequeño silencio donde solo se escuchaba el murmullo de la gente en la piscina y una brisa que movía las ramas de los árboles donde estábamos a la sombra.

—Estás más blanca que la teta de una moja, enana —dijo, cambiando el tono como solo él sabía hacerlo para que sonriera. Era generoso siempre en sacarme una sonrisa y eso es algo que no podré olvidar.
—No sé de qué me hablas, yo no tengo tetas —respondí al segundo.

Y nos reímos tan fuerte que el socorrista se giró sorprendido utilizando el silbato para pedirnos un poquito de calma.

—Atiende, que se te ahoga un niño —le dijo Nacho señalando la piscina.

El socorrista se giró rápidamente asustado, pero no había nadie bañándose en ese momento. Nacho y yo nos descojonamos ante la cara de circunstancias del socorrista y un pensamiento claro en su cabeza: «Niñatos».

En pocos minutos, esa extraña atmósfera que se había creado desapareció, porque éramos dos «niñatos» en una piscina en pleno verano, y a esa edad las cosas desaparecen siempre más rápido. Las buenas y las malas.

Ahora es más difícil conseguir que las preocupaciones ocupen menos tiempo del que debería. No pasa nada, una asume que tiene que vivir con ellas, pero que sea lo justo. Siempre heredé de mi padre una actitud positiva y eso me ayudó mucho a decirle a Lauri en más de una ocasión: «¿Y lo que nos hemos reído, ¿qué?», cuando perdíamos un partido de vóley o la dignidad en cualquier otro momento.

Así que nos levantamos de la toalla, nos fuimos a dar un baño y a besarnos bajo el agua durante lo que quedaba de tarde, hasta que llegaron las seis y Nacho tuvo que volver a casa. Al día siguiente madrugaba, y ahora ya sabía el porqué.

Me dejó de nuevo en la parada del autobús y donde otras veces nos despedíamos sin más, esa tarde, Nacho se detuvo unos minutos.

—Ha sido una tarde increíble —me dijo mirándome a los ojos.
—Pues yo al final me he quemado —le respondí fastidiada.
—¿Y ha sido por mi culpa? —dijo sorprendido.
—Es que eres un tostón de tío.

Nacho empezó a reírse como si nada de lo que me había contado esa tarde hubiese cambiado nuestra relación, y lo mejor de todo, ni a él mismo.

—¿Nos damos un beso de despedida? —me dijo.

La frase albergaba un detalle maravilloso del que me di cuenta años después. Siempre que quería que nos besásemos, Nacho empleaba el plural. «Nos» decía, implicando a los dos, como si fuese, que lo es, un acto que compartíamos ambos y del que los dos disfrutábamos.

Años después, con otros chicos, todo fue muy diferente, porque muchos de ellos siempre utilizaban el singular. Siempre me decían: «¿Me das un beso, rubia?», y yo me acercaba para dárselo sin reparar en que no parecía algo que compartiéramos, sino que era más una petición suya. También es cierto que son detalles, matices del lenguaje, pero Nacho, siendo un niño, siempre estuvo a la altura de las circunstancias, aunque no tuviera la ortografía perfecta de la que otros sí hacían gala.

Así que sí, nos dimos un beso y de los largos, de los que cierras los ojos para saborearlo desde dentro. Se puso el casco y nos despedimos con el corazón más envuelto de amor si cabe de lo que ya estaba.

Volví corriendo a casa porque a las siete era cuando Lauri y yo teníamos reservada nuestra hora de teléfono. Llegué y aproveché que mis hermanos estaban en la piscina para tumbarme en el salón y contarle todos los detalles sin miedo a que nadie me escuchase. Ella estaba en el pueblo con su familia y amigos, y yo los echaba muchísimo de menos. Cada verano, desde que nos conocimos, pasaba parte del verano con ella en su casa, y ya quedaba muy poco para volver a vernos. Colgamos el teléfono y sonreímos, siendo conscientes de la suerte que teníamos teniéndonos la una a la otra. Es un ritual que he mantenido con mis amigas con el paso de los años. Casi todas las noches he compartido horas de teléfono con Sara, Laura o Lucía, contándonos nuestras mierdas, porque no siempre se tiene un buen día, pero sí que es necesario que alguien te las escuche.

También es algo que hacía con mi padre, y es que cuando me fui de casa le prometí que hablaría con él todos los días, siempre que no pudiera acercarme a visitarle. Él se desahogaba conmigo y yo seguía sintiéndolo cerca. Ahora echo mucho de menos nuestras conversaciones.

Nacho y yo nos seguimos viendo hasta bien entrado el mes de julio. Con el alivio que supuso para mí conocer esa pequeña doble vida que llevaba, disfrutamos de cada segundo del que disponíamos y comimos más tortilla francesa en ese tiempo de la que nuestro estómago seguramente podía soportar.

Nos hicimos amigos del socorrista del pueblo de al lado y afianzamos entre nosotros una relación basada en la confianza, el chiste fácil y el olor a tubo de escape mezclado con el aire fresco de la sierra. Es lo que tenía ir de «paquete» en la moto, que al final mi ropa desprendía un dudoso olor a gasolina cuando llegaba a casa. Para evitar que mis padres pudieran sospechar, en mi mochila no faltaba la comida, un tampón y un ambientador de ropa.

Cuando llegó el mes de agosto tuve que despedirme de Nacho. Me tocaba ir a visitar a Lauri a su pueblo y aquella vez tenía sentimientos encontrados. Por un lado, no quería separarme de él y por otro estaba deseando volver a ver a mi amiga.

Así que finalmente hice la maleta con cierta pena, y mi padre me acercó hasta el pueblo de Lauri, que estaba más cerca de Segovia que de Madrid, lo justo para pasar tiempo de calidad con él dentro de su ajetreada vida laboral.

En el coche teníamos un pacto y es que cada media hora le tocaba a cada uno escuchar la música que eligiera, pero eso nunca fue así; aunque yo siempre respetaba la primera media hora de mi padre, llena de música clásica con «Para Elisa» o «El lago de los cisnes», luego oíamos horas completas de un *mix* con las mejores canciones que siempre preparaba y escuchaba cada noche en mi habitación. Mi padre sufría con esa música, siempre le gustó la clásica, pero me veía feliz tarareando mis canciones y nunca dijo nada. Años después he disfrutado, casi sin saberlo, de «El lago de los cines» y toda esa música clásica que mi padre nos dejó a modo de poso en cada viaje que hacíamos, donde mis hermanos y yo nos quejábamos de esa música «aburrida» que nos ponía en el coche.

Cuando llegamos, Lauri estaba esperándome. Bajé del coche y nos abrazamos con la fuerza de dos amigas que llevan varios meses sin verse.

Dejamos la maleta en la habitación donde dormíamos y volvimos fuera, listas para dar la primera vuelta del verano juntas por el pueblo. Mi padre aún continuaba allí, hablando con los padres de Lauri, así que me despedí de él y me dijo: «Espero que se porte usted bien, señorita». Imagino que por el tono ya intuía algo.

Aprovechamos esa primera tarde para ponernos al día. Bajamos a unas piscinas naturales que se formaban cerca del pueblo con el agua que venía de la sierra. Estaba realmente fría, lo justo para meter los tobillos y que las tetas se te pusieran duras como piedras con los escalofríos. Lauri, la muy perra, fue la que me dijo que cuando te crecen las tetas, te viene la regla. Ella las tenía bien grandes desde pequeña y llevaba unos cuantos años con el periodo. En mi caso, como no terminaban de crecerme, la regla no tuvo más remedio que bajar sí o sí el verano pasado. Imagino que, dados los plazos que estábamos manejando, mi menstruación no podía seguir esperando a mis tetas. Al final, en la vida aprendes que da igual el tamaño de las tetas, lo importante es que estén bien en las revisiones.

Tumbadas sobre unas rocas, con la cabeza a la sombra y el cuerpo al sol para coger un poquito de color, Lauri me contó que había conocido a un chico en el pueblo que se llamaba Jorge. No era especialmente listo, pero Lauri decía que besaba muy bien, y que, aunque no terminaba de entender los chistes que ella le lanzaba, con sus besos le bastaba para pasar el verano. Yo le conté mis últimos meses con Nacho y lo enamorados que estábamos el uno del otro. Lauri sonreía de corazón. Se notaba que se alegraba por mí y eso me ilusionaba aún más al contarle cada detalle.

—Me ha dado un poco de pena separarme de él —le dije.
—Eso es porque le echas de menos, pero es normal, tía.

Me quedé en silencio. La verdad es que en esos primeros días, acostumbrada a verle todas las semanas, me sentí un poco melancólica.

—¿Sabes qué? Podrías escribirle una nota y mandársela dentro de un billete en un taxi —dijo con esa voz irónica que solo ella sabía poner, con una clara intención de picarme.
—Anda, ¡qué graciosa! O mejor aún... podríamos contarle un chiste a tu novio y que le lleve la nota en bicicleta mientras lo pilla... Como hay tantos kilómetros tiene tiempo de sobra para pensarlo —respondí ágil.
—Qué mala eres, tía, mira que burlarte así del pobre chaval..., ¡además, que no es mi novio! —Y acto seguido nos descojonamos a sabiendas de que no estábamos diciendo nada malo porque Jorge era un buenazo, aunque no compartiese nuestro humor absurdo.
—El padre de Nacho le ha comprado un móvil —le dije.

Acto seguido, la cara de Lauri se iluminó.

—Pues le llamamos por la tarde a ver qué está haciendo, ¿no?

Y eso hicimos durante una hora diaria cada una de las tardes que pasé en el pueblo de Lauri, lo que provocó que tuviera un todo incluido de lo mejor de mis dos mundos.

Nunca le conté a Lauri lo que Nacho me confesó aquel día en la piscina. También es cierto que nunca me dijo que no se lo contara a nadie, pero siempre creí que debía hacer mías las palabras que Andrés me dijo en su momento: «Mejor que te lo cuente él».

Y así pasó el verano, entre piscinas heladas, besos bajo el agua, alguna camiseta que olía a tubo de escape, las llamadas rutinarias desde casa de Lauri, sus amigos, la verbena del pueblo y, por supuesto, el cabreo de sus padres cuando vieron la factura del teléfono ese mes. Una desafortunada manera de que mi padre se enterara de la existencia de Nacho.

NACHO

CAPÍTULO 5
El último baile

Quemando puentes.

La bronca por tener novio a mi edad fue monumental. Los padres de Lauri le contaron a mi padre que habíamos estado llamando a un número desconocido. En aquella época, llamar a un móvil era más caro que unos Manolo Blahnik, así que tuvimos que confesar que la llamada era a Nacho. La secuencia, lógicamente, fue esta:

—¿Vosotras habéis llamado a este teléfono? —preguntó el padre de Lauri.

Nuestro silencio nos delataba. Yo apenas podía abrir la boca para respirar de la vergüenza que estaba pasando.

—Es de Pilar, de clase, que le han comprado un móvil —dijo Lauri con un soberbio amago de excusarse.
—Ah, pues vamos a llamarla entonces —dijo su padre con la clara intención de pillarle la mentira.

El padre de Lauri cogió la factura, miró el número de teléfono y marcó. Rezamos con todas nuestras fuerzas para que Nacho no lo cogiera, pero lo cogió. Solo escuchábamos al padre de Lauri hablar y no sabíamos lo que él respondía al otro lado del teléfono. En ese momento solo teníamos el cincuenta por ciento de la información y eso nos restaba poder.

—¿Hola? ¿Quién eres? Yo soy Ramón, el padre de Laura —dijo con voz grave al escuchar, imagino, la voz de un chico al responder.

Del otro lado intentaba imaginarme a Nacho explicando vete tú a saber qué. La cara del padre de Lauri iba cambiando de color por segundos, hasta que se giró hacia su hija y le dijo bastante enfadado:

—Toma, este chico quiere hablar contigo.

Lauri se quedó blanca, paralizada ante la situación, así que tuve que intervenir:

—No, quiere hablar conmigo. Es mi novio —respondí para evitar más malentendidos y que Lauri se llevara una bronca por mi culpa.

Cuando mi padre vino a recogerme varios días después, el viaje de vuelta en el coche lo hicimos en silencio. Puso su cinta de música clásica y no me atreví a pedir mi media hora según lo pactado. Sabía que le había decepcionado, y no sería la última vez ese año.

Cuando llegamos a casa, después de uno de los veranos más maravillosos de mi vida, tuve que explicar quién era Nacho, pudiendo ocultar la existencia de su moto al menos de momento. Mis padres se enfadaron muchísimo. No concebían que, con diecisiete, a punto de cumplir los dieciocho años, tuviera novio. Pero debía mantenerme fuerte, e intenté explicarles lo que Nacho representaba en mi vida.

—Es mayor que tú. Se va a querer aprovechar —dijo mi padre.
—No es verdad. No le conoces —repliqué.
—No me hace falta conocerle. Y no hay paga hasta que devuelvas la factura del teléfono —concluyó muy enfadado mientras salía de la habitación.

Era la primera vez que mi padre no escuchaba mis razones ni salía un «señorita» de su boca para mostrar su enfado. Siempre fue un hombre sensato, pero en esa ocasión no me dio la oportunidad.

Y así arrancó septiembre, con mi padre realmente decepcionado porque no pude prometerle que dejaría de ver a Nacho. Porque estaba enamorada de él y eso no podía negármelo. Hay un dicho que dice: «Cuesta soportar la fuerza bruta, pero la razón bruta es insoportable», y yo en ese momento no soportaba las razones de mi padre, que estaba siendo bastante bruto.

Ese curso empezó mal, y lo que mal empieza, se acaba torciendo de cojones, como diría Lucía años más tarde. Me sentía fatal porque quería pasar tiempo con Nacho, pero me obligaron a ir de casa al instituto y del instituto a casa. Al menos algunas tardes podía quedar con Lauri en el parque y afortunadamente, me dejaron seguir entrenando a vóley los lunes, miércoles, y viernes, pero los fines de semana tuve que ingeniármelas para estar con él.

Nacho lo entendió y amortiguó el golpe como solía hacerlo habitualmente, con madurez.

—No te preocupes, enana. Nos adaptamos —me dijo con un tono
conciliador que mi padre no tuvo.

—¡Es injusto, Nacho! —Yo ya sabía por el horóscopo de la *Super Pop*
que las libra no soportamos las injusticias.

—Pues si quieres voy y hablo con tu padre —me dijo envalentonán-
dose.

—¿Y con mis hermanos también? —le dije bromeando.

—Bueno... con tus hermanos mejor hablas tú —dijo mientras nos
reíamos sentados en las gradas durante el recreo.

Ese curso me descentré, no por Nacho, que nunca me presionó en nada,
sino porque me sentí incómoda en mi propia casa y eso me hizo tomar
malas decisiones buscando refugio en Lauri. Ese año ella decidió elegir
Ciencias puras para el último curso antes de la universidad. Yo no quería
separarme de mi amiga porque el año podría ser muy duro sin que estuviera a mi lado y, aunque lo mío siempre han sido las sopas de letras, en
vez de pensar en mi futuro, la seguí en esa batalla personal que teníamos
contra la Física y la Química de la que ella saldría victoriosa y yo... bueno,
no tanto.

En aquel momento vivía más tiempo pensando en cómo escaparme
con Nacho que en todas las cosas que rodeaban mi vida. Conseguí convencer a mi padre para que los sábados después del partido de vóley me
dejara ir con las chicas a comer *pizza*, porque eso era lo que hacíamos
siempre. Nacho venía a recogerme y aprovechábamos para pasar unas
horas juntos. A veces Lauri venía con nosotros y otras me hacía la cobertura frente al resto del equipo y me avisaba cuando todas se iban a casa
para que hiciera lo mismo.

Esas horas con Nacho eran un oasis cada fin de semana después del
partido. Intentábamos no hablar de mi padre ni del suyo. Solo de la ba-
nalidad de estar juntos. Desde la una de la tarde que terminábamos de
jugar hasta las cinco que volvía a casa, nos íbamos al parque del Oeste y
nos sentábamos en un banco muertos de frío, pero vivos de amor.

—Te queda bien el pelo tan largo.

—No he tenido tiempo ni de cortármelo esta semana —me respondió apurado.

Le toqué el pelo suavemente metiendo los dedos en su cabeza desde la nuca.
Le encantaba que hiciera eso, que en portugués se llama *cafuné*, pero nosotros

no tenemos una palabra específica para ello. Le relajaba muchísimo y, por unos segundos, cuando pasaba, podía ver la verdadera tensión que había detrás de su sonrisa.

—¿Tienes mucho trabajo? —le pregunté.
—Más que un ministro —respondía siempre en broma.

Me hace especialmente gracia esa frase porque, si me la hubiera dicho ahora, pensaría que me estaba mintiendo.

—¿Y tú? ¿Cómo estás tú? —me preguntó sincero.

La frase me pilló completamente desprevenida y me tocó especialmente el corazón. Hacía tiempo que nadie me lo preguntaba. Si algo tenía Nacho, es que siempre entendió que la relación era cosa de dos. Así que respiré hondo y empecé a gimotear.

—Venga, que ya sabes que no me gusta verte llorar —dijo mientras me abrazaba.

Y lloré todavía más porque todo el mundo sabe que esos abrazos son para aprovecharte y soltar todo lo que llevas dentro.

—Venga, que hay cosas peores —dijo sonriendo para quitarle hierro al asunto.
—Sí, claro, podría salirte bigote —le dije mientras lloraba y miraba los cuatro pelos que asomaban en su barba.
—Peor sería que te saliese a ti.

Nacho empezó a descojonarse y yo, como acto reflejo, hice lo mismo. Creo que una de las mejores sensaciones que hay en esta vida es la de reírse a la vez que uno llora. Yo ahí todavía no lo sabía, pero mi amiga Laura, la de ahora, afirma incluso que existe una palabra para definir ese momento: «risanto». Y es que Laura tiene una capacidad innata para reírse y llorar a la vez cuando va piripi.

Recuerdo un sábado (muchos años después de lo de Nacho, cuando todavía no le había puesto nombre a esa sensación) como el máximo exponente de lo que llaman el risanto: lo que viene siendo la risa y el llanto a la vez, sin saber muy bien cuál de los dos quieres expresar.

Ese famoso día arrancamos a la una de la tarde entre cañas y vinos, seguimos con alguna copa de sobremesa y alargamos hasta la noche. En ese momento, Laura tenía un novio de hacía poco, y aunque ese día habíamos quedado el grupo de amigas, el nuevo novio se presentó en el bar en pleno *show* de Laura. Los *shows* de Laura cuando va piripi son míticos en el barrio, y si la conoces de un tiempo, no te sorprenden tanto, pero él, que todavía no había visto a mi amiga en plena ebullición, llegó al bar justo cuando estaba liándola muy parda.

—¡¡Chiqui, chiqui!! —le decía Laura a voces al camarero—. Ponme unas «gomilonas», ¿no? Unos quicos o algo, Que nos hemos dejado aquí una pasta que no veas.

Cuanto más decía «gomilonas», más nos reíamos todas. Su nuevo novio apareció tímidamente y se acercó a Laura, como avergonzado.

—¿Hola? —le dijo para llamar su atención.

Laura se giró, le miró con cara de ir piripi y acto seguido volvió a mirar al camarero, que por suerte nos conocía de sobra desde hace años y estaba muerto de risa.

—Ahora te vas a cagar. Que ya está aquí mi novio que solo bebe Coca-Cola y le vas a tener que poner las «gomilonas».

Aquella frase fue demoledora. El chico se sintió avergonzadísimo mientras que las demás acabamos despolladas por el suelo. El nuevo ya exnovio de Laura la cogió del brazo y salieron. Se les veía discutir desde dentro, aunque era él quien llevaba la voz cantante, hasta que Laura habló una última vez y él se marchó. Raudas y veloces salimos del bar para ver qué había pasado. Laura estaba sentada en un portal llorando.

—¿Qué ha pasado? —preguntamos.
—Que se ha enfadado y ha cortado conmigo —dijo visiblemente afectada.
—Pero ¿qué le has dicho? —insistimos.
—Nada... es que cuando me estaba hablando, me ha venido un pedo, se me ha escapado y lo ha oído —dijo.

No sé qué pensáis vosotras, pero cuando tu amiga llora porque acaba de romper con su novio y te dice a la cara que es porque se le ha escapado un pedo, con el pedo que llevaba, solo hay una cosa que hacer: aplaudir.

Y acto seguido todas nos reímos a carcajada limpia, y Laura, que tenía el llanto de su vida, empezó con el risanto, acompañado de un sonido de cerdito que siempre hacía con la nariz y que no podía controlar.

—Es que me estaba cortando el pedo —dijo para rematar la faena.

Laura siempre ha sido una genia.

Y así, después de sufrir el risanto en mis propias carnes aquella tarde, pasamos el primer semestre Nacho, Lauri y yo, apoyándonos, como una piña, aunque luego en el instituto nos fuera bastante distinto a los tres.

En esos meses, la brecha emocional con mi padre se abría cada vez más y yo no sabía cómo gestionarlo. A este revés tuve que sumarle que Nacho estaba empezando a faltar a clase más de lo normal. Ya no solo no llegaba ni a las once de la mañana, sino que algunos días ni aparecía por el instituto y mi estado de ánimo, como mis notas, no eran ni una sombra de lo que habían sido. Los profesores incluso llamaron a mis padres porque no entendían el cambio. La presión me estaba empezando a pasar factura y no solo la del móvil de Nacho que aún estaba pagando.

—Te veo triste, tía —me dijo Lauri una mañana, justo después de ver que la moto de Nacho no estaba en el aparcamiento otra vez.

—Estoy muy agobiada —respondí con sinceridad.

—¿Es por Nacho o por tu padre?

—Por todo. Es que no sé cómo hacerlo —le confesé angustiada.

—Es que aún somos niñas, no tenemos que hacer nada —contestó.

—Es muy fácil decirlo, porque a ti te va muy bien, pero si estuvieras en mi situación, igual no decías lo mismo —le dije con tono de reproche.

Lauri me miró en silencio durante unos segundos y, lejos de tomarse a mal mi comentario, me sonrió.

—A mí me va mal si a ti te va mal, porque somos amigas.

Y acto seguido me abrazó con tanta fuerza que llegué a notar su corazón en mi pecho.

En ese momento apareció Andrés un poco alterado. Venía sudando y nervioso, con cara de traer malas noticias. Lauri, que no lo había notado, y fiel a su estilo, le vaciló:

—¿Qué pasa, Andrés, has comido algo picante o es que tenías prisa por verme? —dijo en tono jocoso.

Andrés no hizo ningún gesto.

—Nacho se ha caído con la moto —dijo serio.

Automáticamente estallé. Si ya arrastraba tensión hasta ese momento por las notas, mi padre y el no poder ver todo lo que quería a Nacho, esa noticia era la famosa gota que colmaba el vaso, y el mío, en particular, estaba más lleno de lo que podía soportar. Gimoteé levemente y me puse a llorar, fruto de la impotencia, mientras Andrés intentaba calmarme explicándose:

—Tranquila, que han sido solo unos rasguños. Ni siquiera ha tenido la culpa —dijo rápidamente.
—Pero ¿dónde está? —preguntó Lauri.
—En el hospital de La Paz —contestó.

Era lo único que necesitaba saber en ese momento. Me levanté rápidamente y, mientras aún quedaban cinco minutos de descanso, entré en la clase aún vacía, cogí mi mochila y saqué mi famoso billete para emergencias que mi padre me había repuesto.

—¿Dónde vas, loca? —me dijo Lauri.
—Me voy al hospital —le dije mientras salía por la puerta de clase.
—Pero ¡te van a expulsar si te vas de clase en el descanso! —dijo, intentado prevenirme.
—Me da igual —respondí completamente decidida.

Aproveché el revuelo de que había sonado el timbre que marcaba la vuelta a clase y salí hacia una parada de taxis que había cerca de Justino. Cuando llegué, una taxista vio mi cara de angustia y rápidamente se ofreció a llevarme. Cuando estaba a punto de montarme, escuché esa voz de niña repelente a la que Lauri me tenía tan acostumbrada cuando algo no le gustaba:

—Te voy a decir una cosa: como nos expulsen y no pueda ir a estudiar Medicina por tu novio, me vas a mantener el resto de tu vida. Y tengo gustos caros —dijo a voces mientras se sentaba conmigo en el asiento trasero del taxi.

Mi cara se iluminó completamente. Tener a Lauri conmigo en ese momento era lo más parecido a llevar unos zapatos planos guardados en el bolso en una boda a partir de las dos de la madrugada. Nos abrazamos por segunda vez y fuimos directas hasta Urgencias.

Cuando llegamos, el taxímetro marcaba 22,15 euros, pero la taxista nos perdonó los dos euros de más. Supongo que nos vio tan agobiadas que afloró su instinto maternal e incluso nos dijo que nos esperaba fuera un ratito por si necesitábamos volver.

Cuando entramos, fuimos directamente a la ventanilla de admisiones a preguntar. Había una pequeña cola, y mientras esperábamos no podía dejar de morderme las uñas. Es la única vez en mi vida que recuerdo haberlo hecho. Lauri, por su parte, no dejaba de tranquilizarme e intentaba distraer mi mente hablando de otras cosas, pero estaba tan preocupada que ni aunque me hubiese ofrecido una tarjeta regalo con doscientos euros en ropa le hubiera hecho caso.

Nos tocaba.

—¡Venimos buscando a un chico que se ha caído con la moto esta mañana! —exclamé de manera directa.

—Dime el nombre y los apellidos —respondió la persona tras el mostrador.

En ese momento tuve la sensación de estar viviendo un *déjà vu* de algo que ya había pasado antes. Si hacía un año era yo la que, jugando con la pelota me golpeé la nariz y era Nacho el que me había llevado a Urgencias diciendo mis apellidos frente al mostrador, ahora era yo la que tenía que dar los suyos.

—Nacho Vázquez Pérez —dije sin dudar—. También me sé su DNI —continué.

—No, con el nombre es suficiente —respondió mientras tecleaba su nombre.

—¿Te sabes el DNI de Nacho, tía? —dijo Lauri sorprendida.

—Y el tuyo —repliqué—. Nunca sabes cuándo puedes necesitarlo.

Lauri se quedó alucinada con que fuera capaz de retener esas informaciones que, a la larga, he de reconocer que algunas veces me han servido para cosas importantes, y otras no tanto.

—Está en la sala de curas —dijo la enfermera mientras mi mente, muy traicionera a veces, me obligó a girarme a Lauri para cuchichearle:

—¿Te imaginas a Nacho vestido de cura?

Lauri empezó a reírse en plena sala de Urgencias mientras la mujer nos miraba con la misma cara con la que mi padre me miró cuando se enteró de que tenía novio.

—Es entrando en ese pasillo y a la derecha. Habitación número once —dijo de manera muy seca.

Al llegar a la puerta, antes de llamar, me invadió de nuevo el miedo. No sabía nada de él, ni cómo se encontraba. Me quedé paralizada, como ya me había pasado en otras ocasiones en otros hospitales con mi padre. En ese momento, Lauri cogió mi mano con fuerza y como si de una cadena de manos se tratase, pasó su energía a través de la mía, y golpeó la puerta. Durante unos segundos no se escuchó nada. Me temí lo peor. Rápidamente una voz débil sonó desde el interior de la habitación:

—Pasa —dijo Nacho suavemente, imagino que pensando que era alguna enfermera quien llamaba.

Lauri y yo entramos muy despacito, casi sin hacer ruido, y vimos a Nacho tumbado de espaldas enseñándonos el culo a través de la abertura de su bata. La verdad es que tenía un buen culo y un buen raspón también.

—¿Quién es? —dijo mientras intentaba girarse con dificultad.

Rápidamente nos dimos cuenta de que estaba bien, y yo, que venía acumulando mucho durante todos esos meses, no pude contenerme:

—¿Ese culo es tuyo? —pregunté con tono solemne.

Lauri empezó a descojonarse, mientras Nacho intentaba taparse con la otra mano, dolorido por algún que otro raspón más. Nos empezamos a reír de tal manera los tres que tuvo que venir un enfermero a pedirnos que nos callásemos si queríamos seguir allí.

Nacho estaba bien, un coche le golpeó por detrás y lo arrastró por el suelo. Tenía quemaduras en las piernas, en los brazos, en la espalda y, por supuesto, en el culo. Eso le pasaba porque nunca llevaba protecciones.

—Muchas gracias por venir, enana —dijo.
—¿Y yo qué? Que yo también me he escapado de clase —dijo Lauri con sorna.
—Claro, es verdad. ¿Qué hora es? —dijo un poco aturdido.
—Las doce y media —dije.
—Puffffff, y he dejado todo a medias en el curro, con todo lo que tengo que hacer esta tarde —dijo preocupado.

En ese momento, después de todo lo que había ocurrido, me di cuenta de la tensión a la que Nacho estaba sometido. Un niño de diecinueve años, en Urgencias por una caída de moto, estaba presionándose de manera inconsciente por su trabajo. Algo falla cuando pasa esto. No importa la edad que tengas, cuando en la vida nos hacen pensar así es que algo no funciona.

71

Estuvimos una media hora más hasta que el padre de Nacho se presentó en la habitación. Yo no le conocía, pero en cuanto apareció supe que era él. Físicamente se parecían muchísimo, con el mismo pelo y los mismos ojos azules. Ojos que se notaban igual de cansados que los de Nacho.

—¿Qué te ha pasado? ¿Estás bien? —dijo preocupado mientras nos saludaba con un gesto de cabeza.

—Un idiota, que me ha dado por detrás con el coche y me ha arrastrado con la moto.

—¿Te has roto algo? ¿Ha venido el médico? —insistía.

—Sí, me han hecho pruebas y parece que solo son golpes y quemaduras —dijo Nacho tranquilizándolo.

En ese momento tocaron a la puerta de la habitación. Era la médica que había atendido a Nacho. El padre salió unos minutos a hablar con ella y nos quedamos en la habitación, riéndonos en silencio. Como cuando estás en un sitio muy serio y no puedes evitar sonreír por algo gracioso. Riéndote para dentro, como decía Lauri.

El padre de Nacho volvió a entrar mucho más relajado. Al poco tiempo llegó la madre y «por fin» conocí a toda la familia. Menuda presentación en sociedad y yo en chándal, como cuando le conocí a él y me golpeé la nariz con el balón. Hecha unos zorros.

Oficialmente, en aquel preciso instante pasé a ser la novia de Nacho para su familia y, por lo tanto, llegado el momento, el padre de Nacho, que tenía que volver al trabajo, se ofreció a llevarnos a casa. Como no teníamos dinero para el taxi de vuelta, aceptamos.

De camino, nos contó un montón de anécdotas sobre Nacho. A su padre se le caía la baba hablando de él y no tenía palabras suficientes para agradecer lo que su hijo estaba haciendo por la familia. Incluso percibimos cierta culpabilidad.

—Los hijos no deberían pagar los errores de sus padres —dijo.

Se notaba que era un buen hombre, tal y como Nacho lo había descrito en más de una ocasión. Un hombre sin suerte.

Cuando giramos la esquina que daba entrada a mi calle, me dio un vuelco el corazón. Mi padre estaba esperando en el portal de mi casa. Imagino que le habrían llamado del colegio diciéndole que no había vuelto a clase tras el descanso y estaba esperando a que llegase.

Cuando me vio bajar del coche, noté cómo se asustaba por momentos. Ver a tu hija salir del asiento de atrás del coche de un extraño no era la mejor imagen que querrías tener de ella en ese momento. Afortunadamente, el padre de Nacho, que también lo percibió así, porque también era padre, salió a explicarle la situación antes de que yo pudiera abrir la boca. Se presentó, le dijo quién era muy educadamente y le aclaró lo que había pasado.

—Estas dos chicas han estado cuidando de mi hijo hasta que he podido llegar —dijo—. Se han portado muy bien. Siento mucho que se hayan tenido que marchar de clase.

Mi padre asintió sonriendo y le agradeció que nos trajera de vuelta a casa. Lauri volvió a la suya y, en cuanto llegó, obviamente, le echaron la misma bronca que mi padre tenía reservada para mí, cosa que en cierto modo se suavizó cuando mi padre llamó al padre de Lauri para aclararle lo ocurrido.

Y entonces justo allí, en el portal de mi casa, con la cabeza gacha y el cansancio en el cuerpo que te deja un día de emociones fuertes, mi padre me levantó la barbilla, me miró con ternura, cogió aire con ese pulso pausado que le caracterizaba y me dijo con un tono de voz que hacía meses que no le escuchaba:

—Venga, señorita, que vamos a tener una charla usted y yo.

Y volví a romper a llorar, esta vez, de felicidad. Esa tarde mi padre y yo hablamos como lo habíamos hecho durante toda nuestra vida. Mi madre, que era más reaccionaria que mi padre, también se mantuvo en silencio y por fin pude expresar todo lo que llevaba acumulado. Los dos me escucharon.

Siempre he creído que escuchar hace tanto bien como hablar. Esto es algo que Sara y yo siempre hemos hecho a partes iguales. Sara llegó a mi vida años después de Lauri, y siempre la he considerado como la mejor escuchadora del mundo. Tiene la capacidad de hacerlo sin pedirte nada a cambio y lo más importante: sin juzgarte. Puede estar horas mirándote a los ojos mientras hablas, sin decir ni una palabra hasta que termines.

En general, no solemos escuchar. La mayoría de las personas a menudo te interrumpen, te dan su parecer buscando culpables o incluso te juzgan diciéndote todo lo que has hecho mal. Es muy difícil contenerse y no dar tu opinión mientras te cuentan sus problemas, aunque sea con buena intención. Sara tenía esa capacidad de no hacerlo, y a mi madre, aunque le costaba un poco más, siempre lo hacía buscando ayudarte. Aunque no fuera la mejor manera, era la suya.

Ese día supuso un primer punto de inflexión en un año que iba, haciendo referencia a las motos, cuesta abajo y sin frenos. Mi padre por fin aceptó que había un chico que me gustaba y que yo le gustaba a él, y finalmente no se opuso a que nos siguiéramos viendo. Cuando llegamos al tema de la moto, porque obviamente ya no pude ocultarlo más tras el accidente, torció el gestó más por preocupación que por enfado. Yo me afané en intentar explicarle que no es que fuéramos a vivir nuestra historia sobre dos ruedas, sino que simplemente Nacho la necesitaba para llegar a tiempo a esa doble vida que llevaba entre el trabajo y los estudios.

Al día siguiente, cuando volvimos al colegio, la jefa de estudios, que ese día llevaba otra falda monísima, nos llamó a Lauri y a mí a su despacho. Tuvimos que explicar la falta del día anterior, aunque ella ya lo sabía. Después de otra pequeña bronca, y manteniendo esa empatía que los profesores tenían con todo lo que rodeaba a Nacho, nos quitó la falta de asistencia y no nos expulsó.

Era el segundo punto de inflexión que se presentaba en ese momento de mi vida y tenía que ver con mis estudios.

Lauri y yo volvimos esa tarde a casa en silencio. No nos dijimos nada. No hacía falta. Simplemente disfrutamos del paseo y de la compañía de tenernos cerca físicamente, caminando una junto a la otra, sintiendo su cuerpo al lado del mío.

Al entrar por la puerta, mis hermanos ya estaban comiendo, así que fui a la habitación a soltar la mochila encima de mi cama cuando descubrí el tercer y definitivo punto de inflexión de ese año. Sobre ella había una cazadora de moto de color rosa, preciosa, a juego con un casco del mismo color, con mariposas. La emoción hizo que se me saltaran las lágrimas.

—Esto no significa que quiera que vayáis como locos —dijo mi padre desde la puerta.

Me di la vuelta y lo abracé con fuerza.

—Tened mucho cuidado, por favor —me pidió mientras me abrazaba.

Mi padre me compró el mejor casco y una chaqueta de moto, con más protecciones que la camiseta de un jugador de fútbol americano. Ese día comprendió que empezaba a convertirme en una mujer y que en las decisiones que iba a tomar, a veces equivocadas, solo se podían acolchar los golpes.

—Ya sabes lo que dicen, ¿no?: «La felicidad está hecha para ser compartida». Ahora te toca a ti hacerme feliz —dijo sonriendo.

Yo asentí con confianza, la misma que él había depositado en mí esa tarde. No le podía fallar.

Mi padre siempre decía grandes verdades en forma de frase que acabaron grabadas en mi subconsciente. Recuerdo sus refranes antiguos, que soltaba constantemente con el don de hacerlo en el momento más adecuado. Tenía uno para cada situación y cuando le preguntaba de dónde los sacaba, me miraba y señalaba cualquiera de las estanterías que estaban llenas de libros en el salón.

También recuerdo algunas de su cosecha personal y en especial una que siempre me decía cuando me enrabietaba siendo niña: «Señorita, no se ponga tan flamenca, que no tiene usted ni el traje». Ahora me veo utilizando el mismo tono de voz responsable que mi padre, cuando Laura se comporta sin razón como una cría de seis años, y tengo que decirle: «Laura, tía, no te pongas tan flamenca que no tienes ni el traje».

Estos tres puntos de inflexión supusieron un antes y un después ese año. Nacho se curó de las heridas en ese pedazo de culo que tenía y yo comencé a poner todo lo que estaba en mi mano para enderezar el rumbo de mis estudios, aunque no os voy a engañar, las Matemáticas siguieron resistiéndome y estar en Ciencias puras no ayudó nada.

Los meses que quedaban para el verano los pasé con una rutina que dio sus frutos y me devolvió el tono de piel que siempre había tenido: el de la felicidad.

Nacho y yo ya no quedábamos a escondidas, aunque seguía dejándome dos calles más abajo de mi casa cuando volvíamos en moto. Sé que si mi padre nos veía, iba a sufrir si me pillaba bajándome de ella y quería ahorrarle el disgusto. Tampoco necesitábamos ya que Lauri nos hiciera la cobertura los fines de semana después del partido de vóley. Aprovechábamos el tiempo que teníamos para seguir visitando juntos todos los parques de Madrid e incluso hacíamos alguna escapada a la sierra con Lauri y Andrés cuando hacía buen tiempo.

No, ellos nunca se enamoraron. De hecho, siguieron llevándose regulinchi, pero se toleraban. Fue un momento de expansión emocional durante el que conocí al Nacho más abierto, donde, por momentos concretos y a determinadas horas del día, su banda sonora melancólica cambiaba a un tono mucho más alegre. Incluso conseguí que viniera a verme jugar al vóley algún fin de semana, cuando no coincidía con mi padre y llegó a integrarse perfectamente en mi grupo de amigas.

Así iniciamos la cuenta atrás hacia el verano con el curso a punto de finalizar, y aunque acabó mejor de lo que empezó, no fue suficiente. No fui capaz de remontar mi desastroso año escolar y estaba claro que me tocaba ir a septiembre. Lauri, por el contrario, había sacado unas notas excelentes, como de costumbre, y ya empezaba a plantearse el paso a la universidad. Hasta ese momento no habíamos hablado del tema porque el año había sido tan intenso que no teníamos el suficiente tiempo a lo largo del día ni en las llamadas de cada tarde para comentar absolutamente todo lo que nos pasaba.

En junio llegó la selectividad y Lauri se encerró concentrada en dar lo mejor de sí misma y alcanzar su sueño: ser cardióloga. En el fondo, era algo que le venía como anillo al dedo, ya que siempre se le había dado maravillosamente tratar los problemas del corazón. Así que yo también puse todas mis fuerzas para que sacara la mejor nota de corte posible y cumpliera su sueño.

Tras varias semanas viéndonos lo justo para que pudiera concentrarse al máximo, llegó el momento de hacer los exámenes y, días más tarde, de conocer la nota. Acompañé a Lauri en todo el proceso, de la misma manera que nos acompañamos durante buena parte de nuestra vida.

—¿Y? —pregunté nerviosa
—Bien... —dijo muy tranquila.
—¿Solo bien?
—No, no. Muy bien. He sacado un 8,7 —dijo con mucha humildad.

El grito que ambas dimos en ese instante creo que pudo escucharse perfectamente en Cuenca. Nos abrazamos con fuerza, explotando de felicidad. El duro trabajo tenía su recompensa, y con esa nota Laura entraría sin problemas a estudiar lo que siempre había querido.

—Tengo que decirte una cosa —me dijo cambiando el tono de voz, como cuando quieres romper con alguien, y le sueltas la famosa frase: «Tenemos que hablar».
—¿Qué pasa? —pregunté advirtiendo que algo no iba bien.
—Quiero que pasemos el mejor verano de nuestras vidas —contestó visiblemente emocionada.
—¿Me quieres decir qué pasa? Me estás poniendo nerviosa.
—Tú sabes que mi madre es alemana, ¿verdad? —dijo Lauri apenada.

En ese momento, ya conocía el resto de la historia antes de que terminara de contármela.

La mitad de la familia de Lauri era alemana. Su padre era español, pero su madre era de Aachen. Y, aunque la mayor parte de su infancia, por no decir casi toda, la pasó en España, Lauri viajaba a menudo a Alemania en invierno, mientras que en agosto veraneaban todos en la casa del pueblo que tenían cerca de Segovia. Allí conocí a su abuela por parte de madre, Gretchen, que era mucho más amable de lo que su nombre indicaba... y como sonaba.

Lauri tenía la doble nacionalidad y siempre fue educada tanto para hablar los dos idiomas perfectamente como para elegir en su vida el camino que quisiese tomar en el lugar donde ella decidiese. Y así lo hizo.

—Te vas a Alemania, ¿verdad? —hice una pregunta retórica de la que ya sabía la respuesta.
—Voy a intentarlo —me dijo.

Ella no intentaba las cosas, las hacía. Así que estaba claro que se iba a Alemania.

—En Berlín, donde vive mi abuela Gretchen, hay una universidad de Medicina muy buena —me dijo.
—En Madrid también las hay —respondí rápidamente, intentando agarrarme a algo.
—Sí, lo sé, pero llevo mucho tiempo en Madrid y siento que le debo algo a mi familia de allí. Mi abuela Gretchen no ha podido disfrutar de su nieta todo lo que hubiese deseado y no quiero que muera con eso en el corazón —respondió.

Fue una frase tan contundente como sincera, tan real como era ella a la hora de decir las cosas, a pesar de nuestra edad.

—Como dice mi madre: *Besser spät als nie* —dijo en un perfecto alemán que solo le escuchaba cuando hablaba con su madre en casa o en los veranos con su familia.
—¿Qué significa?
—Más vale tarde que nunca... —dijo apenada.

Me desinflé por completo en ese momento.

—¿No hay nada que pueda decirte para convencerte? —volví a preguntar, siendo más egoísta aún si cabe.
—Sí, cualquier cosa que digas hará que dude, por eso prefiero que no lo hagas —me dijo antes de empezar a llorar.

Y en ese momento no pude contenerme. Mis lágrimas se unieron a mis miedos para visualizar la secuencia exacta de una película de la que ya conocía el final. Nos veríamos en vacaciones y fiestas, cuando volviera de Alemania, y nos escribiríamos algún mensaje al principio, mantendríamos nuestras llamadas rutinarias, supongo que una vez a la semana por lo que debería costar una llamada internacional, hasta que las nuevas amigas, alguna persona especial o incluso los propios estudios acabaran por quedar en una felicitación al año por Navidad y otra en los cumpleaños.

—Eso no va a pasar —dijo como si me hubiera leído el pensamiento— porque no vamos a dejar que pase.

Y sonrió de oreja a oreja mientras me miraba a los ojos para darme el mismo confort que siempre me había ofrecido como amiga en todos los malos momentos de nuestras vidas como adolescentes. Y respiré tan fuerte que cogí todo el aire del mundo con la idea de afrontar que estaba a punto de perder a mi mejor amiga, pero no pude. Después de aquel año tan malo, era incapaz de digerir esa noticia. Así que le dije que la llamaría en unos días y me marché. Hui realmente, porque no quería enfrentarme a esa situación.

Al día siguiente quedé con Nacho por la tarde para ir al parque Berlín. Qué terrible coincidencia que tuviera ese nombre. Le conté lo que había pasado con Lauri y lo decepcionada y enfadada que estaba con ella. No podía asimilar cómo podía marcharse sin más, así que durante más de una hora expresé toda mi rabia mientras Nacho escuchaba pacientemente en silencio.

—¿No te parece egoísta? —le dije para terminar completamente indignada.

Nacho me miró comprensivo, como siempre lo hacía.

—¿Y si fuese al contrario? —me preguntó.
—¿Cómo al contrario? —repliqué bastante descuadrada.
—Si fueses tú la que te tuvieses que marchar en busca de algo que quieres —me dijo con el aplomo y la madurez que solo él tenía.
—Yo no dejaría tirada a una amiga.
—Ella no te está dejando tirada. Te ha regalado su amistad todos estos años y tú quieres más.
—Yo también le he regalado la mía.
—Sí, pero no te pide que te vayas a Alemania con ella y que la continuéis allí, ¿verdad?
—Pero ¿cómo me voy a ir yo a Alemania? ¿Estás loco o qué? ¿Qué pinto yo en Alemania?
—¿A que es ridículo? —preguntó rápidamente.
—Hombre, es que eso que has dicho es una tontería —le dije enfadada.
—Pues eso mismo —respondió tajante.

«Pues eso mismo». Tal cual. Una frase que cerró la conversación para darme cuenta de lo injusta que estaba siendo. Le estaba pidiendo a mi mejor amiga que renunciara a ella misma por mí, siendo yo incapaz de hacer lo contrario llegado el caso. No estaba valorando todo lo que Lauri me había dado en esos años.

—Yo que tú aprovechaba el tiempo que te queda en vez de estar enfadada —concluyó Nacho.

Respiré muy hondo y reflexioné sobre sus palabras. «Yo que tú aprovechaba el tiempo...», dijo Nacho a una edad en la que tienes la sensación de que es gratis y que no se gasta, cuando es tan lento y denso que parece que tienes a tu disposición todo el tiempo del mundo. Cuando no lo valoras.

Nacho sabía de lo que hablaba porque nunca lo tuvo. Vivió sus dieciséis, sus diecisiete, sus dieciocho y sus diecinueve como si tuviera cincuenta años. Ningún niño debería vivir el tiempo que no le corresponde, y a él le tocó vivir el propio de un adolescente tímido, inteligente y con un culo impresionante, y el de un hombre convertido a la fuerza, decidido a darlo todo por su familia.

Esa tarde en casa no llamé a Lauri. Era la primera vez que estábamos dos días sin hablar, pero necesitaba pensar en lo que Nacho me había dicho. Era algo que no había hecho nunca, salirme de mí misma y ver la situación a dos metros de distancia para tomar perspectiva. Así me di cuenta de que mi orgullo y un falso sentimiento de abandono acabarían separándome de mi mejor amiga y lo que era peor, desaprovechando el verano que nos quedaba por delante.

«No me lo puedo permitir», pensé.

Al día siguiente llamé a Lauri para ir a dar un paseo. Estaba en el portal de su casa, esperándome. Se la notaba triste, y creo que yo tenía la culpa. Apresuré el paso para evitar verla así y ella lo notó. Su cara se fue iluminando conforme me acercaba cada vez más rápido hasta que llegué y la abracé con fuerza.

—No me lo puedo permitir —le dije al oído.
—¿El qué? —me preguntó.
—Desaprovechar el verano contigo —contesté.

Y no hubo más que hablar. No lloramos, ni nos miramos fijamente la una a la otra, ni nos reímos a carcajadas en plena calle... Simplemente continuamos como si nada hubiese pasado, como siempre.

Durante los siguientes meses no nos separamos. Del pueblo a la sierra, de la sierra a la piscina, de la piscina a la plaza con los amigos y vuelta a la sierra, y así un día y otro y otro hasta que el tiempo, ese del que me habló Nacho, se agotó.

La despedida fue pactada. Lauri me dijo que se iba un par de días a casa de su abuela en Berlín para colocar la ropa y a hacer algún trámite antes de que empezara la universidad. Luego volvería para pasar unos días juntas en el pueblo antes de marcharse definitivamente. No volvió, y las dos lo sabíamos, pero fue la mejor manera de despedirnos. Sin que el drama ocupara más espacio del necesario y no empañara la imagen que teníamos la una de la otra para siempre. No fui a despedirla al aeropuerto, ni le montamos una gran fiesta en casa. Simplemente nos dimos dos besos y un abrazo, como al inicio de cada verano cuando ella se iba al pueblo y yo a la casa de la sierra. Con la certeza de que la vería pocos días más tarde. Ese año tuve que esperar nueve meses para reencontrarme con ella de nuevo, en el pueblo, como cada verano.

Aquel septiembre, después de que Lauri se marchara, no me presenté a los exámenes de recuperación en un acto de honestidad conmigo misma. Nunca me gustaron los números, y no se me daban bien, así que hablé con mi padre para tomar una decisión. Iba a repetir el último curso y lo haría matriculada en Letras puras. Mi padre lo entendió. Siempre me apoyó en las decisiones importantes y aquella vez no iba a ser menos.

Así que ya sin Lauri, pero con las energías renovadas, arranqué el nuevo curso. El año corría a mi favor y lo encarrilé desde el principio. Nacho y yo seguíamos viéndonos cuando el trabajo se lo permitía, y aunque seguía faltando a las primeras horas, yo era feliz en el instituto. Me encantaba estudiar Griego y Latín. Ese año aprendí y disfruté del significado de muchísimas palabras y sus etimologías, aunque ahora, cuando escucho mis audios de WhatsApp, la mitad de las palabras que utilizo son «en plan», «o sea» y «tía».

Antes de las vacaciones de Semana Santa de ese año Nacho y yo nos propusimos hacer un pequeño viaje de fin de semana. Fui honesta con mi padre y le dije que quería pasar una noche con Nacho en la casa de la sierra. Para mí era muy importante, ya que sería la primera vez que iba a estar con un chico toda una noche entera fuera de casa.

Le expliqué a mi padre que queríamos hacer una ruta larga por la sierra a la mañana siguiente y que lo mejor, obviamente, era despertarse temprano allí, desayunar y salir. Creo que mi propuesta no le hizo mucha gracia, pero dado que el curso iba bien y Nacho le parecía un buen chico, no tenía motivo para oponerse, aunque puso sus condiciones. Una de ellas fue dormir en habitaciones separadas. Soportable, pensé. De hecho, tenía claro que mi padre se pasaría por la casa sin avisar para echar un ojo a lo que estábamos haciendo.

Lo preparamos todo con mucho mimo. Nacho estaba ilusionado porque además ese fin de semana libraba por primera vez en mucho tiempo y podía estar más relajado. Nos emocionaba la idea de estar juntos cocinando, incluso encender la chimenea si hacía frío y ver una película hasta la madrugada. Esas cosas que no podíamos hacer habitualmente y que ambos estábamos deseando, así que fuimos a comprar las cosas para preparar la cena de esa noche y la ruta del día siguiente.

—¿Qué vamos a cenar? —le pregunté haciéndome un poco la tonta, como si supiera cocinar.

—¿Qué quieres que te prepare? —dijo Nacho intuyendo que no tenía ni idea.

—Venga ya. ¡Si no sabes ni hacer un huevo frito! —exclamé vacilándole.

—¿Y tú?

Ante esa pregunta tan directa, tuve que descubrir mis carencias como cocinera.

—Absolutamente nada. Soy nefasta para cocinar. Lo único que se me da bien es hacer tortillas francesas y un sándwich mixto, pero sin huevo. Como tenga que hacer el huevo frito, igual quemo la cocina.

—Mejor cocino yo entonces —dijo preocupado.

—Sí, por favor.

—¿Te apetece una pasta rica? Mi madre me ha enseñado la receta de una pasta a la carbonara al horno que está riquísima. Además —añadió riéndose—, lleva el huevo duro y así nos ahorramos tener que llamar a los bomberos.

«¿Carbohidratos para cenar? Este hombre está loco». Eso es lo que hubiese pensado ahora, que sé que la proteína es mucho más ligera, pero en aquel momento todo me daba exactamente lo mismo y cualquier cosa que me cocinase Nacho era perfecta.

Esbocé una sonrisa ante la complicidad de Nacho para hacerme sentir bien con las cosas que se me daban mal. Tenía esa habilidad que pocas personas son capaces de mostrar y a mí, que a veces soy insegura por naturaleza, me ayudaba a que todo fuera siempre muy cómodo con él.

El viernes por la tarde pasó a recogerme por casa. Había metido toda la comida y algo de ropa en dos mochilas. Mi madre me preparó también un par de tortillas francesas por si no éramos capaces de encender los fuegos para cocinar y teníamos que tirar de ellas. También metí alguna *pizza* congelada, por si Nacho se había marcado un farol como chef y había que cenar algo de emergencia.

Era una noche especial. Yo estaba nerviosa y Nacho también, por mucho que quisiera ocultarlo. Cuando llegamos, el coche de mi padre estaba en la puerta, lo cual me dio un poco de bajón, porque intuía que finalmente se había arrepentido y pasaría la noche con nosotros. Nada más lejos de la realidad. Mi padre se había adelantado esa tarde y nos había encendido la chimenea por si teníamos frío.

—Os dejo ahí otro par de troncos para después —dijo con tono amable.
—Vale, muchas gracias, papá —respondí segura de mí misma.

Nacho no abrió la boca. La presencia de mi padre le imponía y no se atrevía a mirarle a los ojos.

—Y luego por la noche, antes de dormir, recoge las cenizas —me dijo.
—Sí, no te preocupes —asentí de nuevo.

Mi padre respiró profundamente y nos miró unos segundos a los dos.

—Bueno, yo me voy. Tened cuidado mañana y si necesitáis cualquier cosa, me llamáis por teléfono.
—Sí, sí, llevamos además el teléfono móvil de Nacho —dije.
—Sí, me he traído el cargador —confirmó Nacho.

«¿Me he traído el cargador?». ¿Qué clase de respuesta era esa? Me recordó al famoso «Traje una sandía» de *Dirty Dancing*, solo que Nacho, más que nervioso, estaba cagado de miedo con mi padre allí.

—¿Qué ruta vais a hacer? —preguntó mi padre.
—Queremos subir a la Bola del Mundo —le dije.
—Pues tirad por la ruta que sale de la piscina, que es más larga, pero tiene menos desnivel.
—Sí, esa es la que haremos —dije para cerrar la conversación.

Mi padre sonrió y rápidamente se dio cuenta de lo incómodo que estaba siendo para todos alargar esa situación, así que cogió su abrigo y se marchó. Él, como Nacho, tenía esa capacidad de hacerme sentir bien en los momentos más incómodos y detectó que si seguía allí más tiempo, no conseguiría nada que no fuera ponerme más nerviosa.

Así que ya por fin, a las siete de la tarde, nos quedamos a solas, con la chimenea encendida y una cerveza en la mano, preparando la ruta del día siguiente. Completamente relajados. Como dos adultos soltando las idioteces de dos adolescentes y besándonos como dos adolescentes que ya se olvidarán de cómo hacerlo siendo adultos. Besándonos mucho. Tanto que a las nueve de la noche nos entró el hambre y nos pusimos a..., bueno, él se puso a cocinar.

Fue muy divertido y tierno. Nacho, que parecía ser un experto cocinero, resultó ser un farsante con tres estrellas Michelin.

—Eso tiene mucha nata, ¿no? —le dije, preocupada por ver los espaguetis flotando en un mar blanco y algo pegajoso.

—No..., ¿no? —respondió.

—¿«No» preguntas o «no» afirmas? —pregunté de nuevo.

—No de no..., ¿No? —volvió a dudar.

—No has hecho esto antes, ¿verdad? —respondí contundente.

—¿Al sexo te refieres, enana? —dijo con esa capacidad que tienen ciertas personas para cambiar la conversación de repente de manera natural, saliendo al paso de su ineficacia en la cocina.

Además, introducía un tema que tarde o temprano se iba a poner encima de la mesa, al margen de los espaguetis, claro, y lo había hecho en el momento que menos me lo esperaba, dejándome sin palabras. Para mí sería la primera vez, y él lo sabía. No le pregunté si sería su primera vez. Me daba igual. Iba a ser la primera vez conmigo, si llegábamos a entendernos esa noche y con eso me bastaba.

Le di un manotazo con la manopla del horno e hice caso omiso a su vacile.

Aquella noche acabamos cenando la *pizza* congelada y algo de nata con pasta. Mientras los adultos mitificamos el champán, las fresas y la nata montada frente a la chimenea, nosotros disfrutamos de agua fresquita y una nata líquida con algo de espaguetis de dudosa calidad, pero daba igual. Nos daba igual.

—¿Quieres que vayamos a la cama? —dije, con algo de duda que él percibió.

—Te veo nerviosa —me dijo comprensivo.

—No te preocupes, ya he estado nerviosa otras veces —le dije en tono de broma como en la película *Aterriza como puedas*, una de mis favoritas desde siempre que a él también le encantaba.

Nacho se rio a carcajadas ante mi respuesta y eso relajó muchísimo la tensión sexual no resuelta. Me miró con la sonrisa en los ojos, esos ojos tan azules que cerró al acercarse a mí y nos dimos uno de los besos más bonitos que recuerdo en mi vida.

En la casa había varias habitaciones y solo la de mis padres tenía cama de matrimonio. Supongo que podríamos haber dormido allí, pero preferí ir a mi habitación, donde había una pequeña cama de ochenta. Estaba segura de que me sentiría más cómoda y, sinceramente, no nos importó estar tan pegados.

Nos acariciamos despacio, explorando nuestros cuerpos, con los mitos que tienes en la cabeza antes de ponerte a ello, y con alguna sorpresa con los preservativos que desató nuestras risas en más de una ocasión. Pero sobre todo con cariño, mucho cariño, porque teníamos tiempo y eso fue la base de todo.

Estuvimos horas haciéndonos cosquillas, tocándonos y disfrutando con todos los inconvenientes de la edad, de conocer poco el cuerpo del otro y sin saber yo misma lo que me gustaba. A las horas nos quedamos dormidos de lado, mirándonos con las manos entrelazadas; pegados cuerpo con cuerpo en una cama de ochenta, donde sentía que, a pesar de que había mentido de nuevo a mi padre, no me iba a arrepentir de haber faltado a mi palabra.

Esa noche no pude dormir por la cantidad de sentimientos que recorrían mi cuerpo. La ternura que se respiraba en aquella habitación era la emoción más inocente del amor. Dicen que la primera vez nunca se olvida y en mi caso estoy segura de que quedará para siempre en mi memoria.

Con el sexo puedes llegar a tener dos cosas y las dos están igual de bien. Puedes tenerlo simplemente por el placer de hacerlo y puedes hacerlo con el placer de saber que es algo más que sexo.

Con los años, obviamente, he probado las dos, pero he de reconocer que disfruto el doble con la segunda.

De aquella noche recuerdo cada respiración de Nacho y cómo, a pesar de lo fuerte que era, en ese momento se mostró más vulnerable que nunca, girándose de espaldas a mí para que le abrazase, aunque con lo pequeña que era apenas pude rodearle. Todos necesitamos que nos abracen con ternura e incluso que nos empotren con cariño.

Puse el despertador muy temprano por si mi padre se presentaba a primera hora. Me levanté, fui a la habitación de mis hermanos y allí me quedé dormida hasta que Nacho, poco después, vino a buscarme. No hizo falta que le explicara por qué me había marchado de la habitación. Mi sonrisa dejó claro que nada tenía que ver con él.

Nos sentamos en la mesa de la cocina con una sonrisa tonta los dos. Esa que se te pone en la cara cuando estás feliz y con sueño.

No hablamos de la noche anterior. No hacía falta. Había sido maravillosa, dentro de lo «maravillosa» que puede ser esa primera vez, con sus correspondientes «Ponte aquí», «Hazlo así», «¿Esto qué es...?». Así que desayunamos fuerte, hicimos la mochila, nos besamos entre medias, y arrancamos la ruta al amanecer.

Años más tarde cambié la naturaleza y las caminatas por la sierra donde había crecido por otro tipo de rutas más urbanas que acababan al amanecer, no os voy a engañar. Cada cosa tiene su tiempo, y ahora, después de haber vivido intensamente las dos etapas en mi vida, vuelvo a sentir que respirar de vez en cuando el aire fresco de la montaña no es incompatible con llegar a casa con los tacones en la mano cuando asoma el primer rayo de sol.

Aquella ruta de más de ocho horas nos unió aún más, si cabe. No ya como dos adolescentes a punto de convertirse en adultos, sino como dos personas que conectan. Ese día disfrutamos y sufrimos a partes iguales y comimos junto a unas vacas que dieron su aprobación a los bocadillos de tortilla que mi madre nos había preparado.

—¿Te ha gustado? —le dije a Nacho con duda.

—Sí, tu madre sabe darle el punto a la tortilla para que no quede seca —respondió—. Y creo que las vacas opinan lo mismo —añadió.

—Eres idiota —le dije.

Nacho me miró entendiendo rápidamente que me refería a la noche que habíamos pasado juntos. Se puso serio y me miró a los ojos.

—Mucho. Más que nada —dijo con contundencia—, pero no te voy a preguntar lo mismo a ti por si yo no lo he hecho bien.

Le miré con la madre de todas las ternuras después de aquella frase, y con las vacas de fondo como testigos del momento, volví a besarle con todo el cariño que me quedaba después de horas caminando.

Volvimos a la casa felices y completos. Cuando llegamos, mi padre había vuelto y estaba cortando algunos matojos del jardín, cosa que le servía de excusa para echarnos un ojo.

—He venido a cortar estos matojos, el jardín está hecho un verdadero desastre —dijo justificándose.

—Pues nosotros estamos cansadísimos —respondí.

—¿Quiere que le eche una mano? —dijo Nacho a mi padre ante el asombro de ambos.

Mi padre sonrió y asintió, y mientras yo iba a por una botella de agua y ponía los pies en alto en el porche, Nacho le ayudó a desalojar el lugar en el que iría la piscina ese verano. Viendo la sonrisa y complicidad que había entre los dos, se presentaba de lo más alentador. Y es que si a eso le sumamos que quedaban unos meses para que Lauri volviera de Alemania, el plan estaba hecho, y era perfecto. Pero, obviamente, no todo iba a ser tan fácil.

Después de Semana Santa volvimos al instituto. El curso avanzaba bien, mi relación con Nacho avanzaba mejor y mi padre avanzaba también, a su manera, hasta que las cosas, sin saber muy bien porqué, empiezan a torcerse.

Ese lunes hacía calor, mucho calor. Era uno de esos días donde el tiempo cambia de repente y hay veinticuatro grados a las doce de la mañana cuando has salido con siete grados a las ocho.

Yo, como de costumbre, estaba sentada en las gradas que había junto al aparcamiento del instituto y esperaba a que Nacho apareciese a la hora del descanso, pero el tiempo pasaba y no llegaba. Me temí lo peor, ya que la última vez que no lo hizo fue cuando se cayó con la moto y pensé que algo parecido podía haberle vuelto a pasar. Cuando sonó el timbre, la jefa de estudios, que volvía a ir vestida con una falda monísima (hay que reconocer que mantener el nivel año tras año tenía mucho mérito) se acercó a mí en el pasillo.

—Me ha llamado Nacho. Me ha dicho que no puede venir —dijo suavemente para que nadie pudiera oírla.
—¿Le ha pasado algo? —pregunté.
—No. Me ha dicho que hoy no podía salir del trabajo. No te preocupes —respondió tranquilizándome.

Hombre, algo sí que me preocupé. Cuando llegué a casa, lo primero que hice fue llamarle al móvil. Cuando descolgó, lo noté agobiado.

—Dime, enana.
—¿Qué te ha pasado? —le pregunté angustiada ante su tono de voz.
—Nada, que mi compañero se ha puesto enfermo y me ha tocado hacer turno doble. Creo que me va a tocar doblar toda la semana.

En ese momento se hizo un silencio en mi pecho y Nacho lo notó.

—No te preocupes, que en cuanto salga por la tarde voy a verte —dijo.

Y así lo hizo ese día, prometiéndome que seguiría haciéndolo todos los días de la semana, pero no fue así.

Aquel lunes pasó por mi casa unos treinta minutos después de trabajar y aprovechamos para vernos. Estaba cansado, pero aguantaba. Comprendí perfectamente la situación y asumí que no lo veía en clase esa semana, sin más. Cuando llegó el viernes, quedamos para cenar, pero no apareció y lo mismo pasó el sábado. Me dijo que había tenido unos días de mucho esfuerzo y que necesitaba descansar. Lo entendí de nuevo y me quedé en casa leyendo.

El domingo por fin lo pasamos juntos y se quedó dormido tumbado en el césped del parque del Oeste. Se le notaba exhausto y con el sol de media tarde, después de comer, se tumbó en la sombra con el estómago lleno y empezó a roncar. Él siempre decía que roncaba cuando estaba muy cansado, así que estaba claro que esa semana le había pasado factura. A mí me hacía mucha gracia verle dormir con la boca abierta y de vez en cuando le despertaba haciéndole cosquillas con una ramita. También aprovechaba para leer mientras él descansaba. No me importaba en absoluto, solo con tenerle cerca mientras leía, ya me bastaba.

El lunes siguiente, después de una semana horrible, Nacho volvió a faltar a clase. La jefa de estudios no me dijo nada, por lo que intuía que habría pasado lo mismo. Esperé a llegar a casa de nuevo para repetir la secuencia del lunes anterior. Nacho cogió el teléfono con la excusa ya en la boca.

—Lo siento, enana, me toca volver a quedarme hoy. Te veo luego, ¿vale? —me dijo.
—Vale —le dije sin más.
—Es que tengo que volver al curro —dijo.

Ese «hoy» sonó falso de aquí a París. No solo porque sabía que no le veía ese lunes, sino porque intuía que pasaría lo mismo durante toda la semana. Todo estaba bien entre nosotros cuando nos veíamos, pero notaba que algo me empezaba a hacer daño. Como esa pequeña piedra en el zapato de tacón con la que podrías seguir andando, pero que te incomoda.

Al día siguiente tampoco vino a clase, pero cuando salí a última hora estaba en la puerta del instituto subido en la moto, con el casco puesto. Yo caminaba al lado de un compañero de clase hasta que llegamos donde él estaba para saludarlo.

—Bueno, ¡mañana nos vemos! ¡Espero que no se te atraganten las declinaciones! —dijo mi compañero para despedirse.
—¡Hola! —le dije emocionada.

La verdad es que me hubiese gustado darle un beso, pero no se había quitado el casco.

—¿Qué es eso de las declinaciones? —me preguntó Nacho, visiblemente enfadado. Él estaba en Ciencias mixtas, repitiendo curso otra vez, y no le gustaban nada los idiomas, todo lo contrario que a mí.

—Una cosa de clase de Latín. Nacho, ¿qué te pasa? —le pregunté.

—Nada, me alegro mucho de que te vaya bien en clase, pero yo me tengo que ir —dijo muy enfadado, como si algo le hubiese molestado.

—Entonces ¿para qué has venido?

Nacho se quedó en silencio.

—¿Se puede saber qué te pasa conmigo? —insistí.

No contestó, simplemente arrancó la moto y se fue. Al día siguiente tampoco fue al instituto ni vino a verme a casa. De hecho, como ya intuía, faltó a clase el resto de la semana.

Finalmente, el viernes conseguí que quedáramos en el parque que estaba al lado de mi casa, pero volvimos a discutir porque Nacho estaba muy raro. Se excusaba siempre con lo mismo: «A ver si vuelve mi compañero de una vez».

No era el chico cariñoso y tranquilo de siempre que yo conocía, y aunque entendía su situación, no me gustaba que me hablase mal por cansancio o por celos sin fundamento. Aquel cierre de curso para mí era un momento muy importante donde tenía que estudiar mucho, así que al volver a casa intentaba que no me afectase esa situación incómoda que se había generado de la nada para seguir concentrada en los estudios. Esperaba que él estuviese haciendo lo mismo en los ratos que le dejaba el trabajo porque los exámenes estaban a la vuelta de la esquina.

El siguiente lunes, el tercero seguido, fue la confirmación. Estábamos en mayo y Nacho no se presentó al primer día de exámenes. En el descanso aproveché para ir a hablar con la jefa de estudios para ver si iban a poder aplazarle las fechas y que así pudiera presentarse otro día de esa semana. Evidentemente Nacho, faltando tanto, no tenía buenas notas, pero iba aprobando algunas asignaturas y él sabía que era fundamental que aprobara el curso.

—Señorita, ¿puedo pasar? —dije tocando a la puerta de la jefa de estudios.

—Sí, claro. Dime... —respondió con tono conciliador.

Me entraron ganas de preguntarle dónde había comprado la blusa que llevaba, pero estaba allí por otro motivo.

—Quería preguntarle si Nacho podrá hacer los exámenes otro día. Me ha dicho que hoy andaba con lío, pero que estaba estudiando —mentí descaradamente.

—¿Nacho? ¿Nacho Vázquez?

Asentí con la cabeza con miedo ante la pregunta de la jefa de estudios, que parecía sorprendida por mi frase.

—Nacho ha dejado el instituto. Hace una semana que vino con su padre y ha empezado a trabajar a jornada completa. Es una pena, pero su padre lo necesita. Vamos a guardarle la plaza para matricularse el año que viene, pero veremos, porque si va a pasar lo mismo, no podemos tener una silla vacía el resto del año —respondió comprensiva.

Aquella frase me dejó casi sin respiración. Nacho no me había comentado absolutamente nada de que hubiera dejado el instituto. Es más, seguía con la excusa de que estaba cubriendo a un compañero, cuando, en realidad, había pasado a trabajar a jornada completa. La decepción que sentí no la podía ocultar. Nacho me había mentido.

Salí del despacho de la jefa de estudios con esa sensación extraña que mezcla la tristeza y el cabreo, con ganas de llamar a Nacho en cuanto llegara a casa para que explicase qué estaba pasando. Mi madre, mucho más políticamente incorrecta que mi padre para según qué cosas, siempre me dijo que hay que esperar antes de levantar el teléfono, que hay que respirar un segundo antes de decir algo que pueda doler, sobre todo si estás cabreada porque te han mentido. Ella siempre me decía: «Es muy importante que la gente se dé cuenta por sí misma de su mentira», así que esperé esa semana a estar más calmada y centrarme en los últimos exámenes antes de hablar con él.

Una semana más tarde, cuando por fin pude respirar, Nacho vino a recogerme a casa a última hora. Estaba esperándome con una sonrisa, a pesar de que su rostro seguía denotando cansancio, sentado en la moto, como si nada hubiese pasado, así que decidí poner en práctica la táctica que siempre me había dicho mi madre.

—¿Se puede saber por qué me has mentido? —dije de primeras.

Vale, creo que no era eso precisamente a lo que se refería mi madre con dejar que él se diera cuenta de su propia mentira.

—¿Mentir en qué? —dijo sorprendido.
—¿Te has presentado a los exámenes? —insistí.

—No, porque estoy trabajando, pero he hablado con la jefa de estudios y... —dijo excusándose.

—Y te van a dejar hacerlos más tarde —completé su frase.

—Esa es la idea. Te lo iba a contar...

—¿Cuándo? —le interrumpí—, ¿antes o después de decirme que has dejado el instituto?

La cara de Nacho cambió por completo. La frase le pilló por sorpresa porque no esperaba esa respuesta. La atmósfera se enrareció. Nacho tragó saliva y su rostro, aunque cansado, perdió el brillo en los ojos que siempre se había mantenido inherente a ellos.

—¿Qué pasa, Nacho? —le pregunté preocupada.

—Pues que tenía que haber sido sincero desde el principio —dijo.

—¿A qué te refieres? —pregunté de nuevo a punto de explotar. Como cuando te quitan la silla justo antes de sentarte y te ríes sabiendo que es una broma, pero...

Nacho se quedó en silencio unos segundos.

—No te dije que había dejado el instituto porque no quería que te preocuparas mientras estabas haciendo los exámenes, pero he estado pensando...

Ese silencio sostenido sin cerrar la frase me puso el corazón a mil porque podía intuir como acababa.

—... he estado pensando que seguir así no te viene bien —concluyó Nacho.

Aunque esta frase pudiera parecer que tenía todo el sentido del mundo, para mí no era así; de hecho, era el principal defecto de Nacho. Por mucho que se mostrara como el chico perfecto, que lo era en muchos aspectos, obviamente tenía sus cosas, como todos, pero si había algo que me costaba aceptar de él, por encima de cualquier otra cosa, es que siempre tomaba decisiones por los demás. Actuaba de una manera en la que, pensando en lo mejor para los dos, recortaba mi capacidad de decisión porque ya lo hacía él por mí. Aunque siempre fuese con una buena intención. Si él consideraba que decirme que había dejado el instituto no me beneficiaba en plenos exámenes, iba a mentirme a la cara, porque era lo mejor, según él, claro.

—Tu futuro está en juego —insistió.

Le miraba y pensaba que no me había dado la oportunidad de ayudarle. Era mi novio y estábamos muy unidos, y no me había dejado ni un huequito para entrar a echarle una mano.

—¿Y nuestro futuro? —le reproché.
—Enana, tú tienes un futuro por delante y yo...
—Hablas como si ya no formaras parte de él —interrumpí.

Nacho respiró y continuó la frase.

—... y yo ni siquiera sé si voy a poder volver a estudiar el año que viene. De verdad que no tiene sentido seguir juntos así.

Los dos nos quedamos en silencio, y él continuó hablando:

—No puedo cambiar lo que pasa en mi familia. Me toca trabajar y a ti te toca ser lo que tú quieras. No quiero arrastrarte conmigo, enana. Es lo que hay —sentenció.

Yo a eso lo llamo un acto de «bondad egoísta». Parece que te ayuda, pero en realidad se ayuda a sí mismo para no tener que afrontar la verdad, y la verdad era que no iba a volver al instituto, y tenía miedo de no poder seguir el ritmo de nuestras vidas separadas. Era una manera muy sutil de decir que, por mi bien, estaba dispuesto a sacrificarse, así que le tomé la palabra y os puedo asegurar que, si ha habido algo en mi vida que me haya dado realmente pena, fue decir esas palabras:

—Pues si eso es lo que hay... es que hay muy poco entonces —dije de manera directa.

Nacho se sorprendió ante la respuesta. Imagino que la esperaba de otro tipo.

—¿Por qué dices eso? ¡Lo hago por ti! —insistió.
—Nacho... yo no necesitaba que lo hicieses por mí. Con que lo hubieras hecho conmigo hubiese bastado. Cuídate mucho.

Y me di la vuelta lo más rápido que pude para evitar que me viese llorar. Esa tarde rompí con Nacho, una de las mejores personas que probablemente encontré en mi vida. Mi primer amigo, mi primer amor. ¿Acaso no es lo mismo?
No puedo saber cómo se sintió en ese momento porque no me giré. Tampoco volví a llamarle, ni él a mí, y aunque esa última decisión la

tomé yo, sufrí su ausencia las semanas siguientes como nunca antes me había pasado. Ni cuando iba al pueblo de Lauri y nos separábamos en verano. Sufrí como no estaba escrito en las canciones que me recordaban a él.

—¿Estás bien? —dijo mi padre desde la puerta de mi habitación. Sin entrar. Como quien tiende una mano suavemente para que te agarres a ella con fuerza.

Ni siquiera contesté.

—Obviamente no —dijo de nuevo tras verme sacar la cabeza de la almohada—. ¿Quieres contármelo?

Y con Lauri a más de dos mil kilómetros de distancia y sin Nacho, porque era Nacho de quien tenía que hablar, mi padre se convirtió en mi mejor amigo al que contarle casi todo y digo «casi» porque, aunque me hubiera pillado en un momento de bajón, no significaba que no fuera a guardarme ciertas cosas para mí.

Después de más de media hora hablando con él, después de que mi padre ejerciera esa labor que haría años más tarde mi amiga Sara como escuchadora oficial, me miró y dijo:

—«Lo más difícil de aprender en la vida es qué puente hay que cruzar y qué puente hay que quemar».

Ese día no lo entendí, la verdad, pero no hizo falta, porque con el tiempo esa frase —que luego descubrí que era de un matemático y filósofo llamado Bertrand Russell— tomó todo el sentido del mundo.

—Venga, que ya ha empezado la cuenta atrás para el verano, señorita —dijo mientras yo, sin saberlo, acababa de quemar el último puente que me unía a la isla que fue Nacho.

LA AMISTAD. LAURI

CAPÍTULO 1
¿Qué es la felicidad?

La felicidad es bailar «Paquito el Chocolatero» en una verbena.

Jorge Guillén escribió una vez: «Amigos. Nadie más. El resto es selva». Siempre le he concedido un gran valor a la amistad, y soy plenamente consciente de lo importante que es en nuestras vidas. Eso me lleva a recordar, con una gran sonrisa, a todas las amigas que me han acompañado (incluidas las amigas de baño) y todos los capítulos que he disfrutado con ellas.

Los llamo «capítulos» porque creo que, al final, la vida es como una serie donde los protagonistas van cambiando constantemente; unas temporadas son más interesantes, otras menos, en otras aparecen nuevos personajes secundarios y en otras vuelven protagonistas olvidados, pero cada año esperas un estreno con toda la ilusión del mundo. Y es que yo no soy de las que se montan películas en la cabeza: soy de las que ya van por la tercera temporada de su propia serie.

He de reconocer que he tenido amigas que han sido protagonistas durante varias temporadas de mi vida, mientras que otras solo salen en algún episodio puntual. Y no por ser amigas episódicas son menos graciosas: muchas veces, las amistades más divertidas surgen en el baño de un bar mientras te miras al espejo y tu nueva «amiga de baño» te dice que se te ha corrido el rímel o que llevas papel higiénico en el tacón. Esa amistad no dura más que los hielos de una copa en verano, pero sabe tan bien...

Con Lucía, quien apareció como protagonista justo después de Lauri, solía quedar algunos domingos por la tarde para hacer *remembers* de las amigas de baño más peculiares que habíamos conocido.

Una de esas chicas, a la que nunca olvidaré, me regaló el anillo que aún conservo en el dedo meñique que le vi mientras se estaba lavando las manos en el baño de un bar de la calle Hortaleza. Era tan pequeño y especial que le dije que era el anillo más bonito que había visto nunca.

No sé cómo, pero acabé llorándole mi última ruptura sentimental, además de algún que otro desengaño anterior, y ella acabó acariciándome el pelo, sujetándome la puerta del baño mientras hacía pis y yendo a buscar a Lucía para que me llevase a casa.

Cuando mi nueva amiga salió del baño preguntando, a grito pelado entre toda la gente que estaba en el bar, por «la amiga de la rubia del vestido de brillibrilli que andaba llorando», Lucía se tronchó de risa. Rápidamente, supo que era yo y acudió en mi ayuda, porque las buenas amigas no necesitan grandes descripciones para identificar que se trata de alguna de nosotras.

Fue un poco como la típica llamada que escuchas en el centro comercial de: «Los padres de una niña con un vestido de lentejuelas que se ha perdido, acudan a atención al cliente» (léase tapándote la nariz con el pulgar y el índice).

Esa tarde de domingo habíamos salido a dar un paseo. El aire fresco de los parques, tan recurrentes en mi vida, traen nostalgia, y la nostalgia siempre trae buenos recuerdos.

—¿Quién fue la primera «amiga amiga» que recuerdas? —preguntó Lucía, remarcando la palabra «amiga» dos veces y descartando con ello las opciones de amigas que, sin ser menos en tu vida, no consiguen hacerse un hueco tan importante en tu corazón ni en tu memoria.

De forma automática, mi mente rebobinó hasta el único recuerdo que conservo de parvulitos; hasta ese primer episodio dramático en mi vida, llorera incluida, y a la persona que me ayudó a superarlo. Siempre me he preguntado por qué apenas tengo recuerdos anteriores a los cinco años, y no es algo mío particular. Se llama «amnesia infantil» y son muy pocas las personas que se acuerdan de momentos anteriores a esa edad, aunque he de reconocer que Lucía, después de cada fin de semana, sufre esa «amnesia infantil» de cara al lunes, y ya no tiene cinco años.

Creo que los móviles con cámara de fotos llegaron para ser testigos de las cosas que hacemos los sábados por la noche y no queremos recordar al día siguiente.

Ya desde pequeña se veía que yo no era muy buena con las matemáticas. Vale, decir que «no era muy buena» es un eufemismo: realmente soy malísima. Siempre he sido más de estudiar hincando el codo en la mesa, de leer y reflexionar en las clases de Filosofía, pero lo de aplicar la lógica matemática no era lo mío, y aquella mañana, en parvulitos, quedó demostrado.

La profesora nos dijo que teníamos que dibujar un círculo y meter seis caracoles dentro. *A priori* no parece una tarea difícil; quien más y quien menos sabe pintar un caracol. Lo malo es cuando dibujas un círculo tan minúsculo que a duras penas entra uno solo de tus caracoles y eres incapaz de entender por qué no caben los otros cinco. Tiré el Plastidecor al suelo y me puse a llorar apoyando los brazos cruzados sobre la mesa y con la cabeza metida entre ellos. Tremendo drama.

Entonces una niña con el pelo moreno, peinada con dos preciosas trenzas, recogió mi cera del suelo y me la devolvió con una sonrisa de oreja a oreja. Se sacó un pañuelo de la bata, probablemente lleno de sus propios mocos, y me lo ofreció. Sus manos eran muy pequeñas y estaban llenas de rayas de colores por haber estado pintando con rotuladores.

—Mira, si haces el círculo así, te caben los seis.

Cogió el Plastidecor con la mano izquierda y dibujó un círculo infinitamente más grande que el mío.

Yo la miré embobada, admirando su inteligencia.

—No se me había ocurrido —le dije mientras sorbía los mocos y enjugaba mi pena en su pañuelo.
—No pasa nada —me dijo Raquel, que así se llamaba.
—¡Pintas con la izquierda! —le dije sorprendida.
—Sí, utilizo esta mano para dibujar, pero prefiero escribir con esta —dijo, señalándose la mano derecha.

En ese momento no creí que hubiese persona más inteligente en el mundo que Raquel que, además de haber conseguido meter mis seis caracoles dentro del círculo, sabía escribir y dibujar con las dos manos.

Agrandando ese círculo, esa niña con los mocos repegados en la nariz, hizo que fuese consciente de lo importante que es ampliar la visión que tenemos del mundo y no cerrarse a un único punto de vista. Es fundamental darte cuenta de que hay mucho más allá tras tu pequeño universo particular y que, cuanto más lo amplíes, más fácil te será afrontar lo que venga por delante.

Ese día Raquel me regaló mi primera lección de vida y probablemente mi primer recuerdo formado de aquella época con cinco añitos. Gracias a ella pasé mi primer drama y aquel curso nos convertimos en uña y carne. Al final, la verdadera amistad se demuestra en los malos momentos, cuando sientes que los problemas se dividen y las alegrías se multiplican, como los caracoles.

Después de Raquel, no volví a conocer a nadie ambidiestra hasta que en el quinto curso llegó al colegio una niña nueva, Lauri, la gran protagonista de la primera temporada de mi vida.

Como ya sabéis, su padre era español y su madre alemana. Los dos eran ingenieros y hasta entonces habían estado viviendo en Barcelona. A Lauri la conocí justo cuando acababan de mudarse al mismo barrio de Madrid en el que yo vivía. De hecho, la casa de su abuela española estaba a unas calles de la mía. Lo justo para que fuera inevitable coincidir y forjar una amistad a base de paseos de ida y vuelta camino del colegio y del instituto.

Al principio su abuela paterna Malena era quien iba a recogernos por las tardes. Era una señora que me fascinaba porque tenía el pelo gris como las nubes cuando van a tronar. A algunos de los chicos del colegio les daba miedo y la llamaban «bruja» por la gran cantidad de anillos que tenía en sus manos, pero a mí me encantaba. Me quedaba embobada con la presencia y seguridad que desprendía aquella señora de los pies a la cabeza.

En alguna ocasión llegó a decirme, cuando la miraba con la boca abierta: «Rubia, cierra esa boca, que se te come la lengua el gato». Y yo, que convivía con un par de ellos en casa en aquel momento, le respondía: «Pero ¿cuál? Es que tengo dos...» y ella rompía a reír a carcajada limpia.

—¡Qué niña más respondona! —me decía—. ¡Sois tal para cual! —farfullaba mientras nos llevaba a cada una de la mano de vuelta del colegio.

Durante mucho tiempo Lauri siempre iba a casa de su abuela a hacer los deberes hasta que sus padres volvían de trabajar por la noche. En esos años aprovechábamos las tardes para salir a jugar a la plaza, a comprar chucherías a la panadería o simplemente, ya un poco más mayores, para sentarnos a hablar en los bancos del parque que estaba frente a mi casa.

A veces pienso lo injusto que es que tengamos fecha de aniversario con las parejas, pero no con las amigas, cuando seguramente, con el paso del tiempo, te acaban marcando infinitamente más. Creo firmemente que tendríamos que señalar en el calendario nuestra fecha de aniversario con ellas y celebrarlo siempre a lo grande, con vino y risas.

Igual que recuerdo perfectamente cómo empezó mi amistad con Laura, Lucía o Sara, protagonistas de las siguientes temporadas de mi vida, no sabría decir cuándo supe exactamente que Lauri iba a ser una de ellas, porque probablemente, cuando nos conocimos, aún éramos muy pequeñas.

Recuerdo la primera excursión juntas, sentadas una al lado de la otra en el autobús. Allí descubrí una personalidad arrolladora que ya asomaba, a su corta edad, por esa boquita de piñón que tenía, y empecé a intuir, en ese momento, que íbamos a ser inseparables, pese a ser muy diferentes en algunas cosas. Es lo típico de que los polos opuestos se atraen, y a veces con las amigas también pasa.

—¿Quieres un poco de tortilla francesa? —le dije para romper el hielo después de un rato de silencio.

Es curioso cómo los bocadillos de tortilla han marcado toda la vida, desde mis primeras excursiones con Lauri hasta los días de piscina con Nacho.

Lauri me miró por primera vez con esos ojitos que iba a reconocer a lo largo de los años cuando algo no le cuadraba. Esa mirada que se contiene durante un segundo antes de soltar una lindeza:

—¡No comerás dentro del autobús, con lo mal que huele! —respondió seca, como era ella cuando quería.

—No, no, era para luego —dije tímida mientras sutilmente guardaba de nuevo mi bocadillo en la mochila.

Tras unos segundos Lauri me sonrió con ternura, cambiando el gesto, y me dijo:

—Luego te doy yo del mío, que además es de lomo.

La de chistes que no habremos hecho después con esa frase descontextualizada, pero en ese momento descubrí que Lauri, en el fondo, era un cacho de pan, con sus manías, como todo el mundo. Eso sí, mirándolo con cierta distancia ahora, podría haber pensado que tenía algún tipo de problema con el gluten porque además de que no le gustaba que se comiera en el autobús, le molestaba que le cantáramos: «Lauri robó pan en la casa de San Juan...». En vez de contestar «¿Quién, yo?» como hacíamos todos, miraba con tal cara de desprecio a la compañera de clase que lo hacía, que esta rápidamente cambiaba la letra para seguir con otro nombre: «Luis robó pan en la casa de San Juan...».

Es muy importante elegir bien a la persona con la que te vas a sentar en las excursiones del colegio; porque igual que le reservabas el asiento y así se lo hacías ver a los demás con un «Está ocupado», lo hacías con tu corazón para que te acompañase en la vida.

Además de esa personalidad arrolladora, de los primeros recuerdos que tengo de ella es que tenía las manos muy frías, aunque fuese verano.

Siempre que se me acercaba a traición, colocaba el dorso helado de su mano sobre mi cara y me decía: «Mira tía, estoy muerta» y acto seguido nos reíamos a la vez, porque su temperatura corporal debía de ser de menos dos grados por lo menos. Ahora entiendo que pudiera bañarse en aquellas pozas congeladas que había en el pueblo cerca de Segovia donde veraneábamos todos los años.

—A Lauri no le pongas hielo —le decíamos al camarero de la verbena en el pueblo.

Y nos reíamos imaginando a Lauri metiendo las manos en el vaso de la bebida para enfriarla.

Si algo han tenido en común todas las mejores amigas que han pasado por mi vida, es que siempre han sido mucho más fotogénicas que yo. Y si eso os parece un drama ahora, que hay filtros y que, además, puedes repetir la foto con el móvil las veces que haga falta hasta que salgáis bien las dos, imaginaos lo que era tener una cámara con veinticuatro oportunidades únicas de salir bien. Tenía un punto entre lo dramático y lo mágico, ya que el resultado no lo comprobabas hasta revelarlas en la tienda.

Mil fotos de excursiones tengo con Lauri al lado y mil fotos en las que ella sale mejor que yo. Todavía hoy las conservo, y muchas veces le hago una foto a la foto en cuestión y se la mando a ella por WhatsApp acompañado de un «Pero qué bien salías siempre, perra». Porque la amistad es poder seguir llamando «perra» a tu amiga del cole, aunque al final la vida os haya guiado por caminos distintos. Ahora mi amiga Lauri tiene dos hijas, vive en Berlín y su pareja, tal como advirtió Nacho en su momento, no se llama Andrés.

Pasamos el colegio como lo pasan las mejores amigas a esas edades: juntas. Juntas a la hora del recreo, juntas en el autocar en las excursiones, juntas en el pupitre y juntas de vuelta a casa. De esa época brotan momentos concretos de cada año y en todos está ella.

Recuerdo los bailes de finales de mayo y los villancicos que preparábamos en Navidad para competir luego entre los diferentes cursos. No cantábamos especialmente bien... Creo que por eso siempre nos dieron la complicada responsabilidad del triángulo, ese instrumento que solo pueden tocar aquellas personas que no podrían participar de otra manera. Nuestros padres se sentían orgullosos y no les importaba que en las fotos siempre saliésemos al fondo, asomando la cabeza por detrás del resto.

Siempre queríamos coincidir en todo: si durante los carnavales había que disfrazarse para ir a clase, pensábamos en un disfraz doble para las dos. El año en el que fuimos dos cerezas unidas por su rabito conectamos de una manera tan real, que cuando una quería ir al baño, obligatoriamente tenía que acompañarla la otra. Esto es algo que también ha ocurrido años después en los bares. Así se forja la verdadera amistad: yendo al baño juntas.

Y entre risas y excursiones, entre exámenes de Lengua, que siempre la tuvimos muy larga ya desde pequeñas, y algún que otro minidrama con las Matemáticas, crecimos sin que nos importase absolutamente nada más que el disfrute. Añoro la simplicidad de aquellos momentos. Es curioso cómo siendo niña no importaba quién era Lauri o qué pensaba; no había dramas porque no la juzgaba, seguramente porque tampoco entendía el significado de esa palabra. Ahora sí que lo sé y siendo nuestro vocabulario más extenso aprovechamos para empezar a etiquetarnos y romper la magia. Siempre he pensado que las etiquetas son para la ropa, no para las personas, y lo mejor que podemos hacer es cortarlas para que no nos molesten. Lauri y yo, sin etiquetas y juntas, éramos imparables; como las cerezas.

En esa época casi todas mis primeras experiencias con amigas las tuve con ella, incluido nuestro primer viaje juntas sin nuestros padres. Era Semana Santa, antes de terminar el tercer trimestre, y en clase planeamos una semana en Mallorca por todo lo alto. Estábamos nerviosas porque ese viaje de fin de curso marcaba un cambio en nosotras; una transición de la infancia a la adolescencia.

Una agencia nos había hecho una muy buena tarifa de grupo, pero fruto aún de mi niñez, entendí ese viaje como un lujo: ir a la playa sin ser verano era algo que tenía que costar mucho dinero. Realmente era lo contrario, pero en aquella época todo lo que superase las quinientas pesetas me parecía un dineral.

En el colegio nos hicieron ver que el coste de ese viaje era algo de lo que también teníamos que hacernos cargo nosotras para que, de ese modo, no fuese únicamente responsabilidad de nuestros padres. Así que esas Navidades vendimos papeletas de rifas para recaudar dinero. A cada alumno nos dieron un taco de papeletas con la promesa de que, si lo vendíamos entero, nos darían otro.

Mi padre siempre me alentó a que me pagase las cosas por mí misma. Creo que en el fondo era porque, si me daba algo a mí, también tenía que dárselo a mis hermanos, lo cual lo dejaba a él como un padre muy equitativo y justo, y le daba cierto salvoconducto para no tener que hacer concesiones con ninguno. Era muy listo.

Siempre tuve muchas dotes comerciales y embaucaba a Lauri para ir puerta por puerta a todos los vecinos del barrio y ofrecerles la posibilidad de participar en el sorteo de una bonita cesta de Navidad. Así que las dos, con nuestra sonrisa y nuestra labia, vendíamos un taco por semana, hasta que alcanzamos el máximo que podíamos vender cada una.

De aquella forma, mi padre pagaba menos por el viaje, yo pasaba las tardes enteras con Lauri con la excusa de salir a vender papeletas y todos contentos.

Ahora pienso que ese sorteo en el que hice participar a todos mis vecinos fue lo más parecido a los sorteos de Instagram; solo que, en ese caso, mencionaba a todo el barrio de manera personal, llamando a sus puertas y sin etiquetarles.

Aquel viaje a Mallorca también marcó un punto de inflexión en mi relación con las islas, ya que esa aventura de fin de curso fue la primera de muchas.

Ya había volado en avión con mi padre en alguno de sus viajes a Barcelona, pero esto era mucho más emocionante porque se trataba de la libertad que suponía estar a solas durante una semana entera con mis amigas.

También fue la primera vez que Lauri y yo nos enfrentamos a un viaje con asientos separados. Recuerdo cómo, ingenua de mí, me senté en mi sitio esperando a que entrara Lauri, reservándole el sitio. Una mujer llegó hasta mi fila y empezó a colocar sus cosas en el asiento de al lado.

—Está ocupado —le dije como si aún estuviésemos en una excursión del colegio.

—¿Cómo que está ocupado? —dijo la señora sorprendida—. Este es el 24b, ¿no?

—Ah, no lo sé, pero es para mi amiga Lauri —le dije dando por sentado que ese era el asiento de mi amiga.

—Pero este es el número de mi asiento, mira —dijo, enseñándome su billete, que lo dejaba bien claro. Al instante la mujer notó mi cara de decepción y entendió perfectamente la situación.

—¿Dónde se sienta tu amiga? —dijo con una pequeña sonrisa. En ese momento, Lauri llegó hasta nosotras.

—Estoy allí, en el 30a —dijo señalando un sitio unas filas más atrás, junto a la ventanilla. La mujer respiró unos segundos que aprovechamos para convencerla.

—Es el mejor sitio del mundo. Además hay un señor muy apuesto al lado —dije rápidamente.

—Y habla muy poco... que eso siempre hay que valorarlo, si quieres dormir —añadió Lauri.

La mujer se empezó a reír ante semejante *performance* y vio que, además de hacer un gran favor a dos amigas, salía ganado con el cambio, y aceptó.

Cuando despegamos y me di cuenta de que Lauri había prescindido del asiento con ventanilla que le había tocado para sentarse conmigo, me sentí muy afortunada. No se renuncia a un viaje en el que te toca ventanilla por cualquiera.

A mi amiga Laura, mi Laura de ahora, le da pánico volar. Como ella misma siempre matiza: «No es que me dé miedo volar. Me da miedo despegar y aterrizar».

Lo pasa realmente mal, siempre necesita cogerse de la mano de quien esté a su lado y que la distraiga hasta que el avión ya esté en el aire. Una vez, que tuvo que viajar sola, «obligó» a una azafata a sentarse con ella e ir de la mano hasta que despegaron. Desde entonces creo que Laura no ha vuelto a volar sola.

Ahora, cuando viajamos juntas, la cojo muy muy fuerte de la mano y la hago reír con cualquier excusa para que sufra lo menos posible. Recuerdo aquella vez que nos marchábamos de vacaciones, pero llevábamos demasiados porsiacasos para un fin de semana. Intentamos no tener que facturar metiéndolo todo en un par de maletas pequeñas, dos mochilas y algún bolso. Claro, las maletas pesaban muchísimo y justo en el momento de tener que meterlas en el compartimento superior, vino el problema. Laura me hizo un gesto rápidamente. Un chico bastante fuerte se acercaba por el pasillo y mi agobio iba creciendo a medida que entraba gente en el avión.

—¿Me la metes, por favor? —le dije al chico angustiada.

Laura empezó a reírse a carcajadas en su cara, ya que durante unos segundos no se dio cuenta de que me refería a la maleta. Al menos ella por un momento se olvidó de todos sus miedos.

En aquel viaje de camino a Mallorca con Lauri, recuerdo perfectamente quedarme embobada mirando por la ventanilla. Ese grito de «Miraaa, el maaaaaar» creo que define a todas las personas que vivimos en ciudades sin playa y valoramos tantísimo cualquier ocasión de verlo.

También jugábamos a inventarnos qué clase de vida tendrían las personas que estaban en esos barcos tan pequeños que veíamos desde el avión, y si tomarían champán a proa o a popa, aunque nunca haya sabido distinguir una de la otra, igual que no sé distinguir cuál es la de cal y cuál la de arena.

—¿Te imaginas que tuviéramos un barco así para dar la vuelta al mundo? —me dijo Lauri.

—Yo creo que deberíamos empezar con un patinete de agua para dar la vuelta a la costa —afirmé rompiendo la magia.

—Qué cortarrollos eres —dijo enfadada.

—Además conduciría yo —aseveré sin pensarlo.

—¿Por qué? —me preguntó sorprendida.

Y llegamos a ese primer momento en toda relación entre amigas en el que, por su bien, debes ser sincera, y es que Lauri tenía una gran capacidad para darles la vuelta a las cosas, pero la orientación y reconocer la izquierda y la derecha no era su fuerte.

—Lauri, yo te quiero mucho, pero he visto a sonámbulos orientarse mejor que tú. No quiero aparecer en Italia con la barca de pedales.

Lauri dejó de mirarme. Molesta. Con el ceño fruncido, sabiendo que en cierto modo tenía razón, pero no quería reconocerlo.

—Pues en Italia hay italianos, con eso te lo digo todo —se justificó segundos más tarde.

Sonreí, porque me encantaba que tuviésemos esas batallas donde ninguna salía victoriosa ni falta que nos hacía.

E imaginando vidas de marineros italianos y alquileres de patinetes de agua llegamos a tierra firme, posando nuestras bailarinas por primera vez en la isla.

Recuerdo cada excursión que hicimos en aquel viaje y cada playa a la que fuimos. Recuerdo todas y cada una de las canciones que bailábamos en la discoteca que había en el hotel y la sensación de que después de ese viaje que separaba el colegio del instituto llegaría el que sería nuestro último verano como niñas.

Aún reviso de vez en cuando las fotos de aquel viaje. Son el claro ejemplo de que se puede ser feliz sin filtros. En ellas veo a unas niñas disfrutando de la libertad de posar para una foto de grupo sin pensar en si iba a tener muchos «me gusta» o ninguno, sin importar quién saldría mejor o peor y, por supuesto, sin ningún morrito. Solo risas. Nos recuerdo bailando sin tener que mirar a cámara y sin hacer el baile de moda en TikTok, sino lo que los brazos y las piernas nos pedían libremente y en mi caso, además, sin demasiada coordinación. Veo a una niña con cangrejeras disfrutando de pisar las algas en el agua sin que le dé asquete. Una niña que ahora como mujer todavía las lleva, pero con un poquito más de brillibrilli, que falta le hace a la vida a veces.

Cada noche, antes de desmelenarnos entre luces de colores con escaso gusto estético en la disco del hotel, pedíamos copas de granadina con vainilla en la discoteca y por eso el olor a vainilla siempre me transporta a lugares donde nada era trascendental, donde todo tenía la importancia justa, es decir, muy poca. Recuerdo que hacíamos ver que íbamos piripis cuando en realidad eran copas sin alcohol, pero lo que nos reíamos en esos momentos no tenía precio. Nos gustaba jugar a ser mayores de niñas y nos gusta jugar a ser niñas de mayores.

—Te veo doble, tía —le dije a Lauri, mientras me reía.

—Entonces estoy el doble de buena, ¿no? —replicaba rápidamente la muy perra.

—Yo te veo el doble de alta.

—Pues eso, el doble de buena.

—Tal cual, tía, ya quisiera yo. Somos el punto y la i —le dije mientras me ponía a su lado para dejarlo claro.

A ella nunca le importó ser la más alta de la clase y, por supuesto, a ninguna de nosotras tampoco. En una edad en la que cualquier diferencia con los demás podía suponer un problema porque somos muy volubles, para nosotras no lo fue en ningún caso, y nos reíamos de ello con toda la naturalidad del mundo. Yo siempre he redondeado mi altura al alza y Lauri a la baja en un acto de complicidad y amistad que unos centímetros nunca separarían.

Después de brindar aquella noche con nuestros vasos de tubo llenos con granadina y vainilla descubrí que para mí el olor que definiría a Lauri, y nuestra relación para siempre, sería la vainilla. Por eso busco esa nota de olor en todos mis perfumes, velas y ambientadores, porque, a pesar de que nos separamos años más tarde, para mí es la mejor manera de tenerla presente y recordar todo lo que vivimos juntas. También es verdad que a veces me como un flan de vainilla y no le doy esa responsabilidad de traerme a mi amiga a la cabeza, que tampoco es cuestión de ponerte siempre tan profunda que no hagas pie ni en tus propias palabras.

Así disfrutamos de un viaje de libertad absoluta, dentro de los límites que marcaron los profesores, donde las horas en la playa, las caminatas por los puestos de los paseos marítimos y atiborrarnos de Minimilks a todas horas —que era el helado más barato en aquella época y podíamos comernos tres por el precio de un Calippo— fueron nuestro día a día. Además, aunque hubiese querido comerme un Calippo yo sola no habría podido; era demasiado grande.

Tras ese primer viaje sin ataduras, quedaban los últimos exámenes del trimestre y enfrentarnos a nuestro primer gran dilema: el instituto.

Había varias opciones cerca de nuestras casas y teníamos miedo de que nos eligieran a cada una en un instituto diferente. Hasta que pudimos ver la lista de aprobados y confirmar que habíamos sido elegidas en el mismo instituto pasé unas semanas realmente angustiada con una incertidumbre tremenda.

De hecho, mi amiga Lauri recibió la carta de aceptación antes que yo y hasta que la mía hizo acto de presencia en el buzón, mi cuerpo se arrastraba por casa como si me hubieran colocado una mochila de cien kilos encima. Mi padre siempre solía coger las cartas del buzón y las dejaba en un recibidor de madera barroco muy bonito, junto a la puerta de entrada. Allí soltaba también las llaves y dejaba un pañuelo de tela que siempre llevaba consigo. Ahora ya nadie utiliza estos pañuelos, pero a mi padre siempre le gustó llevarlo, a pesar de que los clínex eran una realidad. Fue un romántico de todo lo antiguo, que en su época seguramente fue lo más moderno. Siempre recordaré con cariño cómo me limpiaba los mocos de niña, esos que quedaban repegados en mi nariz y que quitarlos necesitaba de fuerza, saliva y un buen pañuelo de tela.

Esa semana las cartas las había cogido mi hermano y no las puso en la mesita, con lo cual pasé cinco días con sus cinco noches con el nerviosismo que provocaba no tener noticias de si Lauri y yo acabaríamos juntas.

A la quinta noche, después de hablar toda la tarde con Lauri, estallé y me puse a llorar. Mi padre, que siempre tenía un oído superlativo para escucharme gimotear, entró en la habitación y me preguntó qué era lo que me preocupaba.

—No me han dicho nada del instituto de Lauri —le dije.
—¿Has mirado las cartas? —me preguntó sorprendido.
—Si no hay cartas... —respondí angustiada.

En ese momento mi padre se levantó y salió de la habitación con ese tempo pausado que le caracterizaba. A los cinco minutos volvió con una carta en la mano. Mi hermano, el muy capullo, había estado dejando las cartas en su habitación, con lo cual mi desesperación iba en aumento cada día que pasaba y no veía en el recibidor nada más que las llaves de mi padre y su pañuelo.

—Pensaba que ya te lo habían dicho —dijo a la vez que me entregaba el sobre.

Una sonrisa inundó mi cara cuando confirmé que ambas estaríamos juntas. Una presión en mi pecho se liberó, y aunque ya era tarde, mi padre me dejó llamar a Lauri para darle la buena noticia arropada por mis peluches Armu y Dino.

Al final te das cuenta de que todo en esta vida es una cuenta atrás, ya sea esperando una carta, un wasap de la persona que te gusta, el próximo fin de semana, los días que te quedan para volver a teñirte o el tiempo que falta para que llegue el verano. Todo en esta vida tiene fecha de caducidad, y tienes que estar muy pendiente de ella y preparada para que no se te pase. Detrás de cada una de esas cuentas atrás siempre llega algo nuevo por vivir, y esa actitud positiva es la que he mantenido siempre, excepto cuando me han cortado mal el flequillo o me he teñido el pelo desastrosamente.

Después de la tranquilidad que daba saber que estaríamos de nuevo juntas, el verano supuso para Lauri y para mí un paso hacia la madurez.

Nos encantaba pasar parte del verano en la casa que ella tenía en un pueblo de Segovia. Tenían un viñedo, una pequeña alberca que para nosotras era una piscina olímpica y muchísimo campo para jugar. En el salón había una enorme chimenea en piedra de ladrillo visto y un sillón verde de escay donde nos sentábamos a ver la tele y en el que, si hacía mucho calor, te quedabas pegada por el sudor. Si no vimos cien veces *Dirty Dancing* en aquella casa, no la vimos ninguna. Lauri tenía dos hermanas mayores, una un poco más que nosotras y otra bastante más mayor, porque en aquella época todo lo definíamos como «persona mayor» y «persona más mayor», y todas eran muy conocidas en el pueblo. La hermana mediana de Lauri, María, ya tenía un grupo de amigas y a veces salíamos con ellas hasta la hora a la que Ivonne, su rigurosa madre alemana, la dejaba. Cuando a tu hermana mediana no le importa que la pequeñaja y su amiga salgan con ella, todo son ventajas.

Los padres de Lauri y María eran muy estrictos y controladores. Siempre tenían muchísimo trabajo e incluso se llevaban el ordenador allí los fines de semana. Cuando paraban de trabajar, a la hora de la siesta, se tomaban el descanso muy en serio y no permitían que hubiese ni un ruido. María, Lauri y yo aprovechábamos sus siestas para salir al centro del pueblo. En cuanto cerrábamos la gran puerta de madera de aquella casa, dejábamos atrás aquel silencio y todo se convertía en alegría. Pasábamos tantas horas sentadas en las terrazas de la calle principal y pasándolo tan bien que daba igual si volvías a casa con las marcas de las incómodas sillas metálicas señaladas en tu culo. No era el momento de quejarse; era el momento de disfrutar, y así lo entendían nuestras nalgas y nuestros corazones.

Ese verano Lauri estaba medio saliendo con Jorge, aquel chico que no era especialmente listo, pero que besaba muy bien. Uno de los amigos de Jorge llevaba ya unos años hablando insistentemente conmigo cada verano. Nunca le hice mucho caso, ya que era un poco pesado, y en los años siguientes Nacho había entrado en mi vida.

Recuerdo una vez que, sentadas en una mesa con todos los amigos del pueblo, Lauri se levantó para ir al baño y me quedé a solas con aquel amigo de Jorge. Desde luego, por sus gestos y lo que se acercaba, intentaba ligar conmigo otra vez. Él estaba bebiendo cerveza y cogía la jarra con firmeza. Sus manos tenían mucho vello en los dedos para su edad, pero por otro lado lucía un minúsculo bigote con cuatro pelos y unos ojos increíblemente marrones. Sí, por supuesto que hay ojos marrones preciosos, no solo son bonitos los claros, y los suyos lo eran, y mucho. Iba vestido con un polo rojo, bermudas y calcetines de colores. No sé cómo salió el tema ni de qué estaríamos hablando, pero me dijo algo que me llamó la atención y es que me contó que él soñaba en blanco y negro.

Yo, que sueño a todo color y algunas veces hasta con filtros de Snapchat, lo miré anonadada y le pregunté que cómo era posible. Me dijo que nunca había soñado con nada que brillase. Ni siquiera llegué a preguntarle el horóscopo; además supe que éramos incompatibles cuando habló con mala educación al camarero que nos trajo las bebidas. Si alguien trata mal a un camarero, pierde automáticamente todos los puntos que le suman unos ojos tan bonitos que, cuando los miras, piensas: «Joder, qué maravilla tiene que ser maquillarse y pintarse el *eyeliner* desigual en esos ojazos». A esa edad aún no tenía mucha idea del amor, pero ahí supe que nunca me gustaría una persona así, por muchos ojazos que tuviese.

Aquel verano Lauri y yo recibimos nuestro primer castigo ejemplar, y digo «nuestro» por solidaridad con ella, porque en cierto modo sus padres nunca me regañaron de manera directa. Aquellas noches en las que salíamos por el pueblo teníamos que estar en casa a las once. Era una hora irrisoria para el grupo de amigos de María y eso nos hacía sentir más pequeñas que el tacón de una chancla.

Siempre llegábamos puntuales. Lauri, María y yo subíamos al segundo piso, nos poníamos el pijama y nos metíamos en la cama. Cuando notábamos que sus padres se habían dormido, caíamos en el tópico de colocar las almohadas de forma vertical en nuestras camas, las tapábamos con la sábana y bajábamos al baño de la planta de abajo. Allí cambiábamos los pijamas por la ropa para salir que habíamos dejado previamente en la minúscula ventana del baño, por la que salíamos de una en una las hermanas y yo. Cada noche era una aventura que siempre acababa al amanecer en la charca y volviendo a casa por la ventana con más barro que vergüenza.

Una noche, la madre de Lauri, Ivonne, no podía dormir y bajó al botiquín del baño. Dos pijamas de zanahorias y uno de princesas Disney en una ventana llaman la atención, y poco le costó darse cuenta de que las camas estaban vacías.

Solo había una discoteca en el pueblo y ella, con sus rulos y su bata floreada, se plantó allí. María y yo estábamos en la puerta, con su grupo de amigos, cuando la vimos bajar por la calle. Al grito de «¡¿Dónde está Lauri?!», su hermana y yo no dudamos un segundo en señalar al interior de la discoteca con el miedo en el cuerpo. Ivonne, que cuando estaba enfadada era muy alemana, cruzó la pista de baile, apartando a su paso a todos los que allí se movían —por aquella época al ritmo de Extremoduro— hasta que llegó a Lauri, que se estaba morreando con Jorge detrás de una columna.

106

—¡¿Laura?! —gritó tan fuerte que por un momento hasta Robe de Extremoduro se acojonó a través de los altavoces.

Lauri, que en ese momento era Laura para su madre, giró la cabeza rápidamente para ver cómo un tren de mercancías avanzaba por la pista para darle un tortazo a ella y, en la misma bofetada, un revés a él. En un único movimiento. Muy limpio.

Nos llevó a las tres a casa prácticamente de las orejas y nuestros amigos se quedaron ojipláticos ante esa derecha con revés incluido digna de Rafa Nadal.

Al día siguiente, los padres de Lauri y María tuvieron una seria charla con nosotras, en la que, tras pedirles disculpas, entendieron que dejarnos salir solo hasta las once era demasiado poco y nos subieron la hora hasta la una. No sin antes tener también una charla telefónica donde escuché el consabido «Señorita, ya hablaremos cuando vuelvas» de mi padre y un «Anda, sé buena y pórtate bien con esa familia» de mi madre.

Jorge estuvo un par de días con la marca de la bofetada en la cara, pero Lauri, un poco avergonzada por el suceso, le besaba la mejilla y se le pasaba. «El incidente» como pasó a llamarse en el pueblo a lo que ocurrió esa noche, estuvo en boca de todos ese verano, como si fuera el título de una película de terror que se acabara de estrenar.

Estas anécdotas fueron forjando nuestra adolescencia cada verano, y con el tiempo fue imposible olvidarme de aquel pueblo y de mi vida con Lauri en aquellas preciosas calles sin asfaltar. Las casas eran bajitas, todas de piedra, con preciosos maceteros en los balcones. Imposible olvidar la energía que derrochamos corriendo con nuestras zapatillas planas camino del parque de los árboles, con sus anchísimos troncos huecos, llenos de piedras con musgo. Allí solíamos reunirnos todos, nosotras, las mayores y los más mayores a escuchar música de un viejo radiocasete que siempre llevaba alguien. Por aquel entonces todavía no tenía muy definido mi estilo de música favorito, por lo que realmente me gustaba cualquier cosa siempre que fuera rodeada de amigos. Fue imposible no bailar al ritmo de «Fiesta pagana» o de «Paquito el Chocolatero» en los días de verbena, como fue imposible no bailar por las calles de piedra volviendo a casa simplemente porque éramos felices, como ahora años más tarde, lo seguimos haciendo Sara, Lucía, Laura y yo de camino al taxi, por las calles de Madrid, cada fin de semana.

Pasados los años, cuando Lauri terminó el instituto y se marchó a estudiar a Berlín, fuimos de nuevo al pueblo un par de veces antes de que la vida nos separara completamente. Volvimos a aquella casa de manera distinta; ya no estaba Nacho, ella empezaba a hacer su vida en Alemania y yo, después de repetir curso, empezaba la universidad y a tener nuevas amigas. Aun así, la conexión seguía viva, como el olor a vainilla. Y juntas por última vez en aquel pueblo apreciamos en la casa un silencio que sus padres buscaron incesantemente durante las siestas y del que huíamos como niñas, pero que empezamos a valorar como las mujeres jóvenes en las que nos habíamos convertido. Cuando eres adolescente buscas expresar todo el ruido interior que llevas, pero según vas creciendo te vas dando cuenta de que el silencio a veces es más necesario.

Los veranos en el pueblo de Lauri se han quedado guardados en mi pupila para siempre. Los colores de los atardeceres, el sonido de un embalse cercano, los fuegos artificiales de las fiestas, el olor de la leña de su chimenea... Todo lo que pasaba en ese pueblo era un festival para los sentidos.

El último verano, mi amiga Lauri, que ya se había convertido en toda una mujer y ya empezábamos a llamarla Laura en vez de Lauri, me dijo con cierta nostalgia:

—¿Te das cuenta, rubi? Qué ganas teníamos de hacernos mayores, pero en cuanto eres un poco mayor, qué ganas de volver a ser niña, ¿verdad?

La miré y estaba visiblemente emocionada. Solo pude abrazarla con todas mis fuerzas:

—Qué felices éramos y no nos dábamos cuenta.

LA AMISTAD. LUCÍA

CAPÍTULO 2
Ahora o nunca

Si no lo hacemos ahora, ¿cuándo lo vamos a hacer?

Y, efectivamente, nos hicimos mayores. ¿Cómo sabes que te has hecho mayor? Porque cuando llueve piensas en que tienes ropa tendida y que te va a tocar volver a poner la lavadora.

Tras la partida de mi amiga Lauri a Berlín y romper con Nacho, me quedé bastante desubicada. Empecé en la universidad tras sacar el último curso adelante, en el que estuve más centrada en estudiar que en hacer nuevas amigas. Más me valía hacerlo así, tras la promesa que le hice a mi padre. Ese año, después de un tiempo bastante contenida, nuevas amistades, nuevas metas y nuevas ilusiones aparecieron en mi camino y recuerdo esa época, como tantas otras de mi vida, con una sonrisa de oreja a oreja. Cuando estudias en la universidad y estás en los veinte, ir a clase todos los días es muy importante, pero los fines de semana lo son todavía más.

Mis padres siempre intentaron inculcarnos la idea de que teníamos que ser responsables. En casa debíamos ser ordenados, asumir las tareas que nos tocaban a cada uno y, sobre todo, ser muy estrictos con los horarios. Mi padre no soportaba la impuntualidad y a mí, que siempre he llevado por bandera el «Llegaré tarde, pero llegaré guapa» me costó entender el motivo de esa exigencia en ese momento de mi vida en el que empezaba a explorar la noche cada fin de semana. Recuerdo que un sábado perdí el último metro de regreso a casa, el que pasaba justo a las 01.14 por Moncloa para dejarnos en el barrio. Por suerte, llevaba en el bolso el famoso billete de las emergencias de mi padre. Gracias a esos veinte euros pude coger un taxi, de manera que solo llegué tarde a casa unos escasos diez minutos. Abrí la puerta cagada, porque era reincidente del sábado anterior, pero tras ella no se encontraban unos padres dispuestos a echarme la bronca, más bien todo lo contrario, estaban preocupadísimos por si me había pasado algo. Me abrazaron muy fuerte, asustados, y les expliqué lo sucedido. Al momento mi padre me renovó el billete de las emergencias, no sin antes dejarme claro que ya le debía varios billetes, una chaqueta de moto de las caras y, aún en tono de broma, me dijo que quería ver los *tickets* del taxi por si, con la excusa de perder el metro, me estaba quedando con veinte euros todas las semanas. No era el caso, pero pensándolo bien... Qué listo era.

Al final, con el tiempo te das cuenta de que esa preocupación de padre no se puede controlar y que tú misma la llevas por bandera cuando te haces mayor, y les pides a tus amigas que te pongan un mensaje cuando lleguen a casa. Es triste echar la vista atrás para darse cuenta de que vivimos en un mundo en el que seguimos sin sentirnos seguras al volver por la noche, y al final todas sabemos lo que se siente esperando a que se encienda la luz del móvil para dormir con la tranquilidad de que todas estamos ya en la cama. Por eso entendí a mis padres e intenté no volver a llegar tarde a casa por la noche sin avisar. Además, decidí buscar un trabajo para los fines de semana y así tendría un poco más de independencia, una dosis de responsabilidad y le podría devolver a mi padre los billetes de emergencias, aunque nunca me los pidió.

Nunca me lo había planteado, pero a través de una amiga de la facultad me ofrecieron trabajar de azafata de promociones y eventos. Los únicos requisitos para el trabajo eran tener don de gentes y una estatura mínima de metro setenta. Me citaron para una entrevista esa misma semana.

Cuando llegué a la agencia, esperé en una sala donde había una docena de chicas más o menos de mi edad. Todas medían al menos metro ochenta con tacones y yo apenas rozaba el metro setenta con los míos. Nadie había concretado si la estatura mínima era con o sin tacones, así que seguí adelante. Cuando llegó mi turno, entregué el currículum y varias fotos, como me había dicho mi amiga.

—¿Edad? —me preguntó la chica.
—Veintiuno —dije con aplomo.
—¿Carné de conducir?
—Por supuesto —respondí, segura de mí misma.
—¿Talla?
—34.
—¿Estatura?
—Metro setenta —mentí.
—¿Metro setenta? —preguntó la chica, un poco sorprendida.

—Con tacones sí.

—¿Y sin tacones?

—Pues metro setenta menos los tacones.

—¿Y de cuánto son los tacones?

—¿De diez? —respondí, sabiendo que eran más de doce.

—¿Metro sesenta entonces? —preguntó muy hábil.

—Sí —respondí, segura de mí misma de nuevo.

—¿Seguro? —insistió.

—Bueno, creo que redondear es de guapas —contesté, y la chica se rio sonoramente.

—¿No sabes que las azafatas deben tener una altura mínima?

—Las de vuelo sí, porque tienen que llegar a coger las maletas, pero nosotras no creo, ¿no?

La chica volvió a reírse aún más estrepitosamente.

—Vale, el don de gentes lo tienes. Pasaré tus fotos al cliente, a ver qué dice —me aseguró con una gran sonrisa.

Al día siguiente me llamaron por teléfono y me dijeron que el cliente había elegido mi perfil para el curro. ¡Bien! ¡Mi primer trabajo! También me indicaron que la altura era importante porque el *stand* tenía unas dimensiones y que, si era muy bajita, en según qué eventos, igual no asomaba la cabeza por encima del mostrador. Además, me explicaron que en estos trabajos íbamos por parejas, y que era importante que tuviéramos una altura parecida, entiendo que para no dar la imagen de cara al público de ser un dúo cómico formado por una rubia y una «minirrubia» al lado.

Para ese primer evento mi compañera sería una chica que se llamaba Lucía y me dieron su teléfono para que me pusiese en contacto con ella y concretásemos todos los detalles, ya que ella era una veterana en la agencia. Siempre solían poner a una novata con una veterana para que pudiera aprender de ella e ir cogiendo experiencia.

Esa primera noche la promoción era para una conocida marca de ron. Teníamos que conducir un Mini rotulado con el logo de la marca hasta Talavera de la Reina, donde colocaríamos un *stand* en uno de los bares más populares de allí.

Nuestra misión era hacer fotos a todos los que se acercasen al *stand* con una Polaroid que las imprimía en papel al momento y que llevaban un marquito en el que aparecía, por supuesto, el logo de la marca.

Ni que decir tiene que íbamos vestidas con un uniforme con los colores corporativos que además llevaba impreso bien grande... ¿Imagináis qué? Sí, el logo de la marca.

Las indicaciones eran recoger el coche en la estación de Atocha el sábado a mediodía, llegar a Talavera, instalarnos en el hotel, estar en el bar unas tres horas, dormir en el hotel y volver conduciendo el domingo.

Guardé el contacto de Lucía y le escribí un SMS:

Lucía azafata.

> ¡Hola! Me han dado tu teléfono
> en la agencia Pink Events
> por el curro de azafatas
> que tenemos este sábado.

OK

Madre mía, qué seca. ¿Solo un OK? Ni un mísero «hola». Seguí escribiendo para concretar el sitio y la hora, siendo muy directa.

> ¿Nos vemos en Atocha a las 15 h?

OK

> ¿En la salida que está justo donde la
> estación?

No contestó más, así que tuve que dar por hecho que sería esa salida.

«¡Qué tía más borde!», pensé.

Era la mujer con menos vocabulario que había visto en mi vida... Bueno, quien dice visto, dice leído. De hecho, no me atreví a preguntar cómo la reconocería porque intuía que tendría una cara de rancia que sería fácilmente identificable.

Nada más lejos de la realidad. A las 15 h en punto aparecí por la puerta de salida de la estación de Atocha. Allí estaba esperándome una chica monísima que llevaba en la mano un par de uniformes en unas bolsas. Ella sí medía metro setenta de verdad. Tenía el pelo castaño, ondulado y largo, y una figura muy estilizada. Su piel estaba perfectamente bronceada, tenía las manos delgadas y llevaba una llamativa manicura roja brillante y muchas pulseras. También lucía unos aros grandes en las orejas que, sin ser de mi agrado, le quedaban francamente bien.

No estaba sola. Conversando con ella había un chico que se llamaba Alberto.

—¿Hola? —dije con cierta vergüenza.

Lucía me miró de arriba abajo antes de que fuera Alberto el que contestara.

—Hola. Tú eres la nueva, ¿no? —dijo amigablemente.
—Sí, aunque tengo ya unos años —respondí tímida para romper el hielo.

Lucía ni se inmutó ante el comentario y Alberto sonrió por compromiso. No fue uno de mis mejores chistes, la verdad.

—Qué bien. Pues nada, que lo paséis bien esta noche y cualquier cosa que necesitéis me llamáis sin problema —contestó muy amable intentando echarme un cable.

Nos entregó las llaves del coche y nos indicó que el *stand* estaba desmontado en el maletero.

—Toma —dijo Lucía tirándome los uniformes prácticamente a la cara antes de que empezáramos a caminar hacia el coche.

Con cara de pocos amigos, se colocó en el asiento del conductor, por supuesto, sin darme opción alguna a que yo condujese. Arrancó y, no dijo nada hasta que a los veinte minutos volví a escuchar su voz.

—Te va a quedar grande el uniforme —habló por fin, con el sincericidio por bandera.
—Tengo imperdibles —contesté, porque una será bajita, pero también previsora.

Asintió y subió el volumen de la radio para bajar el de mis palabras. Pese a que la música estaba alta, el silencio entre las dos era un poco incómodo. Sabía que íbamos a tener que convivir todo el fin de semana, así que estaba dispuesta a lo que fuese con tal de que el tiempo que pasásemos juntas fuera lo más agradable posible.

—¿Llevas mucho tiempo trabajando en esto? —dije para romper el hielo.
—Bastante —respondió de manera afirmativa.
—Tiene que ser divertido, ¿no? Se conocerá a mucha gente —insistí.
—Hay mucho pesado también —dijo con tono seco.

Ni una palabra positiva en treinta minutos. Tenía que haber batido algún tipo de récord de falta de positividad o algo así.

Como no conseguía pillarle el rollo, decidí parar y atacar de nuevo diez minutos más tarde.

—Veintisiete grados en Talavera. ¡Qué bien, calorcito! —dije con la típica conversación de ascensor.

—No me gusta mucho el calor —respondió ella negativa, en su línea.

—Quién lo diría, con esa piel tan bonita y bronceada parece que ya has tomado el sol y todo —dije, pensando que un cumplido podría funcionar.

Y funcionó. Por fin di con la tecla. Solo necesitaba que le regalasen un poquito el oído para empezar a esbozar una ligera sonrisa en su cara. A partir de ese momento y no sé ni cómo, empezamos a hablar de la música que nos gustaba gracias a las canciones que sonaban en la radio y que formaron parte de nuestra banda sonora de ese fin de semana. Una mezcla un tanto extraña de «Que nunca volverás» de El Sueño de Morfeo, «City of Blinding Lights» de U2, y «Las de la intuición» de Shakira hasta que, después de un pequeño silencio, sonó «Princesas» de Pereza y nos vinimos tan arriba las dos que cogimos nuestros micrófonos imaginarios del coche y la gritamos a pleno pulmón, porque las canciones que te gustan se gritan, no se cantan.

—¡¡¡¡¡Quiero volver a hablaaaar de princesas que buscaaaaaaan tipos que coleccionar!!!!

Qué canción tan liberadora.

—¿Qué signo eres? —le pregunté sin venir a cuento cuando recuperé el aliento tras berrear la canción.

Los ojos de Lucía se abrieron de par en par.

—Tauro, ¿y tú?
—Libra, pero libra hasta la médula.
—¿Crees en el horóscopo? —me preguntó emocionada.
—Solo si me dice que me van a pasar cosas buenas.

Lucía empezó a descojonarse y sentí que empezábamos a entendernos.

—Pero, sí. Creo mucho en cómo somos cada uno según nuestro signo. Pienso que nos marca mucho la personalidad. De hecho, creo que deberíamos normalizar preguntarle el horóscopo a todo el mundo cuando lo acabamos de conocer —añadí—.

—¡Yo iguaaaal! Me encanta adivinar el horóscopo de cada persona, nunca fallo —contestó orgullosa Lucía—. Sabía que eras libra. Has tardado años en elegir la emisora de radio porque dudas para tomar cualquier decisión, incluso las más intrascendentales. Además, eres tranquila y paciente y me atrevería a decir que muy conciliadora, y no te gusta nada discutir.

Después de escucharla, me quedé completamente atónita.

—Pero bueno, ¡si has acertado en todo! ¡Qué buen don tienes! —dije emocionada.

Lucía asintió, completamente feliz. En ese momento sonó «Lo echamos a suertes» de Ella Baila Sola en la radio y volvimos a darlo todo con nuestro micrófono imaginario.

A partir de esa extraña complicidad zodiacal, Lucía y yo empezamos nuestro precioso camino juntas, no solo hacia Talavera de la Reina, sino hacia la verdadera amistad. Fue el punto de inflexión que hizo que la conversación empezara a ser tan fluida que parecía que nos conociéramos de toda la vida. Dos horas de viaje llenas de anécdotas de trabajo que Lucía me contaba sin dejar hueco a la respiración. Llevaba ya algunos años trabajando como azafata de eventos y las había vivido de todos los colores. Además, me contó infinidad de trucos para sobrellevar y aguantar la noche con los «pesados» que, según ella, se nos acercarían seguro, como siempre que había trabajado en eventos de noche.

—Lo peor que te puede pasar es que te toque el «pesado enamorado» —me dijo mientras se reía.
—¿Qué es eso? —le pregunté, intrigada.
—Por la noche hay muchos tipos de pesados y pesadas: los que se hacen los graciosos, los que van de guapos, aquellas que te piden veinte fotos y no se van del *stand*, los que te miran con mala cara... Pero el pesado enamorado es el peor de todos.
—¿Y eso por qué? —insistí.
—Porque es el típico que lo acaba de dejar con su novia o ha tenido un desamor y, llegado un momento de la noche, le viene ese ataque de sinceridad que no puede tener con sus amigos porque le dirían de todo y aprovecha que estás sola un segundo para ponerse a llorar a tu lado por lo mucho que echa de menos a su ex.
—Pobre... —dije un poco consternada, empatizando con la situación.
—¿Qué pobre? ¡Ni que yo fuera su psicóloga, no te jode! Voy a tener

que empezar a cobrar por salvar relaciones cada fin de semana. Esto no está pagado, rubia, no está pagado.

Y esa era la frase que más veces escuché de su boca mientras trabajábamos: «Esto no está pagado, rubia».

Así era Lucía, un torbellino con una mala leche que sobrevivía al trabajo con una facilidad pasmosa. En cierto modo, me alegro mucho de haberla conocido porque, a pesar de su fuerte personalidad, en el fondo era un trozo de pan que, llegado el momento, acababa por ofrecerte su hombro si necesitabas llorar.

Esa primera noche fue todo tal y como me advirtió Lucía. Cuando llegamos al lugar del evento, hablamos con el dueño, que nos indicó el espacio donde debíamos colocarnos. Lucía al minuto se negó porque el sitio era muy cerrado y oscuro y, actuando como si la marca que representábamos esa noche fuera suya o fuese a heredarla, le dijo que si íbamos a estar en un rincón tan mal ubicado, se volvía a Madrid. De esa manera consiguió que estuviésemos en un lugar visible.

Nos divertimos muchísimo haciéndole fotos a la gente. Además, el *stand* no era tan difícil de montar como parecía y el uniforme no me quedaba tan grande. Esa noche pasaron por delante de nosotras todos los perfiles que Lucía ya me había detallado en el coche, empezando por los que querían veinte fotos y monopolizaban el *stand*, hasta nuestro famoso «pesado enamorado». El pobre se acercó a mí en un momento en que me giré a colocar el papel para recargar la cámara de fotos. Cuando me di la vuelta, allí estaba.

—Hola... —me dijo tímidamente, sin que pudiera identificar de primeras si era el «pesado enamorado», el «tímido que intenta ligar», el «enamoradizo de una noche» o el de: «Tu cara me suena».
—Hola —le respondí educadamente—. ¿Quieres una foto o una gorra?

Se quedó en silencio un segundo, agachó la cabeza y dijo:

—Te pareces mucho a una novia que tuve.

Frase definitiva. Con tan solo unas palabras se había metido de lleno en el grupo de los «pesados enamorados», en ese grupo de personas que se quedan ancladas en una relación y que cualquier olor o rasgo de otra persona les recuerda al amor de su vida de manera constante. Me dio tanta pena que no pude evitar escuchar su historia, que la verdad es que resultó ser de lo más interesante. Pedro Luis, que así se llamaba el chico —muy majo, por cierto, y muy educado—, estuvo treinta minutos contándome

116

que su exnovia se había liado con su mejor amiga; no su mejor amigo, su mejor amiga, incidía el pobre, algo apesadumbrado. A mí esa escena me pareció tan tan tan *Friends* que no pude dejar de escucharle. Era como si él fuera Ross y yo Monica, y estuviese reviviendo el momento en que Ross descubre que su exmujer Carol era lesbiana.

—No te preocupes, no pasa nada. Seguro que encuentras a otra persona. A veces la vida tiene estas cosas —le dije, intentando que recuperara la confianza tirando de tópicos como bien me había instruido Lucía. Bastante que no le dije el manido «Hay muchos peces en el mar» o «Lo importante es que te quieras a ti mismo».

—¿Sabes qué pasa? —me dijo.

—¿Qué?

—Que lo peor es que creo que ahora me he enamorado de la novia de mi exnovia —dijo, agachando de nuevo la cabeza mientras una pequeña risa se escapaba de la boca de Lucía que, desde el otro lado del *stand*, seguía la conversación sin intervenir para ver cómo me desenvolvía.

—Bueno, pues... —dije, sin saber muy bien cómo terminar la frase hasta que arrancó Lucía.

—Pues ahora lo que toca es hacerse una foto con nosotras dos y se la vas a enseñar a tu exnovia para que vea que lo has superado. Y a su novia también. ¡Qué coño, vente para acá! —dijo Lucía agarrando al chaval y poniéndolo delante de la cámara de fotos.

A Pedro Luis se le iluminó la cara mientras la máquina nos hacía la foto con cada una de nosotras a su lado. Se fue más contento que unas castañuelas. Lucía había roto una de las principales normas que me dijo en el coche de camino al evento y es que nunca debes hacerte fotos con los clientes porque pierdes la posición de respeto que tienen que mantener contigo en todo momento. Creo que vio tan bajo de moral al pobre chico aquella noche que hizo una excepción a su propia norma y es que Lucía, en el fondo, era todo amor.

En esos eventos también había azafatos de noche, pesadas enamoradas y todo tipo de personajes que te podían recordar a *Friends* y a algún que otro drama de teleserie barata de las tres de la tarde.

Cuando llegamos al hotel estaba reventada, pero feliz. Alberto nos llamó para preguntarnos si había ido bien e hicimos un gran esfuerzo por desmaquillarnos y no tirarnos vestidas sobre la cama con el uniforme. Había sido una noche llena de experiencias de lo más divertidas y, gracias a Lucía, había sobrellevado mi primer día con dignidad. Tumbadas cada una en nuestra cama, Lucía me confesó que, a pesar del ser del norte, concretamente de un pueblecito de Asturias, a ella realmente le encantaba el calor y que solo me lo había dicho en el coche por tocar las narices y saber si era una tía legal. Esa noche apenas dormimos poniéndonos al día de lo que había sido nuestra vida antes de conocernos, como hacen las buenas amigas que van a ser protagonistas de los siguientes capítulos de esa temporada de tu vida.

A esa primera experiencia laboral siguieron otras muchas de mañana, tarde y noche, y en todas siempre había dos personas en común: Alberto, coordinador en la agencia, y, por supuesto, Lucía. A partir de ese momento siempre me llamaron para que fuese su compañera y ella me avisaba de los mejores trabajos para que fuéramos juntas. Recorrimos todos los pueblos de la sierra de Madrid con nuestro *stand* bajo el brazo, haciendo amigos allá por donde íbamos. Bueno, quizá yo hacía algún amigo más que Lucía, pero tampoco es algo que a ella le importara. Durante los primeros meses tuvimos eventos únicamente los fines de semana, pero con la llegada del verano empezamos a tener mucho más trabajo incluso en otras ciudades.

Fue una época tremendamente divertida donde Lucía se convirtió en mi confidente.

—¿Sabes qué? —le dije una noche en un precioso hotelito donde nos alojamos, cerca de Valencia.

—¿Qué?

—Creo que ya he superado lo de Nacho —dije, respirando aliviada.

—No hay nada que superar —me dijo tajante.

—¿A qué te refieres?

—Las personas importantes de tu vida no se superan, se quedan en la memoria guardadas, dando por culo —añadió con su tono brusco habitual.

—¡Qué bruta eres, tía!

—Pero para bien... —dijo sonriendo.

—¿Y eso te lo ha dicho el horóscopo o qué? —le pregunté bromeando.

—No, esto me lo ha dicho la experiencia —respondió muy seria—. Al final, quien deja huella en tu vida, se queda, y no se trata de decir «Tía, ya lo he superado». Lo importante es convivir con ello y aceptar que su tiempo pasó. El tiempo de Nacho se fue, como se van tantas cosas en tu vida, tía. La diferencia es si te ha dejado escombros dentro o no. Si has dicho eso es porque sigue ahí, pero ya de otra manera, y eso te ha liberado.

—Eres tauro hasta la médula —le dije después de semejante parrafada.

—Lo sé, tía. Y me encanta —dijo orgullosa de sí misma.

Acto seguido, nos descojonamos sabiendo que en el fondo tenía razón y que, aunque el tiempo de Nacho pasó, su recuerdo y su olor a gasolina quedaron guardados en mi interior con la suficiente fuerza como para ser uno de los protagonistas de mi vida.

Supongo que, cuando alguien dice que «lo ha superado» en voz alta, intenta autoconvencerse o busca una manera de soltarlo, pero en el fondo va a seguir ahí, cumpliendo un papel diferente dentro de tu corazón.

Después de un verano intenso y de un arranque de curso compaginando estudios y trabajo, Lucía me dijo en octubre que Alberto iba a dejar de ser coordinador en la agencia para buscarse la vida por su cuenta, lo cual nos afectó directamente, ya que siempre nos dio las mejores promociones y un flujo de trabajo constante todos los meses. Además, la agencia comenzó a contratar a más azafatas y no siempre nos daban los mejores eventos. Empezamos a trabajar en fiestas esporádicas y lejos de Madrid, por lo que la relación con la agencia fue cada vez a menos. Eso abrió una nueva puerta en mi relación con Lucía que, si bien es cierto que al principio estuvo más centrada en nosotras dos, acabó formando parte de un gran grupo de amigos, los suyos y los míos, que venían a visitarnos cada fin de semana a los bares donde nos tocara currar esa noche.

A mi padre nunca le importó que trabajase para la agencia como azafata. De hecho, entendía que quisiera tener cierta independencia económica en ese momento de mi vida, pero no le hacía ninguna gracia que fuese a esas horas de la noche. Ya no era una niña, y así se lo hice ver en más de una ocasión, lo que no le frenó a la hora de intentar «sobornarme», como si tuviera quince años, ofreciéndome el dinero que me pagaban si no iba a trabajar alguna que otra noche. En el fondo, los dos sabíamos que era una forma más de ser responsable con mis gastos y un aprendizaje para el futuro.

Durante el último año de universidad, dado que el trabajo con la agencia era casi inexistente, buscamos otras opciones haciendo prácticas de lo nuestro. Lucía, apasionada del periodismo de investigación, consiguió una beca en una conocida revista de viajes de una gran editorial y muchas veces recibía invitaciones para viajar y hospedarse en hoteles, con el fin de escribir pequeñas reseñas sobre ellos de cara a futuros clientes. Eso ocurría bastante a menudo, y sobre todo en hoteles de lujo, y aunque ese trabajo no era ni de lejos el verdadero sueño de su vida, poder viajar con veintidós años a hoteles que ni en sueños hubiésemos podido pagar, era un lujo al alcance de muy pocos del que disfrutamos, yo como su acompañante, durante bastante tiempo.

Recuerdo que en la inauguración de un hotel en Tenerife a la que fuimos teníamos incluso un mayordomo personal para nosotras dos disponible doce horas al día. Era un señor majísimo que, si se lo pedías, te deshacía las maletas o incluso te llenaba la bañera de agua para que te dieras un baño. Si pedías una revista, te la iba a comprar y te la llevaba a la piscina, y si necesitabas ir a algún lugar en concreto ejercía también de chófer. Nunca le pedimos nada porque nos daba mucha vergüenza, y nunca lo consideramos necesario. Cuando nos fuimos del hotel, nos dijo muy amablemente: «No hemos notado su estancia» y le dijimos: «Eso es justo lo que queríamos».

Realmente, eso fue lo que respondí yo. En el fondo Lucía dijo algo parecido a «Si lo sé antes, le pido que me tiña el pelo y me depile las piernas...».

En aquel momento pensaba, y sigo pensando, que es muy difícil imaginar que alguien prefiera otro trabajo que no sea viajar y probar hoteles para luego opinar sobre ellos, pero es que Lucía era mucha Lucía y tenía muy claro cuál era su objetivo en la vida. De hecho, con lo sincera que era, le repateaba tener que matizar y suavizar sus palabras sobre aquellas cosas que no le gustaban de los hoteles que visitábamos, porque, como le decía su jefe: «Lucía, hay que llevarse bien con todo el mundo, que no sabemos dónde podemos acabar». Entonces ella, que de diplomacia tenía entre cero y menos uno, respondía: «Yo voy a ser sincera. Si la cama se hunde, se hunde. No hay más». Al final, nunca la vi escribir una crítica sangrante; en el fondo, siempre utilizaba algún eufemismo, y si la cama se hundía, decía: «Descanso sencillo en habitación amplia con vistas». Nunca decía hacia dónde daban las vistas claro, porque igual eran a un patio interior.

Ella amaba escribir por encima de todas las cosas y por eso, después de estudiar Periodismo, cualquier trabajo que implicase juntar palabras en su ordenador le venía bien. Además de continuar con las reseñas de hoteles, pasó por revistas de moda e incluso de economía, hasta especializarse finalmente en viajes, pero ella lo que quería por encima de todo era ser escritora, y además de novela negra.

Devoraba cada noche libros de detectives, crímenes y suspense, imaginando no ser la protagonista, sino la narradora que cuenta la historia. No sabéis cómo se apasionaba y me entretenía cada noche contándome anécdotas sobre asesinatos sin resolver.

Siempre se ha dicho que hay dos tipos de libros: los libros espejo y los libros ventana. En los que son espejo te sientes tan identificada con los personajes que a veces llegas a ser la misma persona, mientras que en los libros ventana, descubres la historia sin tener que ponerte en la piel de ningún personaje, siendo como una mera observadora indiscreta que mira a través de una claraboya.

Lucía amaba los libros ventana, mientras que yo, sin duda, amaba los libros espejo: siempre me pongo en los zapatos de los personajes, principalmente de la protagonista, y hago mías sus amistades y sus amores hasta tal punto que sufro auténticos dramas cuando se acaba un libro y dejo de saber de sus vidas. He tenido verdaderos desamores con personajes de libros, casi más reales que con algunas personas.

Eso no hacía más que remarcar que Lucía y yo siempre habíamos sido como la noche y el día, pero fue precisamente la noche y las constelaciones que en ella se ven las que nos presentaron y nos unieron como amigas para siempre.

Detrás de esos artículos que Lucía escribía, en el fondo, lo único que existía era una necesidad de trabajar de cualquier cosa, e incluso tener varios trabajos para autoeditarse cuanto antes su propia novela. Ella sabía lo difícil que era vivir únicamente de ser escritora y en ese sentido siempre tuvo los pies en el suelo; ahora, también es cierto que, cuando hablaba del horóscopo, perdía el contacto rápidamente y flotaba. Imagino que ser redactora del horóscopo de la *Super Pop* hubiese sido el único motivo que podría haberle alejado de su sueño.

En aquella época yo estaba todavía más pelada de dinero que ella porque mis prácticas no eran remuneradas y empecé como relaciones públicas en algunos bares de la época en los que hacíamos eventos con la agencia, con los que guardaba relación. Siempre he sido una persona muy abierta, y hablar con la gente se me da bastante bien, así que de esa manera iba tirando.

—¿Qué plan tienes para finales de semana, rubi? —me preguntó Lucía por teléfono.

—Pues con el dinero que tengo en la cuenta... lavarme el pelo. ¿Por? —contesté mientras enredaba un mechón entre los dedos.

—¿Te podrías escapar este finde? —Lucía parecía insistente.

—Tendría que hablarlo... ¿Por quéééééé? —dije, pensando que algo bueno se estaba cocinando.

—Tengo que ir a la inauguración de un hotelazo de siete estrellas en Lanzarote; me pagan el avión y tengo puntos de Iberia suficientes como para pagar el tuyo. ¿Qué te parece si vamos a ponernos morenitas?

Me aparté el teléfono de la boca para gritar de la emoción. Un planazo casi gratis que además incluía la palabra «morenitas» en febrero era un sueño hecho realidad.

—¡Pues qué me va a parecer! ¡Un planazo! Pero ¿cómo es eso de un hotel de siete estrellas?

—Nena, pues las cinco estrellas del hotel, más tú y yo.

Las dos estallamos de risa y las estrellas comenzaron a ser un símbolo de nuestra amistad, que sin duda tenía una puntuación de cinco en el TripAdvisor de las amigas.

Aquel mismo día llamé a una compañera para que me supliese en el trabajo ese finde, consulté el horóscopo y empecé a hacerme todas las ilusiones posibles para meterlas en la maleta junto al protector solar, que a una le gusta tener colorcito, pero siempre con protección.

Ese viernes por la tarde quedamos en la puerta de «salidas» del aeropuerto, un término que a Lucía, según ella, le iba como anillo al dedo. Le encantaba preguntarle a cualquier guardia de seguridad por las «salidas» y luego descojonarse de risa. Esto es algo que, aunque me hacía pasar un poco de vergüenza, tenía interiorizadísimo como parte de la personalidad de Lucía.

Cuando la vi esperando con su única mochila a la espalda y un pequeñito bolso de mano, me recordó al momento en que la vi en la Puerta de Atocha antes de aquel primer viaje a Talavera para nuestro primer evento. Había pasado el tiempo y nuestra amistad había crecido como lo habíamos hecho nosotras, aunque fuera solo en la edad y no en la altura, y en el fondo seguía siendo la misma Lucía de siempre.

Cuando aterrizamos en Lanzarote nos recibió una temperatura de veintidós grados y una humedad del sesenta y dos por ciento, y cuando llegamos al hotel, lo hicieron dos copas de champán, muy húmedas también, a las doce de la mañana. Lucía y yo siempre nos habíamos preguntado cuál es la hora socialmente aceptada para brindar con champán, y sin duda eran las doce. Además, en otro hemisferio seguro que sería de noche y en la península era la una.

El hotel era una auténtica maravilla. Un amabilísimo conserje vestido con un traje regional de Lanzarote se ofreció a llevarnos las maletas a la habitación.

Como de costumbre, a mí siempre me han dado mucha vergüenza y apuro estas cosas; prefiero llevar yo mi maleta para no darles trabajo, pero el chico fue muy insistente y, además, nos comentó que nuestra habitación estaba un poco alejada, y que tendríamos que ir en un *buggy*. Así que nos montamos con él y nuestras maletas en esa especie de carrito de golf, pero sin palos ni pelotas.

Cuando el chico nos abrió la puerta, nos quedamos totalmente estupefactas con una habitación que bien podía ser más grande que la casa de mis padres entera. Tenía más luz que mis ojeras cuando me paso con el iluminador y más espacio en el salón que la tienda de Zara de Gran Vía.

Ver tantos armarios era un lujo para mí, que me encantaba deshacer mi maleta de veinte kilos nada más llegar, colgando toda mi ropa en las perchas. Siempre he pensado que hay dos tipos de amigas para viajar: las que son capaces de hacerlo solo con equipaje de mano y las que necesitamos facturar nuestras cosas en un avión aparte. Lucía era capaz de viajar solo con una mochila. Y ya no solo viajar, sino caminar por la vida con una mochila ligera y un pequeño bolsito de mano. En ese sentido, me parezco mucho más a mi amiga Laura de ahora: cuando viajamos, lo único que no sabemos es quién de las dos será la que la líe en el aeropuerto con los kilos de más en la maleta, pero que al menos una de las dos la va a liar es seguro.

Yo soy muy de llevar todos mis porsiacasos y mis dramas en la espalda, y si puedo, me echo también los de los demás; nunca viajo ligera. Sin embargo, Lucía siempre decía que nunca sabía cuándo tendría que salir corriendo, y llevar poco peso seguro que le ayudaba a ir más rápido.

Supongo que en el fondo ella tenía razón y a veces pienso que debería llevarme a la cama más hombres que problemas.

Lo bueno de las que somos así de sensibles es que igual que sientes muy fuerte los problemas de los demás, también sientes sus alegrías, y cuando alguien te cuenta que le ha pasado algo bueno, lo vives como si te hubiera pasado a ti, lo cual equilibra la balanza y compensa lo demás.

Esto de acumular cosas, sentimientos y problemas incluidos, es una clara herencia de mi padre, incapaz de tirar nada. Al fin y al cabo alguien tiene que ser la típica amiga que lleva de todo en el bolso. Y cuando digo de todo, es de todo; porque si necesitas una tirita, yo llevo, y si necesitas pañuelos porque te pones piripi y te entra la llorera mundial, yo sacaré del bolso unos clínex y un par de chistes para hacerte reír. Por eso, cuando encuentro a alguien igual de previsora que yo y que también lleva de todo en el bolso, creo que es mi alma gemela.

De pequeña me encantaba abrir los cajones de mi padre porque de allí siempre salían tesoros que me fascinaban. En la cómoda del salón estaba «el cajón de los secretos» donde mi padre vaciaba sus bolsillos y podías encontrar más sorpresas que en los huevos Kinder o en el móvil de aquel exnovio que parecía que era tan bueno, pero al final no.

Lucía y yo éramos muy diferentes en cuanto a carácter, a estilos vistiendo y a miles de otras cosas en la vida, pero éramos totalmente complementarias para viajar juntas, y eso no puedes decirlo de cualquier persona.

Ella no saltaba sobre la cama para probarla al llegar a los hoteles ni buscaba si había un espejo de cuerpo entero. Era de emociones más contenidas, más práctica. Buscaba el baño para ver si todo estaba correcto y dejaba la mochila a los pies de la cama sin deshacer. En cambio, yo abría los armarios de par en par, sacaba cuidadosamente toda mi ropa y la colocaba por colores, junto a los bikinis y la ropa interior perfectamente doblada. Nunca fue un problema entre nosotras. A ninguna nos molestaba la forma de ser de la otra.

—¿Se puede saber cuántos bikinis te has traído para tres días? —me preguntó Lucía.

—Siete —afirmé convencida.

—¿¿¿Siete??? —preguntó sorprendida.

—Claro. La suma es muy sencilla: dos para cada día y otro más por si acaso —contesté mientras doblaba un precioso bikini de rayas para colocarlo en su sitio.

—Yo, así a ojo, veo al menos nueve o diez.

—Puede ser que haya echado algunos más. Es que soy de letras —le dije mientras pasaba a colocar el siguiente bikini.

Lucía se partía de risa mientras cada una seguimos con nuestra rutina de bienvenida al hotel. Una vez había colocado toda mi ropa en los armarios, pasaba al baño para continuar desplegando todos mis accesorios y cosméticos. Mientras, Lucía comprobaba si la tele tenía algún canal en español y no solo en inglés o alemán. Esto es algo que le ponía muy nerviosa.

—Mira, rubia... ¿ves? Ni un canal en español... Le voy a poner una mala reseña que te cagas por esto. ¿A ti te parece normal? La madre que los parió...

—Qué bruta eres, tía... Qué más te da, si no vas a ver la tele.

—Ya... También es verdad... Voy a llamar a Alberto para contarle lo bonito que es el hotel —dijo Lucía, mientras se encendía un cigarrillo para fumárselo en la terraza.

—¿Perdona? —le dije sorprendida antes de que saliera.

—¿Qué?

—¿Tú no hablas mucho con Alberto desde que dejamos la agencia?

—Claro, es que somos amigos de toda la vida.

—Ya, pero ha pasado tiempo y ahí sigues... dale que te pego —insistí.

—¿Dale que te pego con qué? —preguntó Lucía.

—Venga, Lucía... Tú te estás liando con Alberto y no me lo has contado, ¿verdad? —le solté en su cara.

Lucía se empezó a descojonar y luego sacó todo su carácter en una sola frase:

—Como veo que no te llega la sangre al cerebro, te lo voy a decir despacio para que te enteres: Al-ber-to es ga-y.

Aquella frase sonó demoledora y ni mucho menos porque fuera gay, sino porque había pasado todo ese tiempo imaginando en mi cabeza que mi mejor amiga no quería contarme que se enrollaba con Alberto. Lucía salió a la terraza despollada de risa mientras tuve que aguantar cómo le contaba por teléfono lo que acababa de pasar.

—Dice que te pongas... —dijo Lucía, pasándome el teléfono.

Lucía seguía muerta de risa mientras yo hablaba con Alberto, y quien dice hablar, dice escucharle. Al cabo de un minuto, nos despedimos y colgué el teléfono.

—¿Qué te ha dicho? —me preguntó Lucía conteniéndose la risa.
—¿Literalmente?
—Por favor —respondió Lucía.
—Que le gustan más los falos que a nosotras dos juntas. Es igual de bruto que tú —respondí contenida.

Lucía explotó a carcajada limpia de tal forma que se le atragantó el humo del tabaco y empezó a toser de manera estrepitosa mientras seguía riéndose. Obviamente, yo también exploté ante semejante frase y las dos acabamos tiradas por el suelo en la terraza de la *suite* de un hotel de cinco estrellas lleno de alemanes y de ingleses que seguro que miraban hacia arriba pensando si nos habíamos vuelto locas.

Yo solo conocía a Alberto como coordinador de la agencia y de alguna vez que habíamos coincidido con Lucía. Siempre los había visto muy unidos pensando en una relación laboral que luego fue a más, pero había fallado de pleno y ya se conocían de mucho antes. Él era muy buen tío, muy creativo, amable e hiperactivo. Siempre tenía algo entre manos, siempre con algún proyecto que desarrollar o una aventura nueva que proponerte. A partir de ese momento mi relación con él dio un paso hacia delante a pesar de que nunca llegamos a tener una confianza total como la que he tenido con otros amigos. Lo que sí puedo decir es que es una persona con la que podría contar para cualquier cosa, aunque tendría que pedírselo. Hay amigos que directamente saben cuándo puedes necesitarlos y otros a los que tienes que decírselo tú. Ninguna amistad es mejor ni peor, simplemente es distinta.

Cuando nos repusimos de la risa, seguimos inspeccionando la habitación al detalle. Quien dice habitación, dice pequeño piso de cincuenta metros cuadrados. En una de las mesas de una sala de estar independiente había una tarjeta en la que le agradecían muchísimo a Lucía su visita y esperaban que todo fuese de su agrado. Lucía era como una *influencer* de hoteles en aquella época en que todavía no estaba de moda Instagram y en la que la publicidad se hacía en las revistas, por lo que su opinión era muy importante para el hotel: la crítica que ellos recibirían dependería en gran medida de nuestra estancia allí. La nota estaba junto a una bandeja plateada con un plato de fresas, dos copas y una botella de champán en un cubo enfriador.

Mientras Lucía atendía a una segunda llamada de Alberto, me fui directamente al minibar. Estaba muy bien surtido: había botellitas de ron miel, whisky, ginebra, licor de hierbas... Eran monísimas, tan pequeñas que te daban ganas de hacerles alguna monería como a un cachorro. También había galletitas y chocolate, fundamental para las noches en las que volvías con hambre.

Cogí un par de ron mieles y, cuando estaba a punto de servirlos, Lucía entró a la habitación con el móvil en la mano visiblemente emocionada.

—¡Tenemos nuevo curro! —gritó.

—¡Nooooooo! —respondí emocionada, sin saber muy bien por qué, cuando lo hago, me pongo en modo negacionista.

—Sí, tía. ¡Alberto acaba de coger la dirección de una sala nueva y necesitan relaciones para viernes y sábados! Quiere que vayamos a una primera reunión la semana que viene.

Más allá de la ilusión que pudiera hacerme seguir siendo relaciones públicas en otro lugar, volver a estar junto a Lucía por las noches sí que me emocionaba sobremanera. Sin duda, trabajar con Alberto sería garantía de mejores condiciones de las que tenía en ese momento currando en algunos bares esporádicamente los fines de semana, y es que solo con las prácticas era imposible llegar a fin de mes.

Cuando trabajábamos en la agencia, nos lo pasábamos especialmente bien y después de que Alberto se marchara, no volvimos a hacerlo muy a menudo.

Lucía me explicó que Alberto estaba muy bien relacionado: siempre tenía un amigo de un amigo de un amigo, que en este caso era dueño de una nueva discoteca en Madrid que estaba a punto de abrir.

Esa noche decidimos celebrar que ambas tendríamos un nuevo curro juntas que para Lucía venía a sumarse a la lista de trabajos temporales que la ayudaban a ahorrar en ese objetivo que tenía de autoeditarse su libro y sobrevivir a las prácticas.

Sin más miramientos, nos vestimos de gala y decidimos salir a cenar fuera, a pesar de tenerlo todo pagado en el hotel.

Lucía se puso el único mono de rayas que llevaba en su pequeña mochila con unas sandalias de dedo preciosas. No se había traído ni un solo tacón donde yo había echado un par de vestidos de noche (uno de ellos apto para cenas de gala, llegado el caso), un par de tacones a juego con cada uno de ellos y sus correspondientes bolsos complementarios.

Esa noche nos pedimos una botella de vino en un pequeño restaurante a pie de playa. Era un sitio precioso, con poquitas mesas y con unas rocas junto a la terraza donde las olas golpeaban suavemente. Brindamos por esas vacaciones mientras cenamos y luego nos fuimos a un chiringuito de playa que abría hasta tarde para bailar y tomarnos una copa.

Cuando llegamos de vuelta al hotel, entramos por la puerta como cuando vuelves a casa y no quieres que se note que vas un poco piripi. Te pones muy seria, muy recta e intentas andar con dignidad. El recepcionista del turno de noche nos miró con el rabillo del ojo mientras seguía haciendo su trabajo.

—Buenas noches, señoras —dijo desde detrás del mostrador con un tono amable.

Lucía, que iba un poco más piripi que yo, se detuvo un momento.

—¿Señora? ¿Me ha llamado señora el hombre este? —preguntó mirándome indignada.
—No... Se lo decía a otra mujer que va en el ascensor —dije intentando quitarle hierro al asunto.
—¿Qué mujer? Aquí somos las únicas «señoras» a las dos de la madrugada —respondió indignada.

Y entonces, antes de que yo pudiera reaccionar, Lucía se dio la vuelta hacia el recepcionista.

—Te vas a comer una reseña negativa como un piano de grande —le dijo con total inquina, mientras se daba la vuelta con una de sus sandalias desabrochadas y se tropezaba.
—Y a ver si reponéis el ron miel del minibar, que ya está bien —añadí crecida ante la situación.

Nuestro pobre recepcionista se quedó de piedra mientras Lucía y yo nos montamos en el ascensor para reírnos de tal forma que llegamos a la última planta tiradas en el suelo. Cuando se abrieron las puertas, un chico de mantenimiento nos vio partiéndonos de risa.

—Ni se te ocurra llamarle señora. Es una tía muy jodida —le dije desde el suelo mientras Lucía comenzaba a despollarse aún más fuerte.

Esa noche fue memorable, como lo fue todo el fin de semana. Al día siguiente recibimos una nota de disculpa junto a una cesta de fruta y nosotras, por supuesto, ya nos habíamos disculpado por la parte que nos tocaba que, sin duda, era mucho más que la suya. Fuimos a la playa y continuamos con nuestra responsabilidad de probar todo lo del minibar, el *spa* del hotel, el servicio de habitaciones, *buffet*, desayunos y todas esas cosas tan duras que entrañaba el trabajo de Lucía. Cuando volvimos a pasar por la recepción la última noche nos echamos unas buenas risas con el recepcionista, que se llevó una puntuación de cinco estrellas en el *ranking* personal de Lucía, además de por supuesto una reseña buenísima en su crítica y aceptó de buen grado nuestras disculpas.

Cuando regresamos de nuestro fin de semana sabático sentí que Lucía y yo éramos uña y carne y que trabajar juntas de nuevo sería la vuelta a una felicidad que eché de menos cuando dejamos de hacerlo con la agencia.

—¿Sabes qué? —me dijo visiblemente emocionada sentadas en el avión de vuelta.

—¿Qué? —le pregunté intrigada.

—Te quiero mucho, amiga —dijo en un alarde de sinceridad que pocas veces le vi.

—¡Ohhhhhhh! —grité emocionada.

—Te he echado tanto de menos… y no lo he sabido hasta hoy.

Lucía me abrazó con fuerza mientras el avión despegaba rumbo a Madrid y volvimos con la certeza de que aquel viaje supuso un pequeño cambio en nuestras vidas.

A partir de ese momento, los fines de semana comenzaron a ser nuevamente frenéticos, y en esa dinámica estuvimos varios años desde que terminamos las prácticas.

Recuerdo especialmente un domingo que llovía muchísimo y Lucía me dijo que si salíamos de tranquis. Normalmente, esa frase en su boca llevaría implícito un «la vamos a liar pardísima», pero eran las cinco de la tarde, diluviaba, no nos pusimos tacones porque estábamos muy cansadas de todo el fin de semana y quedamos en un centro comercial. ¿Qué podía salir mal?

Dimos un par de vueltas y nos tomamos un par de cafés con doble de cotilleo. A ella le encantaba el café de todo tipo: solo, cortado, *cappuccino*, americano, doble… Era una apasionada del café. Siempre se tomaba uno antes de entrar a trabajar por las noches desde que la conocí y nunca entendí cómo podía dormir luego a pierna suelta. Para mí, el olor del café representa a Lucía, y cada mañana, cuando me levanto y me preparo mi café con leche, su imagen vuelve cinco minutos a mi vida. Lo justo para tenerla presente y mandarle un mensajito de amor.

Esa tarde, Lucía abrió con sus cuidadas manos el típico sobre de azúcar que lleva una de esas trilladas frases sobre la vida: «Que las cosas no salgan como esperábamos, muchas veces es lo mejor que nos puede pasar». Lucía y yo somos muy fanes de las frases aleatorias en los sobres de azúcar. Algunas veces han sido mucho más premonitorias para nosotras que el propio horóscopo. Recuerdo la vez que nos tocó un sobre con un proverbio chino que decía: «Si quieres ir rápido, camina solo. Si quieres llegar lejos, camina acompañado». Cuando fuimos al baño, obviamente juntas, como siempre lo haces con las verdaderas amigas, dimos fe de la sabiduría de aquel proverbio.

Por eso los sobres de azúcar para nosotras son como las clásicas galletas de la fortuna de los chinos, pero en versión española. A mí me encanta leerlas en voz alta y a Lucía llevárselas a su terreno.

—«Que las cosas no salgan como esperábamos, muchas veces es lo mejor que nos puede pasar» —repetí en voz alta.

—Creo que se refiere a que, si no nos sale la oferta de trabajo definitiva que estamos esperando, es lo mejor que nos puede pasar porque tenemos más tiempo para pasarlo juntas... ¿no? —respondió Lucía con una capacidad pasmosa para justificar la frase.

—Sí, claro... Lo que pasa es que igual alguna vez podría ser al contrario y que significase que, si teníamos pensado salir y no se pudiese por trabajo, es lo mejor que nos podía pasar porque hemos encontrado el trabajo de nuestros sueños, ¿no?

—¿Te puedo ser sincera? —preguntó Lucía.

—No lo sé... Tengo un poco de miedo, la verdad —le dije con ironía.

—Tampoco vamos a ir por la vida creyéndonos todo lo que dicen los sobres de azúcar, ¿no?

—Que ya tenemos una edad... —añadí.

Se hizo un silencio entre nosotras con cierta insatisfacción con la resolución final de la conversación. Como que faltaba algo...

—¿Leemos el horóscopo? —dijo rápidamente Lucía para solventar aquel incómodo silencio mientras nos descojonábamos de risa en plena cafetería.

Como suele decirse: «Si el destino está escrito, solo espero que el mío no tenga letra de médico y pueda entenderlo».

Esa tarde de domingo de 2009, ya con veintitrés veranos en el cuerpo y tras dar un paseo por todas las tiendas del centro comercial, y probarnos algún que otro modelito, foto en el espejo del probador incluida, vimos que habían abierto un pequeño estudio de tatuajes. Lucía y yo nos pasábamos la vida enviándonos fotos de todos los tatuajes pequeños y cuquis que veíamos por internet con la intención de hacernos uno, así que no nos costó mucho dar el primer paso. Entramos y rápidamente me di cuenta de lo atractivo que puede resultar un hombre con un *septum*, el pelo largo, los brazos como los de Jason Momoa y más tatuajes en el cuerpo que piel. Llevaba una camisa roja de leñador y un gorro que le quedaba increíble, así que me imaginé pasando los domingos frente a la chimenea de nuestro chalet en el bosque, coloreando sus tatuajes con mi boli rosa, mientras lavaba la ropa en sus abdominales y nuestros hijos pintaban gatos al estilo Picasso en el suelo. También hay que decir que hacía calor y tenía que estar sudando como un pollo, el pobre, por mantener esa estética tan cuidada y marcada.

—¿Qué quieres hacerte? —me dijo de repente mi leñador tatuador empotrador.

«Ilusiones con nuestro futuro», pensé, pero mi cerebro me salvó de nuevo de una respuesta rápida y dije:

—No sé, algún detallito pequeño, ¿no? —le dije a Lucía intentando que no se me notara que el leñador tatuador me estaba poniendo nerviosa.
—Creo que una estrella pequeñita os pegaría muchísimo —dijo el tatuador.
—Me encanta. Me recuerda a nuestro hotel de siete estrellas en Lanzarote.
—¿Siete estrellas? —preguntó sorprendido el chico.
—¿Nos la hacemos? —le dije a Lucía, visiblemente ilusionada.
—Si no lo hacemos ahora, ¿cuándo lo vamos a hacer? —respondió Lucía con una sonrisa.

Enseguida supe que esa frase sería un mantra en nuestras vidas para hacer todo lo que se nos ocurriera juntas uniéndose a otras ya famosas como «Mira lo que hago, sujétame la copa» y «Total, si aquí no nos conoce nadie». Así que eché una miradita tierna a míster Jason Momoa y le pregunté: «¿Me va a doler?». Y, aunque estaba pensando en si me dolería si nos enamorábamos, creo que su tajante «No» se refería a la estrellita.
Elegimos el tamaño y yo propuse la muñeca como el lugar perfecto para tatuarnos, así que me cogió la mano desde el antebrazo, señalando una zona concreta con una delicadeza que me dejó anestesiada. Tenía la mano tan grande que me podría dar a la vez un masaje en la espalda y en las piernas. Maldita imaginación, que no se calla nunca. Cuando salimos del estudio, las dos mirábamos nuestro nuevo tatuaje embobadas, cada una el suyo y luego el de la otra, comparando nuestras muñecas, el tamaño de las estrellas... ¡Nos encantaba nuestro nuevo tatuaje!

Salimos con los brazos cubiertos con papel *film*, como si fuesen dos bocadillos para llevar. Decidimos en ese momento celebrar semejante acto de amistad tomándonos unas cervezas en una terraza que había a las afueras del centro comercial, pero las tuvimos que apurar muy rápido porque de repente comenzó a llover. Quizá tomamos más cervezas de las que puedo recordar y quizá no fuimos tan rápidas apurándolas, así que los brazos, y el tatuaje, se nos mojaron de lo lindo. A las horas, parecía que nos habíamos tatuado dos calamares cada una en vez de una preciosa estrellita. El *film* transparente que se suponía que era para proteger el tatuaje se había impregnado de la tinta con el agua, y por un momento me imaginé al día siguiente diciéndole a míster Momoa que mi tatuaje se había corrido antes que nosotros. Por suerte, eso no pasó y la estrella estaba en su sitio al día siguiente, cuando mi resaca y yo nos despertamos.

Lo bueno de los tatuajes con las amigas es que son para toda la vida, como la purpurina que te echas en Nochevieja y se cae en el suelo del baño. Esa estrella nos acompañará siempre, y con el simple gesto de mirarnos la muñeca recordaremos todos nuestros buenos momentos juntas.

Lucía es de ese tipo de personas que es muy probable que no la tragues nada más conocerla, pero ¿quién no se ha encontrado a alguien que al principio le cayó fatal y acabó siendo su mejor amiga? Es parte de la vida. Aunque me pareció un poco borde, tajante, déspota, además de tener un punto de sincericidio, que es la sinceridad sin empatía, no apta para cualquier relación de amistad, con el tiempo me di cuenta de que detrás de esa primera impresión hostil había una persona a la que tenías que agradecer esa franqueza, porque Lucía era una hostia de realidad ante la vida. A veces nos quejamos de que alguien es demasiado sincero porque nos dice las verdades que no queremos escuchar pero con ella las conversaciones nunca tuvieron desperdicio.

—Lucía, ¿crees que Álex es bueno para mí? —le pregunté una vez, en otro momento de mi vida.

—Qué prefieres, ¿la verdad o una mentira? —dijo con ese tono tan característico suyo.

—«¡La mentira, la mentira!» —gritó mi corazón intentando amortiguar el golpe.

—La verdad, tía... —dije mientras la miraba con los ojos del gato de Shrek.

—Álex no es bueno para ti porque Álex solo es bueno para Álex —respondió tajante.

Tocada y hundida. Cuando Lucía me soltaba esas verdades, rápidamente llamaba a Sara para que arrojase un poquito de comprensión y me diese alas para seguir emperrada en que Álex era el hombre de mi vida. Sara siempre dejaba un hueco para la duda.

Imagino que os preguntaréis quién es Álex y solo puedo deciros que es el protagonista absoluto de la tercera temporada de mi vida, así que mejor no hago *spoilers* y lo dejo de momento en un tráiler con pinta de peliculón.

Después de muchos años, mi amistad con Lucía nunca ha tenido fecha de caducidad, pero sí fecha de consumo preferente. Nuestras personalidades tan distintas a veces chocaban y, pese a que de todas las amigas que tengo es la que mejores consejos da, no es a la que siempre me gustaba tener a mi lado en según qué momentos, precisamente por ser tan sincera. Es cierto que cuando maduras te das cuenta de que es mucho mejor una verdad directa a la cara que duela que muchas mentiras que ilusionen, pero Lucía y yo nos conocimos en una época donde teníamos más hormonas que madurez y a veces echaba en falta algo de comprensión. Solo el tiempo y la experiencia te hacen ver lo distinta que sería la vida si escuchásemos más a nuestras amigas que a nuestras hormonas.

Aunque con Lucía he pasado algunas temporadas de nuestra vida donde nos hemos visto un poquito menos que antes, las amistades verdaderas aguantan el paso del tiempo e incluso los kilómetros. Además, una de las cosas que más agradezco a Lucía es que, independientemente de todos los trabajos que me consiguió y consejos que me regaló, también trajo a mi vida a la que sería otra de mis mejores amigas: Sara. Y es que ya lo decía la canción: «Uuuuuh... ¡Vaya lío! Las amigas de mis amigas son mis amigas» ... o algo parecido.

LA AMISTAD. SARA

CAPÍTULO 3
Total, si aquí no nos conoce nadie

Las buenas amigas llegan a tu vida con una cerveza bajo el brazo.

A Sara la conocí una noche de fiesta. Yo había quedado, como todos los fines de semana, con Lucía para ir a la sala donde Alberto nos había conseguido el trabajo como relaciones públicas. Esa noche, antes de entrar a currar, había reservado para cenar con unas compañeras de clase a las que después invitaría a la discoteca aprovechando que tenía copas gratis.

Lucía, por su parte, había quedado con una chica llamada Sara, de la que me llevaba hablando unos meses y que era una compañera suya de un curso de inglés que ambas estaban haciendo. Normalmente, Lucía y yo siempre nos veíamos media hora antes en un bar cercano a la discoteca para tomarnos una cerveza (ella su café nocturno) y charlar tranquilamente sin la música alta de fondo. Era un bar de barrio, tranquilo, con terraza en verano y unas pocas mesas dentro en invierno que se llamaba Velarde.

Cuando llegué con mis compañeras de clase al Velarde, Lucía ya estaba en la barra junto con otra chica, morena, casi tan blanquita de piel como yo y muy mona. Cuando nos presentó, lo que sentimos Sara y yo fue como un flirteo a cámara lenta. Como cuando conoces a una persona que no termina de ser un flechazo a primera vista, pero que, según van pasando los minutos conversando con ella, te va enamorando como amiga por la suavidad y la paz que transmite. Porque si Lucía te ponía a mil, Sara te bajaba las pulsaciones al mínimo. Con ella he conseguido una amistad tan sólida que se mantendrá por los siglos de los siglos.

133

—Mira, rubia, esta es Sara, mi compañera de clase en la academia —dijo Lucía presentándonos.

—Encantada —dijo Sara con una voz dulce que poco tenía que ver con la de Lucía.

Eran como el yin y el yang. Mientras Lucía tenía un carácter fuerte, Sara era conciliadora y, sobre todo, aparentemente no sufría por nada. Le daba igual ocho que ochenta. Era feliz.

El trabajo que Lucía y yo teníamos como relaciones públicas consistía en llevar el mayor número de gente posible a la sala, gestionar los reservados y las botellas de champán, y hablar de la discoteca en nuestras redes sociales. A cambio, teníamos un sueldo y copas gratis, una lista de invitados y una alfombra roja que se extendía bajo nuestros tacones cuando llegábamos al garito: un sueño hecho realidad cuando eres joven. Siempre busqué este tipo de trabajos para mis gastos y ya desde los veintiuno combiné el ser azafata, relaciones públicas y otros trabajos más convencionales con los estudios y prácticas para no tener que depender de nadie.

Alberto nos llamaba en broma «Los Ángeles de Charlie», ya que éramos tres en el equipo —Lucía, Helena y yo—, y nuestro jefe de relaciones se llamaba Carlos. Como la discoteca era muy grande y tenía varias salas, éramos varios grupos de relaciones con una jefa o jefe a la cabeza. Cada fin de semana competíamos por ver quién traía la lista de invitados más larga y quién llenaba más reservados. A final de mes siempre veíamos los resultados y el ganador se llevaba un pequeño premio. Había muy buen rollo entre nosotros. Nosotras hacíamos realmente bien nuestro trabajo: llenábamos la sala, éramos puntuales y metódicas, y Carlos siempre nos agradecía que fuésemos tan responsables pese a ser tan jóvenes. Entre semana teníamos que ir mandando correos electrónicos a Carlos con las personas que íbamos apuntando en nuestras listas de invitados. Estar en nuestra lista era algo deseado, ya que había colas diferentes a la llegada para las personas con y sin lista; y si estabas apuntada en la nuestra era todo mucho más rápido, solo tenías que decir tu nombre, las personas con las que venías y en la lista de quién estabas. Algunos sábados, la cola de los que iban sin lista daba la vuelta a la manzana. En aquella época nuestro teléfono de trabajo no paraba de sonar en toda la semana.

Cada fin de semana era la misma rutina: «María Fernández + 2 en la lista de Helena» se escuchaba en la cola. Entonces la chica que manejaba las invitaciones en la puerta buscaba por orden alfabético aquel nombre, lo tachaba y le daba paso a la sala, donde le recibía un espectáculo de luces y la música electrónica del momento.

Nosotras entrábamos directamente saludando a todo el mundo, que nos esperaba con los brazos abiertos. Recuerdo aquella época con una sonrisa de oreja a oreja y con una música de fondo muy bailable que puso la banda sonora a años de mucha diversión.

Sara no salía mucho por aquel entonces, pero a partir de aquel día en el que nos conocimos en el Velarde comenzó a salir con nosotras varios fines de semana.

La primera vez que entramos todas juntas en la discoteca, nos fuimos directas a «nuestra» barra, que era a la que siempre íbamos pese a haber varias, con Sara siguiendo nuestros pasos, todavía sin sentir suya la barra.

Pedimos unas copas y nos sirvieron enseguida.

—Cómo os lo pasáis —dijo Sara.

—Bueno, también es muy cansado tener que salir por obligación todos los fines de semana —contestó Lucía mientras bebía de su copa.

—Claro, Lucía, por eso estuviste aquí ayer, que era jueves, y no trabajábamos —le dije sonriendo, guiñándole el ojo y dándole un par de codazos de manera evidente.

—Mira que eres perra —contestó ella.

—A ver si va a ser por él... —añadí, mientras lanzaba una mirada a Jaime, el camarero, que me la devolvió guiñándome un ojo de forma mucho más sexi que yo, que guiñaba el ojo más bien al estilo Popeye.

Lucía se sintió avergonzada por unos segundos, cosa que no pasaba habitualmente, como el cometa Halley, y comenzó a darme manotazos para que no llamase la atención de Jaime. Estaba muerta de vergüenza y viva de amor.

—Pues viene hacia aquí —dijo Sara sonriendo.

Jaime, vestido con una camisa de flores y unas bermudas cortas, llevaba en la mano una coctelera que manejaba con auténtica destreza. Tenía las uñas muy anchas y cortas y los dedos achatados. En aquella época, la cuenta atrás hacia el verano la marcaban las camisas de Jaime: a poco que subía dos grados la temperatura, ya se plantaba una camisa tropical y hacía que fuese agosto dentro de la oscuridad bañada por neones de aquella discoteca.

—¿Queréis un chupito? —dijo Jaime con energía.

Era su mejor frase y casi la única que le escuché, la verdad.

—¡Síiiiiiiiiii! —dijimos todas al unísono.

—¿Tú quieres el teléfono de Lucía? —le pregunté mientras le guiñaba otra vez el ojo lo más forzado que pude.

Lucía me miró como cuando la perra de tu amiga te traiciona y la asesinas con la mirada. Jaime nos dedicó una sonrisa perfecta y siguió moviendo la cabeza al ritmo de la música, como si no se hubiese enterado de nada.

—¡Venir a la barra de arriba en un rato, que me voy para allá! —nos gritó entusiasmado.

Para mí, ese imperativo sin *d* le sacaría de cualquier plan de futuro que pudiéramos tener juntos, pero a Lucía esas cosas no le importaban.

—Te voy a matar, tía —me dijo Lucía entre risas, a quien los imperativos le daban un poco lo mismo.
—Pero si no se ha enterado... ¿No ves que se ha quedado medio sordo del altavoz que tiene al lado de la barra donde sirve? El pobre no se entera de nada —le dije.

Sara y yo nos empezamos a reír, no del pobre Jaime, sino de la cara de Lucía, que respiró más aliviada que cuando te estás haciendo pis en el campo y encuentras un clínex en el bolsillo.
La noche avanzaba, y Sara y yo nos quedamos solas en la barra, aprovechando que el resto estaba bailando o en el baño.

—Tenéis un curro envidiable —me dijo.
—Bueno, la verdad es que Lucía tiene razón y a veces es lo peor tener que salir por obligación todos los días, ir todo el día en tacones, maquillada, hablar con tanta gente... y eso que me gusta, pero a veces preferiría simplemente quedarme en el sofá y ver *Dirty Dancing* con palomitas.
—A mí también me gusta quedarme en casa. Soy muy casera —contestó.
—Ya... lo que me pasa a mí es que luego me acuerdo de que sin estos trabajos extra no tendría ni para comprar palomitas y se me pasa.

Sara sonrió y le dio un par de vueltas a su bebida con la pajita, cabizbaja. Tenía un aspecto frágil, a veces. Iba un poco despeinada, pero era preciosa. Tenía pinta de que había tardado dos minutos en elegir la ropa con la que había salido esa noche, pero le quedaba todo como un guante.

—¿Tú a qué te dedicas? —le pregunté.

—Trabajo en Recursos Humanos en una multinacional y voluntaria en una protectora de animales.

—¡No jodas, con perritos! —Sé que debí sorprenderme más por su puesto de trabajo en una gran empresa, pero a mí me encantan los animales y me gustó muchísimo más su parte altruista.

Sara amaba a los perros por encima de todas las cosas, y como ella misma decía, quería a los perros mucho más que a algunas personas. Con el tiempo entendí que muchas de las heridas que tenía en las manos y moratones eran debidos a los tirones que le daban las correas de los perros que ella salvaba ofreciéndoles una nueva vida fuera de la calle.

Justo cuando estábamos poniéndonos al día de nuestras vidas, el teléfono de Sara comenzó a sonar insistentemente. Un mensaje. Otro mensaje. Otro más. Estaba visiblemente incómoda.

—Siempre tiene que aguarme todas las noches que no salgo con él —dijo enfadada.

Lucía, que volvía de llevar a un grupo a un reservado, vio el teléfono de Sara con la pantalla llena de mensajes.

—¿Otra vez Rafaelito haciendo de las suyas? —dijo con su tono habitual.

—Sí, estará en pleno ataque de celos —contestó Sara, mirando la hora.

—¿Qué le pasa? —pregunté.

—Básicamente, que es un posesivo de mierda y que no le gusta que Sara se arregle y se divierta, sin más —contestó Lucía, siempre tan incisiva.

Rafa, el novio de Sara, era lo que llamábamos un «creador de traumas». Criticaba su ropa, su maquillaje, lo blanca que estaba... todo. Hizo que Sara se avergonzase de su cuerpo hasta tal punto que a veces se ponía un cuello vuelto hasta en verano. Qué necesario es darte cuenta a tiempo de esos comportamientos tan tóxicos de las personas, porque realmente es muy importante detectarlos para alejarlos de nuestras vidas, incluso si esos comportamientos los tenemos nosotras.

Por un momento parecía que se iba a echar a llorar, pero lejos de eso, levantó la cabeza y su copa en señal de brindis con todas nosotras.

—Por que volvamos a tener muchas noches de diversión juntas y nadie nos las quite —dijo llena de fuerza.

—¡Chinchín! —gritamos las tres.

Y deseo de brindis concedido. Sara sacó fuerzas de donde a veces no las hallamos y a los pocos meses de aquella primera vez que nos vimos, mandó a Rafa (Rafaelito para todas sus exnovias y enemigas) a paseo. Eso supuso un punto de inflexión del que siempre estaré agradecida a la vida, y es que a partir de ese momento Sara pasó a convertirse en una más de nosotras, y una parte muy importante dentro de mi corazón. A partir de entonces cambió radicalmente su forma de vestir, concediéndose todo el tiempo del mundo a sí misma, aunque siguió sin importarle ir muy peinada. Era su seña de identidad, su forma de decirle al mundo que se sentía libre. Libre de secadores, de peinarse, de tintes y de accesorios. Su pelo —y más concretamente su flequillo, como Lucía, ella misma y yo siempre decíamos entre risas— era como tener un nido de pájaros en la cabeza. Sara siempre se defendía diciendo que su flequillo era una rata muerta y nos moríamos de risa.

Con el pelo de Lucía no nos podíamos meter porque siempre lo llevaba perfecto, la cabrona. La palabra «pelazo» se le quedaba corta. Ni ocho botes de Ronquina de litro conseguirían hacer ese efecto pelazo en mí.

Con el paso del tiempo, y cuanto más quedábamos, más me daba cuenta de que Sara y yo encajábamos como esa falda que te compras rebajada cuando realmente ibas buscando unos vaqueros, pero que al final te queda bien con todo tu armario. No sabíamos lo mucho que nos necesitábamos hasta que nos conocimos en profundidad.

Empezamos a hacer juntas un montón de planes que a Lucía le daban más pereza: íbamos a la Casa de Campo a sacar a sus perros, al Retiro cuando era la Feria del Libro o a la sierra a comer los domingos. Un complemento perfecto al torbellino que era Lucía, con unas inquietudes diferentes a las de ella. Hablábamos durante horas y horas de manera pausada, desahogándose de toda la mierda de años que llevaba aguantando a Rafaelito (léase siempre el nombre incidiendo en cada sílaba, arrastrando la *o*, «Ra-fa-e-li-tooooo», y con algo de deprecio).

Desplantes, infidelidades, discusiones y una necesidad constante de saber dónde estaba cada minuto del día pronto dejaron paso a una Sara más liberada y sonriente.

—¿Sabes qué necesitas ahora? —le dije mientras caminábamos por el Retiro.

—Uy, si te hago una lista, no acabo... —dijo con un tono irónico que había empezada a aflorar en ella desde que Rafaelito había desaparecido de su vida y que a mí me encantaba.

—Un viaje —respondí—. Uno de fin de semana, aunque sea.

—Pues ya puede ser barato —me dijo con la misma angustia que he reconocido tantas veces al decir la misma frase.

—Pues nos vamos entre semana. Aquí lo importante es que haya un cambio en tu vida —dije ofreciendo una salida.

Sara me miró con nostalgia. Suspiró muy despacio, pero pude oírla.

—Hace mucho tiempo que no hago un viaje... —dijo visiblemente emocionada—. ¿Y dónde vamos?
—Qué preguntas haces... ¡pues a la playa!

Sara sonrió de oreja a oreja y era un claro gesto de que necesitaba desconectar, así que reservamos una oferta maravillosa de martes a viernes en un pequeño apartamento en el puerto de Ibiza en el mes de mayo, temporada baja, porque si algo ha sido una constante en mi vida, es que siempre he planeado pequeñas escapadas, aunque no tuviera un euro, aprovechando los mejores momentos y las ofertas de última hora. Siempre he sido de ese tipo de personas que prefiere hacer muchos viajes pequeñitos que uno largo al cabo del año y las islas siempre han sido mi destino fetiche.

—Los vuelos son mucho más baratos si vuelves el viernes, que es el día que la gente llega —le dije a Sara mientras reservábamos los vuelos por internet ilusionadas.
—Yo tengo unos días del año pasado que no me cogí, así que me viene perfecto —me contestó.
—Yo igual. Además, podemos coger el vuelo que sale a última hora de la tarde el martes, que es el más barato y no hace falta que cojamos ese día libre, vamos directas al aeropuerto después del curro.

Los días sueltos de vacaciones hay que atesorarlos cada año porque nunca sabes cuándo vas a tener que resetear tu vida.

Habían sido muchos los viajes que había hecho con Lucía, y dado que con ella el hotel siempre nos salía gratis, me especialicé en intentar que los vuelos fuesen siempre lo más baratos posible para que nuestro dinero fuese a parar a cenas y *spas*.

Esa escapada con Sara a Ibiza fue totalmente diferente a los viajes que había hecho con Lucía. Sin grandes alardes, pero con el mayor lujo que se puede tener en la vida: tiempo para pasarlo con una amiga.

Era la primera vez, aunque no la última, que las dos viajábamos a la isla blanca, por lo que todo lo que fuésemos a descubrir de ella lo íbamos a hacer juntas.

Aterrizamos y nos montamos en un autobús que nos dejaba directamente en la zona del puerto donde nos alojábamos. Estuvimos mirando la posibilidad de quedarnos en los hoteles que estaban en primera línea de

139

playa y aunque nos encantaba la zona de Playa d'en Bossa, allí todo era más caro y lo tuvimos que descartar. También sopesamos alojarnos en el norte, en Portinax, menos turístico y más económico, pero nos dimos cuenta de que estaba peor comunicado sin coche de alquiler. Desde el puerto, en cambio, vimos que había autobuses prácticamente hasta todas las calas y te permitía tener la libertad de movimiento que unos pocos euros en el bolsillo te pueden otorgar.

Nos instalamos en nuestro pequeño y cuqui apartamento, y rápidamente bajamos al casco antiguo de Ibiza antes de que se hiciese muy tarde, porque lo malo de coger el vuelo de ida más barato es que llegaba a última hora de la tarde y queríamos aprovechar la noche.

Dimos un paseo por la muralla y callejeamos por las empedradas calles de Dalt Vila, que es la antigua ciudadela amurallada de Ibiza y es preciosa. Está llena de rincones que te hacen querer fotografiar cualquier calle, incluso las tiendas o las puertas de las casas. Subimos por una calle super-pintoresca, creo recordar que era carrer de Sant Carles, donde en ese viaje nos hicimos muchísimas fotos y alguna de ellas ha acabado como fondo de pantalla de mi móvil como recuerdo de aquella escapada.

Encontramos un precioso restaurante para cenar y después, dando un paseo para hacer la digestión, nos topamos con unas escaleras que llegaban hasta una pequeña puerta de acceso con unas luces iluminando un letrero. Nos llamó mucho la atención por una flecha en su pared que señalaba hacia arriba y un cartel con un nombre peculiar: Tirapallá. La primera escalera era empinadísima, pero la subimos sin mayor inconveniente porque íbamos con sandalias planas de verdad. Y eso que todavía no sabíamos que nos esperaban varios tramos de escaleras que nos llevarían hasta una azotea inolvidable.

Al llegar a la parte de arriba de aquel bar se nos abrió la boca cuando nos encontramos con una maravillosa terraza casi vacía que tenía unas magníficas vista de la muralla de Ibiza iluminada. Era martes, pero se notaba que ese sitio tenía algo mágico que no lo convertía en el típico sitio atestado de turistas.

El viaje solo fue de tres noches y todas las pasamos en aquella terraza. Si hubiésemos ido siete noches, las siete hubiésemos ido también allí. Era un sitio tranquilísimo con una música *chill out* de fondo que invitaba a la confidencia. Entre cócteles y escaleras, desgranamos toda nuestra vida desde que teníamos uso de razón hasta la noche en que nos conocimos, encontrando la una en la otra una complicidad y una comprensión que antes solo había encontrado en mi amiga Lauri. Esa noche dormimos a pierna suelta porque el viaje y el Tirapallá nos habían dejado un poco «pacá».

En ese viaje nada estaba planificado. Al día siguiente nos levantamos temprano y fuimos a Cala Tarida, un sitio precioso donde nos tomamos un par de mojitos de fresa, y disfrutamos del sol y de muchos baños tranquilos. Después de un día entero de playa, nos duchamos y volvimos al Tirapallá. Esa era una rutina que no íbamos a sacrificar.

El jueves, un chico muy majo de la pequeña recepción que tenían los apartamentos nos recomendó una cala preciosa sin apenas turistas. Cala Llenya era una de las menos conocidas de la isla. Además, tenía una parada de un autobús que luego nos podría llevar a las Dalias, un mercadillo *hippy* con muchos años de antigüedad y toda la esencia de la isla. Visitar los puestos artesanales nos dejó grandes recuerdos entre las manos: unos anillos preciosos que nos regalamos y que se convirtieron en uno de los símbolos de nuestra recién forjada amistad, además de la que sería mi falda favorita desde ese momento y que pasó a ser un indispensable en mi armario de cada verano.

Fue un viaje relámpago lleno de tranquilidad y confesiones. No fuimos a ninguna discoteca, ni siquiera se nos pasó por la cabeza, pese a que teníamos debajo de casa todos los autobuses con línea directa a las mejores. No era lo que nos pedía el cuerpo. Una charla sincera en un banco del centro de Ibiza contemplando nuestros anillos nuevos era, sin duda, mucho más necesaria en nuestras vidas que bailar hasta la madrugada.

Después de aquel viaje, algo nos cambió a las dos, no solo porque Sara se había convertido en una persona imprescindible en mi vida, sino porque en mi interior sentía que había llegado el momento de descansar tanto como lo hicimos en ese viaje.

Durante los meses siguientes, Sara siguió visitándonos en la discoteca todos los viernes y sábados que trabajábamos como una más, aunque sin tener la obligación de hacerlo. Al final, cuando algo, por muy divertido que sea, se convierte en una obligación, deja de ser divertido y yo acabé muy saturada de todas esas noches que me quitaban tantas horas de sueño los fines de semana, y solo anhelaba la tranquilidad que había tenido en las noches de Ibiza con ella.

Tras el viaje con Sara descubrí que llevábamos demasiados años saliendo por obligación y, como suele pasar cuando quieres un cambio en tu vida, nosotras lo hicimos de cero a cien. Bueno, en este caso diría que fue más bien de cien a cero.

Al mismo tiempo, como cuando tienes la regla y se te coordina con el resto de tus amigas, conocí a un chico al que no le gustaba mucho la fiesta y, como estaba totalmente hastiada de salir, no me importó descolgar la bola de discoteca que había tenido sobre mi cabeza durante tanto tiempo. Sara también conoció a un chico y empezó a quedar con él para seguir dando paseos con sus perros, mientras que Lucía acabó liándose con Jaime. Todas encontramos una relación más o menos estable que desestabilizó un poquito nuestra amistad.

Nuestros caminos se separaron durante los años siguientes, y a pesar de que seguíamos en contacto, ya no era lo mismo. Aquella discoteca, que acabó cerrando con el tiempo, dejó tras de sí noches de absoluta diversión y millones de secretos en sus reservados que ahora solo eran recuerdos que venían a mi cabeza muy de vez en cuando. Caí en el error más habitual cuando tienes pareja siendo joven. Estuve ensimismada en una relación con un chico al que no le gustaban las luces de neón y que, con el paso del tiempo, descubrí que tampoco el compromiso. Creí ciegamente que íbamos juntos en una misma dirección, dándolo todo y dejando parte de mi pasado —y por ende a mis amigas— por un camino que siempre pensé en recorrer junto a él, hasta que, con veintisiete años, decidí romper la relación, irme a vivir sola y recuperarme a mí misma.

Todas pasamos por muchas épocas y amores a lo largo de nuestra vida: épocas en las que, como dice la canción de La Fuga: «Vivo más de noche que de día, sueño más despierta que dormida, bebo más de lo que debería, los domingos me suelo jurar que cambiaré de vida...» y otras épocas en las que estás más tranquila, sales menos y los sábados son más parecidos a los martes. Los amores suelen ir y venir de la mano con esas épocas; más esporádicos cuando sales mucho, más duraderos cuando sales menos y más bonitos cuando te das cuenta de que para querer bien, lo primero que tienes que hacer es quererte a ti misma, sabiendo que realmente el amor de tu vida eres tú y tus amigas.

Y tras romper mi relación con el hombre al que le gustaba tan poco divertirse por la noche como el compromiso, volví a llamar a mis amigas sin saber cómo reaccionarían, después de un tiempo de amistad en *stand by*.

Mi primera llamada fue a Sara. Le dije que había alquilado un piso precioso y que me moría de ganas de enseñárselo.

La respuesta fue contundente. Sara llegó a mi vida de nuevo como llegan las grandes amigas: con un *pack* de seis cervezas y una conversación cómoda. Cuando bebo una lata de cerveza, el olor que desprende, no el sabor, es el de mi amiga Sara entrando por mi nueva casa años después de haber pausado nuestra relación por mi «otra» relación.

Qué tonta fui dejando de ver tanto a mis amigas y qué importante es darse cuenta de ello para que no vuelva a pasar. Son errores del pasado de los que se aprende mucho más cuando los vives en primera persona. Se cometen una vez, aprendes, te perdonan y te perdonas, y de esa forma creces como persona, aunque no sea en altura. Y es importante perdonarte a ti misma, si quieres que los demás también lo hagan.

En mi caso el perdón llegó tan rápido como Sara con las cervezas, ya que además ella misma también había descuidado nuestra relación en ese tiempo. Siempre escribíamos en el chat de grupo que teníamos junto a Lucía y que creé en un momento de drama con mi ex, poniéndole el nombre que hasta ahora no hemos cambiado: Dramachat. Allí nos desahogábamos de nuestras mierdas y nos mandábamos memes, pero casi nunca quedábamos. Eso iba a cambiar drásticamente a partir de entonces.

Son estos momentos, cuando los objetos, unas simples cervezas, traen de vuelta a las personas de siempre con conversaciones que nunca se fueron. Aquel día en el que Sara volvió a mi vida entendí lo mucho que echas de menos a una buena amiga, de las que se sienta a tu lado no para reprocharte los días sin verte, sino para escucharte las horas que hagan falta. Hay momentos en los que no necesitas que te digan nada.

Siempre he dicho que Sara ha sido la mejor escuchadora de mi vida junto a mi padre porque conoce perfectamente el tiempo que una establece como necesario para decir que lo ha superado, contradecirse, volver a decir que lo ha superado y acabar pensando: «Pues hoy se me ha olvidado acordarme de él». Esta es la frase definitiva. En ese momento Sara dejó de escucharme para volver a darme una cómoda conversación donde las horas parecieron minutos.

Aquel piso para mí sola quizá no era el más bonito, pero sí fue el sitio perfecto donde empezar a ser feliz.

En mi fondo de armario de las amigas, Sara, sin duda, serían unas zapatillas cómodas y bonitas que te puedes poner para todo. Porque puedes contar con ella para lo que necesites: para combinarlas con un chándal y hacer deporte o con unos pantalones con pinzas y una *blazer*, y salir a comerte el mundo sin gluten y sin lactosa. Y cuando salíamos a comernos el mundo, de beber pedíamos cerveza.

Mi ruptura supuso no solo un cambio de vida, sino también de localización al irme a vivir sola. Fue una decisión difícil y dilatada en el tiempo, ya que el proceso de búsqueda se me hizo más largo que el minuto del microondas.

En ese momento de mi vida, Idealista era mi Tinder particular: soñaba con hacerle *match* al piso de mis sueños cada noche, y al igual que pasaba en las *apps* de ligue donde luego son más bajitos de lo que parecen, ocurría lo mismo con los pisos, que acababan siendo más pequeños de lo que prometían.

Al final, Tinder e Idealista tienen mucho en común: te pasas el día buscando, y cualquier parecido entre las fotos y la realidad es pura coincidencia. Normalmente, una vez encuentras lo que buscas, borras la *app*, aunque siempre puedes volver a echar mano de ella cuando llegas a otra ciudad y curioseas. Mi amiga Sara hacía exactamente lo mismo, pero con Tinder: ciudad nueva a la que llegamos, vistazo a Tinder.

—Es solo por saber qué hay en el mercado —decía siempre Sara al dar doble clic en la aplicación cuando aterrizaba el avión o aparcábamos el coche en una ciudad nueva.

Pasé meses teniendo citas con caseros y caseras que mostraban las bondades de sus pisos y escondían sus defectos barriéndolos bajo la alfombra. Los visité de todos los tipos, formas y colores, desde pisos minúsculos, interiores, antiguos, destrozados y baratísimos, hasta exteriores con terraza, nuevos, impolutos y carísimos, pero todos decepcionantes. Cada mañana me despertaba con la ilusión al ver un piso nuevo en fotos y cada tarde volvía a casa con la decepción al verlo en persona.

Cada vez sacaba más similitudes con la búsqueda del amor: al final, lo mejor surge cuando dejas de buscarlo desesperadamente. Y es que las llaves, el amor y las noches más divertidas se encuentran cuando no las buscas. Y los pisos también.

Me pasé más tiempo mirando fotos de pisos en Idealista en esos meses que de zapatos en rebajas, y cuando estaba a punto de tirar la toalla, y no precisamente en la playa, apareció en mi vida, como lo hacen las buenas oportunidades, a última hora. Levanté el teléfono rápidamente para concertar una visita sin pensármelo mucho, así que todo fue muy precipitado. Tuve la suerte que se suele tener en estos casos en los que salta la oportunidad, como cuando vas con prisa y encuentras aparcamiento en la puerta. La casera estaba por la zona y yo no, pero le dije que sí y corrí como nunca lo había hecho en mi vida.

Cuando llegué a aquel piso por primera vez tras haberlo visto en el anuncio, me sorprendió lo grande que era el salón. Tenía además una habitación, un baño y una cocina americana. Decoré el piso entero con mi mente mientras la que iba a ser mi nueva casera hablaba sin parar. La mujer llevaba un tono rubio beige en el pelo precioso y brillante; me atrevería a decir que era un 8.1 por el matiz ceniza, sin rastro de raíces y con las puntas perfectamente peinadas hacia dentro. Las uñas muy cuidadas y las manos con los dedos largos y finos, un anillo con un oso de Tous de oro bastante grande, un *trench* de Burberry, un pañuelo de Hermès y un Amazona de Loewe. Hablaba muy rápido pero armoniosamente, te embaucaba con la mirada y sonreía muchísimo. Esa mujer desprendía paz y tranquilidad, y su música era clásica pero alegre, como «Las cuatro estaciones» de Vivaldi. Nos gustamos mientras me enseñaba la casa y me hacía todo tipo de preguntas:

—¿Tienes nómina y aval, niña?

Su «niña», además de no ser despectivo en absoluto, me recordaba un aspecto de mi vida que siempre me ha acompañado, y es que siempre he

144

aparentado tener bastantes menos años de los que tengo. Supongo que medir metro sesenta y mi cabeza llena de pájaros también influye.

—Sí, señora, todo lo que se pedía en el anuncio.

«Todo menos el dinero del alquiler de cada mes», pensé, pero eso eran pequeños detalles, nimiedades que ya solucionaría después.

—Pareces buena chica —dijo con cierto tono maternal, lo que me dio alas para pensar que el piso podría ser mío.

Mi corazón latía con mucha fuerza y me estaba poniendo roja, como siempre que me avergüenzo, me pongo nerviosa o voy piripi.

Supongo que sus primeras dudas venían por la impresión que se había llevado de mí hacía unos minutos. Había llegado corriendo porque se me había echado la hora encima y todavía tenía la respiración entrecortada.

Recuerdo cómo la buena mujer me enseñaba el piso al detalle que, siendo sincera, no fue muy complicado, dado lo pequeño que era. Abría las puertas de los armarios con las dos manos, asiendo los tiradores con fuerza y dejando tras de sí un olor maravilloso a antipolillas. ¿He dicho armarios? Más bien quería decir «armario»: el único que había en el dormitorio, aunque más adelante conseguí tener un segundo en la entrada. Continuó abriendo los grifos, las ventanas, las puertas y los cajones de los armarios de la cocina con tal energía y vitalidad que te daban ganas de instalarte en ese preciso instante.

—La casa tiene orientación suroeste, por lo que le da el sol casi todo el día —me dijo con una sonrisa.
—La verdad es que es muy luminoso para ser un primero —afirmé.
—Tenemos calefacción central y el agua está incluida en el precio.

Al escuchar esas palabras, mis ojos se abrieron de par en par. En casa de mis padres, mi padre racionaba la calefacción a su antojo y una, que es friolera como una lagartija, a veces lo pasaba mal. Mi padre siempre me repetía: «A ver si te crees que soy el Banco de España», y yo rápidamente entendía que la calefacción era un bien muy costoso que había que controlar, por eso las palabras «calefacción» y «central» sonaban en mi mente a pura poesía. Por no hablar de la frase «incluido en el precio», que tenía implícita la palabra «ahorro» y que quizá haría que esa casa entrase dentro de mis posibilidades.

El baño era bastante pequeño, pero tenía bañera. En todas las novelas y películas románticas que conozco la protagonista se da grandes baños con velas encendidas después de haber pedido comida india a domicilio

145

para superar sus peores días, y dado que la vida se encarga de repartir, con mayor o menor equidad, los malos días, agradecí, sin duda, que tuviera esa bañera.

El pisito estaba sin amueblar y tenía las paredes pintadas con un horrible gotelé amarillo clarito. Además, se veían las típicas manchas de los cuadros de los anteriores inquilinos y marcas de los muebles que habían estado allí hasta ese momento.

Estaba mirando fijamente una mancha en la pared cuando ella se acercó a mí y se puso a observarla como quien mira un cuadro en el Museo del Prado.

Pensé que íbamos a hablar de lo que significaba esa mancha o de su autor, pero ella se giró y me dijo:

—No te preocupes por ninguna de las manchas. Roberto te las pintará como tú quieras.

—Pero ¿toda la pared o solo las manchas? —le dije en un claro tono de broma que me salió sin pensar. La casera se empezó a reír a carcajada limpia.

—Eso ha tenido gracia. ¡Qué graciosa eres! —me dijo riéndose mientras seguía enseñándome la casa.

Yo todavía no sabía quién era Roberto, pero ya estaba pensando en tener, por primera vez en mi vida, paredes lisas y olvidarme para siempre del gotelé que me había acompañado en casa de mis padres desde pequeña.

Abrí la ventana del salón, que daba a un jardín verde, lleno de árboles, con una preciosa piscina. Solo se escuchaban los pájaros que jugaban en las ramas de los árboles del jardín. O estaban discutiendo, a saber. Cualquiera entiende el idioma de los pájaros. Apenas llegaba el ruido del tráfico de la calle y yo ya estaba enamorada de aquel silencio con trazas de naturaleza y música de fondo de Vivaldi. Pensé: «Qué feliz voy a ser aquí sola». Qué equivocada estaba. Nunca volví a estar sola.

—Me encanta tu Amazona —le dije a la casera, señalando su bolso.

Me miró con sorpresa. Supongo que no pensaba que fuese a reconocer un bolso tan bonito como el suyo.

—Siempre he soñado con tener uno. Es uno de mis bolsos icónicos favoritos, junto al 2.55 —insistí.

—¡Yo lo tengo en negro! —dijo, emocionada, y no con las típicas ínfulas de grandeza, sino con la ilusión de hablar con alguien de bolsos, conversación que nos llevó más de media hora y mucha complicidad.

Cuando creíamos que lo habíamos hablado todo sobre los bolsos más icónicos, nos centramos en su pañuelo Carré de Hermès. Ella me contó orgullosa que Carré significa cuadrado en francés, pronunciando la palabra *carré* como «cagggggggé», disfrutando como cuando aprendes una palabra nueva y la quieres meter en cualquier conversación. Aquel accesorio de Hermès era prácticamente una obra de arte más que un complemento de moda. Había leído tanto sobre ese pañuelo que, verlo en persona, era como haber estudiado Historia del Arte y ver por primera vez a la Gioconda. Ambas estábamos encantadas en esa conversación.

De esa forma, atacando y disfrutando de su punto débil, convencí a mi casera de que iba a ser su inquilina ideal, y conseguí rebajarle el precio del alquiler unos cuantos euros, ya que, en mi desesperación por encontrar el piso de mis sueños, había subido el filtro en Idealista a un precio muy por encima de mis posibilidades. Y así empecé a actuar en la vida, pensando que me merecía más de lo que me había merecido hasta ahora.

Cuando terminó la visita, se alejó hacia la puerta dejando las paredes de aquella casa impregnadas de su vitalidad, de Vivaldi, de Mozart y de Purcell, de todas las canciones de música clásica que yo traía de mi padre en la maleta.

—Tengo otra visita dentro de una hora —me dijo.

—No, por favor, ¡me lo quedo! —le espeté rápidamente.

—Vale, pues bajamos al despacho, te presento a Roberto, firmamos el contrato de alquiler y me dejas un depósito. ¿Cuándo querrías instalarte?

—En un mes o así —le dije mientras bajábamos las escaleras.

—¡Perfecto! —dijo una voz masculina que intuí era la de Roberto.

—¡Hola! Me llamo Roberto —dijo mientras me tendía la mano para saludarme.

Las tenía grandes y rugosas, muy rugosas. Su pelo era rizado, tenía los ojos especialmente juntos y pequeños y no era mucho más alto que yo, pero estaba bastante fuerte, a tenor de la fuerza con la que me dio la mano y cómo sujetaba la escoba.

Roberto era el portero de la finca y quien hacía todas las reparaciones de las casas. Era capaz de pintarte las paredes (no solo las manchas), colgarte un cuadro o lijarte el suelo. Sabía hacer de todo y vivía en el bajo del mismo edificio. Creo que no podía pedirle más a la vida en ese momento, porque a pesar de que siempre he sido muy manitas —probablemente por ver a mi padre arreglar todo tipo de electrodomésticos y demás—, era la primera vez que iba a vivir sola y me daba bastante seguridad tener a alguien cerca que pudiese ayudarme si saltaban los plomos o se inundaba

147

la casa. Una de las cosas que compré primero cuando me mudé fue una caja de herramientas que me ha acompañado en todas mis mudanzas y un atornillador eléctrico que manejo con bastante destreza. Pero en la vida, aunque sepas manejarte en muchas situaciones, siempre viene bien sentir que, si la vas a cagar con algo, habrá alguien en el piso de abajo que te ayude.

Durante el mes siguiente, Roberto puso la casa a punto mientras yo buscaba muebles que se ajustasen a mi presupuesto y lidiaba con la nueva situación a la que me iba a enfrentar. Por un lado, mis padres estaban bastante tristes con la idea de que yo me fuera de casa, pero mi nuevo piso estaba a cinco minutos en coche y a veinte andando, ya que me había cuidado mucho de cogerlo cerquita de su casa. Además, como si de una especie de ritual que instauramos se tratase, desde el primer día en que me mudé, todas las noches a la misma hora hablaba por teléfono durante un buen rato con ellos para darles las buenas noches y que no sintieran mi marcha más de lo normal tras haber pasado esa última temporada tan juntos.

Así que, en menos de un mes, sin comerlo ni beberlo, ni siquiera digerirlo, me encontré en mi nueva casa recién pintada y lista para dejarse vivir. Obviamente, lo primero que hice fue llenar la bañera y ponerme una copa de vino, como las protas de mis libros favoritos, y me sentí libre como cuando te quitas el sujetador, una coleta tirante al llegar a casa o la mascarilla en tiempos de coronavirus. Me faltaban las velas, pero ya las compraría más adelante.

Cuando te mudas, te das cuenta de que, aunque comprarás mucho menos en Zara y más en Ikea, las velas siempre te salvan de esa necesidad imperiosa de estrenar algo, pero a un precio asequible. Nadie habla del poder sanador de las velas cuando tienes un día horrible, de los de «bastante que no he llorado en público» y llegas a casa, enciendes una vela con olor a azahar y todo mejora.

Lo segundo que hice fue organizar un par de minifiestas con amigas cuando todavía no tenía muebles en la casa. Nos sentamos en el suelo sobre cartones, comimos las *pizzas* encargadas a domicilio directamente de la caja y abrimos los botellines de cerveza con mecheros. Esta es la descripción gráfica de la supervivencia.

Cuando cerraba la puerta y se iban, siempre me preguntaba por qué no había hecho más eso en los años anteriores. Y con «eso» me refiero a cuidar de mis amigas, porque, pese a que siempre he tenido una «Laura» a mi lado, durante los años que estuve en una relación más absorbente que una bayeta, apenas quedé con ellas, ni mucho menos viajamos o salimos de fiesta solas, sin nuestras parejas. Cometí el error de dejarlas de lado a ellas y a mí, por eso tenía la sensación de que mi vida comenzaba de nuevo en ese instante, justo donde la había pausado hacía unos años: con las amigas de toda la vida y las nuevas que estaban por llegar.

Por eso Sara entró por la puerta como si nada hubiese pasado, como si el tiempo se hubiese detenido entre nosotras y empezara a correr de nuevo en aquel instante, con aquel *pack* de seis cervezas, que simbolizaban que la cuenta atrás para el verano había comenzado. Las amigas son como delicadas plantitas y hay que regarlas cada día. Nunca pensemos que son cactus y necesitan menos cuidados solo porque nosotras estemos alimentando a una planta carnívora.

Mi primer mes de junio en aquella casa fue como la primera vez que abres Netflix: te encuentras con que puedes volver a ver todas tus series y películas favoritas, pero además hay un montón de estrenos. No solo me reencontré con muchas amigas con las que había perdido un poco el contacto cercano como Sara o Lucía, sino que además ellas vinieron acompañadas de grandes estrenos en forma de nuevas amigas, vecinos y amores.

Siempre que tengo que hablar de Sara la comparo con esa serie que puedes ver una y otra vez y que nunca te cansas de ella, aun sabiéndote los diálogos de memoria. Una amiga con la que la frase «¿Te acuerdas cuando...?» sabes que va a venir acompañada de mil carcajadas e incluso es posible que acabes riendo y aplaudiendo con las manos como una foca y pasando un poquito de vergüenza.

Recuerdo la vez que salimos por la noche a una discoteca en el extrarradio de Madrid. Fui la primera de mis amigas en tener carné y coche, pero Sara solo tenía carné. Teníamos una especie de acuerdo tácito por el cual ella siempre conducía mi coche, aunque fuera yo quien iba a buscarla. Siempre conducía en los viajes y sabía que yo era la mejor copiloto eligiendo las canciones para montarnos una buena coreografía.

Esa noche de sábado, por supuesto, Sara conducía y pasó la noche a base de botellas de agua mineral, mientras que Lucía y yo íbamos un poquito más perjudicadas, sobre todo Lucía, que decidió que vomitar en sus propios zapatos era una buena idea para acabar la noche. A la vuelta, con Lucía dormida en el asiento de atrás y Sara y yo delante dándolo todo con la música, pasamos por una conocida churrería del centro. Ambas nos miramos con un claro objetivo: churros con chocolate.

Aparcamos en doble fila un momentito y le dejamos unas claras instrucciones a Lucía: «Amiga, si el coche se pone en diagonal, es la grúa. Avísanos». Lucía gruñó y la dimos por enterada.

Sara y yo bajamos por las escaleras que daban acceso a aquella cafetería un domingo a las siete de la mañana. El público allí congregado tenía una edad media de ciento cinco años. Cuando bajamos, uno de aquellos señores miró nuestras piernas subidas a unos buenos taconazos y nos gritó: «Vaya pataaaaaas, cooooordeeeeraaaaaas».

En el momento nos hizo la gracia justa, porque tampoco era como para reírnos ante un piropo de ese calibre, pero cuando salimos de la cafería con los churros bajo el brazo, soltamos una sonora carcajada que casi despierta a Lucía de la que iba a ser la gran resaca de su vida. Ese piropo, si puede definirse así, marcó un punto de inflexión en nuestra relación como amigas. Desde entonces Sara y yo nos llamamos «cordera» la una a la otra para siempre. Aún descuelgo el teléfono y escucho la voz de mi amiga decir «¡Holaaaa, corder!» y sonrío de felicidad.

Mi corderilla es una amiga para siempre, de las que te hacen sentir que están cerca aunque en ese momento no estén ni en la misma ciudad. Con la que puedes hacer planes de día y de noche, y estar durante tres meses viéndote continuamente y hablando por teléfono a todas horas, y de repente, pasar a estar sin quedar seis meses por circunstancias de la vida. Sara y yo hemos tenido épocas de ser inseparables físicamente y otras en las que apenas hablábamos por teléfono, pero la conexión de amistad jamás se ha perdido. No hay reproches, no hay excusas innecesarias, no hay nada más que amistad pura y dura.

Sara ha tenido varias relaciones largas que a veces, en según qué épocas, la han alejado de la vida social. Otras veces se perdía algunos de los mejores momentos que hemos tenido de complicidad en nuestro grupo de amigas por estar liada con su trabajo, con sus perros y con la protectora, pero nunca le importó. Ella era feliz en esa otra faceta de su vida y siempre la he respetado por ello. No he visto a nadie más comprometido de manera más altruista. Aprendí mucho de ella en ese aspecto, en darse a los demás sin pedir nada a cambio.

A lo largo de mi vida, Sara siempre me ha acompañado y ha ido conociendo a los distintos grupos de amigos que he ido atesorando. Se apuntaba a todos los viajes que organizaba con Laura o Lucía, y fue la mejor escuchadora de cada una de mis historias amorosas, eso sí, con esa inocencia y tranquilidad que siempre la han caracterizado para enterarse a medias de las cosas, viviendo en su mundo particular, lejos del ruido, y sin tener la memoria fotográfica que posee Laura, la de ahora, para aprenderse todos los nombres de los hombres de mi vida de cada mes, incluso los que ni siquiera conoció.

Sara tenía un despiste natural que la hacía, y la hace, entrañable, y que, pese a haber conocido a casi todos los hombres de mi vida, bastante tuvo con acordarse de los suyos.

—Me ha escrito —le dije a Sara mientras paseábamos.
—¿Quién? —respondió con ese tono despistado que la caracteriza mientras jugaba con su perra.

—Tía, quién va a ser. Álex.

—¿El que tenía una hija? —dijo, como quien juega a la lotería a ver si acierta.

—No, Sara, el que tenía una moto —le dije mientras pensaba que, en el fondo, Álex cuidaba de su moto como si fuese su hija, así que no andaba muy desencaminada.

—¡Ah, sí, es verdad! —dijo haciendo un intento por recordarle.

—No te acuerdas, ¿verdad? —le dije claramente, con intención de pillarla.

Me miró sin saber muy bien cómo actuar. Tras un segundo de silencio, me dijo una de esas frases por las que la achucharías sin más:

—La verdad es que no me acuerdo ni de lo que he desayunado esta mañana.

Y las dos nos descojonamos de risa porque ¡cómo no iba a quererla con esos detalles tan maravillosos que tenía!

Al minuto continué con mi historia, documentándola con fotos, y Sara la escuchaba concentradísima, aunque no tuviese ni la más mínima idea de quién le estaba hablando.

Con Sara aprendí una de las cosas más importantes para no tener decepciones con aquellos que más quieres. Hay que saber qué puedes esperar de cada persona. Al final, los amigos son como los zapatos: puedes tener muchos y malos, pocos y buenos, o un poco de todo. Lo más importante es saber en qué momento ir con cada uno: ni los tacones son para ir a la biblioteca ni unas zapatillas para una cena de gala en un crucero donde exigen etiqueta. Todas sabemos con qué zapatos y amigos estamos más cómodas, y, sin duda, Sara es de mis zapatos favoritos.

LA AMISTAD. POL

CAPÍTULO 4
El nuevo vecino

Que se te mueran hasta los cactus es una personalidad y es la mía.

Sara y yo estábamos tomándonos un *bloody mary* con gazpacho en la piscina. Sí, es un poco raro, pero es que se nos había acabado el zumo de tomate y aún nos quedaba vodka y tabasco, con lo cual buscamos una alternativa que no estaba mala del todo. Estoy segura de que si algún chef o coctelero de renombre lo hubiera hecho antes que nosotras habría ganado alguna estrella Michelin por el descubrimiento. Eso sí, seguro que ellos usarían un vodka mejor que el nuestro, cuyo nombre tenía más consonantes que vocales.

En la vida hay muchos momentos para cócteles con nombres exuberantes o para brindar con un champán rosado levantando el dedo meñique como si fueses de la nobleza. En nuestro caso, siempre ha habido más momentos de tintos de verano, quizá algo menos glamurosos, pero más reales.

—¡Te has pasado con el tabasco, tía! —exclamó Sara mientras se atragantaba con su propia saliva.

—Eres una floja, corder —le dije mientras daba un trago al vaso de *bloody mary*. Casi lo escupo de lo fuerte que estaba. Era como si estuviese comiendo en el mismísimo México.

—Vamos a tener que ir al súper a por zumo de tomate —dijo Sara intentando poner sentido común.

—Naaaaa... Lo bueno de estos cócteles es que alimentan, además de entrar muy bien en verano —afirmé intentando defender mi invento.

—Sí, y además es de color rojo, y dicen que los alimentos rojos y naranjas ayudan a broncearse —indicó Sara.

153

—Pues pongámonos hasta el culo de Risketos entonces —le dije rápidamente sin pensarlo.

Nos reímos a carcajadas en mitad de la piscina de mi edificio, donde a esas horas de la tarde no había ni un alma. Nuestra conversación era totalmente absurda e íbamos un poquito «achispadas», lo justo para dar calambre si nos tocaban. Sara subió la música cuando empezó a sonar un temazo de Calvin Harris, «Summer», nuestra canción favorita de esa semana, así que no dudamos ni un instante en ponernos de pie y bailarla.

No os voy a engañar: si en su momento descubrí con Lauri que cantar no era lo mío, creo que con Sara dejamos claro que nunca iríamos juntas a un programa de televisión para talentos musicales.

Tras nuestro intento de coordinación, volvimos a tumbarnos en nuestras toallas, la mía rosa y la de Sara de camuflaje, muertas de risa y aceleradas por el baile. Levantamos la mirada y había dos chicos de nuestra edad mirándonos muertos de risa en el último piso del edificio.

En mi nuevo edificio había pocos pisos por planta y eran todos bastante pequeños. Estaba en la capital, en una zona muy bien comunicada, pero a la vez alejada del ruido y de la contaminación de Madrid. Me gusta mucho mi ciudad, soy lo que comúnmente se llama «gata, gata», que es cuando tu padre, madre y abuelos son nacidos en Madrid, pero he de reconocer que en cuanto puedo alejarme un poco del ruido de los cláxones de la M-30 y del bullicio del centro, lo hago encantada.

Al ser pisos tan pequeños, la mayoría de los que allí vivíamos éramos solteros, jóvenes o estudiantes. No había espacio material en las casas para familias numerosas. De hecho, no había ningún niño en todo el edificio.

Desde las ventanas se veía la piscina, pequeña, pero suficiente para los poquitos vecinos que éramos. Era como la piscina de *Melrose Place*, pero con césped alrededor.

Nos dio un poco de vergüenza darnos cuenta de que, probablemente, nos habrían visto bailar o lo que fuera aquello, y que seguramente habrían escuchado nuestra conversación absurda sobre el *bloody* gazpacho, porque el sitio era realmente pequeño. Pero en ese momento el vodka amortiguó un poco esa timidez.

—¿Tenéis fuego? —nos preguntó uno de ellos desde su balcón.
—No fumamos —contesté.
—Bueno, yo soy fumadora y bebedora social... —dijo Sara dejándome sorprendida por completo. Debía ser que el gazpacho le había soltado la lengua.

—Lo malo es que eres muy sociable... —indiqué continuando con la broma.

Los dos chicos se rieron con nuestra nueva actuación de dúo cómico que parecía ensayada desde hace meses y decidieron bajar a la piscina. Nos presentamos, nos dimos un par de besos y colocaron sus toallas junto a las nuestras. Ellos se llamaban Pol y Jaume, eran de Lleida y acababan de mudarse a Madrid. Por aquel entonces mi nevera estaba siempre llena de cervezas, así que Sara me insistió en que subiéramos a pillar para los cuatro y algo para picar. Si la primera salida de tono de Sara no lo había dejado lo suficientemente claro, esta segunda era cristalina.

—Tía, tía, tíaaaaaaaa —me dijo dándome codazos todo el rato mientras subíamos las escaleras a mi casa.
—¿Qué te pasa, corder?
—¡Pol está bien bueeeenoooo! —exclamó Sara con los ojos muy abiertos, como nunca se los había visto.
—¿Cuál de los dos es Pol? —le dije dejando patente que mi memoria para retener nombres cuando voy un poco piripi es igual de nula que cuando voy completamente serena.
—Tía, pues el guapo.
—Los dos parecen monos. De hecho, se parecen bastante, tienen barba... Pero no sé, a mí no me ha llamado la atención ninguno. ¿Y si son hermanos? —pregunté dudando.
—Qué dices, tía, no se parecen en nada. Pol está mucho más bueno.
—¡Pues a por él, cordera! —dije animándola más de lo que ya estaba ella misma.

En mi caso, la última cita que había tenido me había dejado un poco tocada. Estaba un poco harta de andar sin rumbo con los tíos y no me apetecía conocer a nadie, y menos a un vecino a quien tuviese que cruzarme en la piscina si luego resultaba salir más rana que príncipe.

Bajamos con un cubo lleno de cervezas. Jaume y Pol estaban bañándose. La cuenta atrás hacia el verano de nuestras vidas había llegado a su fin en ese preciso instante en el que nos dimos cuenta de lo afortunadas que éramos pasando un viernes sin muchas más preocupaciones que tomar algo en la piscina con un par de chicos.

Cuando me mudé, puse en la puerta de casa una pegatina que ponía «Antes de salir...» y cuatro iconos: una sonrisa, unos tacones, el móvil y las llaves. Durante el tiempo que viví en aquella casa me tomé ese cartel al pie de la letra. Siempre salía con todo lo que el cartel me recordaba que tenía que llevar fuera de casa. La sonrisa por bandera, los tacones para andar con actitud en la vida, el móvil por si mis padres necesitaban algo y las llaves de casa porque siempre tenía intención de volver a ella. Los problemas se quedaban dentro.

La charla fue de lo más amena, sobre todo con Pol. Nos contó que trabajaba en una multinacional que había trasladado su sede de Lleida a Madrid. No conocía la ciudad, pero tenía unos amigos de la universidad que vivían aquí desde hacía años y había quedado con ellos esa noche. Hablaba mucho más que Jaume, por lo que en ese momento no supimos a qué se dedicaba él, si vivían juntos o algún dato más sobre su vida. Pol, en cambio, hablaba deprisa y atropelladamente, y el ritmo crecía con cada cerveza que tomaba. Además, se notaba que se estaba bebiendo la vida, ilusionado ante las nuevas expectativas que le brindaba Madrid y su nueva casa.

—Yo estoy muy contento. Me encanta conocer sitios, y cuando me dijeron que me trasladaban a Madrid, dije: «Allá que me voy» sin dudarlo, vamos... —dijo Pol, con total confianza.

—¿No te da pena dejar a tus amigos y a tu familia allí? —le preguntó Sara, que estaba especialmente interesada en él.

—Pues la verdad es que sí, pero te voy a decir una cosa, ya encontraré aquí otros nuevos, empezando por vosotras —dijo mirando a Sara, a la que por un momento se le iluminó la cara como si tuviese cinco años y hubiese visto a los Reyes Magos.

—Eso es una actitud positiva y no la de Paulo Coelho —le dije en tono de broma.

Y entre risas, cuando cayó el sol, decidimos que era el momento de subir a casa. Pol y Jaume se despidieron de nosotras diciéndonos el nombre del bar en el que habían quedado esa noche por si queríamos pasarnos. Nos volvimos a dar un par de besos en las escaleras y ellos subieron unos cuantos pisos más arriba hasta el cuarto.

—¿Qué hacemos, tía? ¿Vamos? —preguntó Sara.

—No suena mal el plan, pero no tengo ni un euro y, además, ahora ni siquiera tengo cerveza en la nevera —dije mientras miraba el interior de la nevera con un halo de tristeza por lo vacía que se había quedado, a sabiendas además de que quedaba tiempo para llegar a fin de mes y cobrar para poder llenarla de nuevo.

—Ya, tía, yo estoy igual. —Sara hizo el gesto de mostrar los bolsillos vacíos en una falda que no tenía bolsillos.

Nos quedamos en silencio mirando cómo el ventilador de techo daba vueltas sobre nuestras cabezas, intentando coger el máximo de aire, pues a pesar de la hora seguía haciendo un calor sofocante.

A los pocos segundos, Sara suspiró profundamente:

—¿Tú crees que le he gustado? —dijo pensativa.

Entonces recordé un refrán de mi padre más cierto que cualquier otra cosa que me hayan dicho nunca, y tal cual se lo solté:

—«No preguntes por saber, que el tiempo te lo dirá; que no hay nada más bonito que saber sin preguntar».

Y en ese momento justo sonó el timbre de la puerta. Sara sonrió, se incorporó y se atusó el pelo de manera instintiva mientras fui a abrir la puerta. Era Jaume con dos *packs* de seis cervezas en cada mano.

—Dice Pol que os diga que su amigo es el dueño del bar al que vamos, y que, si venís, estáis invitadas a todo. Y esto es por todas las cerves a las que nos habéis invitado hoy. Muchas gracias —dijo de manera amable descubriendo que era capaz de decir más de dos monosílabos y un par de frases seguidas.

Cerramos la puerta y chillamos mientras buscábamos las cámaras ocultas en la nueva casa. ¿Nos habrían escuchado? ¿Sería el destino mandándonos una señal?

—¿Vamos? —le pregunté a Sara.
—¡Qué demonios? Si no lo hacemos ahora, ¿cuándo lo vamos a hacer? —respondió más motivada que nunca.

La última vez que había escuchado esa frase, en esa ocasión en boca de Lucía, acabamos tatuadas, así que sin duda la noche pintaba divertida, si venía precedida por aquella frase.

Chillamos de nuevo y Sara se fue directa a la ducha mientras yo aprovechaba para hacer la llamada de rigor que todos los días tenía con mi padre. Como todavía no había encajado muy bien que me hubiese ido a vivir sola en vez de quedarme un tiempo en su casa tras mi ruptura, le llamaba cada noche para que no se sintiera defraudado. Aunque ya había pasado un tiempo, mi padre siempre estaba un poco de morros cuando me cogía el teléfono. Pese a que le salía mi nombre en pantalla, contestaba con un «¿Dígame?», como si no supiese que era yo.

—¿Dígame? —decía haciéndose un poco el tonto.
—Papááááááááá...

A la tercera *a* con tilde, se le había pasado el enfado.

—¿Qué te cuentas? —me decía siempre.
—Poca cosa. Hemos estado en la pisci y ahora vamos a dar una vuelta. ¿Dónde están los gatitos? —le preguntaba por costumbre, ya que los echaba muchísimo de menos.
—Ruperto en la terraza y Silvia en el cesto del baño —dijo, como si hablara de mis hermanos.

Para mí, el orden correcto era preguntar a mis padres cómo estaban y acto seguido preguntar por los gatos. Una vez sabía que estaban bien, los visualizaba a ellos en el salón y a los gatos durmiendo donde él me hubiese dicho. Eso hacía que me sintiera de nuevo en casa y tranquila.

—¿Mamá cómo está?
—Viendo el concurso de preguntas de la tele, fenomenal, como siempre. Te manda un besazo.

Se escuchó de fondo un «Ya estoy listaaaaaaaaaa» de Sara.

—Papá...
—Venga, te dejo, que te veo liada —dijo intuyendo por mi tono que tenía algo de prisa.

Mi padre tenía un sexto sentido para terminar la llamada rápido cuando sabía que todo estaba bien y tocaba colgar. Valoraba mucho el tiempo, el suyo y el de los demás, y no hacía que nadie lo perdiese con despedidas interminables. Prefería llenar el tiempo con conversaciones interesantes cuando se pudiera.

—Mañana voy a veros —le dije con todo mi cariño.
—¡Sé buena, señorita! —me dijo para despedirse, como lo hacía desde que era pequeña.

Dentro de ese «sé buena» ahora sé que hay una gran cantidad de «te quiero» que no nos decíamos de manera clara y que siempre he pensado que nos tendríamos que haber dicho en el momento. En el fondo, ambos lo sabíamos, pero ahora sé que hay que expresarlos, no solo guardarlos dentro, porque acumularlos no sirve de nada. No te dan un premio al final de tu vida por todos los te quiero que nunca dijiste.

Me metí en el baño rápidamente y me miré al espejo mientras me duchaba. Era lo bueno de tener un baño pequeño, que lo puedes hacer todo a la vez. Parecía que estaba morena, pero ya se sabe que esas duchas después de haber pasado un día en la pisci son muy traicioneras y al día siguiente no estás tan bronceada.

Elegí una blusa blanca, una falda marrón con unos tacones color *nude* y Sara unos *shorts* vaqueros con una blusa y unos botines marrones. Nos pusimos hasta el culo de aftersún, un poco de *gloss* en los labios y nuestra mejor sonrisa, que combinaba a la perfección con nuestra ropa.

Sara estaba sentada en el sofá mirando el móvil, absorta, mientras yo me secaba el pelo, también móvil en mano, llamando de nuevo.

—¿Con quién hablas? —me preguntó Sara desde el salón, que estaba al lado de la habitación y de la cocina.

Cuando os dije que el piso era pequeño, es que era pequeño.

—¡Con Lucía! —respondí al momento.
—Qué guaaay, ¿qué se cuenta? Hace mucho que no hablamos con ella.

«Mucho» es un concepto abstracto: con «mucho» puedes referirte a dos días o a dos meses, pero es cierto que cuando me fui a vivir sola tras la ruptura con mi ex me costó algo más recuperar el ritmo de amistad con Lucía que con Sara.

—Dice que ha empezado a currar otra vez de relaciones en una discoteca, que vayamos a verla.
—¿En cuál?
—En New Age.
—No jodas, tía, si está al lado del bar de esta gente. ¡Vamos! —dijo emocionada ante la coincidencia.
—¡Venga! ¿Le digo que nos ponga en lista? —grité mientras seguía secándome el pelo.
—¡Claro! A la una estamos allí.

La noche prometía por momentos y aún no había ni empezado. Con Lucía de relaciones, teníamos copas aseguradas y eso significaba que no gastaríamos ni un euro. El bar donde habíamos quedado con Pol y Jaume estaba a cinco minutos andando y eso significaba que tampoco gastaríamos en taxi a la vuelta. ¡Maravilloso! Cuando estás en esa época de tu vida que vives más angustiada por el dinero que cuando pierdes el móvil, cualquier noche que salíamos sin tener que invertir era un alivio, y no porque necesitáramos las consumiciones gratis, que también, sino porque a pesar de que estábamos mucho más relajadas a la hora de salir, desconectar de vez en cuando sin sumar ninguna angustia nueva, como podía ser la económica, era fundamental.

Salimos de casa tarde, como siempre, pero muy guapas. Cuando llegamos al bar vimos a Pol y a Jaume rodeados de al menos veinte personas o más. Sara y yo nos miramos con la típica mirada de «Dónde nos hemos metido» y a la vez con la sonrisa de «Esto va a ser muy divertido».

—Madre mía, cuánta gente —le dije a Sara un poco asustada.

—Pues menos mal que vivían en Lleida. Si llegan a vivir en Madrid, igual se juntan mil personas... —exclamó sorprendida.

—¿Qué hacemos? ¿Nos vamos sin que se enteren? Creo que no nos ha visto nadie —pregunté ofreciendo una huida.

—Qué va, tía... Total, si aquí no nos conoce nadie —dijo Sara, que, sin saberlo, acababa de dejar para la posteridad una de las frases más emblemáticas que nuestro grupo de amigas ha tenido y tendrá siempre.

Después de soltar semejante verdad, todas hemos hecho nuestra una parte de esa frase en más de una circunstancia. Laura, Lucía, yo misma e incluso Pol, hemos entonado en algún bar esa frase antes de liarla.

Nos miramos y decidimos quedarnos para ver qué nos deparaba la noche. Cuando Pol nos vio entrar se acercó rápidamente a nosotras para saludarnos.

—¡Habéis venido! —dijo, completamente emocionado al vernos—. ¿Habéis mejorado la coreografía?

Sara y yo nos miramos sin saber muy bien a qué se refería.

—Le he dicho al camarero que luego nos pongan la de Calvin Harris —dijo haciendo alusión al baile que nos vio hacer en la piscina.

Sara y yo nos quedamos sorprendidas, sin saber muy bien qué decir, hasta que Pol reaccionó.

—¡Que noooooo, que es broma! No creo que nadie más deba pasar por eso excepto nosotros —dijo bromeando.

Con aquel vacile descubrimos un punto irónico en Pol que nos costó pillar al principio, pero que con el paso del tiempo daba una alegría tremenda a cualquier conversación. Tenía un humor complicado, pero brillante, incluso en ocasiones era demasiado particular, pero, sin duda, era un tipo muy inteligente. Cuando cogí confianza, me encantaba enfrascarme con él en mil batallas dialécticas, como en su momento hice con Nacho. En el fondo tenía un poquito de él, pero con un toque un tanto más... bruto.

Cuando vi lo animada que pintaba la noche, escribí un mensaje a Lucía en el chat de grupo que teníamos con Sara, sabiendo que le iba a dar una alegría estrenar nuevo trabajo con una entrada triunfal.

Dramachat
Lucía azafata., Sara., Tú

¡Lucíaaaaa!

Lucía azafata.
Dnd estais?

Estamos en un bar cerquita
de la discoteca.
Ahora vamos para allá.

Sara.
Gfgfmggmgmmgmgmg
Lucía azafata.
K dice Sara

Yo creo que lo ha
escrito con el culo.
Está intentando ligar
con mi nuevo vecino.

Lucía azafata.
Sara? Ligando?
Estamos hablando de
la misma Sara, flequillo
de rata?

La misma. Oye, Lucía,
¿me puedes apuntar en
la lista a mí + 26?

Lucía azafata.
+ 26?????? Y esooooo0??

Ahora te cuento.

Lucía azafata.
Flipo! Intento cambiar
Sara + 1 por Sara + 26,
que está la lista a su nombre,
tq!

Sara.
Os quiero tíasssssssss

Como ya sabéis, Lucía podía ser lo más borde del mundo por mensaje y solía comerse todas las tildes y signos de admiración o interrogación, pero acababa diciéndote que te quería.

El plan de entrar en lista en una discoteca les pareció genial a todos, así que fuimos. Sara estaba un poco perjudicada y se agarró al brazo de Jaume tratando de llegar lo más recta posible al garito. La llegada de Pol le había hecho desinhibirse como nunca la habíamos visto.

—No sé si tu amiga va a llegar muy lejos esta noche —me dijo Pol.

—Uy, tú no sabes el aguante que tiene. Ahora la pongo a beber agüitas y en una hora está como nueva —respondí.

—Se ve que os conocéis de sobra.

—Como si la hubiese parido —afirmé al momento.

—Me pasa igual con Jaume, pero yo tengo más aguante que él —dijo con cierto tono cómplice.

En ese momento, Pol le dio una cachetada en el culo a Jaume que caminaba por delante y le tiró un beso. Jaume se giró hacia él y, con cariño, se acercó para coger su cabeza con las dos manos y plantarle un beso con lengua de verdadero amor. Sara, que iba con el resto del grupo, en su burbuja particular, no se dio cuenta de nada, pero a mí me quedó bastante claro.

—Ya verás cuando Sara se dé cuenta mañana de que no vas a ser el hombre de su vida del mes de junio —le dije a Pol.

—No creo que mañana se acuerde ni de su apellido.

Y Pol se rio con una sonora carcajada dejando entrever su perfecta dentadura.

Sara no sufrió. Se enteró más tarde y, fiel a su estilo, dejó de estar obsesionada al minuto siguiente con un simple «Ah, pues entonces no va a poder ser...» mientras seguía bailando con su botella de agua en la mano. Adoro esa sencillez.

Esa misma noche Pol me contó que Jaume era su novio desde hacía muchos años. Que, a pesar de que parecía más introvertido, era el complemento perfecto en su relación en la que ya hablaba él por los dos.

—Lo ha dejado todo por venir a Madrid conmigo. Nunca le podré demostrar lo agradecido que estoy —me dijo visiblemente emocionado.

—Jooo, qué envidia —exclamé con sinceridad.

—Bueno, bueno, que también tiene sus taras, como las hay en un *outlet*, pero nos las soportamos. Al final, el secreto está en tener la capacidad de soportarse —dijo, convencido.

Supongo que el amor, como decía Pol, tiene un cierto porcentaje de intensidad. Todos conocemos los fuegos artificiales del principio y cómo se acaban convirtiendo en petardos con el paso del tiempo, pero en ese momento entran en juego otros valores que deben haberse construido juntos. Personalmente, creo que Pol estaba equivocado. La clave está en lo que se construye juntos, nunca en «soportar» nada, pero ese día no se lo dije, porque al fin y al cabo él me estaba contando su versión del amor con Jaume y quién era yo para decirle lo contrario.

—Y el sexo, rubia. Eso es fundamental —dijo sonriéndome con una mirada que dejaba entrever más cosas de las que seguramente quería conocer en ese momento. En eso sí que estábamos de acuerdo.

Hablar del amor fue algo recurrente en nuestras conversaciones a partir de entonces, pero esa primera noche lo dejamos ahí y seguimos disfrutando de nuestra recién estrenada amistad. La confianza para hablar de todo más detenidamente llegaría más adelante.

Esa noche fue una de las más divertidas que recuerdo. Cuando llegamos al garito, casi vacío, lo llenamos de risas y de bailes absurdos. Cogimos un reservado y unas botellas de champán; el sueño dorado de cualquier relaciones públicas, y en este caso concreto, de Lucía.

—Tía, qué recuerdos esto de entrar en lista y gestionar las botellas —le dije a Lucía, un poco melancólica.

—¿A qué estás esperando para trabajar conmigo, rubi? Lo petamos —me preguntó, intentando convencerme.

Sinceramente, no lo había pensado. Acabé tan cansada del mundo de la noche que no me planteaba volver, pero ciertamente un curro de fin de semana me vendría fenomenal porque era imposible llegar a fin de mes con mi sueldo viviendo sola en Madrid. Lucía se quedó unos segundos mirándome fijamente esperando un sí que nunca llegó. Había cambiado el rumbo de mi vida, y aunque había vuelto a retomar la noche los fines de semana, lo hacía desde la barrera.

—¡Hablo con Alberto ahora mismo! —insistió.

Le devolví la mirada en silencio y repasé todo lo que había sido mi vida hasta ese momento. Respiré.

—Lo vamos viendo —dije.

Lucía cambió el gesto y sonrió sabiendo lo que significaba esa frase. Me abrazo, me besó y, nos invitó a una copa por los viejos tiempos. ¿Sabéis quién estaba en la barra? Por supuesto, Jaime, nuestro camarero con audición reducida por la música de los altavoces, que acompañaba a Lucía allí donde ella iba.

Durante ese verano estuvimos en las listas de esa discoteca cada fin de semana y yo, a pesar de que sentía cierta nostalgia, me alegré de no trabajar allí. Me enorgullecí a mis veintiocho, camino de los veintinueve, de haber aprendido a decir «no» cuando es que no. Siendo más joven, en algunas ocasiones llegué a sentirme presionada, y en ese momento notaba que podía dosificar mi vida como yo quisiera. Si un día estaba a las dos de la madrugada en casa, no pasaba nada, de la misma manera que no pasaba nada si un fin de semana llegaba a las siete de la mañana.

La amistad con Pol a partir de esa primera noche se trasladó a todo el grupo. Él y Jaume pasaron a formar parte de nuestra pequeña familia con Lucía, Alberto, Sara y yo, y en un futuro no muy lejano, con Laura. Lucía siempre dijo, desde el primer día, que Pol sería un gran amigo porque era tauro, como ella, y que, a pesar de ser muy testarudos, también eran muy nobles.

Con el paso del tiempo, Pol se fue convirtiendo en mi «muy mejor amigo», además de ser mi «muy mejor vecino». Era una buena persona, de esas que colocan otro rollo de papel higiénico cuando se acaba y de los que te rellenan la nevera de cerveza cuando se las han bebido.

Ese verano, entre semana, Jaume tenía turno de noche, y Pol y yo fuimos afianzando nuestra relación. A eso de las once, cuando todo quedaba en calma, con las ventanas abiertas de par en par para que entrase el fresquito y con los aspersores de fondo regando el césped de la piscina, Pol llamaba a mi puerta para echarse un cigarrillo y charlar.

Adoraba ese momento de la noche porque, después del trabajo, un baño en la piscina y la conversación telefónica de rigor con mi padre reconfortaba tener esa media hora en la que, además de compartir confidencias, compartíamos humor.

—¿Te la sujeto?
—¿Pero tú te crees que me he caído de un guindo y me voy a poner rojo o algo? Anda, tira para allá y cógemela. La cerveza, digo —dijo Pol mientras ambos soltamos una carcajada.

Pol se dio la vuelta, mirando hacia la ventana y cambió de tono.

—Me gusta esta ciudad —dijo Pol, con un leve acento catalán que aún conservaba.
—Madrid es muy bonita, aunque ahora en verano el calor es insoportable —dije.
—No me refiero a eso. Me gusta lo que me transmite.
—¿Y qué te transmite? —le pregunté intrigada.
—Nada, no me transmite nada. Me gusta porque me deja ser lo que yo quiera. No me obliga a nada.
—Nunca lo había visto así, la verdad —le dije sorprendida.
—Claro, porque llevas aquí toda la vida —respondió sonriendo.

Me encantaba cuando hacía esas reflexiones a esas horas de la noche. Se mostraba más pausado y el pulso de la conversación iba en sintonía con los treinta grados de temperatura que había en la calle.

Después de aquel primer mes de piscina y protección cincuenta hasta en la suela de los pies, de cenas con amigas, alguna noche de reservados y pequeños conciertos, la vida parecía que se había pausado a mi alrededor, y sinceramente no sabía si eso era bueno o malo. Imagino que si le hubiese preguntado a Lucía, la respuesta hubiera sido: «Rubia, tú lo que necesitas es un buen meneo»; si le hubiese preguntado a Sara, hubiera sido: «Da igual, si tampoco pasa nada», y si le hubiera hecho la pregunta a Pol, la respuesta hubiese sido: «¿Pausada? ¡Ni que fueras un DVD!».

Cuando echo la vista atrás y pienso en mi relación con Pol, veo todo el apoyo que me prestó en los momento más duros de mi vida, incluido cuando recibí, junto a mi padre meses más tarde, una muy mala noticia. Siempre estuvo apoyándome a su manera, con esa ironía que le caracterizaba y un lado sensible que no mostraba a todo el mundo y que yo sí tuve la suerte de conocer.

—¿En invierno piensas seguir abriendo mi ventana para fumar? —le dije en pleno octubre, cuando el frío empezaba a hacer acto de presencia cada noche.

—Calla, que con la calefacción central ni se nota.

—Eres un derrochador.

—¡Será por dinero! —dijo Pol en tono totalmente de broma.

—¿Y tu padre? —me preguntó esa noche por sorpresa.

En ese momento se me encogió un poquito el corazón y Pol lo notó. Ya le había hablado alguna vez de él, pero no esperaba que me preguntase.

—¿Está todo bien? —insistió.

—Sí, bueno... ahí seguimos —respondí.

—Tú sabes que la mejor manera de sacar las cosas de dentro es expulsándolas, ¿no?

La pregunta sobre mi padre me pilló con la guardia baja. Al momento, no pude aguantarme y me vine abajo con alguna lágrima cayendo por mi cara.

—Creo que se te ha metido el humo del cigarrillo en el ojo —dijo para quitarle hierro.

—Si yo sé que esto es así... es ley de vida. Le pasa a mucha gente —me justifiqué.

Pol se giró y me miró fijamente.

—No hagas eso —dijo de manera taxativa.

—¿El qué? —le respondí.

—No lo simplifiques para poder abarcarlo —afirmó.

—No te entiendo —le dije, confundida.

—Jaume me dice siempre que no tengo sentimientos. Que hablo de las cosas como si nada me afectara.

—A veces te pasas un poco con la ironía —le dije.

—Es sarcasmo, rubia, no te equivoques —rectificó al momento.

Ambos nos reímos y él continuó hablando:

—La verdad es que en eso Jaume y yo somos muy diferentes. Él no puede ver las noticias, todo le afecta sobremanera. Ve cómo está el mundo y sufre una barbaridad. Dice que todo es demasiado complicado, que hay mucho egoísmo y lo veo quejarse, intentar analizar por qué pasan las cosas y se desespera. Toma partido en todo y todo lo siente como algo suyo, se enfada como si le fuera la vida en ello: la política, la salud, la familia... todo.

—¿Y tú?

—¿Yo? Le hago chistes sobre el olor de sus pies y la barriga que le está saliendo —dijo sonriendo.

Pol apagó el cigarrillo y siguió hablando:

—Soy un irresponsable, rubia, un farsante, un engreído, el típico idiota que, en vez de tener un «te quiero» en la boca, tiene una broma. También quise entender por qué pasan las cosas y lo analizaba todo, pero no lo conseguí... El mundo es demasiado complicado para que alguien solo pueda entenderlo, así que lo simplifiqué y me quedé así..., ahogado por dentro.

Pol respiró hondo. Nunca le había escuchado hablar con esa sinceridad.

—No hagas lo mismo que yo —dijo para terminar visiblemente emocionado. Suéltalo y sigamos hacia delante.

Después de un silencio prolongado e interiorizar las palabras de Pol, sentí que debía abrirme, ya que la noticia de mi padre me había pillado muy por sorpresa y no quería hablar nunca de ello. Intentaba hacer ver que no estaba asustada y que todo iba a salir bien, pero ¿y si no era así? Le conté que mi padre tenía sus días y yo con él. Sentía una presión en el pecho cuando no le escuchaba la voz como debería y al día siguiente iba angustiada corriendo a verle después del trabajo, y al final todo estaba bien. Vivía en una montaña rusa emocional que ocultaba constantemente de cara a los demás hablando de otras cosas.

Las lágrimas cayeron por mi cara mientras me desahogaba por primera vez y sacaba todo lo que llevaba dentro. Pol me miró con cariño y me dijo:

—Bueno, creo que después de este alarde de sinceridad puedo decirte sin temor que friegues los platos, joder. ¡Tienes la cocina hecha un desastre! —respondió, cambiando el tono de nuevo para hacerme sentir bien.

Yo sonreí a la fuerza y lo abracé.

Después de esa noche, sentí a Pol muy cerca de mí. Era una mano con la que contar para levantarme y una sonrisa cuando me sentía sola. Después de la charla, apagó su cigarro mentolado y se marchó a casa.

Todas las noches de aquel verano en el que nos conocimos sabían a descanso y olían a tabaco mentolado, el que él fumaba porque decía que le venía bien para los pulmones. El olor de Pol era el del tabaco con sabor a menta. Con el paso del tiempo he sentido la presencia de Pol siempre que mis sobrinos me han dado uno de esos caramelos de eucalipto que a ellos les encantan. Respiro profundo y las noches con Pol vienen a mi cabeza. Él ahora ha dejado de fumar, pero seguro que no ha dejado el sarcasmo.

Y lo bueno de no simplificar las cosas, como diría Pol, es que, tarde o temprano, la vida te da la respuesta y a mí, ese verano, me llegó con nombre y apellidos.

ÁLEX

CAPÍTULO 1
Hay que mirar bien la fecha de caducidad en la tapa

Culpo a Dirty Dancing *de mis altas expectativas*
en cuanto a los amores de verano.

Nos conocimos ese mismo verano. Lo recuerdo porque yo llevaba la falda que compré en las Dalias de Ibiza y que me pongo todos los veranos de mi vida. Es la típica falda por la que todo el mundo te pregunta de dónde es y puedes decir orgullosa su procedencia con la excepcionalidad de que nadie la tendrá igual porque está hecha a mano.

Siempre me encantaron los mercadillos de playa. Son especiales porque, además de tener piezas únicas, traen recuerdos concretos a la memoria. Conservan el olor del viaje, la sensación de cambiarte en la playa cubriéndote con una toalla, la suavidad de la crema aftersún y lo morena que te ves en el espejo justo después de la ducha.

Da igual cuándo leas esto y en qué paseo marítimo del mundo hayas estado: todas nos hemos parado alguna vez en un puestecito para comprar unos pendientes con plumas, una pulsera de conchas o una tobillera de cuero.

Recuerdo que en ese mismo viaje con Sara en el que compré la falda, ella se obsesionó con un anillo muy bonito que tenía una pequeña gema de color verde agua que vimos en las Dalias y que costaba apenas tres euros. Obviamente, no era ni siquiera plata de ley, pero no importaba porque pesó mucho más esa «ley» que dice que «si algo pequeño te hace feliz, no tiene precio» a la hora de regalárnoslo.

Durante los días que estuvimos en Ibiza, vivimos como dos niñas pequeñas que estrenan zapatos nuevos, sin dejar de mirar nuestro preciado anillo de tres euros. Al cabo de un día, el anillo no soportó que lo mirásemos tanto y acabó por volverse verde de la envidia y volver verde nuestro dedo. Supongo que el precio y la sal del mar pusieron fecha de caducidad a nuestras vacaciones, pero no a un recuerdo imborrable. Tan imborrable que durante unos días pensamos que viviríamos el resto de nuestras vidas con un meñique zombi.

En ese viaje que Sara y yo hicimos al poco de habernos conocido y que le sirvió para reencontrarse con ella misma, me compré aquella falda preciosa y un cinturón de ante que todavía conservo. La verdad es que el cinturón le da un punto de originalidad total a cualquier simple vaquero o falda que me ponga, porque no hay otro igual; ambas cosas las confeccionaron solo para mí aquel verano y esa exclusividad siempre gusta tenerla, aunque sea en pequeños detalles.

Es increíble cómo los objetos nos traen de vuelta experiencias y personas. A partir de entonces, esa falda no solo me recordaría a Ibiza y a nuestro viaje, sino al día que conocí a Álex.

Llegó justo cuando me encontraba en uno de los momentos más estables de mi vida. Como diría el propio Pol: «Estás tan tranquila que no me extrañaría nada que si dices "la última y nos vamos", lo cumplieses de verdad. Quién te ha visto y quién te ve, reina».

Y era cierto. Aunque algunas noches se alargaban más de la cuenta, normalmente cenaba, me tomaba unas cervezas y me volvía a casa.

Mi última relación con aquel chico que me gustó durante más años de los que debería me dejó en *pause* a la hora de volver a abrir mi corazón a otra persona. Cuando rompimos, me di cuenta de que, sin duda, eso había sido lo mejor que podía pasar, porque habíamos llegado a ese punto en el que no importa cuánto haga la otra persona por hacerte cambiar de opinión, que ya no hay vuelta atrás.

Yo lo llamo «el punto de no retorno», y no solo aparece con las personas, también con los objetos. Tuve la misma conversación con mis pantalones de campana cuando decidí desterrarlos de mi vida, y creo que fueron más compresivos que mi ex. No es fácil darte cuenta de que a veces hay que hacer limpieza de armario, de fotos en el móvil e incluso de personas.

Recuerdo perfectamente el momento de la ruptura. La situación era tan tensa que pensé que hacer una comparación podría relajar aquel instante. Le dije que nuestra relación era lo más parecido a montar en una bici estática. Me miró en silencio y no dijo nada. Creo que, además de al compromiso, también era intolerante a las metáforas.

Echando la vista atrás, quiero pensar que fueron muchos años de aprendizaje. Ojalá hubiesen sido algunos menos, porque volver al mercado emocional tras muchos años teniendo un contrato sentimental que parecía indefinido y convertido de la noche a la mañana en un despido improcedente, te deja el corazón en paro. Creo que esto él tampoco lo hubiese entendido, la verdad.

Es increíble cómo a veces se adormece el corazón y camina por inercia. Yo solía decir siempre que, cuando llevas mucho tiempo con una pareja, hay dos caminos posibles y ambos son lo más parecido a trabajar en una de esas grandes multinacionales con muchos empleados: puedes pasar desapercibida, cómoda y sin aspiraciones, sabiendo que tienes un sueldo fijo y que pase lo que pase vas a seguir ahí, o desvivirte por llegar lejos en la empresa, como si fueses a heredarla.

Te motivas, la empresa lo sabe y, cuanto más le das, más te pide. Entonces te das cuenta de que la proporción no es justa y que lo que ofreces está lejos de lo que recibes. Una es aburrida, pero es una relación segura, y la otra es excitante, pero injusta.

Creo que, con el tiempo, mi relación pasó de querer heredar la empresa a acabar teniendo un sueldo fijo. En ese momento sientes que el corazón ya no se mueve como antes. Late, pero se ha parado, como cuando te levantas por la mañana y ves que el móvil no se ha cargado y le queda un cinco por ciento de batería.

Durante los meses posteriores a la ruptura no me encontraba especialmente con ganas de conocer a nadie. Quedaba con Sara para nuestros paseos, por las noches entre semana con Pol y los fines de semana visitábamos a Lucía cuando tocaba estar en lista de la discoteca, y con todo eso me bastaba, de momento. Aun así, en ese tiempo tuve algún que otro *First Dates* sin mucho acierto. Cada hombre que conocí era un currículum nuevo que estudiar, y cada cena se convertía en una nueva entrevista de trabajo. No me lo curraba especialmente, llegando hasta el punto de que siempre quedaba en el mismo restaurante. Vivía con el miedo de repetir y tener la misma conversación una y otra vez con el camarero:

—¿La señorita tomará lo de la última vez?

—Sí, malas decisiones, como siempre, pero esta vez con mucho hielo, por favor.

Siempre pienso en cuántos señores vendiendo rosas pasaron por mi mesa en ese restaurante, mientras que mi cita de turno, con mala cara, les decía que no, sin tan siquiera mirarme a mí antes. Cuántas rosas llenas de ilusión desperdiciadas. Cuántas mofas en el chat de grupo de amigas, que esperaban ansiosas el parte tras la primera cita, que muchas veces era también la última.

Dramachat

Lucía azafata., Sara., Tú

Lucía azafata.
Como ha ido?

Mal, tía.

Lucía azafata.
Otro menos?

Sara.
De quién habláis?

@**Sara.**, de mi cita de ayer,
que fue mal, como siempre.

Sara.
Qué pasó esta vez?

Fuimos al mismo restaurante
y cuando vino el de las rosas
le dijo que éramos hermanos...
¡como si fuese un
comentario ingenioso
para no comprarme una rosa!

Sara.
Pufffffff
Seguro que en su perfil
pone algo del estilo
«He perdido la cama,
¿puedo dormir contigo?».

Lucía azafata.
Jajajaja Total
Esos que dejan un silencio
despues del chiste para recrearse
en su obra maestra de mierda

Sara.
Hombre lo diría d broma.
No puede haber alguien así.

No, tía, se lo pregunté
y me dijo que no lo
había dicho de broma.

Lucía azafata.
Yo es que me meo con
tus citas, tia

Además, estábamos destinados
al fracaso porque yo soy libra
y él era feo, digo leo.

Sara.
Juasjuasjuasjuasjuasjuas

Lucía azafata.
Peores son los escorpio...

¿Los escorpio por qué?

Lucía azafata.
Nunca has estado con un escorpio??

No lo sé...

Lucía azafata.
Creeme, lo sabrias.

Lucía no solía acabar los wasaps con punto ni ponía siempre las tildes ni las admiraciones de apertura. Ese día puso el punto final y se salió de WhatsApp.

Un tiempo después del último desplante de la rosa en el restaurante, me serví una cerveza en casa, aproveché para tirar los yogures caducados (otra bonita metáfora de mi cambio de vida) y abrí Facebook. Tenía una solicitud de amistad de un tal Alejandro Fernández, «Álex» para los amigos, que las equis siempre dan mucha intriga.

Teníamos algunos amigos en común y él me confesó con el tiempo que se decidió a escribirme cuando le saltó mi sugerencia de amistad y vio mi foto de perfil en Facebook, que todos sabemos que cuando vuelves a estar sin pareja es tu mejor arma de seducción. La suya no estaba nada mal, para qué nos vamos a engañar. Qué bueno estaba y qué bueno parecía; y qué importante es saber diferenciar entre los verbos «ser» y «parecer», aunque los dos sean copulativos.

173

Apenas tenía nada público en su perfil, solo la fecha de nacimiento (noviembre), dónde había estudiado y unas cuantas fotos de perfil en las que salía sentado en la que se intuía que era su moto, o en el gimnasio. Parecía un chico alegre, pero algo misterioso. Tenía los ojos muy verdes y el pelo siempre perfecto. Vestía aparentemente bien, casi siempre con camisa y traje negro en la moto, y estaba fuerte, pero no hinchado. Dejaba buena cuenta de ello en sus fotos, donde levantaba pesas con la misma ligereza que yo estaba levantando en ese momento un botellín de cerveza mientras cotilleaba todo su llamativo perfil.

Me fijé especialmente en una en la que sostenía una pesa. Sus manos eran grandes y fuertes, sus brazos muy musculosos, pero fibrados y sus venas eran un sueño hecho realidad para cualquier enfermera o anestesista. No puedo evitarlo, siempre me fijo en las manos y en las venas de todo el mundo.

Ahora, con el tiempo y algo de perspectiva, recuerdo esa situación y me gusta pararme a mirar con calma a mi «yo» de aquella época. Hablaba de Facebook, de perfiles privados, de solo poder ver algunas fotos públicas y de aceptar solo a amigos o a amigos de amigos. Ahora, cuando miro la misma situación años después, hablamos de Instagram y TikTok, de perfiles públicos y de aceptar a todo el mundo sin conocerlos. De mostrarnos tal cual somos sin guardar nada para nosotros mismos... sin dejar esa pequeña parte tan importante para el anonimato.

Antes de aceptar su solicitud de amistad, abrí una conversación de Facebook con él por la noche:

Alejandro Fernández
Solicitud de amistad pendiente
Activo hace dos horas

¿Nos conocemos?

Vale.

Jajajajajajajaja.

Supongo que Álex me hizo más gracia con su comentario que el chico que le dijo al de las rosas que éramos hermanos. Al menos de primeras me había sacado una sonrisa, así que esperé al siguiente comentario que estaba escribiendo.

Tienes dos opciones:
    1) Puedes aceptar la solicitud de amistad
    porque soy amigo de Alberto y arriesgarte
    a que deje comentarios ridículos
    en tus publicaciones... o
    2) Puedes aceptar la solicitud de amistad
    porque soy amigo de Alberto y arriesgarte
    a que deje comentarios ridículos
    en tus publicaciones...
    No sé... Pensé que siendo rubia igual colaba.

Elijo la 3.

¡Bien!

¿No te parece arriesgado
hacerle chistes de rubias
a una rubia?

Lo mejor de todo es que has pillado
la ironía y el sarcasmo... eso
no está al alcance de todo el mundo...

Si conociera a Pol, estoy segura de que podría dejárselo bastante claro él mismo.

¡Y menos siendo rubia!

Has borrado lo que me
ibas a escribir...

Es que he visto que estabas
escribiendo y he decidido
darte la palabra.

¿Dejas la pelota
en mi tejado?

Eres tú quien la ha lanzado
enviándome una solicitud
de amistad...

¿Y bien...?

No me importan los comentarios
ridículos,
para eso pongo yo todas mis
chorradas,
pero... ¿Y a lo que te arriesgas tú...?
¿No lo has pensado...?

Hostias, visto así...

¡Has puesto hostias con hache!

Claro, ¿por?

Está bien «eso» de escribir bien.

Nunca pensé que escribir «hostias»
me iba a dar tantas alegrías.

¿Por qué estás alegre?

Porque estoy hablando contigo.

Y he de reconocer que en ese momento empecé a entrar en su juego que,
si bien estaba algo manido, tenía una frescura diferente al típico gracioso
de respuesta fácil. Además de sus brazos, parece que tenía musculado algo
más.

Seguí escribiendo:

Para mí también ha sido interesante,
pero te tengo que dejar
porque mañana madrugo mucho
y créeme que eso
sí que es interesante de verdad.

No quiero ser yo el culpable
de que una ojera, solo una,
arruine tu jornada laboral mañana.
Descansa.

176

Tú también.

Besos.

Mua.

«¿Qué acaba de pasar aquí?», me pregunté después de salir del chat.

¿Por qué estaba tan alterada? Me faltó ponerme la almohada en la cara y chillar de emoción como en las películas americanas. Por algún extraño motivo, me había puesto supernerviosa al escribirme con él, incluso me sentí menos ingeniosa de lo normal.

La curiosidad me inundaba por momentos. Lo único que podía hacer para saber más de él era aceptar su solicitud y así lo hice a la mañana siguiente. Sí, por supuesto que me hice la dura, igual que cuando alguien te escribe tras dejarte en visto y tú tardas en contestar el tiempo directamente proporcional a tu indignación.

Al día siguiente era jueves —o juernes, como solía decir Sara—, y quedé para cenar con ella y Lucía. Subimos a Facebook una foto de las tres, sentadas en la mesa de un bonito japo, no sin antes haber mirado cuál era la foto en la que mejor salíamos todas. Si ya es difícil coincidir dos personas, tres es misión imposible.

La suerte que tenía yo es que Lucía siempre salía bien en todas las fotos y a Sara Facebook le daba exactamente lo mismo, fiel a su estilo, por lo que la decisión quedaba casi siempre en mis manos y era yo quien subía la foto que elegía. Y en esa salía con mi mejor ángulo.

En el texto pusimos el emoticono de una copa de vino con una sonrisa, sin más, que no todo en la vida va a ser *glitter* metafísico, frases ingeniosas o refutar a Kant. Nada más subirla, nos llovieron los «me gusta».

—«A Rafaelito le gusta tu foto» —leyó Sara.

—¿Pero no lo tienes bloqueado todavíaaaaaa, Sara? —preguntó Lucía mientras se sujetaba la cabeza con la mano.

—Noooooo, pero lo haré. Nunca le contesto a absolutamente nada, que se joda —contestó Sara sin darle demasiada importancia a que su ex siguiese dándole «me gusta» a todas sus fotos.

—«A Alejandro Fernández le gusta tu foto» —leyó Sara a continuación—. ¿Quién es ese?

—Es un amigo de Alberto —dijo Lucía—. Pero no sé qué coño hace comentando esta foto.

Me ruboricé.

—«Elijo la 3», acaba de comentar ese tal Alejandro. No lo entiendo —leyó Sara, extrañada.

—Ni yo. A saber, se habrá confundido —dije mientras me ponía ya muy roja y le echaba la culpa al *wasabi*. Escupí incluso un poco de sake.

—¡Setenta y seis «me gusta» en diez minutos! Pues sí que salimos monas —exclamó Sara, pese a que se suponía que estas cosas le daban un poco igual.

—Es que tu flequillo de rata tiene mucho tirón, nena —dijo Lucía dirigiéndose a Sara con toda la mala leche que la caracterizaba.

Las tres nos descojonamos de risa a sabiendas de que el restaurante entero nos miraba, pero nos daba igual. Dejamos los móviles sobre la mesa y continuamos nuestro juernes hasta bien entrado el viernes.

No me apetecía contar lo de Álex. Me parecía todo tan raro que preferí esperar a ver por dónde fluía la historia antes de contársela a nadie.

Cuando llegué a casa tras la cena, sin saber muy bien por qué, tuve la necesidad de meterme a cotillear el perfil de Álex. Como había aceptado su solicitud de amistad y tenía tiempo, se abría ante mí un abanico de información solo para sus amigos. Me sorprendió que no tuviera muchas más fotos privadas de las que ya había visto públicas; es verdad que tenía muchas con grupos de amigos y algunas fotos aisladas de viajes; más allá de eso, prácticamente su muro se componía de memes y felicitaciones de cumpleaños.

Estaba entretenidísima cotilleando todo cuando, de repente, me saltó un mensaje en el chat de Facebook:

Alejandro Fernández
Amigos desde julio
Activo ahora

¿Ya has llegado a casa?

Síííííí, acabo de llegar,
estoy rota.

Yo también.

¿Qué haces despierto
a estas horas?

Terminando unas cosillas para
una reunión que tengo mañana.

¡Vaya horas para
estar en Facebook!

Sí, la verdad es que también
he estado un ratito mirando
tu perfil ahora que me
has aceptado como amigo...

Tu oferta era inmejorable.
Elegí la opción 3.

Buena elección, además en
la foto con tus amigas estabas
colocada la tercera. Y la verdad
es que te voy a decir una cosa...
salías muy guapa.
Y no es por regalarte la oreja...

No me regales la oreja,
que ya tengo dos.

¡Jajajaja, te iba a decir justo eso!

¡Chispas!

¿Tú has visto mi perfil?

Un poco... sobre todo tu muro
para ver si lo de escribir
sin faltas de ortografía
era real o postureo para ligar.

¿Perdona? ¿Crees que estoy
intentando ligar contigo? Pues...
efectivamente, estoy intentando
ligar contigo y habrás visto que
pongo hasta los signos de
admiración de apertura.

Admirada estoy con eso.

¡Jajajajajajaja!

179

Rápidamente comprendí que compartíamos el mismo tipo de humor ridículo. Curiosamente, sus fotos de perfil siempre tenían muchos «me gusta» y comentarios, pero casi nadie comentaba ni megusteaba sus memes de humor absurdo, que a mí me parecían divertidísimos. No es fácil coincidir con alguien a quien le hagan gracia los mismos chistes cuando estos son muy malos.

Muchas veces incluso pensábamos la misma broma y la soltábamos a la vez. Las conversaciones siempre eran cómodas, fluidas y sobre todo muy entretenidas. Yo le hacía chistes de rubias para reírme de mí misma y él siempre tenía otro chiste aún mejor y listo en segundos.

A veces tardábamos un ratito en contestarnos, en una especie de juego que a los dos nos encantaba.

Así estuvimos cerca de una semana, con conversaciones nocturnas y mucho tonteo. Un viernes, tras varios días de complicidad, chistes malos y una correctísima ortografía en los mensajes, supimos que íbamos a coincidir en una *poolparty* que organizaba Alberto por su cumpleaños.

Alejandro Fernández
Amigos desde julio
Activo ahora

He visto que has puesto «asistiré»
al evento del cumple de Alberto.

Bueno, muchas veces le
doy a «asistir» a eventos a los
que no tengo pensado ir
ni de coña.

¡Ah! Eres de ese tipo
de personas que dicen que van,
pero luego no van...

Tengo mucha personalidad
para estas cosas.

Pues esperaba verte allí...

En ese caso me lo pensaré. ;)

;)

Las *poolparties* tenían un encanto especial: había, por supuesto, una piscina, varios *DJ*, gente guapa por dentro y por fuera, y mucha diversión. Solo podías ir si conocías a alguien y tenías invitación.

Alberto siempre estaba organizando eventos y la excusa de su cumpleaños sirvió para montar la que, sin duda, iba a ser la fiesta más famosa del verano.

Estaba tan nerviosa como el día antes de una excursión en el colegio. No sabía qué ponerme, ningún bikini estaba a la altura de mis expectativas y para colmo mi piel estaba más blanca que las puntas de mi cuidada manicura francesa. Ojalá que, cada vez que alguien me hubiese dicho ese verano «Qué blanquita estás», me hubiese puesto un poco más morena.

Menos mal que entre todo ese caos apareció mi falda de las Dalias, la que, sin saber por qué, me daba toda la seguridad en mí misma que mi autoestima necesitaba en ese momento. Traía consigo su olor a Ibiza, a playa y arena, y eso me reconfortaba.

Nada más llegar, sin haber podido beberme ni siquiera la primera cerveza, sin ni siquiera haber localizado a mis amigas, le vi entre todas las personas que estaban allí.

Había estudiado todas y cada una de sus fotos de Facebook; creo que hubiese sabido rellenar a la perfección su árbol genealógico de tantas veces que había visto a personas con su mismo apellido comentándole las fotos y que pensaba que bien podrían ser familiares suyos. También había intentado indagar en su pasado sentimental público y ahí fue más difícil encontrar referencias. No había información.

Álex destacaba entre la gente, como esa chaqueta de edición limitada por la que llevabas suspirando varios meses y que encuentras de repente entre una montaña de ropa en las rebajas. Estaba muy moreno y llevaba una camisa perfectamente planchada, y casi tan blanca como mis piernas. Estaba pensando que, si tuviésemos hijos, tendrían un tono de piel precioso si se pareciese al suyo. Sin darme cuenta, y como si una fuerza invisible me hubiese guiado hasta él sin yo quererlo, acabé a escasos metros de donde él se encontraba. Estaba charlando con otros amigos y, sin mediar palabra, se dio la vuelta y se acercó a mí:

—Estás preciosa —me dijo.

Era la primera vez que escuchaba su voz. Sonaba muy grave, como de película. Era una voz que, lejos de ser natural, parecía la de Rafael Duque en *Sin tetas no hay paraíso*. Hacía mucho tiempo que nadie me decía algo parecido, ni nada bueno sobre mí, así que escucharlo fue toda una sorpresa y una inyección de autoestima casi más necesaria que la vitamina C.

—Eso se lo dirás a todas —le contesté, siguiendo el vacile que arrastrábamos de nuestras conversaciones en el chat.

—Pero ninguna ha llevado nunca una falda tan bonita como la tuya—dijo con un claro tono seductor.

—Te la presto cuando quieras —respondí ágil.

Álex soltó una buena carcajada con esa voz ronca que parecía que había estado chupando hielos toda la tarde, pero que sonaba tan sexi. Por unos segundos, me lo imaginé con mi falda puesta apretándole el culo tan redondito que tenía y que en ocasiones hubiese querido para mí de lo perfecto que era. Lo normal para dos personas que se acaban de ver por primera vez.

Después de aquel primer encuentro un tanto surrealista, nos sentamos en unas tumbonas de *teka* que había junto a una barra más pequeña, fuera de la zona que Alberto había habilitado para la fiesta.

Estábamos lejos de los altavoces y del barullo de gente, pero perfectamente situados para ver al mismo tiempo a todo el mundo desde allí.

—¿Y de qué conoces a Alberto? —preguntó interesado.

—Pues desde hace años. De cuando trabajaba con mi amiga Lucía de azafata y él nos coordinaba. Son muy amigos.

—Ahhhh, es verdad, eres amiga de Lucía... —dijo sosteniendo la frase.

—Sí, ¿la conoces?

—Poco, la verdad. Alberto me habla a veces de ella, pero no la conozco mucho. Estará por aquí, supongo.

—Supones bien.

—Yo, siempre.

Sonreímos ante la frase sabiendo que la tenía preparada, como otras tantas.

—Ya —dije con tono condescendiente—. Y tú, ¿de qué conoces a Alberto?

—De cuando me vine a Madrid hace ya algunos años. Coincidimos con amigos comunes y como es un tío majísimo nos hicimos buenos amigos.

—Lucía es menos maja de primeras, pero es muy buena amiga.

—Tiene pinta, sí... —dijo, aludiendo al comentario de Lucía por el que notaba que no se llevaba especialmente bien con ella.

—Y tú, ¿de qué tienes pinta? —le pregunté.

—No sé, dímelo tú.

—Tienes pinta de camisa recién planchada.

—¿Cómo es eso?

—Pues que parece nueva de primeras, pero ya ha pasado por la lavadora varias veces.

—¡Ja, ja, ja, ja, ja, qué buena comparación! —Rio convencido—. ¿Sabes qué pasa? Que, en esta vida, quien compra camisas nuevas todo el tiempo contamina más y yo prefiero que me reciclen.

Y así estuvimos como veinte minutos disfrutando de las tonterías que creíamos inteligentes el uno del otro, con una complicidad y confianza como si nos conociésemos de toda la vida. Es muy fácil cuando las dos personas quieren y solo me había pasado con las mujeres de mi vida, ni siquiera con Nacho, con lo cual llamó mucho mi atención por lo cómoda que me sentía. Era como volver a ver a una amiga de la infancia y sentir que no ha pasado el tiempo. Las palabras surgen sin saber muy bien de dónde y la comodidad se queda como si nunca se hubiese marchado.

La química que había surgido entre los dos era más mágica que la de ese champú que me salvó el pelo tras aquel desastre en la peluquería y eso, de primeras, no tiene precio.

Estuvimos cerca de una hora hablando sin parar, hasta que Lucía empezó a revolotear a nuestro alrededor más de lo normal. Ni siquiera había buscado a mis amigas desde que llegué a la fiesta y notaba cierta urgencia en ella, así que aprovechó un *impasse* de un segundo mientras bebíamos los dos de nuestras cervezas para venir a buscarme y pedirme que nos fuésemos a dar un baño en la piscina. Lo vi perfecto como oportunidad de contarle de qué color quería que fuese vestida a mi boda como dama de honor que sería.

—¡Hola! —nos dijo Lucía a los dos.

—Hola —respondió Álex con una sonrisa.

—Estás aquí, rubia. ¿Nos damos un baño? —preguntó Lucía de forma directa.

—Ahora, en un ratito, Luci —le dije—. Él es Álex. Ya os conocéis, me parece.

—Sí, verdad —dijo Lucía mientras Álex asentía.

—Es que me ha dicho Alberto que van a echar cloro, y si no nos bañamos ahora, luego ya... —insistió Lucía.

Miré a Álex como disculpándome y le dije que volvía enseguida. Él sonrió amablemente.

—Pero tía, ¿qué pasa? Que nos podemos bañar con cloro —le dije a Lucía mientras prácticamente me arrastraba hacia la piscina.

—Sabes que es el que comentó en la foto, ¿no?

—Sí, claro... Es que llevamos unos días hablando por Facebook...

—¿Quéééé? ¿Por qué no me lo habías contado?

—Yo qué sé, Luci, tampoco es tan importante.

«Solo vamos a tener una hipoteca juntos en un futuro», pensé, sin decirlo en alto.

—Estoy segura de que ya me estás viendo de dama de honor en tu boda, que nos conocemos. Y no es un tío de relaciones, rubia. De hecho, yo creo que desconoce la palabra «fidelidad». ¿Sabes cuántas novias ha tenido?

—¿Veintisiete? —dije yo, utilizando mi número por excelencia para exagerar con las cosas.

Siempre lo utilizo en frases como: «Te lo he dicho veintisiete veces», «Tengo veintisiete mil zapatos» o «Son por lo menos veintisiete veces las que hemos ido». En cambio, mi número de exagerar con el tiempo es el cuatro: «Hace cuatro años por lo menos» significa que pudo haber sido en cualquier fecha comprendida entre ayer y mi primera comunión.

—¡Qué coño veintisiete! ¡Ninguna! ¡Dice Alberto que nunca le ha conocido novia alguna! Acabábamos de hablarlo mientras hemos visto cómo os hacíais ojitos en la tumbona.

—«No te enamores» —dijeron mi cerebro y mi hígado a la vez que Lucía. Pero mi corazón se quedó calladito.

«Demasiado tarde», pensé, pero asentí.

Me di cuenta de que Lucía no estaba tan emocionada como yo ante la perspectiva de que estuviese conociendo a Álex, pero no me importó. Le dije a mi amiga que no se preocupase y le mentí diciéndole que todavía no estaba pensando en si nuestros apellidos pegaban para nuestros futuros hijos.

Con la edad, Lucía no había cambiado. Era directa como una flecha. No se andaba por las ramas cuando tenía que decirte algo; nunca acolchaba las palabras, sino que las lanzaba sin más, aunque supiese que iban a doler. Esto es algo que, pese a que sin duda es muy beneficioso en según qué casos, muchas veces no es lo que quieres escuchar. Con el paso del tiempo me di cuenta de que hablar con tus verdaderas amigas, incluyendo a Pol en este grupo, siempre ha sido algo liberador y revelador a partes iguales. Es muy importante conocerse a una misma y saber de qué pie cojeas cuando andas con tacones, pero hay algo maravilloso en escuchar lo que las buenas amigas tienen que opinar sobre ti. Y las buenas amigas no son solo las que te dicen lo que tú quieres escuchar, sino las que claramente dan su opinión y te hacen ver una realidad que, por el motivo que sea, no percibes. En este caso, el motivo estaba muy bueno y, además, era encantador.

Lucía estuvo mucho tiempo en mi vida y, aunque podríamos decir que fue «mi amiga Laura» de aquel entonces, su personalidad era la más arrolladora de todas las que me han acompañado en mi vida. Era Lucía, con todas las letras y con tilde, aunque ella muchas veces se las comiera en los chats de WhatsApp. Tenía las ideas muy claras y nunca se cortó el flequillo en decirme: «Rubia, creo que te estás haciendo ilusiones y solo están quedando preciosas en tu cabeza».

Años más tarde seguía siendo brusca, pero sincera, y seguía mirando por mí y mi felicidad. Supongo que eso es lo que hacen las buenas amigas. Es más, supongo que es lo que hacen las buenas personas y Lucía, con todo, era una de las mejores que conozco.

Nunca olvidaré uno de los momentos más increíbles que me regaló. Fue una noche de verano, en una de esas fiestas de barrio que en agosto, con la Paloma, se celebran en Madrid. Estuvimos bailando, bebiendo cerveza e incluso nos quitamos los tacones para saltar todas juntas en unas camas elásticas. Fue la única atracción donde nos dejaron subir, ya que el castillo hinchable era para niños. La verdad es que por altura estoy segura de que nos hubiesen dejado montar a casi todas, pero el ridículo tiene su hora y todavía no eran las cinco de la madrugada. A eso de las tres fuimos a comer algo a uno de esos puestos de comida que hay en la calle sin el *glamour* de los *foodtrucks* de ahora y donde las hamburguesas no son las mejores del mundo, pero que a esas horas entran de maravilla.

Ojalá hubiese habido en aquella época máquinas expendedoras de croquetas por la calle como las hay en Ámsterdam, pero dado que de momento no estábamos a la vanguardia de la comida callejera, nos conformábamos con lo que fuese.

El puesto de comida tenía una pequeña terraza y en la mesa de al lado estaba el típico grupo de chicos dando muchas voces para llamar nuestra atención. Como en todos los grupos, estaban los que llevan la voz cantante y luego aquellos más tímidos que están a la expectativa. Decir que daban muchas voces era suavizar la realidad, porque la verdad es que parecían *hooligans* celebrando la victoria de su equipo con la diferencia de que el único partidazo que había en ese momento era Lucía.

El rato que estuvimos allí se hizo incómodo entre tantas hormonas y gritos dirigidos especialmente hacia Lucía, que llevaba unos taconazos y un vestido que le quedaban espectaculares. Era tan alta que sobresalía incluso entre alguno de los *hooligans* que todavía no habían dado el estirón ni se habían desarrollado en ninguno de los sentidos. No todos los del grupo lo hacían. Uno en concreto estaba pasando bastante vergüenza ante la actitud de sus «colegas». Como la situación empezaba a ser un poco incómoda, terminamos de recenar rápidamente y Lucía se levantó a pagar. Entonces pasó algo que nos dejó a todos con el culo pegado a la silla. Uno de los chicos, el tímido, se levantó y se acercó lentamente hacia ella, cabizbajo, pillándonos desprevenidos a todos los que estábamos allí. Cuando llegó a su altura, metafóricamente hablando porque era bastante más bajo que Lucía, hablaron durante un minuto, no mucho más, el justo para que después sucediera algo maravilloso: Lucía se acercó y lo abrazó con todo el cariño del mundo.

Fue algo increíble. Durante otros treinta segundos y delante de la persona que servía los bocadillos, del grupo de los chicos (ahora por fin en silencio) y de nuestro grupo de amigas, Lucía nos dejó asombrados a todos llevando la cabeza del chico contra su pecho, por la altura, con un amor tan fuerte que se podía percibir en el aire. Un abrazo sincero sin conocerlo absolutamente de nada.

Volviendo a casa las dos mantuvimos una conversación reveladora y liberadora a partes iguales.

—¿Qué te ha dicho? —le pregunté a Lucía interesada.

—¿Quién? ¿El chico? —Lucía era especialista en hacerse la tonta cuando quería.

—Claro, tía, quién va a ser —le dije, casi molesta por su evasiva.

—Nada. Se ha acercado y me ha pedido perdón por sus compañeros. Me ha dicho que lo sentía por ellos y que no se lo tuviera en cuenta. Que lo sentía muchísimo. Entonces lo he abrazado.

—¿Por eso lo has abrazado? —le pregunté atónita, sin comprender por qué mi amiga había abrazado a un desconocido.

De repente Lucía se detuvo, me miró y me dijo algo que no se me olvidará nunca:

—¡Te parece poco? ¿Cuándo ha sido la última vez que has pedido perdón por algo que has hecho mal? —dijo convencida de sí misma.

Continuó hablando en un tono bastante intenso.

—Pues él lo estaba pidiendo por algo que ni siquiera había hecho. Hay que abrazarse más. Hay que ser más humanos —dijo con una solvencia que me dejó atónita.

Y, aunque fueron dos escasos minutos de conversación, reforzaron muchos años más de amistad. Me sentí orgullosa de ella y la abracé. Le pedí también perdón, no por nada en especial, pero sentía que debía hacerlo.

Lucía era así, capaz tanto de removerte algo dentro del corazón como de llamar gilipollas a cualquiera que te soltara una lindeza por la calle. Era muy humana, como ella misma diría.

Después de la conversación con Lucía sobre Álex, me quedé un poco hecha polvo. Pol llegó justo en ese momento y le informamos de cómo estaba yendo el día en la piscina. Me uní a la conversación del grupo, donde se hablaba del calor que hacía, del flequillo rebelde de Sara, de lo buenos que estaban los mojitos y de lo divertida que estaba siendo la fiesta, pero mi mente estaba pensando en Álex.

Alberto, que iba de grupo en grupo saludando como si de una boda se tratase, llegó hasta nosotras.

—¿Qué tal lo estáis pasando? —nos dijo, encantador como siempre.

—Bien, pero te ha faltado poner otra barra allí. Hay veces que esta se peta —dijo Lucía.

—Joder, Lucía, tú no dejas de trabajar nunca, ¿no? —le respondió Alberto, mientras Sara, Pol y yo, nos reíamos a carcajada limpia.

—No, joder, lo digo por ayudar —dijo Lucía con cierto tono de culpabilidad.

—Nada, no te preocupes, el año que viene te contrato y listo —dijo Alberto para quitarle hierro al asunto.

—Hombre es que si te lo organizo yo... vamos, te sale perfecto —dijo Lucía con ese don de gentes que la caracterizaba mientras Alberto, que ya la conocía de sobra, sonreía dando la batalla por perdida.

—Rubia, te veo sin bebida. ¿Quieres algo? —me dijo, invitándome a que lo acompañara a la barra. Vi que Sara y Lucía aún tenían sus copas y Pol apuraba su cerveza, así que asentí.

—Vamos antes de que se pete... —dijo riéndose claramente de Lucía mientras esta le contestaba con una peineta.

De camino, mientras hablaba con Alberto, me di cuenta de que Álex estaba apoyado sobre la barra hablando con una imponente rubia que me sacaba dos cabezas y media. Por lo poco que había conocido de él hasta entonces, le encantaba manejar el tempo de las conversaciones que se volvían siempre interesantes. Verlos allí me hizo sentir un pellizquito en mi corazón.

—¿Qué quieres, rubia? —me preguntó Alberto.

—Una cerveza sin gluten —le respondí.

—Me invitarás a otra a mí, ¿no? —dijo Álex dirigiéndose a Alberto.

—¡Hombreee! Mira, rubia, te presento a un amigo mío.

—Sí, si ya nos conocemos de... —dijo Álex sosteniendo la frase para ver si yo la completaba.

—... del otro día, cuando me enviaste una petición de amistad por Facebook para ligar conmigo, ¿no? —continué de manera directa.

Lejos de sentirse atacado, Álex empezó a descojonarse de risa.

—Me refería más bien a que hemos estado hablando hace un ratito, pero sí, lo de Facebook también es verdad —explicó amablemente.

—Pufff, ya veo que estáis los dos igual de tontos —dijo Alberto.

Ambos nos miramos y sonreímos.

—Patricia, mejor sepárate de este tipo de gente que, sin quererlo, te vuelves como ellos —dijo, dirigiéndose a la chica rubia que estaba al lado de Álex.

Patricia llevaba un trikini negro con un aro dorado en el escote que parecía hecho a medida para ella. Sonrió y juraría que le brilló un colmillo, como en las películas. Tenía la piel perfectamente bronceada y solo era julio, mientras yo me estaba rascando el brazo porque me había picado algún bichito y se me había puesto rojo como un *bloody mary* de tomate, no de gazpacho.

—Patri, esta es mi rubia favorita —dijo Álex para presentarnos.

Nos dimos dos besos y rápidamente ella se fue con Alberto, mientras yo me derretía literalmente.

«Mi rubia favorita», repetí en mi cabeza.

Álex sabía qué decir en cualquier momento para que todo pareciese una película romántica. No me hubiera sorprendido si en ese preciso instante alguien hubiese llegado con una claqueta, hubiera dicho «¡Acción!» y hubiera entrado Jennifer Aniston para interpretar el papel de mi vida.

Poco después me enteré de que Patricia era prima de Alberto, que había ido a pasar el fin de semana desde Valencia y que, como no conocía a nadie en la fiesta, el anfitrión le había pedido a Álex que estuviera pendiente de ella para que no se sintiese sola.

Respiré aliviada y, al tiempo que se desaceleraba mi corazón, empezó a sonar «Save The World» de Swedish House Mafia por los altavoces para devolverle la energía. Álex me miró y, sin pensármelo dos veces, le cogí del brazo para bailar. Él, aunque era un rato guapo, también era un poco descoordinado. Me cogía todo el tiempo de las manos para darme la típica vuelta cuando no sabes cómo bailar y en ese momento me di cuenta de lo frías que las tenía, pese a que estábamos en verano.

El baile no fue romántico ni premeditado. No se estableció una conexión con una coreografía perfecta entre los dos ni se formó a nuestro alrededor un grupo aplaudiéndonos como en *Dirty Dancing*. No fue la típica canción que recuerdas con una pareja, pero nos reímos muchísimo por lo mal que la bailaba. Desde luego, viendo cómo se movía, no iba a ser el nuevo Johnny Castle, pero estaba dispuesta a llevarle una sandía si hacía falta. Era de las pocas cosas que no se le daban bien de momento, pero no me importaba: esa canción pasó al registro civil de mi corazón con su nombre y apellidos.

Pronto se hizo de noche y Álex me dijo que se tenía que ir porque madrugaba al día siguiente, ya que se iba de viaje.

—¿Cuánto tiempo te vas? —pregunté yo, bastante sorprendida.
—Todavía no lo sé del todo. Una semana o así, supongo. Ya te iré contando —respondió con cariño.

Y de esa forma, y aunque yo ahí todavía no lo sabía, él me fue avisando poquito a poco de que nuestra relación tenía la fecha de caducidad en la tapa o... en sus huevos.

ÁLEX

CAPÍTULO 2
Conté hasta cinco

¿Será el hombre de mi vida o el hombre de mi vida del mes de julio?

Conté hasta cinco. Fueron los segundos que hicieron falta para darme cuenta de cuánto deseaba que llevásemos cinco años juntos en vez de habernos conocido hacía cinco minutos. ¿Cómo sabes si alguien va a ser el próximo hombre de tu vida o si tus amigas ni siquiera recordarán su nombre? No se sabe. Por eso hay que disfrutar cada momento sin pensar en si durará.

Los cinco primeros minutos con Álex en aquella piscina fueron suficientes para que me sintiera atraída por su personalidad. Me quedé un poco chafada cuando se marchó de la fiesta justo cuando mejor lo estábamos pasando, e incluso estuve a punto de hacer caso a Lucía y optar por olvidarme de él. Pero esa misma noche, cuando llegué a casa y salí de la ducha tras embadurnarme en aftersún, y después de haberme puesto algo sobre el picotazo de aquel mosquito que debía pesar como unos treinta kilos por el tamaño de la picadura, me encontré con un mensaje suyo por el chat de Facebook.

Alejandro Fernández
Amigos desde julio
Activo ahora

Me lo he pasado muy bien contigo.

Madre mía, qué mensaje. Apenas decía nada y lo decía todo. Laura, mi Laura de ahora, tiene la teoría de que el éxito de una primera cita se mide en el tiempo que tardas en recibir un mensaje después.

191

Según ese estudio hecho en la Universidad de Laux, mi cita había sido todo un éxito y yo estaba emocionada, para qué nos vamos a engañar. Personalmente, también me lo había pasado muy bien, así que esa vez no me hice la dura y le contesté al momento con una frase sencilla, pero directa:

Yo también.

Puse el punto, pulsé el *enter* con fuerza y lancé el ordenador portátil sobre el sofá, muerta de ilusión y de vergüenza.

Al instante sonó otro mensajito:

Estoy deseando volver a verte
cuando vuelva. ¿Te gusta cenar?

Solo cuando no he cenado.

Jajajajajajaja qué tonta eres.
Me he equivocado por
escribir rápido. Digo que si
te gustaría ir a cenar.

Vale, pero tiene que
ser algún sitio sin gluten...

Conozco el restaurante donde
hacen las mejores croquetas
sin gluten y sin lactosa de Madrid
y me encantaría llevarte.

Con esa frase, sinceramente, ya me tenía medio empotrada.

Obviamente, le dije que sí y me di cuenta de que realmente me apetecía mucho ir a cenar con él.

Durante el tiempo que estuvo fuera apenas hablamos, lo cual me extrañó un poco, pero en cuanto volvió a Madrid intercambiamos muchos más mensajes por el chat de Facebook. Chistes de ida y vuelta que ambos disfrutábamos cada vez más, siempre llenos de complicidad, risas y mucho vacile.

Alejandro Fernández
Amigos desde julio
Activo ahora

Estaba preguntándome si, ya
que vamos a cenar, es el
momento de pedirte el teléfono.

Sí, siempre que me lo devuelvas
después, que solo tengo uno.

Jajajajajajajajajajaja.

Y cuando le di mi teléfono y él a mí el suyo, por fin pude ver su foto de perfil en WhatsApp: aparecía vestido de negro, sentado en su moto, mirando a cámara con una pose muy estudiada en la que parecía que te estaba diciendo: «Te voy a empotrar en cuanto me baje». Sus fotos en Facebook eran más sutiles, pero la de WhatsApp era de las que te haces un pantallazo para enviársela a tus amigas. Desde aquella foto, nunca he podido mirar igual a un hombre vestido de negro en moto.

A partir de ese momento, combinábamos las conversaciones en Facebook y WhatsApp, hablando incluso a veces de dos cosas distintas en cada sitio.

Sabiendo que ya era definitivo que iba a ir a cenar con Álex, me lancé a contárselo a Lucía y a Sara.

Dramachat
Lucía azafata., Sara., Tú

He quedado a cenar con Álex.

Sara.
¿Con quién?

Jajaja. Con el de la fiesta
del cumpleaños de Alberto.

Lucía azafata.
Ya te vale, rubia

Sara.
Ah, vale, ya sé. Pues el
chaval estaba muy bien.

Más que bien...

Lucía azafata.
Te digo que yo que
ese te la va a liar

Pero es que es lo que
realmente me pide el cuerpo.
No puedo evitarlo.

Sara.
Tampoco pasa nada
si es un gilipollas.
Mientras no te enamores.

Lucía azafata.
Ese es el problema

Sara.
Bueno y si te enamoras
y es idiota pues ya te
desenamorarás.

¿Como tú de Rafaelito?

Lucía azafata.
Jajajajajaja

Sara.
Jajaja Rafaelito Muguruza es
un mermado y todo
el mundo lo sabe. Es por pena
que me acuerdo de él.

La verdad es que
muy listo no era.

Lucía azafata.
Jajajajajaja

Sara.
¿Y qué te vas a poner?
Depílate por si acaso.

Lucía azafata.
Que perra eres...

Jajajaja. Pues vaqueros
y unos tacones, poco más.

Lucía azafata.
Yo, rubia, te apoyo y te quiero
mucho, por eso te pido que te
guardes un poquito para reaccionar,
si llega el momento

Yo también os quiero.

Y, como siempre, Lucía me daba un consejo de lo más acertado que guardé en algún rincón de mi cabeza mientras mi pecho estaba emocionado con la cena.

Cuando llegué al restaurante, él ya estaba esperando en la mesa. Yo llevaba el *eyeliner* perfectamente delineado gracias a mi amigo Pol, que me había echado una mano con la línea del ojo izquierdo. Él, por su parte, llevaba una camisa blanca planchada a la perfección, impoluta como siempre.

Quedamos en un sitio bullicioso, muy cuqui, pero con poco espacio. La mesa era tan pequeña que nuestras rodillas se tocaban sin necesidad de forzarlo por debajo de ella y nuestras caras estaban realmente cerca. No era un inconveniente. Justo cuando estábamos revisando la carta para pedir, aproveché para ir al baño con la excusa de lavarme las manos. En realidad, era una forma de ir a hacer pis y soltar todos los litros de agua y nervios que había acumulado durante el día. Cuando volví, me llevé una gran sorpresa. Había un par de flores y una diadema de luces de colores, la típica de los chinos, que dejó encendida durante toda la cena en la mesa y en su cabeza el resto de la noche. No fue el primero y no sería el último en tener esa inspiración de regalarlas, pero sí que fue de los mejores en elegir el momento. Es algo que puede parecer cursi, pero a mí siempre me han gustado las flores. Mis padres siempre han sido unos apasionados de las flores y en nuestra casa de la sierra las teníamos de todo tipo: jazmines, crisantemos, narcisos..., todas las flores resistentes al frío del invierno y con una gran capacidad de adaptación, porque la única manera de sobrevivir es adaptarse. Así que todo lo que tenía que ver con las flores también me apasionaba.

—Anda, qué bonitas las camelias —dije sorprendida.
—¿Camelias? Son rosas chinas —respondió.
—Qué va... son camelias japónicas. También son orientales, pero no tienen nada que ver con una rosa. Además, las rosas chinas son las flores del hibisco y no se parecen a una rosa común —respondí, contándole todo lo que había aprendido de mis padres durante mi infancia.

Imagino que por eso en mi terraza tengo ahora jazmines e hibiscos.

—Joder... La diadema sí será de China, digo yo, ¿no? —preguntó Álex descolocado.

—Puff, a saber. Igual está hecha en Fuenlabrada, que hay una fábrica de juguetes enorme.

Álex se rio ante la broma. Respiró profundamente y dijo:

—Bueno, me pareció que olían bien, eran delicadas y me recordaron un poco a ti.

Yo sonreí ante la frase, que parecía sincera a todas luces.

—Muchas gracias, me parece un detallazo —contesté también sincera.

—Además, el señor que las traía no había vendido ninguna todavía y me daba cosa —dijo, amable.

Con el tema de la rosa se creó una atmósfera de complicidad entre los dos que llevaba dándose ya un tiempo entre mensaje y mensaje. La cena fluía de una forma muy cómoda, como si nos conociéramos de toda la vida.

—No me esperaba lo de las flores, la verdad. No todo el mundo las regala.

Álex me sonrió con la mirada, clavando sus ojos verdes sobre los míos y asintió sin darle mayor importancia, aunque para mí sí la tenía porque me había encantado.

—¿Qué tal tu día? —le pregunté.

—La verdad es que estoy cansadísimo —me dijo.

—¿Y eso?

—Pues nada, porque hoy he cogido un avión...

—Joder, pues con lo que tiene que pesar...

Álex me miró y detuvo el tenedor con la croqueta que se estaba comiendo a mitad de camino del plato a su boca. Los dos nos empezamos a reír con la broma de una forma un tanto escandalosa y se abrió la veda de los chistes malos.

—Dime la verdad, tienes algún secreto que me estás ocultando.

Me saqué el tenedor de la boca porque no entendía a qué se refería hasta que continuó hablando.

—No puede ser que Facebook me hiciese una sugerencia de amistad tan acertada. Eres rápida, lista, tienes un humor absurdo increíblemente gracioso y bueno, mírate, eres preciosa.

Me ruboricé. Noté cómo el calor subía por mis mejillas y me lancé a beber agua para intentar controlar mi calor interno. Al primer sorbo me atraganté como si nunca en mi vida hubiese bebido agua. Empecé a toser y noté cómo el agua estaba a punto de salirme por la nariz.

—Tranquila, a mí también me pasa mucho —me dijo, muerto de la risa ante mi bochornoso espectáculo con el maldito vaso de agua.

Los dos nos reímos de nuevo como descosidos. La verdad es que no me hizo pasar vergüenza por lo del agua, todo lo contrario. Fue divertido, como toda la cena.

Álex era realmente listo, no os voy a engañar, porque sabía exactamente cómo hacerte sentir especial en el momento adecuado.

De todo aquello me llevé un gran aprendizaje: ni los mejores tíos son los que te regalan flores, aunque no sepan diferenciar una rosa de una camelia, ni los peores son los que ni te miran a los ojos para saber si esa rosa te hace ilusión antes de decirle que no al señor que las vende.

Cuando acabamos de cenar fuimos a un bar que había al lado del restaurante a tomarnos una copa, que al final fueron tres. Sentados en la barra, con mis pies colgando del taburete y con su pose de modelo de trajes de El Corte Inglés, seguimos hablando y riéndonos durante horas.

Y después de esa primera cita oficial con flores, chistes y tantas risas que agradecí enormemente haber elegido mi rímel *waterproof*, me acercó en su coche hasta el portal de mi casa sin hacer ni siquiera el amago de subir. Tenía coche y moto, y en esa primera cita oficial agradecí que volviésemos en coche, porque esa noche iba perfectamente peinada como para arruinar mi pelo con un casco.

Aparcó justo en la puerta. Nos quedamos en silencio unos segundos, él sonriendo levemente y yo con una camelia en la mano y una diadema de colores en la cabeza que ni recordaba que estaba ahí.

La presencia de Álex todavía me dejaba un poco sin palabras porque todas se las había dicho ya por mensaje. Era un poco raro, ya que por escrito me atrevía a decirle cualquier cosa, le vacilaba al segundo mucho más de lo que lo hacía en persona, pero me imponía tenerlo a escasos centímetros. No era su culpa, él era exactamente igual tras la pantalla que en persona, solo que en persona era tremendamente sexi y su voz me estremecía. No es lo mismo un chiste tras la pantalla que un chiste con ESA voz.

Me quité la diadema de la cabeza y, cuando estaba a punto de bajarme del coche, Álex colocó una de sus grandes manos sobre mi rodilla. Me sorprendió, ya que no me lo esperaba, y pegué un pequeño bote, dándome un golpe con el freno de mano. Ambos nos reímos.

—Me lo he pasado muy bien —dijo con la sonrisa aún en la boca.

—Yo también, y me ha gustado mucho el detalle de las camelias —le dije mientras las sostenía en la mano.

Entonces Álex se incorporó y me besó. Cerré los ojos para sentirlo como se sienten los besos de verdad, con toda la intensidad del momento. Mientras lo hacía, me retiró un poco el pelo detrás de la oreja y el roce de sus dedos me hizo sentir escalofríos. Fue un beso apasionado, con lengua, pero a la vez bonito. No diría que fue honesto, más bien furtivo y también necesario. Los dos teníamos muchas ganas y él dio el primer paso.

Me bajé del coche y me dirigí a casa, pero me di la vuelta para saber si me estaba mirando. Lo estaba. Me acerqué de nuevo hasta el coche a la vez que él se bajaba para besarnos por segunda vez. Esa vez estuvimos los dos de pie y me cogió por la cintura.

—Nos vemos pronto, Álex —le dije.

—¿Preguntas o afirmas? —dijo en tono de broma.

—Confirmo, confirmo —dije sonriendo.

—Mañana te escribo.

Y echó marcha atrás sin darse cuenta de que Roberto, mi portero, había colocado allí los contenedores de la basura para que el camión los pudiese recoger. Se los llevó por delante con el parachoques trasero, haciendo un ruido estrepitoso a las tres de la mañana. Se bajó del coche para comprobar que, a pesar del sonoro golpe, solo se había arañado su dignidad, y aprovechó para darme otro beso. Después me di la vuelta y él esperó a que entrase en el portal para marcharse. Lo sé porque volví a darme la vuelta justo al cerrar la puerta para comprobar si me estaba mirando. Y vaya si me estaba mirando.

Cuando llegué a casa, me sentí extraña. Hacía tiempo que alguien no me provocaba una sensación tan agradable por dentro. Había sido educado, se había reído con cada sarcasmo que le había lanzado (hasta el mismísimo Pol hubiese estado orgulloso de mí), nos habíamos reído muchísimo y, sinceramente, estaba muy bueno. Era un análisis objetivo de la situación que no podía dejarlo más claro.

A la mañana siguiente, cuando desperté, tenía varios mensajes en el Dramachat y Pol llamó a mi puerta a primera hora.

—Uy, esta noche ha habido jarana —dijo Pol entrando rápidamente al salón.

—¿Te ha escrito Lucía para que bajes? —dije, intuyendo la visita.

—Noooooo —dijo ofendido.

—¿Entonces?

—Necesitaba leche de arroz. Jaume se la bebe como si fuera un camello y luego no la repone.

—No le invité a subir —le dije para sacarle de dudas.

—Vale... ¿Puedo hacer una foto del salón? Lucía me pedirá pruebas y a mí me da mucho miedo. No quiero tener problemas con ella.

—Vaya fama que tiene...

—Jaume dice que es una «perra intratable».

—¿Así la llama?

—Dice que seguro que es de las que ladra.

—¡Ja, ja, ja, ja! ¡Cállate ya! —le dije mientras nos reíamos de la pobre Lucía.

Pol y yo tomamos un café y le conté cómo había ido la noche. Sin aspavientos ni romanticismos. La verdad, tal cual había sido, que ya de por sí era bastante bonita. Luego me tocó repetirlo en el chat de grupo y por último de manera individual a cada una de mis amigas por teléfono hasta que dieron las once de la noche y Álex no escribió; no ese día, pero sí a la mañana siguiente.

Me acostumbré a hablar con él por mensajes, e incluso empezamos a tener alguna conversación un poco más subida de tono, escudados en la pantalla, con la valentía que te ofrece saber que no estás cara a cara con esa persona que tanto te gusta. Ese puntito de tonteo cuando estás conociendo a alguien tan maravilloso que deseas que dure para siempre.

Alejandro Fernández
Amigos desde julio
Activo ahora

Estoy leyendo un libro
que te encantaría.

¿Hemos llegado ya a ese punto
donde conoces mis gustos
literarios? Ni siquiera
sabes si tengo libros en casa.

Es que estoy seguro de que lees,
y me atrevería a decir que mucho.
Ya sabes lo que dijo John Waters:
«Si vas a casa de alguien y no
tiene libros, no te lo folles».

Conocía esa frase de Waters, pero he de reconocer que el tonteo me pilló
por sorpresa... pero decidí continuarlo.

> jajajajaja... La verdad es que compro
> libros por encima
> de mis posibilidades.

¿Sabes que hay una palabra en
japonés para eso?

> Anda, mi padre sabe
> japonés, qué curioso.

Espera, que te lo copio tal cual.
Tsundoku: hábito arraigado
en las personas de gran belleza y culazo,
de la adquisición de todo tipo de materiales
de lectura, dejando que se amontonen
en su casa sin leerlos.

> Me temo que has metido algo
> de tu cosecha en esa definición...

Cierto, en tu caso sería una
persona de «pequeña» belleza.

> ¡Anda, qué original!
> Nunca me habían
> hecho un chiste con mi altura.

No soy muy competitivo,
no me importa llegar
el primero, normalmente
la gente se acuerda más
de los últimos...

¿Quieres que me meta yo ahora
con tu terrible forma de aparcar?
Te recuerdo que el otro día
te llevaste por delante
unos contenedores.

En todo caso me los llevé por detrás...
Lo que ocurrió es que no estaban
ahí cuando llegamos.

¿Quizá es que estabas
distraído por algo?

Estoy deseando que volvamos
a distraernos.

Habrá que ir pensando
en volver a vernos pronto.

¿Quieres que vayamos
el miércoles a la terraza del
Círculo de Bellas Artes?
Hay unas vistas maravillosas
y unos cócteles riquísimos.

¡Me encanta la idea!
¿Hay que ir elegantes?

Hay que ir vestidos, imagino.
A mí me encantó la falda que llevaste
en el cumpleaños de Alberto...

Y a mí tus pantalones,
quedarían fenomenal
en el suelo de mi habitación.

Y a aquella primera cena juntos le siguieron dos más exactamente igual de perfectas, pero esa vez terminaron en mi casa y en mi cama, dando fin de esa forma a nuestra tensión «textual» no resuelta. En realidad era mucho más que eso, y es que con toda la confianza que habíamos cogido hablando tantas noches por mensajes, yo sentía que lo que había entre nosotros era algo mucho más que algo sexual... y textual.

Cuando él se iba, y sin haberme quitado el rímel de los ojos y el olor a colonia dulce que desprendía, siempre escribía a Lucía con una pregunta retórica que yo misma contestaba: ¿cómo iba a ser amor, si nos habíamos visto un par de veces escasas? Pues lo era, y yo quería que lo fuese. Y esa vez estaba decidida a que mis amigas me creyeran, y así de paso me lo empezaba a creer yo.

Pero cuanto más quedábamos, más se espaciaban los mensajes. Donde antes nos escribíamos cada día, de repente él desaparecía un par de días. Unas veces sabía que estaba de viaje, otras ni siquiera me lo contaba. Tenía la capacidad de hacerte sentir la persona más especial un día, pero al día siguiente no dar señales de vida.

—Me contestó por fin anoche —le dije a Lucía.
—Anda que te ha dado fuerte, eh... ¿Cuántos días ha tardado en responderte?
—Dos. Tampoco es tanto.

Lucía dejó un silencio al teléfono que me hizo sentir un extraño calor en el cuerpo. Que no dijera nada me sorprendía porque nunca se callaba.

—Es que estoy como en un estado de limerencia…
—Déjate de rollos, rubi, tú lo que estás es enchochada.
—No quiero quemarle —le dije.
—Pues creo que este tío a ti te va a dejar bien frita.

La verdad es que tenía razón. No entendía por qué, pero Álex siempre marcaba los tiempos de nuestras conversaciones y de nuestras citas. A veces hablábamos durante veinticuatro horas y otros días no hablábamos nada, y por algún motivo tardaba dos días en contestarme, mucho más que aquellos minutos de cortesía que dejábamos entre mensaje y mensaje cuando nos conocimos. Eso me creaba una gran inseguridad. Empezaba a pensar que me estaba empeñando en que fuese el amor de mi vida y al final se quedaría en el amor de mi vida del mes de julio. Es como cuando te compras unos zapatos que son preciosos, pero te aprietan, y lo sabes. Al principio piensas que cederán y que dejarán de hacerte daño si te los sigues poniendo, pero la realidad es que acabas con tiritas en los pies y en el corazón.

Siempre le digo a mi amiga Laura, la de ahora, que la verdadera amistad es que tu amiga recuerde el nombre de todos los hombres de tu vida, aunque a algunos no llegue ni a conocerlos y es que Laura nunca conoció a Álex, pero podría recitar de memoria cada una de las citas que tuvimos.

Pol, como Lucía, tampoco se fiaba de Álex. Entre cigarrillo y cigarrillo, apoyado en mi ventana, siempre me decía que había algo turbio entre tanta palabrería.

Álex cumplió la advertencia que, como quien no quiere la cosa, dejó clara desde el principio, como si de una tarjeta de presentación se tratase: «Hola, soy Álex, y viajo mucho».

Estoy segura de que mis amigas Lucía, Sara o Laura, con buen criterio, hubiesen añadido: «... y desconozco el significado de la palabra compromiso». Y no voy a mentir si os digo que no había fantaseado con él y con el color de pelo de nuestros hijos, pero claro, también lo hago con la ropa de Zara cada martes cuando cambian de colección y le he sido infiel con H&M muchas veces. Visto así, igual estábamos hechos el uno para el otro.

En cualquier caso, en aquel momento daba igual si era martes o viernes; si él me escribía para quedar, mi mundo se paralizaba. Me acostumbré a que él llevase el ritmo de los días en los que nos veíamos, que curiosamente eran más entre semana que en fin de semana. Al principio no me daba cuenta; yo tenía tiempo para salir con mis amigas y todo me parecía bien.

Recuerdo la vez que me dijo que quedásemos en el centro un domingo por la noche. Yo madrugaba al día siguiente, pero cuando el corazón te late tan fuerte al recibir un mensaje, tus ocho horas de sueño importan poco. Aquella noche llegué tarde, como de costumbre; creo que soy tan de letras que mi mente calcula el tiempo en una realidad paralela. A veces quedo a la diez para cenar con Laura y mi mente se organiza de tal manera que, si salgo a las siete de trabajar, voy a correr de ocho a nueve y a las nueve me ducho para salir a las diez: todo cuadra. En mi cabeza suena perfecto, pero luego me doy cuenta de que he obviado todos los desplazamientos y que, si a las nueve estoy acabando de correr, no estoy duchándome en casa.

A pesar de eso, esa noche Álex llegó más tarde aún. Mientras le esperaba, leí un poema escrito en el suelo que estaba en un paso de cebra:

... y fui a nacer en un pueblo del que no recuerdo nada:/ pasé los días azules de mi infancia en Salamanca,/ y mi juventud, una juventud sombría, en la Montaña./ Después... ya no he vuelto a echar el ancla...

—¿Te gustan las poesías de León Felipe? —me preguntó Álex.

Como en las películas de dibujos animados, un demonio apareció sobre mi hombro derecho, con la cara de mi amiga Lucía vestida de rojo y un tridente, diciéndome: «Cómo no va a saber él de poesía, si es un cuentista». Sobre mi hombro izquierdo y de blanco, mi comprensiva amiga Sara vestida de angelito blanco y con alas, como las compresas, me dijo: «Ains, qué mono, a ver si es que va a ser poeta». Y yo lo único que sabía de León Felipe es que era de la Generación del 27.

—No me gusta mucho la poesía en general —dije, un poco avergonzada.

Álex me miró fijamente y me dio un beso en mitad de la calle. En ese momento, mientras mis hormonas se confundían con mariposas en mi estómago, resonó en mi cabeza la voz de mi profesora de Literatura diciendo: «¿¿¿Cómo que no te gusta la poesía, niña???».

—A mí tampoco —dijo él cuando nuestros labios se separaron y abrimos los ojos.

Respiré aliviada. Las personas como Álex, da igual que sean hombres o mujeres, son capaces de hacer que te guste lo que no te gusta, porque cuando están tan cerca de ti te tienen embrujada; y yo ya me veía yendo a la biblioteca a leer poesía con diez cañones por banda y viento en popa a toda vela. Qué importante es darte cuenta de que tu personalidad nunca debe cambiar dependiendo de la persona con la que estás. Una cosa es adaptarte según en qué situaciones a los gustos de otra persona y otra muy distinta es amoldar tus gustos a los suyos e incluso superponerlos a los tuyos. Cuando eres joven y estás enamorada, la venda de los ojos no te permite apreciar esos detalles. Lo bueno es que, con el tiempo, aprendes a detectar esas conductas y no permites que nadie te robe tu personalidad. Se habla mucho de las personas tóxicas, pero lo realmente tóxico son las conductas. El antídoto para ellas es saber detectarlas para no permitirlas: ni en los demás ni en nosotras mismas, porque todas, en algún momento de nuestra vida, hemos tenido un comportamiento tóxico evitable.

Ese domingo acabó amaneciendo y yo yendo a trabajar con un buen par de ojeras, pero con la sonrisa de oreja a oreja que se me quedaba después de una noche con él entre mis sábanas.

Antes de embarcarse de nuevo en uno de sus recurrentes viajes, Álex me preguntó si había algo que me gustara más que las croquetas.

—Las despedidas —contesté.

Me dijo que nunca había conocido a nadie a quien le gustasen las despedidas. Obviamente, las despedidas son como las croquetas, algunas no te gustan, pero si eres capaz de ver que después de ellas hay nuevos comienzos, entiendes que hasta las despedidas y las croquetas de garbanzos tienen su lado bueno.

Esa conversación con Álex me recordó el momento cuando, de pequeña, fui consciente de lo que era despedirse de alguien a quien quieres. Mi padre viajaba mucho, aunque por diferentes motivos a los de Álex, del cual por aquel entonces no sabía ni a qué destino iba ni a qué se dedicaba.

La empresa de mi padre tenía sede en Madrid, Barcelona y Japón, y eso hacía que tuviese que desplazarse a menudo por trabajo. Deseaba que sus viajes fueran sobre todo a Barcelona, ya que eran más cortos en el tiempo y la espera, menos larga. Cuando mi padre tenía que ir a Japón me parecía que se marchaba al fin del mundo, porque llevaba una maleta muy grande. Yo me la imaginaba llena de muchos trajes y corbatas para las reuniones importantes, además de un montón de porsiacasos. Tardaba tanto en volver que yo en ese tiempo incluso había cambiado de talla de zapatos y de gustos musicales, así que no siempre acertaba con los regalos que me traía. Se marchaba con la idea de que amaba las zapatillas de deporte y cuando volvía, meses después, era fan absoluta de las manoletinas. Así que empezó a traerme peluches de todo tipo, que eran un acierto seguro, como lo son los tacones para mí ahora mismo. Yo adoraba los peluches, y aunque lo pasaba muy mal porque le echaba mucho de menos, él consiguió que todos en casa esperásemos con ilusión su regreso. Desde cada uno de los lugares a los que mi padre viajaba, enviaba una postal a mi madre. Muchas veces él llegaba antes que las postales, pero siempre traía un nuevo peluche bajo el brazo, y aprendí a darme cuenta de que, tras su marcha, quedaba siempre la alegría de volver a vernos.

Mi historia con las despedidas fue afianzándose con el tiempo, llegando a encontrar motivos para celebrarlas de todo tipo: la despedida del verano, la de mi propia casa o la despedida de soltera de cualquier amiga. Cualquier excusa era buena para celebrar.

Una de las grandes despedidas que recuerdo fue cuando me despedí de mis veintisiete años y saludé a los veintiocho con una fiesta tan épica que estoy segura de que aún la recuerdan en el bar. *A priori*, los veintiocho no es una edad que se celebre por todo lo alto, pero ese cumpleaños lo compartí con mi amiga Sara, que cumplía treinta, y pensamos que, mentalmente, también podía hacerme a la idea de entrar en esa década a lo grande.

Las risas de esa despedida dejaron marcas en las paredes y algo de purpurina en el suelo, y restos de emoción en la barra.

Coincidió también que habían pasado algunos meses de la ruptura con mi antiguo ex y supuso la toma de muchas decisiones que estoy segura de que han sido para bien. Una de las primeras cosas que hice fue irme a vivir sola, porque, como leí en un texto de Lorena G. Maldonado, «De un amante insignificante uno se deshace cambiando las sábanas, pero de un amor solo se libra uno tirando el colchón y estrenando uno nuevo. Uno que aguante, por fin, solo nuestro propio peso».

A sabiendas de que yo tendría que quemar el colchón para pasar página, decidí cambiarlo todo. Y cuando dejas de mirar hacia atrás para mirar hacia delante, te das cuenta de que te deja de doler el cuello y el corazón, y el mío, justo en ese momento, empezaba a reanimarse.

Esa fiesta fue el primer paso que di por mí misma en una dirección diferente, probablemente reencontrarme con mis amigas fue el segundo, y conocer a Álex el tercero y definitivo para despedirme de todos los años que pasé con el que pensaba que era el hombre de mi vida, que finalmente no lo fue. Porque hay ocasiones en la vida en que las cosas no son y no pasa nada, no hay que hacer grandes dramas si no funcionan.

Mi primera temporada con Álex fue una época muy intensa. Tenía algo misterioso que me atraía y me enganchaba, de la misma manera que vivía enganchada a *Gossip Girl* en ese momento. Cuanto más se ocultaba, más lo buscaba. Cuanto más tardaba en aparecer, más temprano llegaba yo. Era curiosa esa extraña sensación de saber que estás dando el doble en una relación, y que, siendo consciente de ello, no te importe.

Una noche de jueves, solo una, dormimos en su casa. Fuimos a cenar a un restaurante de La Latina y nos pedimos unos vinos en una terraza que estaba decorada con un estilo natural en madera y que combinaba perfectamente con el mes de agosto en el que estábamos. Un jazmín decoraba una de las paredes del restaurante y no solo con sus pequeñas flores, sino también con un olor envolvente a felicidad y verano.

—No te podrás quejar del sitio... ¿Has visto el jazmín de la entrada? —dijo Álex, poniéndolo en valor.

—¡Mira cómo lo has reconocido! —dije, sorprendida.

—Hombre, después de saber que te gustan tanto las flores y las plantas, me he puesto a estudiar —dijo, bromeando.

—¡Ja, ja, ja, ja, no está mal aprender cosas nuevas! En el fondo, soy un desastre con las plantas.

—Eso es lo que más me gusta de ti, que siempre das una de cal y otra de arena —dijo.

—¡Eso tiene más mérito todavía si no sabes si la buena es la de cal o la de arena! —Ambos nos reímos a carcajadas.

Cenamos entre risas y vinos. Y, aunque no nos terminamos la segunda botella, la pedimos muy a gusto para seguir brindando con nuestras copas.

Después, para hacer la digestión de una cena riquísima que acabó como lo hacen las grandes cenas, compartiendo tarta de chocolate casera, nos invitaron a unos chupitos, para él de hierbas y para mí, en copa de balón, de pacharán, poniendo el punto final a una cena perfecta, llena de complicidad e imágenes guardadas en mi memoria.

Esa noche su casa estaba mucho más cerca que la mía, ya que él vivía en pleno centro de Madrid, así que decidimos ir andando hasta ella. Me sorprendió que me lo propusiese, ya que siempre acabábamos durmiendo en mi casa y nunca había visto la suya ni en fotografías. Era jueves, y le advertí que tendría que irme muy temprano por la mañana, pero se ofreció a llevarme al trabajo en coche, si dormía con él en su casa. No sé si era por el vino, pero Álex estaba especialmente accesible esa noche.

Cuando salimos del restaurante me cogió de la mano. Él era mucho más alto que yo, pero en ese momento era algo mucho más marcado, puesto que yo llevaba unas sandalias de tiras con tachuelas sin nada de tacón. Agradecí muchísimo que fuesen planas para poder caminar con la elegancia justa que se tiene después de un pacharán por las empedradas calles de La Latina.

—Así que esta es tu verdadera altura —me dijo Álex mientras balanceaba mi mano de un lado a otro como cuando llevas a una niña de la mano.

—¡Será que no me has visto veces descalza! —le dije, fingiendo un poco de enfado.

—En posición horizontal, ambos somos igual de altos, rubia.

—¡Ya estamos otra vez haciendo chistes sobre mi altura!

—Estoy deseando verte otra vez descalza... —Me lanzó una mirada que me desnudó automáticamente.

Después de quince minutos caminando, llegamos a un portal muy antiguo con una puerta enorme y muy pesada. Álex me invitó a pasar y subimos jugando por las escaleras hasta su piso. Yo las subía deprisa porque él iba detrás intentando levantarme la falda de broma y me hacía cosquillas hasta tal punto que pensaba que me iba a salir la típica risa de cerdito que precede a una carcajada. O aún peor, un pedo.

Cuando entramos en su casa, me sorprendió mucho. Tenía los techos enormes y una viga de madera en el centro. Era pequeña, con un estilo minimalista, casi impersonal. No había ni una sola planta en toda la casa y un sofá de cuero negro enorme presidía el salón frente a una gran tele, pero no había decoración ni estanterías. Parecía una residencia de paso, y eso me hizo sentir rara.

No me enseñó la casa. Tampoco encendió una luz acogedora, ni velas, ni yo le dije que si podía ir a ponerme cómoda con la suerte de llevar un camisón lencero en el bolso como en las películas, sin embargo, sí que le pregunté si podía ir al baño, porque intuía por dónde acabaría yendo el tema. Se lo dije señalando una pequeña puerta muy estrecha que tenía pinta de ser un aseo. Rápidamente, me quitó la idea de la cabeza:

—A ese no, que lo tengo muy desordenado. Mejor a este —dijo, indicándome el camino hacia otro baño dentro de la habitación.

Cuando salí, ya más fresquita, Álex estaba sentado en una butaca contigua al sofá, descalzo, con la camisa remangada y una guitarra sobre las piernas. La estaba afinando. Yo me senté en el sofá a su lado un poco desconcertada, ya que no sabía que tocaba la guitarra.

—¿Sabes tocar la guitarra? —le pregunté.
—Claro. No la voy a tener solo de adorno, ¿no? —respondió en tono de broma, mientras yo pensaba en la cantidad de cosas que compraba pensando en dedicarme a ello y luego se convertían en preciosas piezas de decoración, como la cama elástica que compré en internet para hacer ejercicio en casa y que poco tiempo después se convirtió en una mesa de centro.
—Pues venga, que quiero sentirme como una *groupie* lista para escuchar el concierto.

En ese momento estaba preparada para escuchar la típica balada con la que se me derretirían las braguitas, pero lejos de eso, y con una melodía muy básica de fondo, comenzó a cantar como si fuera un trovador-cantautor que improvisaba la letra con cierta gracia para que rimara.

—Desde el día en que te vi, y todo lo que yo he aprendido desde entonces... / Que las rosas de los chinos no son rosas, son camelias, uno mismo no conoce...

La verdad es que tenía su gracia cómo lo hacía. Se notaba que su capacidad a la hora de hablar le servía para rimar fácilmente con un ritmo de cuatro notas en la guitarra que repetía continuamente.

—... Puede que me haya quedado muy prendado de tu gracia por las noches. / Y acabé llevándome toda la basura de tu barrio en mi coche...

He de reconocer que me empecé a reír muchísimo con cada una de las estrofas que improvisaba porque hacía un resumen de lo que estaba siendo nuestra relación desde que nos conocimos. El *show* acabó entre risas cuando nos tocaron la pared los vecinos por el jaleo que estábamos montando a esas horas.

Álex dejó la guitarra con sumo cuidado en la mesa y puso música en el portátil. Me imaginé que pondría la típica lista de reproducción seductora, pero me sorprendió eligiendo «Si te vas» de Extremoduro. Me sonrió con los ojos con la frase «Se le nota en la voz, por dentro es de colores» y la canción continuó mientras nos recostamos sobre el sofá y yo desabrochaba cada botón de su camisa y él los de mi blusa con auténtica destreza. Recuerdo cada «Dame más» de Robe con los ojos de Álex clavados en los míos y sus manos recorriendo todo mi cuerpo durante muchas más canciones.

A las pocas horas, cuando sonó la alarma del móvil, maldije que fuese un día laborable. Álex ya estaba café en mano cuando yo todavía tenía una legaña en el ojo e iba en bragas por la casa porque esto no es una película y a mí una camisa de Álex me hubiese quedado veintisiete tallas más grande.

Me di una ducha ultrarrápida y me lavé los dientes con el dedo mientras apuntaba en mis notas mentales que tenía que echar un cepillo de dientes en el bolso y otro del pelo por si esto volvía a pasar. Lo anoté junto a los recuerdos de esa noche que jamás olvidaré, pero que dejó un halo extraño de intimidad entre los dos que nunca terminaba de cuajar del todo, porque yo siempre me quedaba con la cosa de que no terminaba de conocerle y no porque de repente me sorprendiera con que sabía tocar la guitarra, eso me gustaba, sino porque sentía que, a pesar de que estábamos muy cómodos, y que la cosa fluía a las mil maravillas, siempre se guardaba algo.

Esa fue la única vez que estuve en su casa, y siempre quise pensar que Álex prefería venir a la mía porque era más acogedora. Venía en coche o en moto, venía de noche y de día. Venía a todas horas, pero nunca se quedaba del todo. Por supuesto, muchas veces dormíamos juntos e incluso cada uno teníamos nuestro lado de la cama (de mi cama) establecido, pero pocas veces se quedaba a desayunar. Se despedía y se llevaba con él todo lo que nos unía, menos su olor en mis sábanas, que se quedaba intacto durante varios días.

A veces me alegraba que se dejase el reloj, un jersey, el cargador del móvil o cualquier otro objeto que implicase que tenía que volver a por él. Algunas veces llegué a pensar que lo hacía a propósito para acabar siempre en mi casa. La famosa táctica del «objeto olvidado», lo llamaba Pol.

Cuando cerraba la puerta de casa y no se había dejado nada, siempre me quedaba con la duda de si volvería a verle o no, y creo que al final esa sensación se me fue notando. Él era muy listo, y cuando percibía mi cansancio se sacaba de la manga algún detalle, como dejarme un mensaje en un pósit pegado en cualquier sitio de la casa cuando se marchaba, en el espejo de la entrada, en la nevera o en mis bragas tiradas en el sofá del salón.

«Me encantas. Ojalá pudieses verte a través de mis ojos», decía, y ese pósit borraba de un plumazo todas las dudas acumuladas durante la semana.

¿Cómo iba a escribir algo tan bonito si no lo sintiese? ¿Por qué sus palabras no se correspondían del todo con sus actos? Siempre era amable y cariñoso, pero dejaba por escrito mucho más que en persona. Y el problema estaba en que, por aquel entonces, para mí era suficiente. Me bastaba su setenta por ciento, cuando yo daba el cien por cien. Era ridículo, era consciente, pero era así... Y yo, a pesar de todo, era feliz.

Una de las cosas que más me desconcertaba de Álex era cuando no me contestaba a los mensajes. Es algo de lo que siempre hablaba con mis amigas largo y tendido, aunque con cada una de una forma.

Lucía, siempre sincera, y Sara, siempre comprensiva.

—¿Te ha escrito? —me preguntó Lucía.

—Aún no, pero siempre tarda en contestar —le dije a Lucía, justificándolo.

—¿Y por qué? —dijo, encaminando la conversación hacia donde ella quería.

—¿Por qué haces una pregunta de la que sabes que no tengo la respuesta?

—Porque creo que no le importas. Álex solo piensa en Álex. Ya te lo he dicho mil veces.

—Pero sí que piensa en mí, Lucía. Me pregunta todo el tiempo por cosas de mi vida, cuando dormimos juntos me abraza durante toda la noche y en el sexo... te aseguro que piensa más en mí que en él —le dije, tal como lo sentía.

—Rubia, Álex te pregunta cosas sobre ti porque no quiere contarte nada sobre él. Que te abrace después de follar es lo mínimo de lo mínimo, no me jodas... y lo del sexo..., pues ya sabemos que es un empotrador nato, ahora solo falta saber si también es un mentiroso.

Cuando Lucía me soltaba esas verdades, me venía abajo y poco después tenía que llamar a Sara para que arrojase un poquito de comprensión y me diese alas de nuevo para seguir emperrada en Álex.

La conversación con mi amiga Sara comenzaba igual que con Lucía.

—¿Te ha escrito? —me preguntó Sara.

—Aún no, pero siempre tarda en contestar —le dije a Sara, justificándolo de nuevo.

—Bueno, corder, a mí también se me va la pinza a veces y tardo varios días en contestar...

—¿A que sí? Es lo más normal del mundo. A mí también me pasa —le dije a mi amiga.

—Lo único que me preocupa es por si le ha pasado algo, tía, pobre —suspiró Sara inocente, como la que más.

—Tía, es verdad. Pues le voy a preguntar —respondí satisfecha.

Y así gestionaba el mareo que tenía con Álex donde, por un lado, estando con él, me sentía como si pudiera decir cada noche todas las cosas de las que no me arrepentiría a la mañana siguiente, y por otro, contenida con los silencios que dejaba durante días hasta que contestaba a los mensajes.

No es fácil encontrarle el punto a este tipo de relaciones, pero, como suele decirse, el tiempo lo pone todo en su lugar, menos las tetas.

ÁLEX

CAPÍTULO 3
Un banco en el Retiro

Las expectativas son como los tacones: cuanto más altos, más grande es la hostia.

Pasó la semana sin contestarme a ningún mensaje.

—Estará liado con el curro, tía —le dije a Lucía.

—Rubia, por mucho curro que tengas, sacas tiempo para contestar a alguien, aunque sea cuando estás cagando. No me huele nada bien —respondió Lucía.

—Es normal, ¿no?

—¿El qué?

—Que no te huela bien si está haciendo popó —dije en tono de broma.

—¿Haciendo popó...? Madre mía, tú hazte la tonta, que el rubio ya lo tienes —sentenció Lucía.

Justo en ese momento entró un wasap de Álex.

—Pues para que veas..., ¡me acaba de escribir! —le dije sin ocultar mi emoción.

—A ver si eres capaz de hacerte la dura y no contestarle en cinco minutazos, tía.

—¡Y tanto que lo voy a hacer! —contesté, segura de mí misma.

Colgué a Lucía y leí el mensaje de Álex en pantalla:

Álex.

Rubia, ya estoy aquí.
¿Nos vemos esta noche?

Claro y directo. Sin paños calientes. Era miércoles y la verdad es que estaba cansada, pero llevaba una semana sin verle y me moría de ganas de hacerlo. Y de verle también.

Pensé en lo que me acababa de decir Lucía y tenía razón. Si abría el mensaje, además de saber que lo había leído, acabaría viendo alguno de mis últimos mensajes con un «Te echo de menos» sin contestación. Álex siempre marcaba los tiempos de las conversaciones y contestaba cuando quería y a lo que quería, y a pesar de estar emocionada con el mensaje no podía ocultarme a mí misma que ya estaba un poco harta.

Me metí en la ducha para que pasase el tiempo más rápido mientras intentaba ignorarlo. Me sequé el pelo con calma y dejé el teléfono fuera del baño cargando. Cuando volví a cogerlo había pasado más de una hora desde que me había escrito el primero. Un nuevo mensaje aparecía en pantalla:

Álex.

¿Te recojo a las diez?

Esta vez sí que abrí el mensaje y pude comprobar que él también estaba en línea en ese momento. Lo leí y acto seguido salí de WhatsApp para seguir ignorándolo. No hay nada mejor que dejar un mensaje leído sin contestar para hacerse la dura.

Llamé a mis padres por teléfono y estuve al menos media hora riéndome con ellos. A mi padre se le había cruzado uno de los gatos mientras llevaba un plato de sopa a la mesa y, no habiendo destacado nunca mi familia por tener un buen equilibrio, se había montado un circo en el salón. Estuvimos recordando la vez que de pequeña iba con un cuenco de papilla, andando con pasos minúsculos para que no se vertiese nada de camino a la mesa del comedor y pisé el camión de bomberos de mi hermano. Por lo visto mi padre había decorado la pared como lo hice yo en su momento. Arte contemporáneo casero sopero, lo llamaba él. Cuando colgué, tenía otro mensaje de Álex.

Álex.

¿Rubia?

Esta noche no puedo, Álex,
tengo que lavar a mi pez.

Jajajajaja, ¿cómo no voy
a echar de menos tu humor?

Pues lo disimulas muy bien.

¿Estás enfadada?

No.

Pues lo disimulas muy bien.

No sabía qué decirle. En el fondo me encantaba escribirme con él y estaba deseando volver a verle. Así que finalmente le dije que sí, que viniese a las diez.

Como era de esperar llegó recién planchado, con una pequeña plantita de camelias y olor a colonia dulce que hizo que se me olvidara hasta la conversación con Lucía.

—¿Sabes cómo se llama eso que te pasa? —me preguntó, interesado por mi mal humor.

—Sorpréndeme.

—Enfado crónico.

—Hombre, más que crónico estoy enfadada contigo —le espeté en la cara.

—No, el enfado no es conmigo, ni con el mundo en general, aunque pueda parecerlo, sino contigo misma, y eso nos absorbe la energía. Tenemos que conocernos mejor —dijo con vehemencia.

—¿Y cuándo empezamos? —le dije entrando en su juego.

—Ahora, si quieres. Venga, pregúntame lo que quieras —dijo envalentonado.

—¿Por qué apareces y desapareces? —dije, incisiva.

—¡Uhhh, menuda pregunta! Pensaba que me ibas a preguntar dónde había comprado las camelias.

—¿No quieres que nos conozcamos mejor? Pues venga.

Álex sonrió tímidamente. Cogió aire.

—Yo no aparezco y desaparezco. Tengo un trabajo que...

—¿Qué trabajo? —le interrumpí.

Álex volvió a respirar profundamente.

—Tú piensas que cuando me marcho y no te contesto es una decisión que tomo a la ligera, porque yo quiero, y no es así. Eres la última persona a la que veo cuando me voy y la primera cuando vuelvo.

—¿Y adónde vas?

—Aquí, por ejemplo.

Álex me enseñó una foto en el móvil en la que aparecía en la puerta del hotel Don Pepe de Marbella, vestido de traje con corbata junto a otras personas en lo que parecía una inauguración, un aniversario o algún evento importante.

—¿¿Trabajas en el hotel?? —pregunté sorprendida.

—No —dijo mientras se reía—. Soy asesor turístico y me dedico a viajar por muchos hoteles evaluando en qué pueden mejorar.

—Anda, Lucía también se dedica a eso. Bueno, más bien a la crítica.

—Ya..., es un trabajo «diferente». Digamos que Lucía es mi «enemiga»... Ya me ha dado caña en alguno de los hoteles que he asesorado —dijo sin acritud.

En ese momento entendí la tensión que afloraba en Álex cuando Lucía hacía acto de presencia. Se generaba un ambiente enrarecido donde la tirantez que Lucía tenía con él, obviamente, era por otros motivos, porque ella no sabía a lo que Álex se dedicaba.

Me confesó que viajaba a menudo y que nunca sabía cuánto tiempo iba a estar en un sitio. Que podía ir a las islas una semana, como de repente estar en Valencia un jueves y acabar en Bilbao el viernes, y le creí. Me dijo que nunca le contaba a nadie cuál era su trabajo porque había tenido malas experiencias cuando sus amigos le pedían descuentos en hoteles y se sentía un poco obligado a hacerlo.

—No te enfades, rubia. Tenemos que conocernos mejor —repitió para concluir la conversación.

No sé cómo lo hizo, pero consiguió incluso que me sintiese mal por haber desconfiado de él. Cambió de un plumazo todas mis dudas por una imagen de un hombre ocupado, estresado y trajeado al que no le da la vida ni para coger el móvil entre viaje y viaje. Le creí. De principio a fin. E hicimos las paces de principio a fin.

Después de escuchar su última frase decidí tomármelo al pie de la letra y me propuse conocerlo más en profundidad. Quería saber de primera mano que, si iba a ponerle cinco estrellas en una reseña dentro de mi Google de hombres, fuesen merecidas. No quería que mis expectativas se quedaran en esperar a que abriera la boca para decirme algo bonito y yo no tener esa actitud crítica frente a la vida en general, y a los hombres en particular, que me ha caracterizado siempre.

Álex tenía la capacidad de utilizar las palabras adecuadas para convencerme siempre, aunque, después de la charla que tuvimos para situar nuestras posiciones, se mostró mucho más cercano, lo cual agradecí. Recuerdo que durante las semanas siguientes quedamos muchas tardes para tomar café e ir a pasear al Retiro. Venía a recogerme en su moto y siempre lo hacía muy arreglado. De traje oscuro, con una chaqueta de cuero marrón, con una camisa blanca que ni siquiera se le arrugaba en la moto... sea como fuese, siempre impresionaba. A mí me encantaba tener esa primera imagen de él cuando bajaba las escaleras, sentado en su preciosa moto frente a mi casa.

Las motos han sido un elemento recurrente en mi vida y tanto Álex como Nacho en su momento tenían ese objeto en común. Por lo demás eran completamente diferentes. Nacho era un chico tímido, introvertido, íntegro y con una dificultad abismal para expresar sus sentimientos, mientras que Álex era una persona extrovertida y sin ningún reparo para hablar, y a veces mentir, de los sentimientos más profundos. Eso sí, los sentimientos más profundos suyos, claro está, porque con el tiempo descubrí que solo hablaba de sí mismo. No obstante, he de reconocer que a mí Álex física y mentalmente me encantaba; siempre parecía saber qué decir en el momento adecuado. Era lo más parecido a leer el horóscopo cada día, acertaba siempre, y si a eso le sumas que verlo encima de la moto era muy muy sexi, acababa por nublarme el poco juicio que aún me quedaba para ser objetiva con él.

Su moto era totalmente negra, grande, una de 600 c. c., y siempre estaba impoluta, como su ropa. La cuidaba como si de una hija se tratase y yo vivía con el miedo de hacerle el más mínimo arañazo cuando me subía a ella con tacones. Siempre que íbamos a algún restaurante él prefería cenar en la terraza para tenerla a la vista desde la mesa. Me parecía algo exagerado en algunas ocasiones, ya que daba la sensación de que cuidar de su moto era más importante que cuidar de otras cosas.

La de Nacho también era negra y muy bonita, pero tenía arañazos y desconchones que a mí nunca me importaron. Y tengo muy claro que a él tampoco. La moto era un medio de transporte con el que conocí todos los rincones y parques de Madrid y no un accesorio de moda como parecía que era en el caso de Álex.

Nacho siempre me dejaba cogerla, aunque eso le causara más de un problema. Me llevaba a la pequeña urbanización en construcción que estaba cerca de la casa de mis padres, donde las carreteras estaban cortadas al tráfico, y cuando digo «las carreteras» me refiero a una carretera. Eran quinientos metros aproximadamente de subida y bajada que repetía constantemente con una sonrisa en la cara que no se me quitaba en todo el día, y eso Nacho lo sabía. Sabía que me hacía feliz durante media hora al día recorrer kilómetros y kilómetros en ese circuito cerrado entre vallas y ladrillos. Lo sabía hasta tal punto que no pudo enfadarse cuando golpeé el intermitente contra una farola.

No era una moto muy grande, pero yo sí era muy pequeña, y cuando te agarras al acelerador como si fuese el manillar de una bicicleta con cestita, la moto se levanta con fuerza y camina sin control hasta que algo la detiene. Ese día perdí mi dignidad, como cuando me dijeron delante de todos en el instituto que no tenía tetas, pero esta vez solo estaba Nacho, el intermitente colgando y mis gafas de sol rotas.

—¿Estás bien? —me preguntó Nacho.
—Sí, pero se me han roto las gafas —lloriqueé un poco.

Eran unas Ray-Ban de segunda mano. Solo tenía unas gafas de sol caras y tuve la mala suerte de llevarlas ese día.

—Se ha roto también el intermitente... —dijo Nacho insinuando obviamente que mis gafas no eran lo único que estaba tirado en el suelo.
—No está roto, es que el intermitente a veces se enciende y otras no..., y ahora no se enciende.

Después de decir semejante tontería, pensé que no volvería a dejarme montar en la moto, pero debió ser que le hizo gracia el chiste porque le vi reírse como nunca lo había hecho, así que allí nos quedamos los dos, él partido de la risa con mi comentario del intermitente, mientras yo sufría por una herida en la rodilla y unas gafas caras compradas en un *outlet* de segunda mano y que aún conservo porque siempre me han recordado a ese día.

Álex era todo lo contrario a Nacho. Dudo que me hubiese dejado coger su moto, de hecho, nunca se lo pedí. Estoy segura de que probablemente se hubiera enfadado como un niño pequeño si le hubiese roto el intermitente. Era de esos hombres que te pueden hacer sentir las cosas más fuertes sin apenas rozarte, pero que en el fondo son como niños. Generosos con las palabras para decirte en cada situación lo que quieres escuchar y egoístas con todo lo suyo, incluido su piso y su moto.

La primera vez que subí con él, puse las manos directamente en el depósito y Álex se sorprendió de que supiese colocarme perfectamente.

—Tienes bien cogida la postura —me dijo.

Mil posturas cómodas imaginé en ese preciso instante..., así que apoyé mi pecho en su espalda y cuando puso sus manos sobre las mías, justo antes de arrancar, disfruté recordando todas las partes de mi cuerpo que ya habían tocado esos dedos. De repente pisamos un bache que me hizo salir de mi ensoñación y abalanzarme sobre Álex, que lanzó un grito de dolor cuando sus huevos se estamparon contra el depósito y yo casi rocé el manillar. Seguramente ese fue el momento que más cerca estuve de conducir su moto. Supongo que eso me creó una especie de insatisfacción hasta tal punto que años después decidí que ya tocaba dejar de ser paquete y me compré mi propia moto; eso sí, de las bajitas para que me llegaran los pies al suelo porque el estirón ya lo había dado.

—Rubia, ¿te importa hacerme una foto con la moto? —me dijo Álex en cuanto me vio salir del portal.

Él siempre me daba un toque y yo bajaba por las escaleras a toda prisa. Era de esas personas que parece que tienen alergia al telefonillo y utilizan el móvil para todo. Aparcaba frente a mi puerta y nunca se bajaba de la moto. Verle en esa posición al salir por el portal me recordaba a sus fotos de perfil. En todas aparecía exactamente igual, sentado en la misma moto, con el casco en la mano, una pierna levantada sobre la que apoyaba el otro brazo, y con la misma sonrisa estudiada en su cara. Siempre era la misma foto, pero en diferentes sitios, con diferentes fondos.

—Claro —le dije amablemente.
—Hazme varias para que luego elija —me contestó sonriendo.

Siempre he dicho que la amistad es que tu amiga te haga las fotos necesarias hasta que salgáis bien las dos. En ese concepto intervienen dos personas y la amistad de fondo, pero cuando Álex me pedía que le hiciera fotos era una ecuación donde solo intervenían él y su moto. La verdad es que tuvimos muy pocas juntos y las que aún conservo suelen ser en fiestas rodeados de amigos. Cuando estábamos solos, siempre las hacíamos con su móvil y siempre me ponía una excusa para no compartírmelas, y mucho menos subirlas a Facebook. Los chicos como Álex tienen la capacidad de mostrarse a los demás tal como ellos quieren, y no como realmente son, cosa que entendí con el paso del tiempo.

Al margen de estos detalles que poco a poco iba percibiendo y que me chirriaban un poco, yo me sentía muy unida a él. Lo bonito cuando sientes algo por una persona es que todo lo disfrutas el doble, incluso las rutinas. Esas semanas después de tener la conversación sobre empezar a conocernos más, estuvimos muy encima el uno del otro, literalmente. Pasábamos el tiempo entre risas cambiando de tema y de bebida según pasaban las horas: un café a las cinco, una cerveza a las seis, un *gin-tonic* a las ocho de la tarde y un «vamos a tu casa» a las diez.

Probé todas las infusiones de la carta de aquella cafetería a la que tantas veces fuimos e hicimos propiedad privada un banco de madera en el Retiro desgastado por nuestros besos. Hablábamos durante horas sentados a la sombra de un olmo, charlando de temas muy interesantes, nunca más de su trabajo o sus viajes, pero sí de noticias de actualidad, de libros o de cine, un tema en concreto que le apasionaba muchísimo y se le notaba por la intensidad que ponía en aquellas conversaciones. Su película favorita era *American Beauty* y me hizo verla con él varias veces. Álex era de los que aquello que le gustaba mucho hacer, lo hacía varias veces. Seguidas.

Ese banco no llevaba nuestro nombre, pero siempre que paseábamos por allí estaba vacío, esperándonos pacientemente, como cuando estás en la cola en el baño de las chicas y te vas haciendo amiga de todas mientras esperas.

—Me gusta este sitio —dijo.
—A mí también. Es muy bonita esta parte del parque.
—Sí, pero me gusta porque es un sitio tranquilo. Me gusta estar tranquilo contigo.

Respiró tan profundamente después de esa última frase que me fue imposible decir nada. Sentía que había algo que le presionaba el pecho y que, en estas últimas semanas en nuestros paseos, nuestros cafés e infusiones, Álex empezaba a soltarlo de manera sincera.

—¿Nos vamos? —dijo.

Asentí y caminamos de la mano.

Esa noche, como de costumbre, vino a mi casa y después de cenar nos tumbamos en el suelo. Yo tenía una alfombra muy grande que ocupaba casi todo el salón y había colocado en el techo una lámpara de bebé. Era uno de esos proyectores de luz con dibujos que dan vueltas para que los niños se queden dormidos por las noches. Cuando apagaba la luz y se encendía la lámpara, se proyectaba sobre el techo una especie de universo lleno de estrellas y planetas que, lejos de parecerme algo infantil, me relajaba.

Cuando Álex lo vio soltó una carcajada y conociendo su humor pensé que diría alguna burrada al estilo de Pol, pero no. Me abrazó.

Nos quedamos en la alfombra mirando al techo y a las estrellas que se movían por él, soñando despiertos. Hablamos desde lo más trivial a lo más importante, de lo más superficial a lo más profundo. Le conté lo que me gustaba de él y lo que me daba miedo. Y entonces se soltó. Me contó cosas que ni él mismo sabía que sentía. Le costaba expresarse, no era el mismo Álex seguro de sí mismo que en cualquier otra ocasión podía haber batido un récord de horas hablando sin parar con un discurso perfectamente hilado. Se mostraba torpe e indeciso, hasta el punto de sincerarse sobre la inseguridad que le provocaba que las cosas se escapasen de su control en todos los aspectos de la vida.

Esa noche no nos quitamos ni una sola prenda de ropa, pero nos desnudamos como solo lo haces cuando a tu boca llegan frases que suben desde el corazón y van dejando nudos en la garganta a su paso. Frases compuestas de palabras que son agua y que salen por los lagrimales. Después de ese momento, le sentí tan cerca que soñé con él todas las noches de esa semana.

Para mí hay palabras que utilizarlas me dejan seca. Palabras que llevan tanta agua que quedo deshidratada después de usarlas. Cada vez que pronuncio la palabra «papá» desaparece un océano dentro de mí; es una palabra que no procesa mi cerebro, sino mis ojos, y que brota por mi cara arrasando con el rímel, el colorete y la pena.

Durante mi infancia, mi madre algunas veces me narraba capítulos sueltos de *El Principito*, supongo que por eso me gusta tanto ese libro. Mi padre por el contrario nunca me leyó ningún cuento en la cama, sin embargo, cuando me iba a dormir y apagaba la luz de mi cuarto, siempre le esperaba unos segundos en silencio. Escuchaba cómo se levantaba del sillón, que crujía con un sonido casi tan característico como el de sus zapatillas de estar por casa. Mi padre siempre arrastraba los pies al andar como un adolescente, y con un ritmo pausado y constante, llegaba hasta el armario empotrado del pasillo, lo abría, sacaba una caja, y se sentaba fuera de la habitación junto a mi puerta. Cada noche colocaba el Cinexin de mis hermanos en una cómoda y proyectaba sobre la pared una película del pato Donald que me hacía muchísima gracia. Siempre compartí con ellos los muñecos, los G. I. Joe o los He-Man, pero querían ser directores de cine y nunca me dejaron tocar su Cinexin por si lo rompía. Me decían que tenía las manos de madera. Mi padre lo sabía, y cada noche desde mi cama, mirando hacia el pasillo, disfrutaba de mi sesión de cine particular antes de dormirme con una sonrisa en la cara.

Yo no le veía, pero le escuchaba tras la puerta dándole a la manija para que el pato Donald se moviese en la pared a dieciocho fotogramas por segundo.

Imagino que de aquello se me quedó interiorizada la necesidad de colocar ese proyector de bebés para que, cuando no me pudiera dormir y aunque fuese algo infantil, sintiera cierto confort mirando al techo para ver las películas que siempre me he montado en mi cabeza.

Aquella noche también le conté a Álex que mi padre estaba enfermo. No se lo había contado hasta entonces porque no quería que me compadeciese. No dijo nada. Solo me escuchó y me abrazó tan fuerte que sentí los latidos de su corazón en mi mano sobre su espalda.

Hay personas que no saben reaccionar de ninguna forma a los problemas importantes y eso no significa que sean peores ni mejores. A veces simplemente necesitas que te escuchen sin más y soltar lastre. A mí me valió de sobra con que me abrazara en ese momento.

Cuando nos separamos, Álex tenía sus ojos clavados en los míos y eso me gustaba especialmente, porque sentía que la conexión era real; sabía que no podía estar engañándome. Era capaz de mentirme por WhatsApp, por teléfono, a través de un amigo..., pero nunca podía mentirme a los ojos.

—Eres demasiado buena para mí, rubia.
—Álex, eso es una tontería —le dije un poquito molesta.
—No es una tontería. Es una verdad como un castillo.

En aquel momento esperaba que fuera un castillo muy grande, la verdad, porque esa frase la suelen decir aquellos que quieren tener margen de maniobra en una relación. Es como una cláusula de escape en un contrato donde las partes acuerdan que: «... Álex no querrá compromiso alguno con la rubia, por los motivos que considere, a título ejemplificativo, pero no limitativo, ser el típico al que le gusta gustar tanto que no puede evitar tener otras relaciones y mentir como un bellaco, todo ello camuflado bajo la frase "Te dejo, porque eres tan buena que no te merezco y mereces estar con alguien que sea capaz de valorarlo"».

A las cinco de la mañana a Álex se le ocurrió una idea brillante para intentar animarme tras haberme quedado a gusto llorando entre sus brazos:

—¿Y si en vez de ver las estrellas en el techo, las miramos en el cielo?

Dicho y hecho. Nos levantamos de la alfombra y bajamos por las escaleras para colarnos en la piscina de la urbanización, que estaba cerrada.

Pasamos lo que quedaba de noche tumbados sobre el césped que olía a hierba recién cortada y aprovechamos que las farolas estaban apagadas para ver las poquitas estrellas que el cielo de Madrid nos dejaba.

—Está bonita la noche —dije.

—Sí. Además, me encanta el olor a césped mojado —dijo él.

—He dicho que lo cortasen hoy y lo regasen esta noche por si bajábamos —repliqué en tono de broma.

Álex me miró sonriendo:

—Pues os ha quedado muy bien. Está muy rico —dijo metiéndose en la boca un poco de hierba.

Los dos nos reímos un poco más alto de lo que deberíamos a esas horas, tanto, que Roberto, el portero de la urbanización, se asomó a la ventana y nos invitó cortésmente a que nos fuéramos.

Respiramos profundamente y retuvimos aire en nuestros pulmones con ese olor que se quedó impregnado en alguna parte de mi cerebro. Porque ese era su olor, el del césped húmedo recién cortado que te deja en el cuerpo una sensación que te reactiva por completo. Porque, con todo, Álex fue un soplo de aire nuevo para mí.

A partir de esa noche he revivido la misma sensación infinidad de veces cuando los aspersores, bajo mi ventana, se han puesto en marcha. Estando junto con Pol tranquilamente charlando en mi ventana, he respirado profundamente y un escalofrío a modo de miniorgasmo, llamado Álex, ha recorrido mi cuerpo dejando una cara de satisfacción que no pasaba desapercibida.

Aquella noche, después de la minibronca de Roberto, Álex recogió sus cosas y lo acompañé hasta el portal. Entonces se acercó suavemente y, lejos de pedirme una foto junto a su moto al amanecer, me dio un beso en la frente. Yo siempre he pensado que los besos en la frente dicen mucho más que los besos en los labios y solo pueden interpretarse como una muestra de cariño máximo.

—Me alegro mucho de haber compartido tanto contigo esta noche —dijo mirándome a los ojos de nuevo.

—¿Tanto? —le pregunté sorprendida.

—Sí..., digamos que me cuesta a veces abrirme —dijo bajando la cabeza avergonzado.

—Bueno, estoy segura de que cada vez nos costará menos.

Álex asintió cómplice, haciéndome sentir que ese día marcaría otro punto de inflexión más entre nosotros.

A la mañana siguiente, que era esa misma mañana, con un par de horas de sueño en mi cuerpo y media teta fuera de mi camisa de tirantes, mi amiga Sara apareció por casa con una bolsa de churros, porque es obligatorio que, una vez sale el chico por la puerta, entre tu amiga para comentar la jugada. La verdad es que no me hubiese importado que hubiesen pasado un par de horas más para poder dormir algo, pero Sara siempre era bien recibida en casa, fuera la hora que fuese. Además ella había quedado la noche anterior con un chico que acababa de conocer y necesitaba terapia de desahogo, chocolate y churros. Esas mañanas que nos juntábamos, porra en mano, después de quedar con algún tío, era el momento en el que solía entrar en juego el equipo de investigación. Una libreta con preguntas, revisión de sus redes sociales, unas risas y despotrique variado. Un básico.

Aquella mañana Sara me dijo que la noche anterior se había encontrado con un chico especialmente sensible. En un principio, todo fue muy bien e incluso compartieron una conversación de lo más interesante, y algún que otro chiste sexual que les quitó presión a ambos y lo hizo todo más distendido, pero en el momento de irse a la cama, algo no iba bien.

—¿Cómo que algo no iba bien? —le pregunté.
—Pues eso, que no iba bien.
—Pero no iba bien porque no...
—No lo sé.
—¿Cómo que no lo sabes? Si no lo sabes tú, entonces quién lo va a saber.
—No iba bien porque cada vez que me acercaba a besarle se reía, pero reírse a carcajadas.
—¿Cómo que se reía a carcajadas? ¿Le hacía gracia?
—No, gracia no. Cosquillas.
—¿Cosquillas?
—Sí, tía. En su bío de Tinder ponía que era una persona muy sensible y yo pensaba que se refería a lo normal en estos casos, que era un artista, actor o poeta, algo así... Pero no. Era muy sensible porque tenía la piel hipersensible de verdad y cuando le tocaba o acariciaba, se descojonaba de la risa. Vamos, que no lo podía controlar. Así que nos hemos pasado la noche jugando al «no te rías, que es peor».

Obviamente en ese momento no pude controlarme yo tampoco y, sin tener la piel hipersensible, intenté aguantarme la risa hasta que Sara, con una sola mirada, me dio el visto bueno para que lo hiciera:

—Tranquila, puedes descojonarte tú también. No vas a ser la primera hoy ni la última —dijo mientras mojaba un churro en el chocolate y se manchaba la barbilla.
—Míralo por el lado bueno, cuando te diga que busca a alguien que le haga reír, no vas a tener problemas con eso, ¿no? —respondí.

Y entonces empezamos a reírnos de tal forma que la vecina de al lado tuvo que darnos unos golpes en la pared para que bajásemos el volumen, y es que para Sara, lejos de ser aquella una noche incómoda, fue realmente divertida.

—¿Vas a escribirle? —le pregunté.
—No lo sé. Tengo que reposarlo —dijo Sara tirando de experiencia en un punto tan importante.

Al día siguiente, da igual la edad que tengas, siempre te encuentras con un dilema básico en el que no sabes si escribirle o esperar a que te escriban.

—Bueno, y tu noche, ¿qué? Tienes pinta de no haber pegado ojo —. Y la muy zorra hizo un gesto con los brazos hacia delante y hacia atrás que estoy segura de que todas reconocemos.
—Pues esta noche, corder, en concreto ni siquiera hemos hecho el amor.
—Joder, rubi, «hacer el amor», eres más tierna que el pan de sándwich recién comprado. ¿Es que vosotros no folláis? —dijo Sara de una manera que en tiempos de Rafaelito ni se le hubiese pasado por la cabeza. Me encantaba verla así de libre.
—No, cacho de cerda, nosotros hacemos el amor.
—Cerda tú, que podrás decir lo que quieras, pero desde aquí veo en tu silla unos calzoncillos en ese montón de ropa y no creo que sean tuyos.

Abrí los ojos como platos y me puse un poco roja antes de recogerlos rápidamente para guardarlos en el cajón de la mesilla. Como Álex pasó bastante tiempo en mi casa durante las últimas semanas, se los dejaría sin querer y yo los metí en la lavadora, lo cual dejaba la duda en el aire de si alguna mañana se marchó en plan «comando».
Aproveché el tema de los calzoncillos para escribirle al día siguiente y volvimos a quedar. Tiempo después de aquella noche tan especial y a la vez tan rara, regresamos a nuestro banco preferido del Retiro. Hablamos como de costumbre, con la complicidad que nos caracterizaba, pero tenía una actitud un tanto distante que me dejaba un poso de incertidumbre. Fue un paseo agradable, pero estaba extrañamente callado para lo que habitualmente era él.
Sentados bajo nuestro olmo, miró el reloj un par de veces seguidas y sentí que había llegado la hora de escuchar algo que daba por sentado que no me iba a gustar.
—¿Nos vamos? —dijo con un tono completamente diferente al que escuché dos días antes en la misma frase.

—Claro. ¿Vienes a casa? —dije suavizando la conversación.

—No, hoy no puedo, mañana madrugo porque salgo de viaje —dijo excusándose.

—Este no me lo habías contado.

—Me han llamado esta mañana a última hora.

No quise percutir en la búsqueda de respuestas. Veníamos de varias semanas en las que habíamos conectado y, aunque no entendía su actitud esa tarde, pensé que podía estar agobiado por el trabajo.

—¿Donde vas hace buen tiempo? —pregunté, rebajando la tensión.

—Allí donde voy siempre es verano, rubia —me contestó sonriendo.

Después de esa última frase, se acercó para abrazarme con fuerza evitando que la conversación continuara. Sentí que era como dar un paso atrás de manera deliberada en nuestra relación y por una razón que no terminaba de entender.

—¿Qué pasa, Álex? —le pregunté para salir de dudas lo antes posible.

Respiró profundo y, sin mirarme a los ojos, dijo:

—Creo que vamos demasiado deprisa.

Y después de muchas cenas en restaurantes bonitos y encuentros posteriores con sabor a piel, Álex dijo las palabras mágicas de las que seguramente Lucía ya me había advertido unas veintisiete veces. Me extrañó que no se me tatuasen en el cuerpo al instante, porque dolieron más que cien mil agujas expulsando tinta sobre la cara interna del brazo.

—¿Demasiado deprisa? —pregunté.

—Sí —respondió de manera asertiva de nuevo.

¿Cómo se mide la velocidad en una relación? ¿Cómo se sabe que va demasiado deprisa? Mi padre, al que le encantaban las matemáticas, diría que despejando las otras dos variables: el espacio y el tiempo. El espacio esencial y propio que necesita una persona, y que siempre he necesitado tener para mí y mis cosas, zapatos incluidos, y el tiempo que hay que diferenciar entre el que te dedicas a ti mismo y el que decides dedicar a los demás. Cuando en una relación la balanza del tiempo cae sobre uno de los extremos es que algo va mal. Si te dedicas mucho más tiempo a ti que a tu pareja, probablemente tengas el mismo problema que si dedicas el doble de tiempo a tu pareja y descuidas el tuyo propio. Es un equilibrio, y perderlo es el principio del fin.

Esa tarde, tonta de mí, acepté todo lo que me dijo porque solo quería que siguiésemos viendo atardeceres juntos, todos los que en ese breve espacio de tiempo que pasábamos juntos cupiesen. Y si al día siguiente no me llamaba, yo tenía que aceptar que nos estábamos llamando más de lo habitual e íbamos demasiado deprisa.

Así que, aprovechando su buena memoria y con un punto de crueldad, Álex me recordó el placer de las despedidas.

—Aunque sé que te gustan las despedidas, no te lo tomes así. Es simplemente relajarnos un poquito para arrancar con más fuerza luego..., ¿verdad?

«¿Arrancar con más fuerza?». ¿Estaba comparando nuestra relación con una moto? Me sentí decepcionada y en cierto modo engañada. Sentí que Álex era de ese tipo de tíos que, cuando te avisa de que vais muy rápido, tú echas el freno de mano, pero él vuelve a arrancar el coche cuando quiere, en forma de palabras bonitas y caricias en el alma, y de vez en cuando pone de nuevo la relación a 200 km/h para luego decirte que aparques tú. Hay que tener cuidado con esos tíos porque al final la multa sale cara, aunque el coche sea precioso; y joder, ¡él era un puto Maserati!

—¿Te llevo a casa? —me dijo mientras yo aún estaba en silencio.

Le miré y le dije que no. Álex dudó un segundo y se acercó para darme un beso en la frente que supo diferente.

Me pidió el casco de la moto y se puso el suyo, dejando a la vista solo sus preciosos ojos. Yo me mantuve inmóvil, como una figura de porcelana, y tras arrancar la moto se despidió de mí: «Te veo en unas semanas, rubia. Dejemos que repose».

Tuve muchísimas despedidas con besos en la frente de Álex, ya que pasamos muchos meses juntos. Siempre parecía interesante e interesado en mí y eso me gustaba. Con el tiempo descubrí que Álex era una preciosa voz impostada de una serie de los noventa enamorada de sí misma, pero nada más. Solo hablaba porque le encantaba escuchar el sonido de su voz al salir de su boca. No todos los perfumes huelen eternamente ni la ropa dura para siempre, y a esta *blazer* preciosa que era Álex al principio, se le empezaron a ver las costuras.

Aquel día descubrí que, por supuesto, no es lo mismo despedirte de personas que sabes que van a volver, que de aquellas que ni siquiera importa si volverán. Y sentada sola en nuestro banco, entendí que ese punto clandestino de que fuera el más alejado del parque nunca fue algo aleatorio, simplemente no quería que nos vieran.

Después de trincheras emocionales, de batallas y de contrapesos en el corazón, ese beso en la frente sonaba a despedida, pero no a esas despedidas que traen de vuelta un peluche después del viaje. Olía como aquella fiesta de cumpleaños a los veintiocho que traía un cambio, uno mejor para mí, porque los tipos como Álex no cambian nunca.

Hoy, años más tarde he vuelto a aquel banco del Retiro y estaba ocupado. Sigue estando bajo el olmo, pero han cortado los setos de alrededor y ha quedado a la vista de todos, incluidos los sentimientos de quienes ahora se sientan en él. Ya no es ese lugar al que Álex me llevaba, recogido a los ojos del mundo. Ha cambiado por completo..., se ha mostrado al mundo, casi tanto como lo he hecho yo.

ÁLEX

CAPÍTULO 4
Álex siempre vuelve

Creo en el poder curativo de una cerveza al sol con amigas.

Apuré el último trago de mi cerveza y miré el móvil. Cuando levanté la vista, el camarero me dijo: «Yo nunca te haría esperar». Le miré con el gesto torcido. La verdad es que tenía unos ojos bonitos, del color exacto que me hubiese gustado tener a mí si alguien me hubiese dejado elegir al nacer. Pensé en la sombra de ojos que llevaría y mentalmente visualicé veinte tonos distintos de marrón que pegarían perfectamente con ese azul que tenía.

«Qué peliculero», pensé.

Pero resulta que no solo lo pensé, sino que lo dije en voz alta y él bajó la cabeza avergonzado. Me sentí un poco mala, porque el camarero había sido muy amable conmigo poniéndome una tapa de croquetas sin gluten cuando le dije que no podía comerme el aperitivo. Además, servía con una sonrisa a todo el mundo y leía tranquilamente un libro en la barra cuando no había jaleo.

«Soy imbécil», me dije a mí misma.

—Perdona, es que no estoy esperando a nadie y por eso me ha extrañado —mentí.

Él recogió la cerveza y me dijo que si me ponía otra. Asentí y le di las gracias. Aproveché el momento para poner un wasap en el Dramachat:

Dramachat
Lucía azafata., Sara., Tú

>   Tías, teníais razón.
>   Me ha dejado tirada.
>   ¿Bajáis y le ponemos verde?

Sara.
Llego en diez!

Lucía azafata.
Bajo

Podrían haberme contestado con el famoso «Te lo dijimos», pero ambas fueron muy comprensivas.

Después de que Álex me dijera que «íbamos muy deprisa», cada vez nos veíamos menos y los mensajes empezaron a ser algo anecdótico. Me mandaba alguna foto de su cara de vez en cuando, haciendo como que me enviaba besos. En el fondo era una manera de no perder el contacto del todo, de tener siempre la puerta abierta para que pudiese entrar en mi vida cuando él quisiese.

Las últimas veces que nos vimos no se quedó a dormir en casa. Llegué a pensar que, como hubiese dicho mi amiga Sara, era un simple follamigo y, sinceramente, yo no quería eso con Álex, quería otra cosa.

Y es que hay una frase que se dice mucho y que a mí me molesta sobremanera: «No se puede tener todo en la vida». ¿Cómo que no se puede tener todo? ¿Tenemos que conformarnos con menos? Yo quería todo con Álex, y si íbamos a estar a medias, no quería nada. Yo quería ir con todo.

Me costó mucho llevar a la práctica esa teoría. Me la repetía cada noche y se esfumaba de mi mente cada vez que Álex me escribía de nuevo, como cuando estudiabas para un examen solo la noche anterior y los conocimientos se escapaban al día siguiente.

Empezó a ponerme excusas para marcharse temprano o ni siquiera llegar a presentarse directamente, y así dejó de aparecer poco a poco, a su ritmo, el que él mismo nos imponía, aunque, cuando menos lo esperaba, volvía a llamar a mi puerta en forma de mensaje y yo, evidentemente, volvía a quedar con él, aunque fuese entre semana.

Mientras me tomaba esa segunda cerveza esperando a Lucía y a Sara, abrí la conversación con Álex y no había ningún mensaje, pero había estado en línea hacía cinco minutos. Me negué a mí misma a volver a mirar su última conexión cada treinta segundos, así que guardé el móvil en el bolso para evitar caer en la tentación.

Al momento apareció Lucía en la terraza. Estaba morenísima como de costumbre y llevaba unas gafas de sol en la mano muy muy grandes. Se sentó, cogió aire y suspiró con fuerza.

—Son de mi madre —me dijo, señalando las gafas—. ¿Has visto qué horterada más guay?

Sonreí porque siempre conseguía mezclar distintos estilos de ropa y complementos con una facilidad pasmosa.

—¿Has visto al camarero? —Lucía cambió de tema—. ¡Está tremendo! Vaya brazos, está más fuerte que el olor a Stradivarius —dijo mientras le llamaba la atención para que se acercara a la mesa.
—Perdona, me pones..., y una caña con limón —dijo Lucía forzando la broma.

El camarero le miró desconcertado sin haber entendido muy bien la frase mientras las dos nos reímos a carcajada limpia. Es la mejor medicina que existe, la de una amiga haciendo la misma broma de doble sentido durante años y que siga haciéndote la misma gracia que la primera vez. Obviamente la terraza entera nos miró como si fuéramos dos locas, pero a Lucía y a mí nunca nos importó mucho lo que pensara la gente. Sara apareció justo en ese momento, con ese aspecto desaliñado que tan bien le queda a ella para completar el trío.

—¿Ya le ha hecho la broma del «me pones» al camarero? —dijo mientras se sentaba.
—Es que es un clásico —dijo Lucía justificándose.
—Esas gafas sí que son un clásico —le respondió Sara entre risas.
—¿Y tú cuándo piensas peinarte para salir de casa? —insistió Lucía.
—Pero si voy peinada —dijo Sara justificándose.
—¿En dónde? —le pregunté, dejando la frase sostenida.
—¡¡¡¡Oye!!!! Que voy depilada. Es verdad que hay veces que me podría haber hecho la raya al medio en el toto, pero esta semana estoy para pasar la ITV.

Tras un segundo de silencio, las carcajadas de las tres volvieron a sonar en toda la terraza aún con más fuerza. Desde que Sara dejó a Rafaelito, de vez en cuando tenía esas salidas que eran más propias de Lucía que de ella misma, pero nos hacían muchísima gracia.

Después de recuperar la compostura empezamos un juicio digno del Tribunal de La Haya que empezaba por repasar buena parte de mi vida con Álex.

—Primero se muestra cariñoso, luego distante, me dice que lo dejemos reposar, pero luego me llama y así todo el rato... —dije con cierto cansancio.

—Porque es el típico al que le gusta gustar. Seguramente estará con otras cuatro igual que está contigo. Y, además, no olvidemos que es escorpio y que siempre va a intentar tener razón —dijo Lucía.

—Pues que lo diga..., que le diga: «Oye, que no quiero comprometerme» y sin problema. Así nuestra rubi decide si le compensa o no... —contestó Sara visiblemente enfadada.

—¿Hola? ¿Habéis escuchado lo de que es escorpio? Nunca admitiría eso, son obstinados, cerrados y nunca dan a conocer realmente sus sentimientos.

—Oye, Lucía, tú tienes algo contra los escorpio, ¿verdad? —replicó Sara con cierta sorna.

Lucía puso los ojos en blanco y suspiró.

—Yo es que casi prefiero no saber si está con otras, la verdad —respondí muy bajito, casi para mi cuello.

—Ya verás como hoy le acabas escribiendo —dijo Sara.

—¡No mientras esté yo aquí! —refunfuñó Lucía.

Sara y Lucía siempre fueron muy protectoras, al igual que lo fue Laura años más tarde, cada una a su modo. Siempre estuvieron ahí para darme los mejores consejos, esos que son tan fáciles de recibir como imposibles de seguir.

—Pero, vamos a ver, ¿por qué te gusta tanto ese tío? —preguntó Sara.

En ese momento pasó por mi cabeza un resumen de los mejores momentos que había vivido con Álex, como si fuera el tráiler de una película de mucho presupuesto, y se me pusieron los pelos de punta: la primera vez que clavó sus ojos en mí en aquella fiesta, la primera vez que nos besamos, la primera vez que nos desnudamos, los domingos subiendo en moto al Puerto de la Cruz Verde, aquella vez que fuimos al cine y tímidamente puso una mano sobre la mía, las tardes en nuestro banco del Retiro viendo los atardeceres porque los amaneceres ya nos los sabíamos...

—Pues porque es un embaucador empotrador como buen escorpio, Sara, por eso le gusta tanto —respondió Lucía.

Lucía tenía su propia teoría de cómo hacían las cosas los tíos según su horóscopo y, aunque a veces se hacía pesado, la verdad es que solía acertar, la cabrona. Esto era algo común también en Laura, capaz de determinar cómo tienes que felicitar el cumpleaños a un tío según una escala de lo que ha significado para ti: un wasap si solo os habéis besado, un comentario en Instagram si fue un follamigo y por supuesto una llamada si hubo relación, incluso definía hasta cuánto tiempo hay que dejar sin contestar los mensajes según las ganas que tuvieras de volver a verle... Son toda una fuente de sabiduría.

Lucía ya me avisó en aquella fiesta en la piscina de que Álex no era la persona adecuada, pero nos abrazábamos tan fuerte que entre mi pecho y el suyo no cabían los celos ni las dudas. Sin embargo, esa tarde, después de sentirme dolida una vez más por su culpa, Sara dijo una frase que me provocó la misma sensación que tuve en aquel banco del Retiro. La sensación de que algo se había roto aquel día, que cada vez que dábamos un paso hacia delante él se encargaba de dar dos hacia atrás. Por mucho que yo quisiera pensar que llevábamos cuatro temporadas de nuestra serie juntos, Álex, en su mente, nunca había pasado del primer capítulo conmigo.

—No se puede vivir de un buen tráiler para siempre —dijo Sara de manera sentenciosa para abrirme los ojos y liberarme el pecho.

—Además, yo eso de que viaje tanto, que si Barcelona, que si a las islas Canarias..., me suena raro —dijo Lucía para sentenciar.

Entonces, casi sin buscarlo, recordé la frase que me dijo la última vez que nos vimos antes de despedirse: «Al sitio donde voy siempre es verano, rubia». Y en ese momento todo lo que hablamos sobre Álex y las dudas que nos generaba cobró algo de sentido. Las islas Canarias era el lugar al que más viajaba habitualmente y donde pasaba semanas desaparecido antes de volver a Madrid y ponerme el correspondiente mensaje de que ya estaba de nuevo aquí.

Acto seguido, las tres nos miramos ante una coincidencia que ponía en marcha nuestro equipo de investigación y nos iba a amenizar la tarde. Rápidamente, cada una con su móvil, buscamos coincidencias en su perfil que tuvieran relación con las islas afortunadas mientras nos tomábamos la última cerveza.

—Acabo de encontrar que es miembro de un grupo en Facebook de Canarias, pero es privado —dije, al encontrarlo de manera fortuita.

—¿Cómo se llama? —preguntó Lucía.

—«AdejeForever».

—¿Dónde se ve eso? —dijo Sara.

—Solo puedo verlo yo porque soy amiga —respondí.

—Pues pide unirte al grupo, a ver si cuela.

—Pone que Alejandro es el administrador —observé rápidamente.

—Estoy flipando —dijo Lucía—, ¿lleva él el grupo?

—Espera, voy a hacerlo desde otra cuenta —dije pensando que, si él era administrador, podría ver mi solicitud y rechazarla.

Sin pensármelo dos veces y con uno de mis perfiles secundarios, el de mi gato concretamente, solicité unirme al grupo, no sin antes cambiar la ubicación en el perfil de Madrid a Tenerife.

—Eres una profesional de las redes —me dijo Lucía.

—La verdad es que se me dan bien —le dije sin que ninguna en esa mesa pudiese imaginar lo que vendría después.

—¿Os acordáis de AQUELLA vez que fuimos a Tenerife? —dijo Lucía haciendo énfasis en la palabra «aquella», porque aunque hemos ido varias veces, «aquella» vez solo fue una y todas nos empezamos a reír a carcajadas porque sabíamos la vez a la que se refería perfectamente.

—¿El cacaviaje? —dijo Sara y todas empezamos a dar palmas como focas mientras nos descojonábamos solo de recordarlo.

El «cacaviaje» no pasó a denominarse así porque nos hospedásemos en una caca de hotel o porque el destino no fuese bueno. De hecho el hotel estuvo genial. Hubo una época en la que aprovechábamos la temporada baja para cogernos una semana en una habitación en hoteles cuquis, mientras disfrutábamos del sol sin que hubiera una gran masificación en las playas. También íbamos en pleno verano y a los mejores *afters* de las islas, no me escondo. En esta vida lo importante es saber combinarlo todo.

Adeje es maravilloso y es que allí siempre es verano. Hay una especie de microclima y en esa zona siempre hace bueno, incluso cuando aterrizas con mal tiempo en el aeropuerto de Tenerife Norte, las nubes se van disipando conforme te desvías de camino al sur.

Aquella vez que viajamos Lucía, Sara y yo a Tenerife fue en carnavales. Íbamos vestidas con los típicos trajes de demonio, mariquita y Blancanieves, todo en clave sexi para no pasar desapercibidas. He de reconocer que, dada mi estatura, el disfraz de mariquita que llevaba era de la talla 13/14 por lo que de sexi realmente tenía más bien poco, pero a nosotras nos encantaba pensar que lo estábamos. Fue un viaje que nunca olvidaré por muchos motivos, especialmente porque una puede intuir quiénes son sus verdaderas amigas cuando estás de fiesta con ellas, pero sabe realmente quiénes son las mejores cuando ves sus miserias cara a cara y no sales corriendo.

Después de pasar el primer día descansando tras el madrugón del viaje, lo primero que había que hacer era inspeccionar el hotel. Salas comunes, el gimnasio (al que nunca ibas, pese a llevarte un montón de porsiacasos de deporte), el *buffet* para el desayuno y sobre todo el *spa*, porque cuando preparábamos estos viajes siempre buscábamos un hotel con *spa*.

Lucía se encargaba siempre de llamar para hacer la reserva, tirando de contactos y llorándoles para que en el precio de la habitación nos incluyeran la entrada al circuito. Siempre lo lograba, no sé cómo lo hacía, pero siempre lo conseguía y lo sigue haciendo. No hay mejor manera de pasar el día que estar en el *jacuzzi* durante toda la mañana después de una noche intensa, así que este era un bien común al que nunca queríamos renunciar.

Luego pasamos por la zona más importante del hotel: las piscinas. Una era climatizada y otra tenía una barra en su interior decorada con botellas de licores de muchos colores. Miramos el horario y ya estaba a punto de cerrar, porque en Canarias todo cierra prontito. El camarero ya había recogido y estaba secando los vasos. Nos dedicó una gran sonrisa a las tres y Lucía le miró desafiante a lo Terminator diciendo: «Volveremos».

Esa misma noche fuimos a cenar a un tailandés con una buena puntuación en alguna de esas aplicaciones de restaurantes. La comida estaba muy buena, sobre todo un entrante de alioli que te ponían con un pan calentito muy rico. Nos pusimos como auténticas cerdas.

Después de cenar alioli de primero y de segundo, ya que Sara no paraba de pedirles más pan tostado, salimos del restaurante con la intención de empezar una noche épica, cuando de repente Lucía empezó a sentirse mal.

—Tía, que me voy... —dijo, con la cara pálida.
—¿Cómo que te vas?, pero si acabamos de salir.
—Tengo que subir a la habitación —dijo angustiada.

Lucía salió corriendo con sus tacones, pero con pasitos muy cortos, sin apenas abrir las piernas, en dirección al hotel.

Sara y yo no tuvimos capacidad de respuesta y la esperamos abajo.

A los quince minutos envió un wasap al grupo: «Me pudro». Al leerlo subimos rápidamente a la habitación. Cuando entramos la vimos completamente deshecha tirada sobre la cama.

—Tía, estoy podrida por dentro... ¡Ay! Qué mala me he puesto. Joder, no paro de ir al baño.

—¿Has vomitado?

—¡¿Vomitar?! No..., no he vomitado —respondió, entre ofendida y deshidratada, recuperando su personalidad por unos segundos.

Evidentemente no olía a vómito. Era una frase de cortesía, y en ese momento a Sara y a mí la situación nos hizo mucha gracia pese a aquella peste.

De una forma delicada, pero tapándonos la nariz, Sara y yo abrimos la ventana y salimos a respirar al balcón; quien dice a respirar dice a descojonarnos mientras escuchábamos a Lucía quejarse desde la habitación y darse calor con el secador de pelo porque estaba helada. Nos reímos bien a gusto, la verdad, aunque poco nos duró la broma. A los cinco minutos a Sara le cambió la cara por completo y salió corriendo al baño llevándose la mano al culo como si algo fuera a caer por su propio peso. Ya eran dos de tres y era cuestión de tiempo que me tocara unirme al grupo.

De poco sirvió que Lucía hubiese intentado organizar los turnos para ir al baño, porque fuimos de manera continua cada quince minutos, encerradas en una habitación de hotel, pidiendo pechuga de pollo y arroz blanco para comer y cenar, mientras combatíamos las tiritonas con mantas por la cabeza.

Nos pasamos la semana entera de vacaciones en plenos carnavales de Tenerife dentro de una habitación triple, una encima de la otra para darnos apoyo moral y algo de calor corporal. Incluso tuvimos que lavar la ropa interior mientras nos arrastrábamos hasta el lavabo porque ya no nos quedaba nada limpio. Menos mal que teníamos bikinis de sobra y pudimos echar mano de ellos. Cuando pudimos salir, nos arrastramos al médico de Urgencias, que rápidamente nos dio un diagnóstico: salmonelosis. Tratamiento: no pisar el *spa* ni el *buffet*, ni la piscina ni por supuesto volver a comer alioli en verano. Nunca.

Fue una de esas experiencias que te unen para siempre y de las que sacas en claro dos cosas: que las amigas no solamente están ahí para acompañarte al baño de los bares y que el alioli mejor tomarlo en casa.

Las tres estábamos llorando de risa recordando cada detalle de aquel viaje, olores incluidos y de repente se rompió la magia justo cuando me llegó la notificación de que había sido aceptada en el grupo privado de Facebook de Adeje al que pertenecía Álex.

—Tías, que me acaba de aceptar en el grupo y hay muchísimas fotos.

Lucía dejó su cerveza en la mesa y me cogió el móvil interesadísima.

Era curioso, porque parecía como una especie de quinta de amigos. Imagino que, al ser un sitio no muy grande, acaban por conocerse todos.

Estuvimos revisando comentarios, mensajes, y posibles «me gusta» de Álex, pero nada. No había rastro de interacción suya por ninguna parte, hasta que Sara se dio cuenta de un detalle en una foto. En ella aparecía Álex con un grupo de amigos agarrado a otra chica.

—¡Mira! Este es Álex, ¿no? —dijo Sara.

—¡Es verdad! Es él. Es una foto de 2011 —dije emocionada.

—No está etiquetado —apuntó Lucía con su sexto sentido para estas cosas.

—Sí que lo está..., pero con un nombre diferente —dije.

La sorpresa fue mayúscula cuando Álex, el Álex de toda la vida o al menos de mi vida, aparecía etiquetado en una foto con otro nombre de usuario que yo no conocía. Durante un segundo nos miramos en silencio las unas a las otras. Era un paso muy importante pulsar sobre ese nuevo usuario que seguramente traería más de un suspiro y algún que otro dolor de cabeza. Y así fue.

Lucía pulsó en el nuevo nombre de usuario de Álex, ahora conocido como «Alejandro Adeje», lo que nos llevó a un perfil completamente nuevo que, dentro de lo privado, dejaba ver muchas sorpresas.

Mientras miraba el perfil secreto de Álex, no vi ni textos bonitos ni frases profundas. Vi a un chico llamado Alejandro de un pueblo turístico de Tenerife, que posaba con una chica morena de pelo lacio muy guapa. Una chica que aparecía en unas fotos de 2011 y que para mi sorpresa también lo hacía en las de 2012, las de 2013, las de 2014 y así progresivamente hasta una semana después de que me despidiera de él en aquel banco en el Retiro.

Estaba claro que Álex tenía novia desde hacía mucho y que cada cierto tiempo, como todo novio ejemplar, viajaba a verla. Ese era el gran secreto de los viajes de Álex y el motivo por el que desaparecía durante varias semanas sin rastro alguno. Se aprovechó de que trabajaba como asesor de hoteles para poder justificarle a su novia que estaba en Madrid por trabajo y a mí que iba a Canarias por el mismo motivo.

Aquella tarde con mis amigas Álex no apareció. No apareció físicamente, aunque en nuestros pensamientos, no muy agradables, estuvo bien presente. Tampoco escribió ningún mensaje disculpándose. Imagino que haberle enviado la foto en la que aparecía con la que era su novia fue lo suficientemente revelador, o al menos eso creía porque era una auténtica caja de sorpresas.

—Espera, espera…, agárrate a la silla —dijo Lucía.

—¡¿Qué pasa?! —dijo Sara intrigada.

—Espérate, que este tío es un genio. ¿No es este él también?

Sara y yo metimos la cabeza en el móvil que sostenía Lucía para descubrir que la historia no quedaba ahí. Las tres estábamos totalmente ojipláticas. Tirando del hilo de cada uno de los perfiles y el grupo al que pertenecía, descubrimos que Álex no solo llevaba una doble vida, sino una triple, cuádruple o quíntuple, según la red social que manejaba. Yo le conocía como Alejandro Fernández en Facebook y como @alejandro_moto1 en Instagram, pero a partir de ahí, además de Alejandro Adeje, surgieron también un Alejandro Ademm en Facebook, un @alexdeadeje en Instagram, además de un @alexmotito1 en Twitter y algún que otro usuario más que ya no recuerdo. Todos estos perfiles secundarios carecían de fotos personales y no tenían una relación aparente entre sí, salvo un pequeño detalle: todos ellos eran miembros del grupo «AdejeForever» en Facebook y además todos en Instagram seguían la cuenta @adejeforever, compartiendo la misma fecha de cumpleaños. Escorpio todos.

Al final, las pistas que me fue dejando tenían un sentido, y si no quería tener fotos públicas conmigo, era porque no quería mostrarse en sus redes sociales junto a mí. No le importaba si aparecíamos con amigos en las fotos de una fiesta porque siempre podría justificarlo, pero nunca subió una foto de los dos.

En ese momento, en aquella terraza donde Álex me había dado plantón, me di cuenta de que las relaciones son como los zapatos, algunos pueden acabar haciéndote daño, si no les das el uso correcto. Es muy fácil intuir que unos zapatos van a acabar doliendo, pero nadie te avisa del daño cuando vas a comprarlos. Es la experiencia la que te hace la herida.

Mientras descubría que Álex tenía varias vidas paralelas, recordé el día que le conocí en la piscina. Obviamente, de aquellos primeros sentimientos pocos afloraban ya dentro de mí, pero sentí una lástima tremenda por él, por lo complicado que tenía que ser vivir de esa manera, mintiendo constantemente y llevando una vida pensada al milímetro para no caer en ningún error que hiciera que todo volara por los aires. Supongo que su deseo de gustar a los demás, de mostrar esa pose de chico interesante que todo lo sabe, que es guapo e inteligente, le compensaba a pesar de tener que andar poniendo excusas y mintiendo. Imagino que se habría acostumbrado a ello.

—Bueno, yo creo que debemos dar por cerrado el caso de Álex, ¿no? —dije cuando terminamos de revisar uno de los últimos perfiles.

—¿Estás bien? —me dijo Sara viéndome un poco triste.

—Sí... No, la verdad es que no, pero hemos hecho un buen trabajo —dije quitándole hierro al asunto.

—Desde luego. Equipo de investigación *forever* —dijo Lucía.

—*Forever* no..., dejemos el *forever* que ya está bien por hoy —dijo Sara de manera natural mientras nos empezamos a descojonar de la risa.

Aproveché ese momento para respirar. Abrí WhatsApp y confirmé que Álex había visto la foto de su novia que le había enviado.

—Se ha hecho un poco tarde, ¿no? Os invito a cenar —dije mientras alguna lágrima caía por mi mejilla.

—Por fin, pensaba que no lo iba a decir nadie. Qué hambre, por Dios... —dijo Sara, apurando la última patata frita del cestito.

Las dos me abrazaron con fuerza dándome esos besos de abuela que suenan tan bien como saben y que tanto confort me aportaron en ese momento en el que, aunque intentaba mantenerme fuerte, sentía un pellizco en el pecho y rompí a llorar. Lloré como nunca. Y no lo hacía solo por pena, sino también por rabia. Recuerdo aquella tarde como algo muy triste, aunque tuve la inmensa suerte de tener el apoyo de mis amigas.

De todas las palabras que escuché salir por la boca de Álex, al final «Eres demasiado buena para mí, rubia» son las únicas en las que, probablemente, dijo la verdad. Lo demás fue humo, pero un humo muy agradable. Hay que reconocer que fue muy listo, casi tanto como nosotras.

En el fondo no me arrepiento de todas las horas de sueño que me robó Álex, ni siquiera de esa parte de mi corazón que se llevó consigo y que late cada vez que me escribe cuando estoy a punto de olvidarle. Son experiencias que te ayudan en el futuro a no cometer los mismos errores. No es importante recordar a quien te hizo llorar, sino a quien te ayudó a recuperar la sonrisa, y en ese momento y en esa terraza, sentí el apoyo de esas amigas que sospechan hábilmente cuando estás enamorada de alguien que no lo merece. Tú te das cuenta ahora, pero ellas lo sabían desde el minuto uno.

Álex era de esos tíos que llegan en el mejor momento de tu vida; ese en el que desprendes seguridad a cada paso que das con tus tacones y en el que te comes la vida cada día. Ese momento en el que sonríes tanto que no te hace falta ni repetir las fotos y en el que estás rodeada de gente que te quiere y te lo demuestra constantemente. Ese mismo momento en el que aparece alguien que te desordena la vida más de lo que tienes desordenado el cajón de las bragas.

ÁLEX

CAPÍTULO 5
Mamihlapinatapai

Una mirada entre dos personas, cada una de las cuales espera que la otra comience una acción que ambas desean, pero que ninguna se anima a iniciar.

Cuando le contamos a Alberto las andanzas de su amigo no se sorprendió especialmente, al fin y al cabo, ya le precedía la fama. Él sabía que viajaba a Tenerife entre otros sitios, pero siempre pensó que era por trabajo. No tenía ni idea de lo que hacía, ni tampoco se lo había planteado. No se quedó ojiplático como Pol cuando le conté en lo que habían derivado nuestras investigaciones.

—Ya te dije yo que no era trigo limpio, rubia, y siendo tú intolerante al gluten..., ya te podrías haber dado cuenta —me dijo Pol cuando se lo conté.

—No es intolerancia, Pol, es sensibilidad al gluten.

—Sí, sí, la sensibilidad que le ha faltado a él para follarse a medio Tenerife sur, rica.

La verdad es que a Pol no le faltaba razón.

Desde que supe lo de Adejeforever, mi mente no paraba de recrear momentos con Álex de los que me arrepentía en ese momento, pero que meses atrás habían tenido su encanto.

Álex y yo estuvimos casi un año juntos y, aunque no llegamos a celebrar un aniversario, sí festejábamos una cosa que me inventé con tal de tener una fecha fija en la que vernos sí o sí: los mesesarios. Nos conocimos un 12 de julio, pero nos besamos por primera vez el 19 e hicimos el amor el 22. Mi madre adoraba el número 22, era un número que siempre ha estado presente en mi familia, ya que ellos se casaron un 22 de julio. Automáticamente yo adopté ese número como fecha oficial con Álex y, aunque nunca fuimos nada oficial, él quiso siempre compartir esa fecha especial conmigo cada mes.

—Hoy es 22 de agosto, Álex. Hay que hacer algo especial —le dije.
—Pero... ¿no eras libra? —me sorprendió que al menos supiera que no hablaba de mi cumpleaños, porque para eso tenía que ser septiembre u octubre.
—Hoy hace un mes que ... —me callé avergonzada.
—¿Que nos vimos en persona? Pero si el cumpleaños de Alberto es el día 12.
—No, un mes desde que tú y yo...

Joder, qué vergüenza, para qué habría empezado a hablar.

—¿Desde que te tuve encima de mí, así como ahora? —Me cogió en brazos rápidamente y me apoyó contra la pared, mientras me besaba—. No te puede dar vergüenza hablar de esto cuando entre las sábanas no tienes ninguna.

Y tenía razón, pero siempre me costó más hablar de sexo con los propios tíos que con mis amigas. No sé el motivo, la verdad, porque sin ser un tema tabú en mi vida, comentarles a Lucía o Sara lo bueno que estaba Álex o cómo me agarraba el culo era algo habitual, pero con él me costaba arrancar a hablar de ello a las claras, sin preliminares, aunque en la cama siempre hubo conexión y comunicación total.

—Ja, ja, ja, ja. ¡Quitaaa! —Me intenté zafar de entre sus brazos muerta de vergüenza, pero me empezó a besar y acabamos celebrándolo. Varias veces.

Esa tarde, desnudos en el sofá, hablando de fechas y de nuestros cumpleaños, le cogí el móvil con la excusa de apuntarle el mío. Él me lo desbloqueó sin decirme la contraseña, cosa que me pareció lógica, ya que acabábamos de conocernos, así que aproveché no solo para apuntarle mi cumpleaños en el calendario, sino que le creé un evento con un mensaje especial para que todos los días 22 de cada mes le saltara una notificación a modo de recuerdo. El texto era el emoticono de un corazón, una berenjena y las gotas. Los tres seguidos. Sí, como a la cara no me atrevía a decírselo, se lo dejé por escrito. La primera notificación le saltó en septiembre, y cuando la recibió, dio la casualidad de que estábamos juntos porque había pasado la noche en mi casa. Se quedó completamente descolocado, porque la alarma del móvil empezó a sonar con la canción «Sex Machine» de James Brown y fue un motivo de mucha risa y complicidad.

Desde entonces, todos los días 22, me mandaba una captura con la notificación en pantalla a primera hora de la mañana, y por la noche hacíamos algo especial y brindábamos por nosotros sin importar que fuese martes o domingo.

Incluso cuando me dijo el famoso «Vamos demasiado deprisa», recibí cada mes la captura de mi notificación del mesesario y siempre quedamos para celebrar que ya «no íbamos demasiado deprisa», supongo. Siempre fue una manera de recuperar su atención por mi parte en un principio y de llamar la mía por su parte poco después, ya que el recordatorio le servía como excusa para retomar el contacto cuando le venía bien. A pesar de que la berenjena tenía una clara intención sexual, en el fondo era una manera de volver a estar juntos, al menos para mí, por eso incluso cuando desaparecía durante semanas y luego recibía mi propio mensaje en forma de captura de pantalla me recordaba una de las partes más bonitas de nuestra historia.

Como era de esperar, la relación con Álex no acabó aquel día en el que le encontramos siete perfiles diferentes y al menos una novia en Adeje. A los tipos como él no se les puede dejar, son ellos los que tienen la última palabra y, si no se la das, buscan su hueco para decirla sutilmente, sin exponerse demasiado para que no parezca que pierden el control. Son de ese tipo de tíos que no conciben que puedan ser rechazados. Cuanto más los ignoras, más se esfuerzan en estar ahí, eso sí, manteniendo las distancias y las otras cinco relaciones, que seguramente tendría.

Laura, mi Laura de ahora, los llama «malabaristas» y Álex era uno de los buenos. Los comparaba con esas personas que son capaces de sostener en el aire cuatro o cinco platillos girando a la vez sin que se caigan. Cuando uno parece que va a dejar de girar y va a venirse abajo, rápidamente vuelve a darle velocidad de nuevo en forma de mensaje o cena romántica para mantenerlo en equilibrio. Cuando entendí que yo era un plato más dando vueltas en sus manos y él un malabarista experimentado, decidí que tenía que dejar de girar sobre sus dedos, por mucho que me gustasen. En ese momento, creo que no entendió que era, y soy, demasiado mujer para bajarme de mis tacones una segunda vez.

La cronología de nuestra relación siempre estuvo marcada por el número dos. A Álex lo conocí en el cumpleaños de Alberto un 12 de julio, el día 22 pasó a ser nuestro mesesario y 222 días más tarde exactamente me dijo que íbamos demasiado deprisa. El 12 de mayo del año siguiente, en plena terraza de La Latina, Lucía, Sara y yo descubrimos que en vez de ser dos en nuestra relación, nuestro número había cambiado al tres. Estuvo dos meses sin enviarme un mensaje: desde que le mandé la foto de su novia hasta que me volvió a mandar la captura de nuestro mesesario, a ver si colaba.

El día 22 de noviembre, dos meses después de que Laura entrara en mi vida, la casualidad hizo no solo que volviera a tenerlo frente a frente, sino que ella estuviese presente.

Laura y yo nos habíamos conocido un par de meses antes en una fiesta que dio Alberto para finalizar el verano a finales de septiembre. Recuerdo ese momento perfectamente porque estuve a punto de no ir. No me encontraba con ánimo, pero ahora sé que si no hubiese ido a aquella fiesta, nunca hubiese conocido a Laura y me alegro enormemente de haber ido.

Y es que después de aquella fiesta donde nos conocimos y con unas vacaciones en Ibiza de por medio, Laura y yo nos hicimos inseparables. Justo el 22 de noviembre quedamos para comer por el centro, como hacíamos habitualmente los domingos. Encontramos una mesa vacía en el Lateral de Fuencarral y compartimos muchos platos de la carta sin gluten que a las dos nos encantaban entre cotilleo y cotilleo. Después dimos un paseo por la calle Hortaleza, hablando como auténticas cotorras mientras hacíamos tiempo para llegar a la inauguración que Alberto hacía en Chueca de un nuevo bar del que era socio.

Cuando dieron las ocho de la tarde nos acercamos al local en el que ya había bastante gente desde primera hora. Estábamos apoyadas en la barra cuando la cara de Laura pasó del bronceado más perfecto, porque tiene la capacidad de estar todo el año bronceada de manera natural, a un color entre blanco y transparente. Eché rápidamente mano a la goma del pelo que llevo siempre en la muñeca, pensando que lo que vendría después sería sujetarle el pelo en el baño para que el último vino se fuese por el retrete. Pero ella me cogió del brazo con fuerza y me dijo: «Tía, acaba de entrar "el malabarista" por la puerta».

Mi amiga Laura tiene varios dones: avisarme cuando estoy a punto de cagarla, hablar tan rápido que ni ella misma se entiende y una memoria fotográfica. Ella nunca coincidió con Álex en el tiempo hasta ese momento, pero había visto tantas fotos y le conté tantas veces la historia de sus múltiples vidas, que lo reconoció al instante. Estoy segura de que igualmente le hubiese llamado la atención porque seguía llevando una camisa blanca impecable sin ningún tipo de arruga, como si unas hadas transparentes volasen a su alrededor con una plancha vertical de vapor, echando además perfume a su paso.

Respiré hondo y empezaron a venirme a la cabeza *flashbacks* de todo lo que fuimos. Laura, por el contrario, no se puso nerviosa en absoluto.

—Tú tranquila, que a este nos lo comemos con patatas —dijo con esa personalidad arrolladora, y me tranquilizó, porque de inicio sentí como una revolución en mi cuerpo que no podía controlar. Por mis venas corrían ambulancias con las sirenas puestas llevando sangre a mi corazón de manera urgente.

Álex saludó a unos amigos junto a la puerta del bar y acto seguido me miró fijamente, como si supiera dónde iba a estar. Siempre pienso que cuando hablas con una amiga de un ex y justo te escribe es porque lo has invocado con tus pensamientos; pero que entre por la puerta de uno de los cientos de bares que hay en Chueca justo esa tarde es tener mucho poder de invocación, aunque claro, siendo amigo de Alberto las probabilidades eran mayores.

Él mantuvo la compostura, con ese talante que deja una cuidada pose estudiada frente al espejo. Siempre me pregunté la cantidad de horas que invertiría en estudiarse a sí mismo y que podría haber dedicado a otra cosa.

Esperó su momento con educación, se acercó despacio con un amigo y, al darme dos besos, durante un segundo, recordé todas las caricias que nos recorrieron tiempo atrás y que volvían de nuevo a escena, como un actor secundario que vuelve a ser protagonista de la serie, en un capítulo concreto de la temporada.

No había respondido al último mensaje que le mandé con la foto de su novia, pero sí que, obviando la foto, me había escrito en otras ocasiones.

Álex se acercó a mi oído y me dijo con una media sonrisa:

—Esta mañana he visto nuestra berenjena con gotas —dijo con sorna—, ¿has borrado tú nuestra última conversación?

Como buen actor principal de su propia película intentaba llevarme a su terreno. Por un lado, después de seis meses sin vernos, buscaba tocar mi corazón con las cosas que más nos unieron y, aunque seguramente habría borrado las notificaciones para evitar tener que dar una explicación incómoda si lo veía su novia, ese día justamente era 22 y aprovechó el momento para sacarle partido al mensaje. También sabía que cada vez que nos separábamos yo borraba nuestro chat a modo de «te borro de mi vida», y también sabía que él ya tenía pensado abrirlo de nuevo cuando le conviniera. Pero eso fue hace seis meses y venir con esa actitud de chico interesante que ya no me interesaba era un poco ridículo.

A Laura solo le faltaba sacar palomitas y disfrutar de la secuencia, así que hice las presentaciones para no generar un incómodo silencio.

—Laura, este es Álex —dije de manera asertiva.

—Pero ¿cuál? —preguntó rápidamente cogiéndonos a todos desprevenidos.

—¿Cómo que cuál? —preguntó Álex desconcertado, mientras Laura completaba su obra de arte con la siguiente pregunta.

—Sí... ¿Alejandro Fernández, Alejandro Adeje o Álex guion bajo motito uno?

La muy perra, con su memoria prodigiosa le soltó en la cara cada uno de los nombres de los diferentes perfiles que tenía en las redes sociales. A Álex se le desencajó la mirada por momentos y yo contuve la risa durante unos segundos más de lo que debería.

El amigo con el que iba Álex, que no entendía la situación, quizá porque no sabía muy bien a qué se refería Laura, cambió de tema un segundo antes de que soltásemos la gran carcajada.

—¡Cuánto tiempo, rubia! Hacía mucho que no coincidíamos. ¿Cómo estás? —preguntó mientras seguíamos con la risa tonta.

Solo le había visto tres o cuatro veces en mi vida estando con Álex, pero recordaba que era un chico especialmente majo.

—Bien —respondí con la tranquilidad que te da haber pasado los primeros nervios con nota.

—¿Seguro? —respondió Álex con la misma pose y voz de los noventa que un año atrás le hacía irresistible.

—¿Y tú? —le respondí rápidamente buscando un golpe de efecto.

—Bien, un poco cansado.

—Cansa mucho estar siempre viajando, ¿no? —respondí con un tono maternal.

Laura, que en ese momento se estaba presentando al amigo de Álex, dejó la frase a medias para reírse descaradamente como solo ella sabe hacer.

—No..., cansado del gimnasio. Últimamente voy mucho —dijo.

Sinceramente no entendí esta frase. Imagino que quería un aplauso o darme a entender que seguía igual de fuerte. La verdad es que este detalle es algo recurrente que hacen algunos hombres cuando están en una situación incómoda y no saben cómo afrontarla. Dicen la primera tontería que se les viene a la cabeza y siempre tiene que ver con su hombría física.

—¿Vas mucho últimamente? —le pregunté de manera irónica.

—Sí estoy yendo seis días por semana, la verdad. Estoy a tope —dijo, respondiendo completamente en serio.

—Pues mira, eso es algo con lo que has podido comprometerte —le soltó Laura para acabar de rematarlo, mientras volvimos a contener la risa ante la mirada de incredulidad del amigo de Álex, que no entendía absolutamente nada.

Obviamente Álex aguantó el tirón porque sabía que su comportamiento nunca estuvo a la altura. Estuvimos charlando unos cinco minutos más y noté que empezaba a ponerse nervioso porque sus manos brillaban por el sudor. No conseguía el ritmo de conversación que él quería, y sus palabras, que antes se ordenaban de manera magistral, con la risa de Laura de fondo no encontraban el ambiente perfecto para desplegarse. Respiró, se colocó la camisa y cogió mi mano.

—¿Podemos salir un momento? —me dijo—. Necesito hablar contigo.

Sus ojos brillaban y transmitían serenidad. Parecía sincero. Tragué saliva y durante unos segundos le sostuve la mirada.

—¿Qué hora es, Laura? —pregunté.

—Las nueve y media —dijo.

—Las ocho y media en Canarias, ¿no? —apuntillé sin pensármelo dos veces. Aquella frase sonó demoledora y Álex intentó sonreír para sobreponerse, pero no pudo.

—Lo siento, tenemos prisa —le dije.

—Solo será un minuto —insistió.

—No dejaré a mi amiga sola —respondí dando por finalizada la conversación.

Álex asintió con la cabeza, manteniendo la pose e intentando no perder la compostura. Tras un silencio incómodo de apenas dos segundos que parecieron minutos, Laura nos invitó a todos a despedirnos.

—Bueno..., pues ¿nos vamos, rubia? —dijo transmitiendo urgencia.

Yo asentí con la cabeza y Álex sonrió levemente. Nos dimos dos besos, sin intención, sin olor, sin nada que nos uniera, y salí del bar, con Laura a mi lado, mirando al frente y evitando caer en el error que un año y medio antes —en la puerta de mi casa, después de nuestra primera cita— cometí dándome la vuelta para ver si estaba mirándome. Estoy segura de que, de haberlo hecho cuando salía del bar, él estaría fijando sus ojos sobre mí y no quería darle ese placer de devolverle la mirada. También porque ni yo misma sabía cómo podría reaccionar.

Una vez cruzamos la puerta, en mitad de la calle Pelayo, nos agarramos de la mano y gritamos al aire con todas nuestras fuerzas fruto de la tensión acumulada que nos dejó exhaustas sentadas en un portal comentando la jugada.

—Es lo más fuerte que me ha pasado en mi vida, tía —dijo Laura a grito limpio.

—Ufff, pues no te creas, que lo he pasado mal —le dije, aún alterada.

—Lo has hecho muy bien, rubia. Una no puede quitarse el olor de otra persona tan rápidamente. Había que dejarle claro que, por encima de él, siempre estarás tú —dijo Laura, mientras me daba un abrazo que me hizo sentir como si la conociera de toda la vida, cuando apenas llevábamos dos meses juntas.

—Igual nos hemos pasado un poco, ¿no? —le dije.

—A mí lo de la hora de Canarias me ha parecido brutal —dijo mientras nos descojonábamos de la risa en mitad de la acera.

Cuando volví a casa me sentí extraña. No conseguí conciliar el sueño, supongo que por la adrenalina del encuentro fortuito y cuando sonó el despertador para ir a trabajar apenas habría dormido un par de horas. Mientras remoloneaba en la cama, la pantalla del móvil se iluminó en la mesilla. Sabía exactamente de quién era el mensaje, porque si algo conocía Álex eran mis rutinas durante la semana y a esa hora sabía que justo acababa de despertarme.

+34 60908345544

He soñado contigo.

No tenía el número guardado, pero no lo había olvidado, por más veces que en su día lo borré para no caer en la tentación de escribirle cuando iba piripi.

«¿Estaré soñando todavía?», me pregunté.

No, no podía estar soñando porque volvía a tener una teta fuera de la camiseta, un poco de baba en la almohada y el pelo como un nido de cigüeñas. En mis sueños yo siempre salgo peinada y jamás llevaría un pijama, iría con taconazos y un vestido. Así que ese mensaje era real.

He de reconocer que me puse nerviosa y que no supe cómo reaccionar los primeros cinco segundos. Cuando estábamos juntos prefería tener lo poco que él me daba a no tener nada de él. Esto era así. No pasa nada, no hay que avergonzarse de los errores, ni pensar que fui menos mujer por enamorarme de él. Es la única manera de avanzar y dejarlos atrás, y en ese momento, sus recuerdos estaban ya tan lejos que apenas me rozaban.

El mensaje de Álex quería llegar a lo más profundo de mí. Soñar con una persona es algo muy importante, es la manera que tiene nuestra mente de decirnos cosas que no queremos escuchar despiertos o de hacernos regalos cuando más lo necesitamos, como cuando sueñas con alguien que ya no está y el sueño te devuelve su voz, e incluso su olor. Puedes borrar el teléfono de alguien, pero nunca podrás borrar su olor. Sabemos de lo que estoy hablando porque ahora mismo has respirado fuerte para sentirlo.

Y ahí me quedé, con el teléfono en la mano y el despertador sonando en mi cabeza. ¿Qué podía hacer? Escribir a mi amiga Laura, obviamente. Un mensaje de tu amiga a las siete de la mañana solo puede significar algo realmente importante.

Laux.

¿Amiga?

¡¡¡Chiqui!!!!!

La energía que desprende Laura a cualquier hora del día es arrolladora. Da igual que no haya dormido absolutamente nada, que a los cinco minutos de despertarse está perfecta y lista para el siguiente plan. Es algo absolutamente fuera de lo normal. En cuanto vio mi ¿Amigaaaaaaa?» en WhatsApp, Laura me llamó por teléfono rápidamente.

—Te ha vuelto a escribir, ¿verdad? —dijo, nada más descolgar.
—Sí, tía...

A veces pienso que Laura sabe más cosas de mí que yo misma. Para mí Álex fue ese chico al que conoces en un momento de tu vida en el que estás tranquila y te lleva a su terreno, llenito de barro, conduciendo una moto de carretera de palabras bonitas y frases que te hacen sentir de nuevo la chica más guapa del mundo.

—¿Un «chico trampolín»? —me preguntó Laura cuando hablamos de Álex las primeras veces.
—Exacto.

Un chico que te hace saltar entre una relación larga y lo que te espera en tu nueva vida; un hombre con el que todo son emociones y te vuelves a subir una y otra vez a él, y saltas tan tan alto que a veces te haces daño, pero vuelves a saltar.

—Esos tíos son como los bomberos: te apagan el fuego, pero te destrozan la casa entera con la manguera —me dijo, y cuánta razón tenía.

Laura tenía muchos dones y el de las analogías para todo era el que más gracia me hacía. Me encantó aquel símil con los bomberos. Yo ya no quería incendios.

El wasap de Álex llegaba para intentar conseguir lo mismo que ya consiguieron otros mensajes cuando lo nuestro «iba demasiado deprisa». Tenía la capacidad siempre de escribirme justo cuando estaba a punto de olvidarlo, como si supiese el momento en el que volver para que su olor no se apagase.

Esa misma mañana quiso hacer lo que tantas veces habrá hecho, no solo conmigo, sino con muchas otras, buscando volver a sentir que tiene el control, que es imprescindible para la otra persona. Lo llamábamos «el que siempre vuelve» y era un apodo que, sin duda, le hacía justicia. Él, que cuando escribía de nuevo me lo cambiaba todo. Él que cuando aparece es como si tuvieses colocadísimo el cajón de las bragas y, de repente, sin saber cómo, están todas hechas un gurruño: eso me pasaba cuando él aparecía, mi mundo entero se desordenaba y, aunque a todas nos gusta un poquito el caos, a veces hay que conseguir tener las bragas en su sitio.

Ese «He soñado contigo» llegó en forma de mensaje a las siete de la mañana, pero tarde, como de costumbre.

—¿Le contesto o no le contesto? —le pregunté a Laura.
—Déjale en visto —me dijo.

Él me confesó, entre las sábanas, que le encantaba que le dejase en visto y que tardásemos varios días en contestarnos, que para él era un juego.

Ahora entiendo que, simplemente, era lo más cómodo dado que seguramente no podría responder si estaba con su novia.

Después de nuestro encuentro de la noche anterior, el mensaje dejaba una cosa clara: no sabía perder. Porque Álex era humano y no estaba acostumbrado a que le rechazasen. Si eres listo, puedes tener a una persona en esa delgada línea durante mucho tiempo como él hizo conmigo, hasta que un día, sin saber muy bien por qué, la cruzas sin mirar atrás y esa persona desaparece de tu vida. Hace tiempo que dejé a Álex fuera de mi cabeza y, aunque verle de nuevo me dejó tocado el corazón, ahora la situación se había dado la vuelta, con la diferencia de que no iba a ser tan cobarde como lo fue él y sí lo suficientemente valiente para tomar una decisión.

Respiré unos segundos. Laura se quedó en silencio y lanzó la cuestión clave que toda amiga debe preguntar:

—¿Qué vas a hacer? —dijo de manera solemne.

Una pregunta que espera que tu respuesta sea la correcta para no tener que abalanzarse sobre ti y decirte con voz de madre: «Pero ¿cómo que vas a quedar con él otra vez?».

Esta vez Laura se quedó con las ganas y Álex también. No necesito incendios de «hombres bombero». Quien quiera apagar mi fuego será porque vaya a dejarse la manguera enrollada en casa. Los bomberos rescatan, pero los «chicos bombero» te incendian la vida para marcharse cuando solo quedan cenizas.

—Voy a dejarlo pasar. Lo mejor es seguir sin hacer nada —le dije, segura de mí misma.
—Me parece bien —respondió Laura aliviada.

Y así metí de nuevo mi teta en la camiseta y mi cabeza debajo de la almohada para acallar las voces que pudieran seguir hablando en mi interior, hasta que la segunda alarma sonó con más fuerza que la primera. Lo justo para meterme en la ducha y pasar un maravilloso lunes de resaca emocional en el trabajo.

A las once, en un descanso del trabajo y todavía con el café en la mano, hice oficial a Lucía y a Sara en el Dramachat aquel reencuentro. Fliparon de tal forma que recibí llamadas de cada una de ellas para escucharlo de mi propia boca.

Y así se me pasó la mañana hasta que a la una de la tarde Álex lo volvió a intentar. Sonó una llamada, pero no estaba dispuesta a cogerla, así que tuve que esperar a que colgase para poder seguir con lo mío mientras pensaba lo jodido que es que te interrumpa esa persona justo cuando la estás ignorando. Enseguida apareció en pantalla un nuevo mensaje. Lo leí sin abrirlo.

+34 60908345544

Que haces??

Muy en su línea. Nada que le comprometiese, pero que tampoco te dejase indiferente y obligando a iniciar una conversación con una pregunta directa. Un cincuenta por ciento de Álex, como siempre había sido.

En el fondo creo que estaba bastante nervioso. Era la primera vez que no le ponía la tilde a la «e» y tampoco había colocado los signos de interrogación de apertura. No me molestaba en absoluto, pero estaba tenso y se le notaba.

Al momento abrí los mensajes privados de Instagram para escribir a Laura por allí y que él no viese que estaba en línea. Lo último que aparecía en nuestro chat privado era una publicación que una *influencer* había hecho de una falda y habíamos puesto en marcha el equipo de investigación para averiguar de dónde era. La amistad es hablar a la vez, pero de cosas diferentes por WhatsApp y por Instagram. Si alguien tuviese que relacionar nuestra amistad por las conversaciones en cada una de estas redes, pensaría que éramos amigas diferentes.

Laura
@laura_brillibrilli

Me ha llamado.

¿¡Llamada!? Pues sí
que está pesadito...

Sí, no quiero abrir
WhatsApp para que no vea
que le estoy leyendo.

Claro tía, hay que ponerse dura
como nuestras nalguitas en
el gimnasio, ¿vamos esta tarde?

No tengo muchas ganas
hoy de gimnasio.
Estoy reventada.

Nunca tienes ganas, perra.
No sirve de nada comprarse
ropa bonita de deporte
si luego no te la pones, zorra.

                              Estoy yo ahora
                          como para pensar
                          en hacer zumba...

Mientras no vuelvas a zumbarte
a Alejandrito...

                        Me da que las indirectas
                        de ayer no las ha pillado.

Ya te digo yo a ti que sí.
Lo que pasa es que no está
acostumbrado a que le
digan que no.

                                        Ya...

Oye!, dale me gusta
al sorteo del iPhone en el que
te acabo de etiquetar.
¡¡Nos va a tocar!!

                                Vooooyyyyy.

Volví a tragar saliva y me quedé en silencio pensando. En ese momento me di cuenta de algo muy importante: hay que ser valiente. Álex subía su apuesta progresivamente y yo no estaba dispuesta a jugar esta partida. Una partida donde cada vez iba a ser más dura con él, donde actuar con mano de hierro prolongaría esa situación eternamente porque él no iba a permitir quedar como «el rechazado» y sobre todo porque yo no soy así, lo mío es el amor, no el desprecio.

Así que abrí la conversación de WhatsApp donde aún quedaban restos de mensajes de los últimos dos meses que, a diferencia de lo que él creía, no había borrado. De idas y venidas, de tiempos muertos y de «¿qué haces?» que en su momento fueron míos y que nunca encontraron respuesta por su parte. De iconos de corazones, de besos y silencios. De capturas de nuestros mesesarios con berenjenas y gotas. De «escribiendo...» que tantas veces no escribieron nada.

Miré la pantalla y ahí seguían sus últimos mensajes seguidos:

+34 60908345544

He soñado contigo

Que haces??

Me detuve un segundo y tomé la decisión más importante y seguramente la más honesta que yo me merecía. Podía haberme tomado la revancha, era mi momento, pero ¿quién quiere perder el tiempo con todo lo que hay por descubrir?

+34 60908345544

Querido Álex, soñar es gratis,
pero como decía el anuncio
de la lotería,
«No tenemos sueños baratos»,
así que, si has soñado conmigo,
solo puedo preguntarte
si salía guapa. Pero nada más.

Y así, con ese mensaje, sentí que verdaderamente cerraba un capítulo de mi vida sin rencores, fiel a mí misma, con ese humor tan mío que está lleno de cariño y sin humillación.

Álex recibió el mensaje. Durante unos tensos segundos, que parecieron una eternidad, se mantuvo en línea hasta que contestó.

+34 60908345544

Salías preciosa.
Muchas gracias de corazón,
rubia. Por todo.

En realidad, no le había dejado hueco. Álex entendió perfectamente mi mensaje y estoy segura de que en el fondo me lo agradecía con toda la sinceridad. También imagino que sería algo pasajero y que difícilmente pueda cambiar su forma de ser. No descarto que acto seguido escribiera a otra chica para decirle «Hoy he soñado contigo», esperando un mensaje de vuelta que yo nunca más le escribiré.

Avanzar sin dejar atrás el pasado es como intentar darte otra capa de pintauñas sobre un esmalte desconchado: nunca va a quedar igual. Así que con ese mensaje cogí el quitaesmalte, borré a Álex de mis manos para siempre, y desterré su color para que mis uñas pudieran lucir uno nuevo: el mío.

Como diría Julio de la Rosa en su canción «Resumiendo»: «Sé muy bien quién soy sin ti... por fin soy yo».

PAPÁ

CAPÍTULO 1
La letra con cariño entra

Nos queríamos con todas las tildes.

Mi padre tenía un nombre y unos apellidos, como todo el mundo, pero en casa no se pronunciaba ninguno de los tres, porque él era «papá» para todos, incluso para mi madre, que también lo llamaba así cariñosamente a veces, cuando no le llamaba «mi amor», «cielo» o «cariño». También era el «papá» de mis gatos y cuando les preguntaba si querían su latita de atún a mediodía y contestaban emocionados que «miau», yo les decía que su «papá» se la daba enseguida.

Si yo respondía al teléfono y era para él, sus amigos, que eran encantadores, me pedían siempre que les pasase con mi padre; no preguntaban por su nombre.

En cambio, cuando cogía el teléfono de pequeña y era, por ejemplo, alguien de la compañía de seguros que preguntaba por él con su nombre y apellidos completos, a mí me sonaba realmente extraño, como ajeno, como si todo el mundo tuviese que saber que él no era ese nombre y esos dos apellidos, sino que era mi padre. Bendita inocencia que es tan importante conservar de adulta.

Incluso ahora, cuando le recuerdo y hablo de él, sigo llamándole «papá» en voz alta y se me eriza el vello de los brazos que ni siquiera tengo porque me hice el láser hace años. Es curioso cómo puedes continuar sintiendo con la misma intensidad las cosas que ya no puedes experimentar porque se han ido, pero que en el fondo siguen dentro de ti, muy vivas, porque las has tenido durante muchos años. Igual que tenemos la capacidad de echar de menos cosas que nunca hemos tenido, si las hemos pensado muy fuerte: yo echo de menos habitualmente tener una mansión con un vestidor en el ala oeste y una biblioteca ordenada por colores en el ala este.

Mi padre nunca fue un nombre y unos apellidos para mí. Fueron cuatro letras con la tilde bien puesta y en mayúsculas, tal y como le tengo guardado todavía en el móvil: «PAPÁ».

Cuando era pequeña, no siempre le ponía el acento en los trabajos del colegio o en los típicos regalos del Día del Padre que confeccionábamos en plástica, por eso me esmeré en ponérsela de mayor. Mi padre era muy tiquismiquis con la ortografía, pero entendía que había cosas hechas con tanto cariño que no necesitaban ni tildes.

Es curioso que lo primero en lo que pienso cuando le recuerdo, además de en la ortografía y su capacidad para coleccionar cosas antiguas, es en su voz. Por supuesto recuerdo su cara a la perfección: su calva con su correspondiente pelo por encima de las orejas, su barriga en la que apoyaba las manos cuando se quedaba dormido en el sillón, su sonrisa y sus preciosos ojos verdes, pero mi mente en sueños a veces me lo muestra joven, otras mayor e incluso a veces enfermo, y eso es muy doloroso. En cambio, su voz siempre la recuerdo igual de alegre siempre: hablando mientras comíamos en la mesa grande del salón, dirigiéndose a mi madre para preguntarle si quería dar un paseo, hablando a los gatos o a través del móvil en las largas conversaciones que teníamos siempre.

Es curioso cómo la mente prioriza recuerdos concretos y que, de toda la vida junto a mi padre, recuerde precisamente su voz y el momento en el que le regalé su primer móvil. Ese momento marcó un punto de inflexión porque justo empezaba mi nueva vida en mi nueva casa y, aunque me había mudado muy cerquita e iba a visitarlos habitualmente, hablar con él cada noche era un regalo, más que el propio móvil en sí. Para él fue un incordio, porque como solía decir, eso de estar conectado y conectando el móvil para cargarlo no iba con él.

—De verdad que no entiendo cómo podéis estar todo el día enganchados a esto —me decía, señalando el móvil como si fuese un objeto del demonio.

—Papá, tú te pasas el día enganchado al fijo hablando con tus amigos, es lo mismo.

—No, no es lo mismo. Yo cuando no quiero coger el teléfono porque estoy liado, lo descuelgo para que no suene.

Cuánta razón tenía. Sabía que yo no le iba a permitir que tuviese el móvil sin batería o apagado, que era lo más parecido a descolgar el antiguo teléfono. De hecho, fue una de las promesas que le obligué a hacerme cuando me marché de casa. Le hice prometerme que tanto mi madre como él tendrían sus teléfonos móviles siempre operativos.

—Anda, grábame tu número, el de tus hermanos y el del veterinario, que llevo media hora y no he sido capaz.

—Me parece increíble que entiendas las matemáticas y la física, y no seas capaz de grabar un teléfono en la agenda del móvil —le decía en tono de broma.

—Las matemáticas tienen su lógica. Esto no hay quien lo entienda —decía mientras sonreía.

Él nunca se llevó especialmente bien con el móvil ni con las nuevas tecnologías en general. Era fascinante cómo tenía la capacidad de arreglar transistores y radios antiguas, e incluso algún autómata que tenía por casa, juguetes antiguos y otros objetos anteriores a la era digital, pero el móvil era algo que le superaba, como el ordenador. Tardaba horas en escribir una página en el procesador de texto, pero no le importaba porque tenía tiempo para ello y disfrutaba mientras lo hacía. Ahora nos molesta si el móvil tarda en abrir una aplicación más tiempo de lo normal y va lento. Sentimos que hay tantas cosas por hacer y por ver, que esperar un segundo más de la cuenta nos hace perder el tren de la vida que hay en las redes.

Mi padre utilizaba el móvil para llamar y hacerles fotos a los gatos, poco más; quería que fuese pequeño y que tuviese una buena cámara con resolución para luego imprimirlas, y es que ciertamente era bastante torpe para todas las demás funciones. Sus manos eran grandes y tenían manchas que reflejaban el sol que durante tantos años habían recibido. No se manejaba bien con el teclado porque, aunque era capaz de desmontar un reloj de muñeca pieza a pieza con un minúsculo destornillador de relojero sin despeinarse ni un pelo de la calva, no terminaba de concebir que una sola tecla tuviese varias letras e incluso varias funciones.

—Pero ¿por qué no ponen una tecla para cada cosa? —me decía.

—Porque entonces tendríamos un móvil enorme con muchísimas teclas.

—Ya inventarán algo, porque esto no es operativo.

Y así fue. Yo me reía porque pensaba que mi padre no tenía ni idea de estas cosas, pero al poco tiempo pasó de un móvil con teclado a un *smartphone*, donde ya sabemos que cada aplicación y cada letra del teclado es para una cosa. Dicen que la experiencia es un grado y mi padre tenía una buena temperatura corporal de toda la que había acumulado.

Él siempre fue muy selectivo con la torpeza; decía que no veía nada sin las gafas y cuando no sabía dónde estaban, me hacía leerle el periódico a su lado hasta que las encontraba. Era un truco como otros tantos para que cogiera fluidez leyendo, porque al poco tiempo le veía trabajando con pequeños tornillos esparcidos por la mesa que distinguía perfectamente sin ellas.

Además de un manitas, siempre fue muy listo para conseguir que mis hermanos y yo camináramos, dentro de la libertad que siempre nos dejaba, por donde consideró que era lo correcto. Nunca rechazó que nos equivocáramos, de hecho, durante mi adolescencia le di más de un quebradero de cabeza, pero asumía que era una parte de nuestra vida, y siempre nos quiso dar las herramientas adecuadas para que pudiéramos afrontarla.

—¿Otra vez has desmontado la tostadora? —le decía.
—Sí, me faltaba una herramienta concreta para un tornillo y ya la tengo. Ahora puedo arreglarla —me decía.
—¿No sería mejor comprar una nueva?
—Pues sería más fácil, pero nunca sabría por qué ha fallado esta.

Y así es como intentaba enseñarnos que cuantas más herramientas tengas en la vida, más fácil será arreglar las tostadoras y posiblemente los problemas.

Siempre me gusta rememorar los primeros recuerdos o imágenes que guardo de mis padres. Es un ejercicio que incluso hago ahora y es que busco en mi mente las primeras imágenes que aún conservo de ello con cierta nitidez. Cuando era muy pequeña, imagino que con apenas cinco o seis años, recuerdo a mi padre hacerse cada mañana el nudo de la corbata antes de ir a trabajar. Eran otros tiempos y en su caso estaba obligado a llevarla. Fuera de ahí, los fines de semana, nunca se la vi puesta, ni siquiera el día de mi comunión. Lo bueno de ese detalle que le vi hacer delante del espejo durante años es que el resto de la familia nos aprovechábamos de su experiencia haciendo nudos, ya fuera para los lazos de las blusas de mi madre o en los cordones de las zapatillas de toda la familia.

Además, era una persona a la que le costaba soportar la imperfección estética. Siempre decía:

—Pero cariño, ¿cómo te has hecho así los nudos de las zapatillas? —le decía mi padre a mi madre mirando al suelo.
—¿Así cómo? —replicaba ella.
—Pues..., tan poco... estético, ¿no te das cuenta de que uno de los lazos es mucho más grande que el otro?

Mi madre y yo mirábamos los lazos sin entender muy bien a qué se refería.

—Eres consciente de que esa fijación no es sana, ¿no? —le decía mi madre con gracia.

—Déjame a mí, mi amor... —decía con cariño mientras se agachaba, hincando rodilla, para hacerle los lazos de los cordones perfectos a mi madre y ella sonreía dejándole hacer, ajena a su perfeccionismo.

—¡Mis cierres son de velcro! —decía yo, orgullosa, mientras me separaba y me volvía a juntar compulsivamente los cierres de mis deportivas.

—Muy bien, señorita —concluía y me besaba en la cabeza, que era lo que le caía más cerca.

Mi padre, por su trabajo, además de llevar corbata, llevaba el pasaporte a menudo en la mano. Cada cierto tiempo y varias veces al mes tenía que viajar a Japón y a Barcelona, donde estaban otras sedes de la empresa en la que trabajaba además de Madrid. Cuando le tocaba, cogía una maleta del vestíbulo que casi siempre tenía allí preparada, y eso significaba que el viaje era largo. Como era tan pequeña nunca supe contabilizar si se iba varios días o varias semanas, porque cuando tienes seis años no distingues el paso del tiempo como medida. Cuando crecí, durante toda mi época escolar, empecé a ser consciente de que se pasaba largas temporadas fuera de casa y que yo le echaba mucho de menos. No obstante, pese a la distancia, siempre estaba muy pendiente de mis estudios y controlaba mis notas, mis idas y mis venidas, mis castigos y mis recompensas. No sé por qué lo llamo castigos y recompensas, cuando mis padres realmente nunca llevaron el castigo por bandera ni nos marcaban recompensas para que hiciésemos las cosas. Fueron más listos que eso y consiguieron que llegásemos a acuerdos como si de negociaciones se tratase.

—Tú me traes como mínimo tres sobresalientes y tienes una hora de teléfono —decía mi padre, iniciando las conversaciones para la negociación.

—Hombre, yo creo que con todo notables estaría bien —le respondía.

—¿Notables y algún sobresaliente? —replicaba.

—Vale —le respondía sabiendo que Lengua se me daba especialmente bien.

Luego era obvio que no siempre podía cumplir con lo pactado, pero siempre fue justo y si veía que me había esforzado, aunque el objetivo no se hubiese cumplido, cedía.

Ver a mi padre tan ilusionado y orgulloso cuando hacía algo bien era la mayor recompensa. Por otro lado, verle triste y sobre todo decepcionado cuando hacía algo malo era el peor castigo.

De aquella época con seis años también recuerdo cómo me gustaba fijarme en la ropa que vestía mi madre. Supongo que de ella heredé mi gusto por la moda. Siempre lo hacía combinando perfectamente los colores, fiel a un estilo muy marcado que a mí me encantaba.

Recuerdo que de pequeña miraba los álbumes de fotos que tan cuidadosamente había confeccionado, donde aparecía con mi padre de novios incluso antes de que yo naciera y me quedaba embobada tanto con la ropa que llevaba como con los zapatos; sobre todo con sus zapatos, casi siempre de tacón y plataforma, que combinaba de manera perfecta con falda, pantalón o vestido. En aquel momento no era consciente de nada de eso, pero supongo que inconscientemente se fue quedando en mi cerebro como mi gusto por la ortografía.

Mi madre tenía la costumbre de confeccionar un álbum de fotos para cada miembro de la familia (incluidos los gatos), al que iba sumando fotos según crecíamos y que siempre decoraba con divertidas pegatinas y frases. Cada álbum de fotos contaba una historia gracias a esos detalles. Algunas veces, ya en el instituto, continuaba creando esos recuerdos y me hacía partícipe de ellos:

—¿Cómo titulamos esta foto? —me decía.

—Mamá, en esa foto salgo meando en el campo con tres años, igual no es necesario tenerla en mi álbum.

—¡Cómo que no! Si sales monísima. Mira qué carita tienes —respondía riéndose.

A mi madre le encantaba repasar nuestras vidas viendo fotos. Decía que lo único que nos quedaba de aquella época eran los recuerdos y que la memoria tiene sus lagunas, pero sus álbumes de fotos no. Siempre le recordaban todo al detalle en cada imagen.

También tenía otro tipo de álbumes, uno por cada país o ciudad que habían visitado, decorado con banderas, recetas de platos tradicionales y mapas guardados entre sus hojas, y otro de fiestas familiares con barbacoas en el campo con mis abuelos, mis tíos y primos.

De todos los que había en casa, sin duda, mi favorito era el de ella, porque se veía como un magnífico catálogo de ropa setentera: interminables tacones, preciosas plataformas y delicados zuecos (perfectamente combinados siempre con el bolso) desfilaban ante mis ojos en cada una de las fotografías.

Vestidos de flores, conjuntos vaqueros, blusas con lazos, pomposos abrigos e incluso kimonos de cuando acompañaba a mi padre a sus viajes a Japón. El *eyeliner* perfectamente delineado (obviamente en eso salí a mi padre), ahumados ligeros y labios rojos: ella cuidaba hasta el más mínimo detalle.

Recuerdo a la perfección la primera vez que fui de compras para sentirme guapa además de cómoda. Es ese momento cuando eres adolescente y quieres verte mona, más allá del uniforme o ropa que te ponías para ir al colegio.

Como mi padre era el chófer oficial de la familia, que siempre nos acercaba a todas partes a mis amigas y a mí, ese día nos llevó de compras a todas, incluida mi madre, a conocer el mercado textil que iba más allá del chándal del colegio.

Aquella tarde fuimos a Zara de Cuatro Caminos. Ahora hay un Zara en cada esquina, pero antes no, y para mí ir era todo un acontecimiento, como quien va a un parque de atracciones siendo niña. Supongo que habría otras tiendas más apropiadas para los doce años que más o menos tendría en aquel entonces, pero elegimos Zara. Y no la sección de niños, no, Zara de mujer. Mis padres habían decidido que esa tarde iba a ser especial y, sin duda, lo fue.

Tengo que reconocer que mi padre se parecía físicamente muchísimo a Amancio Ortega con su calva, su cara redonda y su barriga, y yo muchas veces deseé que el oficio de mi padre fuese el de Amancio, incluso durante un tiempo soñaba en secreto que le pedía el diseño de la falda que tenía en mente, para que él me la tuviese lista en varios colores al día siguiente.

De toda la compra que hicimos esa tarde, recuerdo perfectamente que me llevé unas mallas de antelina color beige de un estilo muy de montar a caballo y unas botas marrones. Es difícil que ahora llevase un *look* parecido, pero es lo que se llevaba en aquel momento. La mente es así de caprichosa y, si me preguntas qué llevaba puesto anteayer quizá no lo recuerde, pero sí que me acuerdo perfectamente de aquel conjunto.

Cuando llegamos a casa, volví a probármelo todo delante de un espejo grande que tenía en mi habitación. Mi madre le guiñó un ojo a mi padre sabiendo que nunca olvidaría esa primera experiencia que, lejos de quedarse en mi primer día de *shopping,* se había convertido en un recuerdo imborrable.

Ese día marcó también un punto de inflexión con los regalos que mi padre me traía de cada uno de sus viajes. Si hasta ese momento los peluches fueron el producto estrella a la vuelta de cada viaje, a partir de entonces, cuando mi padre iba a Barcelona, me traía el catálogo de Stradivarius, que por aquellos tiempos ni siquiera tenía tienda en Madrid. Mi madre y yo lo revisábamos, y marcábamos las prendas que me gustaban para que me las trajese a su vuelta. De esa forma pasé de recibir, además de un peluche, a tener una pequeña parte de la moda que hasta ese momento solo se lucía por Barcelona.

A los doce años mi colección de peluches había aumentado de forma exponencial y tuve que desarrollar mucho mi imaginación para bautizar a cada uno de ellos. Todos tenían nombre y además muchos con un significado que entendí mucho más tarde.

A la vuelta de uno de sus viajes a Japón, me regaló un precioso gatito rojo con la pata levantada, pero de un rojo extremadamente intenso, muy saturado. Mi padre, un apasionado de los gatos, me contó que era un *Maneki-neko* o gato de la suerte. También me dijo que hay gente que cree que es chino, pero que realmente era de origen nipón, de hecho, *neko* significa gato en japonés. Tenía un pequeño cascabel que le colgaba del cuello y cuando lo movía sonaba muy suave. Nada estridente ni hortera como algunos de los que nos llegan aquí. Mi imaginación no daba para mucho en ese momento con tanta información y fue mi padre quien lo bautizó como el gato Bermejo.

Años más tarde, me dio por buscar el porqué de ese nombre y di con la definición en el diccionario.

Bermejo, ja:
Del lat. *vermicŭlus* «gusanillo», «quermes», por emplearse para producir este color.
1. adj. Dicho de un color: Rojo o rojizo.
2. adj. De color bermejo.

Mi padre no solo me había dejado de regalo un peluche, sino también una bonita palabra en forma de sinónimo para el color rojo.

En mi casa no solo jugaba con peluches, también lo hacía con soldados, Barbies, coches teledirigidos y juegos de mesa con mis hermanos. En casa había muñecas entre robots, puzles entre dinosaurios y útiles de cocina de plástico rellenos de plastilina con coches pegados.

Siempre he pensado que los juguetes no tienen género. Mis hermanos y yo mirábamos con ilusión el catálogo de juguetes de El Corte Inglés que mi padre traía a casa cada Navidad y elegíamos lo que queríamos pedirle a los Reyes sin más criterio que jugar con ellos. Entre todos veíamos cuáles eran los Gi-Joes que nos faltaban y, aunque a veces era yo la que imponía el criterio de las muñecas que engrosarían nuestra colección esas Navidades, al final eran ellos los que las criaban a base de biberones de plástico mientras yo defendía al mundo del ataque de múltiples robots.

Tuvimos el barco pirata de Playmobil, la granja de Pinypon y todos los juegos que acababan en -*nova*: el Alfanova, el Quiminova, el Choconova, el Ceranova... Con cada uno de aquellos juegos yo decidía cada año que quería ser alfarera, química o repostera de mayor; de todo menos cerera. Mientras era capaz de hacer pequeños botijos y galletitas de chocolate con facilidad, las velas se me daban fatal y un día intentando encender lo que mis hermanos denominaron un «churro de vela», casi me quemo el pelazo y la casa.

A pesar de sentirme siempre muy arropada por mis hermanos en aquella época de adolescencia, siempre anhelé haber tenido una hermana. Me daba igual que fuese mayor o pequeña, soñaba con tener una hermana y los sueños no entienden de edades. En el fondo Lauri siempre cumplió esa función de mejor amiga con tintes de hermana mayor.

En el colegio una de mis compañeras tenía cuatro hermanas; era lo más parecido al libro de *Mujercitas* y todas dormían en literas, cosa que me parecía fascinante. A veces pienso que quería tener una hermana solo para que tuviésemos la oportunidad de dormir en literas.

Recuerdo haber hablado de ello con Lauri. En una de esas fiestas de cumpleaños a las que íbamos con doce años fuimos a casa de Pilar, la niña del cole que dormía en una litera. Mientras todas merendaban una medianoche de jamón york y una Fanta de naranja alrededor de una mesa con un mantel de plástico, nuestra obsesión nos hizo escaparnos a la habitación de las literas.

—¿Tú has dormido alguna vez en una? —me preguntó Lauri, masticando su medianoche.

—Todavía no. —Remarqué mucho ese «todavía» que marca la diferencia de algo que tienes decidido que algún día harás.

—¿Dormirías arriba o abajo? —me preguntó.

—Depende. Si es contigo, arriba, porque la que duerma debajo se tendrá que comer todos tus pedos nocturnos —dije mientras me tapaba la nariz y golpeaba el aire con las manos.

Nos reímos estrepitosamente y la madre de Pilar vino a buscarnos para «reintegrarnos» al grupo.

La primera vez que dormí en una litera fue al año siguiente en un campamento de teatro al que fui en verano. Me hizo tanta ilusión que recuerdo haber llamado a casa emocionada, mucho más que por la obra que finalmente representamos el último día. Mi padre siempre decía que había dos tipos de personas: a las que les gusta vivir en áticos y pisos altos, y a las que les gusta vivir en bajos, y yo pensaba que esa personalidad se forjaba dependiendo de si de pequeña te había tocado dormir por primera vez en la parte de abajo o en la de arriba de una litera.

En aquel campamento al que obviamente fui con Lauri, le tocó dormir en la parte de abajo y a mí arriba. Lo recuerdo perfectamente porque toda la sangre se me iba a la cabeza cada vez que me asomaba para hablar con ella.

Lo pasamos realmente bien aquellas minivacaciones donde dimos rienda suelta a lo teatreras que empezábamos a ser ya en aquella época. Representamos una adaptación de *Alicia en el país de las maravillas* y, aprovechando mi estatura y que era rubia, conseguí el papel de Alicia. A Lauri, que tenía una boca muy grande, le tocó ser, por supuesto, Cheshire, el gato Risón. Nunca he sido más feliz encima de un escenario que cuando Lauri me decía: «Estamos todos locos aquí. Yo estoy loco; tú estás loca».

En ese campamento descubrí la maravilla de libro que es, a la altura de *El Principito*. Son esas joyas que lees de pequeña por la aventura que representan y que, cuando relees siendo mayor, acabas por sacarle todo el jugo que se esconde detrás de frases como: «No sirve de nada retroceder hasta ayer, porque yo era una persona diferente entonces».

Cuando acabamos, salimos varias veces a saludar al público, dado que fue un éxito rotundo. Luego nuestros padres nos felicitaron de manera personal en una pequeña fiesta antes de despedirnos.

Lauri se llevaba fenomenal con mi padre. Él la apodaba cariñosamente «la ratilla». Cuando era pequeña y le decía que me bajaba a jugar con Lauri, él me preguntaba «¿la ratilla?», y yo me reía y le decía que sí. Ahora me doy cuenta del momento exacto en el que Lauri y yo nos hicimos mayores: cuando mi padre dejó de referirse a ella de esa manera y pasó a ser mi amiga Lauri.

Antes de que Lauri y yo compartiéramos campamentos y empezáramos a pasar cada año parte del verano en su pueblo, toda mi familia se iba a vivir a una pequeña casa que mis padres tenían en la sierra. Para una niña, el haber crecido rodeada cada verano de bichitos en el jardín, sin duda, ha forjado una personalidad basada en toquetearlo todo, en explorar y ser curiosa. Cogía escarabajos, mariposas, mariquitas... Todo lo quería tener en mis manos y que mi padre me dijese qué insecto nuevo acababa de descubrir.

Recuerdo una vez que, de pequeña, con unos siete años, cogí un animal muy suave. Mis manos eran diminutas y aquel animal estaba bastante gordito. Lo cogí con las dos manos para no hacerle daño y fui a mostrárselo a mi padre:

—Mira, papá, un pollito —le dije mientras le mostraba el animalito.

Mi padre se giró y al verlo abrió mucho los ojos, tanto que se le juntaron casi con la calva, quitándome rápidamente el «pollito» de las manos al grito de «¡es una tarántula!».

Solo os digo una cosa: imaginad lo peluda que tenía que ser para que una niña de siete años pensase que era un pollito.

Reconozco que desde entonces tengo un poco de miedo a las arañas, pero por suerte al resto de los bichos no. Supongo que no haberlos confundido con otras cosas me vino bien. Es verdad que las cucarachas tampoco me gustan, y menos cuando vuelan, pero no nos pongamos tiquismiquis.

Disfruté de esos veranos de mi niñez con mis hermanos en un ambiente tranquilo, donde por las noches dábamos paseos por la urbanización buscando grillos mientras mis padres paseaban de la mano delante de nosotros. Supongo que la felicidad es simplemente eso, pasear de la mano sin prisa y con el olor a verano que todo lo inundaba.

Todo se ralentizaba, las mañanas eran eternas y mientras esperábamos a que el agua de una piscina desmontable cogiera temperatura para bañarnos, mi madre cuidaba de todas las plantas que había en el jardín. La recuerdo ataviada con un peto blanco de flores, un pañuelo en la cabeza para el sudor con el pico hacia atrás, unos guantes que le quedaban enormes y una regadera en la mano. Siempre estaba abonando las plantas y cambiándolas de sitio.

Yo no entendía por qué las trasplantaba, así que una vez le pregunté:

—Mamá, ¿por qué no pones las plantas directamente en un macetero grande?

Entonces me sentó en su regazo y cogió una de mis zapatillas.

—¿Te acuerdas de las zapatillas azules que llevabas el mes pasado?
—¿Las de las ballenas?
—Esas. ¿A que ya no te las puedes poner?
—Me quedan pequeñas.
—Claro, por eso ahora tienes estas de mariposas. Pero si te las hubiese puesto el mes pasado, te hubiesen quedado grandes y hubieses estado incómoda, ¿a que sí? Pues a las plantas les pasa lo mismo: necesitan zapatos de su talla cada vez.

Fue una bonita forma de entender que no sirve de nada adelantarse a algo que todavía no ha ocurrido. Cada cosa tiene su tiempo y puedes haber previsto que habrá que comprar un macetero más grande, pero solo debes utilizarlo cuando sea el momento.

Mientras mi madre se ocupaba de las flores y nosotros nos bañábamos, mi padre buscaba a Bartolo, nuestro gato. Yo entendía que nos lo llevásemos en verano porque disfrutaba muchísimo, pero pasaba más tiempo buscándolo por nuestro jardín y el de los vecinos que haciendo ninguna otra cosa.

—¿Qué haces ahí a estas horas? —le gritó mi madre a mi padre desde el pequeño porche de madera que había en la entrada.
—Pues buscando a Bartolo para que entre en casa —dijo mi padre.

Por aquel entonces solo teníamos un gato. Si hubiesen sido dos o tres, como más adelante pasó, no nos hubiésemos ido a la cama en toda la noche.

—Mira, papá, ahí está —dijo mi hermano señalando a un gato pardo a través de la ventana de su habitación.

—¡Qué gato! ¡Qué gato! ¡Ven aquí! —dijo mi padre mientras salía corriendo detrás de él.

—¿Ese gato no está muy gordo para ser Bartolo? —apreció mi madre.

—¡Ese no es Bartolo! —grité desde la ventana de mi habitación mientras veía correr a mi padre detrás del pardito.

Efectivamente, no era Bartolo, era Bartola y lo supimos cuando mi padre consiguió llegar hasta el animal, y vio que tenía unas tetas enormes porque seguramente estaba amamantando a sus crías. En ese momento de desesperación y ya casi a medianoche, Bartolo apareció mágicamente detrás de mi madre en el porche, chupándose la pata delantera y disfrutando del espectáculo de cómo mi padre le buscaba por todo el jardín cuando llevaba dentro de casa toda la tarde.

Bartolo era un auténtico personaje. A lo largo de mi vida he convivido con muchos gatos y cada uno ha tenido su personalidad, pero es que la de Bartolo era arrolladora. Mi padre siempre adoró a todos y a cada uno de sus gatos, pero la conexión con Bartolo fue siempre muy especial, y por eso lo sintió especialmente cuando se fue al arcoíris de los gatos. Se puso muy triste y el cielo estuvo gris durante muchas semanas. Yo le decía que quizá podríamos adoptar a otro gatito, a lo que mi madre siempre se negaba. Mi padre se debatía entre hacerlo y no, porque no quería volver a sufrir llegado el caso.

Yo era más pequeña entonces como para comprender cómo se sintió mi padre con la muerte de Bartolo. En aquel momento no necesité más que entender que él se iba a un sitio mejor, donde tendría latitas de atún cada día y mi padre se encargó de crear ese sitio en mi mente para que yo me sintiese cómoda, mientras él lloraba su pérdida cuando creía que no veíamos sus lágrimas.

Ahora lo llamo el arcoíris de los gatos y en su día lo sentí allí, ajeno a todo, jugando con ratones de peluche y comiendo a todas horas, feliz, como lo están todos los que cruzan el arcoíris tras haber compartido una vida aquí con nosotros.

A las pocas semanas de la marcha de Bartolo, volvíamos todos de comer con mis abuelos cuando apareció en el jardín, entre los setos, una camada de seis gatitos a la que llegamos tras oír sus agudos maullidos. En cuanto los vimos, tan pequeñitos y acurrucados unos junto a otros, mi padre y yo nos lanzamos una mirada de complicidad que mi madre cortó poniéndose entre medias de los dos y los gatos.

—Ni se os ocurra. No nos los vamos a llevar —nos dijo a los dos.

En ese momento apareció saltando también la madre de los gatos bufando y mi madre respiró aliviada sabiendo que estaban cuidados, así que nos subimos.

Al día siguiente, desde la ventana de casa, fuimos viendo cómo la madre de los gatitos se los fue llevando uno a uno a otro sitio. Supongo que vería peligro en aquel sitio al que nosotros habíamos podido acceder fácilmente y prefería moverlos a un lugar más protegido. La mudanza gatuna duró dos días, y dos de los seis gatitos se quedaron en aquel seto.

Por la noche solo se escuchaban sus maullidos. Mi padre y yo nos asomábamos a la ventana esperando a que su madre fuese a por ellos, pero eso nunca pasó. Por algún motivo su madre prefirió salvar a cuatro de sus hijos, pero no pudo regresar a por aquellos dos enanos.

Nos costó una buena regañina de mi madre y por supuesto le prometimos que solo les daríamos biberón hasta que les encontrásemos una casa, pero fue una promesa incumplida. Se quedaron con nosotros y viví creciendo con ellos.

Si en la casa de la sierra Barto vivía como un auténtico salvaje por el jardín, en nuestra casa de Madrid mis gatos vivían como reyes. Tenían todo tipo de juguetes y salían muchísimo a la terraza, donde pasaban mucho tiempo con mi padre mientras él leía o arreglaba algún aparato. Él disfrutaba muchísimo de su compañía e incluso les cantaba mientras trabajaba.

En cambio ellos disfrutaban de su presencia a su manera: escarbando en la tierra de las plantas de mi madre, mordisqueándolas, tirando de la mesa las herramientas a mi padre y arañándolo todo, plantas incluidas. Siempre tuvimos un especial cuidado con las plantas que podían ser venenosas para los gatos. En casa teníamos un libro donde podíamos consultar cuáles lo eran y cuáles no. Recuerdo con mucho cariño sentarme con mi padre a leerlo para saber si la nueva planta que había traído mi madre a casa era venenosa o no.

Sin duda, el proceso correcto hubiese sido mirarlo antes y traer la planta después; pero hay cosas que se disfrutan mucho más cuando las haces al contrario. Y nosotros disfrutábamos de esa consulta en la que, si el resultado era positivo, la planta se quedaba con nosotros, pero si era negativo, teníamos que encontrarle un nuevo hogar.

Nuestros vecinos estaban encantados de que mi padre llamara a su puerta con una plantita huérfana en las manos a la que encontrar un nuevo hogar. Yo siempre le acompañaba porque me daba un poco de pena y quería despedirme de ellas.

—¿Otra plantita, vecino? —decía Elisa, nuestra vecina del primero.

—¡Quién me iba a decir a mí que las hortensias eran venenosas para los gatitos! Ya ve usted, con lo bonita que es —decía mi padre.

—¿Sabe con qué frecuencia hay que regarla?

—Pues ni mucho ni poco, doña Elisa, pero mejor mucho que poco.

Mi padre no tenía otra medida de riego que esa. Y en la vida era un poco igual, siempre prefirió darnos mucho que darnos poco. Luego mi madre bajaba a hablar con doña Elisa y le decía cuál era el riego exacto para que se vieran preciosas. Mi madre, de manera indirecta, había conseguido que todas las terrazas de nuestro edificio estuviesen decoradas con flores preciosas.

Para mi padre siempre había dos tipos de personas y en esto no se equivocaba en absoluto: las que tienen preciosos jardines y a las que se nos mueren hasta los cactus. Teniendo la mano que tenía mi madre para las plantas, yo no sé en qué momento perdí ese don, si es que algún día lo llegué a tener. Al final esto de la genética es algo caprichoso.

Recuerdo que mi madre siempre decía que para que las plantas estén felices había que cantarles, entonces mi padre sacaba el vozarrón que tenía para dedicarles una copla y también ponía música clásica por las tardes para forjar poco a poco la que fue la banda sonora de nuestras vidas, incluida la de mis gatos y plantas. Mi madre era más de José Luis Perales, pero al final siempre triunfaba la música clásica y la ópera. En ese ambiente de tranquilidad, clarinetes, oboes y violines nos criamos, aunque por supuesto, como en todas las óperas, también había subidas de tono.

En mi casa hubo muy pocas reglas estrictas, pero una de ellas era no decir nunca ni una sola palabrota. Para mi padre incluso «mierda» era una palabra malsonante y los ojos se le abrían tanto como cuando vio la tarántula en mi mano, así que no merecía la pena hablar mal. Recuerdo que ya en el instituto, y con la lengua más suelta que el pelazo, de vez en cuando se me escapaba en casa alguna burrada. Muchas veces discutiendo con mis hermanos era el momento de máximo esplendor.

—¡Es que eres idiota! —le dije a mi hermano.

—Pero qué dices, niñata —respondió mientras me quitaba el teléfono de la mano.

En aquella época todos queríamos utilizarlo: yo para llamar a Lauri y ellos para llamar a sus amigos.

—¿Te lo repito o es que estás sordo?
—¡Dímelo a la cara!
—¡I-dio-ta!

Y en ese momento, mientras se me llenaba la boca de la palabra, apareció mi padre por la habitación. Su cara era un auténtico poema, pero de Edgar Allan Poe.

—Creo que vamos a tener una charla muy seria, señorita —decía cuando algo no le cuadraba.

Realmente pocas veces se enfadaba, pero si lo hacía, no perdía nunca los nervios y nunca gritaba. Para compensar todas esas palabrotas que los demás compañeros utilizaban con cierto orgullo en el instituto y que acabas haciendo tuyas casi sin quererlo, mi padre se inventó una fórmula para contrarrestarlo. Sabía que era difícil que esas palabras no formasen parte de mi vida, así que quiso que por lo menos no solo ellas formasen parte de mi vocabulario.

Cada vez que se me escapaba un «gilipollas» o un «idiota» en casa me obligaba a consultar el diccionario para que buscase una palabra que no conociese para aprenderla. Así por cada palabra malsonante que les soltaba a mis hermanos, aprendía una palabra nueva desconocida. Mi padre se convirtió para mí en una mezcla perfecta de Amancio Ortega y el Amancio de la RAE.

Recuerdo también como me decía: «No llames idiotas a tus hermanos, si tienes que decirles algo llámalos "zopencos"». Como él utilizaba esa palabra habitualmente, no le quedaba más remedio que predicar con el ejemplo, de hecho, solía decírmelo siempre que me equivocaba en algo obvio, mientras sacudía la cabeza de lado a lado.

—Papá, ¿el papel de aluminio se quema en el horno?
—No seas zopenca, señorita. Si se quemase, ¿para qué serviría?
—Pues para hacer el río del belén en Navidad —le decía.

Mi padre soltaba siempre una sonora carcajada que seguramente escuchaba el vecino de abajo, porque en el fondo sabía que llevaba razón. Y es que en Navidad mi padre montaba un belén espectacular; la casa entera estaba llena de luces y decoración y, por supuesto, un río hecho con papel de plata, que es el brillibrilli del horno. Mi padre adoraba la Navidad y era tremendamente feliz disfrutando de ella.

—Pues no te falta razón, señorita —decía, aún sonriendo.

Luego me explicaba la teoría real y me contaba que el aluminio resiste perfectamente las altas temperaturas ya que transfiere muy poco calor por su baja masa.

Siempre le gustaba explicar las cosas, aunque tuviera que inventárselas. No tuvo tanta suerte cuando volviendo del colegio escuché a unos críos decir una palabra entre risas que en cuanto llegué a casa le pregunté.

—Papá, ¿qué es la lefa? —le dije, sin ningún tipo de reparo.

Miró a mi madre y respiró profundo. Mientras mis hermanos, que eran varios años mayores que yo se reían, mi padre hacía un esfuerzo tremendo por explicarme que era como un líquido que tenían los chicos y no sé qué más... Digo «no sé qué más» porque con esa edad me sonó a chino su explicación.

Esa curiosidad que tenía por intentar saberlo todo cuando era niña le encantaba a mi padre. Es verdad que con la edad y el agotamiento parte de ella se pierde, o, mejor dicho, la inviertes en cosas más concretas y te vuelves más selectiva, pero de niña fui una auténtica tocapelotas. Cuantas más respuestas tenía él, más preguntas hacía yo, ya que como buena libra que soy, todo tiene que ser puesto en duda.

—Bartolo está muy gordo, papá. Debería hacer algo de ejercicio porque va a echar a rodar —le dije después de verlo tirado en mitad del salón (al gato, no a mi padre) como una auténtica bola de pelo redonda.
—No le pidas peras al olmo, señorita.
—¿Y qué le pido entonces? —le dije buscando el hueco para pillarle.
—¿Cómo que qué le pido? —dijo sin terminar de entenderme.
—Sí, que qué le pido al olmo, si no le pido peras... —dije insistiendo.

Mi padre sonrió y respondió con convicción.

—Sámaras.

Y es que resulta que los frutos del olmo se llaman sámaras y mi padre, por supuesto, también lo sabía.

—No le pidas peras al olmo, pídele sámaras —dijo para terminar una conversación de la que él salía victorioso y por supuesto también yo.

Siempre he pensado que es un refrán maravilloso para aplicar en la vida. Es fundamental saber qué puedes esperar de cada cosa. A los perales se les piden peras y a los olmos sámaras, porque si esperas peras de los olmos, te decepcionarás. Pues lo mismo aplicado a las personas. Hay que saber qué puedes esperar de cada una de ellas y no decepcionarte si no te dan el fruto que esperabas.

Creo que esta forma de educarnos en la curiosidad, la búsqueda del conocimiento y evitar, dentro de lo que podía, las palabrotas, formaron una personalidad muy tranquila y sosegada en todos nosotros; aunque reconozco que ahora sigo soltando alguna que otra lindeza por mi boca de vez en cuando, pero no de las fuertes. Papá, no te preocupes.

Las palabras y sus significados fueron un vínculo muy fuerte con él que me dejó un poso importante desde que tengo conciencia de ello. Algunas palabras, años después, me han traído momentos concretos de mi vida que no siempre fueron agradables.

Recuerdo la vez que iba en el coche con mis tíos camino del hospital donde mi padre estaba ingresado. Le habían operado para hacerle una biopsia de lo que luego supimos que sería el primero de los dos cánceres a los que se enfrentó en su vida. Iba sentada en el asiento de atrás, con mis dos primas mirando por la ventanilla. Cuando pasamos por uno de los túneles de la M-30 vi una señal que decía «gálibo máximo». A mí esa palabra me sonaba a algo extrañísimo, como a extraterrestres de otra galaxia.

—Tío, ¿qué significa la palabra «gálibo»? —le pregunté.

Mi tío guardó silencio un par de segundos y me dijo:

—No lo sé.

Esa contestación me dejó totalmente impactada, no por que no supiese la palabra, sino por que reconociese abiertamente que no la conocía. A esas alturas de mi vida, con doce años, yo ya sabía que cuando mi padre desconocía el significado de una palabra, se lo inventaba, pero nunca me dejaba sin respuesta haciéndome entrever que no la sabía. Cuando llegué al hospital mi padre estaba tranquilo, tumbado en la cama leyendo el periódico. Obviamente, después de darle un beso y preocuparme por cómo se encontraba, le pregunté por la palabra.

—Papá, ¿qué significa «gálibo»? —le pregunté.
—¿Dónde has visto eso? —me dijo.

Imaginé que estaba buscando el contexto para decir lo que él creía que significaba.

—En una señal de un túnel.

—Pues…, debe de ser la altura que tiene el túnel para que los vehículos sepan si pasan o no.

La verdad es que no me convenció nada su respuesta. Esperaba algo más rimbombante propio de una palabra como «gálibo».

Cuando llegué a casa, lo primero que hice fue consultar la palabra en el diccionario. Significaba, y significa, «perímetro que marca las dimensiones máximas de la sección transversal de un vehículo». Leí que se utilizaba en las señales de tráfico que se ponen en los puentes para que los camiones sepan la altura máxima con la que un vehículo podría pasar por debajo. Básicamente lo que me había dicho mi padre. A priori, esa palabra, que en mi mente de inicio sonó como algo realmente espectacular y desconocido, acabó por recordarme a aquella visita en el hospital, donde a mis doce años aún no pude tomar conciencia de la situación.

Ahora, cada vez que veo la señal, en el mismo túnel de la M-30, siento un pinchazo en el corazón. Así es la mente a veces, que asocia y coloca los recuerdos como ella quiere.

Siempre guardo en mi memoria especialmente una palabra que, además, estaba muy vinculada al peluche del gato japonés que mi padre bautizó como Bermejo. La palabra era «arrebol» y su significado en el diccionario es: «Color rojo, especialmente el de las nubes iluminadas por los rayos del sol o el del rostro».

No recuerdo el atardecer concreto en el que aprendí esa palabra con mi padre, imagino que sería alguno de los que se veían desde nuestra terraza entre los altos edificios de Madrid, pero me pareció que tenía una sonoridad tan bonita y poderosa que la recordaré toda mi vida vinculada a él, porque siento que el arrebol tiene la fuerza que él tenía dentro de esa personalidad calmada.

A mi padre le encantaba la fotografía y si Instagram le hubiese pillado más joven, seguro que hubiese dicho que en Madrid había atardeceres que no necesitaban filtros. Como él.

PAPÁ

CAPÍTULO 2
Toda escoba nueva siempre barre bien

Siempre hay un refrán para cada ocasión.

Estaba sentada en el sofá del salón con las piernas levantadas, colocadas sobre un reposapiés de terciopelo de mi padre, ojeando un catálogo de pequeños electrodomésticos. Él estaba sentado a mi lado en una butaca orejera leyendo un libro tan antiguo que prácticamente se caía a cachos.

—Necesitamos una tostadora nueva, mamá dice que la que tenemos está muy vieja y se ha vuelto a estropear. Estoy viendo algunas ofertas...

—Escoba nueva siempre barre bien —contestó mi padre como asumiendo el hecho.

Me extrañó mucho esa contestación, ya que no era nada partidario de comprar cosas nuevas. Siempre arreglaba cualquier electrodoméstico que se rompía; incluso si se caía un jarrón al suelo, pegaba los trozos. Me enseñó que había una palabra en japonés para ello: *kintsugi*, que es una técnica japonesa para reparar las fracturas de cerámica con un barniz a base de polvo de oro. Es un procedimiento que, en vez de ocultar un desperfecto, lo remarca para darle una belleza distinta y única a la vez.

Recuerdo que mi padre me contó la historia de esa técnica japonesa muy orgulloso: «La belleza de las cicatrices», me decía que se llamaba, porque podías ver perfectamente las líneas de piezas antes rotas del objeto, unidas por un hilo de oro como si de cicatrices se tratase. Mi padre lo hacía a su manera y en vez de usar barnices dorados, utilizaba pegamento del barato y en su caso la historia, cuando reconstruía los trozos de alguna taza, tenía sus lagunas.

De igual forma que intentaba arreglarlo todo, tampoco era partidario de comprar nada nuevo si no se había roto definitivamente lo anterior, por lo que teníamos una tele enana en el salón que todavía funcionaba y que no se decidía a cambiar por una más grande, porque «aún seguía dando servicio» decía, aunque tuviésemos que acercarnos mucho a ella para leer los subtítulos.

—¿Eso qué significa?, ¿que compramos la tostadora? —pregunté de nuevo.

Mi padre me miró y repitió:

—Escoba nueva siempre barre bien, pero la vieja conoce todos los rincones.

Siendo una adolescente a punto de terminar el colegio no entendí muy bien si al final íbamos a comprar la tostadora nueva o nos quedábamos con la vieja, así que no le di más importancia a su frase y seguí mirando el catálogo, y él, que tampoco parecía tener intención de explicarme nada en ese momento, se subió las gafas para continuar leyendo su cochambroso libro.

Con el tiempo he conseguido entender todos los refranes de mi padre y los he adaptado como he podido a mi vida, con más o menos tino. Mi padre y sus refranes estaban hechos al mundo que se construyó en su época. Tenía una rutina marcada en la que compraba cada cosa en su sitio y siempre dentro del mismo barrio: el suyo. El pan en la panadería de Juan, el periódico en el quiosco de Alberto y los libros en la librería de Paula. De vez en cuando le «obligábamos» a ir a grandes tiendas y centros comerciales, pero le costaba mucho más porque disfrutaba del trato cercano con todo el mundo. Él, como todas las personas de su generación, nunca tuvo banca *online*; bajaba a su banco de toda la vida donde cada día actualizaba la libreta con paciencia y se sentaba en la silla de los empleados del banco a comentar la actualidad, ya no de su cuenta, sino del mundo. Después iba a misa, donde era amigo del sacerdote que conocía de toda la vida y más que por devoción, lo hacía por charlar con él y volver a casa feliz con todas sus cosas hechas y la sonrisa en la boca.

—Pero ¿cómo has tardado tanto, papá? Si solo tenías que ir a comprar el pan —le decía.
—Es que no he ido solo a comprar el pan. He ido a ver a Juan —me respondía.

—Papá, una cosa es ver a Juan y otra estar cuatro horas en la panadería.

—¿Cuatro? Pocas me parecen. Algún tema nos habremos dejado en el tintero —decía con tono irónico.

Era una generación que llevaba otro pulso de vida. Capaz de dialogar durante horas, tranquilamente, sin alterarse. Disfrutando de una buena conversación en cada tarea. Para mí, que la vida me había venido acelerada desde que nací, no era comprensible cómo podía tardar una mañana entera en hacer dos tareas.

—En cuatro horas me da tiempo a mí a hacer veinte cosas —le decía.

—¿Y cuántas bien? Que hagas muchas cosas a la vez no significa que todas estén bien hechas. Yo solo tenía una tarea esta mañana, pero estoy seguro de que está perfecta.

Ahora, en una sola mañana soy capaz de trabajar, comprar algo *online* y poner de acuerdo a mis amigas para reservar en un restaurante el fin de semana, pero no es menos cierto que a veces no he adjuntado el documento que dije que va adjunto en el *mail*, tengo que devolver lo que he comprado porque elegí mal la talla y el sitio donde cenamos el sábado no cumplía las expectativas. Creo que nos hemos acostumbrado a que nuestra vida se base en la multitarea constantemente y hemos perdido un poco el lado romántico de esperar a que se termine de hornear el pan sin más; sin mirar el móvil a la vez por si nos estamos perdiendo algo. Es verdad que hacemos más cosas, pero desaparece la emoción que tenía mi padre cada domingo, cuando se levantaba para ir a recoger con el periódico su coleccionable de tazas del mundo. Solo un fascículo a la semana. Una emoción dilatada en el tiempo y única.

Ahora, en cualquier plataforma puedes ver la temporada entera de una serie desde el primer día. Es una buena manera de que cada uno pueda adaptarse al ritmo que le marca la vida, pero ¿no será que hemos llegado a este punto porque ya no tenemos otra opción?

Pol piensa exactamente igual que mi padre. En las noches que baja a fumar a casa siempre me dice que lo hemos perdido todo por internet. Dice que el ocio está en el Netflix de turno, la vida social en Instagram, los bailes en TikTok y el amor en Tinder.

A mí no me importa reconocer que sigo siendo un poco romántica y que lloro en las bodas de gente que no conozco, que me ilusiono cuando quedo con algún chico que apunta maneras y que cuando mis amigos mandan en los chats de grupo vídeos un poco subidos de tono, pienso que antes de eso seguramente ha habido una pedida de mano. Eso es lo que me gusta pensar, luego a veces actúo de manera diferente.

Y por eso, desde aquella frase de mi padre que Pol me ha recordado tantas veces después, me tomo mi tiempo tanto para elegir una plancha del pelo como para elegir al que puede ser mi próximo exnovio o el próximo abuelo de mis nietos.

De mi padre aprendí que con un poquito de esfuerzo hay cosas que se pueden arreglar en vez de tirarlas. Por supuesto hay veces que algo roto no puede volver a funcionar, y tan valiente es intentar arreglar algo como darte cuenta de que las cosas tienen un tiempo que a veces no se puede estirar.

Al final compramos la tostadora porque quemaba más el pan que lo tostaba e irremediablemente le había llegado su momento, así que salimos a dar un paseo hasta una pequeña tienda de electrodomésticos que, por supuesto, había en el barrio. Los paseos de la mano de mi padre desde pequeña eran lo más parecido a la felicidad plena. Siempre que salíamos de casa me decía: «¿Nos perdemos?», y pasábamos horas caminando hasta que me decía de nuevo: «Bueno, creo que ya nos hemos perdido demasiado» y volvíamos a casa.

Nos gustaba tanto pasear que muchas veces íbamos al Retiro para sentir que caminando entre los árboles salíamos de la ciudad. A mi padre le encantaba la naturaleza, por eso su sueño siempre fue tener una pequeña casita en la sierra, rodeada de «verde», como le gustaba decir, y al igual que conocía a la perfección los árboles que allí teníamos plantados, alguna vez llegué a pensar que le había puesto nombre a todos los del Retiro, porque los conocía exactamente igual de bien.

Cuando fui creciendo, mantuvimos la rutina para aprovechar al máximo el tiempo que mi padre estaba en casa, y aunque siendo una adolescente estaba más pendiente de hablar con Lauri por teléfono que de distinguir un olmo de un roble, visitar la senda botánica del Retiro me apasionaba.

Siempre hacíamos el mismo recorrido: entrábamos por la Puerta de Alcalá y mirábamos los árboles como si estuviesen esperando nuestra llegada, vestidos de distinta forma según la época del año.

—¿Sabes cuál es ese árbol? —me preguntaba siempre en una especie de tradición que seguíamos nada más llegar.

—¿El de las flores rosas? Ni idea —le dije, como quien se hace la tonta.

—Es el árbol del amor —me decía emocionado.

—Pues se parece mucho al manzano japonés —le respondía.

Mi padre en ese momento siempre se sorprendía y me decía:

—Esto ya te lo he contado yo, ¿no?

Y entonces me reía descaradamente de la poca memoria que tenía para algunas cosas. Especialmente para recordar que me había explicado la historia de cada uno de los árboles que nos íbamos encontrando por la senda más de cien veces, pero viendo la pasión que le ponía nunca le dije nada. Me produce una gran envidia sana la gente que se ilusiona y transmite lo que le apasiona de la misma manera que lo hacía mi padre, porque te hace partícipe de ello y pasas a disfrutarlo con su misma intensidad.

—¿Y sabías que al árbol del amor también se le llama árbol de Judas?

En ese instante mi sonrisa se convertía en curiosidad, porque como era habitual en él, siempre tenía una historia nueva que contarme.

—Se llama así porque es el árbol donde se dice que Judas se ahorcó. Y además es de la zona de Judea.

A mi padre no le gustaba que dijésemos palabrotas, pero luego le hablaba a su hija adolescente de gente ahorcada con una tranquilidad pasmosa.

—Yo prefiero llamarlo de la otra forma. Es más bonito.
—Pues sí. Tienes razón —me decía con una sonrisa.

El Retiro es un parque muy grande con rincones únicos que son totalmente diferentes. Mientras que con mi padre seguía la senda botánica, con mi amiga Sara patinaba por una de las calles centrales cercanas al barrio de Ibiza y cuando íbamos varias amigas en grupo, nos montábamos en las barcas del lago.

También iba al Retiro con Álex y me sentaba en nuestro banco tan especial durante un tiempo, como retirado de los ojos del mundo.

Las veces que he paseado sola por el parque he podido sentir la compañía de todas aquellas personas que han pasado por mi vida según la zona por la que paseaba. Así, si quiero sentir que voy en patines con Sara, simplemente pasear por la zona me trae de vuelta las risas y las caídas. Y cada vez que distingo el árbol del amor de un manzano japonés siento como si mi padre me acompañase comentándome el nombre científico de cada uno de ellos.

Siempre dimos paseos por el puro placer de darlos, pero hubo temporadas que además teníamos que hacerlo por recomendación de sus médicos. Mi padre ha sido muy hipocondríaco toda la vida, pero siempre digo que es lo mínimo que te podías esperar de una persona que pasó por dos cánceres. A la mínima que notaba algo iba al médico, imagino que por eso el primero de ellos se lo cogieron muy muy a tiempo. Le operaron para tomar muestra de una biopsia, a la vez que me explicaba qué era el «gálibo» y en los resultados se vio que tenía un linfoma de Hodgkin. A partir de ahí tuvieron que administrarle quimioterapia y después radioterapia, y los efectos secundarios fueron devastadores. El cansancio era lo que más notaba él y nosotros; muchos días no tenía ni ganas ni fuerzas para levantarse de la cama. Yo aún era muy joven y aunque solo notaba que mi padre estaba cansado todo el tiempo, hubo detalles que se quedaron grabados en mi cabeza para siempre. Cuando paseábamos, mi madre y yo teníamos que darle la mano y eso no se me olvidará nunca.

Desde el principio, en mi casa entendimos que el cáncer no es ningún tipo de lucha donde mi padre tuviera que demostrar que era un guerrero, ni siquiera tuvimos que convencerle de que era más valiente por enfrentarse a ello de una manera o de otra. Por eso más que como una lucha lo vimos como un camino donde había algunos obstáculos que superar, y que yendo juntos de la mano, seguro que sería más fácil.

No siempre era él quien no tenía ganas de salir; a veces nos decía: «Hoy mis defensas prefieren quedarse en casa», normalmente cuando en el análisis previo a la quimio salía que las tenía muy bajas. Esos días eran tristes, porque sentíamos que nos dábamos la vuelta sin haber avanzado en el camino y retrocedido unos poquitos metros.

Otro de los efectos secundarios fue la caída del pelo. Aunque mi padre era calvo de nacimiento, como él mismo decía, tenía pelito por encima de las orejas que continuaba rodeándole la cabeza por la nuca. Con la quimio tuvo que ver cómo desaparecía y él, que nunca se había avergonzado de su calva, se sintió desnudo sin su corona. En el fondo a todos nos gusta ser princesas, así que a mi madre y a mí se nos ocurrió comprarle una gorra verde oscura de una tela como muy áspera que a él le encantaba, y que no se quitó hasta que llegó a la meta. Tras superar todos los baches y las veces que tuvimos que esperar a que sus defensas quisiesen salir de casa, recorrimos el camino completo dando saltos de alegría cuando el resultado fue mejor de lo que esperábamos. No voy a negar que fue duro, pero cuando superas un cáncer decidiendo que vas con todo, parece que el camino se allana un poquito.

—Menos mal que nos ha tocado uno fácil —le decía a mi madre por la noche cuando mis hermanos y yo estábamos en la cama.
—Lo has hecho muy bien... —le respondía mi madre.
—Lo hemos hecho bien.

Y yo, que lo escuchaba desde de mi cama, empezaba a entender que tenía mucha suerte de que mi padre siguiera sentado en el sillón cada noche, leyendo uno de sus libros antiguos con portadas en tonos ocres que bien podrían ser los de una enciclopedia antigua.

Para mí, él era la persona más sabia del planeta o al menos de España. Solía pensar de pequeña que, al saber inglés, japonés e incluso un poquito de italiano que chapurreaba para entender las óperas que tanto le gustaban, tenía que ser realmente listo y eso que nunca supe, hasta que fui adulta, a qué se dedicaba exactamente. Es verdad que con seis años sabía que trabajaba en una empresa muy muy grande, donde todos iban trajeados y viajaba mucho a otras ciudades. A los doce entendí que se le daban realmente bien las matemáticas y la física, y que yo no había heredado esa habilidad, obviamente, y a los veinte, descubrí que era un verdadero apasionado de las antigüedades y de la música clásica y la copla.

Por la capacidad selectiva que tiene mi memoria, recuerdo más los momentos en los que sí estaba que cuando pasaba alguna temporada fuera de casa. En mi cabeza pesa mucho más cuando nos íbamos a pasar el verano a la casa de la sierra, cuando paseábamos por el Retiro o simplemente cuando jugábamos con los gatos. Y aunque sus ausencias a veces marcaron mi vida, supo con creces compensarlas con sus presencias.

Cuando mi padre se curó totalmente de su primer cáncer, pasaron diez años de revisiones que al principio eran cada tres meses, luego cada seis y finalmente cada año. Cuando por fin le dieron el alta definitiva, pudo disfrutar de algunos años de relajación y en el fondo los demás también. Se ocupó de mis asuntos en el instituto, entendió cada paso que di en mi adolescencia y me acompañó a partir de ese momento a lo largo de muchos paseos con amigas y novios.

Me apoyó en todas las decisiones con Nacho y con Lauri cuando mis hormonas iban por delante de mi cerebro, supo entender mis errores y me vio crecer, no en altura, respetando siempre mis tiempos, incluso cuando tuve que repetir curso. Entendía que yo era un espíritu libre, que como él bien decía: «Si un día se cae la casa, a ti no te pilla dentro» y es que yo, si podía, siempre estaba en la calle con mis amigas. Fue de lo más solícito conmigo en la adolescencia y no hubo un día en que no estuviese dispuesto a llevarnos en coche a todas partes e incluso venía a buscarnos a la discoteca *light* cuando nos «echaban» para que entraran los mayores. Siempre se paraba a esperarnos en la calle paralela a la puerta de salida, para no avergonzarnos, y se hacía un poco el tonto escuchando nuestras conversaciones subidas de tono y risas cómplices en el asiento de atrás del coche.

—¿No os vais a montar ninguna delante? —nos decía cuando nos metíamos las cuatro en el asiento trasero.

—Es que queremos hablar de nuestras cosas —le decía.

—Muy bien, señoritas, ¿y adónde las llevo? —decía como si fuera nuestro taxista particular.

—¡A la discoteca otra vez! —le gritábamos.

Entonces sonreía y arrancaba el coche para hacer la ruta de camino a casa, y cuando hablábamos de lo bueno que estaba alguno de los chicos que habíamos conocido, él subía la música y respiraba profundo.

Mi padre era muy popular entre mis amigas, no solo porque era nuestro chófer los fines de semana, sino porque además tenía una máquina en casa con la que hacía agujeros a los cinturones que nos causaba furor. En esa época, con dieciséis años, llevábamos cinturones de todos los colores y materiales, con diferentes tamaños de hebillas, y no había una semana en que mis amigas no se pasaran por casa con alguna excusa para que mi padre les hiciera un par de muescas más y poder usarlos si les quedaban grandes.

—Dile que yo se lo hago, que no lo hagan con la tijera, que luego se rompe. La muesca tiene que ser redonda —decía cuando me oía hablar por teléfono con Lauri sobre el tema.

Además de la perforadora, otra de las herramientas más populares era una con la que les cambiaba las tapas a los tacones. En aquella época podría haber montado una zapatería con la cantidad de botines que acumulé en casa para que mi padre les cambiase las tapas y los dejase como nuevos, por no hablar de que los míos siempre lucían perfectos.

Cuando por los pasillos del instituto se oía un taconeo desigual, con el tornillo chocando con el suelo porque asomaba por fuera de la tapa, yo sabía que iba a tener una nueva amiga con unos zapatos a los que mi padre iba a dar una segunda vida.

Cuando cumplí los dieciocho mi padre entendió que comenzaba una nueva etapa en nuestras vidas, en la de los dos, porque a las necesidades propias que tenía como adolescente se había sumado la aparición de mi primer amor. Cuando Nacho apareció en mi vida y mi padre tuvo constancia de ello, no le agradó especialmente, sobre todo por el tema de la moto, pero pasado un tiempo se mostró comprensivo y llegamos a un acuerdo como siempre habíamos hecho, incluso con el tiempo permitió que la casa de la sierra se convirtiera en un refugio de fin de semana para nosotros.

Mi padre, que había plantado todos los árboles del jardín y los cuidaba como si de otros hijos se tratase, iba todos los fines de semana a regarlos y aprovechaba para echarnos un ojo. Decía que no se fiaba de que yo fuese a regarlos bien y no le faltaba razón, pero en el fondo era una excusa para pasarse por allí. A mí no me importaba que lo hiciera, porque sé que se quedaba más tranquilo, de hecho, imagino que cuando iba, evaluaba el futuro que tendríamos dependiendo de la destreza del chico para podar, poner la chimenea o cortar el césped.

Sinceramente, no tenía tanto ojo como Lucía con los signos del zodiaco. Basar el éxito de una relación en la compatibilidad de los signos tenía un porcentaje de error mucho menor que cualquier análisis que mi padre pudiera hacer a simple vista. Como decía Lucía: «Las estrellas mandan, rubia».

Así con todo, según mi padre, Nacho era muy bueno con todas las tareas.

—Parece buen chico —me dijo intentando iniciar una conversación padre-hija.

—¿Quién? ¿Nacho? —respondí haciéndome la tonta.

—Nacho, sí.

—Claro, es que no voy a elegir uno malo —obviamente cuando le respondí eso, no era consciente de las veces que me iba a equivocar años después.

—Se ve que escucha.

—Tiene las orejas un poquito grandes, sí —le dije mientras nos reíamos.

Nacho nunca miraba a los ojos a mi padre cuando le hablaba, supongo que por la vergüenza que le provocaba estar delante de él; pero siempre respetaba todo lo que él nos decía. Por eso mi padre pensaba que Nacho «escuchaba». Por ejemplo, si antes de irse nos daba el consejo de cerrar las ventanas por la noche porque refrescaba, cuando mi padre aparecía por la mañana y las veía cerradas, sentía que había respeto.

—¿Tú eres feliz? —me dijo.

—Sí —le dije sin dudarlo.

—Pues entonces yo soy feliz..., y si este año no vuelves a repetir y sacas buenas notas, seré más feliz todavía —dijo llevando la conversación a su terreno y dejando la puntillita.

Mi padre pensaba que Nacho y yo llegaríamos lejos, pero al final solo lo hicimos hasta donde las circunstancias de la vida nos dejaron. También conoció a otros chicos que estuvieron en aquella casita en la sierra, incluida la siguiente pareja que tuve años más tarde. En ese momento en que la vida me trajo un poco de relax y dejé de salir por la noche, aproveché para hacer muchas rutas de senderismo, esquiar en Navacerrada o simplemente leer con el único sonido de los pajaritos de fondo. A él no se le dio bien ninguna de las tareas relacionadas con el jardín y mi padre decía, esta vez con mucha razón, que aquel chico no le llenaba el ojo.

—¿Tú te has dado cuenta de que no sabe ni enrollar bien la manguera? —me dijo mi padre mientras la colocaba bien.

—Bueno, papá, yo tampoco sé y no pasa nada —le dije, excusándole.

—No pasa nada porque eres mi hija, si no... ¡otro gallo cantaría! —dijo mientras los dos nos reíamos.

—No me llena el ojo, hija, no me lo llena. Porque sé que a ti te gusta y se le ve un chico tranquilo y responsable, pero eso de que tenga tan mala mano con las plantas no me termina de convencer. ¡Si es que se le han secado ya dos rosales! ¡Dos! —dijo como si dos de sus hijos estuvieran enfermos.

Y la verdad era que los rosales estaban tan mustios como nosotros.

Cuando la relación llegó a su fin y los rosales volvieron a florecer, me di cuenta de que necesitaba un cambio urgente en mi vida y esta vez no valía solo con cortarme el pelo, como siempre hacía cuando acababa una relación, intentando cerrar un ciclo con un cambio drástico en el pelo. Esta vez necesitaba mucho más y fue el momento en el que empecé a buscar piso para vivir sola por primera vez.

A mis padres no les hizo mucha gracia porque se habían hecho a la idea de que volvería a casa de nuevo, pero en el fondo sabían que con veintisiete años me había convertido en una mujer independiente que debía tomar sus propias decisiones y si alguna era equivocada, estarían a mi lado cuando tocara aprender del error.

En ese momento tener mi propio espacio era una decisión necesaria para que yo volviese a encontrarme conmigo misma y superase una relación que me había dejado un gran vacío. Incluso mi padre, que era un apasionado de la estabilidad, y que, en el fondo, aunque no le llenase el ojo, se había acostumbrado a vernos juntos durante años, entendió que estaba cerrando un ciclo, y en cerrar ciclos, aunque fueran los de la quimioterapia, él tenía más experiencia que nadie. Lo que, sin duda, no le hizo ninguna gracia fue que no regresara a casa. Pasaron semanas hasta que conseguí que nuestras conversaciones por teléfono ya desde mi nueva casa fueran fluidas y que se diese cuenta de que casi todas las tardes iba a ir a visitarles. Solo en ese momento vino a mi casa por primera vez a traerme un par de plantitas para colocar en algún macetero de la ventana.

—Toma —dijo con su tono de enfado—. Lo bueno de que ahora tengas tu casa es que podré traerte todas las macetas que no podamos tener nosotros por los gatitos —dijo, justificando la visita.

—Bien visto, papá, pero como no vengas tú a regarlas...

—Te he traído dos plantitas y una es un cactus, hija...

—Pues espero que no se me muera —le respondí mientras intentaba dejarle claro el tipo de persona que era.

—¿Y esta otra flor tan esmirriada? —le dije, señalando a la otra que traía bajo el brazo en una maceta de plástico minúscula.

—Haz el favor de hablar bien, que nos está escuchando —mi padre hizo el gesto de taparle las orejas a la flor y quedó bastante cómico.

—Vaaale, bueno, ¿y esta flor taaaaaaaan bonita y entiendo que venenosa para los gatos de dónde ha salido?

—La he cogido del Paseo de la Castellana —contestó mi padre sin ningún rubor.

—¡Pero, papá! ¿Has robado una flor?

—¿Yo? ¡No! He SALVADO una flor —mi padre hizo mucho énfasis en la palabra «salvado»—. No le llegaba bien el riego automático y por eso está así. Un par de días más y se hubiese ido.

—¿Qué flor es? —pregunté, interesándome por ella.

—Es un geranio y se llama Matutina.

Mi padre les ponía nombres de personas a los gatos y otros absurdos a las plantas de los que luego ni se acordaba. Si le preguntaba pasados unos días cómo se llamaba aquella flor, me hubiese contestado que Vespertina y se hubiese quedado tan ancho. En cierto modo mi padre y yo nos complementábamos bien: él no recordaba los nombres que les ponía a las flores ni yo recordaba cuántas veces había que regarlas al día.

—Pues vamos a darle la bienvenida a Matutina —le dije, mientras la llevaba a la ventana para colocarla junto a los cactus y la regaba con un vaso de agua.

Mi padre sonrió y respiró profundamente antes de sentarse en mi nuevo sofá. En el fondo estaba orgulloso de mí y aunque no me lo dijera directamente, estaba feliz porque me veía feliz.

PAPÁ

CAPÍTULO 3
Una noche en la Ópera

Las cosas que haces por primera vez con alguien las recuerdas toda la vida.

El cactus se murió, pero Matutina resurgió cual ave fénix en mi macetero e incluso tuvo hijitas. No tengo pruebas, pero tampoco dudas, de que fue gracias al buen hacer de mi vecino Pol, que tenía mucha más mano con las plantas que yo.

Pol bajaba aquel verano casi cada noche a fumarse un cigarrillo en la ventana de mi salón. Me encantaría decir que era un balcón, pero era una ventana con macetitas y a nosotros nos valía.

—¿Qué tal tu día hoy? —le preguntaba mientras iba a por unas cervezas al frigorífico.

—Una mierda, como todos.

—¡Eres un exagerado!

—Tú es que no sabes lo que es ser comercial y trabajar de cara al público, rubia. Dicen que hay días tontos, pero a mí es que me tocan tontos todos los días.

—¿Que no sé lo que es trabajar de cara al público...? Anda que no he aguantado borrachos con Lucía cuando trabajábamos juntas de azafatas. Si tú te quejas de la atención al público, no sabes lo que es la atención al público de gente borracha.

—A mí los borrachos me caen bien. Son muy sinceros. ¡Yo el primero!

—Bueno, tú no te pones borracho, te pones piripi.

—No rubia, no, piripi te pones tú, yo me pongo como un maldito piojo —dijo mientras nos reíamos a carcajadas.

—Por cierto, ¿tú qué hiciste el sábado? Recuerdo que Sara y Lucía se quedaron hasta el cierre y fuimos a comer churros, pero tú te fuiste antes, ¿no?

—Es que me escribió Álex...

—¿A las dos de la mañana? Tú sabes por qué se acuerda Álex de ti a las dos de la mañana, ¿verdad?

—Porque tu corazón pertenece a quien escribes piripi.

—Eso es muy bonito, rubi, pero si el chico es abstemio...

—Hombre abstemio abstemio..., se bebe sus vinos, su cerveza con limón...

—Te escribió por el mismo motivo que lo haríamos cualquiera de nosotros un sábado a las dos de la mañana: porque estamos más calientes que el queso de un sanjacobo. Si quería pasar la noche contigo, ¿por qué no quiso quedar a las diez de la noche?

Las palabras de Pol atravesaron mi corazón pese a que me reí un poco con lo del queso del sanjacobo, pero aun así le defendí.

—Ya, bueno, también es verdad, pero igual es que había quedado ya y justo a las dos se liberaba.

—Rubi, que nos conocemos. Hace lo que quiere contigo y lo sabes. El día menos pensado justificas esos mensajes que no te responde pensando que le ha pasado algo seguro.

«Ya lo hago», pensé en mi cabeza sin decirlo en alto.

A Pol no le faltaba razón. Mi relación con Álex en aquel momento era un vaivén continuo; a veces nos pasábamos el fin de semana juntos sin despegarnos, otros estaba de viaje y los que quedaban simplemente yo no sabía dónde estaba, pero aparecía cuando él quería. Y lo peor es que por aquel entonces yo se lo permitía.

—Acuérdate de regar el geranio dos veces por semana.

—No sé qué hacer con él. Ha crecido mucho.

—No sabes qué hacer con tu vida, cómo vas a saber qué hacer con las plantas de tus padres, rubi...

Cuánta razón tenía. Y encima mi padre me traía plantas prácticamente cada semana para contribuir todavía más a mi indecisión continua: ¿La habré regado de más? ¿La habré regado de menos? ¿Le habrá pasado algo a Álex y por eso no me contesta...?

Una semana mi padre no pasó por casa porque fue a hacerse un análisis y le salió una anemia muy alta. Se notaba un poquito cansado y le hicieron una prueba de sangre oculta en heces que salió positiva y acabaron por mandarle una colonoscopia. Era algo sencillo y rutinario, así que, sin más, le dieron cita para hacerse la prueba con sedación. Todos nos pusimos nerviosos ante la expectativa de una nueva entrada en el quirófano, pero nos enfrentamos a ella como lo hacíamos con todo: cuanto antes, mejor.

Ese día yo acompañé a mi padre y nos registramos juntos en la recepción del hospital. Nos asignaron una habitación donde yo le esperaría hasta que volviese y le di la mano hasta que un encantador celador se lo llevó a quirófano. Entonces quedaba por delante la consabida espera tras una prueba con sedación.

Bajé a la cafetería con un libro como de costumbre y volví a subir a la habitación a esperarle cuando había pasado el tiempo suficiente para que me llamasen desde reanimación para ver cómo había ido. Esa espera es bastante tensa, es como cuando estás esperando a que salte el pan de la tostadora y aun así te asustas.

Cuando sonó el teléfono de la habitación pegué un respingo como cuando veo una avispa. El médico que le había hecho la prueba a mi padre me explicó que se había complicado bastante. Le habían visto algo que tenían que analizar y además había perdido bastante sangre, por lo que tenía que quedarse ingresado.

Mi padre había sido trasladado a la UCI, así que yo no podía pasar la noche en el hospital. Me dejaron bajar para verle solo un minuto, puesto que ya estábamos fuera de hora.

Ver a mi padre débil, conectado a máquinas y con tubos me llegó directamente al corazón, sobre todo porque ahora era mayor que la última vez que tuve que enfrentarme a una situación así para darme cuenta de todo. Habían pasado quince años.

El médico dijo que había tomado muestras, así que tocaba esperar a los resultados de las biopsias mientras él se recuperaba. Así que, con cierta preocupación, recogí las cosas de mi padre y las mías, y me fui a mi casa. No esperaba en absoluto volver sola. Llamé a mi madre y ambas intentamos tranquilizarnos la una a la otra, aunque las dos somos un pelín histéricas. Llamé también a mis hermanos, que eran bastante más tranquilos en ese sentido.

Cuando llegué a casa recuerdo que me encontraba totalmente abatida por la situación, así que pensé que una ducha me recompondría, como siempre.

Como dijo la autora de *Memorias de África*, Karen Blixen: «La cura para todo es el agua salada: el sudor, las lágrimas o el mar». Yo hice mía esa frase pensando que el agua de la ducha mezclada con lágrimas era la mejor cura para todo. Ya otras veces lo había hecho buscando siempre el mar y la playa para cambiar el rumbo de mi vida, pero en ese momento tocaba tirar del llanto.

Mientras el agua caliente caía sobre mi cabeza intentaba relajarme con la terrible sensación de estar en la mierda. A los pocos minutos, repentinamente la tapa del bote sifónico que había en el suelo del baño saltó por los aires y rompió la bombilla del techo, mientras dejaba tras de sí un géiser de un agua de un color poco atractivo. Ahora sí que estaba en la mierda.

Me envolví en una toalla e intenté frenar el géiser con otra, pero no había manera. Eran más de las doce de la noche y esa era una «mierda» de emergencia en toda regla.

Salí corriendo escaleras abajo, descalza y dejando tras de mí un charco de agua para ir a buscar a Roberto, el portero de la casa, que me abrió la puerta con una sonrisa. Le conté lo que pasaba, subió a casa, consiguió que el géiser parase y me tranquilizó mientras yo lloraba desconsolada sentada en el sofá del salón. Dejó todo fregado y limpito, y me dijo que podía llamarle para lo que necesitase.

He de reconocer que no era el final que había esperado para mi día, pero cuando cerré la puerta, me eché a reír a carcajada limpia pensando en que ya podía competir sin duda con Pol y sus días de mierda. Cuando me levanté al día siguiente todo mejoró, porque después de una tormenta, aunque salga de tu propio baño, siempre viene la calma, dure lo que dure. Mi padre abandonó el hospital tras unos días ingresado y solo quedaba esperar al resultado de las biopsias.

Durante esos días de espera hablaba cada noche con él por teléfono y le veía animado. Mi padre y yo compartíamos la misma manera de afrontar las noticias importantes, buscando estar ocupados para no pensar en ello hasta el momento en que lleguen, así que él siguió dando sus paseos matutinos para realizar sus tareas, quedando con sus amigos y arreglando cualquier aparato que estuviese estropeado en casa, mientras que yo me daba un baño en la piscina por las tardes, iba a verlos un poquito después y por la noche quedaba con Álex cuando él podía.

Una semana y media más tarde llegaron los resultados. Aquella tarde de finales de septiembre era especialmente calurosa. Lo recuerdo porque aún estaba dándome un baño en la piscina de la urbanización cuando recibí la llamada de mi padre más temprano de lo habitual.

—Dime, papá.

—Hola, hija —dijo de manera sobria.

—¿Qué haces? —le pregunté para iniciar la conversación.

—¿Vas a venir hoy a casa? —respondió directamente.

En ese momento supe que algo no iba bien.

—Sí, claro. Iba a ir cuando bajara el calor. ¿Ha pasado algo?

Mi padre hizo un silencio y antes de que pudiera responder lo hice yo rápidamente.

—Voy ahora mismo.

Como ya pasó en su momento con su primer cáncer, este segundo se lo diagnosticaron muy pronto. Las biopsias de aquella cirugía fueron reveladoras y un jarro de agua fría para ese final de verano en el que mi vida había empezado a rodar de nuevo.

Cuando a mi padre le diagnosticaron el primer cáncer yo tenía doce años y no fui muy consciente del proceso de aceptación que llevó frente a la enfermedad. De aquella época recuerdo más los efectos secundarios físicos de la medicación —que le obligaban a sentarse en un banco a descansar durante nuestros paseos— que los efectos psicológicos que pudiera la enfermedad provocar en él. En cambio, con el segundo cáncer fue completamente al revés: me centré totalmente en la estabilidad mental de mi padre, ya que físicamente, en esta ocasión, se encontraba bien.

—Por lo pronto me han dicho que hay que dar sesiones de quimioterapia, pero que pasado mañana me lo explican todo.
—¿Por qué no me has avisado para que te acompañara? —le pregunté enfadada.
—Porque no quería preocupar a nadie, ni a tu madre ni a tus hermanos.

Entonces sentí que mi padre había hecho exactamente lo mismo que hizo Nacho en su momento, tomar decisiones por los demás. Aunque estaba un poco enfadada, estaba infinitamente más preocupada porque a mi padre le acababan de diagnosticar un cáncer de colón.

—¿A qué hora tienes que ir?
—A las diez y media.
—Pues estoy aquí a las nueve y vamos con calma —dije de manera taxativa.

Mi padre asintió, y después de respirar profundamente me abalancé sobre él con fuerza. Me derrumbé en sus brazos por completo porque esta noticia suponía un nuevo obstáculo en el camino que tendríamos que superar.

—Venga, que este camino ya nos lo conocemos, señorita —me dijo con una sonrisa en la boca que se propuso mantener desde el principio.

Recuerdo la vuelta en coche a casa tras esa segunda visita a la doctora. Nos explicó que mi padre tenía cáncer de colon y que en principio se lo habían detectado a tiempo.

No fue la última visita que hicimos, obviamente. Fueron muchas las idas y venidas al hospital y yo, esta vez, quise estar en cada una de ellas.

Después de cada sesión de control, cuando las noticias eran malas, el camino de vuelta en el coche transcurría en silencio y con las ventanillas subidas. No encendíamos la radio y apenas hablábamos. Masticábamos cada uno en silencio las palabras de la doctora que más nos habían impactado y nos las tragábamos sin comentarlas en voz alta hasta estar seguros de haberlas digerido.

Una vez digeridas era más fácil hablar de ello, sobre todo si ya habías soltado parte en forma de lágrimas.

Cuando las noticias eran buenas, como cuando nos dijeron que se podía tratar con quimioterapia, se respiraba un halo de optimismo y volvíamos con las ventanillas bajadas e incluso escuchábamos la radio. Daba igual si era invierno o verano, en ese momento la cuenta atrás no se dirigía a una estación del año, sino a las sesiones de quimioterapia que faltaban para acabar el tratamiento. La sensación de libertad se colaba por las ventanillas y se respiraba por la nariz mientras seguíamos manteniendo nuestra rutina de alternar la música cada media hora, aunque las cosas habían cambiado y era yo quien conducía, por lo que le tocaba a él ser el *DJ* especialista en ópera.

Es curioso cómo, si te paras a pensarlo, tu mente consigue transformar lo que, visto desde fuera, sería a todas luces una mala noticia: «Te vamos a dar varias sesiones de quimioterapia» en algo buenísimo: «Vamos a intentar controlar el cáncer con varias sesiones de quimioterapia». ¡Había opciones! Y te tienes que agarrar a ellas con mucha fuerza para que la vida no te suelte.

Recuerdo intensamente el olor a hospital de aquellos meses. No sabría describirlo con palabras, pero creo que casi todas las personas sabemos a qué huele. Huele a limpio, pero a la vez a miedo, a nervios y un poquito a tostada de cafetería de hospital. Cuando mi padre tenía alguna prueba en la que yo no podía estar presente, me sentaba en la cafetería con un libro esperando a que él terminase. Los libros eran el refugio de todas esas horas en las que mantenía mi mente ocupada con la historia de otros y así no pensaba demasiado en la mía propia. Cuando él aparecía por la cafetería, nos recibíamos el uno al otro con una sonrisa, fue un pacto que hicimos para no caer en el pesimismo. Se sentaba a mi lado, y como siempre

tenía hambre, y en concreto hambre de churros con chocolate, desayuná-
bamos por segunda vez antes de irnos a casa.

Días más tarde de la primera visita a la oncóloga tuvimos que volver
para que le diesen toda la información del tratamiento por escrito, los
volantes y el calendario del tratamiento y pruebas. Normalmente yo solía
entrar a la consulta con él, pero esa mañana me dijo que entraría él solo,
que mi libro parecía muy entretenido y que podía seguir leyendo tranquilamente en la cafetería. Mi padre ni siquiera había podido ver el libro
que me estaba leyendo porque lo llevaba forrado para no desgastar la
cubierta, que era preciosa. Cuando un libro me enamora por dentro y
por fuera intento cuidarlo mucho. A veces es inevitable que envejezcan
a base de pasar sus páginas tantas veces y eso también es bonito, pero a mí
me gustaba poder disfrutar de ellos como el primer día.

Entendí que le apetecía estar solo con su doctora y no le puse ningún
reparo. Siempre respeté los tiempos de mi padre como él respetaba los míos.

Cuando vino a buscarme para irnos lo hizo con la sonrisa que habíamos pactado desde el principio. Se metió la mano en el bolsillo de su
chaqueta de cuadros y sacó dos entradas para ir la Ópera en el Teatro
Real.

—¡Tengo dos entradas para la Ópera!
—Pero ¿y la quimio?, ¿no empiezas mañana?
—He estado hablando con la doctora y me deja empezar el lunes. Así
podemos ir el sábado y yo no estaré cansado ni hecho unos zorros.
—¿Le has contado que es para ir a la Ópera, papá? —le dije mientras
me sostenía la cabeza con una mano.
—¡Pues claro! Y me ha preguntado de qué color llevaré la corbata.

Y así es como mi padre fue el que se encargó de sacarme una carcajada en
plena cafetería.

Pese a los cientos de óperas que había visto en la tele de casa, nunca
había estado en la Ópera ni en el Teatro Real. Esa cita con mi padre era
muy especial para mí, más que cualquiera de las que podía tener con Álex
en ese momento después de haberle conocido ese verano, así que cancelé
nuestra cita y elegí un vestido *LBD* negro de los de fondo de armario con
unos zapatos (de los que yo llamo casi planos) con un tacón de doce centímetros.

Al principio asumí la nueva enfermedad de mi padre yo sola. Pol fue
el único que lo supo desde el principio y solo él conocía desde el primer
minuto la angustia que me provocaba toda aquella situación. Siempre me
mostraba frente a los demás alegre y predispuesta, incluso con Álex y con
mis amigas, porque realmente lo estaba. Acababa de irme antes de verano

a vivir sola e intentaba que, si tenía algún momento de bajón, nadie lo notara. Solo cuando Álex se abrió emocionalmente aquella noche de finales de septiembre en mi casa, cuando mirando a las estrellas del cielo de mi techo se sinceró de manera real, fue el momento en que le hice partícipe de lo que me estaba pasando.

No sé si aquello fue bueno o malo para nuestra relación porque poco después me dijo que «íbamos demasiado deprisa y que necesitaba tiempo»; imagino ahora que el tiempo necesario para no vincularse y alejarse de una relación que en pocos meses se había vuelto tan intensa y personal que, enamorarse de mí sabiendo que estás comprometido con otra, empezaba a darle vértigo. Aquella noche se estableció una intimidad entre nosotros que Álex no esperaba que pasase y tomó la decisión de dar marcha atrás y seguir controlando sus múltiples vidas, incluida la nuestra, sin que la conexión entre nosotros pudiese afectarle más de la cuenta. ¿Que como lo sé? Porque nunca quería que le contase nada sobre la evolución de mi padre. No quería que eso le afectara.

Cuando mi padre y yo llegamos esa noche al Teatro Real me quedé realmente anonadada. Era precioso. Tenía varias plantas y muchísimos salones que pudimos recorrer antes de ver la obra, porque mi padre los conocía como si fuera su propia casa. Durante toda la noche no paramos de saludar a gente. Todo el mundo conocía a mi padre y todos le saludaban como si fuese un familiar o un amigo de toda la vida. Yo sabía que había ido muchas veces a la Ópera, pero no me había planteado nunca que él sería tan querido allí.

Mis tacones se encontraron como pez en el agua recorriendo las preciosas e imponentes alfombras que cubren los espectaculares salones del edificio: el Salón Arrieta con una lámpara digna de *La Bella y la Bestia*, o el enorme salón de baile que tenía una saturada tonalidad rojiza en las paredes y un impresionante techo estrellado. Mi padre me contó, orgulloso de saberlo, que reproduce el cielo de Madrid tal y como se encontraba en la noche de su reapertura. Anécdotas que a mí me encantaban, y escucharlas de su boca, aún más.

Uno de los amigos de mi padre que nos acompañó durante una parte del recorrido me explicó que ese salón inicialmente fue concebido para fiestas de máscaras, allá por 1835, que es cuando se terminó de construir.

Mi imaginación voló en aquel momento y no pude evitar dibujar en mi mente a cada una de las personas que veía por allí caminando con una máscara veneciana y vestidos impresionantes. También me los imaginé con caretas de cartón de personajes de Disney y me hizo especial gracia imaginarme al amigo de mi padre, de traje, con la cara de Aladín.

Mi padre y él continuaron hablando del salón y de cómo con el tiempo se reconvirtió en una especie de sede donde se reunían las Cortes Generales de España mientras se construía el Congreso de los Diputados. Ahora se había transformado en tablao flamenco con restaurante. Así es la vida, renovarse o morir, y no me extrañaría, dadas las circunstancias, que se renovase en un Zara.

Cuando pasábamos por una de las escaleras principales que subían hacia las plantas superiores, mi padre se detuvo sonriendo socarronamente, me cogió del brazo para llamar mi atención y me dijo en voz muy bajita:

—¿Ves esa alfombra tan bonita de allí? —me dijo, dirigiendo mi mirada hacia una alfombra de lo más recargada.

—Sí, la veo —dije emocionada esperando alguna preciosa historia que guardaba aquella alfombra y que me iba a contar.

—Pues una noche que vine a la Ópera con tu madre, se tropezó con ella y se cayó delante de todo el mundo. ¿Y sabes lo mejor?, que llevaba una copa de vino en la mano y no derramó ni una gota. Menos mal —se empezó a reír sonoramente.

—¡Ay, pobre! —respondí poniéndome en el lugar de mi madre, claro.

—¡Qué va! Se levantó con una dignidad pasmosa, me miró y me dijo: «Actúa normal», y seguimos caminando los tres.

—¿Cómo los tres?

—Claro. Ella, la copa de vino y yo.

—Pues ya sabemos a quién he salido —le dije mientras nos reímos bajito para no molestar.

Mi padre me contó que a mi madre la ópera no le apasionaba tanto como a él, ni que decir tiene que a mis hermanos tampoco, así que después de algún que otro compromiso y alguna fecha en especial, mi padre fue el único que siguió yendo de manera regular. Como conocía a tanta gente y era un fan de póster de la ópera y del Teatro Real, no le importaba en absoluto. Todos felices.

He de reconocer que el sitio me pareció fascinante. Me recuerdo a mí misma embelesada mirando las lámparas, los tapices, los muebles... y sobre todo la sonrisa de mi padre descubriéndome cada rincón, orgulloso. Caminábamos lento, no por mis tacones, sino porque él siempre fue muy pausado; paseaba en vez de andar, porque le gustaba disfrutar cada paso de la vida mucho más que ir con prisa.

Y así, lentos pero firmes, nos dirigimos a nuestros asientos en un pequeño palco que se encontraba en un lateral. Yo no pude evitar recordar la escena de Julia Roberts en *Pretty Woman* y, aunque no llevaba un vestido rojo como ella, sí que era una inexperta total en ese nuevo mundo. Me gustaría poder decir el título de la obra de la que disfrutamos, pero no estoy segura. Sé que era una muy famosa tipo *El barbero de Sevilla*, pero fueron tantos los estímulos ese día y que yo sabía lo justo sobre ópera, que los detalles concretos se perdieron para dejar paso a una sensación de felicidad general.

Cuando a la noche siguiente se lo conté a Pol, no pudo evitar hacer el chiste:

—¿Le dijiste a una señora remilgada que te habías meado en las bragas? —dijo aludiendo a *Pretty Woman*.

—No, eso solo puede decirlo alguien como Julia Roberts —le dije sonriendo.

—Pero ¿lo pasaste bien?

—Sí, el sitio es muy bonito. Te recomiendo que invites a Jaume un día.

—Pues no sería mala idea. Jaume tiene mucha sensibilidad para estas cosas. Yo sería más de llevar palomitas y emborracharme antes de entrar. Seguro que la lío antes del segundo acto. Llevaría cervezas escondidas en el abrigo y un abridor.

—Eres de esas personas que lleva un abridor en el abrigo, ¿no? —le dije sorprendida.

—Si fuera solo eso... —dijo Pol dejando la frase en el aire, mientras nos reíamos con la conversación.

Tras un segundo, Pol, que era hasta entonces el único que conocía la situación de mi padre, hizo la pregunta.

—¿Y tu padre cómo está?

—Bien..., dentro de lo bien que se puede estar. Le veo animado de momento y eso me reconforta.

—¿Y tú cómo estás? —preguntó.

—Hacía mucho tiempo que nadie me preguntaba eso —le dije sorprendida—. Intento estar bien..., de momento intento estar bien. Ayer fue una noche especial.

Pol sonrió y me abrazó con fuerza.

—Pues no lo olvides, rubia —dijo mientras apuraba su cigarrillo y subía a su casa.

Aquella tarde fue mi primera vez en la Ópera y la última vez para mi padre. Así de agridulces son a veces las cosas; tanto, que no he vuelto a ir al Teatro Real, todavía no me he atrevido, pero estoy segura de que, cuando llegue el momento, lo haré con alguien especial a quien mostrarle orgullosa cada rincón que mi padre me enseñó.

Las cosas que haces por primera vez con alguien se te quedan marcadas para toda la vida y yo elegiré muy bien a quien venga conmigo por primera vez a la Ópera.

Después de aquella noche, que fue como un oasis en el desierto que nos quedaba por recorrer, mi padre empezó con la quimio. Hubo días buenos, días muy malos, días malos y días muy buenos, que se alternaban como si de una caja de sorpresas se tratase, sin saber qué te iba a tocar cada día. Lo que hacíamos era agarrarnos mucho a los días muy buenos y disfrutarlos al máximo, porque sabíamos que, inevitablemente, antes o después, vendría algún día muy malo. Y en esa montaña rusa estuvimos montados unos meses, sin perder de vista la realidad que nos rodeaba, porque el cansancio hacía acto de presencia cuando no se le había invitado.

Con el tiempo mi padre perdió el interés por todo lo que le apasionaba. Yo no le veía llorar, pero seguro que lo hacía, como lo hacía yo a solas para que él no me viera. Los dos soltábamos nudos de la garganta llorando, que era lo importante. Mi padre siempre decía que no hay que guardarse ni las lágrimas ni los pedos, pero que todo evidentemente tenía su momento.

Durante los meses siguientes mi forma de ayudarle era estando a su lado, comprendiendo lo que le pasaba. Unas veces lo conseguía más y otras menos, ya que no era fácil ponerse en el lugar de mi padre en una situación así. Solo me quedaba aceptar lo que sentía en ese momento —aunque sus emociones cambiaran cada cinco minutos— y apoyarle. Las enfermedades de mi padre prácticamente nos han acompañado toda la vida. Personalmente me he enfadado muchas veces gritando al aire «¿por qué a mí?» mientras me despertaba por las mañanas deseando que todo fuese un mal sueño. Con el tiempo descubrí lo terriblemente egoísta que era esa frase. Lo lógico hubiese sido preguntar «¿por qué a mi padre?». Era él quien estaba sufriendo en primera persona la situación.

Al final, cada mañana me levantaba de la cama porque entendía que era lo que él quería que hiciese.

—Avancemos —decía mi padre cuando sentía que nos enrocábamos en un sentimiento negativo que no nos conducía a nada.

—¿Hacia dónde? —le decía en tono de broma.

—Hay que dejarse llevar.

Y así lo hice. Me permití muchos domingos de llorar en la cama y muchos viernes de salir a darlo todo con mis amigas. Muchos lunes de revisiones con mi padre, martes de la risa (así tenemos bautizados a los martes en mi chat de grupo de amigas), miércoles con Álex y muchos jueves de visita a casa de mis padres deseando que llegara el viernes.

Así me dejaba llevar por las olas emocionales que llenaban los días de risas, como un salvoconducto para pasar la semana, hasta que llegaban los jueves para pasar la tarde con mis padres conversando tranquilamente antes de cenar.

Excepto a Pol, de inicio preferí no contárselo a nadie, porque no me gustan las miradas cuando te compadecen, aunque lleven implícita una buena intención. Además, por lo general, hablar de ello desataba automáticamente mis nudos de la garganta. Las lágrimas subían del corazón a los ojos convirtiendo rápidamente mis pupilas en barquitas, así que, si alguien hubiese sacado el tema antes de que pudiese asimilarlo, acabaría huyendo al baño a sonarme los mocos y a achicar el agua de mis ojos.

Cuando me sentí con fuerzas para hablarlo, noté que mis amigos entendieron y respetaron no solo mi silencio, sino también mis tiempos. Sabían que si yo no sacaba el tema era que prefería no hablar de ello, y si necesitaba tomar un café para mantener mi mente ocupada, estaban dispuestos a ser los primeros.

Con Álex fue diferente. Esa noche mirando al techo y a las estrellas me desnudé ante él, y no de la manera en que lo hacía cuando estábamos en la cama. La verdadera desnudez es cuando te muestras vulnerable ante una persona. Es cuando más puedes conectar con alguien o cuando más daño pueden hacerte, por eso siempre he sido muy protectora de mi vulnerabilidad. Siempre he preferido que pensasen, como me ha pasado otras muchas veces en la vida, que yo simplemente era una rubia superficial a la que le encantaba comprar zapatos y contar chistes malos cuando iba piripi, cosa que también es parte de mi personalidad, pero que en absoluto es todo lo que soy. Solo las personas que de verdad nos importan saben ver detrás de nuestras capas superficiales lo que nos motiva o nos duele.

Mi padre era transparente y no lo digo solo por el color de piel que he heredado. Era incapaz de decirte que estaba bien si no lo estaba.

Desde que me había ido a vivir sola meses atrás, nos llamábamos cada noche a la misma hora y muchas veces percibía cansancio o tristeza en él. Cada día estaba un poco más cansado y, sobre todo, con menos ganas de hacer nada.

La última psicóloga que le trató —porque fue a muchos distintos a lo largo de su vida— fue viendo y haciéndome ver la progresión psicológica que iba sufriendo mi padre.

Le recuerdo los primeros días en la consulta con traje y corbata, recién duchado, peinado y afeitado. Le contó a la doctora toda su vida incluyendo alguna que otra broma entre medias. A las semanas se dejó la corbata en casa; otro día no se peinó los pelitos que aún le quedaban por encima de las orejas, al siguiente fue con la camisa manchada y a los meses directamente iba sin afeitar. Fue muy duro ir viendo ese deterioro y sentir que no podíamos hacer mucho más, más allá de escucharle.

Creo que lo más importante cuando estás acompañando a alguien en un camino duro es que esa persona sienta que estás a su lado. No es bueno forzarle a intentar que vaya más ligero en el camino o que siga andando, si ese día no tiene ganas. Lo importante es acompañarle, sin más, pero no es fácil; a veces me enfadaba injustamente con él cuando iba a visitarle a casa y me decía que no había salido a pasear esa mañana, porque yo quería, deseaba, necesitaba que me dijese que sí había salido, porque eso significaba que todo estaba bien.

Este segundo cáncer de mi padre fue una enfermedad muy silenciosa. Era extraño, porque no hacía ruido a nivel físico, no había dolor, solo que le desgastaba a nivel psicológico, e incluso la quimioterapia no había hecho que se le cayese tanto el pelo como la vez anterior, pero sí que le veía anímicamente derrotado en algunas ocasiones y eso era lo más duro.

Ambos sabíamos que no me cabreaba con él, solo estaba enfadada con la vida, y a la vida, en ese momento, no le importaba lo que yo pudiese opinar de ella.

PAPÁ

CAPÍTULO 4
La vida es un viaje

Cuanto más triste estoy, más alta la mirada,
más altos los tacones y más rojo el pintalabios.

Cada vez había más mañanas en las que a mí tampoco me apetecía ponerme tacones o pintarme los labios, pero me obligaba a hacerlo para intentar continuar con mi vida donde la hubiese dejado el día anterior.

Era una sensación extraña. Me levantaba sin fuerzas para ir a trabajar y allí cambiaba la actitud para que no se me notase. Luego volvía al coche y lloraba de manera desconsolada hasta que llegaba a casa de mis padres y me recomponía. Por la noche quedaba con Álex y me mostraba eufórica. El desgaste físico y mental ante tanto cambio brusco me dejaba exhausta, pero como mi padre, mientras el cuerpo me lo permitiera, necesitaba tener la mente ocupada.

Viví a remolque del estado de ánimo de mi padre, pero en ningún momento pensé que la enfermedad pudiese apartarme de él. Mi mente se había bloqueado de tal forma que no concebía otro resultado que no fuese el mismo que la última vez. Mi padre estaba bajo de ánimo, pero físicamente estaba bien, se trataba de apoyarle, y en un tiempo estaba segura de que todo volvería a la normalidad.

A los ocho meses desde que recibimos las primeras noticias con el resultado de las biopsias y justo una semana después de que, en aquella terraza con Lucía y Sara, descubriera las vidas ocultas de Álex, la realidad me golpeó de nuevo sin estar preparada.

Como de costumbre, aquel día acompañé a mi padre a una revisión rutinaria para conocer los resultados de un PET-TAC. Cuando entramos, la oncóloga se mostró educada como siempre, saludándonos a los dos y dejando caer una pequeña broma como habitualmente solía hacer, pero en ese momento noté en su mirada un brillo diferente que me dejó intranquila desde el principio. Mi padre y yo nos sentamos frente a ella y, sin hacer ninguna introducción, nos dijo la palabra que más temes cuando estás en el camino del cáncer. Había metástasis en varios de sus órganos.

Yo miré a mi padre y él me miró a mí, y nos cogimos fuerte de la mano mientras escuchábamos atentamente las palabras de la doctora, que intentaba buscar un punto de esperanza dentro de la objetividad y la sinceridad que debía tener en ese momento.

Cuando salimos de la consulta no dijimos una sola palabra. El camino de vuelta hacia casa fue silencioso. El cáncer es una enfermedad tristemente muy silenciosa.

Aquel lunes fue el peor arranque de semana que he tenido en mi vida. Lo recuerdo porque mi padre solía quedar con el vecino todos los lunes por las tardes para sacar a pasear a su perro, que le adoraba. En cuanto le veía, movía el rabito tan feliz que te contagiaba automáticamente la alegría. Es algo que hacían solo los lunes.

Cuando subíamos las escaleras de camino a casa, oímos ladrar a Prin, el husky del vecino detrás de la puerta del 1.°A. Seguramente habría reconocido el olor de mi padre y ladraba de felicidad pensando que era la hora del paseo.

—¿Te vas a ir con el vecino, papá? —le dije mientras subíamos las escaleras.

—Claro, es lunes, ¿por qué lo preguntas?

—Pensaba que no te iba a apetecer.

—Apetecerme, apetecerme, no me apetece mucho, no te voy a engañar, pero ahora que sé que quizá me queden menos lunes en mi vida, quiero aprovecharlos todos.

La frase me recordó muchísimo a Nacho diciéndome que no me podía permitir el lujo de desaprovechar el tiempo que me quedaba con mi amiga Lauri antes de que ella se fuese a Alemania. La misma lección de vida me llegaba de dos personas que siempre tendrán un hueco en mi corazón.

Después de hablar con mi madre, nos quedamos en silencio en el salón durante más de una hora y, cuando llegaron mis hermanos, volví a casa. Esa noche no pude dormir, y a la mañana siguiente lo primero que hice fue intentar contactar con la oncóloga porque quería hacerle mil preguntas que con mi padre delante no pude. No me salían las palabras. Me dijo muy amablemente que sí, así que esa misma tarde fui a visitarla de nuevo a última hora.

Cuando llegué me atendió con la misma dulzura que lo hacía cuando mi padre estaba delante. Me explicó que el cáncer se estaba extendiendo y, a pesar de mis veintisiete preguntas insistentes para encontrar una solución, porque tenía que haber una solución, me dijo una frase que recordaré toda mi vida: «Te tienes que ir preparando».

Cuando escuché esas palabras, me quedé bloqueada. Paralizada completamente. ¿Cómo me iba a preparar? ¿Como quien hace una maleta para irse de viaje? No hay preparación alguna para ello. No puedes ir haciendo la maleta para un viaje así.

Salí del hospital llorando. Siempre he pensado que los hospitales son sitios donde se puede llorar libremente, donde nuestras emociones se acumulan en las paredes y quizá por eso tienen ese olor tan característico cuando entras; el olor de los sentimientos más puros e irracionales.

Nunca he tenido reparo en llorar públicamente, de hecho, a día de hoy pienso que cualquier sitio es válido para hacerlo. Nunca hay que dejar guardados los nudos en la garganta, aunque muchas veces los reservemos para los momentos más íntimos e incluso hay ocasiones en las que no haber llorado en público tras un día horrible es una pequeña victoria porque has conseguido sonreír.

De vuelta en el coche mi mente decidió darme un descanso. La casualidad hizo que, al arrancar, la radio se encendiera automáticamente y sonaran las primeras notas de piano de «Let It Be» de los Beatles. Me trajo a la cabeza muchos recuerdos bonitos de todos y cada uno de los viajes que hice con mi padre. Más que volver a casa, estaba volviendo a mi infancia.

En sus idas y venidas por el mundo, y concretamente con parada fija en Barcelona, mi padre siempre se alojaba en el mismo hotel, por lo que tenía una excelente relación con el director, la comercial, los recepcionistas..., que al final eran como parte de su familia de allí. Recuerdo aquella vez que Lauri y yo viajamos con él aprovechando un jueves de puente en el instituto.

A Lauri le hacía especial ilusión volver a Barcelona al haber vivido allí los primeros años de su vida, cuando sus padres se trasladaron a España desde Alemania.

Mi padre se alojó en su habitación de siempre, donde tenía incluso una sala de reuniones y nosotras dos en otra de la misma planta. Era una habitación espectacular, muy amplia y luminosa, aunque realmente lo que más nos llamó la atención fue el tamaño de las camas. Acostumbradas en casa a las famosas camas de noventa, nuestra habitación tenía una de matrimonio enorme para cada una. Creo que incluso podría haber dormido en horizontal y mis pies no quedarían colgando por fuera. Lauri y yo, nada más entrar, soltamos nuestras mochilas en el suelo y saltamos sobre ellas gritando de emoción. Después, abrimos las cortinas y contemplamos anonadadas el mar. Salimos al balcón e hinchamos nuestros pulmones con ese olor tan característico que te renueva por dentro. Recuerdo la sensación como si fuese ayer mismo.

Luego fuimos al baño y toqueteamos todos los botecitos de gel, champú, acondicionador, crema de manos... ¡Eran de una marca de las caras! Además, había un albornoz para cada una (donde además hubiese cabido el resto de nuestra clase de lo grande que era) y zapatillas de baño para después de la ducha. Estábamos emocionadas en mayúsculas en nuestra habitación de hotel.

En esos días mi padre nos enseñó algunos rincones de Barcelona. Paseamos por las Ramblas, comimos chucherías gigantes en el mercado de la Boquería, nos hicimos fotos en la playa, subimos al Tibidabo y paseamos por los Encantes. Los Encantes era como el Rastro de Madrid o Camden en Londres: un sitio donde puedes tirarte horas mirando objetos sacados de otra época. A mi padre siempre le apasionaba comprar cosas antiguas para arreglarlas después pacientemente en casa, por eso, aunque salía de Madrid con una maleta pequeña, muchas veces volvía a casa con dos, incluso tres.

—¿Qué es eso? —le preguntó Lauri a mi padre, señalando un objeto curioso que había en un puesto.

—Eso es una caja de música pequeñita —respondió mi padre—. ¿Ves la manivela?

Mi padre cogió la caja metálica y empezó a dar vueltas a la manivela a la vez que se oían unas notas de la canción de *La Bella y la Bestia*. Era la primera vez que Lauri veía ese tipo de cajas pequeñitas de música y flipó. Además, cuando mi padre la abrió, vimos por dentro el mecanismo, con un cilindro dentado que giraba y rozaba unas piezas metálicas, que eran las que sonaban.

—¡Qué cosa más cuqui! —dijo Lauri completamente emocionada.

Mi padre nos vio tan felices que nos dijo que eligiésemos una cada una. Lauri y yo escogimos la misma. Nos gustaba la canción de *La Bella y la Bestia* y mi padre eligió «Let It Be» de los Beatles. Mi padre era un apasionado de aquel grupo.

Mi mente regresó de aquel viaje a mi infancia cuando la canción de los Beatles dejó de sonar y no, no estaba dispuesta a hacer ninguna maleta. Quería pensar que la doctora estaba equivocada, que todavía existía una posibilidad por pequeña que fuera, y en ese momento entré en una actitud de negación total, y decidí creer que no había equipaje alguno que hacer. Además, la actitud de mi padre a partir de entonces no hizo más que afirmar mi teoría, puesto que volvió a afeitarse, a peinarse los poquitos pelos que tenía y a ponerse corbata para ir a la psicóloga. Supongo que el hecho de pensar que podía quedarle poco tiempo de vida fue como un chute de energía para intentar bebérsela en cada sorbo.

En esos meses nos lo puso muy fácil. Estaba de buen humor, y eso me ayudaba a mí en ese pequeño acto egoísta de continuar con mi vida, que desde hacía un tiempo estaba supeditada a cómo se encontraba él de ánimo. Fueron todo lo contrario a lo que yo esperaba tras la noticia de la metástasis.

El día que no iba a visitarle, manteníamos nuestra llamada rutinaria. Cuando sabía que no iba a poder hacerlo a la hora que teníamos marcada porque tenía algún recado que hacer o había quedado con Pol o Sara para despejarme, le llamaba siempre antes, y eso, para bien o para mal, condicionaba un poco mi estado de ánimo. Mi padre lo sabía y del otro lado del teléfono siempre me echaba una mano. En cierto modo también porque él mismo lo sentía así, pero era realmente generoso sobre todo los viernes, de cara al fin de semana.

—¿Dígame?
—Papááááááá... —le respondía transmitiendo toda la fuerza del mundo.
—¿Qué tal vas, señorita? —me dijo con una alegría en la voz que me dio un chute de energía al momento.
—Bien, ¿y tú?
—¡Muy bien! Esta mañana la oncóloga me ha llamado y me ha dicho que los análisis están ya bien y el lunes podré darme la quimio otra vez.
—Pero ¡cómo no me llamas para contármelo!
—Por si te estabas echando la siesta...

Mi padre sabía que los viernes me echaba siempre la siesta. La necesitaba muchísimo para coger fuerzas después de madrugar durante toda la semana. De hecho, siempre he mantenido que las siestas de los viernes por la tarde deberían aparecer como un derecho fundamental en la Constitución.

—Ay, papá, pero por una noticia así merece la pena despertarme de la siesta.

Era una noticia buenísima porque la última sesión de quimio no pudieron dársela por tener bajas las defensas.

—No hija, no, no vayas ahora de que tienes buen despertar, porque todos sabemos que no es así. Mira, hasta Ruperto lo dice.

Se oyó un sonoro maullido de fondo.

—¿Y mamá?

—Tu madre dice que también tienes mal despertar, qué va a decir, hija —dijo mientras los tres nos reíamos.

Colgué sintiendo que aquella era otra llamada esperanzadora. Al momento Pol llamó a mi puerta vestido con una americana negra, vaqueros oscuros y unos mocasines. No solía arreglarse tanto, y menos con ese estilo, así que supuse que tendría cita romántica con Jaume.

—¿Te han nombrado heredero de la corona inglesa? —le dije, burlándome de él.

—¿No te gustan mis mocasines? —me dijo sorprendido.

—Qué quieres, ¿la verdad o una mentira? —le dije siguiendo con la broma. Pol me miró y resopló; él tampoco estaba muy convencido con el atuendo.

—Es que a Jaume le encanta que me vista así en nuestro aniversario y como le quiero tanto, pues... nada, mocasines sin calcetines y pantalón corto.

—Que estás muy guapo, hombre..., ¡vas hecho un pincel!

—Pincel el que necesitas tú para aprender a pintarte el *eyeliner* como Dios manda, que ya te vale. ¿Quieres que te lo pinte yo?

Pol tenía un jodido don para hacer la raya del ojo perfecta. De verdad que es inexplicable cómo hay gente que tiene mano para las plantas y para el maquillaje mientras otras parece que las tengamos de madera.

—Venga, si me lo pintas, te invito a una cerveza...

Y así, con mi padre de buen humor, con el *eyeliner* perfecto y una cerveza con mi mejor amigo, ese verano de 2015 estuvo marcado por lo que yo llamaba la «calma tensa». Es cuando estás bien, pero no eres capaz de disfrutar del todo pensando que algo puede pasar. Fue un verano tranquilo en el que pude estar mucho con mi padre, algo con mis amigos y un poquito conmigo misma, hasta que a finales de agosto mi padre empeoró de repente.

Esa última semana empezó a perder peso por falta de apetito y con ello se le fueron las fuerzas. Fue una situación que apenas tuve tiempo de asimilar, porque pasó tan rápido que de dar sus paseos matutinos y seguir saliendo a comprar el pan, pasó a no poder levantarse de la cama y tener que llevarlo al hospital, donde se quedó ingresado. Estaba avisada, pero nunca lo quise ver del todo.

Entró en el hospital muy mal; con un fallo renal, con la piel muy amarilla y los pulmones encharcados. Le hicieron una broncoscopia y le pusieron tratamiento para el riñón, pero se estaba complicando todo. Yo me sentaba a los pies de su cama del hospital y apenas tenía fuerzas para hablar. No las teníamos ninguno de los dos.

Pasaron los días y el tono amarillo de su piel fue desapareciendo poco a poco, hasta que volvió a tener el color blanquito de piel habitual de toda la familia, ya que en eso somos todos iguales: el sol nos resbala por la piel. Recuperó el apetito y algunos kilos, y todo parecía que se había quedado en un tremendo susto. Cogió tantas fuerzas que incluso discutimos cuando yo le dije que tendríamos que poner un plato de ducha en casa para que no tuviese que saltar la bañera para ducharse, y él, tan obstinado como buen capricornio, se negaba en rotundo alegando que podía con todo. Esa noche se quedó mi hermano a dormir con él; yo les dejé un catálogo de azulejos y me fui porque al día siguiente madrugaba de nuevo para ir a trabajar.

Mi hermano me contó a primera hora de la mañana siguiente que la noche había sido muy agitada. Mi padre no respiraba bien, y las médicas y enfermeros estuvieron entrando y saliendo de la habitación toda la noche.

No lo podía creer, si habíamos estado discutiendo por lo de la ducha el día anterior. No podía ser.

Fui a trabajar y pensé en salir durante el descanso para comer. Solo podía pensar en lo primero que le diría al verle: «No te preocupes, papá, dejamos la bañera».

Sobre las once de la mañana recibí una llamada. Mi padre había sufrido un fallo respiratorio y estaba muy mal. La enfermera me dijo que tenía que ir corriendo, así que volé. No conduje, volé tan rápido que llegué justo para despedirme. Llegué a tiempo para decirle lo mucho que lo quería antes de que sus ojos se cerrasen para siempre.

No me lo esperaba porque no me lo quería esperar, porque realmente estaba avisada desde aquel «te tienes que ir preparando», pero no lo hice. Son esos detalles importantes de la vida que no quieres ver, como cuando sabes que unos zapatos te hacen daño, pero insistes en ponértelos.

Cuando alguien se marcha y lo experimentas por primera vez en primera persona, de repente conoces veintisiete cosas que habían pasado desapercibidas hasta entonces, obviamente. Nadie te cuenta que dependiendo de la hora a la que se vaya un ser querido será llevado al tanatorio ese mismo día o al día siguiente, si es por la tarde. Nadie te cuenta que, de la nada, aparecen diez comerciales de distintos tanatorios para concretar contigo si quieres estampitas con la fecha del fallecimiento y su foto, cuántas y con qué tipografía. Nadie te cuenta que tienes que ir a casa a coger la ropa con la que quieres que le vistan y con la que será enterrado.

No fui capaz de verle dentro de la sala del tanatorio. No puedo saber si elegí bien su ropa y si la corbata le combinaba con los zapatos. Muchas veces bromeo con que hay que vestirse bien todos los días, porque la ropa que lleves cuando te mueras será tu *outfit* de fantasma, aunque por esa regla de tres, pensándolo bien, ahora mismo no sé si yo querría pasar una eternidad con tacones de doce centímetros.

Elegimos para él sus zapatos más cómodos con los cordones mordisqueados por los gatos que, a partir de ese día, se preguntaron cada mañana dónde estaba aquel señor calvito y con barriga que les daba su lata de atún todos los días.

Estuve allí presente físicamente, durante todas las horas que pasaron lentamente mientras mi mente se ausentaba de vez en cuando y perdía la noción del tiempo llegando a pensar que habían pasado días o incluso semanas.

Recibí pésames y abrazos de gente a la que ni siquiera distinguía a través de mis lágrimas, y me reí fruto de los nervios y la montaña rusa emocional en la que me encontraba.

Me abracé mucho a mi madre, de la cual solo me despegaba para dejarla en los brazos de mis hermanos, tíos, primos y el resto de la familia.

Recuerdo la presencia de Sara, Lucía, Pol y la de muchos otros amigos. Recuerdo sus abrazos y cómo lloraban, tanto que a veces incluso tenía que consolarlos yo a ellos.

Recuerdo ver aparecer a Lauri con una maleta minúscula en la mano y lanzarse sobre mí fundiéndonos en un gran abrazo. Le olía el pelo a vainilla, o quizá sea yo que lo recuerdo así, pero si lleno los pulmones ahora mismo de aire, puedo sentirlo de nuevo. Sentí de primera mano el cariño de una amiga que no dudó en cogerse un avión de un día para otro desde Alemania para estar allí conmigo.

Recuerdo el olor a libro antiguo de mi padre, el que tenía en la habitación del hospital, con nuevas páginas por escribir ahora desde otro sitio. El olor a tabaco de Pol, que salía del tanatorio a fumarse un piti cada cinco minutos y me abrazaba muy fuerte cada vez que volvía. El olor a la cerveza que Sara se tomó mientras cenábamos en la cafetería del tanatorio, donde los camareros preparaban pinchos de tortilla para la gente abatida por el cansancio, y el olor a café de Lucía, de los muchos que se tomó aquella madrugada para mantenerse despierta conmigo. Todos los olores juntos en un mismo sitio el día más triste.

Aquel día entendí que un momento triste como la muerte de mi padre no podía ser el único motivo por el que todos volviésemos a estar juntos de nuevo. Yo quería volver a sentir todos esos olores más a menudo a mi alrededor, pero sonriendo y celebrando la vida al sol con sus momentos sencillos, livianos... y felices.

PAPÁ

CAPÍTULO 5
Los arcoíris llegan cuando más los necesitas

Cuando se van, los padres son el arcoíris después
de la lluvia y las estrellas en la oscuridad.

Nunca antes había estado en un cementerio. Mi padre iba puntualmente el Día de Todos los Santos y en todos los cumpleaños de mis abuelos, familiares y de sus amigos que se habían ido antes que él, pero yo jamás pude acompañarle. Ni siquiera pude hacerlo el día del entierro de mi abuela, su madre, cuyo nombre precede al de mi padre en la tumba familiar. Siempre respetó el miedo que me daba ese lugar y estoy segura de que también lo hubiese respetado si yo no hubiese conseguido ir aquel día, pero era mi padre y lo conseguí.

El tiempo, como el día anterior, seguía inestable. Recuerdo el cementerio de la Almudena enorme, lleno de cedros, cipreses y pinos en interminables calles como si de una pequeña ciudad en sí mismo se tratase. Desde la iglesia que hay en su interior hasta el lugar donde debía ser enterrado, tardamos unos diez minutos que se hicieron eternos, pero pude descubrir que ese cementerio es un auténtico museo al aire libre.

Cuando llegamos y nos colocamos todos alrededor de la que iba a ser su tumba, se puso a llover, hasta tal punto que no sabía si el líquido que recorría mi cara eran lágrimas o la propia lluvia. Mi pelo, totalmente aplastado, me caía sobre los hombros y chorreaba una gotita constante sobre el suelo que llegó a hacer un charquito bajo mis pies.

Respiré profundo para adentro y en silencio, y en ese momento justo dejó de llover. El sol apareció tímidamente entre las nubes, a través de un pequeño hueco que manchaba de luz una parte del cementerio, dejando en sombra el resto. En ese pequeño espacio iluminado apareció un pequeño arcoíris, imperfecto, ni siquiera estaba completo, pero era el más bonito que había visto nunca, al menos para mí.

Dejé de llorar mirándolo embobada, ausente de todo lo que me rodeaba en ese momento, porque sentí que mi padre estaba allí, entre los colores difusos de ese arcoíris. Sentí que me ayudaba a disipar las lágrimas como siempre lo había hecho, con detalles tan brillantes como lo era él.

Ese día quise pensar que mi padre estaba en ese arcoíris, el arcoíris de los padres, vestido con la ropa que yo elegí y acariciando a todos los gatos que en su día también se fueron a su correspondiente arcoíris, y que seguro tenía un puente directo con el de los padres.

Cuando volvimos del cementerio, acompañamos a mi madre a casa y mis hermanos se quedaron con ella. Esa misma tarde, después de todo lo vivido en apenas cuarenta y ocho horas estaba exhausta, y necesitaba descansar porque, aunque tenía una extraña sensación de tranquilidad en mi interior, sabía que en cuanto me metiera en la ducha algún nudo del pecho se iba a soltar en forma de llanto. Y así fue.

Los primeros días estuve sin fuerzas. No recibí muchas visitas porque no quería ver a nadie y solo Pol bajaba a casa para hacerme compañía y animarme con ese humor tan particular que siempre tenía.

—Me ha dicho Lucía que o bajaba a animarte, o iba a tener serios problemas —dijo en tono de broma.

—Acabo de colgarle hace cinco minutos. Esa mujer es capaz de acojonarte hasta por teléfono —respondí con una leve sonrisa.

—Valdría como teleoperadora comercial de cualquier cosa. A mí si me llama y me dice que me tengo que cambiar de compañía de teléfono con esa autoridad me cambio sin pensarlo.

—Lucía te hace una portabilidad sin que te dé tiempo a pestañear.

—Y te lee el horóscopo después, y además te hace creer firmemente en lo que te ha leído, la cabrona... qué don tiene —dijo bromeando.

Volví a sonreír levemente y se hizo un silencio. Pol notó mi tristeza y pasó a un tono amable que agradecí.

—Mírame —dijo, seguro de sí mismo—. Ya sabes cómo va esto, no te voy a descubrir nada nuevo. Se pasa mal, pero poco a poco va a menos y el año que viene estarás mejor, y al siguiente mejor, y no porque eres fuerte, sino porque eres inteligente.

Pol me miraba fijamente y continuó cambiando el tono.

—¿Sabes lo que nos dijo mi abuela el día de la muerte de mi abuelo...? Afirmó rotundamente: «No me interesa nada de lo que ha pasado hoy, solo quiero recordarlo cuando estaba con nosotros».

Me quedé mirando a Pol contrariada, sin saber qué decir.

—No cometas el error de grabar en tu mente la fecha de la muerte de tu padre, estoy seguro de que hay otras infinitamente mejores para recordarle.

—¿Como la de su cumpleaños? —le dije con nostalgia.

—Como la de su cumpleaños.

Pol tenía capacidad tanto para hacerte reír como para hacerte reflexionar, y en ese caso sus palabras y las de su abuela calaron hondo.

Cometemos el error de grabar en nuestra mente la fecha de la muerte de un ser querido como la más importante y la rememoramos todos los años. En ese momento me di cuenta de que había fechas más hermosas para recordarle, como el día de tu cumpleaños. Aunque mi primer año sin él dolió, porque dolió no tener su felicitación meses más tarde cuando cumplí los treinta, y dolieron las primeras Navidades sin él, decidí junto con mi madre y mis hermanos que, como la abuela de Pol, celebraríamos el día de su cumpleaños en vez de recordar el día de su muerte. Son fechas que nos recuerdan la importancia de celebrar la vida, y eso siempre debe estar por encima de cualquier otro recuerdo, por muy doloroso que sea.

Y así —aunque no podía evitar sentirme destrozada por dentro, porque la muerte de un padre no se supera en tres días—, aprendí a ordenar las imágenes que tenía de él de una forma mucho más armoniosa, barriendo los primeros recuerdos de él malito en la cama del hospital pidiendo que no le doliese, porque si algo tenía claro, era que no tenía miedo a la muerte, sino a sufrir. Aprendí a poner en primer lugar siempre su cara sonriente, trajeado, recién afeitado, con una banda sonora de música clásica de fondo y olor a libro. Y fui capaz de seguir sintiéndolo muy cerca en cada arcoíris.

El tiempo es sabio y pone todo en su lugar, menos esa pila de ropa que tienes sobre la bicicleta estática o una silla. A veces hay que poner de nuestra parte para ordenar la ropa y los recuerdos.

Pol era un gran hombre, y midió a la perfección el espacio que necesitaba para ir reincorporándome poco a poco de nuevo a mi vida sin mi padre. Sabía que el duelo es un proceso que lleva su tiempo y nunca es el mismo para todos, ninguno es mejor o peor, es simplemente el que cada uno necesita.

Cuando bajó a casa y me propuso que le acompañara a una fiesta que organizaba Alberto para despedir el verano, me costó mucho trabajo decir que sí y pensar que la vida continuaba.

Sinceramente, no me apetecía porque no tenía fuerzas, pero fui con el ánimo aún en cuidados intensivos sin saber que sería una de las mejores decisiones que había tomado en mi vida, porque en aquella fiesta de finales de verano conocí a mi amiga Laura.

Había muchas formas de describirla, de poner adjetivos no solo a la energía arrolladora que tenía, sino a su larga melena morena a juego con su piel. Pero sin duda el momento que nos define no tiene que ver con nuestra amistad, eso vino después, tiene que ver con mi padre. Meses después de conocerla estábamos en mi casa, tumbadas en el sofá a punto de ver una peli. Yo tenía ese típico día en el que estás a punto de llorar por cualquier cosa, que en realidad no es cualquier cosa, sino todas las cosas que llevas guardándote durante meses. Es cierto que emocionalmente había mejorado y que Laura se había convertido en un apoyo básico, pero dentro de mí sentía mucho la ausencia de mi padre.

—¿Qué te pasa, tía? —dijo, notando esa sensación que solo una amiga puede reconocer por cómo respiras.

—¿Por qué mi padre ya no me manda «señales»? —le dije preocupada porque hacía tiempo que no lo notaba cerca, como ocurrió aquel día entre el arcoíris y en otras ocasiones después, pero llevaba un tiempo sin hacerlo, sin ni siquiera soñar con él.

Sentía que me costaba reconocer que estaba a mi lado, aunque se hubiera ido.

Entonces ella me miró y, con una leve sonrisa, me contestó:

—Porque él me mandó a mí.

A partir de aquel momento y tras mucho tiempo, por fin he encontrado la paz que me permite ir al cementerio el día de su cumpleaños. Y le llevo cartas, fotos de los gatos, mías o de mi madre, y se las meto dentro de la tumba. Y me libero de tal forma que consigo que las lágrimas salgan de mis ojos acompasadas con cada palabra, pero ya no con la tristeza con la que lo hacían antes.

Después de aquello, he vuelto a ver muchos arcoíris, ya no solo en el cielo, sino también reflejados en el suelo de mi terraza, proyectados a través de los cristales y cambiando de intensidad según la época del año. Ahora les hago fotos, a todos, y miro al cielo para saludar a mi padre cada vez que los veo. Los toco y los acaricio como si de esa forma pudiera recuperar el tacto suave de sus manos, como si pudiera revivir todas las veces que me enseñó a ser mejor. Cierro los ojos para recordar su voz cuando me enseñaba alguna palabra nueva o para recordar el sonido de las llaves cuando entraba en casa. Los busco para sentirlo, fuera de mi habitación en el pasillo, proyectando una película sobre la pared y en la música que escuchaba mientras reparaba sus trastos en casa.

Hay personas que hacen que todo cambie cuando cruzan la puerta y mi padre fue una de ellas.

LAUX

CAPÍTULO 1
Tía, tía, tía, tíaaaaaaa

Hay amigas que son hermanas, pero en amigas.

Nunca olvidaré aquel momentazo con mi amiga Laura y Álex en ese bar de la calle Pelayo aquel 22 de noviembre. ¿Cómo pudo la muy perra reconocer en persona a alguien a quien solo había visto en fotos? Vale que había visto al menos cien fotos suyas y todo su Facebook e Instagram, pero reconocerlo en un bar atestado de gente tiene mucho mérito.

También es cierto que, con cierta melancolía, fue casi de lo primero de lo que le hablé cuando nos conocimos, así que como para no tenerlo presente. Lo primero de lo que le hablé, por supuesto, fue de la muerte de mi padre, ya que estuvo tan cercana en el tiempo que ella se convirtió al instante en un salvavidas más al que agarrarme en aquel doloroso momento. Y es que con Laura sentí amor a primera vista, pero en amigas. Cuando me fijé en ella, llevaba ya un tiempo apareciendo etiquetada en algunas fotos en Facebook de amigos en común que teníamos. Siempre lucía como una auténtica diva, con una pose perfectamente estudiada que le quedaba ideal en cualquier escenario.

Tuve tiempo de sobra para investigar quién era esa chica tan mona ese verano de 2015. Desde que recibimos la mala noticia de la metástasis del segundo cáncer de mi padre, mi tiempo quedó limitado a acompañarle a las revisiones que tenía. En ese proceso las redes sociales me acompañaron, incluso cuando él se fue. Al final lo único que necesitaba era tener la mente ocupada cuando no estaba con él y para eso las redes hacen una gran labor porque te permiten vivir las vidas de los demás y compartir sus alegrías cuando las tuyas escasean.

Laura era amiga de una amiga de Alberto. Era de un grupo diferente al de Lucía y ese verano la vi en muchas fotos donde siempre aparecía luciendo vestidazos en bodas, taconazos en fiestas y preciosos peinados en cada foto. Laura está bronceada sea la época del año que sea, porque su tono de piel natural es el que denominamos «Qué cabrona eres», pero además con un dorado de esos bonitos y envidiables que te hacen pensar que vive en Miami y no en Madrid.

Sin habernos visto en persona todavía, alguna vez incluso coincidimos en los comentarios de alguna foto y nos hacíamos bromas como si nos conociésemos de toda la vida. Yo siempre le decía lo guapa que salía en las fotos y ella le quitaba hierro al asunto, como la que no sabe que sale preciosa, pero lo sabe.

Y de repente, el 26 de septiembre de 2015, como si una fuerza extraña, o mi padre (como ella misma me dijo más adelante), moviera los hilos para que mi ánimo se levantara lo suficiente como para acudir a la fiesta de Alberto, nos vimos por primera vez. Sé que fue un 26 de septiembre porque era la típica fiesta de fin de verano que Alberto organizaba siempre con la excusa de que hacía buen tiempo por el veranillo de San Miguel. Lo enmarcó como la despedida del calor y el buen tiempo que nadie se debía perder.

Sinceramente, yo no tenía ánimo, pero Pol insistió mucho para que me distrajese un poco. Me estaba costando recuperar la sonrisa y, aunque lo intentaba, sobre todo por animar a mi madre —con quien no me permitía llorar—, la tristeza se me había agarrado al pecho.

Durante esas primeras semanas, Pol y Sara fueron mis grandes apoyos, cada uno a su manera. Lucía por supuesto también, pero con el inconveniente de estar lejos porque se había marchado a Asturias a finales del mes de julio a escribir su novela al pueblo de sus padres. Esa novela que tanta ilusión le hacía y para la que había ahorrado durante tanto tiempo escribiendo críticas de hoteles. Además, Álex y yo lo habíamos dejado en primavera; bueno, yo le había dejado en primavera, y aunque descubrir su pasado oculto y su presente paralelo fue lo mejor que me pudo pasar, todavía dolía.

Lloré mucho a solas o con Pol, porque era de las pocas personas con quien me sentía cómoda llorando, y solo él sabía cuándo era el momento justo de cambiar el tono y decir algo irónico para romper esa tensión y convertir las lágrimas en risas. Con él no necesitaba aparentar que estaba mejor de lo que realmente estaba.

Recuerdo perfectamente el día que Pol bajó a mi casa a fumarse su piti nocturno. Sibilino como siempre, me volvió a comentar lo de la fiesta de Alberto, ya que no le había confirmado que iría.

Aquella fiesta parecía una oportunidad de estar rodeada de gente que ni siquiera sabría lo de mi padre, no me harían preguntas y yo podría pasar una noche tranquila sin llorar, o al menos esa era mi intención.

—¿Ya sabes qué te vas a poner para la fiesta de Alberto? —dijo, haciéndose el tonto.

—No sé si voy a ir... —le dije tímidamente.

—Ya sabes lo que dicen... «Si no hay una rubia, no es una fiesta, es una reunión» —dijo con su tono habitual.

—Ja, ja, ja, qué tonto estás...

En ese momento sonó un mensaje de WhatsApp en mi móvil. Era de Sara.

Sara.

Amiiiiiiiigaaaaa!
Vienes a la fiesta, ¿no?
que me voy a sentir muy sola...

—¿De verdad habéis hecho esto? —le dije a Pol sorprendida.

—¿El qué?

—Coordinaros para convencerme.

Pol soltó una carcajada.

—Pero ¿cómo puedes pensar eso? ¿Cómo voy a decirle a Sara que iba a bajar a tu casa justo a las 21.42 para intentar convencerte y que necesitaba que te enviara un mensaje para apoyarme...? ¿Cómo voy a hacer yo eso? —dijo Pol mientras sonreía.

Resoplé porque no daba crédito a la *performance* que había montado, pero en el fondo le agradecía que intentara animarme durante todos esos meses sin desanimarse él.

—Venga, dime que sí y te dejo en paz... —dijo cambiando el tono—. Además, sabes que tarde o temprano tendrás que hacerlo; si no es mañana será pasado, pero va a ocurrir, y qué mejor que sea con nosotros...

Pol me miró con su cara de niño responsable y le acabé prometiendo que me lo pensaría.

Además de todo lo que había ocurrido con mi padre, ese verano me había costado un poco encontrarme de nuevo a mí misma tras la ruptura con Álex, y no olvidemos que era muy amigo de Alberto, con lo cual no sabía si era el mejor escenario para hacer mi aparición.

Siempre he pensado que muchas de las grandes conexiones con personas importantes en mi vida las he tenido gracias a Lucía. Ella me presentó a Alberto y a Sara, y nunca podré olvidar también que «gracias» a Alberto (y por ende a Lucía) conocí a Álex, precisamente en su fiesta de cumpleaños en la *poolparty* del año anterior. Ante tal revelación, el fantasma de que esa noche en la fiesta de fin de verano Álex pudiese aparecer sobrevolaba un poco mis pensamientos. En julio me enteré por Instagram de que Álex había asistido al cumpleaños de Alberto también ese año y, si yo hubiese ido, nos hubiésemos encontrado. Y qué guapo estaba en esas fotos el muy cabrón. Bendito Instagram que me ayudaba a distraerme, pero qué maldito era tentándome siempre para meterme a ver las *stories* de Álex. Desde un perfil secundario, eso sí, que una tiene su dignidad.

Siempre reflexiono sobre cómo hubiese sido mi vida si no hubiese conocido a todas esas personas gracias a Lucía. Sin duda tengo que estar agradecida al destino que me la puso en el camino o al horóscopo en el que ella tanto creía.

Me daba mucha pena no tenerla cerca. Ese verano se había marchado a cumplir su sueño de ser escritora. A punto de autoeditarse, llegó a la conclusión de que en Madrid no se iba a concentrar mientras siguiera trabajando los fines de semana, así que pensó que lo que tenía que hacer era conectar con la naturaleza y volver a sus orígenes. El libro que tenía entre manos versaba sobre un asesinato en una mina asturiana, por eso decidió que tenía que hacer labores de inmersión en ese mundo, si quería tener un libro lo mejor documentado posible. Dejó su apartamento de alquiler y se fue a un pueblecito de Asturias, donde vivía parte de su familia. Se instaló en una de las casas de sus abuelos, en pleno campo, pero con wifi, como siempre remarcaba en nuestras conversaciones. Hablábamos muchísimo por teléfono y de esa forma nos sentíamos más cerca. Fue un gran apoyo en todo momento.

—¿Qué tal por Asturias?

—Todo muy verde, como siempre, tía.

—¿Ya ha llegado al campo el 5G? —le dije, mofándome de ella.

—El 5G no, pero al menos no tendré que aguantar a 5 gilipollas diarios como tú en Madrid, rubi. Aquí las vacas no dan nada de lata.

—Ja, ja, ja. ¿Te han puesto Lucía + 1 en la lista de «La vaca que ríe» esta noche?

—Ja, ja, ja. Es que eres increíblemente graciosa, tía, de verdad que me parto contigo. Ya en serio, so perra, mandadme esta noche fotos de la fiesta de Alberto para darme envidia.

—Pero ¿a ti también te ha convencido Pol para animarme? —le dije sorprendida.

—Claro. Lo que pasa es que antes no me iba el wifi y no he podido mandar el wasap —dijo riéndose al otro lado del teléfono—. Necesito que vayas sí o sí para aportarme material gráfico del evento, así que...

Lucía, a su manera, también me insistía en que fuera a la fiesta.

—Ya sabes que lo mío no es hacer fotos... —le dije excusándome.
—Déjate de rollos. Tienes que ir a la fiesta, rubi. Tienes que estar con gente y distraerte... y cuando digo gente no me refiero a tu madre y a Pol fumando en tu ventana.

Lucía no tenía ningún reparo en decirme las cosas sin medias tintas y en este caso tenía razón.

—Tienes razón —dije convencida.
—¿La tengo? ¿Me estás dando la razón? —dijo Lucía sorprendida.
—Alguna vez tenía que ser, ¿no?

Las dos nos reímos a carcajada limpia como siempre lo habíamos hecho. Esa reacción natural de ambas me gustó especialmente porque me sacó de la dinámica triste en la que había entrado y de la que me estaba costando salir.

—Ya sabes, rubia, que te quiero y que para cualquier cosa me tienes las 24 horas —dijo Lucía amablemente.
—Claro que sí. Yo también te quiero mucho, perra —dije de corazón al sentirme afortunada de tenerla como amiga, aunque fuera en la distancia.
—Por cierto, he leído tu horóscopo de hoy... —dijo cambiando el tono.
—¿Y?
—Nada, mejor no te lo digo.
—Hombre, Luci, no me puedes dejar así, ¿qué dice?
—Es que, si te lo leo, te vas a sugestionar.
—A ver, Luci, que ya soy mayorcita. Leer el horóscopo no es como leer el prospecto de un medicamento, que vas sintiendo todos los síntomas de los efectos secundarios según te tragas la pastilla.
—Las dos sabemos que eres hipocondríaca en el amor, que es la parte jodida de tu horóscopo de hoy.
—Venga, léemelo y déjate de rollos.

Lucía se aclaró la voz y leyó:

—Libra: AMOR. Día fantástico para rodearte de tus amigos y tus seres queridos. Podrías participar en una reunión con amigos, donde abunde la buena conversación, el buen comer y el buen beber. Sin embargo, el recuerdo de cierta persona amada y ausente te entristecerá, y te preguntarás qué estará haciendo en ese momento. Pero debes concentrarte en el presente. Te rodea la amistad y así será por siempre. Céntrate y disfruta.

—¿Insinúas que esa persona será Álex? —dije, haciéndome la tonta.

—¿Insinuar? Yo quería dejarlo meridianamente claro, así que hazme un favor y no le escribas si te pones piripi, que nos conocemos. Piensa que yo no voy a poder estar ahí para protegerte de ti misma. Además, que ya tenemos muy cerradito ese capítulo de tu vida como para andarnos con tonterías.

Cómo me jode que mis amigas e incluso el maldito horóscopo me conozcan tanto.

—Vaaale, te lo prometo —intenté sonar convincente para empezar a creérmelo yo misma.

—Y ten cuidado porque te vas a poner piripi a la segunda, que las únicas cervezas que has visto este verano son las de los demás en Facebook e Instagram...

—También me he comido algún eructo de Pol mientras se las bebe en casa...

—Con lo cursi que eres y lo poco fina que resultas a veces, hija —dijo mientras nos volvíamos a reír las dos a carcajadas. Como si no hubiese pasado el tiempo y fuera nuestro primer viaje en aquel coche camino de nuestro primer evento como azafatas muchos años atrás.

Colgué el teléfono y acto seguido llamé a mi madre, en una rutina ya instaurada con mi padre en la que ahora era ella quien cogía siempre el teléfono. Al menos no preguntaba quién era cuando salía mi nombre en la pantalla como hacía mi padre, sino que me saludaba directamente. En eso habíamos avanzado.

—¡Bonita!, ¿cómo estás?

—Bien, ¿y tú, mamá?

—Pues aquí estamos. Tus gatos me tienen harta, no se separan de mí.

Los gatos echaban mucho de menos a mi padre, pero notaban la tristeza de mi madre. Cuando un gato nota tu tristeza, se te pone siempre cerca.

—¡Qué majos, mamá! Si es que te quieren un montón.

—Porque soy yo quien les da de comer ahora, no por otra cosa...
¡¡Las cortinas!! ¡Deja eso! —gritó mi madre a uno de los gatos.

—Ja, ja, ja, ja, vaya trastos. ¿Te apañas bien con sus comidas y todos sus cuidados?

—Con las comidas me apaño como puedo, además últimamente me lo tengo que apuntar todo porque se me olvidan todas las cosas, no es fácil.

—Estás haciéndolo muy bien, mamá.

—Lo estamos haciendo… pero bueno, la verdad es que todos le echamos mucho de menos —dijo mi madre con tono melancólico.

—Yo también —le dije de manera sobria.

Se hizo un silencio entre las dos, necesario, lejos de ser incómodo.

—Haz el favor de salir y pasártelo bien, que es sábado.

—No tengo muchas ganas, mamá...

—Hazlo por mí... y por tu padre, que seguro que también lo querría.

Cuando murió mi padre se estableció una conexión especial entre ambas. Nos teníamos que cuidar la una a la otra y estoy segura de que las dos aparentábamos estar mucho mejor de lo que realmente estábamos, aunque siempre fuimos sinceras con nuestros sentimientos en todo momento.

—Te quiero mucho —le dije.

—Yo también, hija.

Y colgamos. Desde que mi padre se fue, no ha habido ni un solo día en el que no haya hablado con ella o la haya visto y no le haya dicho «te quiero». Me quedaron muchos por decir y no quería que a partir de la muerte de mi padre me quedase ninguno.

Al final, la estrategia de Pol, apoyada voluntariamente por Sara y Lucía e involuntariamente por mi madre, funcionó, y comencé a tener ganas de ir a esa fiesta. Tenían razón, quedarme en casa triste tampoco iba a solucionar nada; creo firmemente que hay que darle espacio a la tristeza en nuestras vidas para superar el duelo, pero hay que tener cuidado para que no lo ocupe todo.

Me levanté del sofá y empecé a prepararme para aquella noche como si de un mero trámite se tratase. Abrí las dos puertas del armario de par en par estudiando toda mi ropa, colocada por colores, como quien mira un cuadro en el Prado. Me quedé observando el armario, intentando descifrar qué mensaje quería lanzarme mi ropa.

—«No tienes nada que ponerte» —me dijo mi armario.

Cuando estuve a punto de tirarme en la cama cual princesa Disney con el corazón roto, recordé mi famosa falda de las Dalias. Era mi talismán;

aquella prenda con la que siempre me sentía cómoda, así que la saqué con cuidado de la percha junto con una blusa negra y unas sandalias de tacón medio. El *look* perfecto para la última fiesta del verano.

Me maquillé cuidadosamente, intentando igualar mi *eyeliner*. El lado derecho me quedó fenomenal, como siempre, pero el izquierdo..., ay, el izquierdo. Lo hice como buenamente pude y dejé caer mi flequillo para tapar cualquier posible imperfección.

Me miré al espejo y noté en mi cara todo el cansancio y la tristeza acumulada de los días atrás en forma de ojeras, pero dentro de eso y por algún extraño motivo, no estaba tan mal. Me sentía bien con aquella ropa y notaba un cosquilleo nervioso en mis brazos ante la idea de volver a salir después de un verano muy duro. Decidí entonces que ese día debía marcar un pequeño punto de inflexión, así que cogí el teléfono para hacerme un selfi y cambié mi foto de perfil en redes. Siempre he pensado que la felicidad se mide en selfis: cuando estás feliz y te sientes mona, te haces varios y actualizas la foto principal todo el rato, pero también es importante hacerlo cuando estás triste y quieres animarte con algún comentario bonito que seguro te harán tus amigas de verdad, con las que nunca falta un «Guapa no, lo siguiente». Todos los grandes cambios empiezan por pequeños detalles y siempre he pensado que cuanto más triste estaba por dentro, más alta la mirada y los tacones y más rojo el pintalabios. A veces hay que pintarse la sonrisa por fuera para que también te salga por dentro.

Subí la foto a las redes y después la actualicé en WhatsApp, recibiendo un mensaje al momento.

Pol vecino.

Qué pasa, vecina,
¿foto nueva de WhatsApp?

A Pol no se le escapaba ni una.

Pues ya ves...

Sales bien, te doy un 7,
pero veo un flequillo
tapando sospechosamente un
desastre en el ojo izquierdo.

He tenido una emergencia.

¿Te has quedado sin cerveza?

La otra emergencia.

El eyeliner.

Correcto.

No está tan mal.
Te lo he visto peor...

¿Aprobado entonces?

Ahora bajo.

Jajajaja.
Corto y cambio.

Corto y cierro.

Así eran la mayoría de nuestros mensajes, cortos y directos. Con Pol podías tener conversaciones de horas hablando en persona sobre cualquier tema, pero por WhatsApp poco más podrías sacar de él, aunque con eso bastaba y sobraba.

En cinco minutos había bajado a mi casa, se había apretado una lata de cerveza y me había delineado un *eyeliner* que hubiese sido la envidia de la mismísima Amy Winehouse.

—¿Sara no viene al final? —me preguntó Pol con la tapa del delineador en la boca mientras yo estaba sentada en el váter con la boca abierta como un pez.

—Qué va, ha conocido al hombre de su vida del mes de septiembre en Tinder y ha quedado con él.

—¿Este a qué se dedica?

—Es policía.

—Anda que no tiene Sara últimamente fijación con los uniformes...

—Y con las porras...

Pol y yo nos tronchamos de risa. Para nosotros Sara era un personaje maravilloso, siempre tan tranquila, tan modesta, tan que le daba igual todo, y es que desde que sacó a Rafaelito de su vida, hasta Pol decía que había pasado a engrosar el grupo de «las mata callando».

321

—Pues ya está. ¿Nos vamos?

—Nos vamos.

Cuando llegamos al bar, ya estaba medio lleno. Alberto era muy popular y le encantaba que a sus fiestas acudiese mucha gente para que luego, entre otras cosas, le etiquetaran como anfitrión en las *stories* y en cierto modo seguir con esa fama que tenía como organizador de eventos. Era una manera de promocionarse en su negocio y se le daba realmente bien. Seguía manteniendo esa capacidad organizativa que Lucía a veces le ponía en duda y ese don de gentes que le caracterizaba cuando le conocí años atrás.

—Pero bueno, ¿cómo estás tan guapa? —me dijo Alberto.

—Es que hoy se ha duchado —dijo Pol irónicamente.

—Qué gracioso eres. ¿Era una cerveza lo de antes o es que te has comido un payaso?

—Ja, ja, ja, ja, ja. ¡Qué perra eres! —dijo Alberto mientras Pol se partía de la risa.

Pol, Alberto y sus amigos siempre nos llamábamos «perras» de manera habitual y lo hacíamos siempre en femenino.

Aunque Alberto y yo no tuvimos nunca una confianza brutal, sí que es cierto que desde que falleció mi padre noté que estaba más pendiente de mí, pero de manera suave, sin atosigar, siempre manteniendo mi espacio, y lo agradecía muchísimo. Además, es una persona muy alegre y enérgica, y eso siempre viene bien cuando estás de bajón.

De repente una risa un tanto escandalosa nos hizo mirar hacia una esquina del bar.

—Venid, que os voy a presentar a unos amigos —dijo Alberto, llevándonos hacia el grupo donde se encontraba esa chica que hablaba más fuerte de lo normal. Bastante más.

De espaldas pude ver que llevaba unas sandalias de plataforma maravillosas que le estilizaban muchísimo unos gemelos trabajadísimos en el gimnasio. Llevaba una manicura color menta con las uñas largas en forma de almendra y bebía una cerveza sin gluten. Cuando llegamos al grupo, Alberto nos presentó. Ella se giró y nos vimos por primera vez.

Fue la primera vez que vi a Laura.

Ya os he contado que fue como una especie de flechazo de amistad a primera vista, si es que eso existe. Esa primera mirada llevaba tanta información que fue como si supiésemos desde ese mismo momento que íbamos a ser amigas para siempre.

Aunque Alberto nos presentó formalmente, nosotras ya sabíamos quiénes éramos por Facebook, y Pol ya había coincidido con ella en el cumpleaños de Alberto al que yo no fui ese mismo verano. No llegaron a intimar demasiado, pero sí lo justo para saludarse, porque ambos se acordaban.

—Qué falda más bonita, tía —me dijo, una vez nos dimos dos besos.

Ese fue el primer «tía» de Laura que escuché y no sería el último, sobre todo porque hablaba muy alto y muy rápido, tenía casi más volumen en la voz que en el pelo y parecía que iba a 2x de velocidad.

—Pues anda que tu vestidazo..., ¡me flipa! —le contesté.
—¡Gracias! ¡Es de rebajas! ¿Quieres otra? —me dijo, señalando la cerveza casi vacía que tenía en la mano.
—¡Claro!
—Venga, pues le pedimos a Bertus unos *tickets* de copitas —dijo.

Antes se había dirigido a Alberto como «Albert» y ahora como «Bertus». Aunque he de reconocer que me resultó algo cómico al principio, cuando supe que ella le cambiaba el nombre a todo el mundo, me pareció algo muy dulce. Lo hacía hasta consigo misma cuando decía que la llamásemos Laux. Así apunté su nombre en el teléfono aquel día y así lo tengo apuntado ahora.

—Ven, corre —me dijo mientras me cogía del brazo como si nos conociésemos de toda la vida y se abría paso entre la gente camino de la barra para pedir.

En ese momento sonaba «Cualquier otra parte» de Dorian a todo volumen y Laura iba «cantándola» por el bar. Solo se la oía a ella.

Cuando llegamos a la barra, se subió a un taburete y fue cuando descubrí que el volumen de su voz le daba una ventaja maravillosa para llamar la atención del camarero.

—¡Chiqui!, ¡chiqui! —le dijo, como si le conociera de toda la vida —. Un par de cerves por aquí, ¡la mía sin gluten!
—¡La mía también! —dije al momento.
—Anda, ¿tú también eres celiaca?
—Soy sensible.
—Pero ¿en general o al gluten solo? —dijo con sorna.

Y en ese momento, mientras soltaba una carcajada, descubrí que detrás de esa voz acelerada se encontraba una persona con un sentido del humor muy particular que empezaba a hacerla adorable del todo.

—Vaya puta mierda esto del gluten, ¿no?
—Ya te digo —contesté.

Nunca he oído mejor resumen de la celiaquía que la última frase que acababa de decir Laux. En mi caso no era celiaca como tal, sino que tengo sensibilidad al gluten, pero para el caso es lo mismo: nada de contaminación cruzada y croquetas sin gluten para el resto de la vida. Haber encontrado a alguien que entendiese ese problema me dio años de vida.

Se dio la vuelta con dos cerves en la mano ante la mirada atónita de todas las personas que llevaban un tiempo esperando su bebida y volvimos con el grupo. Entre las dos hubo una conexión genial y hablamos durante un buen rato con mucha comodidad.

A las dos cervezas con Laura yo ya iba un poco piripi, y con todo lo que había pasado ese verano tenía la sensación de que sería esa típica noche en la que notas que te va a dar por llorar por cualquier cosa. Quien dice cualquier cosa, dice mil motivos. Esto funciona así: o te da por llorar como una magdalena o te da por la exaltación de la amistad llamando por teléfono a toda tu agenda, pero si tienes alguna espinita clavada en el cuerpo por cualquier cosa, la cerveza —y sobre todo una buena conversación con una amiga— a veces la empuja para sacarla.

Aquella noche estuve mirando a la puerta del bar cada cinco minutos esperando la entrada de alguien que nunca llegó. Laura, que todavía no me conocía de nada, notó que estaba algo nerviosa y me preguntó si estaba esperando a alguien.

Me derrumbé rápidamente, no me hizo falta mucho más para empezar a hablarle de Álex en lo que ella se terminaba su cerveza. Como veía que el drama iba aumentando por momentos, me invitó a que saliésemos para hablar más tranquilas. Mientras le resumía meses de relación, ella asentía con la cabeza, acompañando el movimiento con un sonoro «qué cabrón» cuando tocaba y ofreciéndome clínex cuando estaban a punto de salírseme los mocos.

—Vamos a bajar al baño, anda —me dijo.

Amistad verdadera es ofrecerle a alguien que conoces de apenas treinta minutos tu último clínex camino del baño. Bajamos las escaleras con «Turnedo» de Iván Ferreiro de fondo y nos encontramos con una pequeña sala en la que hombres y mujeres compartían el lavabo de las manos, donde además había dos sillones de terciopelo redondos para descansar delante de una pared con un papel pintado precioso. Después de sobreponerme un poco al disgusto, nos sentamos en los sillones que nos ofrecían no solo un poco de descanso para nuestros tacones, sino también un sitio tranquilo donde poder conversar sin la música que había en la planta de arriba.

—¿Y por qué crees que podría venir hoy? —me preguntó Laura.
—Porque es la fiesta de Alberto y son amigos...
—Ah, joder, es verdad. ¿Y por qué no le preguntamos directamente?
—No, tía, eso no. Ya le contamos la historia en su momento y no sabía nada de las vidas de Álex. Además, nos dio la sensación de que no quería ni saberlo —le dije, pensando que incluso podría llegar a decírselo a Lucía y ya tendría una nueva llamada desde Asturias a la vista.
—Bueno, pero espera, vamos a ver, ¿tan bueno estaba? Enséñame fotos —dijo Laura cambiando el tema de la conversación.

En ese momento me sentí una madre que se muestra orgullosa enseñando a otras madres las fotos de sus hijos. Busqué en mi móvil y le enseñé algunas que él me había enviado alguna vez, incluida una en el gimnasio en la que salía luciendo torso.

—Vale, entiendo todo perfectamente, pero hay que hacer algo. Ese jodido hijo de perra empotrador con ese cuerpo perfecto nos mintió y eso no podemos olvidarlo tan fácilmente.

No pude evitar reírme con la descripción que Laux acababa de dar de Álex. Además había incluido el detalle de «nos mintió» en la conversación consiguiendo en una sola frase, no solo que me despollara de la risa, sino hacer suya mi historia para acompañarme en algo que ni siquiera había vivido.

—¿Y esa berenjena con unas gotas qué es?

Me morí de vergüenza en aquel momento cuando Laux señaló los dos iconos del recordatorio que le puse a Álex y que aparecía en las capturas de pantalla que me enviaba.

—Pues porque una vez, estábamos los dos en el sofá después de...
—De follar.

Mi nueva amiga era más directa que Lucía, que ya es decir.

—¡De hacer el amor!

—Ah vale, que os besasteis antes de hacerlo, ¿no? —dijo en tono sarcástico.

—Algo así... Bueno, pues eso, que estábamos los dos desnudos y... —continué mientras me salió un hipo y después un eructo por la cerveza— ... yo tenía su móvil en la mano.

Laura hizo el gesto de comer palomitas, realmente interesada por la historia, así que continué.

—Entonces ese día después de follar (y dije follar en vez de hacer el amor) estuvimos mirando el calendario de su móvil y le apunté mi cumpleaños. Luego aproveché un descuido suyo y le puse un recordatorio de una berenjena con unas gotas del día que habíamos hecho el amor por primera vez, que no follar, con la canción «Sex Machine» para que le sonara cada mes —dije, orgullosa de mi hazaña.

—¡Eres grandiosa! —dijo Laura mientras chocaba su cerveza con la mía.

—¡Chi! —dije empezando a arrastrar un poco las palabras fruto de las cervezas y balbuceando un poco.

—Bueno, entonces, llegados a este punto, ¿podemos decir que ese tal Alexander ya pasó a la historia o no?

Qué capacidad tenía para cambiar los nombres a la gente.

—Sí, pero...

—Pero nada de nada. Nos olvidamos de Alessandro y nos vamos a dar una putivuelta ahora mismo y a tomarnos unos chupitos.

Y de esa forma, mientras estaba viviendo un momento ciclotímico máximo donde podía reír y llorar a la vez, sintiendo el famoso «risanto» (risa + llanto) de mi recién estrenada amiga Laura, nos dimos nuestra primera putivuelta simplemente por el placer de pasear de la mano de una amiga disfrutando de la música. Y no, lo de los chupitos no fue buena idea.

Sinceramente, ni siquiera yo entiendo ahora la congoja de aquel día por Álex, a quien creía que tenía ya más que superadísimo. Supongo que lo mucho que echaba de menos a mi padre y todos los problemas que vas acumulando en el día a día terminan por brotar por tus ojos ante cualquier otra cosa que aparentemente es más superficial. Por otro lado, que empezase a sonar la canción «Con las ganas» de Zahara en el momento álgido del llanto tampoco ayudó mucho. Sobre todo con la parte de «Fui solo una más de cientos, sin embargo fueron tuyos mis primeros voleteos, cómo no pude darme cuenta...». Creo que Dani, el *DJ* de confianza de Alberto, se encontraba en la misma situación sentimental que yo. Encontré esa noche en Laura a una amiga que se preocupó por mí desde el minuto uno en el que me conoció, que me escuchó y me dejó un hombro en el que llorar, literalmente, y que no me juzgó por lloriquear por algo que podía parecer una tontería a simple vista y que, sin duda, arrastraba otras más profundas detrás.

Al día siguiente me desperté en la cama con una resaca monumental. Abrí un ojo y estaba tumbada, tapada con la sábana y con el bolso puesto. Alrededor de la cama, en fila india, estaba mi ropa en el orden en el que seguramente me la quité hasta llegar a la cama. Miré la puerta del baño y estaba cerrada. Por un momento cerré los ojos y pensé: «Por favor, si sale alguien, que al menos esté bueno». Pero pasó un rato y no salió nadie, así que respiré aliviada.

Me levanté de la cama y la habitación giró a mi alrededor. El espejo del baño me devolvió una cara que no hubiese estado mal del todo, si no hubiese sido porque el *eyeliner* se había corrido por mis mejillas y parecía un mapache. Eso sí, recordaba a modo de *flashbacks* lo ocurrido la noche anterior y me moría de risa. Me levanté feliz después de mucho tiempo y quería contárselo a Sara y a Lucía en el Dramachat.

Me di la vuelta para buscar mi móvil en la mesilla de noche y no lo vi. Siempre, y digo siempre, dormía con el móvil en la mesilla mientras lo cargaba y me extrañé bastante al no verlo allí.

Después de buscarlo en el baño, entre la ropa desordenada por el suelo y revolver todo el salón, empecé a asustarme. Miré incluso en la cocina donde había un tenedor y restos de un táper de macarrones que, sin duda, había recenado al llegar a casa. Supe que me iba a costar casi tanto librarme de esa resaca como al propio táper librarse de los restos de tomate.

Corrí al bolso desesperada y entonces me di cuenta de que tampoco estaban las llaves de casa.

En ese momento llamaron al timbre. Al abrir la puerta me encontré a Pol con mis llaves en la mano.

—¿Dónde estaban? —pregunté agobiada.

—Puestas en la puerta, tronca. Anda, que en qué estado llegarías anoche...

—En estado sólido, pese a todo el líquido —dije con sorna.

—Es increíble que tengas capacidad de hacer juegos de palabras con resaca. A mí me va a estallar la cabeza —dijo Pol mientras se dejaba caer sobre el sofá.

—A mí también me duele un poco... —dije mientras seguía buscando mi móvil.

«Nota mental: chupitos nunca más», pensé para mí misma, alterada.

—¿Me puedes llamar al móvil? —le pregunté, un tanto desesperada.

—¡Ah, es verdad, el móvil!

—¿¿Qué pasa??

—Ya sabía yo que había bajado por algo.

—¿Quéééééé? —grité.

—Tranquila hija, que te pones de un difícil a veces —dijo con voz resacosa—. Me ha llamado Alberto esta mañana diciéndome que tu móvil lo tenía la chica esa que conociste que daba tantas voces.

—¿Laura? —dije al momento.

—¡Esa! Me ha dicho Alberto que te diga que ella tiene tu móvil.

Miré a Pol con los ojos muy abiertos y él tampoco entendía nada.

—Toma, llámala... —dijo Pol ofreciéndome el suyo—. La he guardado en la agenda como «Lady susurros».

Qué cabrón era, pero qué razón tenía. Laux es la única persona capaz de gritar susurrando. Cuando susurraba, ella pensaba que hablaba bajito, pero no, seguía gritando con la voz más ronca.

—¿Quién es? —dijo Laura desde el otro lado del teléfono susurrando.

—¿Por qué susurras? —le dije susurrando, porque los susurros son contagiosos como los bostezos.

—¡Hola, rubia! —dijo emocionada—. ¡Hablo bajito porque estoy currando!

Me hizo mucha gracia cómo en su imaginación pensaba que estaba hablando bajito.

—¡Pero si es domingo! —le dije.

—Tía, estoy de guardia, te lo conté ayer. Anda, vente al hospital a recoger tu móvil, que menos mal que te lo guardé o a saber la que hubieses liado.

—¡Pero liado de qué?

—Te envío la ubicación a este móvil desde el que me llamas. ¿De quién es?

—De Pol.

—Anda, pues me guardo su número. Dale recuerdos a Polsito y ahora te veo.

Y me colgó, la tía. Así, como si no pasara nada y todo fuese tan normal. Desperté a Pol, que se había quedado frito en el sofá y le dije que teníamos que ir al hospital. Al principio se asustó, hasta que le expliqué todo.

De inicio no pareció sorprenderle lo surrealista de la situación, sino que, lejos de eso, empezó a recordar.

—Ahora que lo dices, me suena eso de que se llevó tu teléfono. Me acuerdo vagamente de que os vi pelearos por él de una forma muy cómica cuando bajé al baño.

—¿Me lo estás diciendo en serio?

—A mí me intentaste chantajear para que te dejase el mío porque querías escribir a Álex, así que imagínate.

Y ahí estaba el verdadero motivo de la *performance* que seguramente se había montado la noche anterior. Imagino que, en el momento más álgido y estando piripi, intenté hacer lo que nunca se debe hacer. Me puse roja como un tomate, a juzgar por el calor que recorría mis mejillas.

—Madre mía, qué espectáculo debí de dar...

—No quieras saberlo...

—¿De verdad? —empecé a preguntar preocupada.

—¡Que nooooooo!, si te estoy vacilando. Solo te dio el pedo llorón típico, pero es normal con la que has tenido encima estos meses. Era un desahogo necesario. Además tampoco bebiste tanto, era más pedo de lágrimas que de otra cosa.

Me abracé a Pol, que en ese momento no utilizó ni una sola ironía y fue todo comprensión. Al instante sonó un mensaje de WhatsApp en su móvil.

—Acaba de mandarme la ubicación Lady Susurros.

—No la llames así..., no seas malo.

—Desde luego nunca sería la protagonista de «La mujer que susurraba a los caballos» porque los dejaría sordos...

Era tremendamente ingenioso cuando quería.

Fuimos en el coche de Pol hasta el hospital donde trabajaba Laux. Con la de hospitales que había recorrido con mi padre fue curioso porque nunca había estado en el suyo. Pol prefirió quedarse fuera fumando en un parque que había enfrente mientras yo bajé a la planta de Laux donde hacían los análisis. Me la encontré vestida con un pijama verde y unas Crocs rosas. Estaba rodeada de un grupo de enfermeras y conversaban alegremente. Cuando me vio, vino a darme un abrazo que yo no sabía cuánto necesitaba hasta que lo sentí.

—Perdona por lo de ayer... —le dije muy avergonzada.

—¡Anda ya! Hoy por ti, mañana por mí. Necesitabas desahogarte, no pasa nada.

En ese momento empecé a recordar *flashbacks* algo menos divertidos que los que se me habían venido a la cabeza esa mañana al mirarme en el espejo del baño.

Me veía sentada en el váter del bar de Alberto lloriqueando, abrazada a Laux contándole que mi padre ya no estaba, que mi madre lo estaba pasando mal y vete tú a saber qué más. En el siguiente *flashback* aparecía una chica vomitando en el baño, que al menos no era yo, y Laux sujetándole el pelo. Joder, si es que era hasta una amiga de baño cojonuda. En el siguiente *flashback* aparecía yo mordiéndole un brazo para que me devolviese el móvil.

—No sé cómo agradecértelo —le dije con sinceridad.

—Oye, pero que no hay nada que agradecer, yo encantada. Toma, tu móvil. ¿Te vas a portar bien y no vas a escribir a Alejandruski?

—Tía, no puede ser que cada vez le llames de una forma distinta —le contesté, descojonada.

—Mientras le llame yo y tú no, no hay problema —dijo mientras me guiñaba un ojo.

—Prometido.

Miré a Laura con cariño y ella me devolvió la mirada con ternura.

—Me tengo que ir, que tengo que ir ahora a Urgencias a hacer triajes. ¿Quieres que quedemos esta semana y me llevas al sitio ese de las croquetas al que me querías llevar ayer a las cuatro de la mañana?

—¿Eso hice?

—Y alguna otra cosa más...

—Bueno, mejor ya me lo cuentas comiéndonos unas croquetas. Te llamo y quedamos, ¿vale?

—¡Hecho! —dijo Laux mientras me daba un abrazo antes de marcharse.

Subí las escaleras del hospital trotando, feliz por saber que arriba me esperaba Pol, un gran amigo, y abajo dejaba a Laura, que sin duda se iba a convertir en una gran amiga.

Me gustaba sentirme rodeada de gente que merecía la pena. Ese es el verdadero secreto de la felicidad: rodearte de las personas adecuadas.

LAUX

CAPÍTULO 2
¿Un cambio de aires?

No hay nada que no mejore con croquetas.

Quedé con Laura en el que era mi restaurante favorito de croquetas sin gluten de Madrid. Estaba muy ilusionada porque era la primera persona que conocía que, aunque fuese algo diferente, compartía conmigo esa «celiaquía», con lo que no tendría que estar con mil ojos pendiente de si caía alguna miga de pan con gluten en mi plato. Alguien que lo conoce de primera mano sabe lo que cuesta adaptarse, aunque poco a poco lo vas haciendo no solo tú misma, sino la gente más cercana a tu alrededor. Con el paso del tiempo conocen tus rutinas a la hora de salir a comer o cenar, e incluso son ellos los que hacen la famosa pregunta del celiaco (o en mi caso concreto, persona con sensibilidad al gluten) cuando van a reservar: «Controláis la contaminación cruzada, ¿no?».

Poco a poco vas haciendo tu lista con la mejor clasificación de restaurantes sin gluten en todas las ciudades a las que vas, cuya puntuación máxima se obtiene solo si tienen croquetas sin gluten.

En este caso había ido muchas veces al Macarena y me encantó lucirme ante mi amiga. Esa fue la primera y probablemente la única vez que fui yo quien eligió restaurante con Laura, porque pronto me di cuenta de que ella es tremendamente organizada, y le encanta elegir y confeccionar cada uno de los planes: escoger restaurante, el bar de después e incluso el *after* de moda, si llegara el caso. Laura te agendaba la semana desde el mismo lunes porque le gusta tenerlo todo organizado al detalle, y eso suponía que el martes ya teníamos reservadas las cenas del viernes y del sábado, y las copas del domingo en La Latina.

Lucía, Sara y Pol ya conocían esa faceta mía en la que llego tarde a todas partes y hago la broma de que «lo bueno se hace esperar», pero esta vez no quería causar esa impresión de primeras a Laux, prefería que la fuera conociendo con el tiempo, así que esa vez llegué a mi hora.

Cuando llegué a casa después de trabajar, me tomé la tarde con mucha calma, elegí mi ropa con cuidado, cogí el metro y leí tranquilamente de camino al restaurante. Era jueves, y durante la semana Laura y yo nos habíamos intercambiado varios wasaps con memes, habíamos comentado algunos *looks* en mensajes privados por Instagram y me había mandado un par de audios de seis minutos cada uno. Su personalidad ya afloraba.

Aquella tarde llegué tan pronto que incluso ella no había aparecido todavía. Estaba orgullosa de mí misma y de mi recién estrenada faceta de chica puntual, así que me senté en una mesa junto a la ventana y miré la carta tranquilamente.

Laura apareció al minuto vestida con unos taconazos de tira en el tobillo, una falda con botones dorados en el lateral y una blusa rosa con una lazada en el cuello. Iba ideal.

Yo llevaba una blusa de manga corta con unos *shorts evasé* y mis botines con taconazo más cómodos, ya que en el metro tenía que andar bastante en los trasbordos y subir escalones, lo que exigía tacones de los cómodos, anchos y con plataforma.

Llegó al restaurante como un auténtico torbellino. Es imposible e inevitable no fijarte en ella. Su pelo negro por la cintura, su flequillo estratégicamente cortado para que nunca se le abra por donde no debe y unos ojos marrones enmarcados en unas pestañas recubiertas milimétricamente por el rímel, iban acompañados de una personalidad tan firme como su manera de andar y el volumen de su voz. Es algo tan característico de ella que sabes que vas a tener que quererla así de por vida; si te molesta que una persona hable rápido o alto, Laura no es tu tipo, pero si buscas a alguien fiel, honesta y que esté a tu lado cuando más lo necesitas, ¿qué más da lo alto que hable?

Nos dimos dos besos para saludarnos y nos preguntamos por la ropa que llevábamos en un ritual que sin saberlo acababa de comenzar. Se sentó frente a mí y cogió la carta.

—¿Las señoritas qué van a tomar? —preguntó el camarero, que rápidamente se acercó a la mesa.

—Una botella de vino blanco bien fresquito, por favor, ¿y tú? —dijo mirándome.

Y mientras el camarero tomaba nota, sin saber bien si le íbamos a pedir una botella de vino por cabeza, nos empezamos a reír.

—De momento la botella de mi amiga, luego ya veremos, muchas gracias —le dije.

El camarero se dio la vuelta y nosotras continuamos riéndonos.

—Una cosa te voy a decir: si en la primera cita con el hombre de mi vida hago esa broma con el vino y no se ríe, me levanto y me voy —me dijo Laura.
—Blanco y en botella.
—¡Vino! —dijo Laura, y nos reímos de nuevo.
—Tía, tienes salidas para todo.
—Bueno, cuéntame, ¿cómo estás?

Me sorprendió la pregunta tan directa. Durante la semana habíamos hablado por WhatsApp y le había pedido perdón por la noche de la fiesta de Alberto, pero cara a cara me sentí un poco avergonzada de nuevo.

—Bueno... La verdad es que han sido unos meses duros. Siento muchísimo haberte llorado tanto el otro día con el tema de Álex y mi padre.
—No tienes nada que sentir. Normalmente la gente oculta sus lágrimas y no es tan transparente, y no me refiero solo a tu tono de piel —me dijo, guiñándome un ojo.

Sonreí. La comodidad que Laura me ofrecía me hacía sentir realmente bien con ella. Era muy fácil estar a su lado.

—Además, lo pasé genial y fuiste muy sincera conmigo, pero sincera en plan bien, como cuando me avisaste de que llevaba un trozo de papel higiénico en el tacón cuando salimos del baño.
—Ja, ja, ja, ja. Es lo mínimo que podía hacer en ese momento, imagino.

Laura se empezó a reír con su particular risa contagiosa que a veces iba acompañada de un sonido como de cerdito mientras yo continué hablando.

—Yo creo que fue el chupito de Jäger, que me dejó un poco tocada, aunque tampoco bebí tanto.
—Ya, ¡si solo nos tomamos un par de cerves y ese maldito chupito! —recordó Laura.
—Yo creo que fue más por el disgusto.

De repente Laura cambió el tono e incluso bajó el volumen más de lo habitual. Con el tiempo entendí que esa era su manera de incidir sobre todo aquello que verdaderamente le salía del corazón, las cosas que sentía por encima de todo. Y quería que tuviese constancia.

—Tenías muchos motivos para llorar, y aunque ya te lo he dicho varias veces quiero hacerlo otra vez de corazón. Siento muchísimo lo de tu padre.

Me dio un pellizco en el pecho.

—Gracias —le respondí con toda la sinceridad del mundo.

Al momento Laura respiró profundamente intentando salir de esa sensación de desahogo que se había creado entre las dos volviendo a su tono habitual y la necesidad, por mi parte, de desarrollar un superpoder para entender todo lo que decía a la velocidad a la que lo hacía.

—Bueno, ¿pedimos esas croquetas o qué?, que tienen pinta de estar más buenas que el Álex ese...

Qué cabrona. Me reí.

—Sí que estaba bueno, sí. Pero es que además tenía una voz ronca que te derretías. Cualquier cosa que te dijera parecía una proposición indecente, aunque te pidiese que le pasases la sal.
—Qué cabrón. Sé cómo son. Te ponen sal a la vida y luego te la quitan...
—Y no solo eso, es de los que huelen que te vas a tomar un chupito de tequila y, justo en ese momento, te escriben para ofrecerte la sal...
—¡Y que se la chupes! La sal, digo.

Ambas nos descojonamos.

—De verdad que tiene un puto don. Justo cuando estoy a punto de olvidarle, me escribe.
—Es como el perro del hortelano, que ni come ni deja que te lo coman —sentenció Laux y nos volvimos a descojonar.
—Ja, ja, ja, ja. Me temo que la frase no es del todo así, Laura...
—Qué más da. El caso es que estaba tan tonto como bueno, ¿eh? —dijo volviéndome a guiñar el ojo para remarcar su chiste.

Ese era otro de los detalles más característicos de su personalidad. Siempre que hacía un chiste manido o un juego de palabras, me guiñaba el ojo para ver si lo había pillado. En la fiesta ya me lo hizo un par de veces, pero pensaba que como se había bebido un par de cervezas era un tic en un mal momento o que tenía ya el ojo pipa. Luego me di cuenta de que lo hacía a propósito con cada uno de los comentarios ingeniosos que lanzaba.

Laura era un personaje tan maravilloso y tan lleno de matices que aún ahora, años después, me sigue sorprendiendo.

—Menudo empotrador del demonio el Álex ese... —dijo para cerrar la conversación mientras el camarero se acercaba para servirnos el vino, uno extremeño en una botella azul que estaba riquísimo.

Durante la cena hablamos aprovechando los turnos en que cada una cogía una croqueta para metérsela en la boca, poniéndonos al día de lo que habían sido nuestras vidas hasta ese momento. Maridamos la cena, más que con el vino, con anécdotas de todo tipo, y de postre cotilleamos el Instagram y el Facebook de Álex, y su famoso grupo de @adejeforever. Durante toda la noche sufrí por si alguna de las dos se equivocaba y daba «me gusta» sin querer a alguna foto de 2005, pero por suerte eso no pasó. Fue un rato muy agradable junto a Laura comentando cada foto, sin la presión de Lucía mirándome de reojo y juzgándome por seguir sintiendo algún escalofrío.

De repente pasamos por una foto en la que él estaba en el mirador de Es Vedrà de espaldas.

—Buah, me flipa este sitio; es Ibiza, ¿no? —dijo Laux.

—Sí, me contó Álex que es Es Vedrà, por lo visto es un sitio mágico y no es fácil acceder allí para llegar a hacerte esa foto. Era un posturetis de cuidado —le dije.

Laura abrió mucho los ojos, en un gesto que a veces puede confundirse con el famoso «Verás lo que se me acaba de ocurrir, sujétame la copa».

—¿Sabes lo que necesitas ahora? —dijo emocionada.

—¿El qué? —le dije, temiéndome lo peor, la verdad.

—¡Un viaje! —gritó.

—¿Que me den un viaje? —le dije irónicamente.

—Ja, ja, ja, ja. ¡Qué perra eres! No, ese tipo de viaje no. Un viaje de viajar para cambiar el chip. Hay que marcar un punto de inflexión en tu vida.

Esas palabras me sonaron totalmente familiares. Si no fueron las mismas, eran muy parecidas a las que yo le dije a Sara en su día cuando acabó su relación con Rafaelito.

—Está claro que necesitas reiniciarte, rubia. Y no hay mejor sitio para desconectar que Ibiza —continuó hablando.

Mis ojos se abrieron mucho más cuando dijo la palabra mágica: «Ibiza». Era un poco locura; Laura y yo apenas nos conocíamos, pero me parecía un planazo, ya que el mar y viajar es algo que me ha devuelto la paz siempre que lo he necesitado. Además, no pude evitar pensar en la similitud con aquel viaje que hice con Sara precisamente a Ibiza, donde ella lo necesitaba en aquel momento tanto como quizá lo necesitaba yo ahora. El destino era el mismo, pero un viaje con la terremoto de Laura me hacía intuir que, en este caso, iba a ser distinto.

—Podríamos hacer una miniescapada... ¿Te apetece? —preguntó Laura con una sonrisa mientras yo seguía preguntándome si era buena idea.

Hice un repaso mental de mi situación en aquel momento. Mi madre estaba bien, toda mi familia estaba arropándola también, a mí me quedaban muchos días libres en el trabajo por todas las vacaciones que no había disfrutado ese verano. También había ahorrado un poco, por lo que en cierto modo me lo podía permitir. Las circunstancias de ese verano hicieron que no saliera de Madrid ni un solo fin de semana y, ciertamente, llevaba bastante tiempo sin pisar la playa. Como me dijo Pol un día en la piscina: «Llevo gafas de sol para mirarte porque estás tan blanca que deslumbras, nena».

Por otro lado, Lucía estaba en Asturias terminando su libro y me había dejado claro que no volvería hasta Navidad como mínimo. Sara por su parte tenía un nuevo novio, Marcelo, que era aficionado a colorear mandalas y estaba tan ilusionada quedando con él que se pasaba los fines de semana con las manos llenas de manchas de rotulador. Pol seguro que me diría que era un planazo y la verdad es que era el momento perfecto para una escapada así.

—Vale, creo que necesito un cambio en mi vida y poner agua de por medio.

Laura pegó un pequeño grito que hizo que todo el bar nos mirara, pero poco le importó porque se la veía realmente emocionada.

Mientras que yo me ocupé prácticamente de todo en el viaje que en aquel momento hice con Sara, en esta ocasión la organización quedó totalmente en manos de Laux, como todos los viajes que a partir de entonces hice con ella. Miró los vuelos, marcó las fechas, estudió minuciosamente los hoteles, las playas, las calas e incluso las fiestas que había en cada discoteca. Estábamos a principios de octubre y justo coincidía con los cierres de Ibiza.

Durante la semana siguiente intercambiamos muchos mensajes en los que preparábamos el viaje con mucha ilusión y todas las noches nos llamábamos para comentar los detalles.

—Si vamos de jueves a domingo, pillamos el cierre de Cocoon en Amnesia y el de la Supermartxé de Privilege; la pena es que nos perdemos el lunes el Circoloco en DC10 —me dijo mientras consultaba la programación de cada discoteca como si fuese una experta.

—No sé si vamos a tener cuerpo para tanto, tía —le dije un poco asustada por la energía que desprendía.

—¡Lo vamos viendo! Lo importante es estar informadas. Ya sabiendo lo que hay cada día, sobre la marcha elegimos.

—Genial, ¿tú has estado en algún cierre? —le dije.

—Nunca, pero he oído hablar tanto de esas fiestas que es como si hubiese estado. ¡Me ape todo!

La ilusión que Laura le pone a todo es un chute de adrenalina que te anima a hacer cualquier cosa. Con su ilusión contagiosa te sientes poderosa para ir con todo, sea cual sea el evento.

—Quedamos a las 17.00 en la terminal 4 para coger el vuelo de ida que sale a las 19.30, te he mandado la confirmación del vuelo al correo electrónico. Pero a las cinco en punto, nada de llegar tarde.

—¿Dos horas y media antes? No es un vuelo internacional, Laura...

—Nunca sabes qué imprevistos puede haber, así que mejor ir preparadas. A las seis en la puerta de facturación.

Con lo flexible que era para todo y lo sargento que se ponía para cualquier tema que supusiese organización y horarios... Está claro que todas tenemos una amiga que es una obsesa de la hora. Laux es esa amiga que no solo es puntual como un reloj suizo, sino que te obliga a serlo a ti, lo cual en cierto modo también agradezco. No quise imaginarme cómo sería ponerla al mando de la planificación de una boda; estoy segura de que no dejaría retrasarse a la novia ni cinco minutos.

—¿En el trabajo eres también así de metódica? —le pregunté sorprendida.

—Soy la que organiza las guardias y los cambios de turno de todas. Cada vez que llega una compañera nueva le tengo preparado un turnario y las obligo a rellenarlos con bolis de colores y pegatinas —dijo

Laux riéndose, sabiendo que se pasaba un poco, pero era su forma de ser.

—Seré puntual —le prometí.

Y casi lo fui. Solo llegué cinco minutos tarde, pero en mi defensa diré que llevaba una maleta de veinte kilos aproximadamente, un bolso de playa y tacones que, sinceramente, no era la mejor combinación. El taxi me dejó en la puerta de salidas, pero tuve que recorrerme medio aeropuerto tirando de mi maleta con los tacones puestos y eso lleva su tiempo.

Cuando vi a Laura con una maleta más grande todavía que la mía y no solo un bolso de playa, sino también uno de mano, suspiré aliviada. Normalmente siempre era yo quien la liaba con los kilos de más en las maletas, pero esta vez no tenía pruebas, pero tampoco dudas de que la cosa iba a estar muy igualada.

Con su personalidad arrolladora, Laura consiguió que nos dejaran facturar ambas maletas con dos kilos de más. Y cuando digo con su personalidad arrolladora, digo con la capacidad que tenía para distraer a la chica que nos entregaba las tarjetas de embarque acribillándole a preguntas mientras pesaba las maletas y así poder levantarlas disimuladamente para que pesasen menos.

Dimos una vuelta por los restaurantes y tiendas del aeropuerto porque aún nos quedaban dos horas para embarcar, compramos alguna revista para leer y esperamos a subir al avión visiblemente emocionadas.

—¿Llevas crema? —me preguntó.

—La crema me lleva a mí, ¿tú has visto mi color de piel? Llevo factor cincuenta en todos los formatos: crema, *spray, stick*...

—Seguro que diez de los veinte kilos de tu maleta son cremas.

—¡Y los otros diez son bikinis, así que...! —dije descojonada de la risa.

Cuando subimos al avión y nos ayudaron a colocar las bolsas en el compartimento superior, Laura se sentó a mi lado y empezó como a rezar.

—¿Qué te pasa, tía? —le dije.

—Estoy muy nerviosa —me dijo sudando.

Creo que era la primera vez que la veía sudar.

—¿Te da miedo volar?

—¡¡Volar no!! —dijo ofendida—. Me da pánico despegar y aterrizar, tía, de verdad, es que no puedo.

Cuando las luces del interior se apagaron y todo estaba listo para despegar, le cogí muy fuerte la mano mientras ella cerraba los ojos y rezaba, o cantaba una canción de rap, no se distinguía, porque lo único que se oía eran palabras sueltas que salían muy rápido de su boca una detrás de otra.

Cuando el avión se estabilizó y se encendieron las luces de nuevo, Laura me soltó la mano, que incluso me dolía un poco de lo fuerte que me la había cogido.

—Gracias, tía. —Laura recobró la sonrisa y sacó un antifaz del bolso.

Nunca había conocido a una persona que utilizara ese accesorio, y para Laux parecía que era algo habitual.

Sin mediar palabra se lo puso y al minuto estaba dormida, así que aproveché para descansar de tanta intensidad durante la escasa hora del vuelo, y me puse a leer hasta que aterrizamos y repetimos la misma escena.

Cuando llegamos al aeropuerto nos dirigimos a la cola de los coches de alquiler, ya que Laura, en su búsqueda incansable del viaje perfecto, había encontrado una superoferta.

—Encontré un chiquiprecio por internet. El coche es enano, pero nos hará el apaño.

Me encantó el concepto «chiquiprecio» de Laux para referirse a la oferta que había encontrado. Y sí, el coche era enano, acorde al chiquiprecio, por supuesto, y cuando nos plantamos delante de él, con las dos maletas enormes, las bolsas de viaje y el bolso, nos miramos la una a la otra con cara de circunstancias. Muchos años jugando al Tetris nos salvaron para conseguir ubicar aquellos maletones metidos totalmente a presión en aquel minúsculo maletero.

Al montarnos en el coche, Laura me dijo que había reservado habitación en un hotel en Playa d'en Bossa. Me temí lo peor, ya que hay hoteles en esa zona que están justo en la parte de las discotecas donde la música no cesa en todo el día. Yo sabía que ese viaje iba a ser muy diferente al de Sara en cuanto a tranquilidad, pero tampoco me apetecía alojarme en la vorágine de Ibiza. También es cierto que hubiese sido aún menos tranquila la zona de San Antonio.

Creo que Laux notó el agobio en mi cara y rápidamente me dijo que había reservado en el Torre del Mar, que está en la misma playa, pero justo en la parte más alejada y tranquila. Podíamos bajar andando al mar, y en un paseo un poquito más largo al Bora Bora, a Ushuaia y a Space. Lo tenía todo pensado.

La habitación del hotel era correcta, no era especialmente espaciosa, pero estaba situada en una planta bastante alta. Pensamos que no tenía ningún tipo de lujo hasta que corrimos las cortinas de la terraza. La vista del mar era espectacular. Escuchar de nuevo el sonido de las olas me reconfortó muchísimo, ya que mi verano había sido para olvidar, marcado por la ruptura con Álex y la enfermedad de mi padre. Cuando salí a esa terraza, cogí todo el aire que cabía en mis pulmones y, de la misma manera, frente al mar, solté todos esos sentimientos que llevaban meses lastrándome.

Laura me miró.

—¿Todo bien?

—Mejor que nunca.

—Me alegro mucho, amiga. ¿Bajamos a cenar y a dar una vuelta de inspección?

Me encantó que me llamase «amiga» en ese momento. Lo hacíamos habitualmente, como otras muchas veces nos llamábamos «tía», y otras veces simplemente «perra» o «zorra». La amistad es saber que te puedes insultar con todo el cariño del mundo y decir que esos vaqueros te quedan como a una perra del infierno.

Nos vestimos y bajamos a la calle. Era octubre y ya no hacía un calor agobiante, pero el verano todavía daba sus últimos coletazos. La temperatura era agradable y estábamos seguras de que al día siguiente podríamos disfrutar de tomar el sol un poquito en la playa. Laura se puso un vestido vaquero de manga larga y unos botines granates, y yo un vestido blanco roto de encaje también de manga larga y unos botines camel. Ambas teníamos la misma talla y nos miramos con la misma idea: ese vestido me lo vas a prestar.

Aprovechamos para caminar por la playa, fijándonos en todas las luces de los apartamentos, hoteles y garitos por los que pasábamos, charlando tranquilamente, aunque sabiendo que charlar «tranquilamente» con Laura siempre implicaba algún que otro salto de volumen cuando se emocionaba por algo.

—Yo nunca había estado en Ibiza —me dijo.

—Pues quitando el coche de juguete que has elegido, el resto está perfecto —le dije con un poco de sorna.

—¡Qué perra! Calla, que como has conducido tú me ha tocado cargar con tu maleta, encima...

—Podría haber sido peor y que te tocase cargar con la tuya —le dije mientras nos reíamos a carcajada limpia.

—A mí es que me encanta organizarlo todo, eso de improvisar no va conmigo. Una vez tuve un novio que me dejó porque me decía que le insistía demasiado para confirmar si iba a venir a mi cumpleaños.

—¿Te dejó solo por eso?

—Ya ves, estábamos en marzo y mi cumpleaños es en diciembre, menos mal que tuve tiempo de reemplazarlo —Laura se rio sonoramente y yo me descojoné.

—Mi cumpleaños es ahora en octubre. A mí me encantan los cumpleaños. Los adoro.

—Yo iguaaaaal. Buah, es que me flipan. ¿Te puedes creer que durante años he organizado fiestas sorpresa a todas mis amigas y yo nunca he tenido una?

Se intuía un poco de desánimo en su voz por tantos años organizando cosas para los demás sin recibir nada parecido. Muchas veces nos pasa que tratamos a los demás como nos gustaría que nos tratasen a nosotros y luego, cuando esperas recibir lo mismo no ocurre, lo cual decepciona bastante. Obviamente, apunté mentalmente la fecha de su cumpleaños para organizarle una buena fiesta sorpresa.

Pasamos por delante del Bora Bora, pero teníamos hambre. Encontramos una pizzería justo enfrente de Space, una mítica discoteca de Ibiza que cerró sus puertas definitivamente el año siguiente. Como en aquella época no estaba tan extendido que los restaurantes tuvieran muchas opciones sin gluten, no nos quedó más remedio que optar por una ensalada mixta a las diez de la noche, mientras el olor del horno de las pizzas campaba a sus anchas por la terraza y nos hacía babear.

—¿Has sabido algo de míster Adeje?

Laura siempre con sus cambios de nombre y su memoria prodigiosa.

—Qué va..., nada de nada. Vi que dio «me gusta» a prácticamente todas las fotos de la fiesta de Alberto, todas en las que yo salía, pero no comentó nada.

—Qué tortura esto de las redes y los ex. Debería haber algún sistema para dejar de verlos.

—Siempre puedes bloquearlos...

—Sí, pero no me refiero a eso, sino a algo como que te lo borraran del cerebro. Que ni te acordases de él.

—Ja, ja, ja, ja, mejor que no, no sea que lo volviese a conocer, no me acordase de él y volviese a pasar lo mismo —le dije bromeando.

—Ja, ja, ja, ja, ja. Pues también es verdad.

—Lo peor son las sugerencias de amistad... Aunque ya no le sigo, tenemos amigos en común e Instagram me lo recomienda todo el tiempo.

—¡Cómo es Instagram!, ¡cómo te tienta! —dijo Laura riéndose—. ¿Y qué te dicen tus amigas de Alexis?

—Pues mi amiga Sara pasa un poco de todo, a ella todo le viene bien y si le digo que Álex mal, pues mal y si le digo que Álex bien, pues bien. Ella es así, y tampoco pasa nada, sé que cuando necesito que me escuchen y desahogarme es la mejor, y ahí me apoya al cien por cien. Es muy buena amiga, pero ni siquiera les da importancia a sus propios ex, como para dársela a los de las demás.

—Ja, ja, ja, ja. A ver si la conozco, porque a la fiesta no fue, ¿no?

—¡Noooo, ahora se ha echado un novio que colorea mandalas los fines de semana!

—¿¿¿¿Cómo?????? —dijo Laura a punto de escupir la cerveza mientras bebía.

—Quedan para colorear mandalas y luego follan, o al revés: primero follan y luego colorean los mandalas, no sé muy bien el orden, pero está superentretenida.

—No te puedo creer —dijo asombrada.

—Ni yo, ni yo, pero es así. En cambio, con mi amiga Lucía es un tema tabú. Si le digo que a veces miro sus *stories* desde otro perfil, me dice que soy imbécil con todas las letras, y con la tilde también, aunque ella no las ponga casi nunca en WhatsApp, la muy perra.

—Está muy bien que te proteja, pero también hay que entender que todo es un proceso...

Me encantaba hablar con Laura. Era el término medio entre la pasividad y permisividad de Sara, y el juicio crítico de Lucía. Y sé que Lucía estaría totalmente de acuerdo con esto que voy a decir: como buena libra que soy, siempre estoy buscando el equilibrio y odio los extremos, y por eso la mesura de Laura me parecía tan adecuada.

—¿Y Polito qué te dice?

—Pol me escucha y luego suelta alguna burrada que me saca una sonrisa y me hace pensar.

—¿Puedo decirte una cosa ahora en confianza? —me preguntó Laura susurrando un grito.

—Claro, dime.

—Tú sabes que Pol tiene uno de los tres pares de orejas más grandes de España, ¿no? Como para no escuchar bien —dijo en tono de burla.

Pol y yo siempre nos mofábamos de sus orejas, él el primero.

—Ja, ja, ja. Pero no solo yo, creo que él también lo sabe —dije para acabar despollándonos las dos de la risa mientras cenábamos nuestra miserable ensalada mixta en una de las mejores pizzerías de la isla.

Aproveché el momento de las risas para saber un poquito más sobre Laura; no quería que Álex monopolizara en ningún caso nuestras conversaciones ni nuestras vacaciones.

—¿El ex que te dejó por ser demasiado organizada era guapo? —le pregunté a Laura con ese tono de superficialidad que a veces se necesita para tratar estos temas.

—Ni por fuera ni por dentro. Además, no solo no le gustaba que fuese organizada, sino tampoco que hablase alto ni que me pusiese pendientes largos —dijo, tocándose el pendiente de tres óvalos que llevaba.

—¿Había algo que le gustara? —le dije sorprendida.

—Ya ves, no sé qué hacía conmigo, la verdad.

—No entiendo a las personas que quieren cambiar a sus parejas. Si no te gustan cuando las conoces, ¿vas a invertir tiempo en intentar cambiarla a tu gusto?

—Eso mismo pienso yo —me dijo Laura visiblemente enfadada por un momento.

—Es como comprarte un vestido rojo con la esperanza de que al lavarlo se vaya a poner azul.

—Oye, ¡qué buena metáfora! Se te dan muy bien las comparaciones.

—Alguna vez me lo han dicho —le dije sonriendo.

—A mí, rubia, lo que más me molesta es que jueguen con mi tiempo. Eso es lo peor. Para mí las personas que merecen la pena son aquellas que me regalan su tiempo.

—Y algún bolsito también, ¿no? —le dije en claro tono de broma.

—Ja, ja, ja, por supuesto.

Cuánta razón tenía mi amiga Laura en aquel momento. Durante mi vida he tenido muchas ocasiones en las que poder valorar la importancia del tiempo: el que pasé con mi amiga Lauri antes de que se marchase a Berlín, el tiempo que disfruté con Nacho los años de instituto, las veces que nos hemos regalado tiempo entre Lucía, Sara, Pol y yo, el de calidad que pude pasar al lado de mi padre antes de que falleciera y, por supuesto, el tiempo que yo quise regalarle a Álex. Es cierto que, en este último caso, él no me dedicaba todo el suyo ni de lejos, pero el que nos regalábamos cuando estábamos juntos era muy bonito. Quizá por eso le idealicé demasiado, porque yo pensaba que me regalaba más tiempo de lo que realmente lo hacía.

Cada una de las charlas con mi amiga Laura en aquel viaje me sirvió para reflexionar sobre todo lo que me había pasado en los últimos meses, y me ayudó a colocar todo en mi mente de una forma ordenada. Cada baño que nos dimos en cada una de las playas en las que estuvimos aclaraba mis ideas y me daba un punto de vista distinto al que tenía. Puedo afirmar con rotundidad que aquel viaje me sirvió muchísimo para desconectar y reforzar la idea que ya tenía en mi cabeza de lo que necesitaba en aquel momento: tiempo para mí.

Nos fuimos del restaurante cuando acabamos de cenar y dimos un paseo.

—¿Nos ponemos unas plumitas en el pelo? —me dijo de repente.

—¿Cómo unas plumitas?

—Sí, como esas —dijo señalando uno de los puestos que había en un pequeño mercadillo *hippy* nocturno cerca del carrer de la Ruda.

—Joder, Laura, ¿eres consciente de que, si hacemos eso, somos carne de *influencer*?

—Lo soy —dijo, segura de sí misma.

Yo me miré el pelo y pensé en la última vez que había ido a la peluquería. ¡Ni siquiera me acordaba! Durante los últimos meses lo único a lo que no había dejado de prestar atención era a la lectura y a la ropa: dos de mis principales pasiones.

—¡Qué demonios! —le dije a mi amiga—. Igual me hago *influencer* y todo después de esto.

—No creo, rubia, no damos mucho el perfil.

—Pues nos pondremos de frente —le dije siguiendo con la broma.

Nos empezamos a descojonar de nuevo en lo que parecía un festival del humor constante.

La persona que colocaba las plumitas era una chica muy dulce que estaba con su hija correteando entre los puestos y se llamaba India. Nos ayudó a elegir los colores de las plumas que más combinaban con nuestro pelo, espejo en mano, mirándonos con cariño y paciencia mientras nos decidíamos. A Laura le puso unas azules, que destacaban sobre su pelo moreno, y a mí me puso unas en tonos marrones junto con otras rayadas en blanco y negro preciosas.

Estábamos encantadas con nuestras plumas. Éramos felices, como cuando Sara y yo nos regalamos aquellos maravillosos anillos de unos pocos euros que nos unieron para siempre.

—Ven, corre, vamos a hacernos una foto —me dijo Laura emocionada mientras posábamos con nuestras plumas en el pelo. Nos hicimos varios selfis y evidentemente elegimos aquella foto en la que salíamos bien las dos.

—Va a ser la foto en la que vas a tener más «me gusta» en tu vida —dijo emocionada.

Y bueno, aquella foto tuvo 82 «me gusta» y 12 comentarios, que no estaba nada mal, pero creo que Laura como pitonisa no se iba a ganar la vida...

LAUX

CAPÍTULO 3
Ibiza lo cura todo

Ibiza, locura todo.

Nos despertamos en nuestra habitación cuqui de aquel hotel en Ibiza. Y cuando digo «despertamos» me refiero a Laura, con esa energía que tanto la caracteriza.

—Chiqui, vamos a desayunar, ¡que no llegamos!
—¿Hasta qué hora es el desayuno?
—¡Hasta las diez!
—¿Qué hora es?
—¡Las ocho y media ya!
—Me bajo de la vida, tía.

Parecía mi madre los domingos intentando que me levantase a una hora decente. Qué cruz, madrugar en vacaciones. Pero Laura tenía tal sonrisa que era imposible decirle que no.

Llamé a mi madre, que me había enviado unas cuantas fotos de los gatos y yo le mandé algunas de la playa.

Laura tenía planeado al detalle el día: primero iríamos a Las Salinas, que es una playa alargada muy conocida de Ibiza donde hay varios chiringuitos en los que poder tomar algo al ritmo de la música.

Ese día arrancó de maravilla y bien temprano para aprovechar el día. Tomamos el sol con una temperatura más que decente para ser octubre, nos bañamos y bebimos algunos mojitos de frutas que preparan en la playa, y que eran más hielo que mojito. La mañana estuvo totalmente amenizada por los relaciones de las discotecas, que pasaban por la playa anunciando las fiestas que había aquella noche de formas muy originales.

Por ejemplo, en Ushuaia esa noche había fiesta de Ants y los relaciones y gogós iban vestidos de hormigas, los de Supermartxé iban vestidos de rosa y llevaban banderas de todos los colores. Todos se acercaban a hablar con los grupos, que, aunque no éramos muchos por las fechas, estábamos en la playa. Nos hacíamos fotos con ellos y nos daban pulseras fosforitas para entrar con descuento en la fiesta de turno. Muy visual y entretenido.

A mediodía comimos en el Jockey y pedimos una sangría de cava en Sa Trintxa, un chiringuito que estaba al fondo de la playa con la música más alta. Tonteamos con un par de chicos y fue divertido, pero la verdad es que ni Laura ni yo en principio estábamos en esas en aquel momento. Sí que es cierto que al final te sube bastante la autoestima hablar con gente, sentirte guapa y, no nos vamos a engañar, que te entre algún tío que se nota que se ha estado preparando las vacaciones de Ibiza durante todo el año en el gimnasio es agradable para la vista. Ojo, que también hablamos con algunos chicos que seguramente no habrían pisado un gimnasio en su vida y eran encantadores, pero al final en Ibiza, y en concreto en aquella playa, el músculo primaba.

—¿Nos abres este bote, chiqui? —le dijo Laura a uno de los tíos que se acercaron a hablar con nosotras.

Laura utiliza «chiqui» indistintamente para referirse a mí, a una camarera de metro cincuenta o a un tío de noventa kilos más grande que el armario de *La Bella y la Bestia*.

—Por supuesto —dijo el chico, aprovechando para apretar el bíceps.

Laura me miró y levantó las cejas, sorprendida de la innecesaria exhibición que hacía abriendo un bote de pepinillos que ella había traído en su bolso de playa.

—¿Cuánto tiempo llevas en el gimnasio? —le pregunté, intentando mostrarme interesada para ser amable.
—Pues dos años por lo menos —dijo seguro de sí mismo.

Entonces noté cómo a Laura el famoso chiste le subía por la garganta, sin que pudiera impedir que saliese.

—Joder, ¿y tu familia no te echa de menos?

Yo me empecé a descojonar de la risa de tal forma que el agua que bebía me salió por la nariz con tal fuerza que llegó hasta la toalla de al lado. El chico, al que no le había hecho nada de gracia, nos abrió el bote y se marchó.

—Tía, mira que eres mala —le dije a Laux de risas.

—¡Anda ya! Si se lo he dicho de broma. Yo soy la primera que está enganchadísima al deporte. Voy al gimnasio por lo menos tres veces a la semana. ¿Tú no vas?

Ahí es donde noté por primera vez que Laura y yo no nos conocíamos mucho todavía. Todo aquel que me conoce sabe que mi única relación con el gimnasio era, hasta ese momento, apuntarme y no ir.

—Salgo a correr, pero nunca he ido de forma continuada al gimnasio...

«Ni continuada ni no continuada», pensé, pero no lo dije.

—¡No puede ser! A la vuelta te apuntas al mío y vamos a zumba.

Le iba a decir que mi coordinación brillaba por su ausencia, pero pensé que mejor le decía que sí y no la desilusionaba. Total, para no ir siempre había tiempo y quizá si me acompañaba, igual me animaba a ser constante con el deporte.

Entre conversación y conversación, y entre mojito y mojito me di cuenta de lo a gusto que estaba hablando con Laura, poniéndonos al día de todo y contándonos cualquier tontería susceptible de echarnos unas risas. Era la vida de nuevo, sencilla y sin artificios.

Después de pasar ese gran rato en la playa, recogimos nuestras cosas y Laura me dijo que tenía una sorpresa preparada para esa tarde. A mí me encantan las sorpresas y con Laura descubrí que estaban aseguradas porque eran parte de su personalidad. No es fácil encontrar a alguien que sea tan generoso en ese aspecto y que disfrute tanto ofreciendo a los demás todo lo que tiene. Es una de sus mayores virtudes; no guarda nada para sí misma, todo te lo regala. Igual la vida va un poco de agradecer la sonrisa a las personas como Laura, que siempre tienen una para ti.

Pasamos por el hotel, nos echamos una siesta, nos duchamos, nos cambiamos y salimos por la tarde a por la sorpresa que Laura tenía preparada.

Normalmente siempre conducía yo, pero esta vez, como no quiso decirme adónde íbamos, lo hizo ella. Metidas en una carretera secundaria, cogimos un desvío hacia lo que un cartel indicaba como Cala d'Hort. Aparcamos el coche y Laura miró el móvil, imagino que para seguir las indicaciones hasta ese sitio sorpresa que tenía preparado. Anduvimos un buen rato por un camino de arena cuesta arriba bastante escabroso, lleno de piedras, zarzas y alguna que otra salamandra. Yo iba mirando hacia abajo preocupada de no tropezarme con mis cangrejeras doradas, cuando de repente salimos del camino a una zona más abierta, levanté la mirada y, entusiasmada por encima de mis posibilidades, no pude creer dónde estábamos: ¡era el mirador de Es Vedrà!

—Me ha costado mazo encontrarlo por internet, tía.

«Mazo» era el sinónimo que utilizaba Laura para referirse a mucho y referenciaba claramente que era de Madrid Madrid.

La miré y la abracé. No solo se acordaba de aquella foto de Álex en ese mirador, sino que se había preocupado de buscarlo para obsequiarme con un momento que nunca olvidaré. Ya os lo he dicho; así era Laura, no guarda nada para ella: todo te lo regala.

—Venga, vamos a hacernos fotos, que está el atardecer precioso —dijo con energía, viviendo el momento a tope.

Nos hicimos por lo menos doscientas fotos juntas y otras quinientas separadas, a sabiendas de que llenaríamos nuestras redes sociales con ellas.

—Ni se te ocurra mandarle esa foto en la que sales tan pibón a Álex con Es Vedrà de fondo, que te estoy leyendo la mente —dijo Laura.

Solté una carcajada nerviosa y lo negué en veintisiete idiomas cuando la realidad es que ciertamente lo había pensado. De hecho, había marcado la foto como favorita en el móvil para no perderla entre las doscientas que hicimos ese día. Maldita Lucía, que se había reencarnado en Laura en aquel momento.

La tarde cayó por completo y nosotras también, del propio cansancio. No hay nada que te agote más que la felicidad. Volvimos al hotel y nos tiramos en la cama completamente reventadas.

—¿Qué hacemos? —dijo Laura con cierto cansancio.

—No sé, yo estoy rota —le dije, a punto de quedarme dormida.

—Tendremos que salir, aunque sea a tomar una copa —dijo, haciendo un intento por incorporarse.

—Ufff, no sé si puedo moverme.

—Venga, que si te dijera que Álex va a estar en la fiesta, serías la primera en moverte —dijo Laura saltando de la cama como si le hubiesen cambiado las pilas.

Sacando fuerzas de flaqueza nos dimos otra ducha, nos pusimos unos tacones y nos fuimos a disfrutar de la noche de Ibiza. Decidimos acercarnos a Privilege, una discoteca enorme que recorrimos de arriba abajo con nuestros tacones.

Bailamos todos los temazos del verano en cada una de las salas y a la primera ocasión que tuvo, Laura se subió a una tarima aprovechando que no estaba lleno el local. Fue la primera vez que la vi en su salsa, subida con dos gogós y bailando como solía hacer ella, no especialmente bien, pero sí de una forma muy graciosa y dándolo todo. Los gogós se tronchaban de la risa y le seguían el rollo, porque era un personaje que bien podrían haber contratado para animar la fiesta. Aquel día no había mucha gente, lo cual era fantástico porque nos pudimos mover con facilidad y no tuvimos que pelear por una copa en la barra. A las pocas horas, y aunque Laura parecía que había cargado la batería, acabamos por sentarnos en una zona de sofás y detecté que el cansancio ya era mortal. Laux empezó a hablar menos, a bailar menos y a gritar menos, lo que era un síntoma inequívoco de que había llegado a su tope ese día, así que nos fuimos para el hotel y dormimos como dos bebés.

Al día siguiente, sábado, Laura se levantó con la misma energía de siempre. A las 8.30 lista para desayunar.

—¡Venga, que nos vamos!

—Laura, ¿tú no conoces el significado de la palabra «descansar»? —le dije.

—Cuando me muera, ya descansaré. ¡Venga, chiqui, que hoy vamos a Formentera! —dijo, mientras se iba silbando al baño.

Su nivel de organización era tal que se había llevado impresos los horarios de los barcos. Me confesó que no se había atrevido a coger los billetes sin saber si yo era capaz de despertarme temprano en vacaciones o no, aunque la verdad es que poco margen me dejó. En cuanto abría un ojo me decía:

—Rubia, estás despierta, ¿verdad?

—Ahora sí, Laux, ahora sí.

—¡Qué bien! Cómo me gusta que coincidamos despertándonos a la vez.

Era tremendo. Después de esa respuesta, solo podía sonreír porque su espontaneidad, y a veces ingenuidad, no tenía límites, igual que su estómago. Le encantaba desayunar a la inglesa y en el *buffet* se ponía fina de huevos, *omelettes*, como ella misma decía, e incluso la vi comer salchichas y judiones, con el problema que eso conllevaba en el coche a veces.

—Creo que te han sentado mal los judiones —le dije mientras abría la ventanilla del coche.

—Ja, ja, ja, ja, ¡qué perra! ¿Cómo lo has notado?

—Pues porque se me ha empezado a decolorar el pelo en esta cámara de gas que has montado —le contesté.

—¡Que nooooooooo! Ha sido un gasecito.

Os vais a pensar que Laura era perfecta, pero eso es porque no sabéis lo mal que le huelen los pedos. Era increíble cómo utilizaba los diminutivos para quitarle importancia a los pedos que se tiraba. Como amiga es un diez, pero como persona está podrida por dentro.

Aquel día fuimos con nuestro propio coche de alquiler dentro del barco y eso facilitó mucho nuestra forma de movernos por la isla.

Formentera es una isla pequeñita y preciosa que recorrimos entera ese día de arriba abajo, aunque por supuesto no pudimos ver todas las playas y lo dejamos como un viaje pendiente. Estuvimos en playas paradisiacas de arena blanca y agua cristalina y nos comimos unos bocadillos hechos con pan sin gluten que habíamos comprado el día anterior en el súper para evitar tener que pedir otra ensalada mixta.

De camino al faro de La Mola paramos en un mercadillo artesanal precioso y pasó algo que inevitablemente me hizo recordar el viaje con Sara y aquel anillo de las Dalias.

Justo en el inicio de la calle del mercado de La Mola había un pequeño estudio de tatuajes y *piercings*. Vale, no era el mejor momento para hacernos un tatuaje, con días de playa por delante y más teniendo en cuenta que tardan en cicatrizar, pero ¿y un *piercing*?

—Siempre he querido hacerme uno, pero no me atrevo —me dijo Laux.

—Yo me hice el del ombligo con dieciocho años, pero una vez se me perdió la bola del pendiente y cuando quise ponerme uno nuevo, me di cuenta de que estaba cerrado —le conté, levantándome la camiseta y mostrándole mi tripa.

—¿Te dolió hacértelo?

—¡Nada de nada!

—¿Te atreves? —me dijo Laux decidida.

—¿Tiene abuela Caperucita? —le dije sonriendo.

Y para allá que nos fuimos. Observamos las vitrinas de la entrada y yo automáticamente me enamoré de un pendiente con una luna y una piedra azul. Le conté a la chica lo que me había pasado con el *piercing* anterior y me dijo que me lo abriría en un momentito. Laura dijo que ella mejor esperaba a que me lo hiciesen a mí y luego ya si eso se animaba. A veces era muy de lanzar la piedra y esconder la manicura.

Me tumbé en una camilla y la chica se preparó. Pude ver que tenía las manos muy finas antes de ponerse los guantes y lucía en el pelo alguna rasta muy bonita y cuidada. Con suma delicadeza volvió a abrir el agujero de mi ombligo sin que me doliera en absoluto. Laux parecía convencida cuando hice un comentario sobre el acero quirúrgico del *piercing* y todo saltó por los aires: la chica me dijo que no era de acero quirúrgico, sino de plata. Laux ni se inmutó, pero yo, que sabía algo de eso, abrí los ojos de par en par y dije, elevando un poco el tono:

—¡De plata no! ¡Se me va a infectar!

La chica, que ya me estaba colocando el pendiente, se llevó las manos a la cabeza y me dijo elevando aún más la voz:

—¡¡¡Noooooo!!! ¡¡Aquí no puedes decir esa palabra!!
—¿Qué palabra? —dijo Laura—. ¿Infección?

Teníais que haberle visto la cara a la pobre chica. Se le desencajó totalmente y gritó:

—¡¡No llames a la infección!!

Laura y yo nos quedamos totalmente ojipláticas. Se puso tan nerviosa que nos obligó a no volver a decir esa palabra o nos echaba del estudio.

—Si se te infecta, será por la mala vibración que tenéis, que la ha llamado —nos dijo mientras salíamos.

Laux, obviamente, no se atrevió a hacerse ningún *piercing* y yo os voy a hacer un *spoiler*: cuando llegué a Madrid, se me infectó. Nada grave, simplemente fui a otro estudio de tatuajes y *piercings*, y por supuesto me pusieron uno de acero quirúrgico, que es como tendría que haber sido desde un principio.

Para quitarme el mal sabor de boca del *piercing*, me compré unos pendientes larguísimos y preciosos de plumas, y le compré otros a mi amiga Laura.

—Estos largos te van a quedar genial —le dije sonriendo.

Laura se emocionó por momentos, recordando la historia de aquel novio suyo al que no le gustaban los pendientes largos. Con ello reafirmamos que nunca dejaríamos que nadie nos cortase las alas, o en este caso las plumas. También nos compramos un par de pulseras fosforitas a cuál más hortera y llamativa, un par de pulseritas trenzadas y una tobillera. Junto

353

con las pulseras de descuento de las discotecas, llevábamos el brazo casi hasta el codo de colorinchis y estábamos encantadas.

Cuando la tarde empezaba a amenazar con una puesta de sol preciosa nos fuimos al faro de La Mola, el mítico faro de la película *Lucía y el sexo*, donde nos hicimos cien fotos con el atardecer de fondo. En ese momento, cuando la felicidad invade tu cuerpo, no puedes evitar pensar en compartirla. Casi sin quererlo recuerdas a personas concretas, aunque en ese momento no estén presentes. Estando allí, Lucía y Sara vinieron a mi mente y les envié una postal.

Dramachat
Lucía azafata., Sara., Tú

¡Miraaad dónde estoyyyy!

Lucía azafata.
Qué perraaaa eres,
esa es mi peli!!

Sara.
¿Dónde es?

En Formenteraaaaa.

Lucía azafata.
Todo bien?

Todo perfecto.

Sara.
Usa condones!!

Jajajajajaja perra.
Estamos muy tranquilas.
Os echo de menos...

Sara.
Y nosotras a ti...

Lucía azafata.
Guapas!

Una conversación corta, pero llenita de cariño y risas, como siempre.

Con los fotones y la experiencia vivida nos fuimos, porque era casi la hora del último barco de vuelta a Ibiza. Esa noche, aunque volvíamos a estar destrozadas, dejamos el coche en el hotel y cogimos un taxi para ir a cenar a un restaurante de la playa de Talamanca. Si el viaje con Sara fue todo calma y paz, este con Laux fue un no parar. Si en uno pasamos de cien a cero porque lo que necesitábamos era tranquilidad, en este pasamos de cero a cien porque lo que necesitábamos era recuperar la sensación de disfrute y de libertad.

Después de cenar fuimos a Pachá y bailamos las canciones de la mítica fiesta Flower Power hasta bien entrada la madrugada.

Cuando llegamos al hotel, nos quitamos los tacones y nos dejamos caer en la cama. Solo pude decir una cosa:

—Mañana no vamos a coincidir al despertarnos, ¿vale?

Laux gruñó algo ininteligible y nos quedamos dormidas vestidas y sin desmaquillar.

Al día siguiente era domingo. Amanecimos, por fin, más tarde de lo habitual, de hecho, por primera vez en el viaje yo abrí un ojo y Laura todavía no se había despertado. Me levanté con cuidado para no despertarla y salí a la terraza para mirar el mar y escribir a mi amigo Pol. Le envié una foto de las vistas desde la terraza.

Pol vecino.

¡Buenos díaaaaas!

¡Menudas vistas!
Así sí que son buenos días,
no te jode!

Pol me envió una foto hecha desde su ventana y en Madrid estaba nublado, como el humor de Pol.

Mira qué mierda de día
hay aquí...

Jajajaja bueeeno,
seguro que luego abre.

Vosotras sí que os
estaréis abriendo,
pero de patas todo el día.

Jajajaja
Qué soez eres, coño.
¡Pues no, la verdad
es que no!

Te huelo desde aquí.

Jajajajajaja.

¿Estás bien?

Todo genial, vecino.

Me alegro. Te lo mereces.
No hagas nada que yo no hiciera.
Aunque no sé si esa es
una buena sugerencia.

Besitooooooooo.

Dejé el teléfono en la mesita de la terraza cuando Laux acababa justo de despertarse.

—¡Chiqui! ¡Vaya horas! No llegamos al desayuno —dijo.
—Yo estoy muerta de hambre —le dije.
—Bajemos a ver qué encontramos.
—¿A ver qué encontramos? ¿Vamos a salir sin un plan de viaje perfectamente organizado? —le dije a mi amiga, mofándome un poco de ella.
—¿Perdona? ¿Por quién me tomas? Tenemos la mañana libre, pero por la tarde vamos a un *spa* —dijo muy digna. Era imposible pillarla en algo.

Pasamos la mañana en la playa de debajo del hotel y comimos tranquilamente. Al principio no me emocionaba mucho la idea de ir a un *spa* teniendo uno en el hotel en el que nos alojábamos y más cuando estaba en la otra punta de la isla. Reconozco también que me daba un poco de pereza porque acabábamos de comer, y viajar en coche durante media hora con la tripa llena me apetecía entre poco y nada. Laux me convenció de que era un sitio espectacular y no un *spa* cualquiera, que merecería la pena ir al cien por cien, así que de nuevo me contagié de su ilusión y pusimos rumbo.

He de reconocer que ya de camino nos quedamos impresionadas con el paisaje que llevaba al hotel donde estaba aquel *spa*. Pasamos por unas carreteras llenas de pinares que coloreaban de verde la isla blanca. Parábamos incluso de vez en cuando para bajarnos y hacer alguna foto, y eso me permitía poder disfrutar del paisaje, ya que era yo quien conducía. Después de algo más de media hora de carretera estrecha llegamos a la puerta de la Hacienda Na Xamena, el maravilloso lugar donde Laura había reservado el circuito.

El *spa* estaba dentro de este hotel de cinco estrellas que era realmente caro, pero el circuito era accesible para todo el mundo por menos de cuarenta euros. Al final era como jugar a permitirnos un lujo a un precio asequible para las dos y eso del *glamour* a bajo precio nos encantaba a ambas, pero sí es cierto que maldije un poco a Laura por no haberme avisado antes, ya que las pintas de playa que llevábamos eran dignas de ver. Menos mal que ese día llevaba un bikini bonito.

El hotel estaba situado en un entorno natural increíble en lo alto de un acantilado, protegido por dos montañas enormes y con unas vistas al mar que no tenían desperdicio. Desde que aparcamos y entramos por la puerta del hotel, una tranquilidad nos invadió, no se oía absolutamente nada, ni siquiera la presencia de algunas personas en la piscina alteraba el descanso que transmitían las paredes, mezclando el silencio con un olor a pino, a hierbas aromáticas y a paz. La música de *jazz*, muy distinta a la que veníamos escuchando esos días, inundaba los espacios comunes con suavidad y para mi sorpresa Laux supo apreciarla.

—Me gusta a mí el Miles Davis este... —dijo como quien habla de un descuento de Zara.
—¿Conoces a Miles Davis? —le pregunté sorprendida.
—Sí, claro, y a Chet Baker..., a mi padre le gusta mucho el *jazz*, pero yo nunca he sabido escucharlo.

Aquella conversación de apenas tres frases me dejó descolocada y con un nuevo sabor de boca. Laura me mostró una parte de su personalidad que, hasta ahora, para mí, era desconocida. Esa tarde estaba tranquila, no gritaba, opinaba pausadamente de *jazz* y dejaba largos silencios entre las frases.

Justo cuando quise ahondar en esa faceta suya llegó nuestro turno de las 17.00 de acceder al circuito de *spa*. Cuando entramos nos explicaron el orden y el tiempo que teníamos para disfrutar de él. Abrieron unas puertas que daban al exterior y cuando lo vimos flipamos en colores y sin filtros de Instagram. Aquel circuito de piscina enorme con decenas de chorros distintos tenía tres alturas y estaba situado al pie del acantilado. Empezabas en el nivel superior e ibas bajando hasta el último, el más bajo, situado en una zona volada sobre las rocas donde disfrutar de las increíbles vistas. Nunca en mi vida había estado en un lugar así. Lo había visto en las fotos de esos hoteles de lujo a los que invitan a las *influencers*, pero nunca había tenido la suerte de ir y fue todo un lujo, pero no por el hotel, sino porque fue Laura quien me lo mostró.

Después del *spa* y justo cuando iba a decirle que podría quedarme a vivir allí, una nueva sorpresa alargaba el momento de relajación que estábamos viviendo, y es que teníamos incluido un picoteo en la zona del bar del hotel, donde ahora el *jazz* de los altavoces había sido reemplazado por *jazz* en directo. Un trío amenizaba la tarde mientras la gente descansaba tranquilamente admirando las vistas. Nos sentamos en la terraza, nos pedimos un cóctel con frutas y aproveché el *jazz* de fondo para retomar la conversación relajada que se había iniciado antes de que entráramos en el circuito. Me interesaba comprender esa faceta desconocida que Laura me había mostrado tan gratamente.

—¿Qué tal en tu trabajo? —le dije mientras bebía de mi cóctel de fresa, té rojo y vainilla.

—Bien... —respondió sin intención de dar detalles.

—¿Te gusta ser enfermera? —le pregunté, percibiendo que no estaba del todo contenta.

—Me encanta ayudar, por eso soy enfermera —dijo de manera contundente.

—Es que es un trabajo muy vocacional y muy bonito —le dije siendo positiva.

—Sí, pero muy desagradecido, rubi —dijo con cierta pena—, la gente no lo valora y se pasa tan mal cuando te implicas tanto... Al final te haces una coraza y me da pena.

Laura parecía cansada cuando lo contaba, pero no físicamente, sino anímicamente. Tenía la sensación de que amaba su trabajo, pero estaba decepcionada.

—¿Te decepciona la gente?

—No, no es eso... No me importa que no me den las gracias y trabajar más turnos de la cuenta... Lo único que no quiero es plantearme si hice bien en querer ser enfermera. Espero que no me pase... —dijo mirando al suelo y visiblemente afectada.

Aquella conversación me mostró a una Laura discreta, frágil y cercana. Poco después hablamos de sus padres, sus hermanas y todo lo que la rodeaba, lejos de fiestas de madrugada, mercadillos artesanales, tacones, cortes de flequillos y fotos para las redes sociales. Qué bonito es cuando la gente te sigue sorprendiendo para bien y qué fácil es juzgar a las personas por solo una parte de lo que muestran.

Después de aquel momento las dos miramos hacia el frente para mirar el mar, apurando nuestros cócteles de frutas, dispuestas a emprender el camino de vuelta a nuestro hotel cuando Laux dijo:

—Tía, ¿has visto a los chicos que están a las tres y cuarto?

Teniendo en cuenta que veníamos de un momento emocional intenso, consiguió cambiar el chip con una facilidad pasmosa.

—¿Cómo que a las tres y cuarto, si son las seis y media? —dije mirando el móvil.

Laura me lanzó una mirada asesina y giró el cuello bruscamente para señalarme a dos chicos que había a mi derecha.

—Ah, vale, a esas tres y cuarto... —me reí un poco de mí misma.

Había dos chicos de nuestra edad sentados en una mesa con una copa de cava en la mano. Uno de ellos, rubio y de rostro aniñado, casi imberbe, iba vestido de blanco, muy ibicenco, mientras que el otro, moreno y con un poquito de barba, vestía algo más formal, y además ambos estaban muy bronceados. Creo que era yo la única que no estaba morena en todo el hotel e incluso en la isla, si me apuras. No pude evitar fijarme en las enormes manos del chico moreno, en esa especie de fijación que tengo con las manos grandes.

Miré a Laura, que con una naturalidad pasmosa se estaba arreglando el flequillo en el reflejo de la copa. De repente puso su mano sobre mi rodilla y me dijo muy bajito, pero esta vez bajito de verdad:

—Viene uno, actúa normal.

Me giré en un acto reflejo para ver cuál de los dos era y entonces tiré sin querer la copa con el poquito de cóctel de frutas que aún me quedaba.

Pegué un grito, asustando a Laura y a una avispa que pasaba por allí, y empecé a limpiarme, nerviosa.

—Perdona, se te ha caído esto —dijo el chico, señalando un pareo de playa que llevaba en el bolso y que estaba en el suelo.

—Es que hoy se le cae todo a la pobre —dijo Laux echándome una mano, pero al cuello.

El chico moreno de manos grandes sonrió mientras se agachaba para devolverme el pareo, cuando en ese momento a él se le cayó la cartera desde su bolsillo a mis pies.

—¡Espera, que te la cojo! —dije, gritando más de la cuenta.

Intenté reaccionar ante aquella frase, pero ya era tarde. Laux se empezó a reír a carcajadas de mi pérdida de dignidad, contagiando la risa a los dos chicos, mientras yo me ponía más roja que el cóctel.

—La cartera, la cartera…

—Fiuuuuu, rubia, cómo estás hoy, eh —dijo Laux, silbando y guiñándome el ojo.

Todos nos estábamos riendo de forma que rompimos el hielo y empezamos a disfrutar de una complicidad que se estaba dando de una manera natural y sencilla. El chico se sonrojó un poco y yo deseé meterme debajo del pareo y desaparecer, pero al menos las risas amoriguaron un poco mi vergüenza.

—No sois de la isla, ¿verdad? —dijo el chico moreno con un tono amable.

—Lo dices por mi tono de piel, ¿no? —dije adelantándome al chiste que seguro ya estaba preparando Laux.

—No, no, es por el coche de alquiler. Antes os hemos visto bajar de él. Yo soy Javi y él es Iván —dijo presentándose educadamente.

El chico rubio de rostro aniñado se acercó hasta nosotras y nos presentamos formalmente con dos besos.

—Imagino que vosotros sí sois de la isla, ¿no? —preguntó Laura.

—Sí, nosotros vivimos aquí.

—¿En el hotel? Pues os tiene que costar una pasta —dije haciendo el chiste fácil.

Todos nos volvimos a reír de nuevo, con lo que el ambiente que se estaba creando era cada vez más cómodo, envuelto en carcajadas totalmente espontáneas. Ellos en ningún caso se mostraban irrespetuosos o arrogantes buscando ligar. Todo lo contrario, eran sencillos, de charla fácil y sobre todo amables. Charlamos durante un rato y la conversación era muy fluida. Javi, el chico moreno, era algo tímido y a veces se ruborizaba cuando Laura decía «chiqui» y también lo hizo con lo de la cartera. A Iván en cambio se le veía más seguro de sí mismo. En cualquier caso, ambos eran muy educados y calmados, y daba gusto conversar con ellos.

—Nosotras hemos venido unos días de vacaciones —dije en un tono más serio.

—¿Y qué tal? ¿Os gusta? La verdad es que a esta zona no suelen llegar muchos turistas —dijo Iván.

—Desde luego es la mejor —añadió Javi.

—Hemos ido a muchos sitios en estos días. Estuvimos en Formentera ayer —dije.

—Es que he preparado el viaje a conciencia, chiqui. No se nos ha pasado nada —dijo Laura orgullosa de su planificación.

—¿Conocéis la tamborada? —dijo Javi, cogiendo por sorpresa a Laura, que no tenía ni idea de lo que le hablaba.

—No, ¿qué es eso de la tamborada? —dijo Laura entre molesta y sorprendida.

—Los domingos se junta mucha gente en una cala y tocan tambores al atardecer, casi de noche, mientras bailan; es algo muy bonito y que conoce más la gente de la isla, no suele haber mucho turista, aunque cada vez van más. Antes era como más íntimo, pero sigue estando genial.

Laura y yo nos miramos intuyendo también la pregunta que vendría después y sin saber qué querría contestar la otra.

—Pues vamos, ¿no? —dijo Laura mirándome con complicidad.

—Eso os iba a decir, que nosotros íbamos para allá, por si os apetecía —dijo Iván con tono amable.

Pues la verdad es que sí nos apetecía, al menos a mí. No sé el plan que tenía Laura organizado para esa tarde, pero sinceramente me empezaba a apetecer mucho más aquel. Eran dos desconocidos por supuesto, pero nos transmitieron mucha empatía. Fueron muy educados y en ningún caso se les notaba deseosos de nada más que no fuera pasar un rato agradable, así que nos fuimos a la tamborada de Benirrás con Javi e Iván.

Salimos al aparcamiento y jugué mentalmente a adivinar cuál sería su coche. Todos eran de gama alta, deportivos, todoterrenos, oscuros, con los cristales tintados, excepto el nuestro y un *buggy* lleno de barro que había al fondo. Mi apuesta era un todoterreno gris cuya marca ni siquiera supe reconocer.

—Es muy complicado aparcar en la cala Benirrás, seguidnos, que vamos a un sitio donde podemos acceder sin problemas —dijo Iván.

Caminamos hasta nuestro pequeño coche mientras ellos caminaban en dirección al todoterreno. En el último momento abrieron, para mi sorpresa, la puerta del *buggy* lleno de barro que estaba justo al lado. Me reí porque la historia que me había montado en la cabeza era digna de un premio Óscar y estaba bastante lejos de la realidad. La verdad es que era un coche muy chulo, lo más parecido a un descapotable sin ventanas.

Después de unos quince minutos, nos metimos por un camino apartado y aparcamos junto a un acantilado. Javi e Iván nos dijeron por dónde acceder para bajar. Recorrimos la ladera de la montaña justo en el momento en el que el sol empezaba a caer. Era la hora mágica, esos treinta minutos justos antes de que se pusiera el sol, cuando la luz del atardecer es más pura y cálida. Conforme nos íbamos acercando, empezamos a oír el sonido de los tambores calentando y nosotras cada vez estábamos más nerviosas. Al salir del camino y casi sin quererlo nos encontramos con la tamborada.

La cala era preciosa y estaba de gente hasta arriba. Había coches aparcados en los laterales de otro camino de mala manera y la policía estaba controlando el acceso. Tuvimos la inmensa suerte de que ellos conociesen ese otro acceso para dejar los coches allí.

La verdad es que la estampa era preciosa, digna de quedar fotografiada en la mente. Laura se adelantó con Iván y yo me quedé un poco rezagada con Javi. Se oían muchas chicharras de fondo y eso, sin duda, denotaba que hacía mucho calor.

—Hoy libro, pero si no, me hubiese tocado currar aquí seguro —me dijo.

—¿A qué te dedicas? —pregunté intrigada.

—Soy bombero aquí en la isla —me dijo.

Sí, no os lo había contado, pero el chico estaba muy fuerte, no cachas de gimnasio, sino fuerte de tener fuerza, fibroso y en ese momento entendí por qué. Rápidamente me vino a la mente el símil de Laura con los chicos bombero, aquellos que para apagarte el fuego te destrozan la casa con la manguera. Tuve que quitarme esa escena de la cabeza para volver a concentrarme en la conversación, y no tener esa idea preconcebida sobre un chico tan majo y educado.

—¿Y eso? ¿Hay muchos incendios en esta zona?
—Siempre se lía. Mucha gente, los cristales, poco cuidado..., en julio hubo uno enorme —dijo mientras se remangaba la camisa dejando ver una quemadura bastante fea en el hombro.
—Joder, vaya curro...
—¿Y tú a qué te dedicas? —me preguntó interesado.

Cuando iba a contestarle, Laura nos interrumpió sin querer, tropezándose con las cuñas de esparto que llevaba y cayéndose en la arena de una forma un tanto cómica. Iván aguantó la risa hasta que yo di el pistoletazo de salida con la mía para que todos lo hiciéramos sin vergüenza alguna.

—Eso, reíros, cabrones —dijo Laura desde el suelo mientras se descojonaba de la risa de sí misma—. ¡Vaya hostia me he dado!

Después de que Laura se sacudiera el culo, nos sentamos en unas piedras al fondo de la cala. Los tambores comenzaron a sonar y un grupo de unas quince personas ponía ritmo al ritual del sol ya casi ocultándose en el mar. Decenas de personas bailaban al son de los *djembés* y nosotras, junto a aquellos dos chicos que acabábamos de conocer y que tan buenas vibraciones nos daban, disfrutábamos de nuestras últimas horas en la isla.
Laura me cogió del brazo y me dijo que fuésemos al baño de un chiringuito que había a la derecha de la cala.

—Os esperamos por aquí —dijo Javi.

Laura y yo corrimos hacia el baño para no perdernos la puesta de sol. Por el camino no escondimos ninguna de las dos lo mucho que nos gustaban aquellos hombres que, sin haberlo planeado en ningún momento, parecía que habían encajado tan bien con nosotras.

—Tía, ya es mala suerte que nos vayamos mañana, ¿no podíamos haberlos conocido el jueves? —se lamentó Laura, pero rápidamente reculó—. Bueno, mira, pues si los hemos conocido hoy, por algo será. Este viaje era de nosotras dos y eso era lo más importante.

Las dos nos peinamos delante del espejo de aquel baño del chiringuito donde nos veíamos morenas porque había poca luz, al menos en mi caso, porque Laux sí estaba realmente morena.

Todos tenemos muy mitificados los atardeceres, parece que llevan el calificativo de románticos siempre sin apenas esfuerzo, pero cuando estás contemplando uno tan bonito no puedes pensar en otra cosa. Sin saber cómo fue, Iván y Laura se sentaron juntos en la arena, y Javi y yo hicimos lo propio. Y cuando nos quisimos dar cuenta, nos estábamos besando cada una con su pareja como si fuésemos dos adolescentes que se acaban de conocer.

Puedo decir que fue de la manera más natural que nunca había vivido. Nada de hacerse los machitos, nada de hacerse los sensibles, nada de invitar a copas a ver si cae..., simplemente eran ellos mismos, y eso ya tenía una fuerza que a Laura y a mí nos enganchó. También que éramos libres y nos parecía maravilloso cómo se había dado la tarde, así que ¿por qué no?

Sentí algo bonito con ese primer beso con Javi. Quizá fuese el escenario, el calor, Ibiza, mi recién estrenada sensación de libertad o qué sé yo, pero me recorrió un cosquilleo bonito y sincero que me encantó. Y a Laura se la veía encantada también.

Cuando el sol se ocultó del todo, los tambores pararon y volvimos a los coches.

Cuando llegamos, los cuatro nos miramos con una mezcla entre timidez y vergüenza. Javi se apoyó a mi lado en nuestro coche y Laura se quedó enfrente dando saltitos para entrar en calor porque empezaba a refrescar. Rápidamente Iván le frotó los brazos para calentarla un poco.

—Bueno..., nos seguís para salir y os dejamos justo en la carretera para que podáis volver —dijo Iván, rompiendo el momento de la despedida.
Yo miré a Javi y le noté nervioso. Se le veía con ganas de decir algo, pero su timidez no le dejaba.

—Vale, os seguimos —dijo Laura mientras se acercaba a Iván para despedirse de él con un abrazo.

—¿Queréis que cenemos juntos esta noche? —dijo Javi de repente, dejándonos a todos sorprendidos con la idea.

—Es una pena que os vayáis mañana, pero al menos podemos vernos esta última noche un poquito más... —añadió Iván.

—¡Perfecto! —dije sin dudarlo un segundo, cosa que Laura percibió rápidamente.

—¡Claro! —dijo Laura sin ocultar también su emoción.

—¡Pues ya está! Os vamos a buscar a vuestro hotel y cenamos cerquita. ¿Os parece? —dijo Iván.

—Nos parece —dije, sentenciando la conversación bastante ilusionada.

Entonces nos intercambiamos los móviles, nos dimos un beso y quedamos en vernos sobre las 22.00 en la puerta del hotel. De vuelta, en el coche, estábamos entre sorprendidas y emocionadas. Algún tipo de truco debía de tener aquella historia, porque de momento parecía escrita por el guionista de una película romántica con bastante presupuesto, sobre todo para vestuario. Ellos eran encantadores, educados y sobre todo auténticos.

—¿Qué íbamos a hacer esta noche antes de que apareciesen Zipi y Zape en nuestras vidas? —le dije a Laura con sorna mientras ponía la música de Ibiza Global Radio.

—Ja, ja, ja, ja, ja. ¡Qué perra astuta! Mi lema es que cuando el plan b es mejor que el que tenías pensado, no importa cambiarlo —dijo riéndose como una descosida.

Disfrutamos como dos adolescentes de la ducha en la habitación del hotel, esas duchas de verano en las que cuando te miras en el espejo parece que estás bronceadísima. Elegimos la ropa y nos alegramos de haber llenado las maletas de porsiacasos.

Bajamos a la puerta del hotel a la hora acordada. Iván y Javi ya estaban esperando apoyados en un coche diferente. Era un Land Rover grande. Pensé que era tan alto que íbamos a tener que trepar para subirnos.

—Señoritas... —dijo Iván, abriéndonos la puerta del coche de manera muy cómica, como si fuese un chófer.

—¡Estoy muerta de hambre! ¿Adónde vamos, chiquis? —dijo Laura, gritando un poco más de la cuenta.

Recordé que durante todo el día había estado bastante comedida y ese «chiqui» sonaba a que sus pilas estaban recargadas de nuevo y con ganas de fiesta. Creo que Iván y Javi no sabían todavía a lo que se enfrentaban, porque ambos se giraron para mirar a Laura un poco extrañados por esas voces que ya empezaban a salir de su boca. ¿Lo mejor? que Iván se estaba descojonando y le contestó normal sin darle mayor importancia.

—Hemos reservado en un restaurante en Dalt Vila, ya veréis qué bonito es.

Y tenía razón. El restaurante era precioso. Disponía de una terraza enorme decorada en blanco y con buganvillas en las paredes. Yo le pondría de pega que estaba demasiado lleno pese a ser octubre, pero era uno de los fines de semana de los cierres y eso suele atraer a bastante gente a la isla.

Cenamos preguntándonos las típicas cosas que se preguntan cuando no te conoces. Ellos vivían en Ibiza de toda la vida; Javi era bombero e Iván gestionaba un negocio familiar de alquiler de villas de lujo y reservas de hoteles de cinco estrellas. Cuando oí que se dedicaba al mundo de los hoteles, un escalofrío recorrió mi cuerpo recordando brevemente a Álex, pero la verdad era que Iván y él tenían poco que ver; se le veía buen chico, aunque Álex también lo aparentaba en su día, para qué nos vamos a engañar. Borré aquel nombre de mi cabeza y seguimos charlando animadamente. La verdad era que ambos parecían unos tíos muy honestos y nos estábamos conociendo. Sin más.

La cena fue agradable, bebimos unas copas de vino blanco al principio y luego pedimos una botella de Lambrusco. Laura se dedicó más tiempo a hablar que a comer y empezaba a ir un poco achispada. Yo todavía no la conocía mucho, pero desde luego, si había algo que sabía de ella después de varias noches, era que a la segunda copa de vino se le pone la lengua de trapo, sube el volumen unos cuantos decibelios más y empieza a hablar a una velocidad a la que tenías que acostumbrar la oreja para entenderla.

Podría parecer una situación de lo más normal, pero el resumen era que estaba con mi nueva amiga Laux, a la que conocía desde hacía apenas unas semanas junto a dos chicos a los que conocía desde hacía apenas unas horas. Había pasado un verano un tanto aburrido y triste, y en esos cuatro días lo estaba recuperando con creces.

Después de una hora y media de conversación, recordamos que nuestro vuelo salía temprano a la mañana siguiente. Ni siquiera habíamos hecho la maleta, por lo que la verdad era que no queríamos extendernos mucho esa noche, o al menos es lo que les dijimos de inicio, pero Laura, fruto de aquel Lambrusco, prefería tomarse la última en algún sitio. En ese momento, recordé el Tirapallá de mi viaje con Sara y lo propuse.

—¿Conoces ese sitio? —me preguntó Javi, sorprendido.
—¡Es mi terraza favorita de Ibiza!

Javi asintió y nos contó que no era un sitio al que fuesen muchos turistas porque apenas lo conocía nadie, era un lugar más frecuentado por quienes vivían en la isla y por eso todavía conservaba ese encanto que algunos rincones de Ibiza han perdido por la masificación.

Si en el viaje con Sara las escaleras del Tirapallá no supusieron ningún obstáculo para nuestras sandalias, sí lo hicieron en esta ocasión para nuestras altas cuñas.

Volver a descubrir la terraza con las maravillosas vistas de la muralla trajo a mi mente a Sara y la manera en que nos conocimos en ese viaje. A pesar de que Laura y Sara eran completamente diferentes, tuve la misma sensación las dos veces; la sensación de volver para comenzar. Aquella vez con Sara era el punto final a la que hasta entonces había sido mi vida como relaciones públicas en bares, eventos y discotecas, y ahora, con Laux, era el momento de superar la muerte de mi padre y mi relación con Álex. La inevitable sensación de volver para comenzar.

—¡¡Flipo con las vistas, tía!! —gritó Laux, y las pocas cabezas que había en la terraza se giraron cual niña del exorcista para mirarnos.

Yo miré a los dos con cara de circunstancias y pellizqué a Laura en el culo con la esperanza de que se diese cuenta de que tenía que bajar el volumen. No lo conseguí.

Nos pedimos unos mojitos y Laura se convirtió en Laux en toda su esencia, como solo yo la había visto en la fiesta de Alberto unas semanas atrás o, sin ir más lejos, en Privilege: completamente desatada. Con su lengua de trapo empezó a hablar atropelladamente. Estoy segura de que debió de batir su propio récord de palabras por minuto mientras su cerebro era incapaz de procesarlas todas a la vez, mezclándolas, eso sí, con muchísimo salero. Iván estaba totalmente prendado ante tal derroche de espontaneidad.

A su favor diré que, aunque no era el sitio ideal para hacerlo porque era una terraza muy tranquila, la cabrona tenía tanta gracia que todos nos lo pasamos en grande en lo que bautizamos como «el *chow* de Laura». *Chow* tenía mucha más fuerza que *show*, sobre todo cuando Laura nos dijo que las palabras más bonitas y con más sonoridad del español son aquellas que contienen la letra che: chiqui, chocolate y chocho. Todos nos reímos y ella continuó esa noche su *chow* con Iván como artista invitado, lo que permitió que Javi y yo tuviésemos un rato de intimidad y nos conociéramos un poquito más.

La noche culminó con Laura subida a una de las mesas como si de una tarima del Privilege se tratase. En ese momento, en plena efervescencia de su personalidad, me di cuenta de que era hora de recoger nuestra dignidad antes de que la perdiéramos del todo e irnos al hotel, así que bajé a Laux de su plataforma improvisada y nos fuimos.

Javi e Iván se ofrecieron a llevarnos a casa, pero dado el estado de Laura yo decidí que lo mejor era cogernos un taxi y que ellos continuasen la noche. He de reconocer que Javi me estaba empezando a gustar más de lo que creía, pero la realidad era que a la mañana siguiente yo me iba a Madrid y él se quedaba en Ibiza, por lo que tampoco tenía mucho sentido alargarlo, más allá de disfrutar habiendo conocido a alguien interesante y pasarlo bien. Lo único que sí fue largo fue el beso de despedida que nos dimos y que dejó marcado en mí su olor al perfume One Million de Paco Rabanne, que reconocí al instante porque, no me escondo, a veces combino mis perfumes con los de hombre y ese es uno de mis favoritos.

Cuando llegamos al hotel, caímos rendidas en la cama.

Al día siguiente haríamos rápidamente las maletas que, sin duda, estarían llenas hasta arriba de recuerdos, pero a cambio nos llevaríamos el corazón un pelín vacío.

LAUX

CAPÍTULO 4
Al final, no

La casualidad de la causalidad.

Laura se despertó la primera. Yo aún estaba roncando y la muy perra grabó un vídeo para documentar que la baba de la almohada era mía. Abrí un ojo y vi cómo se estaba descojonando de mí.

—¡Chiquiiii! —dijo mientras me zarandeaba con una sonrisa.

Respiré profundo y pensé en cómo era posible que, habiéndose cogido una cogorza apenas unas horas antes, pudiera estar con esa energía y tan divina. La miré y me sentí orgullosa de haberla cuidado tal y como ella hizo conmigo en aquella fiesta de Alberto.

—Venga, que tenemos que recoger, hacer las maletas, desayunar... ¡y hacer popis, tía! Que cualquiera coge un vuelo tan temprano sin llevarlo hecho de casa.

¿Popis? Mi amiga estaba podrida por dentro y tenía la desfachatez de llamarlo popis como si fuera algo fino y delicado. De verdad que los sinónimos de Laura para todo eran sorprendentes.

—Yo siempre digo que de casa hay que salir comida, cagada y follada. O al menos dos de las tres —dijo para cerrar la conversación pasando de «popis» a «cagada» en cero coma dos segundos. Así era ella.

Mientras recogíamos la habitación, con la suerte de que ambas somos muy ordenadas y teníamos todo colgadito en perchas y los botecitos en los neceseres, comentamos la noche anterior.

—Tu Javichu parece un amor, ¿no? —me dijo Laura.

—Sí, parece muy buen tío, qué pena, ¿no? Me quedo con las ganas de conocerle más.

—A mí Iván me mola mazo, la verdad, me da una pena... No me acuerdo de todo lo de ayer, pero sí que recuerdo que me reí un montón con él; además, parece tan joven, tan dulce, así tan imberbe, seguro que es un romántico —dijo Laura riéndose en tono de broma—. Tiene pinta de hacerte el amor en vez de empotrar...

—Ja, ja, ja, ja. Qué bruta eres, tronca —le dije a mi amiga, mientras pensaba que Javi tenía la misma pinta y encima no iba a comprobarlo.

Cogimos nuestro coche de alquiler rumbo al aeropuerto, facturamos nuestras maletas y nos sentamos tranquilamente a tomar un café. De repente sonó un mensaje en el móvil de Laura.

—Mira —me dijo, enseñándome el móvil.

Ivanuski Ibiza

Chiqui, tened buen viaje.
Si vuelves a Ibiza, no te
olvides de llamarme.

—¿Le has guardado en la agenda como «Ivanuski Ibiza»? —le dije sorprendida.

—Es que era tan rubito que me parecía ruso o bielorruso —dijo descojonada.

—Ay, tía, qué penaaaaaa —dijo Laura de nuevo—. Y encima me dice chiqui ... ¡Qué mono!

A pesar de las bromas sobre lo empotradores o no que pudieran llegar a ser Ivanuski y Javitxu (tal y como lo había bautizado Laux), en el fondo ni de lejos era eso lo que nos daba pena. Nos habían parecido dos chicos sorprendentemente majos, nada insistentes, muy educados e interesantes. La verdad es que hacía mucho tiempo que no encontraba a alguien que no tuviese ninguna tara mental de la que hacerme partícipe, algún trauma de la infancia o un ego descomunal que le impedía ver más allá de sí mismo, con lo cual la timidez de Javi llegó hasta agradecerse y resultarme muy tierna. Además, ese mensaje de Iván nos pareció un detallazo que, no os voy a engañar, me dio un poco de envidia, pero de la sana, que ella recibiese y yo no.

Cuando nos disponíamos a ver la puerta de embarque, en la pantalla de información de vuelos el nuestro aparecía como *delayed*, así que nos fuimos a dar una vuelta con calma al aeropuerto. Me encantan las tiendas de revistas y libros. Siempre que voy con tiempo, compro algún libro al inicio de las vacaciones y así me acompaña en la playa consiguiendo que esa lectura me recuerde al destino elegido. Hay libros de los que recuerdas perfectamente no solo la historia que te cuentan, sino también la que les rodea cuando los compraste y eso, sinceramente, para mí, no tiene precio.

Otra de mis tiendas favoritas es la del *duty free*, llena de perfumes, botellas de bebidas de todos los colores y sabores, y por supuesto de Toblerones gigantes. Me encanta oler todos los perfumes de muestra expuestos y conocer las últimas novedades. Justo al entrar nos recibió un *stand* de One Million, la colonia de Javi. Cogí el botecito con forma de lingote de oro, me eché el perfume en la muñeca y después por el cuello. Al instante me trasladé mentalmente a la calle del Tirapallá, hasta hacía solo unas pocas horas, cuando nos habíamos despedido antes de coger el taxi en ese abrazo que olía tan dulce como la colonia. Es increíble cómo los olores traen recuerdos de personas que nunca olvidarás.

—Tía, déjate de probar colonias y vamos a ver si hay algo de información del vuelo, a ver si nos vamos a quedar en tierra.

«No me importaría», pensé, pero no lo dije.

Laura, con esa personalidad un poquito obsesiva, se agobiaba mucho con los tiempos. Miraba compulsivamente el panel de información de los vuelos y se desesperaba viendo que no ponía ninguna hora concreta.

—Nos han cambiado la puerta de embarque, vamos a la otra —le dije.

Caminamos por uno de los pasillos hasta nuestra nueva puerta de embarque, donde seguimos esperando sin ninguna información sobre nuestro vuelo. Ya habían pasado dos horas y Laura se estaba desesperando poco a poco.

Al final, tanto madrugón para nada.

—Tía, que yo hoy entro de noche al hospital... —dijo Laux preocupada.
—Venga, no te preocupes, será solo un retraso.

—Pues espero no estar embarazada —dijo Laura de nuevo en tono de broma.

—Como no sea del Espíritu Santo... —respondí, relajando la tensión que tenía y consiguiendo que se riera.

Pero el retraso empezó a alargarse demasiado, y a las dos horas y media una azafata de la compañía vino a darnos información. La chica, aguantando lo indignadas que estaban algunas personas, nos explicó con mucha paciencia que el avión había tenido un fallo eléctrico y que estaban intentando reubicarnos en otro, pero que no podían asegurarnos que fuese ese mismo día.

—¿Quéééééé? —contestó Laura otra vez elevando el tono más de la cuenta—. Ahora mismo les monto un pollo.

Laura se dirigió al mostrador de la compañía bastante cabreada y yo decidí quedarme en nuestro sitio en la cola para no perderlo, por si ella no conseguía que la atendieran.

Al rato volvió con una cara que no supe distinguir si era de preocupación o de felicidad, pero no tenía pinta de haber armado ningún pollo. Como mucho habría llamado chiqui a la persona que estuviese gestionando las reclamaciones y poco más.

—A ver, me han explicado la movida: nuestro avión ha tenido un fallo eléctrico importante de no sé qué coño y lo único que me ha quedado claro es que es materialmente imposible que vuele hoy porque no hay aviones libres hasta mañana.

—¿¿Qué vamos a hacer entonces?? —contesté preocupada.

—Tía, yo tengo que llamar a mi jefa, que me va a matar. Voy a ver si algún compañero me puede hacer la cobertura.

—¿Y qué hacemos?

—¿Hoy? Pues irnos a la playa. Nos pagan la noche de hotel y nos meten en el mismo vuelo que teníamos, pero mañana, o sea, el que sale a las 8.30 de mañana —me explicó Laura.

En cierto modo se nos iluminó la cara. Las dos cogimos nuestros teléfonos y llamamos a nuestros correspondientes trabajos. Sorprendentemente mi jefa se lo tomó mejor de lo que pensaba, al fin y al cabo me quedaban días de vacaciones que no había disfrutado y no pasaba nada por ampliarlo uno más. A Laura por su parte una compañera le cambió el turno sin problema, así que nos lo tomamos como una ampliación forzosa de las vacaciones.

—¿Y ahora qué? —dijo Laura—. Ya hemos dejado el coche de alquiler.

En ese momento me sonó un mensaje.

Javi Ibiza.

Supongo que estarás en el avión
o ya en Madrid.
Solo quería decirte que
ha sido un placer conocerte y que
si vuelves algún verano y me quieres
dar un toque, aquí estaré.

Pues volver no sé si iba a volver porque, de hecho, todavía no me había marchado de la isla, con lo cual la providencia había llamado a nuestra puerta en forma de avería eléctrica para regalarnos un día más.

Laux rápidamente me cogió el teléfono y leyó el mensaje en alto, pegando un grito.

—¡El Chavi este sí que merece la pena! Anda, ponte, que le vamos a enviar una foto en el aeropuerto—. Me cogió del brazo para pegarme a ella y puso el móvil en horizontal.

Nos hicimos un selfi (bueno, vale, fueron ocho hasta que elegimos nuestra mejor foto, sobre todo en la que salía mejor yo, ya que Laura me daba mil vueltas en fotogenia) con el aeropuerto de fondo y el panel de información con nuestro vuelo *delayed*.

Javi Ibiza.

Mira dónde estamos...

¿Y eso? ¿Va con retraso?

Sí, pero de 24 horas...
nos han cancelado el vuelo
y al final nos quedamos
hasta mañana...

¡Qué me dices!
¿Necesitáis algo?

—¡¡¡Dile que nos vengan a buscar, que ya no tenemos coche!!! —dijo Laura, que estaba detrás de mí mirando la pantalla cual espía ruso.

Íbamos a ir al hotel,
pero como no tenemos coche
íbamos a pillar un taxi.

Llamo a Iván y vamos a
por vosotras, ahora te digo.

—Vienen a por nosotras —le dije a Laura.

—¡¡Yujuuuuuuu!! Corre, vamos a por las maletas, que me ha dicho la chica que nos las devuelven, y después al baño y nos ponemos fresquitas.

Mientras esperábamos y cogíamos las maletas, llamé a mi madre para avisarla de que llegaría al día siguiente y puse un mensaje en el Drama-chat con todo lo que nos había pasado esa mañana. Todavía estaban esperando una foto de Javi, ya que la noche anterior no di muchos detalles. Había tal expectación que incluso Sara me había escrito por privado, y eso que ella no es nada maruja, pero le suscitaba mucho interés, sobre todo porque se alegraba de que volviera a estar tan animada.

A la media hora Iván y Javi, Zipi y Zape, vinieron a buscarnos al aeropuerto en el coche de Iván. Encontrarnos de nuevo fue raro, al final nos habíamos hecho todos a la idea de que nos habíamos despedido y no sabíamos muy bien cómo actuar. Yo me estaba pensando si darle dos besos a Javi o no, cuando vi que Laura le plantaba un morreo a Iván, que lo recibía encantado a juzgar por su cara.

Javi se acercó a mí. Hacía mucho viento y tenía todo el pelo por la cara, así que me retiró un mechón, me lo colocó detrás de la oreja y me dio un beso. Muy de película todo, pero en las películas, cuando hace viento no se les queda el pelo pegado a los labios por el *gloss* como me pasó a mí.

—¿Qué os apetece hacer? Yo curro esta noche, pero tengo todo el día libre. ¿Vamos a la playa? —dijo Javi acelerando para que aprovecháramos el tiempo.

—¡Me parece un planazo! Ostras, lo malo es que tenemos todo en las maletas ya..., bikinis incluidos —dijo Laura.

—¿Vamos al hotel y nos cambiamos allí? —dije yo.

—Si queréis, podemos ir a mi casa y dejáis las maletas allí de momento y os cambiáis. Debajo hay una cala preciosa en la que no suele haber mucha gente —dijo Iván.

—Mejor, porque si vamos al hotel y todo, al final perdemos el día, que es casi mediodía ya —dijo Laura.

—¿Dónde es? —pregunté.

—En Cala Vadella.

—Ah, no me suena —dijo Laura, descolocada por no haberla incluido dentro de su estudiado *planning* en Ibiza.

—Llegamos en unos veinte minutos —dijo Javi amablemente.

Nos montamos en su coche y lo primero que hizo Laura fue pedir disculpas por el *chow* de la noche anterior. Ni Iván ni Javi parecían enfadados ni avergonzados, todo lo contrario, se rieron muchísimo y eso lo hizo todo muy fácil.

—Nunca había visto a nadie subirse con tal facilidad a una mesa con semejantes tacones —dijo Iván.

—Eso es que no has visto lo que soy capaz de hacer en una tarima, chiqui —dijo Laura guiñándole el ojo en su afán por remarcar sus comentarios graciosos, aunque esta vez él no pudo verlo porque estaba conduciendo.

Llegamos a la casa y era sencillamente espectacular. Yo no había visto una villa así en mi vida. La puerta de entrada era enorme, las paredes blancas, mezcladas con piedra natural, una pequeña piscina particular y un jardín cuidado hasta el más mínimo detalle... Tuve que cuidarme de cerrar la boca cuando llegamos para que no se me notara que estaba impresionada, pero Laura tardó algo más en hacerlo.

Iván nos guio hasta una habitación de invitados que probablemente fuese más grande que mi casa entera. Se lo agradecimos, cerramos la puerta y nos miramos mientras gritábamos en silencio agitando las manos.

—Tía, ¿has visto qué casa? —susurró Laura, algo que equivale al tono de voz normal de cualquier persona.

—¡¡Schhhhhh!! —le hice bajar el tono.

—¿Y si se está tirando el pisto y es una de las casas que alquila en su empresa? —dijo Laura iniciando una hipótesis de la situación—. Tía, que es lunes y no están currando, a ver si van a pertenecer a una mafia o algo. Que acabo de subir una foto a Instagram y no le ha dado «me gusta» ni Perry porque está todo el mundo en la puta oficina y estos dos en este pedazo de casa... Algo raro hay.

—Ja, ja, ja, ja, ja, ja, Laura, tía, te montas unos peliculones en la cabeza...

—Sí, sí, como si tú no hubieses visto *Sin tetas no hay paraíso* y las mansiones del Duque.

Cuando salimos ya cambiadas, Iván y Javi se estaban tomando unas cervezas en el increíble jardín.

—Oye, cómo vivís para ser lunes, ¿no? —dijo Laura.

—Cuando vives en Ibiza la vida va al contrario que en otros sitios. Aquí curramos muchísimo en verano y empezamos a descansar por fin a partir de octubre —respondió Iván.

Ambas asentimos.

—No te puedes hacer una idea de la de villas que he tenido que preparar este año para turistas ingleses, alemanes y rusos... No he parado ni un solo día desde mayo. De hecho, hoy es el primer día que me he plantado y me he cogido un día libre entre semana —añadió Iván con cierto tono de cansancio.

—Y para mí este verano ha sido el que más incendios hemos tenido. Cuando se llena la isla de gente es un poco descontrol —se lamentó Javi—. Pero vamos, que yo curro esta noche.

En aquel momento Laura se sintió un poco mal y quise echarle un cable.

—La casa es preciosa —le dije a Iván.

—Sí, es de un cliente que es amigo mío. Cuando se vuelve a Alemania, me deja la casa para que la cuide en invierno e incluso me deja utilizarla sin problema. Es muy majo y muy amigo de mis padres. Aquí vivo parte del año.

—Y cuando vuelven ellos, ¿qué haces? —preguntó Laura.

—Yo tengo mi casa en un pueblo del norte, cerca de Portinax. Es más pequeña y he pensado que para un día que os queda mejor lo disfrutamos aquí, ¿no?

No solo eran majos, sino que además eran gente sencilla, sin necesidad de contarnos ninguna historia sobre la casa que no fuera la verdad. Cuando Javi se puso a hacer unas tortillas francesas para llevarnos unos bocadillos a la playa (los nuestros sin pan), fue cuando definitivamente abandonamos la idea de que pertenecían a una mafia. Yo creo que los mafiosos no hacen tortillas francesas y sinceramente estaban tan ricas como las de mi madre.

Salimos de la casa por un pequeño sendero que bajaba hasta la cala. El cielo estaba limpio de nubes, con un azul impoluto y desde el jardín habíamos visto que no había apenas gente. Empezaba a creer que el problema eléctrico del avión era el mejor de los contratiempos que nos había podido pasar.

—Joder, ¡¡no he cogido crema!! —dijo Laura.

En ese momento me di cuenta de que ese contratiempo era sensiblemente peor que el del avión.

—Pues sin crema yo personalmente me quemo en dos minutos —dije empezando a estar agobiada.
—¿Quieres que volvamos a por ella? —dijo Iván mirando a Laura.
—Vale —dijo Laura dejándose querer.
—Si queréis, id adelantándoos vosotros y le cogéis una sombrilla a Jairo —nos dijo Iván a Javi y a mí, mientras le hacía un gesto a Laura para subir de nuevo.

Javi y yo sonreímos en cuanto se dieron la vuelta. Sé que ellos pensaron que la situación se había dado de forma natural y orgánica, pero no. Básicamente se estaban organizando para volver a la casa y pasar un rato juntos y, sinceramente, me parecía genial. Javi y yo bajamos hasta la cala y llegamos a la zona de hamacas y sombrillas que alquilaba Jairo.

Esperando a que bajaran con la crema nos quedamos tumbados a la sombra para poder disfrutar nosotros también de un ratito a solas. Javi era un chico tímido y había estado especialmente callado desde que nos habíamos visto de nuevo esa mañana. No es fácil encontrar tu espacio cuando está Laura presente porque suele eclipsar de manera involuntaria cualquier momento, y para alguien tan educado y tranquilo como Javi, encontrar ese ratito para nosotros fue difícil.

—Laura es un terremoto... —intenté excusar a mi amiga.
—Ja, ja, ja, un poco sí, pero me cae genial. Iván está encantado con ella.
—Yo soy un poco más tranquila, creo que por eso nos llevamos tan bien.
—A mí, sin duda, me gustas así —dijo Javi de repente, pillándome desprevenida.
—¿Tú también vives por Portinax? —le pregunté, centrándome en conocer más de él.
—Sí, bastante cerquita. El norte es más tranquilo, es una zona espectacular. Me encanta la isla, es una pena que te vayas tan pronto porque me hubiera gustado mucho enseñártela.

Se hizo un silencio dramático tras ese «Me hubiera gustado mucho ense-ñártela» y rápidamente Javi reculó, pero ya era tarde.

—¡La isla! ¡La isla es lo que querría haberte enseñado!

Ambos explotamos a carcajadas como el día anterior en el Na Xamena con mi pérdida de dignidad con la cartera.

—Anda que vaya dos, me alegro de no ser la única que tiene la men-te sexi.

Javi se sonrojó y le di un beso.

—El caso es que de verdad me hubiese gustado enseñarte la isla y llevarte a un restaurante precioso que hay en Cala Bonita y que apenas conoce nadie.
—¿Llevas toda la vida aquí?
—Sí, mis padres son de aquí, bueno, mi madre es de Madrid, pero conoció a mi padre cuando vino de vacaciones y... se quedó.

Vaya, la historia no podía ser más oportuna.

—Qué bonita historia.
—Bueno, ahora están divorciados y mi madre ha vuelto a Madrid.
—Vaya, lo siento. No doy una.
—Ja, ja, ja, ja, no pasa nada. Se les acabó el amor, es algo que pasa a menudo. Hubiese preferido que no hubiese pasado cuando tenía cuatro años y mi hermano seis, para no pasarnos la infancia de un lado a otro de la isla, de casa de uno a casa de otro cada quince días, pero bueno...
—No se llevan muy bien, ¿no?

Javi negó con la cabeza, sonriendo levemente.

—Y me da pena..., porque veo las fotos de cuando eran jóvenes y se les notaba que se querían. Se les veía felices...
—Es muy difícil. ¿Te imaginas que te enamoras de Laura y cuando llegas a casa te pega esas voces? —dije para relajar la conversación.
—Ja, ja, ja, ja. No quiero pensarlo, la verdad, eso mejor lo dejamos para que lo piense Iván —dijo en tono de humor.

Los dos nos reímos en lo que parecía una conversación sana y cómoda, donde la sinceridad empezaba a estar encima de la mesa. Cuando la sinceridad aparece, surge la conexión y cuando surge la conexión, aparece algo más. Unas veces será sexo, otras simplemente cariño y otras amor.

—¿Y tú? —me preguntó Javi buscando conocerme de la misma manera que yo lo estaba haciendo.

Durante un segundo me detuve. Hacía poco que conocía a Javi y la experiencia de Álex me hacía resguardarme un poco.

—No he tenido un buen verano, dejémoslo ahí.
—Todavía no ha terminado —dijo rápidamente.
—Oficialmente sí, estamos en octubre.
—Bueno, te quedan unas horas en la isla —dijo sonriendo.

En ese momento sentí que Javi era una persona honesta, me transmitía mucha calma y no intentaba nada que no fuera hacerme sentir bien de manera natural. No buscaba el piropo por el piropo, ser ingenioso en cada comentario ni meterme la lengua hasta la garganta. Que ya lo hizo la noche anterior, pero él disfrutaba de la conversación. He estado con pocos hombres que lo hicieran sin llevarla a su terreno con un fin concreto que no fuera por el placer de charlar.

—¿Tienes novia? —le dije de repente.

Javi dejó de reír y me miró sorprendido.

—Es por saber a qué me enfrento, porque muchas veces tiene truco y no pasa nada, pero es bueno saberlo antes, ¿sabes? —dije, justificándome.
—¿Truco?
—Las islas están llenas de novias ocultas —le dije con todo mi papo, sin saber muy bien por qué.
—Las islas están llenas de novias ocultas... —repitió despacio, intentando entender una frase ininteligible.

La verdad es que la frase sonó realmente mal, pero Javi no se enfadó en absoluto. Lejos de eso, respiró profundamente y después de un largo silencio comenzó a hablar.

—Solo he tenido un par de novias. Tres, si cuento la de la escuela —dijo sonriendo—. Siempre he tenido relaciones largas; teniendo dos novias y treinta y tres años, habrás podido echar la cuenta rápido.

—Bueno, podrían haber sido de un año cada una y haber estado soltero el resto del tiempo.

—Sí, y también podrían haber sido de siete años cada una y llevar soltero once meses.

Hice un silencio. Dejé que Javier hablase, porque siendo tan tímido se le notaba que le estaba costando, pero tenía la necesidad de hacerlo y yo lo estaba agradeciendo.

—Siempre me he esforzado muchísimo para que mis relaciones acabaran bien. He luchado incluso cuando ya no daban más de sí porque siempre hay una segunda oportunidad, una tercera, una cuarta... Siempre se puede hacer algo más.

Javier hizo un silencio y me miró a la cara.

—Iván dice que no he superado lo de mis padres, que como ellos no acabaron juntos, yo intento que mis relaciones sí lo hagan... Así que, respondiendo a tu pregunta, no tengo novia en la isla ni fuera de ella y no suelo prodigarme mucho con rollos de una noche...

—¿Y entonces? —dije intentando buscar una explicación a lo nuestro de la noche anterior.

—Entonces tuve mucha suerte porque cuando vi el pareo en el suelo, encontré la excusa perfecta para acercarme, y menos mal que lo hice, porque al minuto estábamos hablando de ir a Benirrás y de ir a cenar, y la verdad es que..., joder, ha estado muy bien.

No pude responder, porque sus palabras no escondían nada. Después de estar con Álex casi un año, podría reconocer a un mentiroso a un kilómetro de distancia y Javi no lo era.

—¿Ha estado muy bien? Hablas como si se hubiese acabado —le dije un tanto contrariada.

—Como a tu verano, aún le quedan unas horas —dijo amablemente.

Le miré a los ojos y aguantamos durante unos segundos antes de que un chiste, como siempre, rondara mi cabeza.

—No nos besemos ahora, por favor, estoy intentando desintoxicarme de todas esas películas románticas que he visto en mi vida donde se besan justo al final de una frase bonita.

—Vale, vale. Cuando tú digas.

—Espera unos segundos más —le dije contrariada.

—Oooooookey.

—Venga, qué coño, ¡ya!

Cogí a Javi del brazo y nos besamos en las hamacas con Jairo como testigo. Lo hicimos como solo pueden besarse dos personas que se acaban de conocer, porque justo en ese momento sentí que acababa de conocer a Javi.

La conversación siguió su orden lógico. Le hablé del verano y de la muerte de mi padre muy por encima, sin profundizar porque tampoco quería incluso echarme a llorar, así que pasé a temas más banales y, por supuesto, le hablé de Álex. En ese momento, Javi entendió mis suspicacias y no se lo tomó a mal. Entendió que me estaba protegiendo en cierto modo y que en ningún caso estaba cometiendo el error de dejar caer sobre él los errores que cometieron otros en el pasado. No hay nada peor que eso. Cuando conoces a alguien, no puedes achacarle los errores que otros cometieron como suyos o como si fueran a repetirse, porque es otra persona en otro momento y tú también.

Cuando Laura e Iván bajaron a la playa, Javi y yo habíamos juntado las tumbonas bajo la sombrilla. Mi reacción fue levantarme de un respingo al verla. Habían tardado bastante, pero el tiempo que había pasado sola con Javi no podía haber sido mejor. Laura venía con una sonrisa de oreja a oreja.

—¿Vamos a por algo de beber, amiga? ¡Estoy seca! —dijo cogiéndome del brazo.

Así que nos levantamos con el encargo de traer mojitos para todos y nos alejamos hacia el bar. Laura me agarró del brazo como se agarran las señoras mayores para pasear por la calle.

—Tía, tía, tíaaaaaaaaaa, TÍA.

—¿Qué pasa?

—Tía, pues que…, a ver, pues que…

Estaba demasiado feliz como para que eso tan importante que tenía que contarme fuese que Iván pertenecía a la mafia rusa.

—Pues que hemos follado en la casa del alemán este, tía.

—¡¡¡Noooooooooooo!!! —grité por primera vez yo más que ella.

—Ja, ja, ja, ja, que sí, tía, que sí. Yo es que no sé ni cómo ha sido, pero te juro que ha sido uno de los mejores polvos de mi vida.

—Ja, ja, ja, ja, ja, ja, pero ¿tú te das cuenta de que es octubre, lunes, las tres de la tarde y acabas de hacer el amor con un chico?

—Pues la verdad es que sí, un poco de amor ha habido. Ha sido muy cariñoso y luego también ha estado fuerte el niño, pero la verdad es que es buen tío el Ivanovich.

—Yo creo que la felicidad está en hacer las cosas a deshora —le dije.

—Ey, qué buena frase... Pues fíjate que yo creo que la felicidad está aquí y ahora, amiga —dijo Laura, mejorándola sin duda alguna.

Y con esa felicidad a deshora pasamos la tarde aprovechando cada minuto con ellos, tanto que no pude echarme la crema que Laura e Iván no bajaron porque estuvieron a otras cosas, así que tuve que quedarme a la sombra. Tampoco me importó. Nos comimos los no bocadillos de tortilla francesa que Javi había preparado con la misma hambre con la que me lo hubiese comido a él y nos metimos en el agua para bañarnos, jugar y por supuesto besarnos; sin pensar en nada más hasta que dieron las ocho de la tarde y Javi no pudo exprimir más el tiempo. Tenía que volver a casa, prepararse, e ir hasta el parque de bomberos de San Rafael. Como solo habíamos ido con un coche, Iván le dejó en casa.

El viaje hasta allí fue en silencio. Ninguno de los cuatro, incluida Laura, se atrevía a decir nada, porque ya estaba todo dicho. Solo se oía una canción de Chet Baker que me hizo entender por qué Javi e Iván estaban en el hotel escuchando a aquel trío tocando versiones de *jazz*. Todos sabíamos que había sido un día perfecto, al igual que sabíamos que tenía fecha de caducidad.

Cuando llegamos a su casa, nos bajamos del coche. Él se despidió primero de Laura con un abrazo y luego de mí. Me miró, sonrió, yo sonreí y luego nos besamos. Muy suave, sin necesidad de alargarlo más de la cuenta y sin quedarme con ganas de más. Cuando se separó de mí, me dijo al oído:

—Yo no sé tú, pero a mí me encantan las despedidas —dijo mientras se alejaba sonriendo.

Le miré sorprendida porque yo todavía no le había contado que yo también disfrutaba con ellas. No sé si fue la casualidad o la causalidad, pero acertó de pleno.

Podríamos haber seguido despidiéndonos, dándonos los últimos besos, prometernos algún mensaje de vez en cuando, y conectar por las redes sociales para dar «me gusta» a alguna foto o *story*, pero... me dejó esa frase que, sin duda, era el mejor recuerdo que podría tener.

Cuando Iván nos dejó en el hotel, me despedí de él y fui subiendo a la habitación mientras Laura se quedaba un ratito abajo para despedirse a su manera. Yo estaba cansada y algo triste; sabía indudablemente que Javi era una maravillosa coincidencia de fin de verano y aun así, tengo que reconocer que se había quedado un pedacito de mí con él.

Me metí en la ducha para relajarme, porque el día había vuelto a ser intenso, tanto, que cuando salí, Laura ya estaba tumbada en la cama mirando el móvil.

No fuimos a cenar fuera esa noche. No teníamos hambre. Nos quedamos en la habitación sin más, como si fuera la noche de un domingo al que ha precedido un fin de semana de resaca emocional, así que nos dormimos temprano.

Cuando nos despertamos para ir al aeropuerto, no voy a negar que lo primero que hice fue mirar el móvil para ver si tenía algún mensaje de Javi. No había nada, y casi me alegré de que así fuera para intentar no echarle de menos más allá de los días de rigor durante esa semana.

De camino al aeropuerto, Laura no paraba de escribirse wasaps con Iván disimuladamente e incluso quiso hacerme partícipe de la conversación en el último momento, pero preferí mantenerme al margen. Lo último que quería era llegar al aeropuerto e incendiar una papelera en el baño para ver si con suerte venía mi bombero.

LAUX

CAPÍTULO 5
Al final, sí

La cuenta atrás para el verano.

Al dejar Ibiza, Madrid nos recibió con un color otoñal precioso que empezaba a llenar las calles de hojas secas.

Volvimos pletóricas de nuestra intensa escapada vacacional y algo tristes por haber dejado allí esas dos historias tan bonitas con nombre propio.

Mientras que Laura sí mantuvo el contacto con Iván por las redes —ya que era muy activo tanto en su perfil personal como en el de las villas de alquiler donde trabajaba—, Javi no se prodigaba prácticamente nada, lo cual yo agradecía mucho para no tener que estar recordando una historia tan bonita que no tenía ningún sentido a tantos kilómetros de distancia.

Tocaba mirar hacia delante. Se acercaba mi cumpleaños y además se trataba de un cambio de década.

Siempre he pensado que es muy importante celebrarlos, y si implican despedirse de los veinte para entrar en los treinta más todavía. No importa si estás en una mala época o atravesando un momento complicado puntual: hay que celebrar, y los cumpleaños son el punto de inflexión perfecto para reunirte con todos tus amigos y sacar a la luz las buenas sensaciones que se respiran cuando vuelves a encontrarte con gente a la que tenías perdida en el radar. No importa que sean más o menos cercanos, lo importante es que están ahí contigo.

Cada año los he preparado con dedicación, pero en esta ocasión todo parecía estar en mi contra.

Lucía estaba en Asturias terminando su libro. Cuando le dije qué fin de semana tenía pensado celebrarlo, me contestó que le era imposible.

—Venga, tía, vente, aunque sea solo el finde...
—Voy con retraso, rubi. Ya he pedido una prórroga de un mes para entregar el libro y voy tarde.
—Pero Lucía, si el libro te lo editas tú, ¿a quién le has pedido la prórroga?
—Pues a mí misma. ¿Qué pasa, que tú no hablas sola o qué? Ya verás cuando cumplas los treinta: no solo vas a hablar contigo misma, sino que además te vas a contestar poniendo otras voces.

Bueno, pues una menos. Era mi primera llamada y esperaba que la cosa fuera mejor con las siguientes.

—Bueno, cuento contigo para el finde, ¿no?
—¿Qué finde era? —dijo Sara al otro lado del teléfono.
—Tía, el último de octubre, lo dije en el Dramachat hace mucho...
—Ay, corder, lo siento... Es que justo ese finde Marcelo y yo nos hemos apuntado a un taller de mandalas y autoconocimiento en una casa rural perdida de la mano de Dios...
—¿En serio? —le dije entre enfadada y sorprendida.
—Me apetece muchísimo. Es un sitio donde nada más llegar te dan una caja de rotuladores, te quitan el móvil y no te lo devuelven hasta el final del retiro espiritual. No me pienso llevar ni el cargador, con eso te digo todo. ¿A que es guay?
—¡¿Qué te puedo decir?! —contesté completamente anonadada.

Me sentí bastante decepcionada, la verdad, pero bueno, me alegraba mucho por Sara, porque parecía que había encontrado un punto de unión con Marcelo que la hacía feliz. ¿Quién era yo para haber nacido hace treinta años en la misma fecha en la que ella tenía que colorear circulitos y flores de loto?
Después de varias llamadas con el mismo resultado, Pol bajó esa noche a casa con la excusa en la boca además del piti.

—Rubia, me voy a perder tu cumpleaños. Jaume y yo vamos a casa de mis padres porque son sus bodas de plata. Es una fecha muy importante para ellos y mi madre ya me ha dicho que hará croquetas para un regimiento...
—Pues nada, si las hace sin gluten tráeme un táper.

En este caso no pude desilusionarme porque ya me lo había contado y lo sabía desde hacía tiempo. Las croquetas de su madre eran míticas y siempre que Pol volvía a su casa, regresaba con cantidades industriales. Su madre siempre le decía: «Dale las que son sin gluten a la vecina»; de hecho, había ocasiones en las que directamente había un pósit en los táperes que había preparado para mí con el nombre de «la vecina rubia». Qué casualidad, ¿no?

Laura no podía fallarme, pero empecé a pensar que no tenía sentido seguir organizando una macrofiesta si mis mejores amigos no podían estar, así que ni siquiera la puse en ese compromiso; simplemente le dije que si cenábamos juntas y me dijo que por supuestísimo.

Al final, con una desbandada tan generalizada fue inevitable ponerme un poco triste. Iba a ser mi primer cumpleaños sin mi padre, entraba de lleno en la crisis de los treinta y mis amigos tenían sus propios planes. Además, pensé que ni siquiera Javi me iba a felicitar porque él hacía caso omiso a las redes. Jamás veía mis *stories*, ni le daba «me gusta» a ninguna foto. Su última publicación era de septiembre, justo antes de conocernos y no había subido nada desde entonces.

El que sí se acordaría, aunque fuese obligado, sería Álex porque, por algún motivo que desconozco, seguía manteniendo las notificaciones que le puse en el móvil al conocernos y seguía enviándomelas como captura de pantalla cada mes. Sinceramente, nunca le había contestado porque no quería dar pie a iniciar ninguna conversación.

Haciendo un resumen rápido y sin entrar en profundidad en cada una de las excusas que me dieron, pintaba que mi cumpleaños iba a ser una mierda, a excepción de que cenaría con Laux, claro está.

Ese viernes, 23 de octubre, (aunque mi cumple es el 22, pero nos apetecía más celebrar en fin de semana para tener muchas horas de diversión por delante), Laura organizó, como de costumbre en ella, una cena en un nuevo restaurante sin gluten que había descubierto y que en sus propias palabras describió como: «Te vas a peer cuando pruebes la comida de este sitio». Estaba emocionada porque era el primero que íbamos a celebrar juntas y solas.

—No te lo voy a hacer de sorpresa, te lo digo desde ya: vamos a ir a un restaurante italiano donde ponen las mejores pizzas sin gluten y el mejor lambrusquito.

A la vuelta de Ibiza se nos había quedado la espinita clavada de habernos comido una buena *pizza* sin gluten en vez de todas aquellas ensaladas mixtas.

—¿Dónde es?
—En el Emma y Julia en La Latina.

Independientemente de mi decepción, celebrar mi primer cumple con Laura sí que me apetecía muchísimo, ya que era la única que se había esforzado en hacerlo especial fuese como fuese, así que cambié el chip y pensé que iba a ser divertido igualmente. Además, una noche con Laura no tenía desperdicio y estaba segura de que la *performance* que se inventara esta vez lo compensaría con creces.

Quedamos en la entrada del restaurante directamente. Cuando llegué, el local me pareció muy cuqui, estaba sutilmente decorado en madera a la italiana y se veía muy acogedor. Respiré profundo, y el olor a *pizza* que desprendía el horno me hizo babear por momentos. Pregunté por la mesa a nombre de Laura y me llevaron al final del restaurante, donde había una sala tapada con una cortina de terciopelo. Me emocioné. Por un momento pensaba que Laura me había preparado una macrofiesta sorpresa donde estarían todos mis amigos esperando a que hiciera mi entrada triunfal. Corrí la cortina emocionada y simplemente no pasó. Tras ella estaba Laux sentada en una mesa para dos con una corona de princesa en la cabeza con un 30, dos globos y una botella de Lambrusco.

Sonreí, porque ver a Laura con esas pintas le hubiera hecho gracia al mismísimo Pol, así que decidí disfrutar de esa noche agradeciéndole a mi amiga el esfuerzo que había hecho.

—¡¡¡Chiquiiiii, feliz cumpleaños!!! —gritó levantándose a darme un abrazo y un beso que me dejó marcada la mejilla de rojo intenso.

—Siéntate, corre..., que he pedido un menú especial.

Laux estaba acelerada y emocionada como era habitual en ella y casi sin quererlo empecé a contagiarme de esa energía que siempre desprendía.

—Ya he ido pidiendo el Lambrusco por adelantado, que es que estaba seca.

—Ja, ja, ja, ja, ja. No pasa nada, ahora pido yo otra copa —le dije ya con una sonrisa.

—Nada..., ahora viene el camarero y nos dice lo que hay para cenar. ¡¡Chiqui!! —gritó hacia fuera de la sala—. ¡Ya estamos!

El camarero entró al minuto con otra mesa que puso al lado de la nuestra.

—Sí, un momentito, por favor, que tengo que preparar el servicio en esta mesa —dijo educadamente.

—¡Buah...! —dijo Laura ofendida—, ya nos van a meter gente aquí en la sala.

—No pasa nada —le dije a Laura.

Al momento el camarero se asomó por la cortina e indicó a las personas que estaban fuera que pasasen.

Por la puerta aparecieron Lucía y Sara, y me quedé sin palabras. Ni gritar de emoción pude. Lloré y me abracé a ellas como si llevara sin verlas diez años, con tanta fuerza que las estrujé incluso demasiado. La muy zorra de Laura me había engañado junto con las dos perras de Lucía y Sara para darme una sorpresa de magnitudes bíblicas, que diría mi padre.

Mientras la emoción se desbordaba por momentos, el camarero volvió a entrar con otra mesa para preparar otro servicio. Me quedé expectante.

De repente Pol y Jaume aparecieron en la sala, y entonces casi me meo en las bragas literalmente. Estaba tan emocionada, lloraba tanto, que no podía casi ni respirar, sobre todo cuando la dinámica se repitió varias veces más y aparecieron, Alberto, Marcelo, nuestras amigas de la discoteca y un montón de gente más que no veía desde hacía tiempo.

Por momentos me sentí la peor persona del planeta por haber desconfiado. Laura se levantó, se echó a mis brazos y me dijo de nuevo «Felicidades, aaaaaamigaaaaaaaa» bailando de esa manera tan especial que solo ella conoce. Lucía se abrazó a nosotras y Sara hizo lo mismo quedando las cuatro unidas. Fue un momento especial que integró a Laura no solo en el grupo del Dramachat, sino en nuestras vidas en conjunto.

—Pero cómo me lo iba a perder, so puta —dijo Lucía mientras se le escapaba alguna lagrimilla—, a una libra no se le hace eso.

—Pero ¿¿esto cómo ha sido?? —dije lanzando la pregunta al aire.

—Pues fue idea de tu amiga Laux —dijo Pol al momento—. Me pidió los teléfonos de todo el mundo y creé un chat paralelo en el que estamos todos menos tú.

—Joder, me habéis sorprendido de verdad. ¿Cómo se llama ese chat?

—El cumple de la vecina —dijo Pol.

—¿Cómo de la vecina?

—A ver, ¿qué quieres que te diga? Como lo creé yo... No se me ocurrió otra cosa.

—Ja, ja, ja, ja, pues ya lo estáis disolviendo o añadiéndome, una de dos.

Lucía se acercó y me dijo que Laux le había caído fenomenal pese a ser capricornio. Le había transmitido un buen rollo increíble y se había tomado tan en serio la sorpresa, que había conseguido ilusionar a todos. Sara me dijo que se habían echado unas buenas risas con ella durante varias semanas. Entonces hice algo que iba a marcar un antes y un después en nuestra amistad.

Dramachat
Lucía azafata., Sara., Tú
Laux. ha sido añadida al grupo

En ese momento Laura se giró hacia nosotras y vino corriendo a darnos un abrazo a todas. Lo siguiente que hizo fue estrenar el Dramachat con un meme que todas habíamos visto ya, pero no se lo dijimos; queríamos que entrara por la puerta grande.

La fiesta fue épica. Hicimos todo lo que se podía hacer una noche así, incluso soplar velas en una tarta improvisada, pero sobre todo nos abrazamos. Si algo quedará en mi memoria para siempre de ese día son todos los abrazos que nos dimos.

Después de cenar fuimos a tomar unas copas por la zona. Laura hizo su famoso *chow*, del cual yo ya había visto el estreno en Ibiza, pero esta vez tenía un número especial preparado que no conocía.

Se levantó de la mesa donde estábamos, apartó algunas sillas, dijo la frase mágica: «Mira lo que hago, sujétame la copa» y se puso a hacer el pino en la segunda planta de El Viajero, un mítico bar de La Latina. El *chow* hizo las delicias de todos, incluidos los camareros, que se rieron muchísimo, hasta que Laura tiró un cuadro con el pie y rompió el marco. Se hizo un silencio y Laura se cayó de culo en el suelo.

—¡¿Qué has hecho?! —le dijo un camarero mientras la ayudaba a levantarse.
—Pues que como el suelo no está recto, me he desequilibrado.
—Pero que has roto un cuadro, muchacha —le dijo.

Laura le miró durante un segundo a los ojos y le dijo:

—Tú y yo sabemos que ese cuadro es uno de los tres cuadros más feos de Madrid. Que yo te lo pago, si quieres, pero vamos que... no es un Monet.

Y cuando Laux dijo Monet como podría haber dicho un Velázquez o un Goya todos nos empezamos a descojonar de la risa. El camarero resopló porque estaba claro que no iba a rascar mucho más de una conversación que Laura tenía controladísima. Cuando se sentó de nuevo con nosotros, se sintió un poco mal y nos pidió disculpas, y también por supuesto al camarero.

—Perdonadme, chicos, es que con la emoción he recordado mis años de gimnasta y ahora ya sé por qué lo dejé.
—Ja, ja, ja, ja, ja. Esta pava es la hostia —dijo Lucía descojonada.
—No, de verdad, pedonadme —dijo con la lengua de trapo.

—¿De verdad ha dicho «pedonadme»? —dijo Pol, riéndose aún más.

—No te preocupes, Laux, si total aquí no nos conoce nadie —dijo Sara disculpándola.

Y en ese momento Laura empezó a despollarse como nunca la había visto antes. La frase mítica de Sara le hizo tanta gracia que la obligó a repetírsela toda la noche, porque decía que era la mejor frase que había escuchado nunca.

Esa noche sentí que empezaba a recuperar parte de mi personalidad y es que la sonrisa volvía a hacer mella en mi cara.

Aquel cumpleaños tan épico se saldó con muchos abrazos y risas ganadas, y con tres pérdidas: mi móvil, el abrigo de Pol y la dignidad de Laux.

Pronto se echaron encima el mes de noviembre y el frío. Lucía se volvió a Asturias tras el cumpleaños, Sara le renovó el contrato sentimental a Marcelo, que pasó de ser «el hombre de su vida del mes de octubre» a ser «el hombre de su vida también en el mes de noviembre» y probablemente de diciembre. Pol estaba en plan romanticón con Jaume y, salvo alguna vez que cenamos juntos los cuatro, no estaba muy alineado con el ritmo frenético que llevábamos Laux y yo por aquel entonces. Algunas de las veces salíamos en plan dobles parejas, y Jaume, mucho más callado y tímido, sufría con las voces que Laux daba de manera habitual. Aun así, Pol me confesaba que en el fondo se reían muchísimo con ella. Es imposible no quererla.

En esos meses no perdonábamos ni un fin de semana juntas y, aunque sus amigas de toda la vida estaban un poco moscas con este tema, nos lo pasábamos tan bien juntas que Laura se organizaba la semana para quedar con todo el mundo, aunque siempre se guardaba un poquito más de espacio para mí dentro de lo que su trabajo como enfermera le permitía.

Su obsesión por la planificación hacía que fuera un poco estresante que los miércoles tuviésemos que leer la carta del restaurante al que íbamos a ir a cenar el viernes, pero eso le hacía feliz y yo, sinceramente, ya me estaba acostumbrando.

A partir de la anexión de Laux al grupo, nuestras conversaciones en el Dramachat empezaron a ser aún más divertidas.

Dramachat
Laux., Lucía azafata., Sara., Tú

Laux.
No sabéis la que liamos
la rubia y yo anoche.

Dirás la que liaste tú.

Lucía azafata.
Pero os acordais de algo?

Yo de todo.

Laux.
Yo no. Y si no me acuerdo,
no ha pasado.

Jajajajajaja.

Sara.
¿Dónde estuvisteis?

Jajajaja tía, Sara,
si mandamos ayer
mil fotos al grupo.

Sara.
Jajajaja no las vi.
Me tenía Marcelo liada.

Lucía azafata.
¿Coloreando?

Sara.
Ja ja ja. No.
Estábamos en faena.

Laux.
Ohhhh le dabais al
ñaka-ñaka.

¡Pero cómo puedes
decir ñaka-ñaka con
treinta años, tía!

Lucía azafata.
JAJAJAJAA
Es tan de los noventa...

Laux.
¿Le has entregado
tu flor a Marcelo, Sara?

392

¡Primero tendría que
colorearla!

Sara.
JAJAJAJAJAAJAJA.

Laux.
jajajajaajajaja.

Lucía azafata.
Jajajajajajaja.
Cuando vuelva de Asturias
tenemos que liarla
como en el cumple de la rubia

Laux.
¡Pues vente este finde!
Alberto va a inaugurar
un local nuevo el domingo.

Sara.
¿Otro?

¡No para este hombre!

Lucía azafata.
Joooooo que envidia,
Pero no puedo...

Laux.
Bueno, ya os contaremos
qué tal.

Y tanto que se lo contamos. Aquel domingo 22 de noviembre fue el día
que Álex apareció por la puerta del bar que inauguraba Alberto en la
calle Pelayo. Aquella noche en que Laux le reconoció al verlo entrar por
la puerta solo por las fotografías que le había enseñado.

No hará falta que recuerde aquel episodio tan escabroso que se saldó
con la dignidad de Álex por los suelos y muchos momentos de risas en el
Dramachat a la mañana siguiente.

Dramachat
Laux., Lucía azafata., Sara., Tú

Bueno, bueno, bueno...
No sabéis lo que pasó anoche...

Laux.
Eso, eso, que os cuente
la rubia la que se lio...

Lucía azafata.
Que ha pasado!!!!!!
Contad ya, que estoy café
en mano y no se si irme
a por palomitas o no

Ayer...

Laux.
...

Nos encontramos...

Lucía azafata.
Venga que me da
un parraque, coño!

... a Álex en la
inauguración del bar
de Alberto.

Lucía azafata.
No te putocreo.

Sara.
Anda ya!!!!

Laux.
Jajajajaja, no sabéis qué cara
se le quedó al vernos...

Lucía azafata.
Rubia, por el amor de Dios,
DIME que no te has vuelto
a liar con él

jajajaja, nooo, Laux le
soltó en su cara
todos los nombres
de las redes sociales
que descubrimos en su día.
Uno detrás de otro.

Lucía azafata.
@Laux, eres la puta
ama jajajajaja

Laux.
Sé que tú en mi lugar
hubieses hecho lo mismo ;)

Sara.
Joooder
¿Y él qué dijo?

Pues se quedó blanco
como el vino que
nos estábamos bebiendo...

Sara.
Pero y qué pasó luego!?

Pues que nos fuimos
sin mirarle a la cara.

Lucía azafata.
Te llamo YA!

Después de hablar con Lucía y contarle todos los detalles, se quedó anonadada con la actuación de Laux y por supuesto se sintió muy orgullosa
de mí. Sabía perfectamente que me habría costado muchísimo actuar de
esa forma. Cuando Álex volvió a escribir más tarde, el Dramachat siguió
echando humo, y cuando tomé la decisión de escribirle mi último mensaje para zanjar la conversación para siempre, todas, por fin, respiraron con
tranquilidad. No las tenían todas consigo, pensando que volvería a caer en
esa piedra enorme de mi camino que se llamaba Álex, pero no fue así.

Aquel capítulo de mi vida dio paso a la llegada de las Navidades y con
ellas un sentimiento encontrado en mi corazón. A mi padre le encantaba
la Navidad y aquella sería la primera que pasaríamos sin él. Me centré en
apoyar muchísimo a mi madre e intentar que no notase la falta de mi
padre gracias al cariño de sus hijos. En un principio se negó en rotundo a
decorar la casa, no quería poner árbol ni luces ni por supuesto un belén.
Negocié con ella todo lo que pude para conseguir que al menos colocá-
semos un árbol chiquitito, un belén mínimo con su río de papel de aluminio y unas pequeñas luces, pero sin toda la parafernalia que mi padre
montaba por esas fechas.

Pensé firmemente que él lo hubiese querido así y mi madre también lo entendió de esa manera. Ese año no compramos una flor de Pascua, porque ya sabíamos que era venenosa para los gatitos, pero mantuvimos la tradición de decorar la puerta de casa con el adorno más estrafalario de todos los que había en los puestos de la Plaza Mayor. De pequeña siempre íbamos toda la familia a recorrer las calles del centro de Madrid y sus casetas navideñas y mi padre elegía el Papá Noel más estridente o el reno más ridículo, porque como bien decía él: «Que se note que estamos en Navidad».

En cuanto inauguraron los puestos ese año, mis hermanos, mi madre y yo fuimos y elegimos un muñeco de nieve colgante enorme con un ojo mirando a Ávila y otro a Cuenca, que, sin duda, hubiera hecho las delicias de mi padre.

Aquellas Navidades Lucía volvió de Asturias. Todavía no había acabado el libro, pero dijo que no podía pasar ni un solo día más sin un bocadillo de calamares, y Sara, aunque seguía entre rotuladores, tuvo más tiempo para estar con nosotras, ya que Marcelo, también conocido en el Dramachat como «el poeta de los mandalas», visitaba a su familia en esos días. Eso significaba que estaríamos las cuatro disponibles a tiempo completo para estar juntas y eso me reconfortaba muchísimo.

Como estaba de moda hacer cenas de empresa y colgar las fotos en las redes para que todo el mundo te viera hacer el ridículo, a Sara se le ocurrió la maravillosa idea de sumarnos a la moda haciendo lo que denominó como «una cena de empresa de amigas».

Dramachat
Laux., Lucía azafata., Sara., Tú

Sara.
Oye!¿Qué os parece si
hacemos una cena de empresa?

Lucía azafata.
Cómo una cena de empresa?

Laux.
Sí sí sí, claro que sí!

Lo veo totalmente.

Sara.
Dramachat S.L. tendrá que
tener su cena de empresa
no?

Laux.
Yo soy la jefa!

Lucía azafata.
Pues te toca pagar
entonces...

Jajajajaja.

Sara.
JAJAJAJAAJAJA.

Laux.
Qué perra la Luci!

Sara.
Propongo una juercena la
semana que viene.

Laux.
Me flipa lo de juercena!!!

+ 1 a la juercena.

Lucía azafata.
+1 a la juercena

Laux.
Yo tengo otra cena el
viernes, así que también
+1 de esos que ponéis todas y
que no sé qué coño significa.

Sara.
Ah, espera!!! El jueves no
puedo!!

¡Venga ya! ¡Pero si
has propuesto tú
el día!

Lucía azafata.
No me jodas con los
mandalas, Sara...

Sara.
Que nooooooo! Era broma.

Laux.
Ohhhhhhhhhh... jajajajaja.

Alguien debería explicarle
a esta mujer cuándo
hacer un chiste.

Lucía azafata.
No me lo putocreo.

Sara.
Jajajaja.

Y así el término juercena que ahora, años más tarde, suena viejuno que
no veas, marcó aquella reunión que, sinceramente, nos hacía más ilusión
que las de nuestras propias empresas. Dramachat S. L. tenía un *glamour*
que ya quisieran muchas multinacionales.

Desde ese mismo momento dejamos que Laura, como no podía ser de
otra forma, nos propusiera cuatro o cinco restaurantes, todos ellos con opciones sin gluten, y empezamos a prepararlo como a ella le gusta, con
mucho tiempo.

A los tres días, y con el restaurante reservado, Laura volvió a escribir
en el grupo:

Dramachat
Laux., Lucía azafata., Sara., Tú

Laux.
Tengo un pequeño problema
chicas...

Lucía azafata.
Que pasa?

Laux.
Pues que mis otras amigas
han cambiado la cena del
viernes a nuestro jueves...

¡Jo!

Sara.
¿Y eso?

Laux.
Pues porque una de ellas
ha tenido un problema en
el curro y ahí estamos...

Sara.
Qué pena tía...

Lucía azafata.
Oye que se adapten ellas,
que son las que cambian
de día, no?

Laux.
Ya tía... me sabe
fatal.

Bueno, ahora
con más razón tendrás
que pagar nuestra cena.

Sara.
¡O por lo menos las copas
de después!

Laux.
Qué mierda...

La verdad es que aquel inconveniente nos dejó como cuando compras
algo y justo al día siguiente lo rebajan a mitad de precio. Se hizo un silencio en el chat con un poco de decepción. A la hora escasa, Laura volvió
a escribir.

Dramachat
Laux., Lucía azafata., Sara., Tú

Laux.
Oye... que palante.

Lucía azafata.
Como que palante?

Laux.
¡Que hay juercena!
Nosotras ya habíamos
quedado y cuando me comprometo
con alguien, me comprometo.

Laux.
Pues que se enfaden.
Nosotras ya habíamos quedado.
Es lo que hay.

Lucía azafata.
Es lo que hay!!

Laux.
No te jode!

¡¡¡No te jode!!!

Sara.
Es lo que hay!!

Lucía azafata.
No te jode!!

Laux.
Jajajajajaja.

JAJAJAJAJAJA.

Dicho y hecho. Ese jueves fui a visitar a mi madre después de trabajar y luego fui a casa a prepararme para la cena. En la ducha, relajada y cogiendo algo de temperatura porque hacía bastante frío ese día, me senté en la bañera. Casi sin quererlo vino a mi cabeza, mojada por el agua caliente, cómo estas tres locas, cuatro si incluíamos a Pol, habían llegado a ser tan importantes en mi vida en ese preciso momento. Como si de un tráiler se tratase, revisé cada temporada de la serie de mi vida, capítulo por capítulo; desde los primeros con Nacho y Lauri en mi adolescencia, pasando por aquel coche en el que Lucía y yo nos conocimos, seguidos de Sara y su timidez inicial, y de Pol y Jaume en la piscina, hasta llegar a conocer a Álex en la fiesta de Alberto. Capítulos que se sucedían uno detrás de otro hasta la aparición estelar de Laura con una mención especial a nuestro viaje a Ibiza. Me sentí afortunada. Solo pude mirarme en el espejo y a pesar de todos los altibajos que he tenido, pensé: «No ha estado tan mal...».

Y así, con la sensación de que no me había dejado nada en el tintero, de que estaba en paz conmigo misma —y en cierto modo con la gente

400

que me rodeaba, incluido mi padre en el arcoíris de los padres—, cogí el metro camino del restaurante donde Laux había reservado para cenar, con la sensación de que estaba feliz... mejor dicho, de que era feliz.

La cena de empresa de amigas fue un éxito rotundo. Cuando llegamos, Laura había conseguido que el camarero nos diese la mejor mesa del restaurante: justo al lado de una pequeña chimenea que parecía de gas, y que hacía de aquella sala un lugar muy acogedor. A ella siempre le gusta cenar en manga corta para lucir modelito, por lo que la mesa le venía al pelo, o mejor dicho, al pelazo. Lucía, que era de sudar mucho, lo pasaba fatal, y cada cierto tiempo salía a fumarse un piti y coger aire fresco en la calle.

Nos pusimos muy cerdas. Fue una de esas cenas en las que no escatimas en absoluto ni en comida ni en vino.

Obviamente, conforme avanzaba la cena, Laura aumentó los decibelios de su voz al mismo ritmo, sin pausa. Como era de esperar, una vez acabamos la cena, nos invitaron amablemente a unas copas en la zona del bar, y cuando digo que nos invitaron, es que nos invitaron a irnos de verdad, con tal de que la voz de Laura se mezclara con la música y con la del resto de la gente que estaba tomando copas.

—Me ha dicho mi jefe que están invitadas a una copa en la zona del bar cuando quieran —dijo el camarero muy amablemente.

—¡Chiquiiiii...!, ¿y no nos la podemos tomar aquí? ¡Que estamos muy calentitas! —contestó Laura.

—Lo siento, pero tiene que ser en la zona del bar. Pero pueden pasar cuando quieran —dijo el camarero insistiendo para que nos fuésemos de allí cuanto antes.

Lucía, Sara y yo nos descojonamos de la risa porque Laux no se daba por aludida.

—Bueno, pues me pongo la chaquetilla y vamos, ¿vale, chiqui? —dijo Laura emocionada—, ¿nos puedes poner la chupitocuenta allí?

Laura le guiñó un ojo al camarero para ver si intentaba colarle también unos chupitos además de las copas con aquel término que había inventado y que utilizaba siempre para pedir la cuenta en los restaurantes.

—Por supuesto —contestó el camarero.

—¡Pues el mío que sea en copa de balón! —dijo Laura, y todas nos volvimos a reír a carcajadas.

Cuando el camarero se fue, Laux intentó susurrar algo que, obviamente, oyó todo el mundo en la sala.

—Espero que nos inviten a una copa de importación y que no sean ratas..., porque tienen pinta de ratillas.

El *chow* de Laux no había hecho más que comenzar.

Nos fuimos a la zona del bar, que estaba especialmente animada. Era una zona amplia con mucha gente y sobre todo con buena música, y alta.

—Cómo me alegro de que hayamos hecho esta cena —les dije a todas, justo antes de empezar a bebernos nuestro primer mojito en pleno diciembre, en lo que sería nuestra particular cuenta atrás hacia el verano.

Todas nos miramos con ternura y cariño, y nos dimos el abrazo grupal más hermoso que hasta ese momento había tenido. Un abrazo tan sincero y fuerte que, como viene pasando en estos casos, acaba con la copa de alguna derramada sobre la cabeza de la que está en el medio del grupo, que en este caso era Laux. La pobre acabó empapada de mojito, oliendo a hierbabuena que echaba para atrás. En ese momento descubrí el verdadero olor que me recordaría a Laura para siempre: la hierbabuena.

Laux también tenía otro tipo de olores menos agradables, porque ya sabemos que era muy dada al pedo furtivo. Siempre he dicho que la amistad es reconocer los pedos de tu amiga, y en su caso eran inconfundibles.

—Joder, tía, la que hemos liado —dijo Laura.
—Se nos ha ido de las manos —añadió Lucía.
—Ya está todo el mundo mirándonos otra vez —dije, cuando de repente Laux empezó a gritar.
—¡Espera, espera, esperaaaaaaaaaaa!
—¿Qué pasa? —preguntó Sara.
—Dime la frase, por favor —dijo Laura, completamente fuera de sí.
—¿Qué dices, loca? —exclamó Lucía.
—¡La frase, tía, la fraseeeee! ¡Hay que decir la frase!

Entonces Sara entendió perfectamente a qué se refería Laura.

—¡¡¡Total, si aquí...
—... no nos conoce nadie!!! —gritamos todas a la vez.

Pero la realidad era que sí había alguien que nos conocía allí esa noche.

Obviamente Laux tuvo que ir al baño a secarse mientras Lucía, Sara y yo nos descojonábamos de la hierbabuena que le colgaba del pelo. Aquel había sido un momentazo y lo que se había creado entre las cuatro esa noche era un pequeño lujo del que debíamos sentirnos orgullosas. Lo que habíamos construido juntas solo fue posible gracias al amor que cada una de nosotras tenía por las demás. Además, en el fondo no estábamos molestando a nadie. Todos nos miraban con la sonrisa en la boca, incluido el camarero, que pronto vino con la chupitocuenta en una bandeja redonda.

A los diez minutos Laux volvió del baño. Lo hizo en silencio y con la cara pálida. No sonreía, ni siquiera gritaba. Era como si hubiese visto un fantasma. Poco le preocupaba llevar un trozo de papel higiénico en el tacón.

—¿Qué pasa? —le pregunté.

No contestó. Cuando Laura no hablaba, daba mucho más miedo que cuando lo hacía.

—Laux..., ¿estás bien? —insistí.

Laura levantó la cabeza y sonrió levemente.

—¿Sabes a quién acabo de ver? —dijo despacio y sin atropellarse.
—¿A qué te refieres? —le pregunté.
—¿Sabes quién está allí, al lado del baño, que tú y yo conocemos y que hemos visto hace poco? —dijo de nuevo.

Durante un segundo no entendía de qué me hablaba, hasta que mi mente ató cabos con las dos frases que Laux acababa de decir.

—No me jodas... —dije sorprendida y con cierto nerviosismo.
—Sí, tía, sí. Otra vez —dijo Laura, asintiendo con la cabeza más de lo normal.
—Pero ¿cómo es posible?, ¿nos sigue o qué?
—Hombre, no sabes lo que me ha sorprendido volver a verle.
—De verdad que no sé si tengo fuerzas para enfrentarme a él otra vez.
—Bueno..., tampoco fue tan horrible —dijo Laura sorprendida.
—¿Cómo que no?
—Yo no os vi tan mal.
—¡Pero si fuiste la primera en darle caña!
—¿Yo? Pero si me caía fenomenal.
—Pero cómo que te caía fenomenal, si me has dicho mil veces que Álex es un gilipollas.

En ese momento Laux empezó a llorar de risa.

—¿Álex? ¡Qué coño Álex! Si hubiera visto a Álex entrar por esa puerta, le habría dado cera otra vez.

—¿Entonces? —le pregunté sin tener ni puñetera idea de a quién se refería.

—Pues a tu mazis —dijo.

—Laura, por favor, ¿puedes dejar de hablar en clave?

—Rubia, a quien he visto es a Javitxu, tu mazis de Ibiza —dijo Laura tocándose el bíceps exageradamente.

¡Boom! Si mi corazón se había acelerado pensando que era Álex quien estaba allí, sin saber si podría volver a verle después de nuestro último encuentro, cuando Laux dijo el nombre de Javi, no pude ni moverme.

—Javi... ¿Javi? —pregunté para cerciorarme.

—¿Javi es el bombero? —dijo Lucía.

—El mismo, y está mazis el tío... —dijo Laura mientras se reía y guiñaba el ojo.

Esto me pillaba completamente por sorpresa. ¿Qué hacía un bombero de Ibiza un jueves de diciembre en un restaurante de Madrid?

—Vamos, ¿no? —dijo Laura—. Que quiero preguntarle si ha venido Ivanovsky.

—Pero ¡¿quién es Ivanovsky?! —dijo Sara, completamente perdida.

—El amigo de Javi —respondí.

La verdad es que me apetecía mucho volver a verle, pero me extrañaba tanto que estuviera en Madrid y no me hubiese mandado un mensaje, que sentí que igual tampoco querría verme.

—No sé yo. No lo veo claro, Laux —respondí.

—¿El qué? —dijo Laura sorprendida.

—Pues que si está en Madrid y no me ha llamado, igual es que no quiere verme —respondí.

—¿Y qué? Pues si no te ha llamado, tampoco pasa nada, se le saluda y a otra cosa, pero no te montes películas antes de rodarlas —dijo Laura de manera inexplicablemente coherente.

Acto seguido, se puso detrás de mí y fue empujándome en dirección al baño. Solo le faltó darme una patada en el culo para que arrancara. Al girar una de las columnas de la barra, no me hizo falta verle para saber que estaba allí. Su olor, el olor inconfundible de su colonia, hizo que me encontrara con él en mi cabeza antes de estar frente a él.

Había pasado poco tiempo desde que nos habíamos visto en Ibiza y estaba exactamente igual. Destacaba por ser, sin duda, la persona más morena del local en pleno diciembre. Algo más de barba y sobre todo esa serenidad que le caracterizaba.

En cierto modo me daba un poco de vergüenza abordarle, y me extrañó, porque cuando eso pasa, es que esa persona te gusta.

O como diría Laux, y como dijo en aquel preciso instante...

—Te hace tilín, ¿eh, perra?

¿Quién en su sano juicio, con treinta años, podría seguir utilizando expresiones como tilín? Pues Laura, por supuesto.

Cuando estábamos llegando a su altura, Laux empezó a gritarle.

—¡Javitxu, Javitxuuuuuuuu!

Él y medio bar se dieron la vuelta, alertados por las voces.

—¿Qué pasa, Javitxu? —dijo Laura, plantándole dos besos.
—Hola —le dije tímidamente.
—¡Qué sorpresa! ¿Qué hacéis aquí? —dijo Javi con esa actitud tímida que le seguía caracterizando.
—Hombre, nosotras vivimos aquí, la pregunta es qué haces tú aquí —dijo Laux, acelerada como era ella.

Antes de que Javi pudiera contestarle, Laux continuó:

—¿Dónde está Zape? —le soltó a la cara.
—Laura..., sería Zipi, el rubio era Zipi. El moreno, Zape —dije, intentando echarle un cable, gracias a todos los cómics que mi padre me dio a leer cuando era niña. Al final todas las ediciones de *Superhumor* me sirvieron al menos para poder identificar a Zipi y Zape sin miedo a equivocarme de quién era el rubio y quién el moreno.
—¿Ah, sí? No jodas..., pues he vivido engañada todo este tiempo...

Javi empezaba a reírse de la misma forma que un par de meses antes lo hacía en el Tirapallá con Laux en lo alto de una mesa.

—Iván, Zipi, está en Ibiza. Él sigue allí —dijo Javi sonriendo.

Ojo al detalle de la frase «Él sigue allí». La importancia de los tiempos verbales siempre me ha fascinado. Entiendo que si alguien «sigue» allí, es porque tú no sigues allí, ¿no?

—Ohhhhhh, Ivanusky *is not in* Madrid... —dijo Laura en un perfecto inglés. Esta mujer nunca dejará de sorprendernos.
—Bueno, pues os dejo que hagáis vuestras cositas... y, oye, si viene Zape, avísame.
—Zipi, Laux, Zipi.
—Bueno, el que sea, pero tú avisa.

Los dos nos reímos mientras se marchaba con Lucía y Sara, que obviamente habían sacado las palomitas en la distancia. Aquella situación había dado un giro inesperado, donde un personaje episódico de la serie de mi vida, aparecido en capítulos anteriores, volvía en el último de la temporada... Pero ¿para qué habría venido?

—¿Cómo es que estás aquí? —le dije con curiosidad.
—He venido a ver a mi madre por Navidad. Como el turrón.

Pues él seguía igual de bueno, pensé, hablando de turrones, pero rápidamente recordé la historia de la separación de sus padres, y que ella era de Madrid y él de Ibiza.

—Qué bien... ¿Y qué tal?
—Pues bien, aquí ando, con unos compañeros bomberos. Hemos salido a dar una vuelta y la verdad es que como yo no conozco mucho, pues aquí hemos acabado.
—Qué casualidad, ¿verdad? —dije.
—Sí, la verdad es que sí. ¿Y tú qué tal?
—Bien, aquí con la loca de Laura, celebrando nuestra cena de empresa de amigas...
—La verdad es que cuando ha gritado Javitxu, sabía que era ella...
—Ja, ja, ja.

Los dos nos reímos, sin saber muy bien por dónde enfocar la conversación. La verdad es que se notaba que la cosa no fluía especialmente.

—Bueno, pues... —dije, buscando una salida.

Javi agachó la cabeza y entonces supe que era el momento de marcharme.

—Me alegro mucho de verte —continué, mirándole a los ojos.

Javi respiró y se despidió de mí.

—Yo también me alegro mucho de verte.

Cruzamos una última mirada y sonreí. No podría describir con palabras la sensación que tuve. Sentí el cuerpo como si me hubiese dado un corte de digestión. Allí delante estaba Javi, un chico educado, guapo, que había conocido hacía dos meses durante cuarenta y ocho horas, menos si me apuras, y, sin embargo, tenerlo frente a mí, por segunda vez en mi vida, me revolvió algo por dentro, y no eran ni mariposas ni el típico dolor de estómago cuando has bebido más vino de la cuenta.

Me giré para marcharme y noté cómo respiraba fuerte antes de que diera el primer paso.

—¿Por qué no me has devuelto la llamada? —dijo enfadado. Y esto es algo que yo imaginé, porque nunca le había oído ese tono.
—¿Qué llamada? —le dije, descolocada.
—Te llamé ayer cuando llegué, pero no me contestaste y tampoco me la has devuelto.

Por un momento no entendía absolutamente nada. No sabía si se refería a mí o se estaba equivocando, porque yo no había recibido ninguna llamada suya. El contacto que teníamos había sido entre cero y menos uno desde hacía dos meses, dado que él, además, no era muy prolífico en las redes sociales. De hecho, desde que cambié de móvil cuando perdí el mío en mi cumpleaños, yo no... ¡MIERDA!

—¿A qué número llamaste? —dije, colocándome la mano en la cabeza.
—Pues al número que me diste. ¿Es que tienes más?
—No, no..., solo tengo uno, pero... Ufff... pero es que lo perdí en mi cumpleaños, con toda la agenda, y como soy un poco idiota... —dije, mientras miraba la lista de llamadas perdidas— he ido agregando poco a poco a la gente...
—Y a mí...
—Y a ti... —le dije mientras le enseñaba la lista de llamadas perdidas de mi teléfono, donde el día anterior tenía una de un número que no tenía guardado en la agenda.
—Ese soy yo... —dijo, entre decepcionado y aliviado.

—Soy idiota. Perdona.

—No te preocupes, es normal. Solo nos conocimos un día y medio.

La frase me dejó helada de nuevo. Sentí que se hacía un silencio eterno entre nosotros dentro de un bar con la música a tope y con Laura dentro. Vi cómo Javi se desinflaba por momentos y, en cierto modo, ninguno tenía la culpa.

—Bueno... —dijo ahora él, intentando cerrar la conversación.

Le miré a los ojos y decidí que una casualidad, fruto de una causalidad que me llevó a perder el móvil en mi cumpleaños, no iba a dejar que la conversación con Javi quedara así.

—¿Cuándo te vas? —le dije, cambiando el tono.

—¿Por?

—Porque acabo de guardar tu teléfono y pensaba que igual te apetecía volver a hacer esa llamada y vernos —dije de manera sentenciosa.

Javi esbozó una sonrisa y rápidamente noté cómo se hinchaba de nuevo. No entraba en mis planes desperdiciar la oportunidad de estar con él, aunque fuera simplemente para tomar un café antes de que volviera a Ibiza.

—¿Te viene bien el martes de la semana que viene? Ese día es el primero que no curro... —dijo Javi con un tono conciliador.

—Pero ¿cómo que no curras?, ¿vas a Ibiza y vuelves? —pregunté desconcertada.

—¿A Ibiza...? No, ya no trabajo allí. Ahora trabajo en Madrid.

—¡¿Cómo?! —dije anonadada.

—Voy a estar seis meses aquí. He pedido una permuta con otro compañero y así aprovecho para pasar tiempo con mi madre.

En ese momento no sabía cómo reaccionar. Me mantuve en silencio evitando que se notara que me hacía una ilusión tremenda que Javi se hubiera mudado a Madrid, con todo lo que eso conllevaba, y que no tenía ni idea de qué coño era una permuta.

—¿Qué es una permuta? Es que he estado a punto de hacerme la tonta, pero creo que la conversación va a seguir por buen camino y no quiero llevarme una sorpresa al buscarlo luego en internet.

Javi se descojonó de la risa. Por fin le sentí relajado como cuando le conocí, sentado en la terraza de aquel hotel de cinco estrellas escuchando *jazz*. No era el mismo ambiente, eso estaba claro, pero sí era el mismo sentimiento.

—¿Salimos fuera? Tengo la misma necesidad de salir de este bar que la que tenía de marcharme de Ibiza.

Asentí sonriendo ante la mirada atenta de las tres perras de mis amigas, que hacían gestos de complicidad e insinuaban lo mazis que estaba Javi señalándose los bíceps.

Yo nunca me fijé solo en su aspecto. Mientras que con Álex el físico era uno de sus principales atractivos, con Javi era diferente. Y eso que realmente no tenía nada que envidiarle físicamente, ya que siendo bombero se notaba que se cuidaba muchísimo. Lo que Javi transmitía con sus ojos, esa honestidad mezclada con un punto de timidez estaba por encima del moreno impoluto que se gastaba.

Cuando salimos, Javi me explicó lo que era una permuta. Venía a ser una especie de acuerdo entre dos bomberos que vivían en sitios diferentes para intercambiar temporalmente el lugar de trabajo. Me explicó que empezaba a sentirse agobiado en Ibiza y necesitaba abandonar la sensación de estar aislado, así que contactó con otro bombero de Madrid y acordaron cambiar sus destinos por el plazo de seis meses. El compañero iría a Ibiza y Javi vendría aquí, aprovechando también para pasar tiempo con su madre.

—¿Cómo te puede agobiar Ibiza? —le dije sorprendida.
—Es que tú no sabes lo que es vivir allí todo el año y no tener un Ikea en condiciones.
—Ja, ja, ja, ja. ¡Venga ya!
—En serio, ver tanta salamandra, tanta casa blanca... No hay gusto por la decoración —dijo claramente en tono de broma.
—Yo moriría por vivir allí.
—Bueno, siempre podemos volver de vacaciones —dijo Javi enfocando la conversación en una dirección clara.

Respiré profundo y durante un segundo me vino el recuerdo de Álex. Me mantuve en silencio y mi sonrisa se diluyó.

—¿Por qué no me has escrito en este tiempo? —le pregunté un poco seca.
—Llamarte es lo primero que he hecho.

—No me refiero a ayer. Antes —dije con un poquito de reproche. Javi se quedó en silencio.

—Iván y Laura han mantenido el contacto este tiempo...
—Iván es muy de redes sociales. Yo no...
—Tenías mi WhatsApp...
—Bueno, tú tampoco me has escrito, ¿no? —dijo Javi, sonriendo amable.

Solo había una palabra que me definiera en ese momento: imbécil, y con toda la razón del mundo. Me quedé en silencio, ligeramente avergonzada por la actitud que estaba teniendo, que distaba mucho de lo que realmente sentía. Afortunadamente, Javi lo entendió.

—Pero me he acordado mucho de ti. Mucho —dijo de nuevo, tendiendo un puente que yo había dinamitado un minuto antes.
—Yo también, la verdad..., pero pensé que no nos veríamos más —dije de manera sincera.
—Pues yo lo tenía claro. Lo había imaginado muchas veces, aunque no así, de esta forma, la verdad.
—¿Así cómo? —dije sonriendo.
—Con Laura como una loca gritando mi nombre a pleno pulmón delante de unos compañeros, que por cierto conocí ayer... Imagino que las bromas mañana serán de escándalo.
—Ja, ja, ja, ja. Ya sabes cómo es Laura.
—Y también creo saber cómo eres tú, por eso me sorprendió que no me cogieses el teléfono.
—Y a mí que estando en Madrid no me hubieses llamado —respondí ágil.
—Entonces ¿estamos en paz? —dijo sonriendo como solo él sabía hacerlo.

Durante un segundo me mantuve en silencio y negué con la cabeza.

—¿No? —preguntó sorprendido.
—Todavía te debo una disculpa —le dije.

En ese momento me acerqué a él, levanté mi mano hasta su cara y suavemente la arrastré hasta la mía para besarle. Un beso suave como eran los suyos, sinceros, honestos y dulces.

Javi se quedó sorprendido. Yo misma lo estaba, pero era algo que mi cuerpo me empujó a hacer en ese momento y dejé que así lo hiciera.

—Estás disculpada —dijo Javi bromeando después del beso.

—¿Te perdono ahora yo a ti? —le dije, siguiendo con la conversación.

Javi sonrió y me besó de nuevo con más fuerza. Cuando nos separamos, Laura golpeaba el cristal de una ventana del restaurante que daba a la calle como una energúmena junto con Lucía y Sara. No sé qué estaría gritando porque afortunadamente el cristal era lo suficientemente grueso como para insonorizar el interior, pero se las veía muy contentas.

Y así es como la cena de empresa de amigas acabó siendo una cena de empresa de amigos con algún que otro bombero invitado por si hubiera que apagar algún fuego.

A la mañana siguiente madrugué menos guapa de lo que me hubiese gustado. Había dormido apenas dos horas, pero había disfrutado la noche anterior como cuando le das el primer mordisco a una croqueta.

Obviamente miré el móvil y obviamente había un mensaje de Javi.

Javi Ibiza.

¿Quieres pasar este
invierno conmigo en Madrid?

Sentí que mi alma, cortada por todo lo que había sufrido ese año, cicatrizaba rápidamente con un simple mensaje que distaba mucho del «¿qué haces?» que Álex solía enviar.

Javi se la jugaba, y arriesgaba como quien va a las rebajas semanas más tarde de que hayan empezado, buscando encontrar la prenda perfecta, y no le importaba. Le movía la ilusión y se le notaba. Contesté.

Javi Ibiza.

¿Quieres pasar este
verano conmigo en Ibiza?

Solo tardó un segundo en contestar. No esperó una hora para mantener la tensión ni jugó con mis expectativas. Las cumplió en cuestión de segundos.

En ese momento, en pleno diciembre, iniciamos juntos la cuenta atrás para el verano...

y no sabéis qué verano...

AGRADECIMIENTOS

Muchas gracias a todas las personas que han hecho posible que tú estés leyendo esto ahora mismo.